U0043250

失樂園
Paradise Lost

John Milton
約翰·密爾頓 著

邱源貴 譯

目 錄

《失樂園》導論

一、《失樂園》故事

　　《失樂園》是部出版於 17 世紀風雨飄搖、人心惶惶時的史詩，總長約一萬二千多行（因十卷版與十二卷版稍有不同）。乍看之下，這是部談宗教、談墮落的史詩，詩人密爾頓其實並未明言他的企圖是什麼，雖然在卷一開端處，他曾謂欲以此詩「表彰上帝無疆之造化功程」（[He] may assert eternal providence），以證「上帝之作為乃為正當」（justify the ways of God to men）。故事的主軸可分兩部分，一是撒旦自以為是上帝的第一受造物，當受尊崇，為眾天使之長，甚而以「頭生子」（first-born）自況，睥睨同儕，以為是「上帝之繼承人」，不想竟有「上帝之子」者，可持「金杖」而治，為「獨一無二之受高舉者」（Only begotten Son），「高居王位，就如同上帝一樣，享有天上至福」（throned.../ Equal to God，見卷三 305-306 行），此舉讓撒旦及其夥眾立時成為「第二手的作品」（the work/ Of secondary hands；見卷五 853-854 行），「合眾天使之質，就等於他，那位受高舉之上帝之子」（all angelic nature joined in one,/ Equal to him, begotten Son；見卷五 834-835 行）。更甚者，「眾生無論是住在天上、人間、或是人世之下的陰間，都要自發地向你磕頭、跪拜」（Under Thee as Head Supreme/ Thrones, princedoms, pow'rs, dominions I [God the Father] reduce/ All knees to Thee [God the Son] shall bow，見卷三 319-321 行）。正是不想被看輕（他自己所謂的 injured pride──自尊遭損，以及 injured merit──有功卻未受祿，見卷一 98 行），撒旦乃鋌而走險，欲取代上帝而為天之首，卻不想，奸計未酬而為上帝所逐，遭譴而下地獄，輾轉反復在火湖般的牢籠中，惶惶不可終日，乃竊思引人同禍，冀以毀上帝造宇宙天地之功，是以乃有人類墮落一事。

　　故事的另一主軸在聖子承聖父之意，共造天地，與父同功，遂得聖

父褒獎，而榮擢為眾天使之長，並率軍而敗撒旦等叛逆之徒，恢復天庭秩序，且自願成為人獲罪後之「贖價」（ransom），「一命抵一命」（life for life），受死還債，當滿天庭都面面相覷，無一出聲相援犯過之人時，唯有聖子願「暫卸榮輝」（glory...put off），降生為人，「讓死神盡情發洩他的怒氣」（let Death wreck all his rage，見卷三 240-241 行），「讓天父降怒於他」（on me [God the Son] let thine anger fall，見卷三 237 行）而免世人之罪。「人類因亞當而滅亡，但滅亡多少你就能復興多少／沒有你，誰都沒辦法復興」（in him [Adam] perish all men, so in thee [God the Son]/ ...shall [all] be restored,/ As many as are restored, without thee none，見卷三 287-289 行）。此一替死之功，足證聖子非僅與生享有權柄（birthright），而係與人同罪同死，用他豐豐富富的愛，造就了滿滿的榮光，用屈辱赴死的義，成就了聖子之為人王與天君——萬世之王及四宇之君，聖父聖子同光同榮，是以人當敬愛聖子，「如同敬愛聖父，榮耀聖子，如同榮耀聖父」（Adore the Son and honor Him as Me [God the Father]!，見卷三 343 行）；「所有天上眾生都應向他領首屈膝，公認他是你們的主／誰要背叛他，就是背叛我〔耶和華上帝〕」（to him shall bow/ All knees in Heaven, and shall confess him Lord...Him who disobeys/ Me [God the Father] disobeys，見卷五 611-612 行）。

　　但這故事的兩軸交界就是人類。撒旦意欲蠱惑亞當與夏娃，同其一起墮落，以遂其敗亂上帝創造宇宙萬物之事功，報其墜入地獄深淵之大仇。亞當與夏娃遂成其復仇之工具及其出氣筒，不想亞當與夏娃竟受撒旦誘惑而吃了禁樹之果，此一違逆之行，啟動了連鎖反應，乃有基督降世為人，受死而復活、升天之事。

　　依此看來，密爾頓顯然是以《聖經‧創世紀》（Genesis）前三章，從開天闢地開始到亞當與夏娃陷落而獲救的故事，作為創作發想的根源。但這只是他創作的梗概。他還需要為故事添加血肉。於是乎我們看到有撒旦的自怨自艾，他的違逆叛上、興兵作亂，他的狡黠奸詐，以及他與「罪神」（Sin）和「死神」（Death）三合一，甚至他與天上天使三番兩次的勝負交鋒。當然我們也看到聖父聖子的先見先知，早早料定撒旦的

反叛、天兵天將的廝殺、人類的墮落、聖子降生為人以死掙得人之再生等等。而亞當、夏娃分別自述其與造物主的遭遇,其與彼此的相依、愛憐乃至愛令智昏,不分青紅皂白,一意生死相隨,雖為撒旦狡計所害,終能攜手共赴難,這一切的一切,堪稱他們是人中龍鳳,是典型的以「堅毅」(fortitude,見卷九 31 行)著稱的英雄人物,不愧為人類始祖。

　　加上了前述這些枝枝葉葉,就成了《失樂園》的基型。但是密爾頓是熟讀史詩的詩人,熟知並挪用各種史詩套路(conventions)。先是繼承傳統,讓故事「攔腰」——從中間開始(in medias res),於是讀者首先見到的不是天地自混沌創造出來,而是撒旦被打落在地獄火湖中,輾轉反側,形容大變,舐傷自憐,卻又冥頑不靈,惡向膽邊生,自恃有不朽之身,雖是敗軍殘將,仍鼓勇誇口要與上帝再做一番爭鬥,明的不行就來暗的,以偷襲上帝的最後受造物——人類——為手段,要讓上帝自毀其功,以為報復;所以就整備了已然被打得七葷八素的散兵游勇,要孤注一擲的垂死掙扎。於是密爾頓就藉此在卷一後部及卷二前部,以荷馬(Homer)對戰爭英雄的「點將錄」(cataloguing)的方式,描繪了撒旦旗下的各個魔頭以及他們的能耐(毋寧說是他們所以成為異教徒敬畏的神祇之因)。在卷三,密爾頓模仿史詩《伊里亞德》(Iliad)中,特洛伊(Troy)王普賴阿姆(King Priam)在海倫(Helen)的協助下從城樓上往下看,指認出希臘聯軍的各號人物,同時也點出該城太子赫克托(Hector)對她的同情來,因而有聖父與聖子坐在天上寶座,向下看了撒旦及其同夥的一舉一動,對他們的痴心妄想,多所揶揄,但也預示人之終將墮落,而聖子同情人類,願降生為人,以己之死拯救墮落人類的大愛胸懷。

　　前三卷書的故事,以撒旦飛離地獄深淵,在地獄與天門交界處徘徊,伺機找尋上帝新造物的落腳處作結。接下來,就由人類登場,但他們的事蹟卻是透過撒旦偷窺的眼光而為我們讀者所知。撒旦垂降在生命樹/禁樹的樹梢頂,偷聽又偷看人類的舉止。亞當與夏娃分述自己的創造過程,相知相惜、愛戀繾綣的依偎在一起,惹得撒旦又忌又恨。惟上帝既已偵知撒旦的企圖,遂遣天使拉斐爾到人間,要提醒人類不要違逆上帝的敕令:不得吃禁樹之果,以免遭天譴。但拉斐爾拗不過亞當的提問與好奇,遂說起

天庭上因撒旦不服、不滿聖子之受高舉、晉封（begotten，未必是「出生」之義），遂勾串其他三分之一不明事因的天使，而發動反聖子（其實就是反聖父）的戰爭。戰況之激烈、人馬之雜沓，可與任何史詩之戰爭規模相比。戰爭之結束，是由聖子在聖父的加持下，披掛聖父之輝榮，秉持聖父的權力，駕有聖父之火焰戰車，裝備有聖父之弓弩與雷霆，以聖王彌賽亞之姿，破敵卻賊[1]，驅趕撒旦及其叛眾，從天盡頭處，跌落入無垠深淵，裡面滿是常燒不滅之火、永澆不息之硫磺。拉斐爾又應亞當之請，講述天地、宇宙之起造以及人之創造等開天闢地之事。最終拉斐爾給了亞當一個忠告：「要謙卑明理」（Be lowly wise，見卷八 173 行），以知所當知之事為滿足；同時也勸勉亞當「愛上帝，就是要順服祂，遵守祂的誡命！要當心，別讓激情動搖你的判斷，做出你的自由意志不允許的事！」：（見卷八 634-636 行：Him whom to love is to obey, and keep/ His great command; take heed lest Passion sway/ Thy Judgment to do aught...），並警告不論他或子孫，「福禍全在你身上：千萬當心！我跟所有其他天使都會為你的堅毅而開心不已。要牢牢站穩！要站立還是仆跌，都在你的自由抉擇。你本身是完美的，無需外在的協助，就能擯退一切逾越的誘惑！」（見卷八 640-642 行：to stand or fall/ Free in thine own Arbitrement it lies./ Perfect within, no outward aid require;/ And all temptation to transgress repel）。但人終敵不過好奇心和虛榮心，以致受到逃離地獄火湖，一心要尋人晦氣的撒旦撩撥，行險僥倖，終致惹禍上身。

故事後三卷，講的主要是亞當與夏娃何以墮落，以及上帝震怒，對人類不守信約要施以嚴懲，以彰顯「公義」（justice）；惟聖子憐憫人類，為人類「求情」（mercy），願做人類之「中保」（mediator），降世為人，捨己而作萬人的「贖價」。聖子的垂憐和慈愛，終讓亞當與夏娃獲得救贖的

1　聖子之著裝、乘車及披掛，某種程度就像史詩《伊里亞德》（*Iliad*）中阿基里斯（Achilles）替摯友裝卓克勒斯（Patroclus）穿上自己軍裝、頭盔，乘上自己坐駕，以自己的樣子出征一樣。見 Yuan-guey Chiou, *Ideology and Re(-)presentation in* Paradise Lost. UMI Dissertation. 1996. pp. 51-52。

機會，但仍須被趕出樂園。但在此之前，上帝遣使者來給因犯過而惶惶不安的人類開示。此處密爾頓運用的是史詩中常有的「預言」（prophecy）模式，讓上帝所遣之執命天使米迦勒帶領亞當登上山嶺，展示在他面前，其後代子孫在他墮落之後，未來會因罪愆而發生的種種大事。其間有殺戮、有爭鬥；有快樂、有悲苦；有毀滅，有再造，直至聖子以「女人子裔」（Seed of the Woman）之身，降生在人間，受盡種種屈辱苦楚，為人類而死，死後第三天自死者中復活，以替人死的方式，給與人類永生的救贖。事說至此，米迦勒乃轉而執行上帝之命令，驅趕人類離開「樂園」，亞當與夏娃儘管不願也不捨，無奈山上下來一隊的基路伯（Cherubim），手執焰花四射之火劍，逐步逼來，遂不得不攜手走出「樂園」，迎向未知。

二、《失樂園》的歷史意義

　　從故事的觀點來看，《失樂園》無疑是部宗教史詩，是密爾頓用以「表彰上帝無疆之造化功程」（[He] may assert eternal providence），以證「上帝之作為乃為正當」（justify the ways of God to men）的一首長詩。可是在 17 世紀的英國，所謂的「宗教」，其實就是「政治立場」的表述。英王自亨利八世以下走向政教合一，其本身既是政治領袖，也是英國國教的宗教領袖。雖然他與羅馬天主教的決裂，純係個人因素[1]，但自此後英國君主每在政權更迭時，總會有宗教背景的干擾，使英國國教擺盪在新教（Reformed Church）與舊教（Catholic Church）之間。而英國的子民，包含王公大臣們，就必須隨君主之個人宗教意圖而改宗或自我放逐於海外，不然就有因宗教迫害而引來的殺身之禍。亨利八世長女瑪麗女王棄其父之宗教立場，回復對羅馬教皇的效忠，進而迫害改宗新教之子民，但其繼任者伊莉莎白卻又因政治立場而支持新教，對舊教民眾頗不友善。伊莉莎白無子，死後由蘇格蘭王詹姆士六世繼立為英王詹姆士一世。詹姆士王因新來乍到，縱有天主教背景，也不敢大肆迫害新教徒，但卻利用編輯《欽定本聖經》（Authorized Version，有時又稱為 King James Bible）時，將舊教思想融貫在翻譯作為及解經上（雖然他的譯文者皆是英國國教派信徒，卻被嚴格限制不准加旁注在所譯聖經上），並指定該《聖經》為所有教會之用書，同時規定家戶均須有此一聖經[2]，這使宗教的箝制達於高峰。其子查

1　當亨利八世未能在 1530 年代取得羅馬教皇同意，解除與凱瑟琳（Catherine of Aragon）的婚姻時，他就宣布擯棄教皇的權威，自任為英國國教最高領袖。

2　散頁裝《欽定本聖經》當時的售價是 10 先令（shillings，約當半英鎊），而精裝版的售價是 12 英鎊（pounds），各約當現在的 40 及 960 美金，參見 Herbert，頁 310。另依購買力估量，則 12 英鎊約等於現在的 1883 英鎊（≒2527 美金），大概是前述數字的 3 倍（2017/10/12）。1636 年頒行的「教會教規與制度」（Canons and Constitutions Ecclesiastical），即明令各區教會均需有一套《欽定本聖經》，見 L. Berry，頁 22。此前較為通行且為教會所採用的是《日內瓦聖經》（Geneva Bible），該聖經為逃避瑪麗女王迫害而移居到日內瓦的知識分子及宗教領袖所編譯完竣，於 1560 年刊行。參見 Bruce Metzger，頁 339。

理一世繼立後，宗教迫害更甚以往。所以在英國宗教改革的早期階段，有不少的天主教和新教徒烈士，因信仰而犧牲。後期則訂有「刑法」（Penal Code 或 Penal Laws）來懲罰羅馬天主教和不認同政府的新教徒。在 17 世紀，政治和宗教的紛爭也造成清教徒和長老教徒彼此爭奪教會的控制權，但這一切皆因查理二世在 1660 年的「王政復辟」（Restoration）而結束。

　　以時程來看，密爾頓創作《失樂園》當是在「王政復辟」大赦天下（general amnesty）之後，這時的他仍宛如驚弓之鳥，時時須提防保皇派因他的「弒君論」及堅持「共和政體」（Commonwealth）而對他做政治追殺。雖然如此，密爾頓仍是不會就此屈服且放棄他的政治理想的。在坐牢及被保釋出獄後，他仍心繫英格蘭人民的政治及宗教自由。《失樂園》的寫就，無疑是他雙目失明、政治失勢、離群索居之後的反彈。為躲避「審檢制度」（censorship）[3]，密爾頓不得不以託喻的方式來抒發他內心仍然存在的革命情懷和共和思想。正如他自己在《失樂園》卷七 24-26 行中所言：

> 此志不變，就算聲音沙啞或難以出聲亦然，雖然
> 世道大壞時，人性不免墮落；人性雖不免墮落，
> 但在世道大壞、眾口悠悠時，亦不失其〔革命之〕志；

> unchanged
> To hoarse or mute though fall'n on evil days,
> On evil days though fall'n and evil tongues;

3　克倫威爾（Cromwell）等人領導的「共和政體」隨著「王政復辟」已然解體，但主張共和的群眾（Commonwealthmen）仍然被嚴密監視，尤不准著書立說，以免「妖言惑眾」引發討論造成輿論，以致威脅政府。見 Baker，頁 219。

就是這種苦心孤詣、憂國憂民、堅忍不拔[4]的思維，讓密爾頓在政治失利時，改以宗教諭示來教導他的國民，並一舒胸臆之悶。在蟄伏七年、噤聲默語後，他於 1667 年出版了長詩《失樂園》。

此詩之出版幾經波折。先是審檢官 Thomas Tompkyns[5]可能懍於密爾頓過往的「昭彰惡名」——既主張離婚、弒君，又鼓吹革命和共和政體，乃對其著作百般挑剔，譬如卷一中有句結尾為「使人君唯恐有變異而驚惶不已」（"and with fear of change/ Perplexes monarchs"，598-599 行），就被指為「褻瀆皇上」[6]，類似這些輕率、不足取的反對理由，差點毀了全詩之出版。但究竟是 Tompkyns 見識不足，還是他的挑三揀四僅是象徵性的駁斥（實則有意無意的放水？），學者迭有爭論[7]，但無論如何，《失樂園》在 Tompkyns 簽名放行下出版了。

《失樂園》之出版，先得符合審檢官「政治正確」之核批，因此，此詩起碼要有「尊王抑敵」的表述！詩中之革命叛亂分子，是撒旦及其黨羽（光是宗教聯想，就讓人深信渠等為萬惡不赦之壞蛋、匪徒！），縱然囂張跋扈，儼然不可一世，卻終將遭代表皇權的聖父、聖子所擊潰，且將其永世禁錮於地獄之中。這樣的表象（可用密爾頓喜用的一字 semblance 為代表，該字在全詩中出現 6 次），也讓保皇黨人竊喜不已，深以為密爾頓這廝反動分子已改邪歸正！但是「王政復辟」時所被認為的政治正確，卻在另一次革命浪潮的浪漫激情下，被視為「與惡魔為伍而不自知」（"of the Devil's party without knowing it"）[8]。18 世紀末葉的浪漫詩人布雷克等

4　「堅忍不拔」指的就是密爾頓在《失樂園》卷九 31 行所謂的 fortitude，那是需要「忍耐」（patience）和「犧牲殉難」（martyrdom）的，而這也是密爾頓認為比史詩英雄的舞刀弄劍、騎馬打仗更好的主題。

5　審檢官依查理王之意應是坎特伯里大主教謝爾敦（Archbishop of Canterbury，Gilbert Sheldon），但其時他亦接任牛津大學名譽校長職（Chancellor），故將責任交代給其下之牧師 Tompkyns。參見 Teskey 之 The Poetry of John Milton，頁 270。

6　參見 Lewalski，頁 xvii。

7　見 Teskey 之 The Poetry of John Milton，頁 270-271。

8　此語為浪漫詩人布雷克（William Blake，1757-1827）名言，很大程度影響世人對《失樂園》中撒旦角色的看法。

人，革舊立新，以為密爾頓的撒旦是寧死不屈、革命抗暴的英雄人物，雖處困境，卻仍不悔其反叛意志，呼喊出：

〔我〕有顆心絕不
因時因地之改變而改變！心是它自個兒
的居所，可以自行決定要化陰曹地府為
光明仙境，還是要化仙境為地府？誰在乎
身在何處？只要我仍是舊往的我，誰在乎
身分為何？我只稍弱於神，祂則因有雷霆
而高一籌。（卷一 252-258 行）

...[I am the] One who brings
A mind not to be changed by place or time!
The mind is its own place and in itself
Can make a Heaven of Hell, a Hell of Heaven.
What matter where, if I be still the same
And what I should be: all but less than he
Whom thunder hath made greater?）（1.252-58）

他不認輸，更不屑於妥協：

列位天上神靈請察鑑，如我有變異遲延之心、
憂傷畏危，則所想望者必教失落！（卷一 635-637 行）

For me be witness all the host of Heav'n,
If counsels different or danger shunned

By me have lost our hopes!（1.635-37）

所以，敗而不餒，失望而不絕望，是撒旦給人的印象：

> 這個地獄凹坑絕不能將我等
>
> 天上神祇監禁，這個深淵也絕不能讓黑暗
>
> 永遠籠罩。（卷一 657-659 行）

> ...this infernal pit shall never hold
>
> Celestial spirits in bondage, nor th' abyss
>
> Long under darkness cover!（1.657-59）

這般行徑是浪漫英雄的表徵，也是很多讀者不經意間可能都有的撒旦印象。

　　但不管是前者（王權伸張），抑或後者（浪漫英雄），都可能錯讀了密爾頓作為共和黨人內心深植的革命情懷。他是有意藉撒旦「英雄末路」的「悲壯情懷」來發抒「革命未遂」而「投訴無門」，只能自怨自艾「訴諸筆墨」的心情投射[9]。但此舉絕非表示密爾頓是「與惡魔為伍而不自知」。學者 John Steadman 早在四十年前就在密爾頓學術會議上（Symposium on John Milton, August 13, 1976）發表了一篇題為「撒旦之為《失樂園》英雄的我見」（The Idea of Satan as the Hero of "Paradise Lost"，全稿之後刊於 *Proceedings of the American Philosophical Society*）[10]，文

9　Christopher Hill 就認為《失樂園》中的撒旦有太多的密爾頓情緒在其身上，但密爾頓是「同情」（sympathize with）而非「認同」（identify with）撒旦及其黨羽的革命情懷，更是撻伐其自私自利的政治野心，見 Hill 之 *"Paradise Lost* and the English Revolution"，頁 16-17。

10　全文見 *"Proceedings of the American Philosophical Society*, Vol. 120, No. 4,"　Symposium on John Milton（Aug. 13, 1976）, pp. 253-294，由 American Philosophical Society 出版。

中他呼應了 Stoll 教授「就算是惡魔也該給他個公道」（Give the Devil Its Due）的看法，認為學術界過往對撒旦的看法總是擺盪在「英雄」與「惡魔」之間，而且總不忘在論述之餘，挪揄、嘲諷撒旦的「虛妄」與「空想」（vain attempt）以及他的「大言不慚」（pompous wording），使得他的「英雄形象」盡失，有損公平正義。

儘管如此，要說《失樂園》的撒旦是位英雄人物，就必須了解密爾頓的「微言大義」了。如前所言，《失樂園》得以出版，審檢官的放行是主要因素。審檢官要非儘撿些無關宏旨的字眼刁難，以示審查之嚴，藉以放水，就是根本忽略了密爾頓的政治反擊，看不出密爾頓的「指桑罵槐」功力以及他在《偶像破除者》（*Eikonoklastes*）文中所用以攻訐《聖王芻像》（*Eikon Basilike*），「以其人之道還治其人」的辯證手法。對密爾頓來說，《聖王芻像》裡查理一世的聖王形象都是裝的，就連其扉頁中虔誠祈禱的圖像也是虛偽做作的[11]。而以獄中日記形式所呈現的查理一世，就密爾頓看來是位能言善道、華而不實、公然造假、虛張聲勢的「暴君」（tyrant），其所作所為都是殘民以逞、驅民赴死的淫暴惡行，是個典型的夸夸大言卻不帶半點誠意的虛偽者，而那恰是密爾頓最痛恨的人[12]。因此，《失樂園》前四卷無法明說的政治寓意就是撒旦暗指查理一世，因他們都是表裡不一、雄辯滔滔、虛妄空想、大言不慚的修辭家，擅於「詭辯」（sophistry）。

11　《聖王芻像》的英文全標題是 "The Porvtraictvre [sic.] of His Sacred Maiestie in His Solitude and Svfferings"（其中第 2 字應拼成 Povrtraictvre 才對），其扉頁及內文裡呈現許多對查理一世的溢美之詞，把他說成是敬天畏神、愛民惜物卻迭被誤解的明王聖君，即連在被叛國賊幽禁受苦時仍時刻以國家、人民為念，卻冤死在革命黨人殘暴的斷頭臺上。扉頁圖像中的拉丁文把查理王比作耶穌基督，手持荊冠、定睛天國、腳踩俗世，不為勢屈、不為利誘、平靜自持，儼然臨難不苟且、挑家國重擔的聖人形象，捧讀此書者無不心酸落淚，可謂非常成功的政治宣傳！

12　密爾頓可以說是 17 世紀「予豈好辯哉，予不得已也！」的孟子，也以長於論辯、據理力爭、維護公義為己任，但卻不屑巧言淫辭。

《聖王肖像》扉頁裡虔誠跪禱的查理一世（1649）

　　另一個意味深長的對比是查理一世的繼承權。密爾頓早在弒君論之前，已是名聞遐邇的反王權者；他在那篇擲地有聲的〈論國王與官吏的在任權〉（Tenure of Kings and Magistrates）一文中，早已說明：「國王與官吏之權力係衍生而來者，是源自於人民的託付、移轉與委任，是為通國之好而設的；然則此權力基本上仍屬於人民所有，非違犯其天賦繼承權而不可剝奪者」（the power of Kings and Magistrates is nothing else, but what is only derivative, transferr'd and committed to them in trust from the People, to the Common good of them all, in whom the power yet remains fundamentally, and cannot be tak'n from them, without a violation of thir natural birthright）[13]。明乎此，人民就有權力「選任、回絕、留任或推翻國王，就算不是暴君也一樣，因為天生自由的人民，只可由最佳人選統而治之」（It follows...that since the King or Magistrate holds his autoritie of the people, both originaly and naturally for their good in the first place, and not his

---

13　本引文摘自 https://milton.host.dartmouth.edu/reading_room/contents/text.shtml，2023/08/01。下面有關〈論國王與官吏的在任權〉引文亦同。

own, then may the people as oft as they shall judge it for the best, either choose him or reject him, retaine him or depose him though no Tyrant, meerly by the liberty and right of free born Men, to be govern'd as seems to them best.）。這裡面就隱藏有治國的兩種人才：一是有「天賦繼承權」（natural birthright）者，一是「最佳人選」（best）。密爾頓公開質疑查理王統治的正當性，因其得位乃源於其為詹姆士王之後，雖有名義上的父死子繼的世俗繼承權，卻非有功或有勞於人民者，這不合於密爾頓所冀求的「有為者治天下」（meritocracy）、任人唯賢的概念，而這個概念也延伸擴大於《失樂園》當中。

撒旦自言（當然透過密爾頓的口筆[14]），其為上帝「頭生子」[15]，故當其自地獄爬升上天，見著光燦耀人的太陽時，不由感慨而落淚、嗟嘆：

> 你啊，太陽！告訴你，
> 我有多討厭你的光芒，那讓我想起自己是從
> 怎樣的情況中摔落到如今的地步；昔時我之
> 位置比你還要顯耀：（卷四 37-39 行）

> O Sun, to tell thee how I hate thy beams
> That bring to my remembrance from what state
> I fell, how glorious once above thy sphere;（4.37-39）

14　或者該說密爾頓透過撒旦來表達他對革命落敗的失落與不滿，參見 Hill 之 *"Paradise Lost* and the English Revolution"，頁 16、18。

15　「頭生子」（First-born）（見《失樂園》卷三 1-3 行：「萬福啊，聖潔的光芒！你乃天帝之後嗣，祂的頭生子，或者該說你是永恆之光的共存者，我可以不受責怪的這樣說你嗎？」（Hail holy light, offspring of Heav'n, first-born,/ Or of th' Eternal coeternal beam/ May I express thee unblamed?），係撒旦對太陽之稱呼，謂其為聖潔的光──上帝的頭生子──之子孫。在《創世紀》中，上帝的第一個創造物是光（又稱「路西法」〔Lucifer〕者，而「路西法」又是撒旦未墮落前在天上的名諱），是以撒旦乃自謂其為上帝的「頭生子」。

饒是如此，他還是個受造物，再怎麼光輝燦爛，都非可與上帝（聖父／聖子）並列者，而其竟欲與上帝一爭長短，以為「地位提升到越高／越讓我不屑臣服，因為我想只要再高一點，／就會讓我達到最高位」（Lifted up so high/ I 'sdeigned subjection and thought one step higher/ Would set me high'st）（卷四 49-51 行），這實在是自欺欺人，但他卻藉以唆使他的跟隨者：

> 我也怕在地底下的眾天使面前
> 丟臉，他們受我種種的哄諾和吹噓引誘，
> 說不用再卑顏屈體了，誇稱我能制伏那位
> 全能者。唉呀，他們根本不知道要守住那
> 虛妄的誇言我要付出多大的代價，我內心
> 深處咕噥，要受多大的折磨！他們把我擁上
> 地獄寶座，尊崇我，用冠冕和權杖讓我
> 晉位、封王，而我卻隕跌得更深，悲慘痛苦
> 無與倫比！（卷四 83-92 行）

> my dread of shame
> Among the spirits beneath whom I seduced
> With other promises and other vaunts
> Than to submit, boasting I could subdue
> Th' Omnipotent. Ay me! they little know
> How dearly I abide that boast so vain,
> Under what torments inwardly I groan,
> While they adore me on the throne of Hell
> With diadem and scepter high advanced

The lower still I fall, only supreme
In misery.（4.83-92）

而這野心所換來的代價就是：「怨懟、妒羨和絕望」（ire, envy, and despair，卷四114行）。

> 唉，可憐可悲的我啊！我往哪兒
> 逃去才能擺脫無邊的怨懟和無盡的絕望？
> 無論我往哪逃去，都是地獄，我就是地獄！（卷四 73-75 行）

Me miserable! Which way shall I fly
Infinite wrath and infinite despair?
Which way I fly is Hell, myself am Hell!（4.73-75）

因為悔罪不及，乃轉而歹念橫生，故而，

> 別了，希望；也別了，跟著希望來
> 的恐懼！別了，悔恨！良善於我已全然
> 流失了。邪惡啊，你就作爲我的良善吧。
> 藉由你，我起碼可以跟天上的王分庭抗禮，
> 瓜分帝國，也可以統轄、管治過半的地盤；（卷四 107-111 行）

So farewell hope and with hope farewell fear!
Farewell remorse! All good to me is lost.

> Evil, be thou my good. By thee at least
>
> Divided empire with Heav'n's King I hold
>
> By thee, and more than half perhaps will reign;（4.107-11）

查理一世在奈斯比戰役（Battle of Naseby）之前對革命軍的多次用兵，就是撒旦這種臨死掙扎、永不悔改的態度，是以人民為芻狗的暴君，「只圖其個人及家庭意志、權力之興及個人利益之勝，為求特權，而不顧公眾之利益、共有權，以及全民之自由、公道與和平」（for the advancement and upholding of a personal interest of will, power, and pretended prerogative to himself and his family, against the public interest, common right, liberty, justice, and peace of the people of this nation[16]）。據估計這場內戰死亡達 30 萬人之譜，幾為全國 6% 人口[17]。所以查理王以耶穌自況、受死不屈的形象[18]，不啻與撒旦興兵作亂、與天爭高、自命不凡的形象相同。

16　Gardiner 1906, pp. 371–374。

17　Carlton 1995, p. 304。

18　在《聖王芻像》中，查理王嘗言：「如果我必須與我的救主一樣遭受暴力死亡，那也只是以死來殉道：蓋死亡之債，乃我因罪而需付出與大自然的，債因死而得解除，死就是呈給上帝作為信心和耐心的恩賜。」（"If I must suffer a violent death, with my Saviour, it is but mortality crowned with martyrdome: where the debt of death, which I owe for sinne to nature, shall be raised, as a gift of faith and patience offered to God."）

三、《失樂園》的英雄

　　撒旦之被視為英雄，是因密爾頓承襲西方史詩傳統與慣例，讓《失樂園》這個故事「從中間開始」（in medias res），再從頭說起撒旦叛亂之事。首先出場的人物當然是被罰墜地獄中的「撒旦」（Satan），按慣例此人應是重要的「英雄人物」，而且他一出場就氣勢萬千，扮演一位敗而不餒、勉力維護尊嚴且鼓舞全軍士氣的將領，這使得他在卷一、卷二的表現，儼然史詩故事中的主角[1]，尤其是只有讀過卷一、卷二的讀者（絕大部分國內外大學英文系學生，在上英國文學課時都只念過這兩卷詩）[2]，無不以為他是全詩最活靈活現、最具英雄氣概的人物，而且密爾頓描述他的恢弘霸氣、氣宇軒昂，可能都讓讀者以為他是世上無人可企及的領袖，直可比擬《伊里亞德》中的阿基里斯（Achilles）或《伊尼德》（Aeneid）中的伊尼爾斯（Aeneas），也是密爾頓反抗王權、暴君的代表人物。

　　但其實只要詳讀卷一、卷二，再多讀《失樂園》其他幾卷，看看密爾頓筆下對他的調侃和諷刺，印象就會改變。讀者不妨細細體驗密爾頓對這位「反派英雄」、假英雄的「筆伐之力」：

> 是那該下地獄的蛇！就是牠，
> 用狡計、用嫉妒和仇恨，煽風點火，
> 欺騙了人類的母親；彼其時，牠正因
> 驕橫，同其徒眾見逐於天外；渠得叛眾
> 之助，竟渴盼其榮光可臻於同儕之上，
> 進而自忖可與天上至尊相抗衡，若其敢
> 舉兵相向！遂野心勃勃，興不義之師，

1　史詩故事中通常以主角人物所發生重大事故開頭，再追溯其緣由及結果。

2　Simon Heffer 甚至有文"Why is Milton's poetry so little read today?"在 *The Telegraph* 上，足以說明閱讀密爾頓之困難及偏見。見該報 September 2, 2015 版頁。

作亂弄兵、橫行無忌，妄想推翻上帝之
寶座與王國。（卷一 34-44 行）

Th' infernal Serpent. He it was, whose *guile*

Stirred up with *envy and revenge, deceived*

The mother of mankind, what time his *pride*

Had cast him out from Heav'n, with all his host

Of *rebel angels*, by whose aid aspiring

To set himself in glory 'bove his peers,

He trusted to have equaled the Most High

If he opposed, and with *ambitious* aim

Against the throne and monarchy of God

Raised *impious* war in Heav'n and battle *proud*

With *vain attempt*. [1: 34- 44]

看看上面用斜體標示的字詞，那一個字的意義是正面的？正如 E. M. W. Tillyard、C. M. Bowra 等人所說的，密爾頓是要提升撒旦到英雄地位，再讓他摔下去（Milton elevates Satan to heroic status in order to bring him down）[3]。Ann Ferry 跟費許（Stanley Fish，1938-）也警告讀者，我們都受到亞當與夏娃墮落的罪所影響，以致認識不清，容易墮入文字障中，為（撒旦）華美、空洞的誇誇之言所迷，所以需要有人指引，方能脫離撒旦的轄制，以免再次墮落，乃至誤認撒旦為我們的英雄。因此，「撒旦」絕不是全本《失樂園》的主角人物，他之所以能橫行無阻的在地獄中稱雄稱王，是全能的上帝所容許的（God's permissive will），為的是完成上帝

3　參見 John Leonard，*Faithful Labourers: A Reception History of* Paradise Lost, 1667-1970, Vol. 2, P. 305。

創世的大架構，就是為人類帶來更多的「善美、恩慈和憐恤」（goodness, grace, and mercy）。所以撒旦充其量只是個「反派英雄」，是與真英雄為敵，最後反為真英雄打敗的梟雄。

說他是「英雄」或「反派英雄」，也頂多只是個三分之一的「英雄」！《失樂園》全詩共有十二卷（第一版則只有十卷），是一首三部合在一起的長詩（tripartite long poem），前面四卷是以撒旦為敘述中心，自第 5 卷至第 8 卷是以聖父／聖子為敘述中心，而最後四卷（第 9 至第 12 卷）則是以亞當與夏娃為敘述中心的。當然這樣的等分法（4-4-4 卷）與 1667 年出版的十卷（4-3-3 卷）結構不同，在後者中，撒旦似乎占了優勢（全詩提及撒旦之名者 76 次，主要就在此前面四卷詩中），但亞當／夏娃（以名諱稱之者共出現 206 次）可說是聖父／聖子在人間的代表，他們是連續的，更何況聖父／聖了貫穿全詩（不計代名詞，共出現 448 次），所以我們雖可視各部的中心人物為該部分詩之主角，但全詩的主角絕不是撒旦！

嚴格說起來，密爾頓是仿他最喜歡的作者史賓賽（Edmund Spenser）寫《仙后》（*The Faerie Queene*）的方式寫《失樂園》。在《仙后》已完成的六卷書中，每一卷都有一英雄人物，如卷一的「紅十字騎士」（the Redcrosse Knight）、卷二的「蓋庸騎士」（Sir Guyon）、卷三的「伯列多瑪騎士」（Sir Britomart）等等，而貫穿其間的是「亞瑟王」（King Arthur）或是其後人「仙后──葛羅莉安娜 Gloriana」──伊莉莎白女王的前生。同樣的，《失樂園》分三部分，每一部分都有一英雄人物，而貫穿其間的人物是「上帝」或者說是「聖父」與「聖子」。也可說《失樂園》的前、中、後四卷，每四卷都是一部史詩或「仿史詩」（mock epic），但如合在一起，前四卷是講一個（落魄）英雄人物四處漂泊要歸鄉而不可得（參見〈撒旦的「故鄉憶」與「惡土行」〉一文）的故事，中

四卷是英雄人物聖父／聖子（他們是二合一，一分為二）[4]開天闢地的故事，也是在戰場上擊潰魔鬼的故事。燕卜蓀（William Empson）雖在《密爾頓的上帝》（*Milton's God*）一書中謂密爾頓的上帝不是個好上帝，是個暴君，但是後人 Dennis Danielson 在《密爾頓的好上帝》（*Milton's Good God*）中卻認為密爾頓的上帝是個好上帝，而聖子的慈悲為懷、謙沖大度、制敵機先，更足堪為史詩英雄。後四卷則是亞當與夏娃（他們是一體的──one flesh）成了聖父／聖子在人世間的代理人（道成肉身的聖子則是第二個亞當），因違令而危及後代子孫，卻仍設法將功補過；他們的悔過、認錯及企欲新生的勇氣，足為基督徒之表率，他們的心路歷程、心理改變與成長也堪稱是一英雄人物。

　　前臺大外文系教授高天恩在為陳月文所著《失樂園：一本以英國·米爾頓的史詩《失樂園》為藍本再創作的小說》在「時報文化閱讀網」寫下導讀時曾這麼問道：

> 是否您讀到上帝與聖子基督在天堂對話時，總覺得這父親刻薄寡恩，而兒子索然無趣？反倒是每當萬惡不赦的撒旦出現時──或統領萬軍、意氣風發；或沉淪地獄、倉皇驚怖；或奮力飛越混沌、悲壯無限；或在伊甸園中連施狡計，化身為樹葉、為獅虎、為牛兔、為蟾蜍。盡棄尊嚴，大嘴一張一合的在熟睡的夏娃耳邊頻頻勸誘──您卻深覺撒旦生動靈活、頗能以反派主角姿態打動人心？事實上，19 世紀英國詩人布雷克就抱持這種看法，並且

---

[4]　密爾頓是 17 世紀有名的「反三位一體論」（Antitrinitarianism）者；他認為聖父、聖子是不同的，聖子的一切聖蹟源自聖父的「交付」（devolve），而且否定聖靈是獨存於外的另一至高神；要言之，他認為聖子是次於聖父的，而聖靈就存在於聖父、聖子當中，同時運行，不單獨存在。見其 *De Doctrina Christiana*，以及 Lewalski（1988）、Dzelzainis（2007）等人之觀點。

以諷刺口吻說「米爾頓描繪天使與上帝時，身上是戴著腳鍊手銬的，但當他描寫魔鬼和地獄時卻自由自在，原因就在於他是一位眞正的詩人，而且他與魔鬼同黨而不自知」〔原文作：The reason Milton wrote in fetters when he wrote of Angels and God, and at liberty when of Devils and Hell, is because he was a true Poet and of the Devil's party without knowing it.〕。當然，這只是浪漫派詩人布雷克個人的看法，對米爾頓如此評價，並不公道。

不過我們仍不妨在此提出某些疑點供細心的讀者參考。例如：（一）爲何早在露西發墮落成爲撒旦之前，宇宙之中就已有地獄的存在？地獄豈不是上帝早已預設的陷阱？（二）爲何早在露西發叛變興兵之前，天庭就有「天使部隊」、「天使戰將」，有各種長戟、利劍、厚盾？天國的武器是何時發明的？撒旦叛亂之前就已有過戰爭嗎？而且，既然天使們永遠不會死亡、不會毀滅，那麼天庭有必要使用武器嗎？（三）在第七章，上帝早就表明「要讓撒旦的復仇計畫，成爲對人類的考驗」，並且他也「明白這項考驗對人類來說，的確超越了他們的能力。可是，當初，我創造他們的時候，已經公開宣告了他們的自由與戒律，如今，沒辦法改變了」。既然已無法改變，那麼爲何在第八章上帝仍派天使拉斐爾去地球上的伊甸園提醒亞當，危險已經來到？對全知全能的上帝而言，此舉究竟表現其慈悲，抑或矯情？當然，對以上這些質疑，答案可以見仁見智。重要的是，您應該仔細讀這個故事，並且問自己：我從《失樂園》裡面

獲得一些什麼樣的啓示？發現了一些什麼樣的疑問[5]？

高教授的講評堪稱公允，而他的問題可能也是多數讀者的問題，現試一一解答：

（一）「為何早在露西發墮落成為撒旦之前，宇宙之中就已有地獄的存在？地獄豈不是上帝早已預設的陷阱？」

這個問題其實是奠基在錯誤的假設上！詳讀卷二的人應知道，地獄在密爾頓的設計裡是歸「罪」或「罪神」（Sin）管的，她掌有地獄門的鑰匙，只有她能開啟地獄的大門，而她是受上帝命令看守這個（地獄）深淵的（見卷二 773-777 行）。宇宙在未創造前本就是暗沉的深淵，所以地獄也者，就是創世時所遺留下不用的地方；而「罪神」之存在乃撒旦醞釀、構思要叛變時從他左腦中蹦出來的（參見卷二 752-758 行），就在這電光石火之際，撒旦與其交配而生「死亡」或「死神」（Death），也就在這時候撒旦叛亂，而「罪神」與「死神」被貶至「地獄」！所以讀者必須領悟，上帝是永恆的，無始無終，對祂而言，沒有所謂的過去、現在和未來，一切是「永恆的現在」（eternal now）[6]，祂的時間不是線性、按順時鐘方向移動的，但「時間雖是永恆，卻以現在、過去、未來來量度一切有時限東西的行動」（見卷五 580-582 行：For time, though in eternity, applied/ To motion measures all things durable/ By present, past, and future），這是用人類能懂的時間邏輯來理解神的時間邏輯。同時，就如天使拉斐爾所說的：「我不知要用啥言語、啥天使的口舌述說，才能讓你理解上帝的偉大事功？也不知道人的心智是否足夠理解這些事功？」（卷七 112-114 行：though to recount almighty works/ What words or tongue of seraph

---

5　見陳月文《失樂園：一本以英國‧米爾頓的史詩《失樂園》為藍本再創作的
　　小說》，臺北：時報文化出版，1997。

6　「永恆的現在（eternal now）」也是 Dennis Danielson 在 "The Fall and Milton's
　　Theodicy" 中重要的概念，見頁 144-59。

can suffice/ Or heart of man suffice to comprehend?）。也正如之前他向亞當說的：「有超過人類意識所能懂的地方，我會這樣描述，把抽象的比成具象的，這樣才能把事情表達得清楚。雖然人間只不過是天上的反影，但天庭上的事事物物在人世間都有類同的，多過人世間所想像的還要更多？」（卷五 571-576 行：what surmounts the reach/ Of human sense I shall delineate so/ By lik'ning spiritual to corporal forms/ As may express them best. Though what if Earth/ Be but the shadow of Heav'n and things therein/ Each to other like more than on Earth is thought?）。了解這樣的時間及敘述順序，就沒有先設好「地獄」的「陷阱」問題了。

　　（二）「為何早在露西發叛變興兵之前，天庭就有『天使部隊』、『天使戰將』，有各種長戟、利劍、厚盾？天國的武器是何時發明的？撒旦叛亂之前就已有過戰爭嗎？而且，既然天使們永遠不會死亡、不會毀滅，那麼天庭有必要使用武器嗎？」

　　讀者如果理解了上帝的時間邏輯與人類過去、現在、未來的線性邏輯不同，就會理解上帝是沒有過去、現在、未來的，一切的一切都已然發生，也未發生，正在發生，也可能仍未發生。用人類的邏輯度量神的無始無終邏輯，才會產生先後的概念，但這是錯的！

　　（三）「撒旦的復仇計畫」、「自由與戒律」、「派天使拉斐爾去提醒亞當」等等問題。

　　如果讀者承認上帝是「全知全能」的，就必須接受上帝是無始無終，「永恆的現在」的概念（如密爾頓在本詩卷三 78 行所言：「無論是過往、現在，還是未來，上帝同時都可看到」〔Wherein past, present, future he beholds〕）；同樣概念見前述卷五 580-582 行有所謂「時間雖是永恆，卻以現在、過去、未來來量度一切有時限東西的行動）」），如此則一切沒有開始、沒有結束；同時開始、同時結束！一切都在「靜止狀態」（stasis）中，可是人類的邏輯是有先後、因果關係的，所以就有「先知」（foreknowledge）、「預警」（forewarning）、「後果」（consequence）

的情形。或者我們要這樣理解,當一件事在發生時,其他的事情也同時發生!

實際上,我們也不必太在意《失樂園》是否是一部「基督教史詩」,它是,但也不必是;它其實也可是一部「寓言式史詩」——政治寓言或人性寓言;更可以視它為作者密爾頓的象徵性自傳,詩裡面的各個重要人物都是密爾頓的化身,更別說詩裡面的敘述者(epic singer)就是詩人本人了。所以讀者在閱讀密爾頓的史詩之時,必須理解《失樂園》非僅係一闡述基督教義的史詩,更是密爾頓在舉世滔滔、唯我獨清的胸懷下,對 17世紀英國政治及英國人的批判。在撒旦正顯威風、綻露領袖氣質、以言語鼓動叛亂時的天國北境裡,密爾頓突顯了一個不甚重要的天使——押比疊(Abdiel),這位名不見經傳的天使(全詩提及他之名者僅僅 5 次),竟然甘冒大不諱,在眾天使均默然同意時,隻身反對撒旦的煽風點火、造謠生事以及出言不遜,對他而言,撒旦的生釁是喧賓奪主的忘恩負義:

> 你這是要向上帝發號施令嗎?這是跟祂頂嘴、
> 爭論自由嗎?難道不是祂創造了現在的你,
> 也隨祂之意構造了天上諸天使並且劃設了
> 他們的存在界限?經驗告訴我們,祂是多麼
> 的良善,對於我們的利益跟尊嚴又多麼的
> 有遠慮,祂想都不想就減少我們的總數,
> 讓我們在一個首領的管制之下專心致志地
> 提升自己的快樂狀態,並且彼此更加同心
> 合意。我要承認你說以同輩來當王統治
> 同輩是不公平的。雖然你很有大能也榮光
> 滿面,但難不成你認為自己、或合眾天使
> 之質,就等於他,那位受高舉之上帝之子?
> 藉由他,儼如藉由天父之話語,全能神創造

了萬事萬物，甚至創造了你：（卷五 822-837 行）

Shalt thou give law to God? shalt thou dispute

With Him the points of liberty who made

Thee what thou art, and formed the pow'rs of Heaven

Such as He pleased and circumscribed their being?

Yet by experience taught we know how good

And of our good and of our dignity

How provident He is, how far from thought

To make us less, bent rather to exalt

Our happy state under one head more near

United. But to grant it thee unjust,

That equal over equals monarch reign:

Thyself though great and glorious dost thou count,

Or all angelic nature joined in one,

Equal to him, begotten Son, by whom,

As by His Word, the mighty Father made

All things, ev'n thee;（5.822-37）

押比疊聲色俱厲、激情四溢、怒不可遏地駁斥撒旦的荒謬，就如同密爾頓在查理王復辟之後企圖力挽狂瀾，甘冒殺身之禍，仍要去挑戰禁忌，企求尋回失去的樂園，是那種「在孤絕無依下的無畏勇氣」（courage in isolation），為真道而踽踽獨行，這一切皆種因於他就是要英國人去除外在的統治力量（如君王、獨裁者等），而回歸內在的自我管理、自我約束，如此才得以返回「內在的樂園」（paradise within），那種存在於「良知良能」（conscience）內的伊甸園式的美麗世界。也因此密爾頓的後期三大作品：《失樂園》、《復樂園》以及《鬥士參孫》都有這樣一位英雄

或人物展現「雖千萬人吾往矣」的勇氣，像被眾叛亂天使嗤之以鼻的押比疊，或像眾天使皆噤聲不語，唯獨聖子自願以死換死來救贖人類，或是耶穌在荒野中孤身一人屢受撒旦試誘，又或像失明無力的參孫被千萬的非利士人嘲弄但仍不失其滅敵之志等等。

　　另一個在《失樂園》三部分故事中都重要的主題，是前面提到的「勤勞」、「功德」（merit）；無論妖魔、天使還是人類都受此原則支配。撒旦之所以能耀武揚威，因他「偉大功績的紀念碑，展示給地獄中的萬千群眾看」（Of merit high to all th' infernal host，卷十 259 行），而他之所以變亂反叛，據他自言是因「有功卻未受祿」（injured merit，卷一 98 行）！相較之下，聖子享有聖父所有的榮耀——祂〔上帝〕「要把所有的權柄轉移給他」（卷六 678 行）——這是所有其他受造物（連同撒旦）所不能擁有的。但他也是因有「功勳」而得位的（by right of merit reigns，卷六 43 行），是依「功勳」而不是「繼承權」（By merit more than birthright Son of God，卷三 309 行）而君臨一切的，因為「天國，依你之才德而治之」（Heaven, by merit thine，卷五 80 行）——其降生為人赴死更是典型的「勤勞」！而人類則是「〔上帝〕最小的孩子」（卷三 151 行）——亞當和夏娃（人類的原型）只能按照上帝所宣告的「藉由事功提升自己」到天使和神的水平（by degrees of merit raised，卷七 157 行），按等級慢慢接近於榮耀之圈，也就是上帝的左右。因此，生活在伊甸園是一種與學徒沒有太大差別的中介轉型體驗。生時已晚（晚出生）如亞當和夏娃者，注定是要在天上的社會規模上向上一階一階奮鬥的。但是夏娃的逾越敕令，讓一切都變了樣（逾越敕令，使人必須離開「樂園」，無可能循序以近上帝），但聖子的「以死換死」勇氣與策略，讓人類得到「跳接啟動」（jump start）[7]的機會，重新找回上天堂的路，這就是所謂的「幸福墮落」（happy fall，拉丁原文 felix culpa）。顏元叔教授（1976）認同《失樂園》的結局是個「幸福墮落」的說法，以為是夏娃讓人類有「天官賜福」的機

7　所謂「跳接啟動」是一修車術語，原指車輛引擎因電池缺電，乃藉由其他車輛電池之嫁接而啟動引擎者，此處借來說明人類因聖子介入而得救贖之事。

會，是人類的罪過讓聖子挺身而出，以自己之死來拯贖人，所以是人類的墮落讓神恩得以展現[8]。不管這個結局是天賜的，還是撒旦造成的，人類都沒有「助勞」，但人類因墮落而悔罪，自食其力，且能堅忍不拔、犧牲奉獻，在神恩（grace）的護持下，方能以「事功」（works），重得上帝恩寵，證實上帝無疆之造化功程！

　　讀《失樂園》而能有上述「有為者治天下」的概念以及密爾頓「借力使力」的辯證能力，認知他是一位「善微言大義的爭論家」（good and subtle disputant）[9] 和「雄辯家」（orator），那麼要讀懂他應該不是難事，本翻譯所要提供的，正是這種真正認識密爾頓而不致被誤導的文本。但翻譯的本身，如費許（Fish）所言，就是一種意義的選擇，它必然會造成與原文的歧異，這種歧異當不是密爾頓所期望的，不過讀者總希望在閱讀密爾頓難懂的文理時，「有人替他解開難懂的結，好讓他能讀下去」（some unraveling of the knots before embarking on the journey）[10]，這就是注釋本翻譯的必要，也是本人將《失樂園》翻譯成接近散文讓讀者好讀（reader-friendly prose）的重要考量。

8　參見顏元叔〈失樂園中的夏娃〉，聯合報副刊，1976 年 7 月 30 日，第 12 版。

9　此為知名密爾頓專家 Marjorie Hope Nicholson 在 *A Reader's Guide to John Milton* 上之用詞，見該書 285 頁。Nicholson 也認為密爾頓是位真正的「雄辯家」。

10　此為 Stanley Fish 在 *New York Times* 裡所作的評述，他也認同 Harold Bloom 的觀察，認為「要完全讀懂《失樂園》需要些疏通」（"require mediation to read 'Paradise Lost' with full appreciation."）。此「疏通」就是翻譯！

四、古典時期到當代文人名家對《失樂園》的評判

（一）從初出版到 20 世紀初

　　儘管密爾頓在共和政府時期是位名重一時的拉丁部長，在其替政府所為的辯護中雄辯滔滔，享譽歐洲文壇與政壇。但在查理二世復辟成真，共和要員躲的躲、死的死的政治氛圍裡，密爾頓 1667 年出版的《失樂園》雖然躲過審檢員的吹毛求疵，但首版 1500 冊的銷量有限，直至 1674 年才再版。再版有馬維爾（Andrew Marvell，1621-1678，密爾頓友人兼同僚）的獻詞，大讚密爾頓就像《聖經》中瞎眼的鬥士參孫一樣，奮力推倒神廟殿宇的廊柱（寓意自古以來的詩詞歌賦），並謂此後「詞人再無餘地塊作業，唯知自己無知或剽竊」（so that no room is here for Writers left,/ But to detect their Ignorance or Theft），又謂「雄偉壯麗之詞滿紙躍／為敬者所羨而俗者略」（That Majesty which through thy Work doth Reign/ Draws the Devout, deterring the Profane），讚美之詞溢於言表。但其同時代文人則因政治關係，對其頗不假辭色。另一例外是署名為 S. B., M.D.者，他在 In Paradisum Amissam Summi Poetæ JOHANNIS MILTONI（On the Paradise Lost of the most excellent poet, John Milton）一詩中說「凡讀過《失樂園》該長詩者，當以為荷馬所吟者聒聒蛙鳴，維吉爾所頌者嗡嗡蚊唧也」（Hæc quicunque leget tantum cecinisse putabit Mæonidem ranas, Virgilium culices. Roy Flannagan 將其翻譯為 He who reads this poem will think Homer sang only of frogs, Vergil of gnats）[1]。

　　縱然鮮為當時名人及評家注意，但因它是以文藝復興時期最為人稱

---

[1] S. B., M.D.是 Samuel Barrow，Doctor of Medicine 的縮寫；他是倫敦著名醫生、密爾頓友人，也曾擔任過孟克（Monck）將軍及查理二世的醫生。其拉丁詩出現在《失樂園》1674 年版中，S. B.之詆譭肇因於他認為荷馬是諷刺史詩 *Batrachomymachia*（*The Battle of the Frogs and Mice*）的作者，而維吉爾則是 *Culex*（*The Gnat*）的作者。見 Roy Flannagan（1993），頁 106注 1；Roy Flannagan（1998），頁 349；以及 Barbara K. Lewalski（2007），頁 5-6。

道的史詩文體寫就，仍然吸引了喜愛英雄詩篇的讀者注意。因此 18 世紀
最重要的文藝劇作家兼文學評論家德萊登（John Dryden，1631-1700，曾
與密爾頓同在共和政府的外語部共事）雖可能因競爭關係，對密爾頓的
成就模稜兩可，既曾說過荷馬、維吉爾（史詩《伊尼德》作者）及密爾頓
雖各隔數世紀之遠，卻都是不世出的詩人，一長在思維高遠、一在壯闊
波瀾，而密爾頓則兼具兩家之長[2]；也據言，他曾想把《失樂園》濃縮成
自己擅長的劇作。與德萊登同時代但稍晚的蒲柏（Alexander Pope，1688-
1744）在其大作《人之論》（*An Essay on Man*）中，則以挪用及轉借《失
樂園》中的詞語（如有句 to vindicate the ways of God to man，就是模仿密
爾頓的 to justify the ways of God to man）顯現出他對密爾頓的崇拜（更別
提他在其所謂《鈍士記行──蠢才行傳》〔*Dunciad*〕中的仿史詩、或稱
嘲諷史詩的作為，根本就是對密爾頓崇敬的表現）。而該世紀初的劇作家
兼劇評家 John Dennis（1658-1734）則謂，世人若慣讀荷馬、維吉爾，更
該讀讀密爾頓，他有些特質，勝過前二者：思維崇高（lofty）、可敬可畏
（terrible）、慷慨激昂（vehement）、驚天動地（astonishing）、激情快意
（impetuous raptures）[3]。

　　18 世紀末的英國大文豪、牛津英語詞典的始創者詹森博士（Samuel
Johnson，1709-1784）在點評英國詩人時，曾謂史詩之作者得集各種創
作能力之大成方能成事（an assemblage of all the powers which are singly
sufficient for other compositions），而密爾頓正是此中第一高手，其《失
樂園》之典型特質在雄偉莊嚴（sublimity），所選主題說多一分無濟於事
（too much could not be said），窮盡想像卻無慮鋪張揮霍（tire his fancy
without the censure of extravagance）。只不過這是本讀來令人欣賞而後置
之一邊，忘了要再讀的史詩；要熟讀它，可不是件快意恩仇之事，而是
責任與義務；讀它是要獲取教訓，要消遣娛樂得在他處尋（Its perusal is a
duty rather than a pleasure... We read Milton for instruction...look elsewhere for

---

2　參見 Kay Gilliland Stevenson，"Reading Milton 1674-1800"，頁 534。
3　參見 Kay Gilliland Stevenson，"Reading Milton 1674-1800"，頁 533-34。

recreation）[4]！旨哉斯言，對大部分非專研《失樂園》者，詹森的話至今仍應是確評！

　　到了 19 世紀浪漫時代，因為整個英國文壇受法國大革命及個人主義興盛影響，反對體制性壓迫，支持革命反叛，是以《失樂園》成為反抗社會政治的理想化標誌，撒旦在反對壓迫性的所謂正統中成為英雄，浪漫主義下的英雄人物乃成為撒旦式的英雄。除了布雷克說密爾頓不自覺的與撒旦同聲共氣外，柯立芝（Samuel Taylor Coleridge，1772-1834）也說密爾頓的雄偉莊嚴（sublimity）就展現在撒旦身上，說他孤絕勇猛、寧折不屈、雖墮落卻顯崢嶸（a singularity of daring, a grandeur of sufferance, and a ruined splendor）。寫《唐璜傳》（*Don Juan*）的拜倫（George Gordon, Lord Byron，1788-1824）則說密爾頓是「詩人中的巨擘」（prince of poets）、「繆思九女神的頭號祭司」（great high priest of all the Nine），並說「密爾頓」（Miltonic）一詞就意味著「雄偉莊嚴」（sublime）。而雪萊（Percy Bysshe Shelley，1792-1822）則在其《詩之辯》（*A Defense of Poetry*，1821）文中謂「密爾頓的惡魔艱苦卓絕、百折不屈、受苦不降，遠勝過上帝」（Milton's Devil...is as far superior to his God as one who perseveres...in spite of adversity and torture）。丁尼生（Alfred, Lord Tennyson，1809-1892）曾稱密爾頓為「天賜英格蘭的發聲器，年復一年仍錚鳴不已」（God-gifted organ-voice of England,/ Milton, a name to resound for ages）。19 世紀末的文壇巨擘阿諾德（Matthew Arnold, 1822-1888）則讚譽道，密爾頓在用詞（diction）與韻律（rhythm）方面堪稱是風格偉大的詩人中最偉大者，與偉大的希臘羅馬詩人比肩，不識希臘與拉丁文者，想了解他們詩行之魔法與魅力（power and charm），唯讀密爾頓之詩可堪比擬[5]。

　　20 世紀最偉大的現代詩人艾略特（T. S. Eliot，1888-1965）則謂密爾頓之偉大固無庸置疑，惟其詩之失敗，雖已有識者如龐德（Ezra Pound，1885-1972）者流點出，卻含蓄帶過。最該指控的是他對英語文

4　參見 Gordon Teskey 所編 *Paradise Lost*: John Milton，頁 384-86。

5　參見 Gordon Teskey 所編 *Paradise Lost*: John Milton。頁 398。

的敗壞（deteriorate），又因他比德萊登、蒲柏更有影響力，其危害更甚（bad influence）；正因為密爾頓華麗、正規的寫作風格，使得他的無韻詩（《失樂園》）就像是「中國的萬里長城」一樣，他讓未來幾代的詩作表達能力斲喪了，因為他的文字語言精緻華麗，讓人隔絕且感受不到貼近天然狀態的凡人經驗；語言與感受分了家，所謂的「感性分離」（dissociation of sensibility）就是如此[6]。不過他也不忘讚美密爾頓的詩文，更認為密爾頓的複合長句（periods），有波段般（wave-length）的結構，讓每一段文章都有完美又獨特的圖像，其詩文之美在於前後（context）連動，只有他那樣高超的掌控技巧（supreme mastery）才能調動那麼多的音樂單位，讓讀者屏氣凝神，喘不過氣來（breathless leap）[7]。

（二）當代對《失樂園》的批評

　　浪漫時期對撒旦的關愛，多少影響了讀者對《失樂園》的評價。此一態度一直持續到當代。所有的評論或多或少都圍繞此一觀點，亦即除對密爾頓才藝及詩文本身的論辯外，評家多從撒旦所具有的正面或負面意義出發，依此再討論上帝及亞當、夏娃的角色功能。20 世紀所流行的批評理論當然也滲入了評家對密爾頓的解讀。譬如在 *A Preface to* Paradise Lost（1942）一書中，魯益師（C. S. Lewis，1898-1963）這位有神學背景的作家及批評家，就毫不客氣地指出，撒旦的種種作為及顛三倒四的說法，足證其本人不只是個「騙子」（liar），他本身根本就是一個「騙」（lie）字。不過魯益師倒也有點同情這位騙子，因為他就像是蒲柏筆下的「鈍士」、「蠢才」（dunces），無能了解任何事情，「為了不想看到某事，竟然不自覺地讓自己的視力遲鈍無用」（in order to avoid seeing one thing he has, almost voluntarily, incapacitated seeing at all）[8]。

　　燕卜蓀（William Empson，1906-1984）對撒旦的看法則是另一極

6　參見 Peter J. Kitson "Milton: The Romantics and After"，頁 547。
7　參見 Gordon Teskey 所編 Paradise Lost: John Milton，頁 399-400。
8　參見 Gordon Teskey 所編 Paradise Lost: John Milton，頁 402-403。

端。他那本著名的 *Milton's God*（1961）不斷強調撒旦的「浪漫大方」（romantic generosity），就算他做盡壞事（villainy），他的壞也是「真誠的」（sincere），反而是「上帝要讓他腐爛掉」（God is plotting to make him rot away），而他也真的漸漸腐爛[9]。由此，燕卜蓀歸結出：傳統上的基督教上帝非常邪惡，窮凶極惡般的壞（monstrously wicked）；密爾頓的寫作，為忠於他的聖典，勉力不讓上帝顯得太壞，但他文字所穿透的卻是另一形象，而這正是《失樂園》讓人著迷及沉痛（fascination and poignancy）的地方[10]。不過這樣的經驗卻不是費許所能接受的。在他那本半是理論展示、半是批評文獻的 *Surprised by Sin*（1967）中，他先引述評家如 Northrop Frye 等對聖父在《失樂園》第三卷出言諷刺撒旦的蠢動及人之終將墮落時，覺得像是被校牧（school divine）教訓一般，令人五臟翻攪（visceral reaction），而「赦罪者就是指罪者」（*qui s'excuse s'accuse*），也讓人難以接受。雖然這幾乎是所有讀者都有的反應，但 Frye 卻覺得這樣的批評是肇因於我們是被告且被判有罪卻偷聽法庭上的訴訟一樣。說那些話時的上帝，並不知道我們這些墮落者（的子孫）會偷聽到他的訓斥及威脅。那些話不是說給我們這些當時不在場的人聽的；密爾頓的上帝如果不那麼固執，堅持要處罰撒旦和人類，那麼密爾頓就怠忽職守，沒將當時的事實及真相充分說明了！現代的讀者，受過邏輯分析，在閱讀過程中，當能內省，並見到自己不願妥協的執拗[11]！能見乎此之讀者，並明瞭自己身處墮落之境，則不啻為此書之真英雄！

　　另一早期以《伊莉莎白時代世界圖像》（*Elizabethan World Picture*，1959）知名的批評大家提萊亞德（E. M. W. Tillyard，1889-1962），其對密爾頓詩作的批判，也甚具開創性。他接用美國著名學者摩爾（Paul Elmer More，1864–1937）的說法，認為《失樂園》的主題就在「樂園」本身，密爾頓在開頭所謂的「以證上帝對人類之作為乃為正當」（justify the ways

---

9　參見 Gordon Teskey 所編 Paradise Lost: John Milton，頁 418-420。

10　參見 Gordon Teskey 所編 Paradise Lost: John Milton，頁 440。

11　參見 Gordon Teskey 所編 Paradise Lost: John Milton，頁 442-446。

of God to men）根本不是該詩情節所要交代的真正道德寓意，反而應該是撒旦眼中所見到的「快樂田園的所在地」（happy rural seat），那是密爾頓對「黃金年代」（Golden Age）——就是英國文學最偉大的伊莉莎白時代（Elizabethan era）——的懷想跟熱烈盼望，也是他未明講的意識與明說的企圖間的拉鋸，所以他之費心重現（representation）「樂園」就是這種企求完美職志（lifelong search for perfection）的表現[12]。

　　以版本研究著名於世的哈佛大儒布希（Douglas Bush，1896-1983）曾謂，密爾頓為了強調，常常調動語詞固有位置甚至濫用語詞分類（parts of speech），又愛用掉尾長句（periodic sentences），更運用凝練又省略（condensed and elliptical）的句法，使得他的文字是既流暢變動又筋肉橫生（fluid and muscular），讓英語文變得像外國話一樣。不過他也說，只要仔細閱讀，密爾頓的這些做法都有其作用且不呆板機械（richly functional and hardly ever mechanical）。儘管讀來頗有壓力，但整體效果就是風格雄偉樸實（grand simplicity），而這正是所謂「古典寫作」（classical writing）的經典。他甚至揚言，儘管密爾頓的語句複雜大膽，其拉丁化的字詞與文句像塊織錦般（brocade），但他要呈現的意義，不似莎翁那般模稜兩可，而是確然無疑的，儘管我們總認為莎翁具象化了英國文學的真才情（true genius）。所以，就他而言，無論肌理結構（texture and structure）以及想像的繁複與力度，《失樂園》都帶給我們無窮盡的審美快感（aesthetic pleasure），那是英詩裡少見的大作；而其中涵蘊的宗教成分，讀者在意也好、不在意也罷，其神話精髓的鋪陳以及對人之莊嚴與苦痛所作的描繪，都是真情的，這比任何現代文學所呈現的更高貴、更完善[13]。

　　除了上述名師大儒之外，晚近的文學批評，自新批評主義以形式為主軸的看法興起後，質疑作家生平對文本解讀的意義，一任以為熟讀文本即足已，無須考慮文本以外的東西，如倫理價值、人生哲學、文學傳

12　參見 Gordon Teskey 所編 Paradise Lost: *John Milton*，頁 450-452。

13　參見 Gordon Teskey 所編 Paradise Lost: John Milton，頁 476-481。

承、政治意念等等，以免造成所謂的「意圖謬誤」（intentional fallacy）
與「情感謬誤」（affective fallacy）。前述提到的艾略特可謂其中之倡導
者，但新批評的不足，從費許對密爾頓從讀者立場所提出的反應中，可
見一斑。而其後之「解構主義」（Deconstruction）更是對「形式主義」
（formalism）的無情反撲。「解構主義」強調解構閱讀是一種揭露文本
結構與其西方形上本質（Western metaphysical essence）之間差異的文本
分析方法。這種解構閱讀法強調文本不能只是被解讀成單一作者在傳達
一個明顯的訊息，而應該被解讀為在某個文化或世界觀中各種衝突的體
現。而且有時這種內在衝突，在作者書寫時可能無意識地呈現出來，而
這往往跟他所宣稱的書寫意圖與目的不合。隨著這種批評看法而來的是
像新歷史主義（New Historicism）、女性主義（Feminism）、心理分析
（Psychoanalysis）等等超越形式的分析法，這使得當代讀者對古典文學
的批評形式更多元、角度更犀利，特別是對常常被稱為父權主義喉舌（a
mouthpiece for patriarchy）、仇女者（misogynist）、性別仇視者（sexist）
的密爾頓。

　　在這樣的多元批評中，有幾本專書值得討論。先是 William B. Hunter
所編的 *A Milton Encyclopedia, 1978-83*。這是一套九卷的百科全書，是
研究密爾頓資訊最整齊完備者。該百科以 William B. Hunter 為總編輯，
輔以 John T. Shawcross、John M. Steadman 及 Purvis E. Boyette、Leonard
Nathanson 為編輯，自 1977 年起至 1983 年為英國 Associated University
Press 所推出，由美國賓州 Bucknell University Press 所印行。這是套研究密
爾頓所有作品，以及他所處時代、17 世紀英國文化、17 世紀政治宗教、
17 世紀文學和政治等的重要文獻，所有資訊按字母順序排列，翻查容易，
且每個條目的編寫者都是深研密爾頓的專家，可讀性非常高，每一條目
就等於一篇論文，最後一整冊是書目與附錄，對資料的參照、搜尋相對簡
便，是研究密爾頓不可或缺的資訊來源。

　　另一性質相近而以 The Milton Encyclopedia 為書名、厚達 400 頁的
單冊書，是由 Thomas N. Corns 編輯於 2012 年由耶魯大學出版社（Yale
University Press）所發行。雖名為百科全書，但與 William B. Hunter 所編

輯者比較，規模相差甚巨，但卻是本可隨身攜讀的簡易版全書，該書對一般讀者或學生當有一定助益，因攜帶方便，可讓讀者閱讀密爾頓作品時隨時翻查，藉以增添其對特定作品及文獻更有趣、更深入的經驗。其各文章所討論者涵蓋了密爾頓的每首詩歌和散文作品，密爾頓及其家庭成員的生活，所有他的著作中提到的事件和當事人，與密爾頓自己作品有關的每本《聖經》、排版者、書商和出版歷史、批判和編輯傳統、插畫，以及受到密爾頓影響的作者等。

　　而有關密爾頓研究的論文著作，可謂汗牛充棟、卷帙浩繁、窺一漏萬，僅就重要選集概略介紹。首先是 Dennis Danielson 主編的 *Cambridge Companion to Milton*（1989，1999），他邀了 18 位國際知名的密爾頓學者，依各家所長撰述論文，以展現 20 世紀密爾頓研究的主要方向及成果。其中有六個章節（8-13）是有關《失樂園》的論文，有談其文類者，有談知識與性別意識者，有談密爾頓的神學及政治改革議題者，當然也有探討撒旦的角色問題者。這其中還有 Barbara K. Lewalski、Diane K. McColley、Georgia Christopher 三位重量級女性專家的文章，可以說，本選集既反映了學術深度，更注意到近期的批評取向。

　　另一本相類似的文集大全是 Thomas N. Corns 編輯的 *A Companion to Milton*（2001），內中有 29 篇論文，包含有 Leah S. Marcus、Stella P. Revard、Annabel Patterson、Stephen M. Fallon、David Loewenstein、John Leonard 等本身有密爾頓專書的作者，除了談及密爾頓的文學傳統、文類沿革、政治思想、宗教概念和極端論述外，論《失樂園》的專章有 5 篇，談罪與罰、談時間、談宗教政治，且其中有 Amy Boesky 研究密爾頓多重時間的專論。整體說來，本書可說是 21 世紀研究密爾頓的最新成果。2016 年該書改版成 *A New Companion to Milton*，除再版之前的 28 篇文章，且更新部分內容外，新增 8 篇有關密爾頓對婚姻、離婚的看法及其共和概念；論《失樂園》部分，另加有 Maggie Kilgour、Rachel Trubowitz 等女性學者的論文，全書可說是本世紀研究密爾頓所必備的手冊之一。

　　在這兩個年代之間，牛津大學出版社（Oxford University Press）於2010 年委請 Nicholas McDowell 及 Nigel Smith 兩位教授，編纂了一本包羅

萬象、厚達 700 頁的指南書 *The Oxford Handbook of Milton*，該書反映了
新世紀對密爾頓研究的興趣與需求，其中第四部分專論《失樂園》，包含
的評家有 Charles Martindale、John Creaser、Stephen B. Dobranski、Karen
L. Edwards、Nigel Smith、Stuart Curran、Susan Wiseman、Martin Dzelzainis
八人，他們藉各層面，包含古典傳承、異端神論、神之再現、政治主張等
主題，探討密爾頓對文學、政治、女性、世界等議題的看法。對 21 世紀的
讀者而言，這是本有深度及厚度的參考書。

　　而在深度批評部分，Arthur Edward Barker 所編由紐約牛津大學出
版社（Oxford University Press）發行的 *Milton: Modern Essays in Criticism*
（1965）中有 19 篇論文是討論《失樂園》的。在這本 400 多頁的專書
中，Douglas Bush、C. S. Lewis、Helen Gardner、Maurice Kelley、Merritt Y.
Hughes、Geoffrey Hartman 等專家學者都是執筆者，展現了對該長詩批判
的活力與多樣性，是 20 世紀前半葉的批評力作。

　　1966 年，Louis Lohr Martz 替 Prentice-Hall「光譜叢書：二十世紀
評論」（Spectrum Book : Twentieth Century Views）編輯的 *Milton: A
Collection of Critical Essays* 是一本 200 頁評論集，包含 Martz 自己及魯益
師等 13 位當代密爾頓專家，就《失樂園》的詩學想像、風格等提供多種
不同的觀點，頗值初學者一看。

　　1987 年 Mary Nyquist 及 Margaret W. Ferguson 編選一本厚達 400 頁
的專集 *Re-membering Milton: Essays on the Texts and Traditions*，由倫
敦 Methuen 公司出版。該選集收有名家分別藉由馬克思（Marx）、韋
伯（Weber）、阿杜塞（Althusser）及傅柯（Foucault）等人的觀點，來
解析密爾頓所處時代的制度、生產以及權威等；也有專家藉由佛洛依德
（Freud）、榮格（Jung）、拉岡（Lacan）等人的心理分析理論來論密爾頓
潛文本底下的性心理（subtextual sexuality）；更有從索緒爾（Saussure）、
巴特（Barthes）、德希達（Derrida）的解構理論探討密爾頓文本裡所
出現的語文符號與意義之間的關連。更重要的是本集裡的學者來自大
西洋兩岸，有男有女，如 Kenneth Gross、Mary Loeffelholz、Christopher
Kendrick、John Guillory、Mary Nyquist、Eleanor Cook、Richard Bradford、

Richard Halpern 等人，儼然代表新時代新聲音，不過因是以理論來解析文本，初學密爾頓者恐閱讀起來力有未逮。

　　Annabel Patterson 在 1992 年替 Taylor & Francis 公司的出版社 Routledge 編行的 *John Milton*（同時發行為 Longman Critical Readers 之一）雖非《失樂園》專著選集，但內中有 7 篇論文由包括 Patterson 自己、Mary Ann Radzinowicz、Christine Froula、Mary Nyquist、Victoria Kahn 五位傑出女性密爾頓專家所寫專文，分別用新批評、新馬克思主義（Neo-Marxist Criticism）、唯物主義（Materialism）、解構主義（Deconstruction）、女性主義等批評觀點來再現密爾頓的時代及《失樂園》的意義。該書同時有編者近 20 頁對從歷史、政治背景解讀作品各批評方法的概介及質辯，甚值對該等批評方法有興趣者一讀。

　　Christopher Kendrick 則在 1995 年編了本 250 頁的 *Critical Essays on John Milton*，是紐約以出版傳記著稱的 G. K. Hall 公司 Critical Essays on British Literature 的叢書之一。該書除有編者的引介跟導論外，9 篇選文中有 David Loewenstein、Peter Lindenbaum、Mary Nyquist、John Guillory 等撰著的 4 篇論文與《失樂園》相關。但與前兩本相較，本書規模較小，回響也不若前兩書熱烈。

　　1997 年有位 Timothy C. Miller 教授編了本 *The Critical Response to John Milton's* Paradise Lost，是由美國康州 Westport 的學術出版公司 Greenwood 出版發行。該書厚達 350 幾頁，主要有四大部分，依時間順序分章分節說明從 17 世紀起，不同世代的人對《失樂園》的批評和反應。所選錄文章與批評者依不同世代有 17 世紀的 S. B.（Samuel Barrow）、Andrew Marvell、John Dryden、Joseph Addison 等名家；18 世紀的有 Alexander Pope、Samuel Johnson、William Blake 等文人；19 世紀的有浪漫詩人和維多利亞時期的文人如 William Wordsworth、Samuel Taylor Coleridge、William Hazlitt、John Keats、Percy Bysshe Shelley、Thomas De Quincy、Alfred Lord Tennyson 等等；20 世紀的則有 E. M. W. Tillyard、Stanley Fish、Louis Martz、Northrop Frye、David Masson、Mark Pattison.等人，可說是截至 20 世紀以來對密爾頓批判最完整的選集，值得參考。

　　相對於編年體的批評文獻，William Zunder 所編之 *New Casebooks: Paradise Lost* 的「當代批評文集」（*Contemporary Critical Essays*，1999）則收有 12 篇論文，當代密爾頓之各路名家含多位女性評家幾乎搜羅殆盡，包含有 Christopher Hill、Frederic Jameson、Mary Nyquist、William Kerrigan、Catherine Belsey、Maureen Quilligan 等權威學者，分別從英國革命、政治意識、父權宰制、性別意識、創世原初、主／子論述等觀點，以及從馬克思主義（Marxism）、女性主義、心理分析和後結構主義（poststructuralism）等批評角度，提供案例式研究，頗能集各家觀點於一單輯中，是 20 世紀後半葉對《失樂園》評斷的代表作。

　　Harold Bloom 在 1999 年由 Chelsea House 所出的 *Bloom's Notes: Paradise Lost* 中對密爾頓的作品提供了簡明清楚的介紹，同時就《失樂園》的主題、結構及人物有所討論，也含括了批評專著的簡評。易言之，*Bloom's Notes* 提供《失樂園》每卷書的章節概要加上閱讀指引、書目選要，對學子而言，這可能是省時省事讀懂《失樂園》的簡易讀本，而其所附各家評論的摘要也有助學子更深入了解作品本身。

　　而各名家對《失樂園》的評介，除前已提及之專著外，另有本由 Calvin Huckabay 及 David V. Urban 評注，David V. Urban 與 Paul J. Klemp 合編的 *John Milton: An Annotated Bibliography, 1989-1999*，是由在賓州匹茲堡（Pittsburgh, PA）的 Duquesne 大學於 2011 年發行。該書詳列了 1989 年後十年內，有關密爾頓及其作品版本、翻譯、博士論文和各式論文的專書，厚近 500 頁，共 2411 個條目，是一體系龐大且附評注的書目，可供有興趣的讀者翻查。Calvin Huckabay 教授另有本較早期的評注目錄 *John Milton: An Annotated Bibliography, 1929-1968*，於 1969 年問世。

　　前述書目之外，以下就個人認為自 1963 年以後至 2016 年間較為重要的著作目錄，依其主要批評策略，臚列如後：

1.　（新）歷史主義與（新）馬克思主義式批評

(1)　Achinstein, Sharon. *Milton and the Revolutionary Reader*. Princeton, NJ: Princeton UP, 1994.

(2)　---. *Literature and Dissent in Milton's England*. Cambridge: Cambridge UP, 2003.

(3)　Armitage, David, Armand Himy and Quentin Skinner, eds. *Milton and Republicanism*. Cambridge: Cambridge UP, 1995.

(4)　Belsey, Catherine. *John Milton: Language, Gender, Power*. Oxford: Blackwell, 1988.

(5)　Campbell, Gordon. *A Milton Chronology*. New York: Macmillan, 1997.

(6)　Davies, Stevie. *Images of Kingship in* Paradise Lost: *Milton's Politics and Christian Liberty*. Columbia: U of Missouri P, 1983.

(7)　Dobranski, Stephen and John P. Rumrich, eds. *Milton and Heresy*. Cambridge, England: Cambridge UP, 1998.

(8)　Duran, Angelica. *The Age of Milton and the Scientific Revolution*. Pittsburgh, PA: Duquesne UP, 2007.

(9)　Fallon, Stephen M. *Milton among the Philosophers: Poetry and Materialism in Seventeenth-Century England*. Ithaca: Cornell UP, 1991.

(10) Fenton, Mary C. *Milton's Places of Hope: Spiritual and Political Connections of Hope with Land*. Burlington, VT: Ashgate, 2006.

(11) Gregory, E. R. *Milton and the Muses*. Tuscaloosa: U of Alabama P, 1989.

(12) Greteman, Blaine. *The Poetics and Politics of Youth in Milton's England*. Cambridge: Cambridge UP, 2013.

(13) Griffin, Dustin. *Regaining Paradise: Milton and the Eighteenth Century*. Cambridge: Cambridge UP, 1986.

(14) Grose, Christopher. *Milton and the Sense of Tradition*. New Haven: Yale UP, 1988.

(15) Hawkes, David. *John Milton: A Hero of Our Time*. Rpt Ed. London: Counterpoint, 2011.

(16) Hill, Christopher. *Milton and the English Revolution*. New York: Viking, 1977.

(17) ---. *The World Turned Upside Down: Radical Ideas During the English Revolution*. New York: Viking, 1972.

(18) Honeygosky, Stephen R. *Milton's House of God: The Invisible and Visible*

Church. Columbia: U of Missouri P, 1993.

(19) Kendrick, Christopher. *Milton: A Study in Ideology and Form*. New York: Methuen, 1986.

(20) Kilgour, Maggie. *Milton and the Metamorphosis of Ovid*. Oxford: oxford UP, 2012.

(21) King, John N. *Milton and Religious Controversy: Satire and Polemic in Paradise Lost*. Cambridge: Cambridge UP, 2000.

(22) Knoppers, Laura Lunger. *Historicizing Milton: Spectacle, Power, and Poetry in Restoration England*. Laura Lunger Knoppers Imprint. Athens : U of Georgia P, 1994.

(23) Kranidas, Thomas. *Milton and the Rhetoric of Zeal*. Pittsburgh, PA: Duquesne UP, 2005.

(24) Leonard, John. *Faithful Labourers: A Reception History of* Paradise Lost, *1667-1970*. 2 Vols. London: Oxford, 2013.

(25) Lewalski, Barbara Kiefer. *The Life of John Milton*. Oxford: Blackwell, 2000.

(26) Loewenstein, David. *Milton:* Paradise Lost. Cambridge: Cambridge UP, 1993.

(27) --. *Representing Revolution in Milton and His Contemporaries: Religion, Politics and* Polemics in Radical Puritanism. Cambridge: Cambridge UP, 2001.

(28) Loewenstein, David, and Paul Stevens, eds. *Early Modern Nationalism and Milton's England*. Toronto: U of Toronto P, 2008.

(29) Lieb, Michael. *Poetics of the Holy: A Reading of* Paradise Lost. Chapel Hill: U of North Carolina P, 1981.

(30) Luxon, Thomas. *Single Imperfection: Milton, Marriage and Friendship*. Pittsburgh, PA: Duquesne UP, 2005.

(31) Lynch, Helen. *Milton and the Politics of Public Speech*. Farnham: Ashgate, 2015.

(32) Martin, Catherine Gimelli. *Milton among the Puritans: The Case for Historical Revisionism*. Farnham: Ashgate, 2010.

(33) Masson, David. *The Life of John Milton Narrated in Connexion with the Political, Ecclesiastical, and Literary History of His Time.* Vol. VI: 1660-1674. Gloucester, MA: Peter Smith, 1965.

(34) Milner, Andrew. *John Milton and the English Revolution: A Study in the Sociology of Literature.* London: Macmillan, 1981.

(35) Parker, William Riley. *Milton: A Biography.* 2 Vols. Oxford: Clarendon, 1968.

(36) Patrides, C. A. and Raymond B. Waddington, eds. *The Age of Milton: Backgrounds to Seventeenth-Century Literature.* Manchester: Manchester UP, 1980.

(37) Quint, David. *Epic and Empire: Politics and Generic Form from Virgil to Milton.* Prince: Princeton UP, 1993.

(38) Rajan, Balachandra and Elizabeth Sauer, eds. *Milton and the Imperial Vision.* Pittburgh: Duquesne UP, 1999.

(39) Rumrich, John. *Milton Unbound: Controversy and Reinterpretation.* New York: Cambridge UP, 1996.

(40) Sharpe, Kevin, and Steven N. Zwicker, eds. *Politics of Discourse: The Literature and History of Seventeenth-Century England.* Berkeley: U of California P, 1987.

(41) Shawcross, John T. *John Milton: The Self and the World.* Lexington, KY: U of Kentucky P, 1993.

(42) Stavely, Keith W. F. *Puritan Legacies:* Paradise Lost *and the New England Tradition, 1630-1890.* Ithaca, NY: Cornell UP, 1987.

(43) von Maltzhan, Nicholas. *Milton's History of Britain: Republican Historiography in the English Revolution:* Oxford: Clarendon, 1991.

(44) Wolfe, Don M. *Milton in the Puritan Revolution.* New York: Humanities, 1963.

(45) ---. *Milton and His England.* Princeton: Princeton UP, 1971.

(46) Zagorin, Perez. *Milton: Aristocrat & Rebel: The Poet and His Politics.* New York: D.S. Brewer, 1992.

(47) Zwicker, Steven N. *Lines of Authority: Politics and English Literary*

Culture, 1649-1689. Ithaca: Cornell UP, 1993.

2. 女性主義與性別議題式批評

(1) Bennett, Joan S. *Reviving Liberty: Radical Christian Humanism in Milton's Great Poems*. Cambridge: Harvard UP, 1989.

(2) Cable, Lana. *Carnal Rhetoric: Milton's Iconoclasm and the Poetics of Desire*. Durham, NC: Duke UP, 1995.

(3) Le Comte, Edward. *Milton and Sex*. Basingstoke: Macmillan, 1978.

(4) McColley, Diane Kelsey. *Milton's Eve*. Urbana: U of Illinois P, 1983.

(5) Pagels, Elaine. *Adam, Eve, and the Serpent*. New York: Random House, 1986.

(6) Pavlock, Barbara. *Eros, Imitation, and the Epic Tradition*. Ithaca: Cornell UP, 1990.

(7) Sauer, Elizabeth. *Barbarous Dissonance and Images of Voice in Milton's Epics*. Montreal: McGill-Queen's UP, 1996.

(8) Turner, James Grantham. *One Flesh: Paradisal Marriage and Sexual Relations in the Age of Milton*. Oxford: Clarendon, 1987.

(9) Walker, Julia M., ed. *Milton and the Idea of Woman*. Urbana: U of Illinois P, 1988.

(10) Wittreich, Joseph. *Feminist Milton*. Ithaca, NY: Cornell UP, 1987.

3. 形式主義或（後）結構主義式批評

(1) Blessington, Francis C. Paradise Lost *and the Classical Epic*. Boston: Routledge, 1979.

(2) --. Paradise Lost: *Ideal and Tragic Epic*. Boston: Twayne, 1988.

(3) Campbell, Gordon. *A Milton Chronology*. New York: Macmillan, 1997.

(4) Carey, John. *The Essential* Paradise Lost. London: Faber & Faber, 2017.

(5) Florn, C. *A Concordance to* Paradise Lost. Hildesheim: Olms, 1992.

(6) Leonard, John. *Naming in* Paradise Lost: *Milton and the Language of Adam and Eve*. London: Oxford UP, 1990.

(7)　Lewalski, Barbara Kiefer. Paradise Lost *and the Rhetoric of Literary Forms*. Princeton: Princeton UP, 1985.

(8)　Lieb, Michael. *The Sinews of Ulysses: Form and Convention in Milton's Works*. Pittsburgh, PA: Duquesne UP, 1989.

(9)　Nicolson, Marjorie Hope. *John Milton: A Reader's Guide to His Poetry*. New York: Syracuse UP, 1963.

(10) Quint, David. *Epic and Empire: Politics and Generic Form From Virgil to Milton*. Princeton: Princeton UP, 1993.

(11) Rapaport, Herman. *Milton and the Postmodern*. Lincoln, NE: U of Nebraska P, 1983.

(12) Ricks, Christopher. *Milton's Grand Style*. London: Oxford UP, 1978.

(13) Schwartz, Regina. *Remembering and Repeating: On Milton's Theology and Poetics*. Chicago: U of Chicago P, 1993.

(14) Shafer, Ronald G, ed. *Ringing the Bell Backward: The Proceedings of the First International Milton Symposium*. Introd. Shafer. Indiana, PA: IUP Imprint, 1981.

(15) Shoaf, R. A. *Milton, Poet of Duality: A Study of Semiosis in the Poetry and the Prose*. Gainesville: UP of Florida, 1993.

(16) Shore, Daniel. *Milton and the Art of Rhetoric*. Cambridge: Cambridge UP, 2012.

(17) Webber, Joan Malory. *Milton and His Epic Tradition*. Seattle: U of Washington P, 1979.

4. 詮釋學與跨文本式批評

(1)　Benet, Diana Trevino and Michael Lieb, eds. *Literary Milton: Text, Pretext, Context*. Pittsburgh: Duquesne UP, 1994.

(2)　Campbell, Gordon and Thomas N. Corns. *John Milton: Life, Work and Thought*. Oxford: Oxford UP, 2008.

(3)　Carrithers, Gale H. *Milton and the Hermeneutic Journey*. Ed. Gale H. Carrithers, Jr. and James D. Hardy, Jr. Baton Rouge: Louisiana State UP, 1994.

(4) Corns, Thomas N. *Milton's Language*. Oxford: Blackwell, 1990.

(5) Dobranski, Stephen B. *Milton, Authorship, and the Book Trade*. Cambridge, England: Cambridge UP, 1999.

(6) Edwards, Karen L. *Milton and the Natural World: Science and Poetry in Paradise Lost*. Cambridge: Cambridge UP, 2000.

(7) Evans, J. Martin. *The Miltonic Moment*. Lexington, KY: UP of Kentucky, 1998.

(8) Fallon, Robert Thomas. *Divided Empire: Milton's Political Imagery*. University Park: Pennsylvania State UP, 1995.

(9) Ferry, Anne. *Milton's Epic Voice: The Narrator in* Paradise Lost. Rpt. Ed. Chicago: U of Chicago P, 1983.

(10) Forsyth, Neil. *The Satanic Epic*. Princeton: Princeton UP, 2003.

(11) Haskin, Dayton. *Milton's Burden of Interpretation*. Philadelphia: U of Pennsylvania P, 1994.

(12) Kolbrener, William. *Milton's Warring Angels: A Study of Critical Engagements*. Cambridge: Cambridge UP, 1997.

(13) Le Comte, Edward. *Milton Re-Viewed: Ten Essays*. New York: Garland, 1991.

(14) Lieb, Michael. *Milton and the Culture of Violence*. Ithaca, NY: Cornell UP, 1994.

(15) ---. *Theological Milton: Deity, Discourse and Heresy in the Miltonic Canon*. Pittsburgh, PA: Duquesne UP, 2006.

(16) Loewenstein, David. *Milton:* Paradise Lost. Cambridge: Cambridge UP, 1993.

(17) Leonard, John. *Faithful Labourers: A Reception History of* Paradise Lost, *1667-1970*. 2 Vols. London: Oxford, 2013.

(18) MacCaffrey, Isabel Gamble. Paradise Lost *as "Myth"*. Cambridge: Harvard UP, 1967.

(19) Martindale, Charles. *John Milton and the Transformation of Ancient Epic*. Totowa, NJ: Barnes, 1986.

(20) Martz, Louis L. *Milton: Poet of Exile*. 2nd Ed. New Haven: Yale UP,

1986.

(21) McColley, Diane Kelsey. *A Gust for Paradise: Milton's Eden and the Visual Arts*. Urbana: U of Illinois P, 1993.

(22) Miller, Timothy C., ed. *The Critical Response to John Milton's* Paradise Lost. Westport: Greenwood, 1997.

(23) Mohamed, Feisal. *Milton and the Post-Secular Present: Ethics, Politics, Terrorism*. Stanford: Stanford UP, 2011.

(24) Moore, Leslie E. Beautiful Sublime: The Making of Paradise Lost, *1701-1734*. Stanford, CA: Stanford UP, 1990.

(25) Moyles, R. G. *The Text of* Paradise Lost: *A Study in Editorial Procedure*. Toronto: U of Toronto P, 1985.

(26) Newlyn, Lucy. Paradise Lost *and the Romantic Reader*. Oxford: Oxford UP, 1993.

(27) Patterson, Annabel. *Milton's Words*. Oxford: Oxford UP, 2009.

(28) Porter, William. *Reading the Classics and* Paradise Lost. Lincoln: U of Nebraska P, 1993.

(29) Quint, David. *Inside* Paradise Lost: *Reading the Design's of Milton's Epic*. Princeton: Princeton UP, 2014.

(30) Radzinowicz, Mary Ann. *Milton's Epics and the Book of Psalms*. Rpt. Ed. Princeton: Princeton UP, 2014.

(31) Raymond, Joad. *Milton's Angels: The Early-Modern Imagination*. Oxford: Oxford UP, 2010.

(32) Reichert, John. *Milton's Wisdom: Nature and Scripture in* Paradise Lost. Ann Arbor: U of Michigan P, 1992.

(33) Reid, David. *The Humanism of Milton's* Paradise Lost. Edinburgh: Edinburgh UP, 1993.

(34) Reisner, Noam. *Milton and the Ineffable*. Oxford: Oxford UP, 2009.

(35) Revard, Stella Purce. *The War in Heaven:* Paradise Lost *and the Tradition of Satan's Rebellion*. Ithaca: Cornell UP, 1980.

(36) Rogers, John. *The Matter of Revolution: Science, Poetry and Politics in the Age of Milton*. Ithaca, NY: Cornell UP, 1996.

(37) Rosenblatt, Jason Philip. *Torah and Law in* Paradise Lost. Princeton, NJ: Princeton UP, 1994.

(38) Rumrich, John Rich. *Matter of Glory: A New Preface to* Paradise Lost. Pittsburgh: U of Pittsburgh P, 1987.

(39) Rushdy, Ashraf. *The Empty Garden: The Subject of Late Milton.* Pittsburgh: U of Pittsburgh P, 1992.

(40) Shawcross, John T. *With Mortal Voice: The Creation of* Paradise Lost. Lexington: UP of Kentucky, 1982.

(41) Shore, Daniel. *Milton and the Art of Rhetoric.* Cambridge: Cambridge UP, 2012.

(42) Steadman, John M. *Milton and the Renaissance Hero.* Oxford: Clarendon, 1967.

(43) ---. *Milton's Biblical and Classical Imagery.* Pittsburgh: Duquesne UP, 1984.

(44) Stevenson, Kay Gilliland and Margaret Sears. Paradise Lost *in Short: Smith, Stillingfleet, and the Transformation of Epic.* London: Associated UP, 1998.

5. 心理分析式批評

(1)   Achinstein, Sharon. *Milton and the Revolutionary Reader.* Princeton, NJ: Princeton UP, 1994.

(2)   Belsey, Catherine. *John Milton: Language, Gender, Power.* Oxford: Basil Blackwell, 1988.

(3)   Driscoll, James P. *The Unfolding God of Jung and Milton.* Lexington: UP of Kentucky, 1993.

(4)   Ferry, Anne. *Milton's Epic Voice: The Narrator in* Paradise Lost. Chicago: U of Chicago P, 1983.

(5)   Fish, Stanley. *Surprised by Sin.* 2nd Ed. Cambridge: Harvard UP, 1997.

(6)   Frye, Northrop. *The Return of Eden: Five Essays on "Paradise Lost".* Toronto: U of Toronto P, 1965.

(7)   Kerrigan, William. *The Prophetic Milton.* Charlottesville: UP of Virginia,

1974.

(8) ---. *The Sacred Complex: On the Psychogenesis of* Paradise Lost. Cambridge, MA: Harvard UP, 1983.

(9) Leonard, John. *Naming in Paradise: Milton and the Language of Adam and Eve.* Oxford: Oxford UP, 1990.

(10) Miller, T. C. et al. *The Critical Response to John Milton's* Paradise Lost. London: Greenwood, 1997.

(11) Mohamed, Feisal. *Milton and the Post-Secular Present: Ethics, Politics, Terrorism.* Stanford: Stanford UP, 2011.

(12) Musacchio, George. *Milton's Adam and Eve: Fallible Perfection.* New York: Peter Lang, 1991.

(13) Rumrich, John. *Milton Unbound: Controversy and Reinterpretation.* New York: Cambridge UP, 1996.

(14) Schwartz, Regina. *Remembering and Repeating: On Milton's Theology and Poetics.* Chicago: U of Chicago P, 1993.

(15) Shawcross, John. *With Mortal Voice: The Creation of* Paradise Lost. Lexington: UP of Kentucky, 1982.

6.（後）殖民主義式批評

(1) Cañizares-Esguerra, Jorge. *Puritan Conquistadors: Iberianizing the Atlantic, 1550-1700.* Stanford: Stanford UP, 2006.

(2) Evans, J. Martin. *Milton's Imperial Epic:* Paradise Lost *and the Discourse of* Colonialism. Ithaca: Cornell UP, 1996.

(3) Fenton, Mary C. *Milton's Places of Hope: Spiritual and Political Connections of Hope with Land.* Burlington, VT: Ashgate, 2006.

(4) Loewenstein, David, and Paul Stevens, eds. *Early Modern Nationalism and Milton's England.* Toronto: U of Toronto P, 2008.

(5) Quint, David. *Epic and Empire: Politics and Generic Form from Virgil to Milton.* Prince: Princeton UP, 1993.

(6) Rajan, Balachandra and Elizabeth Sauer, eds. *Milton and the Imperial Vision.* Pittsburgh: Duquesne UP, 1999.

(7)   Sauer, Elizabeth. *Barbarous Dissonance and Images of Voice in Milton's Epics*. Montreal: McGill-Queen's UP, 1996.

(8)   von Sneidern, Maja-Lisa. *Savage Indignation: Colonial Discourse from Milton to Swift*. Newark: U of Delaware, 2005.

(9)   Young, Robert J. C., Kah Choon Ban, and Robbie B. H. Goh, eds. *The Silent Word: Textual Meaning and the Unwritten*. Singapore: Singapore UP, 1998.

若若想要有更完整，包含期刊單篇論文的書目，讀者可參考達特茅斯（Dartmouth）大學所推出的線上密爾頓所加附的資料：

https://web.archive.org/web/20030107210959/

http://www.dartmouth.edu/~milton/reading_room/bibliography/f-h/index.shtml

（短網址 https://reurl.cc/nDzgk2）

或是參考由 Thomas N. Corns 所編的 Consolidated Bibliography，頁 602-640。見 Corns, Thomas N. "Consolidated Bibliography." In *A New Companion to Milton*. Oxford: Wiley-Blackwell, 2016. 602-40.

五、《失樂園》原文版本

　　Roy Flannagan 在他所編的 *Paradise Lost*（1993）引文中，就曾列出多達 24 部他曾參採過的版本，足見《失樂園》之受重視。事實上就如他所說的，打從 1688 年的對開版出版後，《失樂園》就是部長銷書，是座出版界的金礦。R. G. Siemens 在 Dennis Danielson 主編的 *Cambridge Companion to Milton*（1989）則列出 16 本值得參考的不同版本（含網路版）密爾頓詩集。John T. Shawcross 在 *THE KENTUCKY REVIEW* 寫了篇 Contributions to a Milton Bibliography（1990），上面羅列有 7 本全集式密爾頓作品，以及另兩冊《失樂園》的單集本，皆可供參考。

　　大體上，所有的版本除了標點符號、某些特定字的拼法、大小寫可能不同外，其文字本身應該是一樣的，且都是按 1674 年版的十二卷版而編訂。重要的是，就連與密爾頓親筆所寫的文件比較，也很難看出他對字的拼法、大小寫、標點符號等有何一致的習慣，更何況晚期的他全依賴抄寫員、書記之手完成創作，他們的書寫習慣會影響文字、符號的選用；甚至排字工人的習慣、印刷業通行的規範都會影響各面世版本的形貌。可確知的是，詩裡的對話均無引號區隔，且依 17 世紀的拼字法則，用分號和冒號在語用功能上區別不大，只不過前者暫停時間較短，如此而已[1]！

　　雖然如此，以下仍依出版先後，臚列些較常為學者採用的現代版本及其特點：

（1）David Masson 所編的 *The Poetical Works of John Milton* 共三卷，由倫敦（London）Macmillan 公司於 1877 年出版。這是為圖書館典藏用的所謂「牛津版密爾頓」，加添有許多注解，這些注解加起來堪稱是密爾頓的小小文學傳記。

（2）Merritt Y. Hughes 所編的 *John Milton: Complete Poems and Major Prose*，由紐約 Odyssey 公司於 1957 年出版。這是從 1950 年代到 1990 年代的近 40 多年來，廣為北美大學生及亞洲（含臺灣）大學師

1　參見 Roy Flannagan 所編 *John Milton*: Paradise Lost（1993），頁 57-63。

生所採用的版本，注解豐富精確且引注龐雜，同時在每部長詩之前都有長篇導論，內容豐富多元，確是不可多得的好版本，可惜已絕版停售。

（3）John Carey 與 Alstair Fowler 所編，分別由 Longmans 在倫敦、Norton 在紐約於 1968 年出版的 *The Poems of John Milton*。該書附有注解，是 *Longmans' Annotated English Poets* 的系列叢書之一。該書《失樂園》部分由 Alstair Fowler 編注，其餘部分由 John Carey 編注。英國著名新聞作家及《每日電訊報》（*Daily Telegraph*）記者 Selina Hastings 曾謂此書是「研究密爾頓的聖經」（the very Bible of a Milton）。Alstair Fowler 所注解部分則被認為非常詳盡、非常學術；而且他還簡要摘錄了對《失樂園》的大量批判，總結了古今對該詩歌的發展和接受的歷程；更甚者，其精彩的導論，涵蓋整首詩的發展，並詳細探討了密爾頓的神學觀、詩的韻律節奏以及他複雜和充滿想像的天文知識等，可說是研究密爾頓的一座持久不衰的里程碑，也是各級讀者的寶貴指南，因此是研究密爾頓的學者所愛引用且具權威的文本之一。其單行二版的 *Milton:* Paradise Lost 先由 Longman 在 1998 年刊行，後由 Routledge 於 2006 年刊行。

（4）Roy Flannagan 編於 1998 年的 *The Riverside Milton*。這是由他在 1993 年替 Macmillan 公司所編 *John Milton:* Paradise Lost 擴充而來。就《失樂園》部分而言，Flannagan 寫了近 100 頁的導論，談論事項從史詩歷史及傳統說起，到書目及生評年表，包羅萬象，應有盡有，比 Merritt Y. Hughes 所編的 *John Milton: Complete Poems and Major Prose* 有過之而無不及。不過 Flannagan 的注解雖多，但有多處卻只提出有若干版本用了分號，但手稿好像是頓號，或是手稿用的是分號，但有版本用冒號之類的；又或者提醒讀者某些字應讀成三音節而非慣有的四音節字（如卷二 208 行的 ignominy 一字因音步關係要念成 ig'nomy），而卷二 132 行的 obscure wing 依照抑揚格聲調法，obscure 的重音落在第一音節，以符合此二字揚抑揚的念法，同樣卷一 31 行的 bordering Deep 中，其 bordering 應念成 bord'ring，少一音

節。諸如此類等等，可能現今讀者不太在意的問題，編者卻一而再、再而三的提醒讀者，有時會構成閱讀障礙。最要命的是，Riverside Milton 可能要節省版面，注解所用文字級數太小，以致閱讀非常吃力，是其另一弊病。

（5）Frank A. Patterson 當總編輯所編的 *The Works of John Milton*，1931 年至 1938 年由紐約哥倫比亞大學出版社（Columbia University Press）出版。這是總共有 18 冊 21 本書的皇皇巨作。編輯群包括 Allan Abbott、Harry Morgan Ayres、George Burnett、Donald Lemen Clark 等 25 人。《失樂園》部分是依 1674 年出版之第二版為準，特別是字的拼寫部分；該書的注解部分則附錄在《復樂園》（*Paradise Regained*）全文之後，閱讀不甚方便，而且所謂注解多半是編輯體例的取捨，如母音省略、斜體字、大小寫、標點符號等，同時也列出 1667、1668、1669 年各版本的差異。這些當然對版本研究有用，但對想多了解字詞意義及其引申涵義的學生而言，恐非最適當版本，惟本書已有密西根大學（University of Michigan）的網路版本（參見 https://babel.hathitrust.org/cgi/pt?id=mdp.49015002129519;view=1up;seq=240，短網址 https://reurl.cc/AAqNnj），參考起來算是方便。

（6）William Kerrigan、John Rumrich、Stephen M. Fallon 合編「現代叢書」（Modern Library）系列之一的 *The Complete Poetry and Essential Prose of John Milton*（2007）。本書是以現代英文拼法編注的密爾頓詩集及重要散文集，益於對早期英文特徵無認識者毫無障礙地瀏覽、欣賞密爾頓的才情。所提供之注解則可幫助讀者理解原文字句的意義及典故，還有所涉事件的歷史背景、密爾頓的宗教意識及政治理念等等，相當適合一般讀者使用，而其對個別作品的評注也有助於讀者對密爾頓有更深的理解。

另有兩本平裝版的密爾頓詩集，也值得參考：

（7）John T. Shawcross 所編的 *The Complete Poetry of John Milton*（1971）。這是第一本含注解且是平裝版的密爾頓全部詩集。編者除

記錄各手稿的不同處外，並將拉丁詩翻譯成現代英文，各詩後面並附精要注解，對無需多用典故的現代讀者頗有助益。

（8）John Leonard 所編的 Penguin Classics 叢書之一 *John Milton: The Complete Poems*（1998）。本書呈現了密爾頓所有的詩作，包括散文中所出現的詩句以及拉丁詩作，而且是以現代英文的方式，重編 1674 年的版本，主要是將拼法現代化、去除斜體字、無必要的大寫改小寫、標點符號更改（大部分是將逗號改成分號或句號）。不變的是縮寫字以便維持原有的音樂性及韻律感。較為遺憾的是編者將注解部分都放在全書末尾，參考上較不方便。事實上這些注解精簡扼要（偶有較詳盡者），很適合一般讀者之需要，且本書為平裝版，雖久用有脫落、散頁之危，不過價錢親民是一利多。

重要的《失樂園》單行本則有：

（1）Gordon Teskey 於 2005 年替 Norton 公司編注出版的 Paradise Lost: *A Norton Critical Edition*。該書採行的是現代英文拼法的策略，除縮寫字及音節關係外，所有字都依英式英文字應有的結構拼寫，因此不會出現像 receiv'd、remain'd 或 discern'd 般的字，但卻有可能出現像 "Becam'st enamoured and such joy thou took'st"（卷二 765 行）表示第二人稱單數的拼法。此外，Teskey 採用腳注方式，也讓釋義或解說易為讀者所參閱；而其按人名、地名字母順序編排的詞彙表（Glossary）與注解，則讓讀者能更了解密爾頓的指涉與博學。更甚者，因本書是含評論的版本，書後蒐羅的批評史以及名家的評語和批評概念，可讓想從不同角度理解《失樂園》者，掌握批評取向。

（2）Barbara K. Lewalski 在 2007 年替 Blackwell 出版公司編注的 *John Milton*: Paradise Lost 。這本人稱定本的書，除附有近 50 頁的導論及對人名、地名、典故、不熟悉字詞的解釋性注腳外，還加上不同版本（1674 年版和 1667 年版）與手稿的對比以及 12 襯 John Baptista Medina（1659–1710，在英國繪畫人像的著名西班牙畫師）為 1688 年版所繪的插圖。大體上 Lewalski 這位重量級密爾頓專家，採用並重

現了 1674 年版的《失樂園》，加上她的注解與導論，使得初讀者與
學者都能受益且有親炙密爾頓口授《失樂園》的暢快和臨場感。

而值得參考的網路版《失樂園》則有：

（1）〈The John Milton Reading Room: *Paradise Lost*〉（https://reurl.cc/
eDaOLR）：此版本是依 1674 年《失樂園》版本而來，其最前面有由
Alison G. Moe 與 Thomas H. Luxon 所寫之導論，所談主題有 Genre、
God、Marriage、The Son、Knowledge、Cosmology、Publication
History 等。編者保留了類似 unconsum'd、prepar'd、ordain'd 等無關
音韻的縮寫字，也保留了大量的大寫字體，同時也提供不少值得參
考的旁注，對初學密爾頓者頗有助益。此網頁也提供密爾頓其他作
品之全文及注解。

（2）〈Searchable Paradise Lost〉（https://www.paradiselost.org/8-search.
html）：此版本也是依 1674 年《失樂園》版本而來，但將古式拼法
改成現代英文，同時大量減低沒必要的大寫字體，雖然沒加注解，
但有非常強大的搜尋功能，可利用網頁上的 Find 功能或電腦屏幕右
上角之「自訂及管理 Google Chrome」鍵的搜尋功能，尋找《失樂
園》全文內所要搜尋的字詞（包含專有名詞、人名、地名等），也可
延伸其搜尋功能以詢索特定字的意義。

（3）〈*Milton:* Paradise Lost〉（https://ia600300.us.archive.org/1/items/
paradiselostmilt00miltuoft/paradiselostmilt00miltuoft.pdf，短網址
https://reurl.cc/QXdvjO）：此版本是加拿大多倫多維多利亞大學
（Victoria University）文庫藏書之一，是將 A. W. Verity 所編由牛津
大學出版社於 1910 年出版之 *Milton:* Paradise Lost 上網而成，而該版
本又是依 David Masson 所編的 *The Poetical Works of John Milton* 而
來，只不過他將標點符號，依其所自認更接近密爾頓原文的想法而
改成。在《失樂園》全文之前，有作者的前言及導論；導論中的「密
爾頓簡傳」（LIFE OF MILTON）提供許多《失樂園》成形及構思的
由來，頗值參考。而為了讓初讀者更了解《失樂園》的全文梗概，

Verity 在導論中，提供了「《失樂園》本事」（THE STORY OF THE POEM）逐卷的故事概要。不過較遺憾的是，因為這是將 Verity 全文上網的版本，所以有許多轉檔時才會產生的亂碼，這會讓讀者不知所以然；更甚者，全文的注解，儘管頗為豐富，但因為擺置在全詩的結尾部分，且又是網路版本，使參考比較不易。另一缺點是字體較小，閱讀吃力。

還有一網路版本，可供引用，但初讀《失樂園》者可能不適合：

（4）〈The Project Gutenberg EBook of Paradise Lost, by John Milton〉（http://www.gutenberg.org/files/20/20-h/20-h.htm，短網址 https://reurl.cc/Rz4Zrx）（十卷版）、（http://www.gutenberg.org/cache/epub/26/pg26-images.html，短網址 https://reurl.cc/GAV3Ey）（十二卷版）：此二版本是 The Project Gutenberg EBook 系列文本之一，但僅提供《失樂園》文本，無前言、導論、注釋、注解之類。1991 年版由 Judy Boss 鍵入並更新，所採用的是少見的十卷版 1667 年首版本，對想知道此版本與之後流行的十二卷版《失樂園》有何不同者，這是不錯的參考資料。1992 年 Project Gutenberg EBook 另行建構有十二卷本之《失樂園》。此二版電子書都保留原既有之斜體字、大寫名詞、無關音節之縮寫字（如 Mov'd、Favour'd 等），可供版本考究之用。但最大缺憾是，兩版本都沒有標明行數，想引用或比對者可得花些工夫。

六、《失樂園》的翻譯

翻譯難，翻譯詩更難，而翻譯「史詩概要」（a compendium of epics）——《失樂園》——更是難中之難。梁實秋曾謂：「詩本來不可譯，譯出來不可能適度的保持原作之韻味，頂多希望把原作之字面上的意思粗略地表達出來，如果偶然能於一字一句之間捕捉到相當近於原作的韻味，那是可遇而不可求的幸運。」[1]

以發行教科書而名聞英語學界的修頓・米芙琳・哈寇（Houghton Mifflin Harcourt）出版公司自 1832 年在波士頓成立以來，只發行過三本「河濱版」（Riverside Edition）作家集：《莎士比亞全集》（*Riverside Shakespeare*，首版發行於 1883 年，最新版為 1974 年版）、《喬叟全集》（*Riverside Chaucer*，首版發行於 1899 年，最新版為 1986 年版）以及《密爾頓重要詩文集》（*Riverside Milton*，首版發行於 1998 年）。這樣的發行史約略可看出他們三人在英美學術殿堂的分量。這樣的發行順序也說明了他們在讀者心目中的地位。沒錯，一般說來都是莎翁居首，喬、密二人殿後，但究是喬在先還是密居次，則有些爭論；總之他們都是莎翁之外，我們應該知道的名字，也應該知道他們的代表著作。就這點來說，密爾頓稍占優勢，因為未讀密爾頓著作者雖多，但未聞「伊甸園」之名者，大概少之又少，而「伊甸園之東」就是「人間樂園」之所在，密爾頓所寫的《失樂園》指的就是「伊甸園之東」的樂園，簡稱作「伊甸樂園」。

不過比起莎翁、喬叟，密爾頓更難讀，他之難讀在於密爾頓本人是個鴻儒碩士（具牛津碩士學位），博學多才，上知天文、下知地理，孔門六科之禮、樂、射、御、書、數，他全在行，拉丁文底子更被公認是當時歐洲社會的佼佼者。相形之下，莎翁只有「文法學校」（相當於高中）學

1　見梁實秋 1985 年著〈序言〉，《英國文學選第一卷》，頁 2，臺北：協志工業叢書。

歷，且僅略通拉丁文與希臘語（small Latin and less Greek）[2]；而喬叟則早入社會，雖人情練達、知書識理，且周旋在上流人士之間，出入官場富戶，也曾出使駐節國外，通歐洲及拉丁語，但都未曾以拉丁文著述。可是密爾頓身為「克倫威爾」等人所建革命政府的「拉丁祕書」，他必須以拉丁文昭告天下英國新政府的所作所為，並為其辯護，是以在其晚年再執筆寫就《失樂園》等長詩時，他的英文已經是拉丁化的英文，再加上他喜辯論，故每寫一句總是百轉千迴（convoluted），典故加上典故，形成所謂的「西塞羅式長句」（Ciceronian periods），讀來頗費工夫，是以讀密爾頓常被讀者視為畏途，更別說是翻譯了。

　　不過基於推廣對密爾頓的正確閱讀，特別是針對高中程度以上的讀者，若因為文字的隔閡（密爾頓的不友善英文）而放棄看大家名作，著實是件教人氣餒的事！無論大陸或臺灣，「全譯注釋本」這般完整詮釋《失樂園》的翻譯本，仍有待開發。職是之故，本譯本遂不計困難，著手譯事。對照密爾頓自述，這也該算是「篩選多時但動筆較晚」（long choosing, and beginning late）的一件事啊！

（一）《失樂園》現有譯本

　　17 世紀英國詩人密爾頓的鉅作《失樂園》已知全譯本且流行於臺灣者有三，依出版先後為：

　　（1）傅東華譯本，該譯本係臺灣商務印書館於民國 54 年重新印行，1933 年由商務印書館初版者，是由王雲五主編的萬有文庫薈要之一；

　　（2）楊耐冬譯本，由志文出版社於民國 73 年印行，是新潮世界名著之一；

　　（3）朱維之譯、梁欣榮導讀，由桂冠圖書公司於 1994（民 83）年印

2　這句話是 17 世紀詩人班・姜生（Ben Jonson，1572–1637）對莎翁的評斷，只是事實（或假設的）陳述並無不敬之意，因為姜生所說的話是出自一首讚嘆莎翁的詩「緬懷我最敬愛的作家，莎翁及其遺作」（"To the Memory of My Beloved the Author, Mr. William Shakespeare and What He Hath Left Us"）。

行，是桂冠世界文學名著之一。

　　另外有由劉怡君改編，臺中好讀出版社發行、臺北知己圖書公司總經銷於 2002（民 91）年刊行的再讀經典名著系列之一；以及由中國大陸鄭州市大象出版社刊行的「《失樂園》圖集」（Illustrations of the *Paradise Lost*），該書是依密爾頓原著改編、陀萊（Gustav Dore，另譯為多雷、杜雷）繪版（依 1923 年的德文版 *Milton: Das Verlorene Paradises mit den Bildern von Gustav Dore* 譯出）於 2001 年以「魯迅藏書」之名發行，由朱維之譯本選集而成的版本。

　　至於中國大陸則有多種譯本[3]：

　　（1）1958 年，由人民文學出版社再版傅東華所譯之《失樂園》，此與臺灣商務出版者相同；

　　（2）1984 年，上海譯文出版社出版由朱維之全譯之《失樂園》，此與臺灣桂冠（1994）、天津人民出版社（1996）、吉林出版（2007）出版者相同；

　　（3）1987 年，金發燊所譯之《失樂園》，先由湖南人民出版社出版，後由廣西師範大學出版社（2004）；

　　（4）2005 年，劉彥汝譯之《失樂園》由哈爾濱出版社出版刊行；

　　（5）2012 年，上海譯文出版社出版劉捷譯之《失樂園》；

　　（6）2013 年，譯林出版社出版朱維之節譯之《失樂園（多雷—插畫世界）》，此書與前面陀萊繪版「《失樂園》圖集」相同。

　　（7）2014 年，吉林出版社出版有陳才宇翻譯之《失樂園》。

　　另外，上海譯文社出版於 1984 年有由劉捷翻譯及廣西師範大學出版

3　參考百度百科 https://baike.baidu.com/item/%E5%A4%B1%E4%B9%90%E5%9B%AD/275 以及沈弘（Sheng Hong）在 "*A Century of Milton Studies in China: Review and Prospect.*" *Milton Quarterly*（2014）:106 的意見。

社於 2004 年刊行之金發燊譯本等，但此二版本應與前面所提版本相同[4]。

　　傅東華之譯作大抵完成於民國二、三十年代，實際刊行於臺灣則在民國五十年之後，以當時之學術資源能譯完全本（實際上僅刊行前六卷）《失樂園》實屬不易[5]。在參考書籍有限之下，傅東華之譯作無論在質素上或音韻結構上均數上乘；當然密爾頓《失樂園》本身的語言結構、韻律、節奏就是特色，轉換成別的語言文字之後，一定會失去不少原味的。傅東華翻譯的《失樂園》太執著於音韻的統一（全詩主要以「ㄣ」「ㄥ」韻譯成，間有改韻如「一」、「ㄢ」、「ㄤ」以及韻尾為「ㄨ」聲者），以至於將密爾頓在二版的〈詩序〉中所強調的無韻體敘事詩，譯成偏向中國詞曲味道的韻體詩，大大損害了原作的流暢節奏[6]。而且傅作太多四言對仗、文言詞彙，對現代讀者而言，過於艱深乃至流通不易[7]。已故臺灣師大教授陳祖文曾謂：「基本上，傅東華先生身處的時代，寫詩多用韻，所以不應太苛責他，畢竟翻譯也是跟著潮流在變化，為了配合當時代的讀者，自

4　依浙江大學郝田虎（Tianhu Hao）教授所言，《失樂園》的全譯本或部分譯本有傅東華版（1930）、朱維基版（Zhu Weiji，1934）、楊耐冬版（1984）、朱維之版（1984）、金發燊版（1987）、劉捷版（Liu Jie，2012）、陳才宇版（Chen Caiyu，吉林出版社，2014）等，見 Hao, Tianhu 於 Thomas N. Corns 編輯的 *A New Companion to Milton*（2016）中的論文 Milton's Global Impact: China，頁 571。另據 Adiyat 於 2009-12-12 23:14:42 在〈失樂園中譯本的問題〉：https://www.douban.com/note/53305797/所引錄，有朱維基者於民國二十三（1934）年，由上海第一出版社發行的譯本。

5　張思婷在其所著〈左右為難：遭人曲解的傅東華研究〉一文中曾謂傅東華應當參考了日人帆足里一郎所翻譯的《ミルトン失樂園》（1927）一書。

6　梁實秋就認為傅譯「讀起來很順口，像彈詞，像大鼓書，像蓮花落，但不像密爾頓」。見梁實秋〈傅東華譯的《失樂園》〉。原載於《圖書評論》，1933：2（2），35-42 頁。

7　但傅氏曾為自己辯護，表示：「只要我的韻語能夠達出如《失樂園》那樣難為的意思，而與原文不至相差十分遠，只要教中國人讀起來覺得『有趣』，覺得『順口』，覺得如彈詞、大鼓書、蓮花落一般容易讀，我的目的就算已經達到。」原文見於傅著〈關於《失樂園》的翻譯——答梁實秋的批評〉。原載於《文學》1933：1（5），684-693 頁。

然會把無韻的詩譯成韻體詩了。」[8]這基本上也是我的立場，不過傅作對原文的理解可能是現有譯本中最透徹的，職是，他能優游於文辭的分段、切割及重組，並能清楚交代事件的始末，而且傅先生似乎是位基督徒，對聖經的掌握相當好，其注解的質量都很高，甚值得參考。但是因為年代較遠且語言使用的習慣有別，要有不同的譯本，也是勢所必然。

　　楊耐冬是臺灣譯作甚多、筆耕甚勤的老手，其譯文大體流暢且注解也豐富，具有一定參考價值。但仔細探究和比對原文，卻很教人遺憾，楊之錯譯、改譯、刪略之處所在多有，而且非常離譜。即以楊文所附之作者年譜為例：在 1657 年條目，謂密爾頓曾「擔任詩人安德爾・馬塞爾〔當為馬維爾之誤〕的助手」，稍具英國文學知識者當知馬維爾係密爾頓之後輩，曾經推薦擔任過密爾頓的助手；所以不是楊文所本之譯源有誤就是楊本人錯譯了。同樣情形也發生在密爾頓與托馬斯・亞魯德（Thomas Ellwood，中譯姓名為楊耐冬用字）的關係上。在 1665 年之條目裡，楊文謂密爾頓「把《失樂園》的原稿拿給他所崇拜的托馬斯・亞魯德閱讀」，這簡直太荒謬了，是托馬斯・亞魯德崇拜密爾頓，而非密爾頓崇拜托馬斯・亞魯德；此種英文的主被動關係怎麼出錯了呢？又譬如其第一卷的內涵提要中，把 "for Heaven and Earth may be supposed as yet not made, certainly not yet accursed" 之後半句譯成「還不能以天地中間來設置地獄以降災禍」，顯然有誤。其實其意義只不過是「也仍未遭咒詛」而已。另外其後不遠處在描寫戰陣排列時，楊文提及居首的是「巴提兒」，但文中並無何人居首之語，且「巴提兒」（Battel）乃密爾頓其時 Battle（戰爭）一字的拼法，大寫僅是個人習慣或抄寫者的認知，而非專有名詞，此錯誤在第一卷譯文中仍出現，實為不該。楊譯之缺失最該詬病的是缺譯、少譯和誤譯，此恐需專書比對後才能清楚說明。

8　原文見於陳祖文《英詩中譯──何以要忠實於原作的結構？》（引自舒靈部落格：詩畫歌樂舞春風 96/03/17。http://blog.udn.com/Soula0816/822538），但早期的陳祖文曾評傅譯《失樂園》不該用韻，認為「傅氏完全不顧作者的詩體，如何能夠表達作者的原意？」見張思婷著〈左右為難：遭人曲解的傅東華研究〉，刊於《編譯論叢》第七卷第二期（2014 年 9 月），頁 73-106。

　　朱維基先生的應是全譯本，有完整的十二卷，但無注釋，共 404 頁；朱維之先生（與前者之名僅一字之差）的則是 480 頁，帶注釋的全譯本。朱維之的譯文中規中矩，雖未必有前面兩家之長（因係後作，恐已參考過前人之譯文）[9]，但較無前述兩家之短，不過朱本人雖可能受過西洋教育訓練，但似乎僅有留日背景。其譯作有密爾頓三部主要詩作《失樂園》、《復樂園》、《復樂園——鬥士參孫》等，似乎滿喜愛密爾頓式古典英文的。不過仔細翻閱後發現，朱之譯文仍有很大改進空間，就以第九卷提綱內之譯文為例說明：原文 "Eve proposes to divide in several places, each laboring apart."，朱之譯文為「夏娃提議把工作分作幾處，各人分幹一處的工作」，但此處 several places 並非「幾處」之意，而係「不同處」之意；「各人分幹一處的工作」則應譯成「各人幹自個兒的活」；提綱最後譯文謂亞當「見她已失足，為了熾烈的愛，決心與她同死」，其中「熾烈的愛」（through vehemence of love）乍看無誤，實則仍待商榷。蓋此處 vehemence 並不作熾烈解，其拉丁原意是指「愚鈍、糊塗的愛慕」之謂，故該句應譯為「因為（或出於）糊塗的愛」。另以密爾頓的〈詩序〉一文的翻譯而言，可看出朱惟之慎之又慎，唯恐出錯，卻顯得腳步顛躓、詞句拗口，如譯到押韻的韻腳一事時，把密爾頓說的 "to set off wretched matter and lame Meter; graced indeed since by the use of some famous modern Poets, carried away by Custom"，譯為「用以點綴卑劣的材料和殘缺的音步。自從他被後世的一些著名詩人所採用而且成了風氣之後，便真正成為一種裝飾音了」，個人的譯文是「來襯托空洞的內容和長短不齊的音步；只因

9　根據朱維之兒子的說法：「1951 年，〔我父親〕完成了《復樂園》的中譯本並出版。文革開始後，他翻譯的《失樂園》接近完成，但在紅衛兵抄家時，譯稿被抄走。『文革』後，在歸還物品中尚存《失樂園》手譯殘稿，他歡喜若狂。經數年努力，他對譯稿進行重譯、補譯、修改、潤飾，終於在 1985 年由上海譯文社出版。」。參見 https://www.douban.com/note/53305797/。

近代一些名人用過[10]，此後乃受青睞；也因常有人用而不由風行成俗」。
百度 2013-03-20 22:32:30 有署名 Adiyat（哈爾茨山的禿鷲）曾謂「Graced
（像朱維之那樣）譯為裝飾音不妥。如果這裡理解為裝飾音，那就只能
讀作韻『被加上裝飾音』而不是說韻『成為裝飾音』，也就是說韻＝裝飾
音。Grace 是為韻增光彩的東西，不是韻本身。另外譯成『裝飾音』暗示
說韻淪為一種裝飾音而已，帶貶義，但是這裡彌爾頓主要還是從褒義上
用這個詞，說的是韻的好處，在 but 之後才是說它的壞處。」實則此兩解
均誤，因為 graced 是 favored（青睞、喜愛）之意，不是什麼「為韻增光
彩」！而 carried away 指的是「入神忘我而不能自已」的意思，所以譯成
「不由風行成俗」！此位署名 Adiyat 者又謂朱維基先生（非朱維之）的
版本將此部分譯為「果真變得優雅了，自從由於一些著名的近代詩人的
使用，不由自主地給習俗帶走」。朱維基的譯文貼近英文原文語法，卻
更難教人理解，他對 graced 一字的解釋也是錯的，而把 carried away 譯
成「不由自主地給……帶走」，也似乎太直白了。此〈詩序〉的最後半句
話 "the first in English, of ancient liberty recovered to heroic Poem from the
troublesome and modern bondage of Rhyming"，朱維之把它譯為：「在英
語詩中第一部擺脫了近代韻腳的枷鎖，而恢復了英雄史詩原有的自由」。
Adiyat 認為朱「把原文的『古代』替換成『原有』，意思上不能算錯，但
模糊了古今的對比……；朱維琪〔當為『基』之誤〕譯為『在英文裡第一
個，古代的自由從押韻的討厭和近代的約束裡被恢復了給英雄詩歌』」。
朱維琪〔基〕的翻譯儘管「忠實」於原文，「信」有餘，「達」與「雅」則
不及；個人所作譯文則為：「是英詩中第一部，把古詩體的自由回復給英
雄史詩，並且擺脫近代人因用韻而帶來的種種枷鎖和麻煩。」依中文句法

10　義大利的塔索（Tasso）於文藝復興時期，著有《耶路撒冷解放記》
　　（*Jerusalem Delivered*〔*Gerusalemme liberata*〕）的史詩，每一詩節皆有一定
　　韻式；崔西諾（Alessandro Trissino）的史詩《失竊的水桶》（*The Stolen*
　　Bucket〔*La secchia rapita*〕）也有押韻。但塔索也為無韻詩辯護，而事實
　　上，他也曾以無韻詩的方式寫過別的史詩，如《開天闢地創世紀》（*Il*
　　Mondo Creato）等。

將上下句重新組合，此譯法近乎尤金‧奈達（Eugene Nida）所謂的「動態等值翻譯」（dynamic equivalence），而這也是個人盡力達成的翻譯策略。

　　雖說錯譯、誤譯難免，但朱惟之之譯文在第九卷之後，所犯錯誤教人難解，連尋常不該犯之單詞誤譯也出現了，例如

> To Him with swift ascent he up returned,
>
> Into His blissful bosom reassumed
>
> In glory as of old. To Him, appeased,
>
> All, though all-knowing, what had past with Man
>
> Recounted, mixing intercession sweet.（10: 224-28）

這句話應可按正常英文排列如下：He returned up to him with swift ascent, into his blissful bosom, reassumed in glory as of old. [He] Recounted to him, though all-knowing [and] appeased, all what had passed with man mixing sweet intercession。當然這中間的指稱詞 He／him 分屬兩人，聖父及聖子，必須掌握他們既是父又是子的關係才能正確翻譯：

> 聖子很快地回升到聖父那兒去，回到
>
> 祂幸福的胸懷，重新據有舊時的榮光。
>
> 並向祂一一道來他跟人之間的事，
>
> 雖然上帝是無所不知，中間還用好話
>
> 替人求情，望聖父息怒。（卷十 224-228 行）

朱維之未加細究，就逕自譯為：

> 他允許神子
>
> 迅速飛升，歸回他萬福的胸懷，

重新享受他原有的榮光；而且
平心靜氣的向他報告一切
人間處理的經過和妥善安排的
情況，雖然他是無所不知的。

此處朱譯有「允許」一詞，甚是奇怪，應是把 ascent（上升）看成 assent（同意、贊成）所生錯誤；而以「平心靜氣的」說明聖子報告時的心態，恐是指攝錯誤，因 appeased 指的當是聖父對人之憤怒已緩和，而非指聖子的情況。intercession 指的是聖子替人在聖父面前「求情」（pleading 或 entreaty）、「說項」（solicitation），加上 sweet 一字，當是指用好話來「求情」、「說項」；是以朱譯「妥善安排的／情況」，恐係誤解以致誤譯！

　　再如：

Fair patrimony

That I must leave ye, sons! O were I able

To waste it all myself and leave ye none!

So disinherited, how would ye bless

Me now your curse!（10: 818-21）

上文是亞當自怨自艾時，想到自己遺下的資產，只是讓人類受苦受難還受死，不免慨嘆，希望能自己一力承擔，免得禍延子孫！Fair patrimony 一詞只是自我調侃，非謂其期望子孫能得「美好的遺產」，而且 O were I 是假設語法，是對現況（已然犯罪）的一種「明知不可卻希望」的反應，意思是「如果能夠……該多好」，如此子孫就不致怪罪於他了！同樣的，would 也是對現況的一種不可能假設。依此，且看朱維之的譯文：

子孫們呀，我該有美好的遺產留給
你們；啊，我自己把它耗盡，沒有
什麼留給你們的了！這樣剝奪了你們的
承繼權，你們怎能變詛咒為祝福呢！

朱之譯文變假設為事實，反而是「敗光家產求原諒」，與原文意旨完全不符！再舉 spinning、soft Axle 二詞為例說明朱之多處誤譯：

With inoffensive pace that spinning sleeps
On her [the Earth's] soft Axle, while she paces Eev'n,
And beares thee soft with the smooth Air along, （8.164-66）

〔地球〕在她那柔和的機軸上紡織睡眠，
決不跌倒，帶同平靜的空氣，
輕輕地載著你。

實際上，這裡應譯為：

地球踩著既無害又無礙的步伐，不斷旋轉，
閒靜地躺在自己的軟軸上，同時又穩健地
走著，輕輕地支撐著你和柔和的風（卷八 164-166 行）

因為此時的 spinning 不是紡紗織布，而是像陀螺般旋轉，指的是地球的自轉；而所謂的 Axle 就是假定中的地軸，與天軸約成 23° 5'。所以譯成「紡織睡眠」根本會錯意了！

　　除朱維之譯本外，另有金發燊譯版，內有十二卷的譯文，還加上二

附錄：一是《失樂園》中的宇宙觀，二是天上神靈的等級，對了解密爾頓的天體、神學觀頗有助益。劉捷版除譯文外，附有頗為詳盡的注釋，且其行數齊整，是一特點。陳才宇的版本，也有注釋，但卻以不分行、散文故事式的翻譯，與原文參照比較不易。劉彥汝由哈爾濱出版社於 2005 年出版刊行之《失樂園》則與譯林出版社 2013 年出版朱維之節譯之《失樂園（多雷─插畫世界）》類似，也與 2001 年的陀萊（Gustav Dore）繪版「《失樂園》圖集」相同，都是簡本，不過劉彥汝的版本每卷書另附小標題，如第一卷「撒旦的叛變」、第二卷「地獄群魔會」、第三卷「上帝的預言」……第十一卷「人類的懺悔」、第十二卷「逐出伊甸園」等。

　　此外，除傅東華本外，各家譯本均或多或少附有作者生平介紹、導讀、譯序之類的；在生平介紹部分各家譯本都還不差，但在導讀部分，楊耐冬本大抵只是分段介紹全詩各卷之大意，不能給讀者帶來更多批評看法。朱維之的桂冠本則除了自己之譯序，類似楊譯之概介外，尚有臺大梁欣榮教授以〈人類希望的史詩〉一文，作為導讀，討論詩中自由意志、善惡、女性地位等問題，值得參讀。但有些概介，特別受到「唯物主義」及「反封建主義」論的影響，在詩的詮釋上，尤其是撒旦角色上，較偏頗，值得後進學者警惕。

（二）諸家譯文比較

　　茲試以第一卷前十六行（這是密爾頓完整的第一句話，共長 16 行）為例，說明諸位譯者之優缺點。原文係仿維吉爾寫《伊尼德》成例，以倒裝句構成：

Of Man's first disobedience and the fruit

Of that forbidden tree whose mortal taste

Brought death into the world, and all our woe,

With loss of Eden, till one greater Man

Restore us, and regain the blissful seat,
Sing Heav'nly Muse, that on the secret top
Of Oreb or of Sinai didst inspire
That shepherd, who first taught the chosen seed,
In the beginning how the heav'ns and earth
Rose out of chaos: Or if Sion hill
Delight thee more, and Siloa's brook that flow'd
Fast by the oracle of God; I thence
Invoke thy aid to my advent'rous Song,
That with no middle flight intends to soar
Above th' Aonian mount, while it pursues
Things unattempted yet in prose or rhyme. （1：1-16）

傅東華譯文：

在天的繆思，敢煩歌詠，
詠人間第一遭兒違尊神，
都只為偷嘗禁菓招災，
伊甸園中住不成，
致落得人間有死難逃遁，
受盡了諸般不幸，
直待個偉人入世援拯，
方始得重登福境。
在天的繆思，您在那神祕的何列山巔，西乃山頂，
常感發當初那牧人，
使教導那天寵之民，

俾知天與地怎自洪荒分判成：

或若那郇山上，您更喜登臨，

下有西羅亞傍廟長流溪水清，

我便向像那裡呼告您尊神，

願尊神助成我這艱難歌詠，

原來我這歌辭意趣不平平，

思飛越那愛奧尼山高峻

去追跡一段由情，

向未經鋪敘成文謳吟成韻[11]。

楊耐冬譯文：

人因違抗上帝的命令偷吃禁果，

給世人帶來死亡的厄運，

也因此失去伊甸樂園而蒙受災禍，

直到一個偉人來拯救我們，

使我們重獲幸福的園地；

唱啊，天上的謬司，

您在奧列山頂或西奈山頂，

啟迪那牧羊人教導上帝所選的子民去認知

11　傅所譯之此 16 行詩句，大體為每行 3-4-3 或 3-3-4 的字詞組合，其音韻結構
　　近似大鼓或彈詞的 10 字字結構，韻律性很強。對此 16 行之更詳盡分析，見
　　黃嘉音之博士論文〈把「異域」的明見告「鄉親」：彌爾頓與《失樂園》在
　　20 世紀初中國的翻譯／重寫〉（See and Tell of Things 'Foreign'to Native'
　　Sights: Chinese Translations/Rewritings of Milton and *Paradise Lost* in the Early
　　Twentieth Century），臺大博士論文，2006，頁 232-236。

在混沌之初天地分開的過程與情景；
或在您更喜登臨的錫安山，
或在繞流聖廟的席洛亞溪畔，
我便在那裡呼喚您這位神，
願您來幫助完成這篇艱難的詩歌，
因爲我的詩歌旨趣非比平常的作品，
它要飛越愛奧尼山之上，
去追尋一種高的境界，
那是從未有人用散文或詩歌表達過的題材。

朱維之譯文：

關於人類最初違反天神命令
偷嘗禁樹的果子，把死亡和其他
各種各色的災禍帶來人間，並失去
伊甸樂園，直等到一個更偉大的人來，
才爲我們恢復樂土的事，請歌詠吧，
天庭的詩神繆思呀！您當年曾在那
神祕的何列山頭，或西奈的峰巔，
點化過那個牧羊人，最初向您的選民
宣講太初天和地怎樣從混沌中生出；
那郇山似乎更加蒙您的喜悅，
下有西羅亞溪水在神殿近旁奔流：
因此我向那兒求您助我吟成這篇
大膽冒險的詩歌，追蹤一段事蹟——
從未有人嘗試攤彩成文，吟詠成詩的

題材，遐想凌雲，飛越愛奧尼的高峰。

金發燊譯文：

歌唱「人」原先的違禁，和那棵
禁樹的果子，品嚐它就致命遭殃，
給世人帶來死亡和一切哀傷，
還喪失伊甸園，直到更偉大的一個人
使我們復原位，復得極樂福境。
歌唱吧，上天詩神……[12]

朱惟基譯文：

請唱人最初的違逆，和那棵禁樹的
果實，它的致命滋味把死帶進了
這世界，還帶進了由於失去伊甸園的
一切我們的憂愁，直到一個更偉大的人
恢復我們，並且復得那幸福的座位，
請唱喲，上天的侍神，你在莪拉勃山
或是西那山的幽祕巔上感動了
那個牧羊者，他最先教那精選的民族
在開初的時候天和地怎樣從混沌中
升起；或是，倘若西昂山和靠神廟而流
的西洛的小溪更使你喜悅，

12　因未得金譯版本，所引為網路所見者，且僅有前述 6 行。

我便要求你幫助我冒險的歌唱……，

劉捷譯文：

說起人啊，他的第一次違逆和禁樹之果，
它那致命的一嘗之禍，給世界帶來死亡，
給我們帶來無窮無盡的悲痛，從此喪失
伊甸園，直到一位比凡人更加偉大的人
使我們失去的一切失而復得，贏回幸福
生活的世界。歌唱吧，天上的繆思女神，
你要麼在何烈山，要麼在西奈山的隱蔽
山頭，曾經揮灑神靈，啓示那位牧羊人，
他最早訓誨選民，開泰之初，天地如何
遠遠擺脫混沌；或者，但願錫安的山崗，
緊緊環繞神諭聖殿的西羅亞的清溪賜予
你更多的快樂；因此，我祈求你幫助我
完成我這一鳴驚人的詩篇，讓我的神思
酣暢淋漓，一鼓作氣，意在要高高飛越
愛奧尼之巔，追求詩歌或散文迄今爲止
尚未嘗試過的題材。

陳才宇譯文：

人類當初如何違背神的旨意偷吃禁果，
從而將死亡和災患帶給人間，
直到一位偉人使我們回歸那片極樂之鄉，

　　天上的繆思啊，請將此事歌唱！

　　你曾在神祕的何烈山頂，

　　或西乃之巔點化過牧羊人，

　　你曾向上帝的選民講述

　　太初時天與地如何生於混沌；

　　也許錫安山更讓你歡喜，西羅亞的溪水

　　從主的殿堂飛速流過；我因此向你乞求，

　　願你助我完成這首艱難的歌，

　　並讓歌聲向上飛升，一刻不停，

　　越過愛奧尼高峰，創建詩文中

　　亙古未有的業績[13]。

從上面之譯文可看出，無論傅東華、楊耐冬或陳才宇的譯文都把 one greater man 直接翻譯成偉人，似乎未顧及到基督（Christ）降生為人之事；他是人但又是神，故非一般人，而是比一般人更為偉大者。楊耐冬與陳才宇也都未注意到此開頭六行為倒裝句，楊文且在譯文第 5 行用了分號——一個斷句號，而首行也譯成因果句。第 6 行有 the secret top 一詞，指的是「何烈山」頂，該山是《聖經》中摩西領受十誡的地方，常為雲霧遮蔽，且僅有摩西能進入此山，故似乎是不欲人知的神祕之境，但前面有三篇譯文僅翻譯為「神祕的何列山巔」，恐怕仍教人「不知其神祕為何」，而完全不譯如楊文者，則又失原詩旨趣，個人將之譯為「雲靄飄邈、不欲人識的何列山巔」是兼顧詩意與指涉（意譯與直譯兼採）的作法。另外原文第十三行有一詞為 adventurous Song，其中 adventurous 是指

13　陳才宇曾任浙江大學外國語學院教師，2003 年受聘於紹興文理學院。陳之譯
　　文全文雖未及得見，但網路上可稍見其翻譯稿，此段譯文係按百度散文式、
　　不分行的「文摘」排版，再依原文行數重編，見 https://www.amazon.cn/dp/
　　B00HPQS9OG。

下冥界（venture down/ The dark descent）、上天庭（up to reascend）的冒險舉動，以呼應史詩中必有的英雄事蹟，也引領讀者一路艱險的竄低飛高，而 Song 即指此等事蹟之詩歌。傅東華將之譯為「艱難歌詠」，朱維之翻譯為「大膽冒險的詩歌」，而楊耐冬和陳才宇則譯為「艱難的（詩）歌」。約略可看出楊耐冬受傅東華之影響頗深（事實上，傅譯可能是楊在做翻譯時唯一可參考的譯文），而朱維之已注意到 adventurous 的意義「大膽冒險」是指行為而非「歌詠」之事，反而是陳才宇沒能注意語義之指攝，頗讓人遺憾。另一段 Siloa's brook that flow'd/ Fast by the oracle of God 者，其中 Fast（by）一字，並非「飛速（流過）」如陳才宇所譯者，而應該是如傅東華「傍廟（長流）」，或如朱維之的在神殿「近旁」奔流才對，也就是「靠近」、「靠緊」（close to/ close by）的意思，所以譯文應是「緊（流在神殿側邊）」。

對 God 一字的翻譯，傅東華用的分別有「帝」（命）、（尊）「神」等詞；楊耐冬用的是「上帝」一詞；朱維之則譯為「天神」、「神」（廟）；陳才宇分別譯成「神」、「上帝」、「主」（的殿堂）；因此依行句長短、語義需要而分別譯成「神」、「上帝」、「天（上）主」、「耶和華」等詞是必須的。另外劉捷譯文有「但願錫安的山崗，／緊緊環繞神諭聖殿的西羅亞的清溪賜予／你更多的快樂」，應是錯譯，因為第 11 行所謂的 Delight thee more 是指「到此更讓詩神愉悅而啟發想像」的意思，不是「欲求賞賜更多快樂」！不過，無論何人之翻譯都未能抓緊密爾頓十音步抑揚格（iambic pentameter）的「無韻詩」（blank verse）風格，但因中英文音韻差別太大、平仄規律不同，要抑揚頓挫相同、句長相仿，確非易事。陳才宇謂密爾頓「用典很多，用詞冷僻，文法十分繁複」[14]，確是實情，而這恐怕也是各家翻譯都是「長短隨意」的主因吧！

另外，如前所言，梁實秋批評傅東華，也自譯了《失樂園》第一卷，作為實踐。其前面十六行之譯文如下：

14　此為陳才宇在「譯後記」中的用詞，見 https://www.amazon.cn/dp/B00HPQS9OG。

> 天上的詩神啊，你在
> 奧來伯或西奈的山巔
> 曾啓發那個牧羊人去教導
> 上帝的選民，告以混沌太初之時
> 天地如何地湧現出來，
> 如今我請求你歌唱
> 人類最初如何背叛上帝，
> 禁果如何一經品嚐
> 便把死亡帶來世界，
> 以及一切煩惱，樂園的喪失，
> 直到一位偉人解救我們，
> 恢復那幸福的天堂：
> 如果你更喜愛的是賽昂山，
> 或上帝廟邊流出的西羅亞河，
> 我求你在那裡幫我寫成這詩篇，
> 我不想在愛歐尼亞山上低低飛翔，
> 我要做前人在詩中或文中
> 所不曾嘗試過的一番壯舉[15]。

梁之譯法大略如同傅與楊、陳者，但與朱維之不同（因朱文類似原文之倒裝句法，但其他人之譯法都把原句變成順向的白描句了），且顯得太直接、文辭更淺白。不過因主詞放在前面開端，接續的介系詞片語反需多出一句「如今我請求你歌唱」（譯文第 6 行），其 one greater man 也僅譯成

15　見梁實秋譯注之《英國文學選》第二卷，頁 1343-1344。梁氏原主張翻譯應「不刪節、了解正確、不草率」（見〈梁實秋翻譯思想研究〉，頁 12；但以梁氏《失樂園》第一卷的譯文看來，這三點恐非易達成之事。

「偉人」，而把 "I thence/ Invoke thy aid to my adventurous song" 譯成「我
求你在那裡幫我寫成這詩篇」顯得有點曖昧，弄不清是誰在「寫」了！而
把 my adventurous song 很隱晦地譯為「這詩篇」，則有省略嫌疑，除非最
後的「壯舉」是遙指此艱難事？更糟的是梁實秋把 "with no middle flight
intends to soar/ Above the Aonian mount" 譯成「我不想在愛歐尼亞山上低
低飛翔」，原文雄偉的氣勢全消，no middle flight 譯為「不想……低低飛
翔」有「直描」意謂，但比朱維之的「遐想凌雲」弱太多了！翻譯成「飛
越／高峻的愛奧尼山」，就是要點出「愛奧尼山」（Aonian Mount），就
是 Helicon，傳說中太陽神阿波羅（Apollo）與繆思女神（Muses）所居之
山，位於希臘南部 Boeotia 地，該處亦稱為 Aonia，所以這是種比喻，意
謂著要超越一般詩人乞靈於繆思神所能成就者（如荷馬之史詩），因為密
爾頓所要意謂的是其天上的繆思（基督徒所謂的聖靈），所能成就者遠高
於此，當然也暗比自己要比前人優秀！梁實秋把後面兩節譯成「我要做前
人在詩中或文中／所不曾嘗試過的一番壯舉」，未免把那分含蓄及寓意講
得太白了！相對的，陳才宇用「讓歌聲向上飛升，一刻不停，／越過愛奧
尼高峰」翻譯此段文字也有瑕疵，因為這裡指的並不是「歌聲飛揚」，而
是希望像天馬 Pegasus（詩神 Muses 所騎之馬，意為詩之靈感）般的飛翔
（flight），以超越希臘詩人之史詩作品。

　　上述譯文之對比，雖僅係開頭數行，卻因各家翻譯手段有異，或文
詞、句構理解出錯，而偏離原作旨趣，本新譯文就是要針對各譯本之缺陷
「拾遺補闕」，希冀能譯出錯誤最少、最符原文意涵的文本，讓讀者能正
確理解密爾頓以及《失樂園》！

七、《失樂園》的翻譯策略

翻譯最易犯的過失莫在於所謂的「承言滯句」，過度「忠於原著」以至「拘泥呆板」甚至「詰屈聱牙」。但這樣的敘述，卻不適用於翻譯密爾頓的長詩，因為他的行文用詞是不可能被模仿的。要將在英文界已是另類的密爾頓，翻譯得「絲絲入扣」，像原文那般「順暢優美」，真可謂「難於上青天」！《失樂園》的困難在於密爾頓雖不用鏗鏘之音韻寫詩，卻以優美的旋律，將繁複的長句，十音節、十音節的迤邐展開，必要時字詞、語句被「截長補短」，慢說「形似」不可能，連「神似」都難企及。泰特勒（Alexander Tytler，1747-1813）所謂的「譯詩當如詩」，只能是理想的標竿、「緣木求魚」式的浪漫！

而嚴復（1898）在《天演論／譯例言》所提出：「譯事三難：信、達、雅。求其信已大難矣，顧信矣，不達，雖譯猶不譯也，則達尚焉。」這也是我的翻譯準則，因為中西語言結構不同，文章句法自然有差異，在清楚了解全文後，流暢明白的表達原意，庶幾完成好的翻譯了。

因此，不把翻譯當成是純粹的語際轉換、或符碼轉換，而是「跨文化轉換」，是依翻譯的目的而將語篇調整、再創作，把一個語言載體（原文）轉換成另一載體（譯文），形成一新語篇，跨越文化障礙，讓雙方讀者所接受的效應類似，就算成功的翻譯[1]，這在翻譯《失樂園》上尤為重要。也就是說，翻譯《失樂園》不是字面上有什麼就翻譯什麼，而是在翻譯的過程中，要照顧到中文的文化、語言及語篇目的等等，使譯文順暢自然[2]。更甚者，密爾頓創作時，常是費心選詞，使一字一句除原有之明示或

1　參考 Mary Snell-Hornby 以及 Hans Vermeer 的翻譯理論。見陳德鴻、張南峰編《西方翻譯理論精選》，頁 153-173。也見尤金・奈達（Eugene A. Nida，1914-2011）的「整體效果接近原文」的「等效翻譯」理論（Eugene Nida's "equivalent effect" theory）。

2　參見尤金・奈達的 *The Theory and Practice of Translation*（Leiden: Brill, 1969），以及 Jeremy Munday 所編 *Introducing Translation Studies: Theories and Applications*（London: Routledge, 2001），42-48。

辭典意義（denotation）之外，還有暗示或隱含的意義（connotation），此非參照原文仔細推敲，絕不可得；是以訊息內容的傳遞遠比形式對等更為重要！準此，則「動態等效」（dynamic equivalence，或稱「靈活對等」）翻譯，既關照了原文（source text）的語用習慣，又符合譯文（target text）讀者的語詞需求與文化期望，在必要時，加上「注腳」（gloss），是不失為兩權之下的折衷作法[3]，而這正是本翻譯所採行手段，茲舉數例以為證：

（一）本詩卷一第 6 行有 the secret top 一詞，如前面譯文比較所述，係《聖經》中摩西領受十誡的地方，該山經常有「雷轟、閃電和密雲·並且角聲甚大。營中的百姓盡都發顫」，上帝耶和華又對摩西說：「你要在山的四圍給百姓定界限，說：『你們當謹慎，不可上山去，也不可摸山的邊界；凡摸這山的，必要治死他。不可用手摸他，必用石頭打死，或用箭射透；無論是人是牲畜、都不得活[4]。』」由此看來，上帝只容摩西一人上山，因此山已成聖，非聖潔者無由接觸，所以這是涵義非常複雜的語詞，單以「神祕」（如傅東華、朱維之、陳才宇譯文）、「幽祕」（如朱維基譯文）、「隱蔽」（劉捷譯文）翻譯，實不足以道出密爾頓對《聖經》的熟稔及其所暗喻之義（人總以不識而為祕），因此我將之譯成：「雲靄飄邈，不欲人識」，就是在不害原文的基礎上，添加些其所含韻的意義，同時為求讀者能了解此譯法之必要，故另加注，以彰顯密爾頓之微言大義。

（二）同樣手法用在翻譯「卷九 1-5 行間」出現的 as with his friend familiar used/ To sit indulgent and with him partake/ Rural repast...，其中 familiar 一字如係形容詞，則 friend familiar 即 familiar friend，可譯作「故友」，但因此字 familiar（相熟的）也帶有 familial（家人般的）意思，故可進一步譯作「像家人般的朋友」；另，學者 Burton Raffel 等人認為

3　參見陳德鴻、張南峰所編《西方翻譯理論精選》，頁 31-49。
4　所述事蹟及原文參見《舊約·出埃及記》19 章 3-23 節。

familiar 應與其後之動詞 used 同解，視其為副詞，意思是「被招待得像很熟的朋友，親切熱誠」（familiar used = familiarly treated）[5]。職是之故，翻譯成「像朋友一樣……」是遠遠不足的，翻譯成「如故友般親切相待，並像家人般同席共享田園餐」，雖加了詞，並打散在字裡行間，形成黃忠廉所謂的「闡譯」——將「考究、求源、解惑」的結果濃縮進原文[6]，雖不忠於原文，卻更顯密爾頓所用字詞及語句的費心之處。

（三）在卷七 23-28 行有詩句如下：

Standing on earth, not rapt above the pole,
More safe I sing with mortal voice unchanged
To hoarse or mute, though fall'n on evil days,
On evil days though fall'n, and evil tongues,
In darkness and with dangers compassed round,
And solitude.

我將之譯成：

腳踏土地之上，
用常人的聲音吟頌，不著迷於天國之事，
我會較安全，此志不變，就算聲音沙啞或
難以出聲亦然，雖然世道大壞時，人性
不免墮落；人性雖不免墮落，但在世道大壞、
眾口悠悠時，亦不失其志；

5　參見 Burton Raffel 所編 *The Annotated Milton: Complete English Poems*. New York: Bantam, 1999。

6　參見黃忠廉著《翻譯變體研究》，頁 289。

此一長句當理解為：Unchanged, I, standing more safe on earth, not rapt above the pole, sing with mortal voice to hoarse or mute, though fall'n on evil days, on evil days though fall'n, and compassed round with dangers and evil tongues, in darkness, and solitude. 我的翻譯策略就如嚴復所說，先將詞語順序搬正，再依內含及外延的意義將全句譯出。蓋詩人說這句話時，剛講完其隨撒旦自地獄中飛奔天上，沉浮於天極之間，但卻怕似希臘神話中的英雄 Bellerophon（柏累羅風）一樣，雖能乘飛馬（Pegasus）直奔奧林帕斯山巔，卻為天神宙斯所懲，著牛虻叮咬飛馬，乃將其自山巔處摔落地面，以致 Bellerophon 兩眼瞎盲而孤老於荒莽之地。失明的密爾頓以此自況，唯恐像「撒旦」一樣，得意忘形而沒能完成寫史詩之心願，遂回歸主題到世間事，但卻不憂讒畏譏，在革命最艱困、一切行將崩潰時，仍執意要出聲發言，以為英格蘭人聲辯。

類似的翻譯策略也可見於前面所提第一卷 1-16 行的翻譯：

> 有關人之初違神命及禁樹果之事，人一
> 吃該果，命即該絕，並引來人間死亡及
> 各種災禍，連帶喪失樂園，直等到比人
> 偉大者，降臨世間，解救我們，始重得
> 天上幸福座席，歌詠這段事由吧，在天
> 的繆思！您在雲靄飄邈，不欲人識的
> 何烈山巔、西奈山頭，曾感發那牧者
> 教導神之選民，太初之時，天與地怎自
> 混沌中分開而來；又或您更喜登臨
> 錫安山，下有西羅亞溪緊流在神殿側邊，
> 我就在那向您呼告，願您助成這下冥界、
> 上天庭的艱險歌詠；因我史詩之旨趣
> 非比尋常，意欲飛越高峻的愛奧尼山，

　　去追尋一段情由，那是未經鋪敘成文亦
　　未歌詠成詩者！

　　前述譯文中，除加添中文語句所可承載的暗示意義外，多有注解，其目的在於，凡未能於文本中譯出者，另以注腳方式說明，一以交代密爾頓蘊含之旨趣，一以說明難容於上下行文之句意或字義。

　　（四）專有名詞之翻譯，玄奘的做法最為可取，其五不翻論就是榜樣：「一、祕密故不翻……。二、多含故不翻……。三、此無故不翻……。四、順古故不翻……。五、生善故不翻……。」而因《失樂園》是以《聖經》為故事，人物也多來自《聖經》，故凡《聖經─和合本》已有者，從其所譯；是以本文譯詞率皆以「順古」為上，亦即凡古已有之且流行者，從古；而祕密、多義者則以音譯為主，不意譯；若多義而音近者，則擇其相似音而具意義者。例如：Beelzebub 譯為「別西卜」、Cherub（複數為 Cherubim）譯為「基路伯」，只在對照須說明其意義時才譯為「智天使」、Eve 譯為「夏娃」，從其原文音 Havvah（或 Hawah、Hawwah）而來、Jeroboam 譯為「耶羅波安」、Seraph（Seraphim）譯為「撒拉夫」（單複數皆相同），在對照須說明其意義時則譯為「熾天使」等等。而以上諸名，皆本於《聖經─和合本》上之翻譯；惟 Satan 譯為「撒旦」，而不是《聖經─和合本》上的「撒但」，乃因 Satan 在未叛變前，其天上之名為 Lucifer（「路西法」），原係「光」之義，是天上的「黎明使者」或「光之使者」，是以乃將「但」字改為具該等意義之「旦」字，合而為「撒旦」。另外，God 一字，不以音譯，而視需要及場合譯為「上帝、神、上主、耶和華（神）」等，這其實也是《聖經─和合本》所用通則。由此約略可知，《聖經》在翻譯的「異化」（foreignization）或「同化」（domestication）兩個方向上，都盡量貼近中文語法與語詞所能表現者，因此在專有名詞的翻譯上多半採行「音譯」法，那是異化的一個指標，往往需要加注方能使讀者瞭然原作命名原由，這會減低閱讀的流暢度，但恐怕也是不得不的苦衷！

　　此外，本譯文在 God 一字相應代名詞的翻譯上，若其身分為「上帝、天父、聖父」時，則譯為帶有神格的「祂」字，若在身分為「聖子」時，譯為「他」，此雖與密爾頓有時有意使兩者混而為一，不分彼此，以證「聖父」、「聖子」是二而一，一而二的 He（或 he）想法不同，但在翻譯時，為避免讀來混淆，只好分清彼此，以利行文，如前段所指朱維之未及注意下文指稱詞 he（him、his）的身分，以致翻譯錯誤：To Him with swift ascent he up returned,/ Into His blissful bosom reassumed/ In glory as of old. To Him, appeased,/ All, though all-knowing, what had past with Man/ Recounted, mixing intercession sweet.（卷十 224-228 行）。此處雖然在指稱「聖父」部分是用大寫字體的 He（Him、His），而在「聖子」部分則用小寫字體的 he，但這僅是因本譯本採用了 Gordon Teskey 所編著的版本，該編者可能也考慮讀者辨明需要，乃如此排版，以致有大小寫之區別；實際上，密爾頓因目盲，除音律外，可能並未考慮印刷時，代名詞要大寫還是小寫！何況，其他像 Alastair Fowler、Merritt Y. Hughes、John Leonard、Roy Flannagan 等名家編著的版本則全用小寫，可見多數專家認為身分混淆才是密爾頓本意，區分清楚，反而有損密爾頓「二元合一神」（dyad god）[7]的真諦！

　　（五）原文彼此對話、互為言語時，並無引號，但為清楚交代人物與事件關係，故多加了雙引號，必要時再加單引號。

　　另外，除專有名詞外，凡密爾頓引《聖經》處，本譯本也不作另譯，而以《聖經—和合本》為依歸[8]，以免誤為密爾頓新立之說法。而**為使漢英版本對照方便，譯文雖不可能「亦步亦趨」，逐行相對，但盡量使譯文**

7　密爾頓雖是虔誠基督教徒，但他並不接受 Trinity（三位一體神——即聖父、聖子、聖神三位一體）的概念；對他而言，神只有「聖父」、「聖子」二位一體（the Dyad）的可能。

8　密爾頓所用聖經版本雖是清教徒於日內瓦所譯之《日內瓦聖經》（*Geneva Bible*），但大體上除多加了旁注外，與《欽定版聖經》或其後衍生的諸多版本，在內容上並無太大不同，應此採用《聖經—和合本》的中譯本，與密爾頓所引經文，並無二致。

行數接近原文行數，並於原文每 20 行之相對中文譯文上，標上行數，以利參照。以上這些做法，希望能大致傳達密爾頓所欲其讀者領略的諸般意義，是為至禱。

參考資料

(1) 黃忠廉，《翻譯變體研究》，北京：中國對外翻譯出版公司，2000。

(2) 陳月文，《失樂園：一本以英國‧米爾頓的史詩《失樂園》為藍本再創作的小說》，臺北：時報文化出版，1997。

(3) 陳德鴻、張南峰（編）。《西方翻譯理論精選》。香港：香港城市大學出版社，2000。

(4) 顏元叔，〈失樂園中的夏娃〉，聯合報副刊，1976 年 7 月 30 日，第 12 頁版。

(5) Baker, John. *The Oxford History of the Laws of England Volume VI: 1483-1558.* Oxford: Oxford UP, 2003.

(6) Barker, Arthur Edward, ed. *Milton: Modern Essays in Criticism.* Oxford: Oxford UP, 1965.

(7) Berry, Lloyd E. Introduction. *The Geneva Bible: A Facsimile of the 1560 Edition.* Madison: U of Wisconsin P, 1969. 1-24.

(8) Bloom, Harold. *Bloom's Notes:* Paradise Lost. London: Chelsea House, 1999.

(9) Bryson, Michael E. *The Atheist Milton.* London: Routledge, 2012.

(10) Bush, Douglas. *John Milton: A Sketch of His Life and Writings.* New York: Collier, 1967.

(11) Carlton, Charles. *Charles I: The Personal Monarch.* 2nd Ed. London: Routledge, 1995.

(12) Chiou, Yuan-guey. *Ideology and Re* (-) *presentation in* Paradise Lost. UMI Dissertation. 1996.

(13) Corns, Thomas N., ed. *A Companion to Milton.* New York: Wiley-

Blackwell, 2001.

(14) ---. *The Milton Encyclopedia*. New Haven: Yale UP, 2012.

(15) ---. *A New Companion to Milton*. New York: Wiley-Blackwell, 2016.

(16) Daniell, David. *The Bible in English: Its History and Influence*. New Haven, Conn: Yale UP, .2003.

(17) Danielson, Dennis, ed. *Cambridge Companion to Milton*. Cambridge: Cambridge UP, 1989.

(18) Danielson, Dennis. "The Fall and Milton's Theodicy." In His Ed.*The Cambridge Companion to Milton*. 144-59.

(19) Dzelzainis, Martin. "Milton and Antitrinitarianism." In *Milton and Toleration*. Ed. Sharon Achinstein and Elizabeth Sauer. Oxford: Oxford UP, 2007. 171-85.

(20) *Eikon Basilike: The Pourtraicture of His Sacred Majestie in His Solitudes and Sufferings*. 13 August 2023. 〈https://quod.lib.umich.edu/e/eebo/A38 258.0001.001/1:5.1?rgn=div2;view=fulltext〉

(21) Empson, William. *Milton's God*. West Port, CN: Greenwood, 1961.

(22) Fish, Stanley. *Surprised by Sin: The Reader in* Paradise Lost. 1967. 2nd Ed. New Haven: Harvard UP, 1998.

(23) ---. "*Paradise Lost* in Prose." Opinionator（Opinion Page）in *New York Times*. 30 November 2008. 30 October 2017. 〈https://opinionator.blogs.nytimes.com/2008/11/30/paradise-lost-in-prose/〉

(24) Flannagan, Roy, ed. *The Riverside Milton*. 1st Ed. New York: Houghton Mifflin, 1998.

(25) Fowler, Alstair, ed. *Milton:* Paradise Lost. 2nd Ed. London: Longman, 1998.

(26) Fowler, Alstair and John Carey, ed. *The Poems of John Milton*. New York: Norton, 1968.

(27) Gardiner, Samuel Rawson. *The Constitutional Documents of the Puritan Revolution 1625–1660*. 3rd Ed. Oxford: Clarendon, 1906.

(28) Hao, Tianhu. "Milton's Global Impact: China" In Corns *A New Companion to Milton*（2016）. 570-72.

(29) Herbert, A. S. *Historical Catalogue of Printed Editions of the English Bible, 1525-1961, Etc.* London: British and Foreign Bible Society, 1968.

(30) Hill, Christopher. *"Paradise Lost* and the English Revolution." In Paradise Lost: *Contemporary Critical Essays.* Ed. William Zunder. New York: St. Martin's, 1999. 15-27.

(31) Huckabay, Calvin and David V. Urban. *John Milton: An Annotated Bibliography, 1989-1999.* Ed. David V. Urban and Paul J. Klemp. Pittsburgh, PA: Duquesne UP, 2011.

(32) Hughes, Merritt Y., ed. *John Milton: Complete Poems and Major Prose.* New York: Odyssey, 1957.

(33) Hunter, William B. *A Milton Encyclopedia, 1978-83.* Lewisburg, PA: Bucknell UP, 1983.

(34) Kendrick, Christopher, ed. *Critical Essays on John Milton.* London: G. K. Hall, 1995.

(35) Kerrigan, William, John Rumrich and Stephen M. Fallon, eds. *The Complete Poetry and Essential Prose of John Milton.* New York: Modern Library, 2007.

(36) Kitson, Peter J. "Milton: The Romantics and After." In Corns' *A New Companion.* 547-65.

(37) Leonard, John, ed. *John Milton: The Complete Poems.* Penguin Classics. New York: Penguin, 1998.

(38) ---. *Faithful Labourers: A Reception History of* Paradise Lost, *1667-1970.* 2 Vols. London: Oxford, 2013.

(39) Lewalski, Barbara K., ed. *Paradise Lost.* By John Milton. Malden, MA: Blackwell, 1988.

(40) Lewis, C. S. *A Preface to* Paradise Lost. London: Oxford UP, 1942.

(41) Martz, Louis Lohr, ed. *Milton: A Collection of Critical Essays.* Spectrum Book: Twentieth Century Views. New York: Prentice-Hall, 1966.

(42) Masson, David, ed. *The Poetical Works of John Milton.* 3 Vols. London: Macmillan,1877.

(43) McDowell, Nicholas and Nigel Smith, eds. *The Oxford Handbook of*

Milton. Oxford: Oxford UP, 2010.

(44) Metzger, Bruce. "The Geneva Bible of 1560." *Theology Today*. 17.3（1960）: 339-52.

(45) Munday, Jeremy. *Introducing Translation Studies: Theories and Applications*. 2nd Ed. London: Routledge, 2001.

(46) Nicholson, Marjorie Hope. *A Reader's Guide to John Milton*. New York: Syracuse UP, 1998.

(47) Nyquist, Mary and Margaret W. Ferguson, eds. *Re-membering Milton: Essays on the Texts and Traditions*. London: Methuen, 1987.

(48) Patterson, Annabel, ed. *John Milton*. London: Routledge, 1992.

(49) Patterson, Frank A., ed. *The Works of John Milton*. New York: Columbia UP, 1931-38.

(50) Raffel, Burton, ed. *The Annotated Milton: Complete English Poems*. New York: Bantam, 1999.

(51) Shawcross, John T., ed. *The Complete Poetry of John Milton*. New York: Anchor, 1971.

(52) Sheng Hong. "A Century of Milton Studies in China: Review and Prospect." *Milton Quarterly*（2014）: 96-109.

(53) Stevenson, Kay Gilliland. "Reading Milton 1674-1800." In Corns' *A New Companion*. 531-46.

(54) Teskey, Gordon, ed. Paradise Lost: *John Milton*. New York: Norton, 2005.

(55) ---. *The Poetry of John Milton*. London: Harvard UP, 2015.

(56) Tillyard , E. M. W. *Milton*. New York: Collier, 1967.

(57) Walker, J. "The Censorship of the Press during the Reign of Charles II." *History* 35.125（October 1950）: 219–38.

(58) Zunder, William, ed. *New Casebooks:* Paradise Lost . *Contemporary Critical Essays*. St. Martin's, 1999.

密爾頓其人其事

密爾頓生於 1608 年 12 月 9 日，此時期恰為英格蘭女王伊莉莎白崩逝（卒於 1603 年）、新王詹姆士一世甫自蘇格蘭王轉而為英格蘭與蘇格蘭王未久之際，文壇祭酒莎士比亞還在人世（歿於 1616 年），其他重量級文人如鄧恩（John Donne，歿於 1631 年）、班・姜生（Ben Johnson，歿於 1637 年）也仍活躍於文壇。父親約翰（John）係一虔誠新教徒（Puritan），也是一位成功的法律公證（scrivener），可能也得利於放高利貸，以致家境富裕，所以密爾頓從小就接受良好的教育。在就讀私塾期間師事 Thomas Young，後者係一長老教會基督徒，熱中於清教運動（Puritan movement）。自聖保祿高中畢業後，他隨即就讀於劍橋基督學院（Christ College, Cambridge），有意獻身神職，1629 年大學畢業，1632 年獲得碩士學位。但畢業後密爾頓並未就神職，反而待在其父位於倫敦近郊的哈默斯密（Hammersmith）以及離溫莎堡不遠處的賀屯（Horton）家中繼續讀書、寫作。

從 1632 年到 1638 年赴歐洲大陸旅遊期間，密爾頓出版的重要作品有〈基督誕辰頌〉（*Ode on the Morning of Christ's Nativity*）、格頓伯爵（Lord Egerton）應布里奇瓦特（Bridgewater）家庭樂師亨利・勞斯（Henry Lawes）之邀而作的《苛魔士》（*Comus: A Masque*）——係一齣假面歌舞劇，以及為同班友人愛德華・金（Edward King）之死而寫的田園悼亡詩《利西達斯》（*Lycidas*）等。在此同時他也遭遇了些許人生變故，首先母親於 1637 年過世，接著其弟克里斯多佛（Christopher）結婚，身為長子的他，在辦完母親喪事，安排父親（時年 75 歲）與其弟及弟媳同住後，出遊歐洲。

在旅歐的 15 個月期間，密爾頓大都待在文藝復興的發源地義大利，足跡遍及佛羅倫斯、羅馬及那不勒斯等大城，並與當地文人智士結交。在佛羅倫斯探訪過伽利略（Galileo），在那不勒斯結識了塔索（史詩《耶路

撒冷解放記》〔*Jerusalem Delivered*〕的作者）的傳記作者和贊助人喬凡尼·孟索，待在羅馬時也去過梵蒂岡大圖書館。對密爾頓而言，認識塔索讓其對塔索的著作有更深的體會，特別是塔索的成就，讓他意識到在當下要沿用荷馬、維吉爾的傳統來寫史詩是可能的，而且也可以將基督教的主題應用在史詩的寫作上。

　　原打算到西西里及希臘一遊，因英格蘭內戰將起的謠言，而取消了此行。之後北上，先到威尼斯，再到維隆那（Verona, 以巨大的羅馬半圓形劇場聞名）、米蘭，並穿過阿爾卑斯山來到瑞士，轉赴日內瓦。日內瓦是歐洲當時的新教徒（Protestants）聚集之處，也是密爾頓高中摯友狄奧達第（Charles Diodati）的叔父，著名的新教神學家喬凡尼·狄奧達第（Giovanni Diodati）的賃居處。

　　密爾頓在日內瓦時，多待在狄奧達第的住處，因為彼此對新教的認同，讓密爾頓有種釋放、自在的感覺，密爾頓雖然喜歡義大利，那兒的人文氣息、語言文化以及可親可敬的學者大儒都甚得他心，但是整個義大利籠罩在羅馬天主教反改革的保守壓迫氣氛當中，讓他頗有窒息之感。到了日內瓦，在與狄奧達第等新教徒的時相往來中，才令他有置身自己家國的感覺，而這更加堅定了他反羅馬天主教，甚至反英格蘭國教的新教思想。

　　自日內瓦轉道法國，密爾頓於 1639 年 7 月返抵倫敦。此時離英王興兵討伐蘇格蘭失利雖有一段時日，在人們的日常言語中卻仍迴盪著北征蘇格蘭一事的餘音，不乏羨慕蘇格蘭人敢於戰爭、爭取自由的民眾。回國後的密爾頓，亟思作為，遂賃居於外，並接回失怙的外甥約翰·菲利浦斯（John Philips）與其同住，同時也叫約翰的哥哥愛德華（Edward）每日到其賃居處受教，開始了他的教學工作。

　　也就在他的授課生涯中，他實踐了自己以語言為中心的教育概念，強調不斷的閱讀名家與大師的作品，未到時候則不需強調文法與寫作，以免本末倒置，這些概念也促發他寫作《論教育》（*Of Education*）的小論文。

　　1640 年 6 月有位理察·鮑爾（Richard Powell）先生因付不出地租，而被密爾頓家收回田產，因此之故，年已 33 歲的密爾頓於 1642 年到了鮑爾的住居處，卻在那兒看上了他 17 歲的長女瑪麗（Mary），沒多久兩人

成婚。婚姻對密爾頓而言是尋求一位在靈性上可以互相溝通的伴侶，慰藉
和平安是上帝使人不再孤單而有婚約的目的，不僅在肉體上可以親密的
交往，在精神上更可以相互扶持；為人妻者，就該是丈夫的幫手，讓他開
心、使他精神振奮。夫妻間有快活、自在、相稱的對話，才是婚姻的最高
目的。抱持這種態度而結婚的密爾頓，很快就發覺瑪麗並不快樂。在牛
津鄉間，她過慣了大宅邸那種人來人往、熱鬧隨興的生活，但在倫敦密爾
頓家，新教戒律一切行止均有定時、生活起居都有規矩，飲食儉樸，而且
人人不苟言笑。這讓她婚後沒多久，就害起了思鄉病。剛好此時娘家來信
（可能係應瑪麗的要求）要她回鄉下去避暑。不料瑪麗一去就不返，幾經
催促，仍不見回蹤。不久內戰爆發，要瑪麗回家，愈發顯得不可能。更何
況瑪麗父母家是保皇派，誓死反對圓顱黨（Roundheads，因頭髮剪短而謂
之，亦稱「議會派」〔Parliamentarians〕），而密爾頓正是此派的擁護者。

　　自歐洲旅遊歸來以至妻子離家，這中間密爾頓出版的作品，大
抵以政論散文為主，重要作品有《論宗教改革》（*Of Reformation*）、
《論神職人員的制度與職務》（*Of Prelatical Episcopacy*）、《時政
論評》（*Animadversions*）、《教會統治的理由》（*The Reason for
Church Government*）、《為斯梅克狄姆紐亞斯等人聲辯》（*Apology for
Smectymnuus*；其中 ty 是密爾頓恩師托馬士・楊〔Thomas Young〕名字的
縮寫；Smectymnuus 全字係由含托馬士・楊在內的五人名字首字連成），
《論出版自由》（*Areopagitica*），以及因妻子滯外不歸而寫就的《離婚的
教理與規範》（*Doctrine and Discipline of Divorce*）等。1645 年密爾頓並
將過去的詩作集結出版。就在他打算另娶時，離家近三年的瑪麗・鮑爾回
來了，而密爾頓也不計前嫌的接納了她，是時查理一世的軍隊在奈斯比一
役敗下陣來，國王擬以軍事結束英格蘭為期三年內戰（爆發於 1642 年 8
月）的企圖全部落空。

　　查理一世於 1646 年遭議會派成員逮捕，同年瑪麗娘家因擁皇派失
勢，被迫遷來與密爾頓同住，長女安（Anne）並於此年出生。1647 年對
密爾頓而言是一多事之秋，先是岳父於年初過世，接著父親也於 3 月歸
西，為了求得較寧靜的環境，在妻子娘家人搬離之後，遷居到近牛津大學

林肯法學院（Lincoln's Inn Fields）旁。此時的他，眼力日漸衰退，而周遭盡是一些無法和他「同聲共氣」的人，頗感無奈。1648 年次女瑪麗出生。1649 年 1 月 30 日，國王查理一世遭公審處死，密爾頓雖視力模糊，但對這一歷史時刻卻很有可能親臨現場，躬逢其盛。國王被處死後兩個禮拜，激動莫名的密爾頓為新政府的這一舉措辯護，寫下了《論國王與官吏的在任權》（*Tenure of Kings and Magistrates*）一政論冊子，他認為國王和各級政府官員，只不過是受人民委託而治理國事，其任命並非受諸於天、得之以命，真正的權柄應該是掌握在人民手裡，無功無德者當受人民制裁或處死。這篇論文雖未提及查理一世之名，但明眼人一看便知密爾頓贊成將國王處死。也因為如此，他在當世人眼中，不僅是個離經叛道的「離婚論」者，更是惡名昭彰的「弒君論」者。當然，這一舉措也讓他日後在「王政復辟」後處境艱難，不過也因他發表這篇論文，克倫威爾所領導的殘餘國會（Rump Parliament）政府，以國務委員會（Council of State）的名義，邀請密爾頓出任「外語部長」（Secretary for the Foreign Tongues）一職，職司外交通信，以拉丁文為主，從此一心為共和政府貢獻所能。

密爾頓的第一樁委任案是要回應「平權黨」人（Leveller）李樂本（John Lilburne）對共和政體的批評，他甚至要求清除「國務委員會」這一統治機構。「平權黨」是共和政體內的極端民主團體，對共和政體而言，他們的要求若非叛國就是危險之極，亟需導正，惟密爾頓未及反駁「平權黨」人的攻擊，就又授命撰寫《觀察與評論》（*Observations*）以平息愛爾蘭天主教徒群集在「保皇黨」人巴特勒伯爵（James Butler, Earl of Ormond）麾下，支持查理二世（剛被處死的查理一世的兒子），反對共和政體所引起的紛爭。除此之外，他也為克倫威爾辯護，謂其在若干年內所成就之事業較諸巴特勒等人的家族、先人在愛爾蘭的勳業還要高（巴特勒是查理一世的愛爾蘭總督），更何況那些比巴特勒更英勇、更具勳功的人都對克倫威爾推崇備至呢！（克倫威爾就在密爾頓被任命為「外語部長」的同一天，被推薦為駐愛爾蘭統帥，節制駐愛軍旅。）[1]

---

1   參見 Parker, I, 359 頁及《觀察與評論》原文 252 頁。

　　內憂之外，新政府的外患亦不少。海外無一國願承認新政府，就在新政府亟欲營造有利輿情以舒緩國內外壓力之際，著名的古典大家薩爾美夏斯（Claudius Salmasius）受查理二世之委任，為其父辯護，出版《為查理一世的王權聲辯》（*Defensio Regia pro Carolo I*）一書，目的在詆毀弒君。這一以拉丁文寫就的政論冊子猶如一顆炸彈在國際間引爆，深獲學者以及全歐洲文人的矚目，英格蘭的藝文、知識界也深受影響，使得新政府的處境岌岌可危。

　　不僅如此，在英格蘭國內，就在查理一世被處死後未久，突然有一本通稱為「國王遺著」（King's Book）的書出版，這本取名為《聖王芻像》（*Eikon Basilike*）[2]的冊子甫一出版，就像一把火一樣，熊熊烈焰點燃了整個英格蘭人枯乾的感情之火，對革命的反感和疑慮席捲全國，不消幾週國內瀰漫著一股同情查理一世遭殘忍處決的氣氛，克倫威爾設法叫謝勒登（John Selden）撰文駁斥，但為謝勒登所拒，因此任務落在密爾頓身上。

　　《聖王芻像》把查理一世塑造成一敬天畏神、悲天憫人、立意良善卻迭遭誤解、阻撓的國王，被一群無心無肝的惡棍歹徒無情地攻擊。本書以不著人為痕跡、很自然的方式寫作，意欲人們相信這是查理一世被拘禁期間，親自為國為民祈禱、祝福和靜思的集子，不是立意要出版而是被公諸於世的靈性隨筆。但其實這本冊子是由英格蘭國教派神學家戈登（John Gauden）所祕密寫就的，卻故意模仿查理一世的口吻而出版。捧讀此冊子，勾起了許多人對國王的回憶，大家淚盈眼眶，對新政府憤怒不已，保皇黨人甚至將此書擺在案頭，放在《聖經》側旁，其影響力之大可以想見。

　　密爾頓雖非克倫威爾首選的辯護人，但他並不介意，一仍舊往，以「雖千萬人吾往矣」的勇氣（courage in isolation），執筆寫就《偶像破除者》（*Eikonoklastes*）。他知道那本叫「國王遺著」的冊子具有很強的感染力，絕不是他可以用理性的言語、邏輯性的說詞改變的，因此他逐段檢視「國王遺著」，用最近的事例逐一反駁文中的謬誤和強詞奪理。他並提

2　《聖王芻像》全稱是 *Eikon Basilike: The True Portraiture of His Sacred Majesty in His Solitudes and Sufferings*，故簡譯為《聖王芻像》。

醒他的同胞們英格蘭人過去所擁有的堅忍不屈（fortitude）及崇尚自由的精神，呼籲國人不應墮落感情用事，去愛慕惦記「那個人」及他的芻像。他也點出該本冊子將查理一世塑造成神聖殉道者的虛偽處，因為查理一世不論是先天不足或是後天失調，都不是個睿智的明君，只會用各種詭計、謀略來迫害人們，施行暴政，在歷史上直可比莎士比亞筆下的理查三世那般惡名昭彰[3]。更何況這本所謂的「國王遺著」有多處剽竊和造假的嫌疑，最著名的是在某些版本裡所謂國王的林中禱告詞，儘管辭意懇切卻是剽竊自伊莉莎白時代詩人西德尼（Philip Sidney）的詩作「阿卡狄亞」（得名自古希臘一純樸、田園味十足的世外桃源），該詩的主題在歌頌空泛的情愛，卻被轉為宗教式的虔心默禱，豈非褻瀆神明？由此舉一反三，可見查理一世的虔誠也者，根本是讓人見笑、丟臉之事。所以推翻他、處死他是合公理、符正義之事[4]。

　　1651 年 2 月，《為英格蘭國民聲辯》（Defensio pro populo Anglicano）出版，用以回應薩爾美夏斯的「王權論」（Defensio Regina）。密爾頓知道該文之出名，主要在其作者是名重四海的大家，所以他盡可能的去挖苦、嘲笑薩氏，改正他的希伯來文、批評他的拉丁文，更嘲諷他歷史知識的不足，將他歸類為「不過是位措詞合宜的文法家罷了！」（You are a grammarian, and nothing but a grammarian.）[5]。至於薩氏說興兵討伐國王，是不得民心的軍事叛變，密爾頓回應說：若是如此，區區幾個人，怎麼震撼得住英格蘭舉國尚武的廣大人民？又怎麼抵擋得住那些恣意阻撓共和政府的保皇分子呢？密爾頓處處借薩氏自己的說法來攻訐薩氏的論點，讓他自相矛盾，還說「前後矛盾簡直就是他的孿生妹妹（twin-born sister）」[6]，以致在替王權辯護時，袒護了獨裁暴君。密爾頓也一再宣稱「國王的權利源自生而自由的人民，因此，當受法律約束或審判」。此舉非在憎恨國王，而是厭惡暴君。雖然薩氏背後有許多著名的教

3　參見 Parker, I, 362-367，特別是 364 頁。

4　參見 Parker, I, 364 頁以及 II, 963–66 頁及 Lewalski, 266-70 頁。

5　引自 Parker, I, 380 頁，原文見密爾頓《為英格蘭國民聲辯》第 68 頁。

6　引自 Parker, I, 380 頁，原文見密爾頓《為英格蘭國民聲辯》第 178 頁。

會長老們支持，他的絕對王權論（absolute monarchy），或謂「君主專政」之論，被密爾頓斥為沒有《聖經》根據[7]。這篇長達 15 萬字的聲辯書，在歐洲大陸轟傳一時，為英格蘭人處死國王之事做了有力的辯駁，同時也挽救了共和政府的聲譽。

　　就在密爾頓殫精竭慮為共和政府效勞之際，長子約翰誕生，欣喜之情卻被日漸衰弱的視力沖淡。不過共和政府的「國務委員會」對他聲辯書所引起的回響和騷動振奮不已，他儼然成為新政府最重要的一員，外交使節絡繹不絕的想跟密爾頓交往。但諷刺的是新政府成員裡總有人認為密爾頓不配住在「白廳」的館舍內，要把他趕走，再加上他已幾近失明，所以到了 1651 年底，密爾頓被迫搬離「白廳」，同時有兩週之久他的官職幾乎不保[8]。

　　1652 年初，他再被任命為「外語部長」，這對密爾頓來說是很大的安慰，也代表新政府對他的感恩與信任，因為除了那篇「聲辯」文外，密爾頓因眼疾之故，對新政府的用處並不大，2 月過後，他就全盲了。

　　那年的 5、6 月對密爾頓來說是段悲喜交集的日子，先是三女黛柏菈（Deborah）出世，可是妻子卻因產後的併發症而過世；未幾，密爾頓希望所寄的兒子也因病去世，失明再加上妻與子的喪生，讓他非常沮喪。不過到了 8 月，有篇未署名的政論冊子《以國王之血向天呼告弒親之罪》（Regii Sanguinis Clamor）出版，政府示意密爾頓回應，於是他只能銜哀振作了。那本長達 188 頁（12 開本）的冊子，雖非出於薩爾美夏斯之筆，但卻聲援薩氏並且撻伐密爾頓，說他是禽獸般的流氓，提倡弒親及弒君之舉。為了駁斥這篇議論，眼瞎的密爾頓於 1653 年 2 月向「國務委員會」推薦馬維爾（Andrew Marvell，17 世紀著名的「玄學派詩人」之一）為他的助理[9]，雖未成功，但他已著手論述予以反駁。同年 9 月，密爾頓的政論敵手薩爾美夏斯撒手人寰，隔年（1654 年）5 月底，期待已久的反駁終於

7　參見 Parker, I, 381 頁、《為英格蘭國民聲辯》第 246 頁、Lewalski, 255-277 頁及 Parker, II, 979–980 頁。

8　參見 Parker, I, 393 頁。

9　事見 Parker, I, 425 頁。

出版，此篇題為《為英格蘭國民再聲辯》（*Defensio Secunda*）的論文延續第一篇聲辯文的熱情與活力，如果說第一聲辯文是他文學生涯的高峰，是他至高無上的成就，那麼第二聲辯文將證明他是受上帝揀選要他以理性來捍衛真理的人，而且除了他之外，還有誰能將整體英格蘭人的偉大行動公平適切地傳述出來呢？當他在口述文句給謄寫員（因他已全盲，無法書寫）時，他澎湃的情緒中，一定有股為英格蘭寫史詩的衝動。在第二聲辯文中，他寫自己、寫所有的英格蘭人，尤其是那些素有名望又有功勛的英格蘭人。這是一本涵蓋不下 15 位名人的書，除了他自己之外，還包括克倫威爾，以及反克倫威爾擅權的律師布萊德邵（John Bradshaw，此君曾任查理一世受審時的審判長）等人[10]。密爾頓雖對克倫威爾於 1653 年解散國會宣布自己是「護國公」（Lord Protector）的舉措頗有微詞，但仍認為他是少數功業彪炳的領袖人物；不過他在聲辯文中雖然謳歌稱頌他，卻也警告他不要傷害、侵犯上天賦予人類的自由，那亙古由來的自由（ancient liberty），同時他也奉勸克倫威爾要實行政教（Church and State）分離政策，務使教會淨化，沒有權利和財富的糾葛，也期待克倫威爾能確保信教自由（freedom of conscience），讓所有人都能信其所信者。同時他揭櫫真正的自由，不是靠武力攫取的，而是發自內心的虔誠、公義和節制。自由的內在泉源一旦喪失，藉武力而得來的外表自由也會失去依附，除非人能驅逐貪婪、野心、奢侈和迷信的心，否則暴政就於焉而生，內心的獨裁就會宰制我們，因此唯有公理與自由才是一國偉大之處，反之就會淪為人所役使。人若無法自治，就會陷入為他人所治的奴隸狀態。而這也是為什麼要處死查理一世的原因[11]。

　　完成並出版這部長達 173 頁（12 開本）的聲辯文，可說是密爾頓個人及其文學生涯上極為關鍵的一點，他證明了一個瞎眼的人在繕寫員的幫忙之下，仍然可以完成長篇議論，這給他日後創作《失樂園》極大的信心。所以很有可能從此刻起，他已著手寫作《失樂園》，也有可能他

10　參見 Parker, I, 440-42 頁。

11　參見 Parker, I, 443-47 頁。

正在寫作《論基督教義》（*De Doctrina Christiana*）一書。1656 年底娶回
凱薩琳‧伍德考克（Katherine Woodcock）。此時，密爾頓已近 48，而凱
薩琳卻只有 28。當她嫁過來時，密爾頓的三個女兒分別是 10 歲、8 歲、
4 歲半。雖然密爾頓看不到妻子的長相，不過他對她似乎頗有深情，據信
那篇題為〈我想我看見了我那成了仙的亡妻〉（*Methought I saw my late
espoused saint*）的十四行詩，就是密爾頓對她的悼亡之作，密爾頓形容她
全身閃耀著憐愛、柔美和良善的光芒，顯然對她是又愛又惜。但不幸的是
她在 1658 年 2 月，距結婚不到兩年，就因生產臥病而過世，所生之女凱
薩琳也於 3 月夭折。

　　個人的悲痛之外，該年 9 月克倫威爾也過世了，其子理察（Richard）
被指定為繼承人，一開始，國務推行還算順利，所有大臣們一仍舊往的
被委任予原有的職責，密爾頓也不例外。但不久，軍方決議，新的護國公
沒有經驗，不該統領軍隊，而應由久經陣仗的人掛帥，跟文職政府的首腦
共同協調國事。理察斷然拒絕，造成軍隊大譁，反克倫威爾的言論開始
流傳。四月時節，軍方召開了 500 人左右的各級軍官大會，爾後遞交一份
請願書給理察，要求軍政分離。同時，坊間流傳一句口號「往日美好的理
想」（the Good Old Cause），意味在克倫威爾於 1653 年解散「殘餘國會」
之前到查理一世被處死（1649 年）之間，有過一段由國會治理國政的時
候，現在面臨新的統治者時，英格蘭人開始懷念起那段共和政府的日子，
那段「沒有一個人、一位君主、一群貴族們」（Without a single person,
kingship, or House of peers）來統治他們的日子[12]。在「殘餘國會」復會後
的第六天，國會答應軍方的要求，任命福立伍將軍（Fleetwood）為統帥，
節制英格蘭與蘇格蘭所有的軍隊；同時組成「國務委員會」執行行政事
務，又過 10 天，理察‧克倫威爾黯然遜位[13]。

　　就在這政治氣氛動盪不安的情況下，密爾頓陸續出版了《論世俗政府
的權利》（*A Treatise of Civil Power*）和《建立自由共和政體的簡要之道》

12　參見 Parker, I, 525 頁。
13　參見 Parker, I, 526 頁。

（*Ready and Easy Way to Establish a Free Commonwealth*）等政論冊子。前者旨在闡明世俗政府不應以武力插手宗教事務，因為世俗政府，既不能裁判、也無權裁判宗教之事；若然，則必造成傷害，且完全無法達成其預設之目的。他更闡明無人即連教會也不能裁判一個人，說他是「異端分子」（heretic），只要他是依他良知對《聖經》所作的詮釋，即使他人甚至教會都認為謬誤、歧異，也不該說他是「異端論者」[14]。最好的新教徒是那些受聖靈指引，而對《聖經》做良心、正直詮釋的人。簡言之，不管是什麼教派的人，只要遵循《聖經》，就不該在宗教上受到迫害或騷擾。他的籲求就是「宗教寬容」。

另一篇政論冊子則是針對時局而寫，決心要為當前局勢尋找出路的密爾頓，放下手中一切工作，全力對反動勢力做最後的一搏，他認為自由的共和政體，不僅是最好的政府形式，也很可能是我們的救世主向所有的基督徒推薦的政體，在這種政體底下，那些才德高尚的人，是大家的公僕，也是為大家賣力的人。他們的地位不比同教下的弟兄高，他們犧牲奉獻、舉止言行與芸芸眾生相同，人們無須對他們畢恭畢敬。但是國王就不同了，你要對他奉若神明，滿朝驕縱的文武官員圍繞著他，既耗錢又奢侈。但有多少人真正具有宗教與公理的原則，能居廟堂之上，稱王稱帝而不睥睨同儕、自認高人一等呢？因此密爾頓的「簡要之道」的基本原則之一就是，不要再有一人君臨天下的情況；另一原則就是保證信教的自由，更重要的是，在「王政復辟」前夕能為不安混沌的政治局面找出解決之道[15]。

但就在這篇政論冊子發行之前，在孟克（George Monk，駐蘇格蘭統帥）將軍的主導下，早前被迫引退的長老派人士（Presbyterians）復職，同時也回復了「長期國會」（Long Parliament）的運作[16]，而這些大都屬保皇

14　參見 Parker, I, 519 頁以及《論世俗政府的權利》原文 12-13 頁。

15　參見 Parker, I, 544 頁。

16　孟克將軍將原先的「殘餘國會」補滿人，使其成為「長期國會」。參見 Parker, I, 547-548 頁。

黨人，因此這對密爾頓來說是一重大的打擊，也無異是另一場革命。他所倡行的「往日美好的理想」（the Good Old Cause）全然落空[17]，保皇黨人對密爾頓的所謂「共和政體」冷嘲熱諷，甚至有謂密爾頓行徑與眾不同，可能等他被判到泰伯恩刑場（Tyburn）吊死的時候，他也要爭取以獨輪板車（wheelbarrow）推到刑場而不是用馬車（cart）載的第一人呢[18]！即使如此，密爾頓甘冒大不諱，執筆寫信給可以主導局勢的孟克將軍，大膽要求他運用他的聲望，讓英格蘭還來得及實施自由的「共和政體」，他甚至同意「萬年國會」（perpetual Parliament）以及萬年的施政主體——「大委員會」（Grand Council）的成立，只要這個「大委員會」的決議獲得每個城鎮的「常務委員會」（standing Council）同意即可[19]。但此時政治氣氛詭譎，過於公開招搖的保皇黨人如葛瑞菲斯（Matthew Griffith，殉王查理一世的神甫）固然被捕下獄，但被籲緊急行動以換大局的孟克將軍，卻也拒絕密爾頓的要求[20]。急迫之間，密爾頓聲言，他寧可支持孟克為王也不願「斯圖亞特王朝」（Charles Stuart）復辟，他提醒大家查理一世的濫權，而且明言，我們不可矛盾的同事互相對立的二主：上帝以及人王，尤其是視自己的律法優於一切的獨裁者。對密爾頓而言，如果英格蘭放棄了自由的共和政體，那無異於放棄我們的「自由權」（Liberty）中最精華的部分，而那正是我們的信仰（our religion）。

　　此政論冊子的銷路並不好，一版還未售完，密爾頓就重頭改寫，強化了反王權的說法，但是他原先的出版商立威・查普曼（Livewell Chapman）被新成立的「國務委員會」通緝，因此新版的發行開銷可能就由密爾頓自行負擔，而且也由他以及他幾位勇敢的朋友，將此版政論冊子送到復行開議的國會委員手上。他這種「千山我獨行」的勇氣（courage in isolation）在「王政復辟」的前夕，無異自尋死路，各種攻訐紛至沓來[21]。

17　參見 Parker, I, 547 頁。
18　參見 Parker, I, 548-549 頁。
19　參見 Parker, I, 546-550 頁。
20　參見 Parker, I, 551-552 頁以及 Lewalski, 371-383 頁。
21　參見 Parker, I, 556-557 頁。

失明的密爾頓無法離開倫敦去避險，除了喪失不少家產外，只能躲在城內等著事故發生。

　　密爾頓這一躲就躲到查理二世復位頒布「寬恕令」（Act of Oblivion）後才現身，1659 年 6 月在倫敦城開始有人公開焚燒《為英格蘭國人聲辯書》和《偶像破除者》；10 月被捕而後又遭開釋。1660 年查理二世復位前，國會開會，決議將處死故王查理一世的七名委員，包括已故的克倫威爾、布萊德劭、艾爾頓（Ireton）將軍及普萊德（Pride）等人，以叛國罪論處[22]。這些過去的「共和政府」大員，屍首從墳墓中被挖出掛在絞刑架上，斬首、曝屍之後，拋擲在絞架下的大洞裡，任由風吹雨打[23]。

　　幸得詩人及摯友馬維爾及其他友人的幫助，密爾頓在被捕後未久，遭罰款開釋，之後韜光養晦，但仍與少數友人往來。三個在他躲避期間寄養別人的女兒回來與他同住，時年分別為 14 歲、12 歲和 8 歲，仍然年幼無法對密爾頓有何幫助。現在的他，寫字讀書都得仰賴別人，1662 年老友佩吉特（Nathan Paget，可能是密爾頓的私人醫生及朋友）引薦一位仰慕密爾頓拉丁文才學的年輕人艾樂伍德（Thomas Ellwood）投在他門下，並在他住處不遠地賃屋居住，日日來訪，替他唸書並筆錄密爾頓之言。也是在佩吉特的介紹下，密爾頓於 1663 年 2 月 24 日迎娶了他的第三任妻子伊莉莎白・敏舒爾（Elizabeth Minshull）。但不幸的是，他的三位女兒可能是出於誤解，也可能是出於自私、小器、憤怒和自大，與後母相處並不融洽，也不甚情願唸書給父親聽。

　　查理二世的復位，迫使密爾頓回復他往昔對詩的熱愛。1665 年 8 月艾樂伍德從鄉間回來，密爾頓拿給他一疊手稿，要他得空時看看，並給予意見。下回他們再碰面時，艾樂伍德沒對《失樂園》的手稿多所置喙，只說：「你寫許多樂園喪失的事，但你對樂園再得有什麼說的呢？」密爾頓沉默無言[24]。實際上現在的《失樂園》版本裡，是有許多尖銳且雄辯的論

22　參見 Parker, I, 558 及 569 頁。

23　參見 Parker, I, 581 頁。

24　參見 Parker, I, 597 頁以及 Lewalski, 444-451 頁。

點在談樂園復得的，所謂的「內在樂園」（Paradise within）已然隱含樂園再得於其中，但艾樂伍德的不帶勁，是否意味此時的《失樂園》與現今的版本有所出入？

　　《失樂園》一直要到 1667 年才問世，期間倫敦城在夏、秋、冬為瘟疫所苦，1666 年 9 月倫敦城全市為大火所吞噬，三分之二的城市毀於灰燼，對許多虔誠的英格蘭國民而言，莫非這是上天對他們恢復帝制的懲罰？英格蘭是否不再是上帝賦予的樂土？1667 年坎特伯里大主教（Archbishop of Canterbury）旗下的官方出版審檢委員（censor）湯金斯（Thomas Tomkyns）差一點就將《失樂園》全稿禁刊[25]，除了多處浮妄的言詞外，書中的叛亂、圖謀弒君舉動，也讓這位審檢員不安，再者，蟄伏了近 7 年的密爾頓，那位倡言離婚、弒君的盲詩人兼政論家出版此書，是否別有企圖？但不論如何，該年 8 月西蒙斯（Samuel Simmons）將《失樂園》登記出版，首批 1500（另一說 1300）本的銷路似乎不差，所以在 1669 年再印了約 1300 本。出版之後，應讀者要求，出版商擬請密爾頓將全書各卷的「提綱」（argument）附列於再印的書上。雖不甚情願，密爾頓還是答應照做，但在再印序言裡，他為自己的無韻詩做了有力的辯論。在題為「詩序」（The Verse）的序言裡，可以感受到他略帶無奈的挑戰意味，他稱那些要求詩需有韻的人為「粗俗的讀者」（vulgar readers）。但附提綱似乎是文藝復興時期寫史詩的慣例，所以密爾頓只有照做。最早認為這是部偉大作品的人，可能是鄧南爵士（Sir John Denham），他認為這是「迄今不管用何語文所寫就的詩中最高貴的一部」（the noblest poem that ever was wrote in any language or in any age）[26]。另有一說是巴克赫司特（Lord Buckhurst）在 1669 年發掘此書將其推薦給德萊登（John Dryden，英格蘭 17 世紀詩人兼劇作家），但後者在其批評著作如《戲劇

25　參見 Parker, I, 600-601 頁以及 Lewalski, 454 頁。

26　參見 Parker, I, 604 頁。

藝論》（*Essay of Dramatic Poesy*）中並未提及密爾頓[27]。

　　大概在 1642 年左右，密爾頓就構思一部五幕的《聖經》悲劇，類似「亞當被逐出樂園」（Adam unparadised）之類的寓言劇，這樣的戲劇架構焦點在亞當的過失，可是《失樂園》的焦點不盡然在亞當，亞當夫妻的悲劇卻仍然保留在《失樂園》中。有一說謂密爾頓在 1655 年著手寫《論基督教義》時，就可能同時構思《失樂園》，從 1660 年王政復辟到 1667 年《失樂園》出版為止，無所作為的密爾頓，可能就把大部分的心思和精力，投注在《失樂園》的創作上。初版的《失樂園》是十卷，可能跟原先五幕劇的構思有關，後來他將第七卷和第十卷分成兩卷，除了加些前言後語，使各卷相連之外，內容都跟十卷版一樣；改為十二卷版，可能也跟史詩傳統有關（因為自荷馬以降，史詩概為 12 卷或 12 的倍數卷），1674 年這十二卷版《失樂園》面世。

　　在艾樂伍德看完《失樂園》手稿時，他向密爾頓提到「樂園再得」的概念，密爾頓沉思良久，默不作言。1671 年《復樂園》（*Paradise Regained*）與《鬥士參孫》（*Samson Agonistes*）出版在同一冊書裡，據傳密爾頓曾拿出《復樂園》刊印本跟艾樂伍德說，多虧他當年的提醒，才有此書問世[28]。但作為《失樂園》續集的《復樂園》基本上是一「簡短的史詩」（brief epic），類似《舊約》裡的《約伯書》。它的主題以及《鬥士參孫》的主題，其實與《失樂園》中的神僕押比疊所表現的主題一樣，都是頌揚在舉世滔滔中秉公義而踽踽獨行的勇氣，《復樂園》中的耶穌、《鬥士參孫》中的參孫，都具體表現了這種精神。同樣的，在《失樂園》中，人類最後的企求是找回失去的樂園，而此樂園已不復太初創世

27　但在德萊登該書中曾提及「眾皆認為〔無韻詩體〕太平凡了，不適合寫詩，更不適合長詩；寫一般商籟詩已嫌低下，何況是悲劇〔或是史詩〕」——悲劇與史詩常被歸類為同等級之作品（"[Blank Verse] is acknowledg'd to be too low for a Poem, nay more, for a paper of verses but if too low for an ordinary Sonnet, how much more for Tragedy [–or for epic]"。參見 Lewalski, 457 頁。

28　參見 Parker, I, 616 頁以及 Lewalski, 451 頁。艾樂伍德的原文是"Thou hast said much here of paradise lost, but what hast thou to say of paradise found?"。

紀時的樂園，而是內在的樂園（Paradise within），存在我們的良心深處
（conscience），在基督的帶領下重回天國。《復樂園》和《鬥士參孫》的
旨趣亦在此。基督的試鍊和參孫的試鍊，都是成就上帝的事功，就如同亞
當與夏娃的試鍊，雖不幸失敗，卻有幸而得基督降生，得免永生受罰而終
歸天國，所謂「幸運的墮落」（happy fall 或是 fortunate fall），旨哉斯言。

　　1674 年，十二卷版的《失樂園》刊行，同年 11 月 8 日左右，66 歲的
密爾頓因痛風發作而死，死時一片祥和，以致在場看顧之人，無人意識到
這位偉大的詩人何時嚥下最後一口氣[29]。11 月 12 日他被安葬在聖宅爾斯
（St. Giles）的教堂內。密爾頓可能不是一位卓越的思想家，但他聰明有學
問，夠真誠且負理想，這也是為什麼迄今為止，《失樂園》仍是一部曠世
鉅作。而從他的作品中，我們是否可以找到許多與文字無關，但卻影響他
創作的歷史事實與社會實踐呢？

參考資料

(1)　Flannagan, Roy. "The Man and the Poem." In His Ed. Paradise Lost: *John Milton*. Macmillan, 1993. 39-44.

(2)　Lewalski, Barbara K. *The Life of John Milton: A Critical Biography*. Rev. Ed. Malden, MA : Blackwell, 2003.

(3)　Parker, William Riley. *Milton: A Biography*. 2 Vols. Oxford: Oxford UP, 1968.

(4)　Teskey, Gordon. "The Life of John Milton." In *Paradise Lost* By John Milton. New York: Norton, 2005. xv-xxvii.

29　參見 Parker, I, 640 頁。

密爾頓年表

1603	英女王伊莉莎白一世駕崩；新王詹姆士一世繼立。
1608	12 月 9 日，詩人密爾頓出生於倫敦距聖保祿大教堂不遠處之大宅裡。父親老約翰是位財富頗豐的生意人。
1611	詹姆士王《欽定版聖經》首發行。密爾頓家持有 1612 年版的該聖經。
1615	11 月 24 日弟弟克里斯多佛出生。
1618	開始受教於托馬士·楊，一位長老教派中的改革者，此後將影響密爾頓一生的宗教及政治思想。
1620	進入聖保祿小學就學。其間之摯友為查理·狄奧達第。
1625	進入劍橋大學基督學院就讀。3 月詹姆士王崩卒，其子查理一世登基，繼立為王。
1629	獲學士學位。12 月發表詩作〈基督誕辰頌〉。
1632	以優異成績獲劍橋碩士學位。之後約有五年光景待在離溫莎堡不遠處的賀屯家中繼續讀書、寫作，自我進修。
1634	應依格頓勛爵——布里奇瓦特之邀，寫下並發表「苛魔士—面具舞劇」一齣戲。
1636	密爾頓隨父親搬至倫敦西郊的賀屯村。
1637	「面具舞劇」《苛魔士》出版。
1638	詩作〈利西達斯〉出版，以紀念前一年因沉船故世的劍橋同學及好友愛德華·金。
	出遊歐洲，主要到義大利都會如佛羅倫斯、羅馬、威尼斯、米蘭、那不勒斯等城。見著了天文學家伽利略、史詩《耶路撒冷解放記》作者塔索的傳記作家孟索侯爵等人。
1639	因聞英格蘭革命在即，乃自旅歐處返國。
	英王查理一世發動對蘇格蘭的戰爭。
	以書院式方式開班授課，主要學生是其姊姊兩子愛德華及約翰兩兄弟。
1641	弟弟克里斯多佛與父親搬遷至雷汀（Reading）。短論《論宗教改革》、《論神職人員的制度與職務》及《時政論評》等出版。
1642	短論《教會統治的理由》、《為斯梅克狄姆紐亞等人聲辯》出版。
	5 月與瑪麗·鮑爾結婚。約一個月後瑪麗返回位在牛津郡的父親家，卻一去渺無歸期。
	8 月查理王興兵討伐國會，英格蘭內戰爆發。

1643	因瑪麗遲遲不願返家，遂寫就短論《離婚之教理與規範》並出版。
1644	短論《論教育》及《論出版自由》出版。
1645	與突然返家之妻子瑪麗復合。
	6月奈斯比戰役發生，國王查理一世遭擒入獄。
1646	《密爾頓英文及拉丁文詩集》（*Poems of Mr. John Milton, Both English and Latin*）出版。
	弟弟克里斯多佛改宗新教並屈從共和政府之領國。
	岳丈及其家人搬與密爾頓同住。
	大女兒安誕生。
1647	岳丈於年初過世。父親老約翰亡故，埋骨於城門克里波（Cripplegate）外之聖宅爾斯教堂。
1648	二女兒瑪麗誕生。
1649	國王查理一世遭公開處決，英格蘭成為共和國。為處決之聲辯文《論國王與官員的在任權》出版。
	被「國務委員會」任命為克倫威爾政府的「外語部長」。
	受命回應據信為查理獄中日記的《聖王銘像》一書所造成的不滿情緒，出版《偶像破除者》一短論。
1651	受命回應薩爾美夏斯1649年出版的《為查理一世的王權聲辯》一書，寫就並出版《為英格蘭國民聲辯》。
	兒子約翰出生。
1652	小女兒黛柏菈出生，但不久妻子因產褥熱而亡。沒過多久，出生剛滿周歲之子約翰也過世，原因不明。詩人本人因長期閱讀及白內障，可能自此後眼睛全瞎。
1653	克倫威爾自行宣布為「護國公」，並解散「殘餘國會」。
1654	《為英格蘭國民再聲辯》出版。
1656	娶繼室凱薩琳・伍德考克。
1657	前為密爾頓舉薦任其助手未成的友人馬維爾出任公職。
1658	再婚所生之女凱薩琳過世，其妻凱薩琳・伍德考克也往生。
	「護國公」克倫威爾過世。
1659	繼立為「護國公」之克倫威爾兒子理察讓位。
1660	國會駐蘇格蘭軍統領孟克將軍揮軍返回英格蘭，未遭抵抗就控制了倫敦城。
	《建立自由共和政體之簡便易行辦法》出版。
	英王查理二世發布「布雷達宣言」（Declaration of Breda）應承更高度的宗教容忍，在孟克將軍主導下自法返英，光榮復位。

	許多密爾頓先前出版之書及論文遭圖書館移除並焚毀。
	密爾頓遭保皇派逮捕下獄，後又遭罰鍰開釋。
1661	克倫威爾、艾爾頓、布萊德劭等人的遺骸遭掘出、上絞架、梟首曝屍。
1662	貴格派（Quaker）的托瑪斯・艾樂伍德投於門下學習拉丁文。
1663	娶伊莉莎白・敏舒爾為妻。
1665	瘟疫肆虐倫敦時，賃居於「聖宅爾斯」處——該居所即現今通稱「密爾頓莊園」（Milton's Cottage）者。
	可能於此時，密爾頓將《失樂園》手稿交與艾樂伍德閱覽。
1666	倫敦大火波及密爾頓之住居處。全城三分之二遭火燹。
1667	《失樂園》（Paradise Lost）十卷版由西門（Samuel Simmons）出版發行。
1668	《失樂園》再印刊行，更新版權頁，並附「提綱」及「詩序」等。
1669	三位分別為 23 歲、21 歲及 17 歲的女兒離他而去，在外生活。
1671	《復樂園》及《鬥士參孫》以同一冊形式出版。
1674	《失樂園》二版刊行，但改為十二卷版，並附有詩人好友兼弟子馬維爾等人的讚辭。
	11 月 8 日，詩人辭世；11 月 12 日埋骨於倫敦城郊聖宅爾斯教堂其父墳塚不遠處。

參考資料

(1) Corns, Thomas N. "Chronology." In his Ed. *A New Companion to Milton*. Chichester, West Sussex: Wiley, 2016. 587-601.

(2) Flannagan, Roy. "Chronology." In His Ed. *The Riverside Milton*. New York: Houghton Mifflin, 1998. Front pages and back pages.

(3) Leonard, John. "Table of Dates." In His Ed. *John Milton: The Complete Poems*. London: Penguin, 1998. xxii-xxiv.

(4) Parker, William Riley. *Milton: A Biography*. 2 Vols. Oxford: Clarendon, 1968.

(5) Raffel, Burton. "Chronology." In His *The Annotated Milton: Complete English Poems*. New York: Bantam Books, 1999. ix-xi.

《失樂園》全譯

詩序

　　本詩的格律是英文無韻英雄詩體，跟荷馬以希臘文及維吉爾以拉丁文所寫的英雄詩體一樣[1]。押韻對一首詩或一篇好的韻文而言，是不必要的附加物，並沒有真正的妝點作用，這對較長的作品尤然。押韻不過是中古野蠻時代的發明[2]，用以點綴拙劣的內容和長短不齊的音步；只因近代一些名人用過[3]，此後乃受青睞；也因常有人用而不由風行成俗；但在表情達意方面，用韻卻帶來更多苦惱、障礙和束縛；而且大體說來，反不如沒有押韻的好。無怪乎有些義大利和西班牙第一流的詩人[4]，不論在長詩或短闋中，都不用韻，我們英格蘭最好的悲劇詩長久以來也是不押韻的[5]。韻

1　希臘盲詩人荷馬（Homer）傳說寫有《伊里亞德》（*Iliad*）和《奧德賽》（*Odyssey*）二部史詩；義大利的維吉爾（Virgil）則寫有拉丁史詩《伊尼德》（*Aeneid*）。

2　密爾頓此處似乎有意把查理二世（Charles II）復位後的 1660 年視為新野蠻時代的開始，因為此時期的詩人如德萊登（Dryden）等人，力倡以所謂的「英雄雙行體」（heroic couplet）寫詩，一度蔚為風行，但顯然密爾頓並不贊同，視之為一種束縛。

3　義大利的塔索（Tasso）於文藝復興時期，著有《耶路撒冷解放記》（*Jerusalem Delivered*）的史詩，每一詩節皆有一定韻式；崔西諾（Alessandro Trissino）的史詩《失竊的水桶》（*The Stolen Bucket*）也有押韻，但塔索也為無韻詩辯護，而事實上，他也曾以無韻詩的方式寫過別的史詩，如《開天闢地創世紀》（Il Mondo Creato）等。

4　如注 3 所提之塔索、崔西諾等人。

5　可能指的是莎士比亞或馬婁（Marlowe）等人。他們都以無韻詩體或無韻十音步的格律寫悲劇。

腳在一切靈敏的耳朵聽來，無關緊要，也沒有真正音樂的快感。音樂的快感奠於合宜的拍子、恰當的音節；這種音樂感是從一個詩節到另一個詩節不同程度的拉長而來[6]，而不在於行尾音韻相同、叮噹作響。飽學之古人，不論吟詩作對或滔滔雄辯，都會避免這類瑕疵。不用韻根本不足為疵，雖然有些尋常讀者會這樣想。不押韻反而應視為立了個圭臬，是英詩中的首例，把古詩無韻的自由回復給英雄史詩，並且擺脫近代人因用韻而帶來的枷鎖和窒礙。

6　此即艾略特（T. S. Eliot）「波長」（wave-length）之所謂也；艾略特為20世紀偉大詩人，著有《荒原》（*Waste Land*）等長詩，以複雜之象徵及意象著稱，認為詩之音樂性不在其尾音鏗鏘，而在其以句為思想單位的韻律性，意即像波一樣有長有短，不斷衝擊。蓋密爾頓寫作喜用所謂的「西塞羅式長句」（Ciceronian period；西塞羅為古羅馬時期之修辭學家，以雄辯著稱），故常常句中有句，繁複不已，讓人喘不過氣來，給人非常不一樣的音樂效果。

卷一

提綱

　　此為第一卷，先簡要說明全詩之題旨：人之初違神命，進而喪失其所住居之樂園；次則敍及人墮落之主因，乃源於那蛇或源於蛇中之撒旦，他叛離上帝並誘引眾多天使助己作亂，遂遭上帝逐離天庭、墮入深淵。此舉敍畢，全詩轉向故事中段，但見撒旦與其徒眾現身於地獄之中——非在大地之中（因天地仍未分離，也仍未遭咒詛）——而是如所描述的，墜入深沉黑暗、一片混沌之中。在此混沌之境，受雷擊驚嚇的撒旦及其徒眾，躺臥在火湖之中，若干時辰後，才從驚慌錯亂中恢復過來；他叫起了那身分地位均遜其一等，如今躺臥在其身畔之天使，彼此談起悲慘墮落之事；撒旦也叫起了其餘徒眾，他們也都惶惑不已。既起身，就按身分大小排列成戰陣，隨即點將、封帥，此後迦南及其鄰近之地乃以渠等為偶像，奉祀為神。撒旦即對此群眾演說，安慰眾將士，謂有望重奪天庭；末了，又謂據古預言及天上傳聞，有新事新物將被造出[1]；蓋眾天使乃比此肉眼可見之受造物早存者[2]，此為早期宗教界之通言；欲知此預言為真否？及據此當為之決定，乃召開群眾大會，其黨羽亦意欲如此！萬丈深淵中，突地立起撒旦之宮——泛地魔殿[3]是也，地獄諸魔頭乃坐而開議。

1　所謂新事新物（New World、new Creature），指的就是《舊約‧創世紀》裡
　　開天闢地及創造人類的故事。

2　肉眼可見之創造物，即指人類及世間各物是有具體形象的存在，而眾天使則
　　只有精神上的存在，故非肉眼所可見。

3　「泛地魔殿」（Pandemonium 或 Pandaemonium）為密爾頓所創之字，源自
　　Pan-demoni-um。Pan 者，一切也；demon 為惡鬼、惡魔之意，譯成地魔即為
　　地獄之惡魔，同時兼顧了音譯的效果；–um 者，處所之謂也；合起來即為
　　「泛地魔殿」。惟密爾頓此處之 demon 用的是古字 daemon，意味此等人物
　　為神與人結合所生，具有半人半神或小神之能力與特性。

*

有關人之初違神命及禁樹果之事[4]，人一
吃該果，命即該絕[5]，並引來人間死亡及
各種災禍，連帶喪失樂園，直等到比人
偉大者[6]，降臨世間，解救我們，始重得
天上幸福座席，歌詠這段事由吧，在天
的繆思[7]！您在雲靄飄邈，不欲人識的
何烈山巔[8]、西奈山頭，曾感發那牧者
教導神之選民[9]，太初之時，天與地怎自

4　人（Man）在希伯來文中是 adam，此與另一希伯來字「泥土」（adamah）幾
　　乎同音；而 adam 也係聖經中人類始祖亞當（Adam）之名，故此處之人可指
　　亞當，亦可指全人類。而詩之開頭 Of Man's 中之 Of 固然係 Sing Heavenly
　　Muse（在原詩第 6 行）...of Man's...之倒裝使然，但 of Man 的排列，似乎暗
　　指夏娃才是一切罪過的因緣，概夏娃乃出於人（adam）之肋骨，故在希伯來
　　文中夏娃（Eve）即謂從人而來（Of man）之意。
5　「人一吃該果，命即該絕」（mortal taste）之 mortal 除了指人吃此果必死之
　　外，尚意味著人吃了此果就不復從前的長生不老（immortal），而成尋常之
　　人（a mortal）了。
6　「比人偉大者」（one greater Man）指的是耶穌基督，他為救人類而降生人
　　間，成為人子，但他本為神子，故非一般人，而比一般人更為大者。
7　「在天的繆思」（Heavenly Muse）指的是聖靈（Holy Spirit 或 Holy
　　Ghost），因繆思神是希臘羅馬時期的神，在基督教獨尊一統時，被視為異教
　　神不得崇拜；但向繆思啟靈以求寫詩順遂，是寫史詩之傳統，密爾頓此舉僅
　　是遵照傳統，但為避開異教崇拜之禁忌，遂以聖靈為繆思，而稱呼他為在天
　　的繆思。
8　「何烈山」（Oreb，或拼作 Horeb）是聖經中摩西領受十誡的地方，常為雲
　　霧遮蔽，且僅有摩西能進入此山，故似乎是不欲人知的神祕之境。《出埃及
　　記》20 章 18 節，謂此地常「見雷轟、閃電、角聲，山上冒煙」。
9　「西奈山」（Sinai）是前述「何烈山」的別名。「那牧羊人」指的就是帶領
　　以色列人出埃及的摩西。神的選民原指以色列人，現泛指一切基督徒。

混沌中分開而來[10]；又或您更喜登臨
錫安山[11]，下有西羅亞溪緊流在神殿側邊[12]，
我就在那向您呼告，願您助成這下冥界、
上天庭的艱險歌詠[13]；因我史詩之旨趣
非比尋常[14]，意欲飛越高峻的愛奧尼山[15]，
去追尋一段情由，那是未經鋪敘成文亦
未歌詠成詩者！漪歟聖靈！您喜愛的是
正直純潔的心[16]，遠勝過有形有體的殿堂[17]！
願您教訓，因您一切知情，您自始即

10　「太初之時……分開而來」，「太初之時」（In the Beginning）是《約翰福
　　音》的最初三字，有一切開始之前的意思，此時未有天地，一片混沌
　　（chaos）；而 chaos 一字的根源是氣體（chaos 或 gas），可能指宇宙當時是
　　由一片氣體所包覆。

11　「錫安山」（Sion Hill，或 Zion Hill）是耶路撒冷（Jerusalem）聖殿所在之
　　處，常為聖靈所降之地。

12　「西羅亞溪」（Siloa，或 Siloam），流經耶路撒冷聖殿之側，此溪且為耶穌
　　以其水治癒眼瞎之人的地方，事見《約翰福音》9 章 7 節。

13　原文為 adventurous Song，其中 adventurous 是指下冥界（venture down/ The
　　dark descent）、上天庭（up to reascend）的冒險舉動，以呼應史詩中必有的
　　英雄事蹟，而 Song 即指此等詩歌。

14　以「尋常」翻譯 middle flight，蓋因 flight 指的是天馬邳歌索詩（Pegasus，詩
　　神繆思女神〔Muses〕所騎之馬，意為詩之靈感）的飛翔；no middle flight 即
　　謂「非比尋常」，希望超越希臘詩人之作。

15　「愛奧尼山」（Aonian Mount）就是 Helicon，傳說中太陽神阿波羅與繆思女
　　神所居之山，位於希臘南部 Boeotia 地，該處亦稱為 Aonia。

16　「聖靈」即指前面所謂之「在天的繆思」，與聖父、聖子共稱為基督教的
　　「三位一體」神（Trinity），惟密爾頓並不接受傳統「三位一體」的說法，
　　認定聖靈只存於聖父、聖子當中，不需獨立存在。正直純潔的心（upright
　　heart and pure）指的是心靈殿堂。

17　「有形有體的殿堂」（Temples），有時指人之軀體，乃為聖靈的居所。但不
　　管是肉身的殿堂抑或實體的廟宇和殿堂，都不如心靈的殿堂那般重要。

在場作證[18]；並展開巨大翅膀，純潔如
白鴿，孵坐於廣袤深淵之上，並使之
胎孕！請照亮我內心蒙昧不明之處，並
請您提挈帶引，扶低助高，俾使此詩
遠大旨趣，得臻高境，庶可表彰上帝
無疆之造化功程，使人得悟上帝之諸般
作為乃為正當[19]。

　　請先說，因天上諸事瞞不過您眼，
地獄深淵您也事事清楚，請先說，緣何
吾等先祖，深受天恩高寵[20]，本居於
快樂之境，並主宰人世，卻受蠱惑而竟
悖離其造物上主；只因一事受拘牽[21]而竟
逾越其意旨！是誰先鼓煽他們犯下悖逆
惡行的？是那該下地獄的蛇[22]！就是他，

20

18　「在場作證」即如注 16 所謂，聖靈只存於聖父、聖子當中，因此聖父、聖
　　子所在之處亦為聖靈所在之處，且依《舊約‧創世紀》1 章 2 節所述，「神
　　的靈運行在水面上」（the Spirit of God was hovering over the waters），即指
　　下行所謂孵坐在廣袤深淵之上。
19　「乃為正當」（justify）係謂上帝之種種作為都有其正當性，本應不辯自
　　明，但人每多抱怨，亞當與夏娃亦然，所以密爾頓作此詩以彰顯上帝之道。
20　「吾等先祖」指的是亞當與夏娃，雖然按《舊約‧創世紀》所言，人係最後
　　的創造物，但卻賦予上帝的形象（image），故謂深受天恩高寵（favoured）；
　　且 favoured 一詞也有五官容貌相像之意，故 favoured of Heaven so highly 也可
　　說是得天容顏，其深受天恩高寵自不待言。
21　「一事受拘牽」指的是不准吃禁樹之果（the forbidden fruit of the tree of
　　knowledge of good and evil）這一樁事。
22　「該下地獄的蛇」（infernal Serpent），蛇在伊甸園中本無害於人，但因撒旦
　　附身其中，用以誘惑夏娃致肇罪而受懲，故此處所指之蛇，也可謂是撒旦，
　　因興兵作亂而遭降罪在黑暗的地獄（inferno）當中，故謂 infernal Serpent。

用狡計、用嫉妒和仇恨，煽風點火，
欺騙了人類的母親[23]；彼其時，他正因
驕橫，同其徒眾見逐於天外；渠得叛眾
之助，竟渴盼其榮光可臻於同儕之上，
進而自忖可與天上至尊相抗衡，若其敢
舉兵相向！遂野心勃勃，興不義之師，　　　　　　40
作亂弄兵、橫行無忌，妄想推翻上帝之
寶座與王國。那萬能之神將其從蒼茫天際，
一路擲進無底深淵中受囚困；沿途任其
一勁焚燃，烈焰燒烤，面猙形裂；再困居
淵底，金鋼鐐銬上身、烈火交刑[24]。就是
這廝，竟敢對全能神武力相向！依人間
算法，大約九日九夜光景，他及其可怕
徒眾，遭制伏而癱軟、輾轉翻滾在烈火
焚燃的深淵之中，縱有不朽之軀，卻也
狼狽至極；但其判罪，卻留給他更多的
怒火。然則此刻，一思及所難挽回之樂
乃至無窮的痛楚，他就捶心刺股；惡毒
的眼神[25]夾雜著執拗的傲氣和難消的恨意，

23　「人類的母親」（the mother of mankind）即指夏娃（Eve），在本詩卷四，
　　密爾頓即以此（Mother of human Race）或 our general Mother 稱夏娃，因夏娃
　　之名係墮落之後亞當對她的稱呼。事見本詩卷十一 158-161 行。
24　「金鋼鐐銬」（adamantine chains），或可譯為「精鋼鐐銬」，其中 adamant
　　被認為是最堅硬、用以指鋼筋、鑽石之類的物質，故以其製成的鐐銬是不能
　　掙脫的鎖鏈。「烈火交刑」（penal fire），是說地獄是一片火海，將撒旦置
　　於其中就是懲罰。
25　「惡毒的眼神」（baleful eyes），是說撒旦眼中充滿惡意、怨恨、毒害，意
　　欲感召他人如他所為。

他四下環顧，只見一整大片的悽楚和哀愁；
竭盡天使的目力，霎時四眺，但見處處
愁雲慘霧、荒涼無際涯：四面八方圍攏著的　　　　　60
的是可怕的地牢，宛似一座大洪爐，烈火
炎炎。然則那火有焰無光，只可辨黑茫茫
一片[26]，僅可見悲慘景象、哀苦境地、
憂戚暗影；和平不存、安逸不在，本該
降臨所有受造物身上的希望也不來。痛苦
相連無絕期，一波波不斷推進；烈火橫流
如洪水，硫磺不斷加入，一勁焚燒毫不
止歇：此即永恆的正義神所預備的所在，
眼下就是指定給他們那群叛徒的牢籠，
全然漆黑無光亮，距上帝與天光之遙，
尤如地表距宇宙極端三倍之遠[27]。啊！
此處與渠等所墜落之地真不同呀！不遠處
與他同墜的友伴，個個都遭暴烈大火
及其炫風怒潮襲捲而暈眩，未幾遂爲
他一一認出；那翻滾在側，論權力
差他一級，論罪過輕他一點，日後聞名於　　　　80

26　「有焰無光」，是指在地獄中只有火焰在燒熾作爲懲罰，卻無光可供照耀，
　　一切只可依稀辨識，故謂 darkness visible。
27　「距……三倍之遠」，密爾頓採古天文學家托勒密（Ptolemy）之說法，認爲
　　地球是平的且爲宇宙之中心，天在地球之上，而地獄在地球遙遠之下，故此
　　處「宇宙極端」（utmost Pole）之「極端」（Pole）非指地球之南北極，而
　　其中心（Center）也非指地心，而是指地球（其爲宇宙的中心）。

巴勒斯坦的就是別西卜[28]。是以人類大敵，
此後在天稱爲撒旦的[29]，乃口出不遜之言，
打破可怕的沉默，對其開口說道：

　　「你可不就是——那個他嘛！（這是何等
的沉淪！何等的改變啊！想當日他在那
快樂光明之境，通體光輝亮傲群倫，
怎如今變得這般光景！）我們同心同德
同誓約，願同甘共苦以成偉大功業，
（如今竟同遭毀敗、慘痛）；你且瞧瞧，
從何等高處墜落，進入何等深淵：自今
而後，方知祂因持有雷霆閃電，而比
你我都強（但在此之前，有誰知道雷霆
那可怕武器的兇狠？），可我不因那些
可怕武器、也不因懼大能勝利者逞威
發怒而悔恨，改變我堅定不移之初衷，
雖外表光澤已減褪；我有功卻未受祿[30]，

28　「別西卜」（Beelzebub），在希臘文中爲 Beezeboul 或 Beelzeboul，是巴勒
　　斯坦地一神祇之名，即所謂的蒼蠅王（Lord of the Flies），有點近似撒旦本
　　尊的分身，故在 17 世紀時，常混爲一談，以爲鬼王。《馬太福音》10 章 25
　　節有謂：「人既罵家主是別西卜，何況他的家人呢！」；第 12 章 24 節更有
　　謂：「這個人趕鬼，無非是靠著鬼王別西卜啊！」

29　「人類大敵」（Arch-Enemy）即指「撒旦」（Satan），而「撒旦」之本意在
　　希伯來文中即爲對手、仇敵（adversary），此後乃專指此一墮落天使，他不
　　僅自稱是上帝的敵手，更因誘使人類犯罪，而爲人類大敵。

30　《失樂園》雖係依基督教教義而來的史詩，但詩中宣揚的意旨，非僅宗教而
　　已，其中不以背景全靠自己能力的「有爲者治天下」（meritocracy）的思想
　　概念，更是貫穿全詩的主要意識，詩中處處可見 merit（勛勞、作爲）一字；
　　而 meritocracy 的概念也是密爾頓支持克倫威爾革命，贊成弒君（regicide——
　　送當時的君王查理一世上斷頭臺）的重要因素。

高傲鄙視之心頓起，意欲與那最大能者
一較輸贏，乃號召無數神靈，威舉刀兵，　　　　　　　　　100
與其做劇烈之競爭；渠等竟敢嫌惡統領
天庭的祂，奉我爲首，以武力挑釁、抗拒
其至上威權，遂於天上郊原列陣，作勝負
不明之鬥，幾乎要搖撼其寶座。戰場失利，
又待如何？並非全盤盡輸——我仍有不撓
意志、仇心深植，且恨意不消，更有不屈
不降之勇氣：準此則強健自雄，有何無以
克服者？祂縱然震怒展威能，終不能強奪
我不屈榮光。雙膝跪倒，向祂低頭求情，
盛讚其大能；向那個前不久，出於對
這雙臂膀的恐懼，還以爲權位不保的祂
求情嗎？那才眞正的是低賤！那比這次
的落敗還要可恥，還要可悲。因爲，
依天命[31]來看，咱們天使的力量，咱們的
本體，是以純火鍛鍊，不會有欠缺的；
也因爲歷經這次事件，方知道咱們的
火力不比神差，對未來的識見更先進，
更有勝利在望的把握，遂決心向咱們的　　　　　　　　　120

31　「天命」（也作「命運」〔fate〕），在西洋神話中，天命是與主宰人世的
　　天神及奧林帕斯眾神不一樣的存在，甚至早於天神，但密爾頓雖用此字眼，
　　卻多出於叛逆天使之口，對他來說，神（上主、上帝）本身就是天命。在卷
　　七 173 行，上帝有謂："what I will is Fate"（我所欲者，即命運也）。

大仇敵[32]進行一場持久戰，決不與祂妥協。
此時的祂正得意洋洋，欣喜無度的在
天庭上獨攬霸權。」

　　傷痛在身卻狂言亂語的變節天使如此
說道，內心卻為深沉絕望所苦。不旋踵，
其大言不慚的同僚，乃如此回應著他道：

　　「主公啊，您是眾設座秉能者[33]的頭領，
引領撒拉夫們[34]擺好陣勢，在您統率下向
神開戰。以可怕、無畏的舉措，令天上
永恆之主，陷入危殆之中，為要驗證祂的
至上高權（究是恃力而來，還是機運、天命
使然）。我看得明白，卻也傷神此結果竟
如此窘困；潰敗如此之慘，挫折如此難堪，
以致我們損失了天庭，一大群天使也因為
慘敗而被鎮壓得如此低微，低到天使與
神祇所能萎軟的下限。不過咱們的精神
和心靈依然剛強不屈，咱們的活力迅速

140

32　「大仇敵」（Grand Foe），此詞與 Arch Enemy（見注 29）一詞同義，也是
　　「撒旦」一詞之本意；所以此處頗有撒旦自譬之意，當然也暗指撒旦即上
　　帝、上帝即撒旦的可能。

33　「眾設座秉能者」（Throned Powers）是指所有的九階級天使，九階級天使
　　依次為 Seraphim（熾天使）、Cherubim（智天使）、Thrones（座天使）、
　　Dominions/Dominations（主天使）、Virtues（力天使）、Powers（能天
　　使）、Principalities/Princedoms（權天使）、Archangels（大天使）、Angels
　　（天使）等。其中 Seraphim 為最高階天使，其單數型式為 Seraph（「撒拉
　　夫」是也），Cherubim 為下一階天使，其單數型式為 Cherub（「基路伯」是
　　也），一般通常以此二詞代表大天使和小天使，而所謂的 Throned Powers 是
　　泛稱，指的是不同階層的天使。參見 Oliver and Lewis, *Angels from A to Z*。

34　「撒拉夫們」（seraphim），此處泛指所有天使，見前注。

恢復，雖然光芒已消退，快樂的光景也
被無盡的苦痛所吞噬。但要是祂，咱們
的征服者（此刻我不得不相信祂是全能者，
因爲以咱們力量之強，非全能者無以壓制
我們），意欲咱們心靈、體力周全強固，
好教咱們能承悲受苦，以讓祂滿足復仇
之恨呢？又或祂依戰勝者的權益視咱們
爲奴，供其驅遣，在此地獄深處，替其
在火海中幹活，不管此活是什麼？抑或是
在黑暗的深淵中爲其出差做事？經受這樣
的不絕裁罰，卻讓咱們氣力不消、命長存
而不朽，此究於祂有何益處？」對此一疑，
上帝的頭號仇敵[35]遂迅速出言回應道：

　　「落敗的天使[36]啊！不管是積極作爲
還是忍氣吞聲，示弱就是可悲！但切記
——行善絕不是咱們要做的事；不斷作惡，
才是咱們的快樂，就像咱們抗拒祂，對祂
的意志處處反制一樣。若是祂要從咱們
所行的惡中產生善之果，咱們的努力就是
要倒錯那樣的結果。總是要從行善中找出
作惡的手段，此計常可得售，這也可教祂
懊惱，如我不辜負各位者，還可讓祂內心

160

35　「頭號仇敵」與前述「人類的大敵」（Arch-Enemy）、「大仇敵」（Grand
　　Foe）同義，即撒旦本字原意，但如此的稱謂卻有可能讓上帝與撒旦互相指
　　攝，因他們互爲仇敵。
36　此處天使用詞是 Cherub，基路伯之謂也，指的是別西卜。

深處的計畫偏離軌道。可是你瞧，那個
氣惱不已的勝利者，已把祂執行報復和追索
任務的使從自天門外叫回。充滿硫磺味的
電球，如狂風暴雨般向咱們彈射而來，現下
也已然止息；那遠在天際，因承受咱們墮落
之勢而翻攪不已的火浪，也平伏了。雷霆
帶著紅色閃電和狂暴怒氣飛行而過，可能
弩勢已弱，目下已不再在廣袤無涯的深處
轟隆作響了。莫錯過此時機，管他是出於
咱們仇敵的輕蔑還是祂的怒氣已消。瞧見
那邊的荒原嗎？孤絕荒僻、廢墟般的所在，
光線穿透不到，只除了幾許青綠閃爍的
火焰，照得它蒼白又恐怖。咱們移將
過去吧，遠離這些燒滾的火浪，到那兒
歇息去吧（若那兒有歇息處的話）；而後，
重整咱們喪志的兵馬，大夥商量商量，
看看該如何攪擾、攻擊咱們的仇敵，該
如何修缺補損，該如何克服此際悽慘的
災難，又可望從那兒獲得補強增援。若
不成，又該如何從絕望中找到解決方案。」

180

　　撒旦抬頭浮出火浪，雙眼冒火發光、
閃閃爍爍，對緊挨在其身邊的副手如是
這般的說著。他身體其他部位俯伏在
火浪裡，又寬又長的向外延伸，漂浮綿延
達數丈之遙。軀體之龐大正如傳說中的

妖魔般大，與那向天神宙夫[37]宣戰的
泰坦大神[38]和地母所生之巨怪[39]一般，他們
一叫布萊阿魯斯[40]，一叫泰豐[41]，彼等築
巢穴於古時之大數[42]。也像那隻海怪、那隻
巨靈[43]，它是上帝所創萬物中，浮游於汪洋

200

37　「宙夫」即天神宙斯（Zeus），是希臘神話中的至高神，羅馬神話則稱其爲
　　宙夫（Jove，爲 Jupiter 朱比特神的簡稱），是統治天界與人世的大神，其王
　　位篡自其父泰坦（Titan）巨神「克羅諾斯」（Cronus，或作 Kronos，時間之
　　謂也），羅馬神話稱之爲「撒騰」神（Saturn）。

38　「泰坦大神」（Titanian），與「克羅諾斯」同爲泰坦（巨人之謂也）族人
　　者，皆爲地母（Earth，或稱蓋亞〔Gaia〕，亦稱蓋〔Ge〕）跟天之神（sky-
　　god）「烏拉諾斯」（Uranus）所生，後者爲其子「克羅諾斯」閹割，而遭逐
　　於遠天之外；當宙斯篡位，趕走其父「克羅諾斯」時，其餘泰坦人不服，故
　　常有叛變之舉。泰坦大神共十二位，除克羅諾斯外，最有名者爲帶給人類火
　　種的「普羅米修斯」（Prometheus）。

39　「地母所生之巨怪」（Earth-born），即 Gegenesis（Ge-genesis，「地母」—
　　創生之謂也）；據傳此等巨怪係天之神烏拉諾斯爲其子克羅諾斯所傷時，血
　　濺於地而生，以兇猛邪惡著稱。

40　「布萊阿魯斯」（Briareus）係三位「百手巨怪」（Hecatonchires，即
　　"Hundred–Handed"）之一，爲地母蓋亞與天之神烏拉諾斯所生後裔之一，另
　　一著名後裔爲十二位的泰坦大神。布萊阿魯斯實非十二位泰坦大神之一，密
　　爾頓此處顯然將二者混雜在一起。

41　「泰豐」（Typhon，或作 Typhaon、Typhoeus），是地母所生巨怪之一，其
　　中最兇猛邪惡者當數泰豐巨怪，與泰坦大神們結合，反對天神宙斯及奧林帕
　　斯（Olympians）諸神所建立的新秩序，卒爲宙斯所敗，監禁於地底近火山口
　　處，如義大利西西里島上的埃特納山（Mount Aetna）下，卻仍常扭動不已，
　　以致常有地震，導致火山爆發。

42　「大數」原文作 Tarsus（聖經中的地名），地近小亞細亞一帶，據傳爲使徒
　　保羅的家鄉，位於塞浦路斯島（Cyprus）北方，土耳其中南部的小亞細亞
　　上，爲古商貿中心。

43　「巨靈」（Leviathan），係一海怪，可能就是《舊約・詩歌智慧書・約伯
　　記》41 章第 1 節所謂的鱷魚（crocodile）：「你能用魚鈎釣上鱷魚嗎？能用
　　繩子壓下他的舌頭嗎？（Canst thou draw out leviathan with an hook? Or his
　　tongue with a cord which thou lettest down?）」；亦有謂此巨靈係鯨魚者，取
　　其形體龐大之謂也。

水澤中最大者。水手們傳言，這隻巨怪
偶爾會徜徉於挪威外海，乃爲夜暗中擱淺
之舟艇舵手視爲某小島，而錨定於其鱗皮
外圍、泊船於其身之側以避風浪。夜幕
低垂，海天一色，繫泊之船，欲待天明卻
遲遲不得。如是，大惡魔鏈鎖於熾熱火湖
之中，身長體寬的躺臥著，不曾起得身或
抬過頭。若非全然支配的天神允許，且
其意如此，不會任其逍遙在外，以致其
暗生詭謀，此乃爲教他一再犯過，災禍
堆疊其身；在他尋別人倒楣時，方怒火
滿腔的發現其百般惡計卻只帶來無窮的
善美、恩慈和憐憫，顯現在其所誘惑者
身上，而其自身卻狼狽不堪的被怒火、
復仇重重澆灌。頃刻間，他起身將巨大
身軀拖離火湖，火焰的尖舌被迫向兩旁
退卻，像巨浪般滾捲，中間處則形成一道
可怕的鴻溝。接著展翅向高處飛去，全身
倚在霧茫茫的空氣中，沉甸甸且無比的重，
直飛到乾陸地，才降落下來──說是乾地
卻不斷有固態火燒著，就像液態火在湖中
焚燒一樣，在色澤及外觀上顯現的就是
如此。又宛如一股地下巨風，將西西里島
剝落的海岬[44]吹移成一座小山；也像轟隆

220

44　原文作「裴洛魯斯」（Pelorus），是西西里島上最大的海岬，近埃特納火
　　山，相傳地底有風，將此處之岬角吹移成一座小山。

作響的埃特納[45]殘破火山口般，該火山
易燃又添了料的內部，一著火，礦物就
猛燃隨火蒸發，在風勢助陣下，整片烤焦
的低地充滿臭氣和煙霧味。就在如是的
地上，撒旦受詛咒的腳找到了歇腿處。
其副手緊跟在身後，彼此都頗得意於能
像光燦的熾天使般[46]，逃離那寂滅如冥河
般的火湖[47]，靠的是自己恢復過來的力量，
而不是高高在上的大能者所按捺允准[48]的。

　　「難不成此一區塊、此一泥陸、此一
風土」那位墮落大天使[49]如是說道，「此
一所在，即咱等用以交換天庭席位者？此
悲悽幽暗之地，就是咱等交換天國光明
之境者？罷了；概主宰的天神可以處置
及支配何謂恰好的，遠離祂才是上策！
論理沒神靈比祂更強，論力沒同儕比祂

240

45　「埃特納」（Aetna，或作 Etna）是西西里島上的活火山，據傳遭天神宙斯擊
　　敗的大神、巨怪即藏身在此山底下。
46　「像熾天使般」，原文僅作 as gods（如天使般），但此處之天使當指最近上
　　帝之「熾天使」，通體火紅發亮，因密爾頓之用字 glorying，固指「得
　　意」，也指「光燦發亮」。
47　冥河的火湖（Stygian flood），係一概稱；據希臘神話，冥界有五河，分別爲
　　Styx（主恨之河）、Acheron（悲悽之河）、Lethe（忘川）、Cocytus（嗚咽
　　之河）以及 Phlegethon（火流）。
48　撒旦及其追隨者以爲靠自己的力量即可旋乾轉坤，故意忽視上帝的存在，也
　　忽視上帝留下祂們以成就更大事功的意旨──人類之誕生及其「幸運的墮
　　落」（fortunate fall；拉丁文爲 culpa felix）。
49　「墮落大天使」（lost Archangel），Archangel 爲天使三階九級中第八級天
　　使，僅高於「天使」（angels）之級。惟撒旦究屬哪一級則有爭議。

更霸氣。再會了,快樂地域、歡欣永駐
的地方!歡呼擁戴吧,恐怖之境!歡呼吧,
悲慘可憎的地域!你,深不可測的陰曹,
領受你的新主子吧!——他有顆心絕不
因時因地之改變而改變!心是它自個兒
的居所,可以自行決定要化陰曹地府為
光明仙境,還是要化仙境為地府?誰在乎
身在何處?只要我仍是舊往的我,誰在乎
身分為何?我只稍弱於神,祂則因有雷霆
而高一籌。至少在此處,咱們不受祂拘束。
全能神創設此處,不是讓自己嫉羨的,因此
不會趕咱們離開。在這兒咱們可安然掌權,
而且,依我之見,能掌權就是咱們企盼的,
即使是在陰曹地府也一樣,寧可在陰曹地府
掌權,也不願在天國當侍應!那麼,為何
不叫咱們忠實的朋友們,那些跟咱們同受
慘敗的同僚、夥伴上來,使他們有分分享
這處陰鬱苦悶的居所,卻讓他們驚惶失措、
心神喪失的躺臥在火湖中?要不要再試一次,
再整軍列陣,試探一下看看天國是否有可
奪回之物?或試試在地獄中還有啥可損失?」

　　撒旦如是說道,而別西卜也應和著說:
「光鮮軍旅的頭領啊,除了全能者,誰還能
打敗您?如果他們在恐懼、危難中再次聽到
您出聲(那是他們過去在極端惡劣的情境下,
經常聽見的聲音,也是在戰事爆發,戰況

260

危急，四面遭受攻擊時，最安定心神的信號），
會讓他們很快重新奮起勇氣，振作精神；
然則此時他們匐匍倒臥在那邊整個火湖中，　　　　280
如咱們之前一樣，既受驚嚇又覺詫異！
──從那麼危險的高處直墮而下，此等反應
實不足爲奇也！」

　　他剛說完，大惡魔就動身前往湖岸邊，
沉重的盾牌，在以太氣中鍛造，厚實堅硬，
斜掛在身後，又寬又圓；其圓球般的形體，
圍徑廣闊，扛在雙肩上大得像月輪，就是
這球，伽利略那位托斯卡尼科學術士[50]經由
透鏡，在夜晚時分，站在費索雷山[51]，或是
在亞諾河谷[52]，偵測到其斑斑點點的球體上
有前所未見的陸地、河流、甚或山巒峰嶺。
他手握長矛（與此相比，從挪威山上砍下來，
做成艨艟巨艦桅桿的高杉巨木，無異樹枝）。
他身倚著這根長矛，步履跟蹌的走在火熱
的泥岩上，不像踏在碧空如洗卻又堅穩的
天國表面般，下有焦燙風土，上則有熾熱

50　「托斯卡尼科學術士」（Tuscan artist）即 17 世紀義大利天文學家伽利略，
　　密爾頓在義大利旅遊時曾與其會面，因其人住於托斯卡尼（Tuscany，義大利
　　西部一州），故以此稱呼他。Artist 一詞在 16、17 世紀也指 chemist 或
　　alchemist（鍊金術士），據說能化爛鐵爲純金。伽利略能用一般鏡片及製造
　　物件（拉丁文 artifex）觀測到天象，猶比術士、發明家。
51　「費索雷山」（Fesole，羅馬拼法爲 Faesulae），在義大利北部大城佛羅倫斯
　　附近。
52　「亞諾河谷」（Valdarno），爲義大利語，即 the valley of the Arno 之謂也，
　　係義大利北部大城佛羅倫斯所在之河谷。

火舌，圍拱般的侵襲著他，讓他燒痛不已，

不過，他忍受下來了，直走到火海的岸邊，　　　　　　300

才停下腳步，站直身，對其部眾，天使

形容般的群體，呼喊著；但其部眾卻神志

昏迷的堆疊著，多如秋天的落葉，滿布在

瓦倫布羅薩[53]修道院旁的溪谷內，溪谷旁

的伊圖里亞古國[54]，林木高聳圍拱成亭；

也如四散漂逸的蘆草，在疾風暴雨的催襲下，

洶湧澎湃的侵擾著紅海之岸，所形成的浪頭

覆滅了布賽魯斯[55]法老，及其來自孟斐斯城[56]

的騎兵部隊，他們心懷被叛的怨氣，追著

旅居該國的歌珊[57]閃人，但這群閃族人卻

安然駐足在河岸邊，眼看著追兵們屍首四下

漂流、戰車輪散轂飛。如是這般，這些滿坑

滿谷的叛眾，悽慘落敗的躺臥著，占滿整個

53　「瓦倫布羅薩」（Vallombrosa），意爲陰谷，係義大利北部大城佛羅倫斯南
　　邊一修道院之名，有多條溪流交會，秋冬之際落葉滿溪，頗有《聖經》中
　　「死陰幽谷」的況味，故名之。

54　「伊圖里亞」（Etrurian）即 Etruscan，也是托斯卡尼（Tuscan－Tuscany）一
　　地之古稱謂也。

55　「布賽魯斯」（Busirus，亦作 Busiris），是指《舊約・出埃及記》中統治埃
　　及的法老，是位心腸硬且邪惡的統治者，壓迫以色列人（或其遠祖希伯來
　　人）不使離開的暴虐之君。不過「布賽魯斯」與法老（Pharaoh）也可能只是
　　個統稱詞，未必特指哪位統治者，密爾頓可能把多位法老的形象融合成他心
　　中的暴君形象。

56　「孟斐斯城」（Memphis）爲古埃及都城，其遺跡約位於今首都開羅
　　（Cairo）南方 20 公里處。

57　「歌珊」（Goshen），是以色列人（或稱希伯來人──統稱閃族人）受困於
　　埃及時的聚居處，上帝多次降災於埃及人時，住於此地的以色列人都蒙神庇
　　佑而能安然躲過。

火湖，不忍卒睹的巨大改變，讓他們驚詫
不已。撒旦叫聲之大，整個空幽深邃的地府
都迴盪著他的聲音：「王公們、掌權者、
勇士們、天上的諸位精英！原是你們的，
現下已全失去，這樣的驚世慘變怎不教我等
不朽神靈震驚？還是你等在爭戰困乏中，
擇此處爲疲累身軀歇息之所，只因此地睡來
安穩，就如同在天庭溝壑中一樣嗎？又或是　　　　320
要以這樣卑下的姿態向征服者示弱？祂現下
看著基路伯和撒拉夫們在火湖中翻滾，旌旗
戰戟四散；未幾，天門內來勢洶洶的追兵們
一見機不可失，旋即下降，將我等踩在腳下，
踩壓得咱們如此垂頭喪氣？還是連珠炮般的
雷霆嚇傻了吾等，以致動也不敢動的困在此
深淵底部？醒醒！起來！不然就永劫不復了。」

　　一聞此語，眾皆羞愧滿面，遂倚翅爬將
起來，像打盹恓睡的守更人被所懼者發現般；
在半睡半醒間，強打精神，勉力振作，此非
他們未發現身處之惡境，更非不覺苦痛之巨。
一聞帥令，數不清的墜落天使立時聽命，
彷彿暗蘭之子[58]摩西的法杖，在埃及的壞世代，
沿海岸揮舞，喚來了一群如烏雲般的蝗蟲，
趁著東風，交織飛聚在不敬眞神的法老境內，　　　340
如黑夜籠罩白晝，讓尼羅河岸之地漆黑一片。

58　「暗蘭之子」（Amrams Son）指的即摩西（Moses），他以神的杖將蝗災降
　　於法老及埃及人間，也使埃及地黑暗，事見《出埃及記》10 章 12-23 節。

那些不盡其數的邪惡天使就如蝗蟲般，藉翼
翱翔在上下周邊都是火的地獄拱界內。直到
他們的大頭領，像發信號一樣，揮動著高舉
的長矛，指示他們路徑，使他們平穩地降落
在堅固、灼熱的火石上，占滿了整個平野。
如此多的烏合之眾，絕非地凍天寒生育無多
的北蠻人[59]傾巢而出穿過萊因河和多瑙河[60]時
所能比擬，這些蠻族之子像洪水氾濫般往
南方傾注，直擴散到直布羅陀島[61]和利比亞
沙漠[62]。不旋踵，每一隊每一伍的頭領和伍長，
急往撒旦處趕，他們的大頭領就站在那兒：
這些頭領和伍長各個身形像神靈、樣式超凡、
似君王般威嚴而又神力無窮！原先在天庭
都是高踞寶座的，但如今他們的名號都因
叛亂而被削籍除名[63]，不復占天使之位，也
不在夏娃的子孫[64]之列，故無新名，卻遊蕩

360

59　「北蠻人」，指的是歐洲北部的哥德人（Goths，屬條頓族人，即今之日耳曼
　　人）以及維京人（Vikings，北歐斯堪地納維亞半島一帶的住居民族）。
60　「萊因河和多瑙河」（Rhene and the Danaw）即為現今之 the Rhine and the
　　Danube，「萊因河」是流經德國而後注入北海的河流，而「多瑙河」則是源
　　自德國西南注入黑海的大河。此二河所流之處乃指歐洲大陸，「北蠻人」經
　　此而入非洲的利比亞（Libya）。
61　「直布羅陀島」（Gibraltar），近西班牙南端有港口和要塞，現仍為英國屬地。
62　「利比亞沙漠」，前述直布羅陀有海峽可至北非利比亞之境，故謂之。
63　「削籍除名」，是 17 世紀時懲罰重罪犯人（尤其是犯了弒君叛國之罪者）
　　的手段之一，密爾頓顯然將當時社會的實踐，寫進其大作之中。此處所謂除
　　籍是除去生命冊（Books of Life）之籍（參見《新約‧啟示錄》3 章 5 節）。
64　「夏娃的子孫」，即指人類；「夏娃」其名即指「人類之母」，其原意乃指
　　呼氣、存活。

在天地之間（虧得上帝允准）好教世人得著
試探，藉由欺詐、拐騙，敗壞大半的人心，
以致世人捨棄了造物主天父，同時常把祂
隱而不現的榮光，轉化成似蠻獸般的形象、
裝扮成浮華的宗教偶像，既虛矯又斑爛，
直把惡魔當神祇般在崇拜。彼時他們便以
不同的名號爲世人所熟知，也以不同的
偶像身分，在異教世界中，廣爲流布傳播。
　　天上的繆思神[65]啊，請告訴我們彼時
渠等名號爲何？誰在先、誰在後，在昏睡中，
從火燙的睡榻被叫醒，在其大統領的呼喚下，
一個一個依序而來，到其所站光禿的火岸邊？
而其他四散無序的部眾則遠遠的站著；這些　　380
魔頭遊蕩在地獄深淵外，尋找人間冤鬼，
其後也敢將座次擺在上帝的座席旁，將祭壇
擺放在上帝的祭壇邊，以成爲各邦國崇敬的
邪神惡靈，同時也竟敢挑釁高坐在基路伯[66]
眾天使內、錫安天國[67]中雷鳴電閃的耶和華[68]

65　「繆思神」，此處應是指本卷詩第 6 行的「在天的繆思」，不過「史詩女神」
　　應是指卡來歐琵（Calliope），乃宙斯與記憶女神所生九繆思女神之一，是希
　　臘神話中文學與藝術的守護神。但此處更可能是指所謂的「在天的繆思」。
66　「基路伯」（複數形式爲「基路兵」），原是高階天使之一，但此處係泛指
　　眾天使也。天使之階級見注 33。
67　「錫安天國」（Sion，也即是 Zion），在基督教世界裡，錫安山乃上帝「雅
　　威」（Yahweh）所居之處，而在《聖經》裡，錫安指猶太全境，也指以色列
　　各種族，有時也指耶路撒冷城，那是眞神的都城，是彌賽亞施行救贖的地方。
68　「雷鳴電閃的耶和華」（Jehovah），「耶和華」是古時希伯來文中，上帝
　　「雅威」（Yahweh）一字的現在拼法，密爾頓賦予祂希臘神話中宙斯的地
　　位，故而具有雷鳴電閃的武器，以應付其敵人。

上帝，將自己的神龕擺在上帝的殿內——
真是可惡至極！——用種種受詛咒的事物
來褻瀆上帝的聖儀和盛典，企圖以陰暗邪惡
來貶抑光明善良[69]。

　　先到的是叫摩洛[70]的可怕君侯，滿身塗汙
著生人活祭的血以及父母的淚，但因鼓鐃聲
大作，故未聞孩子的啼哭聲，其聲穿過火窟
被傳送到立有他殘暴偶像的地方。亞捫人[71]在
拉巴[72]及其潮濕平原敬拜他，也在亞珥歌伯[73]、
巴珊[74]，以及亞嫩河[75]上源處供奉他；此等無行
鄰舍之外，摩洛欺騙了所羅門王[76]仁智之心，

400

69　「陰暗邪惡」（darkness）以及「光明善良」（light），乃指黑暗與光明、惡
　　與善的對比。

70　「摩洛」（Moloch，或稱 Molech），是古時西亞迦南及腓尼基人所崇拜的火
　　神，有一說謂 Molech 之名可能源自於 melekh（意為 king，國王也）一字的
　　誤讀；崇拜此邪神的特色，就是以童男童女（尤其是頭生之子）為犧牲。所
　　羅門王受其異邦人妻之煽動，將此神引入猶大地，亞哈王繼其後也崇拜此
　　神，而其鄰地的摩押人及亞捫人也一樣崇拜他。此神在耶路撒冷南邊的欣嫩
　　河谷裡的陀斐特有其聖殿（詳見下注）。

71　「亞捫人」（Ammonite），閃族人（Semite）之一支，居於死海及約旦河東邊。

72　「拉巴」（Rabba，或稱為 Rabbath Ammon）是亞捫人的都城，就是現在的
　　約旦首都安曼（Amman）。

73　「亞珥歌伯」（Argob），位於加利利海及約旦河東邊之區域，其地崎嶇不
　　平，屬巴珊之一區（見下注）。

74　「巴珊」（Basan，或作 Bashan）位於加利利海及約旦河東北，為今日敘利
　　亞戈蘭高地（Golan Heights）北方之地，土壤肥沃、水草豐茂。

75　「亞嫩河」（Arnon）為約旦境內之一河，自東邊注入死海，是摩押人與亞
　　捫人的界河。

76　「所羅門王」（King Solomon）為以色列君王時期之第三王，是大衛王之
　　子，以賢明多智著稱。即便如此，也因寵信其異教徒妃嬪，而奉祀外邦之邪
　　神如亞斯她錄、基抹、摩洛等，並為渠等在耶路撒冷對面山上建丘壇，燒香
　　獻祭。事見《舊約‧列王紀上》11 章1-8 節。

把他的祭壇起造在上帝的殿堂邊，在令人汗顏
的丘壇上，又將快樂的欣嫩河谷[77]作為其幽林
禁地，因而此處被稱為陀斐特[78]和陰暗格痕拿[79]，
那就意味著它們跟陰間地獄是同一類的地方。
　　跟著上來的是讓摩押人[80]畏懼驚駭的
基抹神[81]，從亞羅珥[82]到尼波[83]、到亞巴琳[84]

77　「欣嫩河谷」（Valley of Hinnom）為耶路撒冷西南部與南部之河谷地，是古
　　代以色列人的墳地。
78　「陀斐特」（Tophet），位於欣嫩河谷，地獄之謂也；此字可能源於 toph，
　　希伯來文「鼓」（drum）之意，蓋將童男童女燔祭給摩洛神時，常敲鼓以掩
　　蓋孩童哭聲之故也；不過此字也可能意謂焚燒（burning）——焚燒前述之童
　　男童女也。
79　「格痕拿」（Gehenna），亦作 Ge-hinnom，即 Valley of the Son of Hinnon
　　（欣嫩子谷），被認為是死人受審判之地，亦被認為是將童男燒獻給摩洛神
　　的地方。在《新約》中是地獄火所在之處，該火永不止息，雖如此，地獄卻
　　是黑暗無光。
80　「摩押人」（Moabs），摩押係死海東邊的古國，約當現今約旦之中西部，
　　據傳為以色列十二部族之一，源出羅得（Lot），因此與以色列人常結交在一
　　起，也常相互攻伐。羅得因逃離所多瑪（Sodom）而與二女住於山洞之中，
　　為存留後裔，其大小女兒皆與其同寢，乃生摩押（Moab）和便亞米（Ben-
　　jamini），分別為摩押人（Moabites）與亞捫人的始祖。
81　「基抹神」（Chemosh），是所羅門王為其妃嬪所祀奉的異教神之一，也是
　　摩押人所信奉而可憎的神；也有一說謂，此神即亞捫人可憎的神「摩洛」，
　　是則 Chemosh 即 Malik 或 Melek（Moloch）——「基抹」即「摩洛」，他們
　　有許多的共同點。
82　「亞羅珥」（Aroer），位於亞嫩河北岸、死海以東之地，地當約旦境內之亞
　　雷爾鎮（Arair）。
83　「尼波」（Nebo），山名，古時摩押境內亞巴琳山之一峰，據傳此峰即摩西
　　死前眺望迦南之地。參見《舊約‧申命記》32 章 48-49 節、《民數記》33 章
　　47 節，以及《以賽亞書》15 章 2 節。
84　「亞巴琳」（Abarim），古時摩押境內之山嶺，可俯瞰死海與約旦河谷，是
　　以色列人出埃及進入上帝所應許之地——迦南之前的紮營地，地當現今約旦
　　河東岸。

最南端的荒地，從希實本[85]、何羅念[86]，
這些亞摩利王西宏[87]的國土，到花木扶疏、
藤蔓攀爬的西比瑪谷地[88]外，到以利亞利[89]、
到死海[90]都有人敬拜他。其另一名爲毘珥[91]，
當以色列人從尼羅河岸長途跋涉，停駐在
什亭[92]時，受其引誘乃行淫作亂以示致敬，
卻讓渠等遭受災禍。然則他將淫亂無度的
狂歡擴展到那可恥之丘、到摩洛王施行屠戮
的叢林邊，使荒淫與妒怨相接鄰，一直到

---

85 「希實本」（Heshbon），亞摩利王（king of the Amorites）西宏的京城，原
　　爲摩押人所有，位於約旦河東岸，是東西向到耶利哥（Jerico）間的城池。
86 「何羅念」（Heronaim，即 Horonaim），是亞摩利王西宏從摩押人手中奪得
　　的兩大城池之一，後爲以色列人所占有。
87 「西宏」（Seon，即 Sihon），亞摩利王，從摩押人手中奪得希實本、何羅
　　念兩城。以色列人曾求西宏讓他們通過其地，到上帝所應許之地，卻被拒因
　　而與之爭戰，後爲以色列人所殺而奪其地。
88 「西比瑪谷地」（Dale of Sibma），Sibma 又作 Sibmah、Shibmah 或
　　Shebam，約旦河東岸的谷地和草原。
89 「以利亞利」（Eleale），鎮名，在前述「希實本」之東。
90 「死海」（Dead Sea，原文爲 the Asphaltick Pool「瀝青湖」），之所以叫
　　「瀝青湖」，乃因此湖多含瀝青類的碳氫化合物及礦鹽也，不適動植物之生
　　長，故稱「死海」，有約旦河水注於其中。
91 「毘珥」（Peor），約旦東部之一山名，其上祀有摩押人之神，在《聖經》
　　中稱爲 Baal-Peor（巴力毘珥），意即 the Baal of Peor，毘珥山上的巴力神
　　（見《民數記》5 章 3、5 節）。巴力神是摩押人奉祀的主神，其地位有若希
　　臘神中的宙斯；他也是豐饒、淫亂之神。密爾頓此處把他看作是基抹神的另
　　一稱呼。
92 「什亭」（Sittim，亦作 Shittim），摩押人的城鎮，是以色列人進入上帝所
　　應許之地——迦南之前的最後紮營地，位於死海東北角，耶利哥城東部。巴
　　蘭（Balaam，從大馬色來的占卜師）曾被要求於此地咒詛以色列人，事敗之
　　後，要求亞捫人和摩押人送美麗女子進入以色列人的帳幕，與其男子交合，
　　以行淫亂。以色列人並因而膜拜異教神，惹怒他們的神，乃在此地遷延 38
　　年，不得進入應許之地。事見《民數記》22 章 25 章。

信眞神的約西亞王[93]時才將他們趕進地獄去。

　　隨在這些後上來的是一群通稱叫巴力[94]
和亞斯她錄[95]的神祇，源自古幼發拉底河[96]
以及埃及和敘利亞的界河比叟[97]；巴力是
男神，亞斯她錄則是女神。原來天庭上的
眾神靈，可隨渠等之意做男做女，也可以
兩性兼具，因爲渠等之本質清純、柔軟
而且不交混，不需靠關節四肢捆束和綁縛，
也不需脆弱骨架支撐，像筋肉那般累贅。

420

93　「約西亞王」（Josiah），猶大（Judah）的王，年僅 8 歲即帝位，矢志宗教
　　改革，將橄欖山上（Mount of Olives）的邪神廟砸爛，將巴力、亞斯她錄、
　　摩洛和基抹神的偶像搗毀，同時將奉祀該等神祇的欣嫩子谷改爲焚燒垃圾的
　　地方，並將耶路撒冷城外的宗教中心去除，以耶路撒冷爲獨尊的信仰及崇拜
　　中心。事見《列王記下》23 章 4、10、13-14 節。

94　「巴力」（Baalim，其單數形式爲 Baal，原是迦南當地的豐饒、淫亂之神，
　　主司下雨。猶大王亞哈（Ahab），娶西頓（Sidon/Zidon）王謁巴力
　　（Ethbaal）的女兒耶洗別（Jezebel）爲妻，進而侍奉敬拜巴力神，在撒瑪利
　　亞建造巴力的廟，並在廟裡爲巴力築壇。猶大人的神耶和華吩咐先知以利亞
　　（Elijah）去見亞哈，告知以色列人遭逢旱災的緣由，並與巴力的先知們比試
　　眞神的功力，以降火、降雨折辱巴力及其先知，因而惹怒了耶洗別，但得耶
　　和華庇祐，終勸回亞哈王捨棄偶像，凡事諮諏耶和華。事見《列王記上》16
　　章 29 節至 22 章 40 節。

95　「亞斯她錄」（Ashtaroth），其單數形式爲 Ashtoreth、Astoreth 或 Astarte
　　（即美索不達米亞女神 Ishtar），是腓尼基西頓地方的神祇，可能跟希臘愛
　　情女神阿芙蘿黛媞（Aphrodite/Venus）同源，卻又具有月亮女神阿提蜜絲
　　（Artemis/Diana）的功能。據傳此女神具人身牛頭，有角彎曲似新月。與之
　　相對的男神，則爲上注所謂之巴力神。

96　「幼發拉底河」（Euphrates）是西亞最大河，源自土耳其，流經敘利亞、伊
　　拉克，與底格里斯河（Tigris）匯流後，注入波斯灣，是所謂兩河流域文化的
　　主河。

97　「比叟」（Besor，原文作 the Brook），猶大南境之溪流，位於古巴勒斯坦
　　南部。

他們可以隨心所欲的變形，或伸或縮、
或亮或暗，也可以隨需要而飛行，以遂行
所愛或所憎之工作。爲了巴力和亞斯她錄，
以色列人常捨棄賜予其生命力的眞神，
冷落了公義眞神的祭壇，卻向獸神[98]跪拜；
因此之故，他們的頭顱在戰陣中也要被
砍翻在卑鄙敵人的刀劍下。隨這一群魔神
來了位亞斯她錄，腓尼基人[99]稱爲亞斯妲娣[100]，
原係天上神后，帶有新月的彎鉤；西頓的
未婚女子[101]，每當月夜光明時候，便對著她
亮閃閃的偶像發願、頌歌，此頌歌亦聞於　　　　　440
錫安山，其上立有她之神廟在那令人反感的
山巔上，是寵妻之君所羅門王所建造者。
所羅門王心胸寬大卻受誘於其美麗、拜偶像
的嬪妃們，竟也熱中於褻鄙的偶像群。跟在
亞斯妲娣後面來的是塔模斯[102]，一年一度在

98　「獸神」（bestial Gods），即指前述之巴力和亞斯她錄諸神。

99　「腓尼基人」（Phoenicians），指古時住居於今黎巴嫩海岸及巴勒斯坦北部
　　之閃族人，海上貿易是其主要經濟活動。

100　「亞斯妲娣」（Astarte），即前述「亞斯她錄」。

101　「西頓的未婚女子」（Sidonian Virgins）。Sidon 亦作 Zidon，是古腓尼基地
　　中海岸邊的港鎮，也是玻璃及染料的製造地和交易中心，後人亦稱腓尼基人
　　爲西頓人。以色列王所羅門與此地女子有婚姻之約，以致此地之偶像崇拜，
　　亦隨之進入耶路撒冷城。

102　「塔模斯」（Thammuz，亦作 Tammuz），美索不達米亞文明時期的豐饒之
　　神，主管農事和牲畜，也主淫亂，傳爲亞斯妲娣之愛侶，與希臘的美少年阿
　　多尼斯（Adonis）相當，此男爲維納斯所愛卻不幸爲野豬所牴而早夭，其過
　　逝與再生，總有婦女爲其傷悼。《舊約・以西結書》8 章 14 節，也載有「婦
　　女坐著，爲塔模斯哭泣」一事，深爲以色列之神所厭棄。

黎巴嫩[103]重演著他的負傷情節，引得敘利亞
少女爲他的命運悲嘆，在盛夏時日成天唱著
情歌來哀悼他；當靜靜流淌的阿多尼斯河[104]，
從河源處流入海時，水色紫紅，傳說就是
塔模斯受傷染紅的；這樣的愛情故事，同樣
感染了錫安女子，她們發情似的，在聖殿
大門口恣肆放蕩哭喊，先知以西結[105]全看
進眼裡，藉著異象[106]，他一眼看到疏離而去
的猶大國[107]背棄了眞神，無知的崇拜偶像。
接續而來的這位，在上帝遭擄的約櫃[108]前，
傷了其獸形偶像，就在自家廟門的門檻上　　　　　460
匍跌摔跤，以致頭斷手裂，悲不自勝，

---

103 「黎巴嫩」（Lebanon），西亞地中海岸之一國，北鄰敘利亞，南接以色
　　列，爲古腓尼基人之居地。

104 「阿多尼斯河」，位於今之敘利亞境內，遇夏潮至則水轉赤，敘利亞婦女乃
　　傳此水爲阿多尼斯血染而成，年年哀悼。

105 「以西結」（Ezekiel），以色列先知，認爲眾人之被縛於巴比倫城是不敬上
　　帝的結果，經由種種的異象，以西結認爲偶像崇拜就是背棄眞神，會遭致禍
　　害，並株連三代之人。以西結於 30 至 33 歲之際接受先知的呼召，並開始傳
　　道，此行徑與耶穌相仿，且其人也常被稱爲「人子」（Son of Man），堪稱
　　耶穌的先行者。他也曾於異象中，看見猶太婦女坐在聖殿門口，爲異教神塔
　　模斯哭泣。參見注 102。

106 「異象」（Vision）爲基督教用語，藉超自然意象而預知未來之事者謂之。

107 「猶大國」（Judah），以色列王所羅門故去後，王國一分爲二，北部仍稱
　　「以色列」，南部則稱爲「猶大」。

108 「約櫃」（Ark）指的就是 The Ark of the Covenant of God，象徵猶太人跟神
　　的特別關係，相傳爲上帝命摩西所做，用以盛裝刻有十誡的石版，隨以色列
　　人漂移，直到所羅門王時才置於耶路撒冷的聖殿之內。

讓敬拜他的人羞愧不已。他名叫大袞[109]，
是隻海怪，上半身是人，下半身是魚，卻
讓人把自己的祠廟高築在亞鎖都城[110]，敬畏
他的人遍布在巴力斯坦[111]海岸邊，從迦特城[112]、
亞斯克隆[113]，到艾克隆[114]甚至到迦薩[115]邊境。

　　大袞之後來的是臨門[116]，他最喜歡的
神座在美麗的大馬色[117]，此城位於亞羆拿[118]
和法珥法河[119]岸的平疇沃野，清澈溪水則

---

109 「大袞」（Dagon），非利士人（Philistines）的主神，半人半魚，在迦薩地
　　區和亞鎖都爲人祀拜，耶和華的約櫃曾被抬進大袞廟，擺在其偶像邊，卻見
　　大袞的神像撲倒在耶和華的約櫃前，後來更是頭、手都在門檻上折斷，只剩
　　殘體。事見《舊約・撒母耳記上》5 章 5 節。

110 「亞鎖都」（Azotus，或作 Ashdod 亞實突），非利士人的主要都城之一，位
　　於耶路撒冷以西近地中海之地。耶和華的約櫃曾被抬進此城的大袞廟中，導
　　致大袞的石像掉落而斷首斷肢。使徒腓利在替「埃提阿伯」（Ethiopia，即古
　　實，今之「衣索比亞」）人施洗後被召去「亞鎖都」宣傳福音。見《新約・
　　使徒行傳》8 章 27-40 節。

111 「巴力斯坦」（Palestine），位亞洲西南部、地中海東端，現今以色列全境
　　及迦薩走廊、西岸之地，爲古猶大地（Judaea）及撒瑪利亞（Samaria）所在
　　地。

112 「迦特」（Gath），非利士人的忠實都城之一，位於迦薩的東北東部，是巨
　　人「歌利亞」（Goliath）的故鄉。「歌利亞」即爲大衛以機弦甩石而打死之
　　非利士人——事見《舊約・撒母耳記上》17 章 41-50 節。

113 「亞斯克隆」（Ascalon）即 Ashqelon 也，以色列古都城之一。

114 「艾克隆」（Accaron，或作 Ekron），巴力斯坦古都城之一。

115 「迦薩」（Gaza），非利士人的都城之一，是迦薩走廊的首府。

116 「臨門」（Rimmon），亞述人的神，爲敘利亞大將、亞蘭王（King of
　　Aram）的元帥乃縵（Naaman）所奉祀，在敘利亞此神被稱爲巴力（Baal，眞
　　主之意），是耶和華所嫌惡的異教神。參看《舊約・列王記下》5 章 18 節。

117 「大馬色」（Damasco）即「大馬士革」（Damascus），爲敘利亞古都，也
　　是首都，聖經時代是亞蘭人（Aramaeans）的首府。

118 「亞羆拿」（Abbana），大馬色的河，參看《舊約・列王記下》5 章 18 節。

119 「法珥法河」（Pharphar），大馬色的河，參看《舊約・列王記下》5 章 18 節。

流淌在河裡。他竟敢厚顏無恥地反對上帝
的會所。臨門曾經失去了患麻瘋病的乃縵[120]，
卻贏得了一位昏君。亞哈斯[121]就是那位
昏庸的勝利君主，受他引誘，竟然詆譭上帝
的殿堂代之以敘利亞式[122]的祭壇，並在其上
燔祭獻貢，崇拜那些被自己征服過、令人
嫌惡的神祇。隨後來了一群邪神，舊時的
名號分別是歐西里斯[123]、愛希斯[124]、歐魯斯[125]，
以及他們的隨從，外貌看似怪獸而無人樣，
以這種怪模樣和巫術，引導盲信的埃及王
及其祭司們，去追隨這群無所歸屬的神。　　　480
以色列人也難逃這種狂熱的感染，他們把

---

120 「患麻瘋病的乃縵」（Naaman，原文僅指他為 A Leper），其人為亞蘭王的
　　元帥，得麻瘋病而未能為其所信奉之神「臨門」所治好，後求治於撒瑪利亞
　　的先知以利沙（Elisha），在約旦河中沐浴七回，終得潔淨，乃謂「除了以
　　色列之外，普天下沒有神」。事見《舊約·列王記下》5 章 1-27 節。

121 「亞哈斯」（Ahaz），在耶路撒冷作王十六年；但不像他先祖大衛行耶和華
　　神眼中看為正的事，且使他兒子經火，並在邱壇上、山岡上、各青翠樹下獻
　　祭燒香給異教邪神摩洛。後為解圍城之危，求救於亞述王，得勝後，赴大馬
　　色朝覲亞述王，在大馬色看見一座壇，就照壇的規模、樣式、作法畫了圖
　　樣，在耶路撒冷建築一座壇。「又將耶和華面前的銅壇從耶和華殿和新壇的
　　中間搬到新壇的北邊。」並且又因亞述王的緣故，行了許多違反耶和華意旨
　　的事。事見《舊約·列王記下》16 章。

122 「敘利亞式」（Syrian mode），猶大王亞哈斯在大馬色看見異教神的座壇美
　　麗，乃將本國耶和華的座壇改成大馬色的樣式，故謂之。

123 「歐西里斯」（Osiris），古埃及天神、冥王及死神，主豐饒、再生，是愛希
　　斯——古埃及月神的哥哥及丈夫，他們結合後生子荷魯斯。

124 「愛希斯」（Isis），古埃及月神，主豐饒及多產，其功能與「亞斯妲娣」相仿。

125 「歐魯斯」（Orus，亦作 Horus〔荷魯斯〕）為古埃及豐饒及再生之神歐西
　　里斯及月神愛希斯之子，曾為其父之死而復仇，終贏得戰爭，並繼其父之後
　　成為天神，其恪盡孝道之舉為人稱頌。

借來的金子鑄成牛犢，就在那何烈山[126]上；
叛王耶羅波安[127]則犯了兩倍同樣的罪，
在伯特利[128]和但城[129]各造一金牛犢，簡直
是把他的造物主比作吃草的牛[130]。耶和華
某夜巡行埃及時，只消一擊，便將全埃及
頭生之子和哼鳴作響的神祇瞬時全數掃平[131]。
最後上來的是彼列[132]，在墮落天使中，

---

126 「何烈山」為西奈山（Mount Sinai）之別名。此處是指摩西上西奈山領訓，
　　久未歸來，山下眾人鼓譟，不得以亞倫（Aaron，摩西之兄）乃做金牛犢以
　　撫眾人，謂該牛犢即領以色列人出埃及地的神。事見《聖經·出埃及記》3
　　章 1-8 節。

127 「耶羅波安」（Jeroboam），即原文所指之「叛亂之君」（the Rebel
　　King），原是所羅門的臣僕。曾受蠱而欲叛所羅門王，王欲殺耶羅波安，後
　　者逃入埃及直至王死（見《舊約·列王記上》11 章）。所羅門之子羅波安
　　（Rehoboam）繼立為王，耶羅波安再叛，以色列一分為二，耶羅波安據北國
　　仍稱以色列，羅波安領南地稱猶大王，彼此迭有征伐。事見《舊約·列王記
　　上》11 至 13 章。

128 「伯特利」（Bethel），因聖城耶路撒冷在「羅波安」所據之猶大地，耶羅
　　波安恐以色列人回聖城就又歸順羅波安王，乃籌劃定妥，鑄造了兩個金牛
　　犢，一在伯特利城，一在但城，並對以色列人說：「這就是領你們出埃及地
　　的神」，還領他們去拜那牛犢，褻瀆了耶和華，他們的真神；此所以彌爾頓
　　謂其「犯了兩倍同樣的罪」，事見《舊約·列王記上》12 章 25-33 節。

129 「但城」（Dan），耶羅波安置放金牛犢的處所之一，是聖經時代以色列最
　　北部之城。見前注。

130 《聖經·詩篇》106 章 19-20 節：「他們在何烈山造了牛犢，叩拜鑄成的
　　像。如此將他們榮耀的主，換為吃草之牛的像。」耶羅波安鑄造了兩個金牛
　　犢，就犯了兩倍同樣的罪。

131 《舊約·出埃及記》12 章 29 節，耶和華在半夜，將埃及地所有的長子，以
　　及一切頭生的畜牲都殺了，眾人無不惶恐、哀號。

132 「彼列」（Belial），在希伯來文中是無所用處之意，指的是那些邪淫、浪
　　蕩、乖戾、暴亂、貪酒、好色之惡徒。他是清教徒所應憎惡的一切，是以，
　　他就等於是撒旦，或是撒旦的另一稱呼（參見《新約·哥林多後書》6 章 15
　　節）。其人之所以無廟奉祀，乃在於上述邪行處處可見之故也。

他是最邪淫、最喜作惡的，以致惡名昭彰。
雖無祠廟奉祀他，也無祭壇香氣繚繞，
但若當祭司的卻不敬真神[133]，就像以利的
兩個兒子那般，那誰在祠廟和祭壇裡，
會比彼列更讓耶和華的殿堂充滿荒淫和
暴虐呢？他不僅僅在宮庭皇殿裡當政，
也在荒淫的城市掌權，以致喧囂爭鬧的
聲音直沖城樓頂，既傷天害理，又失序　　　　　　　500
和無節制。每當夜暗籠罩街市時，追隨
彼列的人便四處晃蕩，個個身上充斥著
侮慢和酒氣。只消看看所多瑪街市和
基比亞城[134]那晚的景象就知道：慇懃待客
之家非得叫出位家婦，供渠等姦淫，才能
避過這些彼列追隨者更糟的雞姦之行[135]。
　　按班次、序列和所擁權力，上面這些
是最主要的神；其餘的名單長說不盡，

133《舊約‧撒母耳記上》2 章 12-17 節有云：「以利的兩個兒子是惡人，不認
　　識耶和華……如此，這二少人的罪在耶和華面前甚重了，因爲他們藐視耶
　　和華的祭物」；以利的兩個兒子（the sons of Eli—Hophni and Phinehas）就是
　　所謂的 sons 或 children of Belial；而以利（Eli）是利未人（Levites），該部
　　族之人歷代皆職司祭司。
134「基比亞城」（Gibeah），爲古以色列「便雅憫人」（Benjamites）之城。
135住「以法蓮」（Ephraim）山地那邊的一個利未人，娶了一個猶大「伯利恆」
　　的女子爲妾，其妾因行淫而離開丈夫，回猶大的伯利恆，利未人勸其回家，
　　日落時分，進入基比亞，入宿於一老農之家。城中的匪徒圍住房子，強要與
　　該利未人交合，老農欲將其女（還是處女）獻出，任憑他們玷辱，但他們卻
　　把利未人的妾拉出去，終夜凌辱，直到天色快亮才放她離去。後該妾的屍身
　　遭夫切成十二塊，傳送以色列的四境。事見《士師記》19 章。

可也是惡名昭彰的：譬如愛奧尼亞希臘諸神[136]
——源出愛奧[137]，被奉爲神，卻不得不承認
晚生於天神與地母，謊稱渠等爲其生父養母。
泰坦神[138]，天神之頭生子，縱有一大群同母
之弟相幫，也有長子繼承權[139]，卻被較年幼
的撒騰[140]所縛；而撒騰卻也被宙夫[141]以相同
手法奪去了權利。宙夫是撒騰和瑞亞[142]的兒子，
但武力更強大。遂奪了父權而統治。這些神
先是在克里特島[143]，而後在愛達山[144]爲人敬惜，
之後在白雪皚皚的奧林帕斯冷峰[145]掌管中天，

---

136 「愛奧尼亞希臘諸神」（Ionian gods），即希臘奧林帕斯諸神（the Olympian gods）。

137 「愛奧」（Ion），密爾頓稱其爲 Javan（雅完）者，是《創世紀》中雅弗（Japheth）的兒子，挪亞（Noah）的孫子，也是愛奧尼人（即希臘人）的始祖。

138 「泰坦神」（Titan）是希臘天神烏拉諾斯的長子，第二代天之神「撒騰」克羅諾斯的兄長。

139 「長子繼承權」（birthright）即指 primogeniture，係密爾頓所處 17 世紀通行之財產繼承制，但在古希臘曾有幼子繼承制（ultimogeniture）之例。

140 「撒騰」（Saturn）即希臘神話中之克羅諾斯，以鐮刀割其父之生殖器而奪權，爲第二代天神，統管宇宙。

141 「宙夫」即宙斯，聯合其兄長，篡奪其父「撒騰」（克羅諾斯）之位而掌權。

142 「瑞亞」（Rhea）係前述天之神「撒騰」克羅諾斯之妻，宙斯（宙夫）之母。

143 「克里特島」（Crete）位於希臘南端，相傳宙斯（宙夫）出生後，其母瑞亞爲免其遭生父「撒騰」克羅諾斯吞嚥入腹，乃將其哺育於此地以避其父之害。

144 「愛達山」（Ida）指克里特島中部之山，相傳爲宙斯（宙夫）之出生地。與另一位於小亞細亞「特洛伊」（Troy）城附近的「愛達山」不同。

145 「奧林帕斯冷峰」（cold Olympus），傳說爲希臘最高峰，也是希臘神話中十二主神的居所。

就是他們所謂的頂天；這些神或是在德爾菲[146]
設座，或是在多多納[147]，抑或統管了希臘
多利亞人[148]全境，有些甚或跟隨著老撒騰，
越過亞得里亞海[149]，逃到西天之地[150]，並
穿過凱爾特人[151]住居處，進而浪遊在西極
諸島[152]之間。除此而外，其他群魔亦嘯聚
到此，個個垂頭喪氣、意志消沉，但在
發現其頭領仍未失志時，稍稍露出些許
的歡欣；雖然失敗卻不失志，乃對其頭領
的臉容投以不安的神色。頭領很快收拾起
固有的驕矜，以似有幾分價值而非內涵的
誇誇大言，微微鼓舞著他們漸趨散去的勇氣，
袪除他們的恐懼。然後一聲令下，要他們
在戰鼓號聲齊鳴中，擎起他的帥旗。有位
高大叫阿撒瀉勒[153]的基路伯，就站在撒旦

520

---

146 原文作 Delphian 係「德爾菲」（Delphi）一詞之形容詞。「德爾菲」是希臘
太陽神阿波羅顯示神喻（oracle）最著名之地，位於希臘中部巴納帕斯
（Parnassus）山附近。

147 「多多納」（Dodona），希臘西北部一古城，相傳爲宙斯（宙夫）顯靈之
處，是時枝葉沙沙作響，仿如人來。

148 「多利亞人」（Dorians），相傳爲古希臘部族之一，此處指希臘南部之境。

149 原文作 Adria，即指亞得里亞海（Adriatic Sea），爲介於巴爾幹半島與義大利
半島之海。

150 「西天之地」（Hesperian Fields），即指義大利。

151 「凱爾特人」（the Celtic），住居於法蘭西（France）西北之原始部族，或
謂即高盧人（the Gaulish）。

152 「西極諸島」（the utmost isles），即指英倫三島。

153 「阿撒瀉勒」（Azazel，也作 Azazael），希伯來文的意思是「代罪羔羊」
（scapegoat），爲一高階天使。也參見《舊約·利未記》16 章 8-20 節。根
據某些猶太神祕哲學家之看法，此天使乃爲撒旦之四掌旗官之一。

的右手邊，討去了那份榮耀，立時將一面
堂皇大旗，自閃閃發光的旗桿處推展開來；
那旗全面展開、高高舉起時，迎風招展，
閃耀得像塊大隕石，上襯有寶石和金箔，並
繡有天使用的武器和盾牌。此其時也，
金戈鐵戟鏗鏘作響，戰爭號角鳴鳴不已，
全軍同時巨喝一聲，喝聲穿透地獄穹窿及　　　　540
其外之地，嚇著了混沌和老夜暗治下之境。

　　立時在一片灰茫茫當中，萬千旌旗
憑空伸展出來，光閃粼粼，隨風飄曳。
隨著，槍陣如林高舉，盔帽成群湧現，
盾牌無數層疊。刹那間，眾魔和著橫笛和
直笛的多利安調式[154]，排列成密集方陣，
像古戰士勁裝赴戰一樣，個個滿溢著沉著、
莊嚴的氣勢。胸臆間吐露的不是莽撞、
怒氣，而是審慎、勇猛，而且堅定不移，
不為死之恐怖而嚇跑或後退；肅穆的曲調，
更不乏減輕及和緩心中困惑的力量，無論
仙凡，胸壘中的苦悶、猶疑、恐懼、憂戚
和痛苦，都一掃而空。是以大夥同心合力，
和著輕柔笛聲默默前進，渾然忘卻腳踩　　　　560
炎炎焦土的苦痛。不一時，眾魔行至頭領
面前，森然長陣使神驚，刀劍閃爍晃眼睛，
狀似古戰士，矛盾參差有序，靜候著大頭領

---

154 「多利安調式」（Dorian mood）即 Dorian mode，中世紀教堂音樂的 D 調式。

的號令。那頭領老練的瞳眸一閃，目光掃向
層層戰陣，不一會兒，全軍檢視完畢——
個個排列齊整，容顏體態如神，之後逐一
清點。瞬時，傲氣漲滿心頭，愈發強硬想
勝利，蓋自有人類以來，從未有可與此
相比之雄兵，其勢比鶴鳥撲襲侏儒兵還盛；
縱教弗雷格勒[155]全族巨人，加上在底比斯[156]、
在特洛伊[157]作戰的英雄好漢，和襄助雙方的
大小神祇，以及不管是在神話或傳奇中聲名
大噪的烏瑟之子[158]，併其四圍之不列顛和
不列塔尼[159]騎士，以及其後在艾斯普拉蒙[160]、

580

---

155 「弗雷格勒」（Phlegra），古地名，位於希臘最西半島「克爾希代西」
（Chalcidice）上，傳說為宙斯所率奧林帕斯諸神與其父及巨人族（Giants）
的戰爭就發生在此地。

156 「底比斯」（Thebes），希臘中部之一都城，是希臘神話故事、悲劇裡經常
提到的都城。

157 「特洛伊」（Ilium）即 Troy，係其古稱或另一稱呼，位於今土耳其西北部，
靠近達達尼爾海峽（the Dardanelles Straits）西南部。希臘盲詩人荷馬創作的
兩部西方文學史中最重要的作品：《伊里亞德》和《奧德賽》中的特洛伊戰
爭，便以此城市為中心。

158 「烏瑟之子」（Uther's son）即亞瑟王，是英格蘭傳說中的國王，也是凱爾
特英雄譜中最受歡迎的圓桌武士（the round-table knight）的首領，一位近乎
神話般的傳奇人物。「烏瑟」為其父，是個更模糊的人物，據傳「烏瑟」是
在魔法師梅林（Merlin）的幫助下，巧扮成康沃爾公爵（Duke Cornwall），
與其夫人伊格雷妮（Igraine）同床交歡，才有了兒子亞瑟。

159 「不列塔尼」（Brittany，原文作 Armoric，或稱 Armorica），是法國西北部
地區名稱。該半島的北部面向英倫海峽，南部對著比斯開灣，在歷史上曾一
度為英國國王在歐洲的唯一領地，稱為「小不列顛」（little or less
Britain），古城阿摩里卡（Armorica）即在此地。

160 「艾斯普拉蒙」（Aspramont），有謂其在法國尼斯（Nice）以北 6 英里處
者；有謂其在義大利普羅旺斯（Provence）者，但所指皆謂，此處有城堡是
中古浪漫騎士比武較量的地方。

蒙大朋[161]、大馬色、摩洛哥[162]、特雷比頌[163]，

那些與異教徒相殺伐的耶穌信徒並武士，

再加上，當查理曼[164]與其僚屬大敗敵於

豐塔哈比亞[165]，自非洲比色大[166]發送來的

敵兵，也不若此群魔之眾。誠然這群魔眾

遠非英勇凡人可匹敵，卻全都在其威嚴

統領檢視之下。此統領身形樣態都較餘眾

161「蒙大朋」（Montalban，也作 Montauban），是中古傳奇（romance）故事
　　裡常被提到的城堡，特別是英雄「雷納德」（Renaud，或作 Ronaldo）與
　　「查理曼大帝」旗下武士交戰的場合。

162「摩洛哥」（Marocco，今作 Morocco），即「摩洛哥王國」，是非洲西北部
　　的君主制國家。其東部與阿爾及利亞（Algeria）接壤，南部其實際控制的西
　　撒哈拉地區與茅利塔尼亞（Mauritania）緊鄰，西部濱臨大西洋，並向北隔着直
　　布羅陀海峽和葡萄牙、西班牙相望。此處為基督教與回教教徒常相遇之處，
　　故也是中古著名武士比鬥的重要場合。

163「特雷比頌」（Trebisond，也作 Trebizond 或 Trabzon）是位於黑海南岸的土
　　耳其城市，曾於 1204 年建立基督教帝國，以拜占庭人（Byzantines）為主，
　　因地理關係，常成為基督徒與異教徒（infidels，即 Moslems）決戰之處。

164「查理曼」（Charlemain），即「查理曼大帝」（Charlemagne the Great），
　　法蘭克「卡洛林王朝」（the Carolingian dynasty，768 年─814 年）國王，西
　　元 800 年由教宗「斯德望三世」（Pope Stephen III）加冕於羅馬，成為他所
　　擴張地區的皇帝，後人稱他為「查理曼」（因該名即意謂著「偉大的查
　　理」）──「查理」（Charles）為「查理曼」原本之法文名。

165「豐塔哈比亞」（Fontarabbia，又作 Fuenterrabia）為西班牙北部「巴斯克」
　　（Basque）地區一城鎮，傳說此地為查理曼大帝與「撒拉遜人」（the
　　Saracens，回教徒）最後決戰之處。另一說謂此處實指史詩《羅蘭之歌》
　　（La Chanson de Roland）中之一隘口「洪西渥」（Roncevaux Pass，在庇里
　　牛斯山〔the Pyrenees〕山麓），該處為法軍與撒拉遜人──詩中稱他們為異
　　教徒，但實際上他們仍是基督徒──最後決戰之處，惟該戰役中死的是羅蘭
　　及其十二好友（peers），而非查理曼本人（在該史詩中他是羅蘭的舅舅）。

166「比色大」（Biserta，也作 Bizerta 或 Bizerte）在今之「突尼西亞」
　　（Tunisia），是非洲最北之一城；有傳說謂回教徒（Muslims）在羅馬時代，
　　曾從此發兵攻打西班牙。

突出、高大，好似一高塔矗立在兵陣之中。
其身形原有之光彩仍未全失，縱然殘敗，
其大天使之容顏也未減損幾分，雖黯淡卻
仍有榮光溢出，如太陽東升時，從水平面
的霧靄迷濛中望過去，光芒斂縮；又或如
日頭落在月球之後，偏蝕朦朧，不祥微光，
仍灑落國境之半，使人君唯恐天有變異而
驚惶不已。縱是光輝減損，卻依然耀冠眾魔，
只不過顏面上留有深深雷擊之痕，雙頰布滿
憂愁而顯黯淡，但眉骨下，仍蘊藏著無畏的
勇氣和審慎的自信，只等待復仇。雖眼露
兇光，卻不時閃現悔恨和哀憐之情，乃因
見其獲罪之共謀者，實為其僚屬（彼時在
遠方天境被視為幸福者）受譴而永難脫離
苦痛之命也。千百萬的神靈因他之過而為
上帝懲處，也因他之叛而喪卻光明，自天
殞落；雖榮光萎縮，卻依然忠順服貼——
個個宛如那林間橡、山上松，受天火燒焚，
焦禿了冠頂，卻依然挺立、枝葉槎枒，
昂然高聳於焦荓枯草之間。正待開言訓示，
兩側並列的行伍向他圍攏，大夥半圍著他，
因凝神諦聽而靜肅不語。他三次要開口，
三次泣不成聲，雖不在乎受到蔑視，眼淚
卻奪眶而出，哭得像天使會哭一樣，終於，
在哽咽嘆息中，話語自行找到出口迸了出來：
　　「啊，列位成千的永生神靈！除卻那位

600

620

全能者，誰可與汝等爭鋒？這場戰鬥絕不是
不光彩，雖然結果是悲慘的，如此地景況之
可見一斑。此等慘變，令我口欲言而心憤恨。
但是誰有這樣的心力，可以預知或預料如此？
誰有博古通今的學問，會因畏懼而說咱們
這支神祇聯軍，如同站在這兒的軍旅一樣，
竟然會嘗到挫敗？誰又能相信，像咱們這樣
一支強大的隊伍，一出走就能使天庭虛空，
竟在失敗之後，就不能捲土重來？就不能
憑藉自我提升的力量，奪回固有之席位？
列位天上神靈請察鑑，如我有變異遲延之心、
憂傷畏危，則所想望者必教失落！祂之所以
穩坐天上寶座，君臨天下，乃自古威名相沿，
出於眾諾或慣例，雖曾盡顯其堂堂王威，但　　　640
卻未曾顯露過祂的軍力，以致引得咱們去
冒犯祂，造成咱們的落敗。自此方知其軍力
之盛，也知吾等之弱，再也不可向其挑釁，
卻也無慮新戰事之誘發；所留之較佳作法是
以密謀致功，武力達不成者，就當用計或要詐，
好教祂知道咱們絕非易與之輩，也當知道
力取不足以服全眾。混沌天際可能產生一
新世界──天上謠言紛擾，謂不久上帝將
創一新天地，於彼安置一世代祂特選之人種，
與天上眾天使同享其榮寵。去那兒，就算去
刺探消息，將是咱們突破的首選──到那兒
或別處去，因爲這個地獄凹坑絕不能將我等

天上神祇監禁，這個深淵也絕不能讓黑暗
永遠籠罩。但這些想法必須開會、全員合議，
方能成事。講和是挽救不了局面的，誰會要　　　　　　　660
卑恭屈膝呢？那就開戰吧！要不是公開宣戰、
就是要暗地興兵，一定要早做決定！」

　　語畢，爲示同意其說法，眾基路伯從
腿肚間抽出利刃，霎時，千刀萬刃紛紛出鞘，
光閃亮眼，照耀得地獄周遭盡分明。一個個
怒沖額頂，粗暴地將緊握的兵器拍擊著盾牌，
戰鬥的鏗鏘聲回響著，齊將反抗的聲息，
投向蒼穹、投向至尊天神所在處。

　　不遠處有座山嶺，嶺頂焰火勃發、煙塵
滾滾，恐怖至極；其餘山壁，磺磷閃閃——
無疑是山腹內蘊藏鐵石（硫磺加水銀運化而來）
的表徵。有一大隊的軍旅急急忙忙向那兒飛去，
儼然一群工兵帶著圓鍬、十字鎬走在皇皇大軍
之前，要在戰地挖溝掘壕或堆壘築砦。瑪門[167]
領著他們前行——瑪門是所有墮落天使中
最不正直的，即連在天庭，他的外觀和心思
都低彎下折，愛慕天庭步道上的珠寶、腳下　　　　680
踩的黃金，甚於任何神授、聖潔之物，也甚於
任何眼中所見的至福景象。先是他，之後人類
也受其影響、受其教化感召而洗掠地球內部，

---

[167]「瑪門」（Mammon），在古敘利亞語是財富（wealth）之意，在《新約》
　　中是耶穌用來指責門徒貪婪時的形容詞。所以「瑪門」就被形容是代表財富
　　的邪神，誘使人爲財富互相殺戮。參見《馬太福音》6 章 24 節。

用不虔敬的手，搜劫了大地母親的腸肚，盜走
本該隱藏的寶貨。未幾，山腹爲其掘開，露出
偌大傷口，挖出了一肋條、一肋條的黃金。
願無人驚訝於地獄中的珠寶：此所以陰間受
詛咒之因也。讓那些驚詫不已，而對世間物
自吹自擂的人，說說建巴別塔[168]的事，說說
埃及法老王[169]的金字塔吧！他們當知道，再出名
的紀念物，用再多力氣、費再多才藝，都
勝不過這些墮落神靈的作爲；神靈做一小時
的工，可以讓法老王們做一輩子；不管徵用
多少人手，不管多麼努力不懈，都很難達成
神靈的事功。第二隊部眾則在平野附近，
將底部挖出洞窟，再將液態火苗從湖中延引
過來；以精巧的手藝，熔化其中大塊的礦石，
之後再分選歸類、篩菁去蕪。第三隊墮落
神靈很快地在地表上，型鑄了各式各樣的
模子，再以奇妙的手法，從滾燙的洞窟中
將熔金注滿每個角落，宛如一股氣從風箱中
吹注進去，使管風琴成排的笛管充氣而作響。
未幾，從地表上隆起一巨大建築物，像呼氣

700

---

168 「巴別塔」（Babel，或稱 The Tower of Babel），據說是挪亞曾孫寧錄
　　（Nimrod）所督造之高塔，意欲與天齊高，事見《創世紀》11 章 4 節，以及
　　本詩卷十二 38-62 行，有關他及巴別塔之描述。
169 「埃及法老王」（Memphian Kings），「孟菲斯」是埃及古王國的首都，直
　　到古地中海時期都是一座重要的城市。它位在尼羅河三角洲的河口，戰略位
　　置重要。所謂的 Memphian Kings 指的就是以「孟菲斯」爲都城的古埃及國王
　　或法老們。而 works of Memphian Kings 指的就是金字塔。

一樣,隨著美妙樂音,以及柔美歌聲而騰升
——構建得像座殿宇,圓柱環繞之外,復有
多力克式大柱[170]上承縷金楣樑,也不乏飾滿
浮雕之飛簷橫帶,屋頂則鑲金鋪銀,即連
古時埃及與亞述競奢鬥富,其巴比倫城及
開羅城也不及此殿之輝煌。而那些奉祀巴力[171]
或歐西里斯[172]神的殿宇、君王住居的宮庭,
也相形見絀。櫛比鱗次的建築,莊嚴偉岸、
巍然聳立,而且門高戶深。兩扇銅門洞開,
但見內堂寬廣,平整而油亮的鋪道四下展延。
成排成列、如星星般的燈盞和如炬的火盆,
神奇的自穹頂垂掛而下,內燃著石油精和
瀝青,發出之亮光,宛如天光投射。眾神靈
急忙湧進,個個讚美不停,有的讚那工程
之美,有的嘆那工匠之勝,此工匠之巧手,
在天庭構築過無數高樓瓊宇,供執杖司令
的天使們於中坐鎮、號令天下,至高神
賜其如此高權,各在其位、各司其職、各治
其境;此位異神之名亦見傳、見敬於古希臘
之境。而在古羅馬奧索尼安地境[173],他則有

720

---

170 「多力克式大柱」(Doric pillars),希臘式建築中圓形無裝飾的大型立柱。
171 「巴力」(Belus),即前面421行所提到的「巴力」(Baal)。
172 「歐西里斯神」,原應是 Osiris,但此處用的是 Serapis,是此埃及神之別
    稱,特指其為冥王,以及土地豐饒之守護神。
173 「奧索尼安地境」(Ausonian land),古義大利對希臘之稱呼。

麥息伯[174]之稱；相傳宙夫一怒之下，將其自　　　　　　　　740
天直推下來，穿過水晶城垛，從朝晨至晌午、
從晌午再至夜半，像顆流星般，從高處下墜；
在一夏日時分，像太陽西沉般，落在愛琴海
中的藍諾斯島[175]上。傳說如此，實則謬矣！
因其與其他所有叛眾，早已墮落，縱然當日
在天有造殿之功，也無濟於其現下之處境；
雖有巧手妙藝，也不免被攢擲在地；瑪門及
其僚屬同墜地獄，無眠無休的在其中築壘
構工。此其時，長翼帶翅的傳令官，受命於
其領主，藉由莊嚴典儀和號角聲響向全體
宣稱，立刻要在泛地魔殿[176]召開重大會議；
此殿即爲撒旦及其僚屬的都城。隨令而下，
各隊各團或依職級或依排選，挑出最精銳者。
隨即這些被挑選者，成千論百的群聚簇擁　　　　　　　760
而來，擁塞著各個出入口，門雖寬、扉雖大，
尤其是那廣闊中庭，都擠得滿滿的；不管是
在地上，還是在空中，羽翼因相摩擦而絲絲
作響（中庭像一掩蔭圍場，基督勇士們全副
武裝馳騁於其中，在蘇丹王座前，挑戰異教
騎士菁英，一決生死、或以長槍衝撞對戰）。

---

174 「麥息伯」（Mulciber），即「沃爾肯」（Vulcan），是羅馬神話中的火與
　　鍛鐵之神，相當於希臘神話中的「赫發斯特」（Hephaestus）。
175 「藍諾斯島」（Lemnos），希臘一島名，位於愛琴海北部，傳說爲火神自奧
　　林帕斯山爲其父宙斯摔擲墜落處，因而成爲其聖地。
176 「泛地魔殿」見前面提綱之注。

像陽光灑落在金牛座的春日時分[177]，蜜蜂
飛湧而出，一群一群的在蜂巢外，或徘徊在
雨露新霑的花草叢中、或迴翔於平枝滑木間，
以及草織木結的壘寨外圍，彼此肢體接觸，
以粉相採，商議著家國大事。此群凌空地魔
紛至沓來，熙熙攘攘、緊密相貼，直待號令
一下，瞧瞧，那是什麼個光景！在此之前，
碩大無朋、超凡勝仙的那群地魔，霎時變作
無數藏身在窄室之間的三寸丁——恰似那   780
印度喜馬拉雅山外之侏儒[178]；又或似林邊
泉畔的小精靈，其夜間尋歡作樂行徑，爲
晚歸村農所見，或爲其夢中所見，時值夜薄
星稀時，當空縱有月娘可堪作證，也已近
西沉入陸時分。這些小精靈專心致志地在
歡樂、跳舞，快樂的音樂迷亂了村農的耳朵，
心中蕩漾著又喜又警的感覺[179]。似這般縮小
其巨大身軀至最小形體，無實體的神靈們，

177「陽光……春日時分」（when the sun with Taurus rides），金牛宮是占星術黃
　道（the ecliptic）十二宮之第二宮，指的是出生日期爲 4 月 20 日至 5 月 20
　日，此時在英國倫敦算是春天。
178「侏儒」（pygmean race），密爾頓謂此族人居於印度喜馬拉雅山（Idian
　mount）外，可能指中國西南少數民族「獨龍族」（Derung people），或爲
　「緬甸獨龍族」（Taron people，係從中國獨龍族分離出來的少數人種）。這
　些人身材普遍矮小，尤其是緬甸獨龍族，被稱爲侏儒民族。
179 密爾頓不斷用各種比喻（特別是明喻）來說明這些墮落天使身形變小、嗡嗡
　作聲的情況，學者 John Henry Todd 引用 Monseur Perrault 對 Boileau 的說法，
　稱此修辭法爲*"comparisons a longue queue—long-tailed comparison"*（長尾比
　喻）。

雖數目並無減損，卻在地宮中庭中，有足夠
空間可自由自在地悠遊其中。但在其更深處，
以其固有大小，坐在凹洞及密室中的撒拉夫
及基路伯等掌權高階天使，則比肩而席，
這千名半人半神[180]的墮落天使，在黃金座席上，
你推我擠的坐滿一室。在靜默片刻並且宣讀
傳召要旨完畢後，群魔之諮諏大會就於焉展開。

---

180 「半人半神」（Demi-Gods），密爾頓此時是在玩弄文字遊戲，因爲「泛地
　　魔殿」（Pandaemonium）中之 daemon 即指神跟人所生後裔，與 demon（惡
　　魔）雖同源，但指攝意義不同。

卷二

提綱

　　諮商大會開始，撒旦估量著是否該賭上一戰，好重新奪回天庭。有的勸進，有的勸阻。第三方案較爲可行，早先撒旦也曾提過，就是去探求天庭上所預言或所傳說的另一個世界實情是如何；也探求是否眞有另一種與他們不相上下的生物，差不多此時就要被創造出來了。對該派誰去從事這椿困難的探求，倒是他們的疑慮。撒旦，他們的頭領，願一力承擔此次的遠行，眾魔爲之敬佩不已，也爲其大大喝采。大會於焉終結，眾魔散了開去，隨自己意趣，各專注於自己想從事的差事，以消磨時光，靜待撒旦的歸來。他自個兒踏上旅程，來到地獄大門口，不想大門深鎖，找到了坐守那兒的魔頭，藉由他們之手，終於開啓了大門，卻發現有條深淵暗溝介於天庭與地獄之間。藉著夜暗混沌[1]，鎮守那兒的勢力之指引，撒旦費盡千辛萬苦，越過那鴻溝，總算看到了他所欲尋求的人間新世界。

*

　　撒旦被抬舉，高高坐在屬王的寶座上，
那座之輝煌，使波斯奧馬士[2]以及印度的
財寶失色，也教華麗東方最有錢者，渠等
撒落在其君王身上的寶石黃金黯淡無光、

1　「夜暗混沌」（Chaos）係擬人化後的一股力量，是夜暗深淵所在之無底、無次序之存在，也是《舊約・創世紀》中所謂的「空虛混沌」、「一片黑暗」。上帝就在此混沌、黑暗中創造出天地萬物。

2　「奧馬士」（Ormus），是古時波斯灣一島上之城，以財富著稱，該名現存於以其命名的「荷姆茲海峽」（the Strait of Hormus）。

粗野庸俗。因功勳[3]而被擢升到那惡名昭彰
的顯耀處，因絕望而將自己高舉到超乎可
企及之處，撒旦渴盼之殷，以致非與天庭
做無謂之爭，無以自滿；前次失敗於他
不足爲訓，遂如是展現其睥睨自雄的想像：

　　「大權能、主宰治[4]，各位天上的神祇，
雖然我們飽受欺壓、飽經墮落，但既然
地獄深淵之深，無能控制吾等有不朽精氣者，
我不認爲天庭就此與我等無分。經此墮落，
如能再爬升起來，咱們這些具天神效能的
天使，將比那些沒墮落過的天使，更光彩、
更教他們懼怕，也更相信自己無懼於再次
同樣的命運。我之有權任事，先是天上的
定律如此，先造者爲統領，之後則是你們
的自由選擇，推舉我爲領袖，此實爲正當；
且除了坐而議及起而戰的功勞外，我還
成就了許多勳業；就說這次的失敗吧！
截至目前爲止，起碼已復原不少，在眾所
同意之下，安全、不遭忌且更被認可的坐
在王位上。天庭上的處遇是，一切循規依序，
可有幸者的遭遇常遭下屬的嫉羨。但有誰
在這兒會嫉羨呢？愈高位者，愈暴露在持

20

3　「功勳」（merit）密爾頓最重視的領導者該有的特質，無功勳者無以治天
　　下；就連撒旦在地獄中也要有其領袖風範。

4　「大權能、主宰治」（Pow'rs and Dominions），此爲天使三階（orders）九
　　級（choirs）中之「能天使」與「主天使」，原都只是三階中之中階天使，但
　　此處是泛指一切有名號之大天使。

雷霆者的目標之下，我是各位的壘寨，最先
承受攻擊，被責以不盡痛苦中的最大部分。
無好處者，即無爭鬥；無爭鬥則派系無由
滋生。蓋誰在地獄中想搶先、誰會因目前
所受痛苦太少，以致野心陡生而企求更多？
既有此優勢，咱們當比在天庭上更加合成
一氣、信心更堅定、意志更諧調，我們要
轉頭回到天上去，好奪回咱們往昔所該
繼承的一切；也更確定咱們一定會如所
當然的繁榮興盛。此刻，且讓咱們討論
討論，是要公開宣戰，還是要暗裡耍詐，
何者最可行？誰有意見，誰就來說說吧！」

40

　　話聲剛落，摩洛那位執節持杖的魔王，
跟在撒旦之後，站起身來，他是在天庭上
作戰時，最兇猛的神靈，如今因絕望而更加
兇悍。其自信源於其認為與無始無終的上帝，
勢均力敵，無需在意是否力有未逮。此掛慮
一消除，恐懼乃不存在。遂不再煩惱上帝、
地獄或更糟之事，下面話語，乃脫其口而出：

　　「依我之見，當公開宣戰。使計耍詐，
非我所長，不敢多所妄言。讓需要者在用得
著時，去傷腦筋；可絕不是現在。因為就在
他們坐而謀時，其他亡命在天庭外，那千百
萬持槍帶盾的神靈，豈不就得遷延、枯坐在此，
苦苦等待向天攻伐的信號？為求棲身之所，
豈不就得接受這一幽暗可鄙的屈辱窟穴、

上帝暴政下的黑牢？而祂卻是因我們遲不行動
而得以掌權統治？不！咱們當以地獄之火
和滿腔憤懣裝備自己，一古腦兒向天上高樓
瓊宇進攻，不斷地把咱們所受的折磨轉成 60
武力，對準折磨咱們者。兩軍交鋒時，在祂
全能戰車的轟隆聲中，當也聽得到地獄雷鳴
的響聲；當其雷電閃爍時，當也一樣看得到
在祂的天使群中，因怒火迸射而發出的黑獄
之火和恐怖景象，使祂的王座也雜有地獄深淵
來的硫磺和怪火，兩者都是祂發明用來折磨
咱們的。但也許你們會說，咱們直挺挺地飛
上去，與更高處的神靈對敵，豈不困難重重，
且太陡峭而難以拾級？他們都該想想（如果
忘憂湖中的安眠藥還沒讓他們昏迷不醒的話），
作爲天使，咱們內在的動能就是要回升到吾等
原本的席位；往下墜落是不合咱們本性的。
當大敵緊纏著咱們潰敗的後衛攻擊、一路辱罵
的趕著我們進入深淵，此事剛發生未久，有誰
不覺得，這一路的摔跌，是多麼的迫不得已？
多麼的艱辛？沉淪得有多深？是以，往上飛
是容易的。被這樣的結果嚇到了嗎？設使 80
咱們再向強敵挑釁，其怒氣可能會讓咱們的
毀滅更徹底——但在地獄之中，怎怕被毀滅
得更徹底！還有啥比被趕出喜樂之地，住在
這兒，被咒逐在這可怖、全然悲戚的深處
還更糟的？在這深處，永不止息的火一直

燒灼我們，它所帶來的折磨，似乎毫無終結
的希望；咱們是祂怒火下的奴僕，殘酷地
受鞭笞、折磨，不就是要咱們悔罪嗎？咱們
都快被撤廢、斷氣了，還會比這毀滅得更
徹底嗎？那咱們有甚可怕的？又有甚可慮的？
設若咱們激起祂極度的怒火？怒到極點，
祂不是把我們活活燒死，就是將我們的本體
化爲烏有，這豈不是比永恆存在卻悲苦不已
要痛快得多？又或者咱們的本質確具神性，
因此消滅不了，那最糟也不過如此，沒啥
好怕的。而且有證據顯示，咱們的能力足以
撼動天庭，藉不斷的侵入，就算沒門路接近，
也要騷擾祂那要命的王座，這樣，就算咱們
沒能得勝，也算是對祂的一種報復。」

　　他皺著眉把話說完，對著一群似天使卻
又不及的神靈，臉露孤注一擲的兇光，要求
復仇、行險赴戰。在另一頭，彼列[5]站了起來，
舉止優雅，令眾更感優雅親切：從天庭上
墮落下來者，無一比其更俊美。他外表沉著、
威嚴，像是大有功勛者。可這一切都是假象、
都是空洞不實的，他口蜜似天降嗎哪[6]，能將
沒啥理由的事，說得頭頭是道，讓聽者搞混

100

5　「彼列」原指「撒旦」，但此處是密爾頓設計的另一惡魔，其角色描述參見
　　卷一490行、501-502行和卷六620-627行，以及相關之注與說明。
6　「嗎哪」（manna），《舊約・出埃及記》中，上帝賞賜給流浪在曠野的以
　　色列人一種食物，其「滋味如同攙蜜的薄餅」（the taste of it was like wafers
　　made with honey）——《出埃及記》16章31節。

而打亂掉最圓熟的建議。因這廝想法齷齪，
孜孜於邪魔歪道，卻對高行義止怯懦、疏懶。
可他語悅眾耳，遂用具說服力的口吻如是開言：

「啊，各位同僚，我也很願意公然宣戰，
因我之恨意也不在諸位之下，但剛剛所主張，　　　　　　120
勸咱們立即開戰之主因，卻最沒能說服我，
而且我也可預卜整個事件的結果會大不利。
尤其是以武力見長者——竟然對自己所提
且自己擅長者，心生懷疑——把勇氣奠基
於絕望與全然滅絕上，並以此為奮鬥的指標，
去尋求災難式的復仇！首先，我們要知道
的是，復什麼仇？天庭各塔樓都站滿了持刀
帶槍的守衛，各個入口都牢不可破，且在
邊界的深處，常駐紮有部眾，而不見羽翼
的巡查天使廣布且深入夜暗之境，對可能
的突襲，輕蔑鄙視。就算咱們可以藉力突圍
出去，且全地獄之眾都跟住咱們，要以最
陰毒的叛亂，推翻天庭上最純淨的光，但
咱們的大敵卻全然不受侵擾，塵垢不染的
高坐在寶座上；更何況，以太模造的光體[7]，
是不受玷汙的，祂將很快清除掉罪邪，排除
掉不純淨的地獄火，而贏得勝利。如此這般　　　　　　140

7　「以太模造的光體」（ethereal mould），「以太」（ether）是構成天使或其
　　他純淨實體的精髓物質，所以它可能是純淨的光或火。又 Ether 一字可能源
　　自拉丁文 aether（意為上層純淨潔白的空氣— the upper pure, bright air），如
　　此，則「以太」是潔白純淨的空氣。

被擊潰了，咱們的最後指望將會是全然絕望：
咱們一定會激怒全能的勝利者，將祂的怒火
全發洩在咱們身上，這將了結咱們，這也將
是咱們的療藥：不復存在這世上。多悲慘的
療治法啊！儘管全身痛楚，但有誰願捨棄這
智性的存在，讓它毀滅，讓永矢周遊的思想
被吞噬，喪失在不具生產力的夜暗他巨大的
空無之中，沒有聲息、沒有動作了呢？就算
這種結果是真的，有誰知道咱們的仇敵，
會否如此做或願如此做？祂會如何做是含糊
未知的，但是祂絕不願意做卻是清楚的：
聰明如祂者，會因為虛弱或思慮不周而將其
怒氣一勁兒發洩出來，讓其仇敵遂其所願的
在祂的盛怒之下，終結性命嗎？終結那些
此前雖怒卻留下來受無盡苦楚的神靈呢？
『我們怎會被終結掉嗎？』那些倡議開戰
者說，『奉天承運，咱們可是被留存下來
受無盡苦楚的，不管咱們做啥。會受更多
的罪，吃更糟的苦嗎？』那麼，在這兒是
最糟的嗎？如此這般坐著，彼此商議，
又持刀帶槍的？當大夥被天庭上懲罰咱們
的雷霆追擊，不得不四散逃逸並懇求地獄
深淵庇護我等時，那又算什麼？那時此座
黑獄似是咱們療傷止痛的避難所。又或最糟
的是，咱們手鐐腳銬的躺臥在火湖上？如是
那樣，才真是糟！設若點燃無情大火的那

160

口氣醒覺過來，將火吹烈七倍之猛，並將
咱們攢擲於烈火之中時，該怎麼辦？又或者，
已中斷報復的天神，再度武裝起其火紅右手
來折磨咱們時，又當如何？假如地獄裡所有
積存的東西全釋放出來，假如地獄穹蓋竟會
如湯泉般的噴流火焰，且這高懸在半空中的
恐怖之火，作勢要澆灌到咱們頭上，而咱們，
可能還在設想、還在勸勉大家發動光榮的

180

戰爭，卻陷入烈火的大風暴中，個個被拋擲
起來，摔落在岩盤上，一動也不能動，成為
旋天轉地暴風戲弄和捕食的對象。又或者
咱們將不斷沉陷在那滾燙火湖的底部，全身
纏繞著枷鍊，在那兒自怨自艾，不得喘息、
無誰關憐、無終無緩、永難終結，那才真糟！
因此，開戰，不管是公然的還是隱祕的我都
反對。蓋武力或狡計於祂何用？其眼一瞥即
能洞悉一切，又怎能欺祂不見？咱們一切
徒然的舉措，祂在天之高處看穿且嘲笑，再
沒有比頓挫咱們計謀和詭詐，更能顯示祂的
睿智且能抵拒咱們的武力，而成為萬軍之王！
是則，咱們要否活得如此下賤，咱們這群天兵
天將，任祂踩在地下，被逐出天庭，連枷帶鎖
的在這兒忍受痛楚？我的看法是，既然無可
逃避的命運壓制了咱們，那全能者的判決，
就是勝利者的意志。忍受這些就強過更糟的
際遇！忍痛或行動，咱們的能耐都一樣，命定

的法則若如此，也沒啥不公平的。首先，如果
咱們夠聰明的話，這一點要先認定：要與恁
偉大的仇敵爭鬥，會降臨到咱們頭上的結果　　　　200
會如何是難以確定的。我嘲笑那些武器在手時，
敢膽大妄為、冒險犯難；動武行不通時，
就畏縮退怯，不敢面對那必然隨之而來的
結果：忍受流放、失寵、監禁、勞役，一切
勝利者加諸於他們的判決！此為目前咱們
之命運，只要咱們挺得住，吾等之大仇敵
屆時可能怒氣消緩，不冒犯祂時，可能因其
遠在天邊而不理咱們，滿意於其所施降的
懲罰，此時，只要祂的氣息不去撩撥這些
火焰，彌天大火就可能轉弱。咱們純淨的
體質自能克服這些毒氣；又或者，久而成
習慣，不再有感覺了。也或者，終究起了些
變化，在性情及體質上已適應此情景，
乃視赤焰烈火為尋常。如痛苦不再，此處的
恐怖程度就會減低，黑漆烏暗就會變明亮。　　　　220
更甚者，誰知道未來永不止息的歲月，可能
帶給咱們何種值得等待的希望、機運，甚或
改變，只要我們不去招惹更多的苦痛上身！
蓋現下吾等的遭遇雖顯得差但還算可忍受，
且就算差吧，也還不至於太差。」

　　彼列如是說道，話語中包裹著理性的
外衣，所勸諫者非休兵止戰，而是卑賤的
安逸和不爭的怠惰。在他後，瑪門如是道：

「若開戰爲上上策，則咱們不是爲推翻
天上君王而戰，就該爲奪回失去的權力而戰；
若永恆不滅的天命都要屈服於多變的機運，
混沌夜暗竟是爭鬥的仲裁，則咱們或可推翻
天庭之王。若前者是空想，則後者亦徒然；
蓋天庭之內，何處是吾家？除非咱們能擊敗
天庭上的至高君。縱然祂可能因咱們重新
答應降服，而大發慈悲，施恩慈於我們，
咱們可有面目，卑屈地站立於其座前，接受
其強加於咱們之嚴刑峻罰，顫聲吟唱頌揚其
君權，高聲歡唱哈利路亞？而祂則高傲地
坐在寶座上，成爲羨煞我等之王！祭壇上
飄散著濃香，那是咱們卑屈供奉祂之瓊漿
玉液、四時花果。此爲之後咱們在天庭上
的職分，此亦爲爾後吾等之娛樂！把永恆
的時間花在所恨者身上，是多令咱們厭煩
的事啊！縱然能待在天庭上，咱們追尋的
絕不該是輝煌的家臣地位；動武既不可能，
求恩准也不可行，那麼咱們就當從自身中
找出長處，從長處中找出自我存活之道；
身處在這廣大無垠的深凹處，自由自在的，
無須向誰負責，寧可要這種艱困的自由，
也莫如負輕軛般的，狀似尊榮卻卑躬屈膝。
若咱們能化小事爲大事、讓有害的變成
有用的，且能將逆境轉爲順境，則咱們之
偉大將顯得特別醒目；而且不管在何境地，

240

260

都能因咱們之辛勞和忍耐,逢凶而發、旋坤
轉乾,那咱們會畏懼這幽深的黑暗世界嗎?
天上統領一切的父神,不知有多少次,選擇
住居在濃雲密靄之中,但祂的榮光並未減褪;
也由於莊嚴的黑暗圍攏住祂的寶座,為顯示
他們的怒氣,低沉的雷鳴聲遂從中轟隆作響,
使得天庭好似地獄一般!既然祂能效倣咱們
的幽黯,咱們就不能隨興模擬祂的明亮嗎?
咱們所在的這片荒漠棄土,並不乏隱於其中
的亮彩,像金銀珠寶之類的;而咱們也不缺
能從中增添其輝煌的技術和工藝。若如此,
則天庭有更多可驕示於我等者嗎?咱們所受
之苦,時移勢轉,反可能成為咱們之組成
元素,而刺痛心扉的火苗,現下雖然猛烈,
卻有可能變柔順,咱們的脾性也可能轉化成
它們的脾性,這樣就一定會除去痛苦的感覺。
一切的一切都指向休兵議和,維持目前這種
井然有序、一仍不變的狀態。如此,咱們
不管身分為何、身在何處,都可安然適應
目前的惡難,所以,各位,打消一切開戰的
想法吧!我所能勸諫於諸位者,即如上述。」

280

　　他話聲剛落,整場大會響起沙沙之聲,
就像中空的岩石留住了呼呼的風吹之聲,
此聲徹夜鳴響不斷,喚起了海濤;此時的
韻律雖然不甚和諧,卻也能讓整夜守望的
航海人鎮靜下來,他們的船帆或舟楫恰好

在暴風雨過後，繫泊在多峭壁的海灣處。
瑪門講完話後，所聽到的讚美聲就是如此。
他叫大家講和的意見，讓所有群眾都歡喜，
因他們怕再次開赴戰場，其結局會比待在
地獄裡還要慘，對雷霆以及米迦勒刀劍的
恐懼，仍在他們內心起作用；他們也沒
多大心思，想要創設一下界帝國，該帝國
的起造在策略上是要與天庭相抗衡的。
別西卜[8]一看這情景，臉色凝重的站了起來
（除撒旦之外，沒誰坐得比他高），他這一站，　　　　300
像是邦國的擎天大柱一樣。審慎思慮以及
為眾將士擔心而生的皺紋，深烙在其額頭上；
縱然殘敗，他臉上仍然閃爍著君王般的睿智，
莊嚴威武。高高聳立的他，像位賢良者般，
有著如亞特蘭斯[9]似的寬闊雙肩，足以承負
最強大邦國之重託。而他的樣態靜謐如深夜、
輕柔似仲夏午間的涼風，引眾聽其言而留意
於其話語，就在此同時，他如是這般的說道：

　　「坐寶座者、帝王般具權能者[10]、上天的
子姪們，以及空靈般的力天使們[11]！這些稱呼，

8　「別西卜」（Beelzebub），參見本譯本頁 115 注 28。
9　「亞特蘭斯」（Atlantean，其名詞為 Atlas〔亞特拉斯〕），是希臘神話中被
　　宙斯及其同夥擊敗的泰坦族之一，屬宙斯之伯父輩，因支持其弟克羅諾斯
　　（宙斯之父）與其姪子作戰而被罰以雙肩承受地球之重。
10　「坐寶座者……權能者」（Thrones and Imperial Pow'rs），此為九級天使中
　　的二個稱呼（座天使、能天使），但此處是藉以指攝所有墮落天使。別西卜
　　像撒旦一樣企圖喚起這些墮落天使回憶起過往的榮光。
11　「力天使」（Virtues）為九級天使其中一個稱呼，用以指眾墮落天使。

看來都要捨棄了，也許改個說法，叫地獄
大公如何？因爲大家想要表達的意見就是要
留在這兒，在這兒建設一個日漸茁壯的帝國！
毫無疑問，就在咱們作夢時，根本不知道天上
君王已然宣告這個地方就是咱們的地牢，
這可不是祂力未能及的安全避難所，而咱們
卻夢想著能免除上蒼的轄制，得以重新結盟、
集結來反對祂的權位；卻不想，此地離祂　　　　　　　320
雖甚遠，仍受祂最嚴屬的束縛；在掙脫不了
的勒繩控制下，成爲一群祂的俘虜。蓋想
當然耳的，上帝，不論是在高天還是低地，
自始至終，都是祂一神在當王、在統治；
即使咱們叛變了亦無損於祂的王國，反而將
祂的帝國擴張到了地獄；祂持鐵笏統治咱們，
一如持金笏統治天國一樣。那咱們還坐在
這兒，計議媾和或開戰有何用呢？戰爭已
終結了咱等，讓咱們慘敗得無救了；要媾和
卻不能或找不到媾和的條件；被俘爲奴，
還能媾什麼和？只不過是被嚴加看管、痛加
鞭笞、或恣意拷打罷了！咱們還能回報祂
什麼樣的和平呢？只除了咱們權能內的敵意、
怨恨、桀驁不屈的抵拒和復仇之心外，
還有什麼？咱們雖然行動遲緩，總該籌謀
如何讓咱們的征服者獲益最少？如何做咱們
在受苦中覺得最該做的，讓祂最不稱心？　　　　　340
咱們並不乏時機，更無須以危險的遠征，

進犯天國，其高牆厚壘，全無畏進擊或包圍、
甚或來自深處的伏襲！又或者咱們可以找到
更簡便的行事、作為？有個地方（如果天庭
古早以及預示的傳聞無誤），另一個世界，
是那叫『人』的新族群的快樂居所，差不多此時
要被創立，這個新族群縱然在權能及完美
程度上略遜於吾等，卻創造得與咱們相仿，
且更得寵於高高在上的統治者。此為祂當著
眾天使之面所宣示的意志，也經他們驚天動地
的齊聲立誓所確認。咱們當將全盤思緒轉到
這件事上，去查知其為何方賢德能住居於彼？
其身形、本質為何？所賦予的能耐又如何？
而其權能與弱點又是怎的？好知道如何下手，
究是要動武還是要施計？天庭大門既進不得，
至高的統治者依恃自身之力，安穩地坐在
天庭內；人之居所，遠在天國邊陲，可能會
無所掩蔽，只靠他們自己防護。咱們如果
突襲該處，可能占些優勢──用地獄之火去
毀掉祂的創造，或把該地占為所有，將那兒
住居的人趕走，就像我們被天神趕走一樣；
如果趕不走，就引誘他們加入我們，好教
他們視上帝為仇敵，讓上帝悔恨而動手毀掉
祂自己創造之物！此一報復非同小可，一則
中斷祂因咱們之混亂、狼狽而生的喜悅，
再則提升咱們因祂之受騷亂而得的快樂，
讓祂把自己心愛的子孫猛然擲摜下來，

360

與咱們在此同苦共難；祂受榮寵的子孫，
將因己身之弱而受誘以及因幸福快樂的
消逝而詛咒其原犯之罪──幸福快樂，
消逝得可眞是快啊！大家商量商量，此舉
是否值得一試？還是要枯坐在此黑暗之中，
醞釀著虛幻的帝國夢？」別西卜如是陳述著
他惡毒的看法──此議原由撒旦想出，部分
也曾被他提出過，蓋如此惡毒之計，非十惡　　　　　380
不赦者無以出之，目的在將人類連根一起
拔除、破壞淨盡，好教人世與地獄攪和、
混雜在一起，這一切不就是爲了要刁難偉大
的造物者嗎？但刁難儘管刁難，卻只會擴充
上帝的榮耀！可這項大膽計畫，讓那些地獄
中的墮落天使，滿眼閃爍著喜悅，高興不已。
他們一致投票贊成，見此，撒旦重新開言道：

　　「列位神靈，決定得好哇！冗長的辯論
終於順利結束；不愧是神靈，可以決斷大事；
像這樣，不管是否命定，必然可以從深凹處，
再次騰升接近咱們古早的居所，也許看得見
那些發亮的邊界地帶，從那若咱們武器在身，
出行的時間巧合，就有可能重回天庭，或者
停駐在較平和的區域，天庭的亮光不時逗留，
讓發亮且上騰的光線，滌除這一片黑暗幽淒！
讓暖香的空氣吐露芬芳，好療治腐蝕性焰火　　　　400
所造成的瘡疤。但首先咱們該派誰去搜尋
這個新創的世界呢？誰才有足夠的膽識？誰敢

不著邊際地踩踏出腳步，去試試看那陰暗無底
的無垠深淵，同時穿過觸手可及的濃暗，找到
神跡罕至之路呢？又或者，在未抵達幸福島嶼
之前，誰敢展翅飛於空中，藉不倦之雙翼向上
騰飛，穿過深溝巨壑呢？這要有何等氣力、
何等伎倆，才能勝任呢？又或者要用何種迂迴
手段，才能安然穿過四面嚴守的崗哨、有層層
天使防守的駐地呢？此君定要行事非常周延，
而咱們推派誰時，也要一樣周延，因為咱們之
重託都在他身上，他也是咱們最後希望之所寄。」

　　這番話說完，撒旦就坐了下去，期待的
眼神裡，閃現著猶疑，等著有神靈附議、反對，
或是有誰願從事此一冒險。可全場一片肅靜，　　　420
個個陷入深思，仔細考量其中的風險，彼此
驚訝地發現，在對方的臉龐上看到了自己的
沮喪。那些與天神爭戰時最精銳、最優秀的
武士們，沒哪位夠勇猛，敢一力承擔或嘗試
那可怕之旅程，最後，因己身超絕光芒而躍升
至其同僚之上的撒旦，感於自身之崇高分量，
以君王般的傲氣，不動聲色地對其同僚說道：

　　「天國的子民們！在天坐寶座者！儘管
咱們不憂不餒，但沉默靜穆、趑趄不前控制
住咱們自有其道理。蓋走出陰司地府到光明
之境，路途漫長又艱困。咱們的監牢強固，
被九重火牆圍攏著，大火鋪天蓋地，蠻橫地
要吞噬咱等，燒燙的鐵石門柵攔阻住咱們，

完全不得其門而出。就算通過了這一道道的門，
緊接著的是無形無體的夜暗，那是巨大深沉
的空洞，罅隙之大，威脅著要把投身於此詭異
深淵者沒頂，甚或完全吞滅！如能逃脫，卻會　　　　　　440
進到恁世界，或何莫名之境呢？而其所殘留者，
豈非重重莫明凶險或難逃關卡？各位同僚啊，
如果有誰建議並判斷在困難或危險方面事關
大眾權益時，我若避而不做，那我就不配這個
寶座，不配此光輝燦爛、威風凜凜的帝王尊榮；
因此，我既擔起這些尊榮，自也不辭統治之責。
惟對統治者而言，辭謝承擔危險就和辭謝承擔
尊榮一樣；高坐寶位、尊榮甚於其餘者就必須
承擔比誰都勝一籌的危險。因此，各位大有
權能者、天庭上令上帝畏懼的尊使們，縱然
墜落在此，仍請分散到各處去吧！（此際這兒
既然將是咱們的家）就當這兒是家，看看有啥
最能去除現下悲苦者，有否解藥或符咒可暫緩、
掩蓋、減輕在此淒慘住地之痛苦，使地獄這　　　　　　460
凶險大宅更適我等居住。就在我穿越黑暗毀滅
所轄邊界，去尋找解救咱們大夥之法，而在外
邊巡時，千萬別鬆懈對咱們不睡敵軍的警戒。
我要從事的這趟冒險，你們誰都不許參加。」
大王如此說罷，就謹謹慎慎地站起身來，
不讓任何神靈回應，免得他的決定會激起
其他領袖重提他們之前所畏懼的冒險事，
雖明知會被拒絕，卻因被拒絕而在名望上

可與他相匹敵，輕易就贏得崇高的榮譽，
而他卻要冒險犯難才能得到。但他們對其
語帶禁止口氣之恐懼並不下於對冒險之害怕，
故而連忙隨他起身。他們同時起身所發出的
響聲就像是遠處的轟雷響聲般。恭敬尊崇地
對他彎腰躬身、俯伏在地，對其頌揚，如天使
對天庭上至尊者的頌揚一樣[12]；他們也沒忘了　　　　480
讚揚他爲了大家的安危而鄙視其自身的安危：
這些受詛咒的神靈其神能並未完全喪失，不讓
惡徒得以自誇其受名利驅使而在世上所行之
假仁假義，及其以熱誠外表來包藏之隱蔽野心。

　　職是，他們結束了模稜、邪魔式的諮商，
很高興地發現自己的首領英勇無比。就像北風
歇息時，黑雲從山頂往上爬升，遮掩住了青天
愉悅的臉龐，雨雲低垂，陰沉晦暗地籠罩了
不見陽光的地表，像要下雪或下雨般；偶爾
燦爛的陽光欲去還留，讓晚霞餘暉殘留不退，
則大地復活、鳥雀啁囀、牛哞羊咩，萬象欣喜，
歡樂之聲響徹山谷。啊，人眞是可恥！被判了
罪的魔鬼們，都能緊密團結在一起，可是人雖
有望得天恩寵且爲理性動物，卻吵嚷不和，　　　　500
彼此相互憎恨、仇敵，自相爭鬥；雖上帝宣告
和平，他們卻發動戰爭，致田園荒蕪，彼此毀滅；
人好像（對這點我們倒是有共識）還嫌來自地獄

---

12 此爲密爾頓之反諷（irony），這些墮落天使自以爲擺脫上帝的轄治而得以解
　放，卻在地獄內對撒旦行其對天上君王所行之相同儀禮與勞役。

的敵人不夠多，而他們卻日夜等著要消滅我們。

　　陰曹的諮商會議就此解散，一大群的地府
大公們魚貫而出。中間走來的是他們的大統領，
似乎獨自就能力抗天庭，果然是眾所忌憚的
冥府帝王，盧華霸道，有股襲自天神般的威儀。
環繞著他的是一群火紅赤烈的撒拉夫，個個
紋章鮮明，戈戟倒豎。隨著號角的悠揚聲響起，
他們宣布會議結束且有重大決議。四位基路伯
很快地把號角湊在嘴邊，向著四方吹奏，以
傳令官的身分，對大眾說分明。整個空幽深谷，
不論遠近都聽聞到，地府中個個都以震耳欲聾　　　520
的歡呼聲在回應著。自是彼此心中更加篤定，
也因盧妄放肆的矚望，而鼓起士氣，各徵集
來的神靈因之解散，紛紛離隊而去，各自依
性之所向、心之所擇，而各分道途；雖然
遲疑，總要找個最能讓忐忑之心歇止的地方，
度過令渠等厭煩、等待大統領回歸的時候。
於是，有的快步競走於平野之間、有的舉翅
爭翔於高空之中，有如奧林匹亞的體能競技[13]，
或如派森場上[14]的周旋。更有的，或約束火烈
戰馬、或疾馳輪車以繞過標竿、或組織面戰之

13　奧林匹亞競技（Olympian Games）是希臘人的體能競技活動，特別是在親友
　　死亡後所舉辦者稱為喪禮競技（funeral games），以尊崇死者。
14　「派森場上」（Pythian fields）指的是阿波羅神擊敗大蟒蛇派森（Python）的
　　地方，該地近德爾菲，阿波羅神殿之所在，是以「派森競技」（Pythian
　　Games）為紀念阿波羅勝利之慶祝活動，其規模不下於奧林匹亞競技。

軍旅戰陣，儼然欲教訓傲慢城池而爆發戰爭
時一樣，戰火在混亂的天空展開，軍旅紛紛
趕赴戰地，在雲霧中作戰。這些空中戰士
策馬站立在各路前鋒，刀槍低挺，以待敵之
大軍掩至。而後鐵馬金戈在天空的東西端
火熱交鋒。另有一群墮落天使，像泰豐神般
狂叫怒吼[15]，且其勢更加猙獰，欲將巨岩崇山
震裂，並在空中駕狂風、御亂流，地獄之中
少見此種狂亂者。其情景有如阿爾西迪斯[16]，　　　　540
戰勝伊卡利亞[17]封王時，接觸到了浸過毒液
的龍袍，痛苦中將帖撒利[18]的巨松連根拔起，
並將賴克斯[19]從伊塔山[20]上，丟擲進優比亞海[21]

---

15 「像泰豐神……怒吼」（vast Typhoean rage），其中泰豐神（Typhon）是希
　臘神話中象徵風暴的妖魔巨人。該詞在希臘語中意為暴風。也參見本詩卷一
　197-199 行及該詞之注。

16 「阿爾西迪斯」（Alcides）指的即是大力士赫丘力斯（Hercules，其希臘名
　為希拉克里斯〔Heracles〕），阿爾西迪斯或阿爾西瑞斯（Alcaeus）是其出
　生時之名。

17 「伊卡利亞」（Oechalia）是古希臘一城邦之名，在赫丘力斯征服它時，其
　妻狄嫣奈菈（Deianira）受蠱而將一浸染毒液之袍獻與其夫，造成赫丘力斯極
　度痛苦，欲死不得。

18 「帖撒利」（Thessaly，或譯「帖撒利」，此處用的是形容詞 Thessalian），
　位於希臘中部偏北之一大區，也是《新約・帖撒羅尼迦書》所提到「帖撒羅
　尼迦人」（Thessalonians）的住居地。

19 「賴克斯」（Lichas），大力士赫丘力斯家的僕人，是他將狄嫣奈菈的繡袍
　送給赫丘力斯的，結果如後面所述被赫丘力斯摔擲進大海中。

20 「伊塔山」（Oeta），此山依據奧維德（Ovid）的說法是在希臘優比亞
　（Euboea）地區，傳說中赫丘力斯因穿上浸染毒液之繡袍，在狂亂之間將其
　忠僕賴克斯自此山上摔擲進大海中。

21 「優比亞海」（th' Euboic Sea），優比亞是希臘僅次於克里特的大島，在希臘
　本土的東南部，該島之東北岸鄰近之海或海灣稱之為優比亞海或優比亞灣。

一樣。還有一群較為溫馴者,隱退到寂靜的
山谷去,和著琴聲,以天使般的旋律,唱起
他們的英雄事蹟和因戰失勢以致悲慘沉淪,
哀號著命運將他們這群自由天使束縛在暴力
和機運之下。他們的詞雖唱不全,但和諧的
音律(不朽神靈吟唱時,豈會不和諧呢?)
卻讓所有居於地獄中者凝神諦聽,更教成群
聽眾心曠神怡。再有一群部眾,坐在隱蔽的
山上,他們口吐甜言蜜語(蓋雄辯迷心志,
歌聲惑神智),思緒激昂高盪,所高談闊論
者盡是天神、先見、意志和命運之類的,
講的是不移的命運、自由的意志、全然的
預知等等,不知所終地論辯著,令聽者如墜
五里霧中茫然無措。他們也常議論著善與惡、
快樂與最終苦難、熱忱與冷漠、光榮與恥辱
等等:一切都是空玄無用知識、虛偽哲理,
但卻有股娛眾的魔力,可使渠等暫或忘卻
痛苦、憂悶,進而激起其虛妄的矚望,並用
頑固的耐心,有如用三煉精鋼般,來裝備其
堅硬如鐵石、冥頑不靈的胸懷。

　　更有成群結隊者,在那幽冥荒境內,
冒險四處搜尋,看看有無較舒適之地可供
棲身。他們分向四方疾行,並沿著四冥河
之岸搜索,那四河的禍水皆流注入炎炎

560

火湖之中：其一曰司底克斯[22]，是條令人
憎惡、充滿仇恨、致人於死的大河；二爲
愁泉哀克隆[23]，冥黑幽深；三是苛賽托斯[24]，
意爲高聲哀嚎，嗚咽之聲聞於河上；四爲
弗累格森[25]，其滾滾滔滔之火，猛燃急燒，
兇狠之至。離此更遠處，另有離世河[26]，
是爲忘川，緩緩靜靜地流著，水路曲折
像迷陣，人一飲其水，便會忘卻前塵往事，
忘卻歡樂與悲哀、愉快與痛苦。此河之外
有一凍原，黑漆荒涼，無時不受暴雨、
疾風、冰雹侵襲，冰雹且不融化，堆積
成丘，像古代建築的殘跡；除此以外者
盡皆爲積雪層冰，成一鴻溝，深不可測，

580

---

22 「司底克斯」（Styx，字面意思爲仇恨之河）是冥府中的誓約之河，凡指此
河發誓者，任誰都無法更動其誓言，是冥府中五大河之一，但此處密爾頓先
謂有「四冥河」，再稱有另一河。

23 「哀克隆」（Acheron，字面意思爲愁苦之河），在希臘神話中是地獄五條主
要河流之一。此河上有一位擺渡者名叫「卡戎」（Charon），負責把剛死去
的亡靈送到河對岸的地獄界。

24 「苛賽托斯」（Cocytus，字面意思爲嗚咽之河），在希臘神話中是地獄五條
主要河流之一，其河水注入哀克隆河。

25 「弗累格森」（Phlegethon，字面意思爲火焰噴燒之河），是希臘神話中地
獄的五條主要河流之一，柏拉圖描述其爲一「火流，圍繞地球後流入地獄深
處」（a stream of fire, which coils round the earth and flows into the depths
of Tartarus）。

26 「離世河」（Lethe，字面意思爲忘川〔River of Forgetfulness〕），是希臘神
話中地獄的五條主要河流之一，飲此水者將忘卻前塵往事，死靈飲此水則將
忘卻地獄中一切以便投胎再生。

有如塞波尼斯沼澤[27]，介於達米亞塔[28]城與
凱錫爾斯古山陵[29]之間，在那兒，無數軍旅
全營盡遭吞噬。焦乾的風，冷漬地燒灼著，
雖冷冽卻無異於赤火燒焚，凡受罰入地獄的，
都會被爪尖嘴鉤的復仇女神拖曳到此處來，
讓他嘗嘗火裡煎、冰裡凍的極端殘酷冷熱
變化，如此若干輪迴交疊，任誰都益覺其
可怖：從原先猛烈大火燒炙的躺臥處，被送
去受寒冰僵凍；原先柔軟、輕飄、溫暖在
寒冰處僵凍得不能動彈、冷徹心扉，周身
被凍結住，憔悴凋萎，過若干時候，又被
急送回火窟裡。亡靈都得來回穿梭過這離世
小灣，以致愁苦益增；是以在穿過時，想到
要去那令人失迷的河泉，不由又期待又掙扎；
只消涓滴之飲，剎那間，就在岸口邊，誰都
會甜甜入夢，忘記一切苦痛和愁煩。無如
命運從中阻滯，美杜莎[30]反對這項企圖，

600

27　「塞波尼斯沼澤」（Serbonian bog），位在埃及尼羅河口塞波尼斯湖（Lake
　　Serbonis）岸邊的流沙沼澤，因常有風沙吹集於此，讓人誤爲堅實沙岸，以
　　致陷落。此一危險沼澤，現被用作比喻陷入絕境。
28　「達米亞塔」（Damiata，也作 Damietta）是埃及一省城，位於開羅以北約
　　200 公里，爲地中海和尼羅河的交匯點。
29　「凱錫爾斯古山陵」（Mount Casius old），凱錫爾斯山爲埃及西奈半島西北
　　部之山名。此處有巴達威湖（Lake Bardawil），以一長沙洲與地中海相隔，也
　　曾被希羅多德（Herodotus，羅馬史學家）認爲是所謂的塞波尼斯沼澤所在地。
30　「美杜莎」（Medusa）是希臘神話中的蛇髮女妖，勾貢（Gorgons）三女妖
　　之一，一般形象爲有雙翼的蛇髮女人，她有法力，可任其所見之人或見其容
　　顏之人變成石頭。

她以蛇髮女怪的猙獰形貌，把守那河灣處，
河水都自行嚇退，令生人欲飲不得，其消退
正如當日坦特拉斯[31]唇沾不得水一樣。如是，
這一群群冒險投機的妖魔，迷惘孤絕地
向前漫行，個個面容慘白、顫慄恐懼、
眼神驚惶，初初看到這可悲之地，卻找
都找不到可供歇息之處。這些惡魔經過了
一重重黑漆陰鬱的山谷，一處處哀悽的
地盤，越過了無盡的冰封高山和火焚峰嶺。　　　　　620
無論岩、洞、湖、沼、澤、窟還是死亡陰谷，
都是一片沉寂，這是受上帝詛咒而生的惡地，
只適合惡靈居住，一切生者死於此而一切
死者生於斯；造化也反常而行，生就了
諸般畸怪、種種異常物體，令人嫌惡，且
無以名之，比傳說所能假造和恐懼所能
想像的：譬如勾貢女妖[32]、蛇神海德拉[33]
及可怕的開米拉怪獸[34]等等，更顯恐怖。

31　「坦特拉斯」（Tantalus）是希臘神話中的人物，為宙斯之子。他因藐視眾
　　神，將自己的兒子烹殺且邀請眾神赴宴，而惹怒了宙斯將他打入冥界。他被
　　罰站在及頸的水池裡，口渴想喝水時水就退去；他頭上有樹，肚子餓想吃
　　果子時卻摘不到果子，永遠忍受飢渴的折磨。

32　「勾貢女妖」（Gorgons），是希臘神話中三位蛇髮女妖的總稱，可將見其者
　　變成石頭；三女妖中唯前面提及之美杜莎是可殺死的，而她也被希臘英雄柏
　　修斯（Perseus）所殺。

33　「蛇神海德拉」（hydras）是希臘神話中的九頭蛇怪，也稱為「勒拿九頭
　　蛇」（Lernaean Hydra 或 Hydra of Lerna），因傳說中其所棲身的沼澤位在勒
　　拿湖附近而得名。此蛇怪後為希臘大英雄赫丘力斯所殺。

34　「開米拉怪獸」（chimeras）是希臘神話中會噴火的怪物。

　　此其時，撒旦，那人類與上帝的仇敵[35]，
受自身高遠企圖和想法之鼓動，藉翼加速，
向著陰司界門單飛探去。時而沿右岸疾飛、
時而循左路狂奔；一會兒貼靠深淵平飛而行，
一會兒竄升高飛在地獄炎炎火窟之上。
這個我等遠飛在外的仇敵，就譬如遙望
遠海時，孤懸在雲端的船隊一般，藉著
赤道之風，從孟加拉灣[36]或麻六甲海峽諸島[37]，
迎風張帆，斜兜出去，此乃商人船運香料
之路；順著季風，他們穿行過衣索比亞外海，
轉往好望角，夜夜朝著南極方向開航前進。　　640
撒旦飛行許久，乃見地獄界關，關高可及
可怖地獄之穹頂，三道三重門橫梗在前，
一為鐵製、一為錫鑄、又一為金鋼石所鍊，
欲貫穿不可能，更有烈火四圍，焚而不熄。
左右門前各坐一位形體恐怖的怪物。其一
腰部以上似個美人模樣，下部捲捲褶褶，
鱗鱗其片，體龐身大，醜惡之至：形似
一毒蛇，帶有致命螫刺。她的中圍部分繞著
一群地獄犬，就像冥府門犬一樣，嘴大聲囂、

35　「仇敵」（the Adversary）是撒旦其名之本意。密爾頓從上帝的角度談到他
　　時，並不直呼其名諱，而是稱其為「仇敵」；撒旦及其徒眾則稱上帝為「大
　　仇敵」（Grand Foe 或 Arch-Enemy），兩者意義相同。
36　「孟加拉灣」（Bengala），是指現今沿孟加拉灣的部分印度與孟加拉國區域。
37　「麻六甲海峽諸島」（the isles/Of Ternate and Tidore），Ternate、Tidore 是印
　　尼東部摩鹿加群島（the Maluku Islands，或稱 Moluccas）中的兩個鄰近島
　　嶼，是世界上丁香（cloves）的主要產地；「摩鹿加」也譯作「麻六甲」。

猖猖狂吠無始無休，陣陣轟隆尖叫，恐怖
之極；叫聲受驚擾時，只要他們願意，就可
爬進她肚腹內窩藏，而暗地則仍嘷鳴不已。
較之不若此一怪物可憎者，是受怒而變形的
六頭海怪希拉[38]，她出浴於隔開卡拉布里亞[39]
和西西里島的波濤間[40]；醜陋不下於她的是
夜暗老嫗赫卡特[41]，她因嗅得嬰兒血腥之氣，
受密儀所誘凌空飛來，欲與拉伯蘭[42]之女巫
聯手跳舞，遂施咒讓月娘像生產陣痛中的

660

38　「六頭海怪希拉」（Scylla），是希臘神話中吞吃水手的女海妖。她的身體有
　　六個頭、十二隻腳，守護著墨西拿海峽（the Strait of Messina，義大利與西西
　　里島間的狹窄海峽）的一側，另一側則有名為「卡律布狄斯」（Charybdis）
　　的漩渦。船隻經過該海峽時只能選擇經過卡律布狄斯漩渦或是她的領地。而
　　當船隻經過時她便要吃掉船上的六名船員。英文有個片語 between Scylla and
　　Charybdis，意思是被迫在兩難之間作抉擇（forced to choose between two equally
　　dangerous situations）。奧維德（Ovid）的《變形記》（*Metamorphosis*）載有
　　「瑟西」（Circe）因妒而將該女妖下部變成一群疵牙咧嘴的惡犬，恐怖異
　　常，就像罪神腰間的怪物一般，故有此比喻。參見 Fowler（1998）之注。
39　「卡拉布里亞」（Calabria）是義大利南部的一區，包含了那不勒斯
　　（Naples）以南像足尖的義大利半島，隔一狹窄之墨西拿海峽（the Strait of
　　Messina）與西西里島相望。
40　「西西里島的波濤間」（原文作 the hoarse Trinacrian shore），其中 Trinacria
　　是西西里島的拉丁稱謂。傳說此間海狗會咬嚙海怪希拉的陰部，故與咬嚙罪
　　神之那群地獄犬相比。
41　「夜暗老嫗赫卡特」，此處之「夜暗老嫗」（the night-hag）指的應該是赫卡
　　特（Hecate），她是希臘神話中象徵著暗月之夜的「月陰女神」或「黑月女
　　神」。傳說中她具有三重身分：既是不可抗拒的死神，無法戰勝或無人能及
　　的陰府冥后，也是妖術、魔咒和女巫的守護女神，但同時也是月陰女神。
42　「拉伯蘭」（Lapland），是北歐芬蘭的一個行政區，位於芬蘭最北部。傳說
　　中為女巫之發源地。

產婦一樣肚蝕胎落[43]。另一形體（若可稱為
形體的話，它沒有可茲分辨的肢體、關節、
手足；那似幻影之物或可稱之為某實體，
此兩者雖相似卻都不像）如夜一般黑漆聳立，
比忿怒女神兇殘十倍，與陰司地府一樣可怖，
搖晃著一隻短槍，嚇人至極。在似乎是頭的
部位，戴有像皇冠般的頭飾。此時，撒旦
已接近，此怪自座席上飛快衝出，步履大跨、
氣勢駭然。跨步重聲使黑獄冥府震顫不已！
那無所懼畏的妖魔，不由驚嘆此為何物，
心雖驚嘆卻不擔憂；除卻聖父及其聖子，
他全不把受造萬物放在心上，更不迴避，
遂以藐視不屑的神情，先出言如是說道：

680

　　「你這可憎形體，究是何方妖魔？
縱然生得青面獠牙，卻竟敢以不成形樣的
尊容，前來阻擋我去那邊關之路？我定要
出那關門，無需請你允准。退下去吧！
不然，試試你的愚蠢帶來的結果，讓經驗
教你這地獄惡魔，絕勿與天上神靈相對抗。」

　　對此，醜陋的地靈怒氣沖沖地回應他道：
「難不成你就是那變節使者？你可是那帶頭
破壞天庭和平、背信叛神者？而此前其和平
與忠信是無誰敢破壞的；你輕慢自豪，興兵

---

43 Labouring moon 是拉丁化的英文 labores lunae，意為虧蝕中的月亮，見 Roy
　　Flannagan 對此語之解釋；另外，這也是密爾頓擬人化的比喻，像是說圓滿的
　　月亮極不欲遭蝕空，乃奮力掙扎，如遭墮胎，以致大地冥暗。

作亂，煽動誘引天上三分之一的天軍，要與
至尊神對敵，因此你及渠等都為上帝所擯棄，
被責罰在此受苦受難，永無止盡，是也不是？
你如今已定罪在此地獄，難不成你還自認是
天上神靈？竟敢出言挑釁、冷嘲熱諷？我
可是此間統治者，而且讓你更憤慨的是，
我是你的王，你的君！給我回去好生受刑，
你這虛偽的逃犯，快插翅加速給我飛回去，　　　　　700
莫逗留在此，免得我用蠍刺毒鞭追打你，或
用這短槍刺你，讓你領受未曾有過的驚惶、
未曾領受過的痛楚。」

　　那猙獰可怕的傢伙如是說著，在很富
寓意也頗具恫嚇性的形體上，變得十倍的
可怖和醜陋。撒旦站在另一邊，怒火中燒，
完全不受驚嚇，像顆燒焚的彗星，其火星
劃過之長度，有如橫跨北極星空的巨大
蛇夫座[44]般，而其恐怖長髮一晃，彷彿就會
帶來瘟疫和戰禍。那二魔彼此照準對方的頭，
要給予致命的一擊，都想讓對手一招斃命；
又相對蹙眉怒視，就像兩朵帶著大批天上

44　「蛇夫座」（Ophiucus，或作 Ophiuchus），此星座從地球看位於武仙座
　　（Hercules）以南，天蠍座（Scorpio）和射手座（Sagittarius）以北，銀河
　　（the Milky Way）的西側。蛇夫座是星座中唯一與其他星座如巨蛇座
　　（Serpens）直接連在一起，同時蛇夫座也是唯一同時橫跨天球赤道、銀道
　　（galactic）和黃道的星座。蛇夫座既大又寬，形狀長方，天球赤道正好斜穿
　　過這個長方形。

火砲的烏雲，在裏海[45]上空，轟隆爆響；
之後，兩雲正面對峙，僵持一會兒之後，
風傳來信號要他們在半空中生死交鋒。
就這樣，兩位強大的戰士繃臉對峙著，
整個地獄也因他們的蹙眉繃臉而更暗澹。
彼此勢均力敵地對抗著，要再碰到如此
強大的敵人，將只另有一遭[46]。眼見此等　　　720
相互毀滅的奇行大功就要完成，名聲也要
遍傳整個陰間，不想緊靠在地獄門邊坐著，
掌管生死鑰匙的蛇身女魔站起身來，聲色
俱厲、放聲尖叫的衝進他倆之中：

　　「爹親啊，您這手是要將您獨生之子[47]
怎地？」她大呼著，「兒啊，你又是怎地
怒沖腦門，竟要將你的致命短槍擲向你父親
的頭顱？可知此舉為誰？是為了坐於天上
的祂，而祂此際卻在笑你注定要成為祂的
苦力，去執行祂盛怒下所吩咐之事（那些祂
稱為『公義』者），而祂的怒火終有一天會
毀掉你們父子倆！」

45　會提到「裏海」（the Caspian Sea），是因該海經常起風暴，以狂暴紛亂著名。

46　「另有一遭」，是指耶穌基督在世界末日第二次降臨人世後，大勝撒旦等群
　　魔，將地獄幾乎清空，事見《哥林多前書》15 章 25-26 節。也可能是指耶穌
　　基督在曠野禁食 40 天，不受撒旦的色誘、名誘、利誘，而使其羞愧逃走，
　　事見密爾頓另一名作《復樂園》（Paradise Regained）。

47　「獨生之子」（thy only Son），罪神所用之詞，顯然模擬聖子與聖父間的關
　　係，而且此處之罪神與死神連同撒旦構成所謂的「地獄三位一體」（infernal
　　trinity），有別於聖父、聖子、聖神的天上「三位一體」（Trinity）。

　　她開口出聲，而一聽其言，那地獄凶煞
便住了手；是時，撒旦乃對其回話並反駁道：

　　「怪哉，妳之大呼小叫！怪哉，妳說啥
瘋言瘋語！妳之打岔，害我硬生生住了手，
手下雖留情卻要告訴妳我本欲何爲，但先讓
我知道，妳是何方妖魔鬼怪？因何具有兩種 　　　　　　740
如此身形？爲何初次在此地府相遇，妳要叫
我『爹親』？而那個幽靈妳又怎說是我兒子？
妳我素昧平生，且迄今爲止，我沒見過比妳
和他樣貌更醜陋、形體更可憎者。」

　　對此，把守鬼門關的女守將，如是回道：
「您可眞忘了我嗎？我在您現在的眼中竟是
如此醜陋嗎？想當初，在天庭的群眾大會場上，
在眾撒拉夫[48]面前，我是被認爲多麼的漂亮！
那時您與他們共計謀，膽敢要推翻天庭之君；
忽然間，您疼痛難忍：頭暈目眩、昏天黑地，
而您顱內之火，又急又猛，奮力要往外爭迸，
直把您左腦側邊[49]掙裂出個大口，我從您
額頭迸出，乃是個披甲帶戟的女神，不論
身形或面容都像極了您，明豔亮麗。天庭
之眾，莫不訝然；起初，個個害怕，眾皆

48　此處泛指所有墮落天使。

49　「罪」、「罪惡」或「罪神」之出生仿希臘神話中雅典娜（Athena）蹦生於
宙斯之頭，出生時「披甲帶戟」，全副武裝；惟其蹦生於「左腦側」則頗具
寓意，因左側（sinister）原意即指邪惡、陰險（intending harm or evil；
dangerous），是以「罪」乃撒旦惡出其首、思念邪淫而生。

退避，喚我『罪惡』，把我視爲不祥之兆。　　　　　　760
不過，漸漸熟稔之後，我的嫵媚優雅，
即連最嫌惡我者（尤其是您），也喜愛不已；
您常在我身上看見自己完美的形象，因此
爲我著迷，您我密會偷歡，不想我竟肚腹
漸大。此時戰事方興，天庭上，處處戰火，
結果，咱們萬能的大敵，大獲全勝（不然，
還能怎麼樣？），而我們卻處處失利、潰敗。
一整體全部沉淪，從天庭最高處被擲攧下去，
跌進此處深淵，我也與大夥同摔落；此其時，
這把有影響力的鑰匙被交到我手中，受命
把守關門，永不開放；非我開啓，憑誰無以
通行。我本於此孤坐沉思，但未幾，我的
肚腹——因您而成孕，脹大異常——胎動
劇烈，陣痛襲身。終於生下了您現下所見的　　　　780
怪胎，他可是您的親生子嗣，因爲奮力掙扎
要出世，破我腸、穿我肚，弄得我又驚又痛，
腸肚扭曲，我的下半身也因而變成如此畸形。
我近親繁殖來的冤家就這樣生了下來，
他揮舞著致命的短槍，作勢要毀滅大家。
我逃離開去，口中大叫『死啦』，全地獄
聽到這個可怕的名字，都震顫起來，所有的
洞穴都起了嘆息之聲，並且回響著『死啦』
一詞，我往前奔逃，他在後追趕（看似更受
慾火而非怒火所煎逼），他跑得比我快多了，
以致我，他的母親，被追上，在眾皆恐慌下，

他用力且褻鄙地抱住我，與我交歡，此一
凌辱就生下了這群猙猙而吠的怪物，整天
圍著我不停地嗥叫。詳情如您所見：頻繁
不絕的胎孕，無時不刻的生產，落得我
無限悲辛，因為每要進入懷他們的肚腹時，
他們就嗥叫、咬嚙我的肝腸作食物，然後　　　　　　　　800
又迸裂出來；讓我覺得驚恐，且備受騷擾，
片刻不得安歇，片刻不得中停。在我眼前，
和我相對而坐的是猙獰的『死神』，我兒
和我敵，因為沒別的可供捕食，便唆使他們
吞噬我，他的親娘，儘管他知道吃光了我，
他也難活命；且我是毒餌，吞了我隨時就
沒了命：此是命運所明白宣告的。可您，啊，
爹親，我先警告您，要避開他那致命的箭頭。
別自以為穿上金光閃閃，天庭上鍊造的甲冑，
您就刀槍不入，除卻那位在天的統治者外，
他那致命的一擊，是任誰也抵擋不住的。」

　　她說罷，狡猾敏銳的魔王立時知情，
遂神情稍和緩，對著她如是圓滑地回應道：

　　「好閨女，既然妳叫我爹，又指給我看
此位謙謙小子是我兒子（是當日妳我在天上
偷歡的信證，當時的歡愉、甜蜜，如今已
不堪再提，都只因未曾想過、未曾預料的　　　　　　　　820
可憎變故，臨到咱們身上），要知道，我此來，
非與妳們敵對，而是要解放他和妳，還有
所有為咱們的正義呼求而興兵作亂的天上

諸神靈，他們跟咱們同從高處墜落，摔落在
這個黑暗幽淒的痛苦居所。與他們相別，
我自個兒擔上這前所未有的差事，以一當百，
自己暴身於外，孤獨地踩在不見底的深淵
當中，越過那茫茫空界，四處遊走，要探尋
一己預示的地方（從多種跡象看來，此時
該地當已造成，巨大而圓），那應是個幸福
之地，位於天庭外圍，其上安置著一族
新崛起的受造物，要來填補咱們空缺出的
位置，雖離天庭稍遠，卻可免因天庭充斥著
強民能眾，而滋生新紛擾。我急欲知道此事
或其他更祕密、正在籌謀中的事，一旦
偵知此等事，就會儘速趕回，好帶妳和
『死神』同往該處去，讓妳們安居於彼處，　　　　840
在暖香四溢、豐潤的空中不受監視的飛高
竄低。在那兒有無窮無盡的給養，可供
妳們吃喝：一切都是你倆可獵食的戰利品。」

　　　他話停頓下來，彼此都甚滿意；「死神」
一聽有可讓他止飢解餓、飽餐之處，不由
咧嘴齜牙，露出可怖猙獰的一笑，並預祝
自己的肚囊終有那樣的好時光。而其邪惡的
母親也同樣欣喜，遂對自己爹親如是開言道：

　　　「我依權責和天上全能主之令，掌管這
地獄深淵的鑰匙，並奉命不得開啓這些金鋼
石門。而『死神』則準備好隨時要將他的
槍矛刺出，以對抗一切的力量，完全無畏於

被一切有生力量勝過。但我爲何要聽命於
天上之主呢？祂恨我，並將我摔攬於此幽深
之韃靼地獄[50]中，受禁在此坐守著祂可憎的
任命；我本是天上住民，爲天所生，卻在此 860
永受痛與苦，而我自己血脈所出的骨肉，
更是恐怖、擾嚷地圍繞著我，咬嚙著我的
五臟六腑。您是我的爹親，我的創造者，
是我的生身之父；不聽您的，我還要聽誰的？
還要跟誰？您很快就會帶我去到那光明幸福
的新天地，去到那眾神靈可安逸居住之地，
我將坐在您的右手邊，掌權統治且縱情歡娛，
恰配做您的親女與愛人，永矢無渝。」

　　她邊說，邊從腰間拿出那毀滅性的鑰匙，
那是人間萬禍的助源，然後拖曳著滾轉的獸身，
向關口大門走去，隨即將格子狀閘門高高吊起，
那門除她之外，縱有全地府眾魔之力也動它
不得，接著她將鑰匙插入鎖孔中轉動，將各個
複雜凹口，各個以重鐵巨石鑄成的簧條、門閂
一一輕易旋開。突然間，地獄大門譁然洞開
（伴隨著強大後座力和碾軋的重響），粗嘎的門鏈
摩擦聲轟隆作響，直震動到地獄的最深處。 880
她開了門，卻無力再關上，從此鬼門大開，
以致旌旗飛揚、側翼開展、旗徽外張的大軍，

---

50 「韃靼地獄」（Tartarus），原是指地獄的最深處，此處僅代表漆黑一片的地
　獄。另因古韃靼人兇猛異常，所到之處廣開殺戮，似死神降臨，遂以此詞稱
　呼他們。

連車帶馬都可以並列暢通。門開無禁，好似
洪爐張大嘴，噴出滾滾濃煙和熊熊烈火。
舉目驟見那蒼茫幽深的祕境，那是烏暗無界
的大水，無邊無涯，難量大小，沒有長、寬、
高之分，時間、空間也難辨，老夜暗和混沌[51]，
自然的老祖先，亙古以來就主宰一切，
在不住的戰亂喧囂聲中，在不斷的混亂動搖中，
無法無序地存續著。其中熱、冷、濕、乾[52]
四猛士，互相競逐想稱霸，連還未成形、分裂
的胚胎微粒都送上戰場。它們圍攏在各自黨派
的旗幟下，無論輕裝或重裝，無論尖、平、   900
快、慢，群集紛紜，數目多如巴卡[53]之沙或
西陵[54]焦土，都被召集來加入戰鬥中的各方，
強化了力量不足的各翼。那一方有最多的
神靈加入，那一方就暫時宰制一切。混沌
坐於其中當裁判，他的裁決卻讓爭執更加
混亂，而他也因亂而治；僅次於他高坐仲裁

---

51 「老夜暗和混沌」（eldest Night and Chaos），希臘神話中，世界在未形成前
　　是一片漆黑、充滿混沌的，因此他們是最古老的存在。
52 「熱、冷、濕、乾」（Hot, Cold, Moist, and Dry），是亞里斯多德
　　（Aristotle）所謂四種元素（four elements，即土、氣、水、火）中兩兩對立
　　的性質。此四種原始性質為熱、冷、濕、乾，而元素則由這些原始性質依不
　　同比例組合而成。人體所謂的「四體液」（four humors，即血液〔blood〕、
　　黏液〔phlegm〕、黃膽汁〔yellow bile〕和黑膽汁〔black bile〕）也由此組合
　　產生。
53 「巴卡」（Barca，也作 Barce）是北非利比亞海岸邊的古城。
54 「西陵」（Cyrene）是位於現今利比亞境內的古希臘城市，為該地區五個希
　　臘城市中之最古老和最重要者。

的是機運，他管轄一切。撒旦踏入這廣漠
無垠的深淵，那既是自然的胎腹，也是自然
的墳墓，蓋水洋、土岸、空氣、火電[55]等元素，
既相生又相剋，一切自始就混雜紛陳，不斷
廝殺打鬥。只有全能的造物主才能命令這些
邪惡的元素，去組合成天體萬物；謹小慎微
的魔王一踏入這狂亂的深淵，便駐足於地獄
之濱，好生觀望一番，心中忖度著前行之路，
蓋要航渡的不是狹灣窄河。耳朵聽得陣陣
嘈雜碰撞的噪音（如要以小論大的話），就像
戰神裴隆娜[56]用各種破城器械，劇平城池時
的轟隆聲一樣，又像是天框鬆垮，眾元素
不聽命令，紛紛生變，以致堅實的大地自
軸線上崩開分解的撕裂聲一樣。思量良久，
撒旦才張開如帆巨翅，準備飛行，然後腳蹬
地面，順著湧起的煙霧上飛，一飛千里，
如坐雲椅，勇敢地往上升騰，不久，來到曠渺
虛境，雲椅無以前進；一時沒料到，振翼拍翅
全無效，以致直墜萬噚之深；若非我們運背[57]，
此際撒旦猶在墜落之中；卻有一股強風，
源自亂雲堆中烈火和硝石的爆燃，將他吹離

920

55　此即「水、土、氣、火」四元素的具體存在。
56　「裴隆娜」（Bellona），古羅馬神話中職司戰爭的女性神祇，為戰神馬爾斯
　　（Mars）的妻子。
57　「若非我們運背」（by ill chance），如此說是因撒旦竟無意之間得救，不然
　　他就到不了伊甸園，也就無人類墮落之事了。

又托升數十哩：那爆燃烈焰無可澆熄，卻澆熄
在塞爾提斯流沙堆[58]中，那兒既非大海又非　　　　　　　　940
真乾陸：腳踩那不具密度的泥沙，撒旦半走
半飛地奮力前進。此時他需要的是槳、是帆；
那廝急切之狀，正如半獅半鷹的格屬芬[59]，
見有一西徐亞人，從其眼下偷盜其守護的黃金
而起身追逐時一樣，奮翼凌山越谷，追逐過
荒山陌境；撒旦則越窪地、凌峻谷，經歷
或平直或崎嶇、或濃稠或稀薄之境，兼用著頭、
手、翼、足，奮力趕路，或浮或沉、或涉水、
或匍匐、或飛行，一路前行。終於一陣陣喧鬧
之聲，襲向他耳際，各種驚聲譁響交混在一起，
從中空幽冥之境傳送過來，粗野聒噪。他無所
畏懼地轉身向響聲處走去，想知道在最幽深的
暗處，究竟是何掌權者或何神靈敢在此噪音處
住居？他要會會這神靈，問問他，究竟夜暗的
岸涯在何處，其與光明的交界又在哪裡？立時，
望見了混沌神[60]的寶座，有陰森的軍帳廣罩住　　　960
荒原蒼溟！與他同座同榮的是夜暗，黑袍罩身，
她是萬物之長，混沌的配偶，侍立在旁的有

58　「塞爾提斯沼澤」（a boggy Syrtis）是位於北非海岸的流沙堆，介於西陵及
　　迦太基（Carthage）之間。
59　「格屬芬」（gryphon，也作 griffin）是半獅半鷹的怪獸，守護著西徐亞
　　（Scythia，古希臘人對其北方草原遊牧地帶的稱呼）的黃金，不讓獨眼的
　　「亞里馬斯皮人」（Arimaspians，即西徐亞人 Scythians）竊走。
60　此處的「混沌」（Chaos）及之後的「夜暗」（Night）均為擬人化的抽象概
　　念，是掌管宇宙的原始力量。

冥王奧卡斯[61]、黑地斯[62]，還有光聞名就足以
讓人喪膽的地魔萬根[63]；再下來則有謠言、機運、
喧囂和混亂，全都糾纏在一起，復有那嘈雜的
爭執者[64]，千嘴萬舌，口說紛紛，令人莫衷一是。

　　撒旦轉身對著他們，大膽地如是這般說道：
「列位冥界深淵的掌權者和神靈們、混沌和
老夜暗，請聽我說，我此來，非為偵探你們
國中之密，也非探索或騷擾你們，而是被迫
遊蕩在此幽邈荒境，為要穿過你們的碩大國境，
走向光明之岸；我孤身無依，無誰引導，幾乎
迷了路；我走過這深淵，為要尋求最便捷之路，
好通往貴國幽暗界與天國接壤之處，又或者
您的國境之郊有地新近為氣靈之君[65]所占有者？
請指引我到那兒去；若受指引，我如能解放該區，　　　980
將竊占者逐出，則汝等的報償及好處都不少。
我會將該地恢復原來的幽暗，歸你們支配（那是
我此行的目的），同時再在該地樹立老夜暗您的

61　「奧卡斯」（Orcus）是羅馬神話中的死神及冥王，經常會被視為與希臘神話
　　中的黑地斯是同一神祇。

62　「黑地斯」（Ades，即 Hades）是希臘神話中統治冥界的神，相對應於羅馬
　　神話的「布魯托」（Pluto）。他是克羅諾斯和瑞亞的兒子，宙斯的哥哥。

63　「地魔萬根」（Demogorgon）被認為是「魔王」（the Dark Prince，或
　　the Prince of Demons），具有強大力量，身形巨大，似爬蟲又具人形，近乎
　　大惡龍（dragon）的樣子。

64　「爭執者」（Discord），跟之前提到的「謠言、機運、喧囂和混亂」一樣，
　　既是名詞、又是代表該名詞的神靈，是希臘神話中代表不和諧、衝突、分
　　裂、爭執的女神。

65　「氣靈之君」（th' Ethereal King），指的即是「天上君王」、上帝。

旗幟。利益全歸你們所有，我要的是復仇。」

　　撒旦語畢，那混亂老王聲音抖顫，容色
激動地回答道：「這位遠來客，我知道你是誰，
你是最近剛背叛天國之君卻被打敗的大能
天使長。此事我親見親聞。蓋如此大群的兵馬
逃經此處時，聲如鼎沸，車馬雜沓，使地獄
深淵驚惶不已。一重重的毀滅，一隊隊的逃兵，
混亂加上混亂。天門裡千百萬乘勝追擊的軍隊
傾注而出。我在此國境之郊住居，盡其可能的
維護我那所剩無多的領地，但仍因你們的內部　　　　1000
頻仍爭鬥而遭侵入，我老夜暗所能節制的區域
愈來愈小：先是地獄那拘禁你們的地牢，
從我們下方往外、往前擴展延伸；如今又有
天和地，地是另一個懸垂於我領地上的世界，
有一金鐵鏈與天的一邊相連，就是你及你的
部眾墜落的那邊！你若要到那兒去，那就
不遠了，但危險也就近多了。快快去吧，
願你成功：混亂、劫掠、毀滅才是我要的！」

　　他停下不說，撒旦也未留下回話，而是
高興地知道苦海竟有了邊涯，於是精神重振、
氣力恢復，乃騰躍而上，似一柱火塔，進入
茫茫浩渺之境，身冒著周遭諸元素衝突紛爭
的震驚，排除萬難而前進，其困窘、其艱危

猶勝亞哥船[66]航過博斯普魯斯海峽[67]被擠撞時
的艱困；又勝似尤里西斯[68]為避開巨魔
卡律布狄斯[69]而身倚左舷沿對面漩渦航行之景。
尤里西斯艱辛困苦地往前航行，撒旦也同樣　　　　　1020
艱辛困苦地掙扎前進。但他一旦通過那些
關卡困頓，未幾人類就要墮於斯，但景象可
就全變了！罪神與死神很快就會跟著他的腳步
（此為上主之意），在幽淒的深淵之上鋪設了
一條寬廣平坦的道路，橫貫於沸騰淵面之上，
此一路橋奇長，順服地從地獄往外延伸，達於
這一體虛性弱地球的外圍，藉由這路橋，那些
邪惡的神靈可自由地來去，引誘甚或懲罰世人
（除非那些人得到上帝及善良天使的特別恩典
而被看顧）。不過就在此際，聖潔的光終究
顯露了，在黎明朦朧時分，光從天庭之壁射進
暗夜模糊的表面上。自然在此展開了她最長
的繞行，而混沌已成元氣衰退的敵手，從他
最外圍的工事撤退下去，喧囂漸減、戰聲漸息，　　　　1040

66　「亞哥船」（Argo），是希臘神話中傑森王子（Prince Jason）東行到黑海附
　　近尋回失去的金羊毛（golden fleece）所搭乘的船。
67　「博斯普魯斯海峽」（Bosporus）是介於歐洲與亞洲之間的海峽，北連黑
　　海，南通馬爾馬拉海（the Sea of Marmara），土耳其第一大城伊斯坦堡
　　（Istanbul）即隔著此海峽與小亞細亞半島相望，是黑海沿岸國家出海第一關
　　口，也是連接黑海及地中海的唯一航道。
68　「尤里西斯」（Ulysses）是希臘盲眼詩人荷馬《奧德賽》史詩的主角，在特
　　洛伊戰後回國時，被困在海上歷經十年漂流，方得回國殺敵去仇與妻子團圓。
69　「卡律布狄斯」（Charybdis）為希臘神話中座落在女妖希拉（為一大漩渦）
　　對面的另一大漩渦，會吞噬所有經過的東西。

撒旦也較不費力氣、較平易地藉那閃爍迷離
之光，漂泊在狂波不興的海上，像一葉扁舟，
飽經風雨，縱然帆破纜斷，卻很高興可以
沿港灣而航行；或像他伸展的雙翼受空氣
承托，在空曠的荒原裡，好整以暇地看著
遠方的天空，只見渺渺無際涯，方圓難辨。
中有乳白色塔樓和城堞，其上襯有粗藍寶石，
那原是他故居；不遠處，懸垂在金鍊下的，
就是這個世界，其大僅如諸星星中最小者，
且貼近月球。他匆忙趕赴那裡，滿懷禍害
之心，蘊蓄復仇之意，因自己被詛咒，就在
受詛咒的時辰，惡毒的快步往地球那兒走去。

卷三

提綱

　　上帝坐在寶座上見撒旦飛向這個世界，當時剛新創建成；便指給坐在祂右手邊的聖子看，並預示了撒旦會成功誘使人類悖逆；但由於上帝造人給他們足夠的自由與能力，應能經受住撒旦的誘惑，故上帝之公義和智慧當不受責難；但也聲明了祂給人恩典的意圖，蓋人之墮落非因己之過，如撒旦者流，而係受其誘聳者。聖子讚美其父對人展現恩典的意圖；但上帝再次宣布，神的公義若未能滿足，恩典就不能及於人；人因肖想成神而褻瀆了神威，是以他及其所有的後嗣既尋死就必得死，除非有人足以為他的犯行負責，並替他接受處罰。聖子自願獻出自己以作為人類的救贖。天父接受了，命定他肉身成道，宣告他的名要高舉在天上和人間所有的名諱之上，命令所有的天使崇敬他。眾天使皆從命，並全體和著琴聲高聲頌讚聖父與聖子。此其時，撒旦兀自從這個世界裸凸在外的球體外圍降了下來，徘徊躊躇之間，他首先找到一個此後稱為「虛榮棲所」[1]的地方，描述了何等人與物會飛聚到那兒。而後，來到了天堂門外，該處注明著要拾級而上，而蒼穹之上則有水環流。接著他走到了太陽圓球處：發現執掌其政的

1　「虛榮棲所」（Limbo of Vanity）也被密爾頓叫作 Paradise of Fools（愚人天堂），是他為那些愚人、蠢蛋預設的地方，他們不是基督徒，無能為其行為負責故不下地獄，但也不可能上天堂，更無須進入但丁所謂的煉獄（Purgatory），只能進入類似地獄的棲所。此地漫無疆界，文藝復興詩人多認為此地是逝於耶穌之前的善人等候救恩之處所，也是未受洗之嬰兒、和無機會受洗又無重罪去世的成人居留之處所。Limbo 拉丁文稱作 Limbus（靈波獄），在希臘神話中是無屬亡魂在冥界門口徘徊，不得其門而入、也無能投胎轉世的孤魂野鬼所在之處。在阿里奧斯托（Ariosto）的史詩《瘋狂奧蘭多》（*Orlando Furioso*）中，他把此地放在月球上，但顯然密爾頓不作此想，詳見本卷 446-497 行及注 41。

烏列[2]在那兒，遂先將自己變形成爲較低階的天使，並佯裝熱心渴望見到被上帝擺放在那裡的新造物和人類，他詢問烏列人類的居所何在，得其指示，乃先降身在尼發底山[3]上。

*

　　萬福啊，聖潔的光芒！你乃天帝之後嗣，
祂的頭生子[4]，或者該説你是永恆之光的共存者，
我可以不受責怪的這樣説你嗎？因爲上帝
是光[5]，從永世以來就只在那無可接近的

2　「烏列」或「烏列爾」即爲 Uriel，希伯來語意謂著「上帝是我的光」（God
　　is my light）。《聖經》中並未提到他的名字，但在僞經（Apcryphal）中他是
　　七大天使之一，主管太陽及其運行（regent of the sun），是上帝的光，就是
　　作爲祂的眼睛，被密爾頓認爲是眼光最鋭利的天使（the sharpest sighted spirit
　　of all in Heaven，見卷三 690-691 行），但卻很諷刺的認不出撒旦來，反而指
　　引撒旦往亞當與夏娃的住處去（見第三卷末段）！此處，很顯然密爾頓是要
　　讀者們體認到撒旦是多麼善於僞裝與作假，乃至能迷惑人心！
3　「尼發底山」（Mount Niphates），位於美索不達米亞境內，傳説站在它的頂
　　上可以鳥瞰伊甸園。
4　「頭生子」（first-born），指的就是光（light）；依照《創世紀》第 1 章第 3
　　節所言，「神説：『要有光。就有了光。』」所以光是上帝所創造的第一個
　　物體，乃爲頭生之子，此光有時被認爲是「路西法」（Lucifer 意爲光），是
　　撒旦未叛變之前在天上的名字；但光（此光是永世長存亙古以來自有的
　　光），有時被比作聖子，所以密爾頓認爲聖父乃光之父，此與《聖經》「上
　　帝就是光」的概念雖略有出入，但在聖父、聖子、聖神（或聖靈）三位一體
　　的概念下，他們是共存共榮的。另外，「永恆之光的共存者」（Eternal co-
　　eternal beam），是説光（即聖子）是與聖父同永遠的意思。此處密爾頓既是
　　指撒旦望光（太陽）而自慚形穢、思念舊往的興嘆，也是指自己雙目失明，
　　求光明而不可得的愧憾。
5　「上帝是光」（God is light），根據 Teskey 的歸納，密爾頓對光的講法在 1-8
　　行間可分爲三：（一）天帝的後嗣，是自來成長的；（二）不是創造來的光
　　物質，是永世長存亙古以來自有的光；（三）源頭不明，純粹空靈流洩的
　　光。所以光是上帝，光也可以是聖子，光更可以是頭生之子。見 Teskey
　　（2005）對 1-8 行之注，頁 56。

光裡住著，住居在你的光裡，在那非創造來
的光物質裡，亮閃閃地流露出光來。還是
你較喜歡被稱作純粹且空靈流洩的光，但其
源頭誰知曉？你存在於太陽之前，存在於
諸天之前，而就在上帝的命令下，儼如用
一件罩袍遮蓋住又黑又深、逐漸上浮，
眾水形成的世界，那是從虛空飄渺無形
無邊的混沌中贏來的。今兒個，我[6]大膽地
用翅膀飛到此地，再次拜訪你；剛逃脫了
地域深淵中的火湖，一路多所遷延，因為
路上昏濛陰暗，飛的過程中還要穿過完全
漆黑、半漆黑的世界才能到這兒來；我要用
別的，而不用配奧菲斯琴弦[7]的曲調，
來吟唱我走過的混沌之地與永夜的世界，
天上的繆思教過我，如何吟唱冒險往下走，
且在漆黑的下降過程中既艱辛又不尋常地，　　　　20
折回往上爬。聖潔的光芒啊，我再次拜訪你，
安然無事的上來，而且還能感受到由你主控、
生氣勃發的大燈，可是你的光，再也照不亮

6　此處之「我」既指詩人自己，其實也指撒旦，或者說密爾頓透過撒旦的眼睛
　　（密氏本人於 1652 年完全失明）看望這個世界，也查看了撒旦住居的地
　　獄，其外的混沌世界以及永夜。混沌之地（Chaos），如卷二所述，既是地
　　名也是掌管該地的古老神話人物；永夜（Night）的概念也相同，不過在上帝
　　創造光之前，整個世界是籠罩在永夜的罩幕之內的。

7　「奧菲斯琴弦」（Orphean lyre），奧菲斯（Orpheus）是古希臘時代的傳奇
　　英雄與詩人，擅長樂律，尤擅彈七弦琴（或說豎琴），飛禽走獸、頑石硬木
　　皆感動而尾隨，與其妻尤麗狄絲（Eurydice）異常恩愛，尤麗狄絲意外亡故
　　後，奧菲斯下至冥府尋妻，靠音樂打動冥王冥后，准其帶愛妻亡魂回歸故
　　里，惟因其等不及而回首探望，其妻之靈乃復歸冥府，令其終生遺憾。

我的雙眼了，它們徒然無益地轉動著，想找
出你熾熱刺眼的光線；它們也找不到清晨的
亮光，因爲眼珠的光熄了，已由清澈悄悄
轉爲濃暗，不然就是氣血不順，弄暗、遮蔽
了眼光。但深受對聖歌之愛的影響，我已
不再能停下搜尋的腳步，往繆思常會去的
地方，像清泉、幽林或向陽山丘走去；特別
是你，錫安山，以及山下百花競開的小溪，
溪水嘩啦嘩啦的沖洗著聖山山腳，緩緩潺潺。
我每晚必神遊至此，也無時或忘那兩位與我
同命運者（但願我與他們在名望上也不相上下），
盲眼的撒米立斯[8]，和另一位同樣盲眼的
米昂尼亞之子[9]，還有古時候的盲眼先知
泰瑞西亞斯以及菲尼爾斯[10]。我也日思夜想，

8　「撒米立斯」（Thamyris）是希臘神話人物，古色雷斯（Thrace，巴爾幹半
　　島東部古國，係古希臘的屬地，位於愛琴海北濱，今巴爾幹半島保加利亞東
　　南部）傳奇詩人，因自誇可勝過詩神繆思而遭譴失明。
9　「米昂尼亞之子」（Maeonides）指的就是盲眼詩人荷馬（Homer），密爾頓
　　用該詞，可能意味著荷馬是米昂（Maeon）的兒子或他是居住在所謂的米昂
　　尼亞（Maeonia，在今之小亞細亞）一地的人。選用 Maeonides 而非 Homer
　　係因前者有四音節而後者只有兩音節，爲符合一行十音節（英雄無韻詩
　　heroic blank verse）要求之故也。
10　「泰瑞西亞斯」（Tiresias）以及「菲尼爾斯」（Phineus），兩位都是古希臘
　　神話當中的先知。泰瑞西亞斯是底比斯（今之希臘中部一都城）人，爲阿波
　　羅祭司，且爲底比斯七朝元老，其失明原因眾說紛紜，但極可能是洩漏天
　　機、或見女神沐浴、或妄稱女人在性事上較歡愉之故。菲尼爾斯是色雷斯先
　　知，可能也是洩漏天機給人類而遭罰以致失明，每當進食時，還會遭哈比怪
　　鳥（Harpy，上半身爲醜女，下半身爲鳥之怪獸）攻擊，幸得傑森王子搭乘
　　亞哥號船東行取金羊毛途中相救。注 8-10 都在說明，密爾頓雖失明但仍不失
　　其志，意圖有所作爲並超越那些同爲失明的人。

要讓各種音律詩韻運行自然，就好像不睡
夜鶯在夜暗中鳴唱，並藉著夜色的掩護，
調整牠的聲調一樣。就這樣，年復一年，　　　　　40
日復一日，季節輪替，時序迴轉，可是
回不來的是我的白晝[11]，我不再能感受到
夜晚或清晨來臨的愉快腳步，也看不到春天
花開朵朵，夏日玫瑰競豔的美景，更看不到
牛羊成群、野獸遊蕩，以及人臉莊嚴的情況，
看到的只是霧濛濛、黑茫茫一片；恆久不斷
的陰暗圍繞著我，我已跟眾人高興開心的
生活模式隔絕了。大自然這本充滿精妙知識
的書，在我眼前一片空白，書裡的各作品
都被抹除、削鏟掉，什麼都沒了，讓我可以
從這個管道得到知識的機制關閉了。你啊，
天上來的光，不如就照在我內心上好了！
請你經由各種機能作用，點亮我內心的光，
在那兒，請你裝上眼睛，並清除、驅散掉
令人眼濛濛的霧氣，好讓我看清楚、說明白
世人眼睛看不見之事。

　　此時，萬鈞之王天父上帝正好從天上，
從祂所駐在由清靜純火所構成的最高天上，
從那高過一切王座的高位上，彎下腰垂眼
下顧，一眼望盡了祂自己的創造物以及

---

11 密爾頓大約在 1652 年完全失明，而其認真思考寫作《失樂園》約在 1658-
　1663 年間，故有此喟嘆！

創造物的創造物。圍繞在天上君王周邊
侍立著的是所有的天使及天軍，密密麻麻
的多如天上星宿，而被祂所見及見著祂的，　　　　　60
他們都顯現出無以言喻的至上幸福。在祂
右手邊坐著的是祂光采洩洩、榮耀光輝的
再顯形象，祂的獨生之子。祂的目光掃過
塵世人間，首先映入眼簾的是那對我們人類
最初的始祖，那時全地只有他倆是土生土養
的人類，被上帝安置在這幸福快樂的園內，
採摘園內永恆不缺的水果維生，既快樂又有
神的憐愛，快樂是無止無盡的快樂，
神的憐愛，則無人可堪比擬，雖與人無涉、
隔絕孤獨，但卻充滿喜悅。之後，祂俯瞰
地獄以及其間的大鴻溝；又看到了撒旦在
那邊沿著天國圍牆這邊，介於天國與混沌
的陰暗處，掩身在昏黃霧氣的最高處，
已經做好準備要張開疲累的翅膀，縱身一跳，
好讓欲求不得的雙腳，可以站立在這個宇宙
禿裸的外圍上，那似乎是塊堅實的陸地，
上頭卻又無遮蓋的蒼穹——説不出來這塊地
到底是浮在海上，還是懸在空中。上帝從祂
所在的高處看著他，且掂量著他的未來（無論是
過往、現在，還是未來，上帝同時都可看到），
遂洞燭機先的對著祂的獨生之子如此開言道：

　　「我獨一無二的兒呀，看到我們的仇敵沒？　　　　80
你瞧他氣沖斗牛，怒轟轟地逾疆越界，雖然

我並未劃定他可待的領域，並未在地獄中加栓
上欄，也未將他手鐐腳銬，而且縱然有連綿
一片的深淵、裂縫甚大的黑洞，也無能阻攔他，
他似乎一意孤行，打算不顧死活的報仇雪恨，
殊不知那些孤注一擲的叛亂作爲，反而會報應
在他自己頭上？現在看來，他振翅飛翔，衝破了
種種限制、管束，已然來到離天國不遠處，
在光可照射到的轄區範圍內，一直朝向那塊
新近剛創設完成的新世界飛去，那兒有我們
安置好的亞當與夏娃在，目的是要試試，如果
他施用武力可否滅除他們，或者，更可惡的是，
可否用詐術讓他們走上邪路？他們會變壞的，
因爲人會聽進去他的諂媚謊言，輕易就會
上當而逾越我給他們的唯一誡令，那可是他們
表示順從的唯一保證。如此，人類以及人類
無信的後嗣也會一起墮落。這是誰的責任？
還有誰的，除了人類自己？忘恩負義的傢伙，
人從我處，得到一切他可以得到的。我創造
他時，讓他識公義、知對錯，有足夠的條件
可以持守自己，當然也可以自行陷落。我
就是如此創造天上一切空靈飄逸的天使天軍，
包括願意持守正義者以及要背棄正義者：
他們可以充分選擇要持守正義，還是要背棄
墮落。若無充分自由，怎顯出他們的忠誠
是心甘情願、是眞實無虛、是恆久不變，
出於信念或敬愛呢？不然，所顯現出的是

100

心不甘又情不願，不得不做了，卻不是他們
心甘情願想要做的？如是，則他們有何可
讚美的？對我的順服如果是那樣的不情願，
我又有何快樂可言？當意願及理性的抉擇
（理性也就是抉擇）被剝奪了自由，兩者都
消極被動時，所作所爲都無用也無效，因爲
他們是出於不得不而服侍我，不是爲愛我而
服侍我。因此，他們被創造出來時，就勢所
必然的自自由由；也就不能理所當然的究責、
歸罪於其造物主，說他們是被創造出來的，
這一切都是命，好像說一切都已命中注定，
他們的意志被否決，被從天而來的獨裁命令
或至高者的先知所宰制！是他們自己，不是
我，宣告要反叛的，就算我事先預知，先知
先見也不會去影響他們是否出錯犯過，當然，
無法預知之事也非確定不會發生。所以只要
稍受刺激、煽惑，稍有點命運前兆的作祟，
或是在我預先看來都不會有變卦的時候，他們
還是違規犯過了；他們在一切事情上都應
自作自受，不管是下判斷、還是做抉擇，
因爲我創造他們的時候，就讓他們自己
作主，他們也應維持自主，才不會迷失
自我而受奴役。不然，我就要改變他們的
本性並且取消我原先發布的敕令，那原是
不可更改、永世不變的，且本就是要讓
他們自由自在、當家作主的；但是他們卻

120

決定墮落、覆滅。首先是那些叛亂天使，
受到內部的誘惑挑撥而墮落，他們自己
誘惑自己，是自甘墮落。人之墮落乃是受
前面那批叛亂天使誘惑，所以人當受到恩赦，
前面那些天使則不行。如此我的榮光才能
超越憐恤與公義，不論是在天庭上，還是在
人世間，不過，整個說來，只有憐恤才該是
光芒萬丈、輝耀閃亮，勝過一切的。」
　　上帝這樣說時，整個天庭上都充滿了
芬芳甜蜜的味道，無以言說的新喜悅蔓延
在那群蒙福而未曾叛亂的天使內心裡。只見
聖子以無可匹敵的萬丈光芒，顯現在天使中。
聖父傳給他的光在他身上都返照出來了；
在他臉上也清楚可見他作為神的憐憫情懷：
滿滿展現的是無止無盡的愛，和無可度量的
恩慈，就這樣，他乃對聖父如此開口說道：
　　「父啊，您至高無上的諭令其結尾憐恤
那詞真是充滿恩慈啊，也就是說人可以得到
恩赦呢！為此，無論天上人間都應高聲頌讚您，
無以勝數的頌讚之聲，神聖之曲，當響徹雲霄，
迴盪縈繞在您王座，永不停歇、永受祝福！
因為人若終將墮落，該受罰嗎？萬一人類，
您最新近、最受寵的受造物，您最小的孩子，
因為受到欺詐拐誘，再加上自己愚蠢，以致
墮落時，該受罰嗎？您斷不會因此讓人受罰的，
您斷斷不會如此行的，父啊，因為您是所有

140

受造物的審判官，且是秉公行義的審判官。
要不然，我們的仇敵就會達成他的目的而
破壞了您的。難道要讓他成就他的惡行而
讓您良善的美意落空嗎？讓他自鳴得意的
回去（儘管回去要擔更重的罪，但卻完成了
復仇之舉），同時還讓他將被蠱惑的整族
人類引誘到地獄中去嗎？還是您自己要毀了
您的創造物，而因撒旦之故而除掉原先您
爲了彰顯您的榮光而創造的人類嗎？要是
如此，您的良善、您的偉大，都會受到質疑
也會被褻瀆、謾罵，而無所回辯。」

　　對此，偉大的創造主如此回應著他道：
「噢，兒呀，你是我靈魂深處最大的喜樂，
你是我心中摯愛之子，唯獨你是口說我心
的道[12]，唯獨你是我的智慧，也唯獨你是
助我成事的力量，你剛所說的一切正是我心
想要者，也正是我所宣告的永世不變意圖。
人類不會完全沒希望的，想尋求救贖的就會
得到救贖，但救贖不是出於他自己的意願，

160

---

12 「道」（My Word），和合本《約翰福音》將 Word 譯成「道」，而 Word 則
　　是自希臘譯文 Logos 而來，該字其中一義爲「神的聖言」（the divine word of
　　God），另一義爲「理或理性」（哲學界通譯爲「邏各斯」）——是指神的
　　思想和願望，就是所謂的「道」；在《約翰福音》1 章 1-3 節中有謂「太初
　　有道，道與神同在，道就是神。這道太初與神同在。萬物是藉著他造的；凡
　　被造的，沒有一樣不是藉著他造的。」神與道各分，一爲其思想和願望，一
　　則爲話語，即將思想和願望以話語實現者，是所謂「三位一體」中的兩位，
　　而聖子更受差遣到人世，以其言行舉止來「揭露」上帝的意旨。

而是我的恩赦，是我無條件給人的憐恤。
我會再一次將他失去的力量重新找回，將他
因汙穢、過多欲望而被罪愆迷惑以致被剝奪、
喪失的力量找回來。靠我高舉，人類才可以
再一次站在對等的位置上，與其生死大敵
相抗衡。靠我高舉，他才會知道自己墮落後
的情況有多孱弱，完全靠我才能得到解救，　　　　180
完完全全倚靠我，再無別的神。有些人出於
特別的恩慈，已獲揀選，他們在眾人中
獲揀選：我的意願就是那樣。其他人要聽我
呼叫，並不時要提醒自己是罪孽深重的，
要他們藉我所給救恩之邀，及時尋求惱怒
的神平息大火。因為我要讓他們穢暗的感官
澄明，知道如何做才足夠，我要軟化他們的
鐵石心腸，去禱告、懺悔，好好順服聽命。
只要虔誠用心、盡力去做，雖只是禱告、
懺悔，順服聽命，我的耳朵必不致遲鈍不聽，
我的眼睛也必不致緊閉不看。而且我要在他們
中間擺上一位嚮導，那是我的仲裁，也就是
他們的良知良能，如果他們願聽從它、願
善用它，此光就會受到彼光的啟發[13]，若能
堅持下去，必然就會安全抵達目的地。那些
輕忽嘲諷這些者，就永遠嘗不到我長久對
他們的容忍，等不到我恩赦他們的日子；

13　「此光」是指真正悔改帶來的光，而「彼光」則是指良知良能所帶來的光。
　　參見 Teskey（2005）注 196。

相反的，那些心腸如鐵石般堅硬的會更堅硬，
眼盲看不到的會更看不到，以致一路上顛顛
躓躓的且會跌進更深的坑洞裡。只有這群   200
盲目硬心腸者我是絕對不會恩赦的！不過這
一切都還未成事：人若不願順服，不忠不義，
就會斷絕效忠上帝的義務，就會冒犯天上
至尊、最高神，進而想覬覦、竊占祂的王位，
如此則必然喪失一切的恩慈，而喪失恩慈，
空空的他該如何買贖他的悖逆之罪呢？他跟
他所有的子嗣只有被詛咒、被隔絕、被褫奪
一切，被滅絕一切，最後不得不消亡！
他不得不死，不然公理就要淪亡了！除非
有這麼個天使，他能夠且也願意付上嚴苛的
滿足代價，那就是以死換死。欸，眾位天上
神靈，我們上哪兒去找這位有愛心的天使？
你們之中有誰願成爲必死凡人去救贖人所
犯下的必死之罪呢？而且是守公義的代替
不守公義的？以天上全然的愛去重價買贖呢？」

　　祂這麼一問，眾天使[14]都木然不語的矗立著，
全天上靜悄悄的，沒出半點聲音。爲人類之故，
沒有哪位天使願站出來，不論是替他出聲辯護
還是當他的仲裁者，更別提有誰敢以項上頭顱   220
替人類做擔保、買贖，以免生命被剝奪或價金
被沒收。就此看來，沒有了救贖，所有的人類

14　「眾天使」（the Heav'nly Choir），此處之 choir 不作「歌唱隊」解，而是天
　　使三階九級中代表「級」字的用語，故意味著眾天使們。

就一定會喪亡，依嚴正的判決，就該去受死和
下地獄了；若非上帝之子，在他身上，父之愛
豐豐盛盛，他用重價爲人說項，故而再開言道：
　　「父啊，您的宣告已經傳布下去了：
人將得恩赦！難道恩赦竟找不到執行之法？
何況您的恩赦已找到路徑，由您速度最快
的長翅天使，報與您所有的創造物知曉；
對他們來說，此恩赦是不待祈求即來的、
是不待哭求即來的、是不待尋求即來的！
我眞替人類高興，恩赦是如此而來。人類
一旦犯罪而死、而迷失，是會永遠找不到
恩赦相幫的：因他們欠上帝之債而受毀滅，
是拿不出東西、沒有合宜的貢禮來陪罪的！
但看哪，有我在，我願代替他，一命抵一命。
讓您的怒氣發在我身上！把我看作是人吧！
我願爲人之故，離開您的胸懷，無條件的
捨棄我僅次於您的榮光，心甘情願地爲人
之故，至終受死無悔。在我身上，讓死神
盡情發洩他的怒氣吧！您不至於長久讓我
受他陰暗勢力的擺布而敗降的。您已賜給我
在自己裡有生命[15]的權柄到永世，靠著您，
我會活過來，雖然此刻，我將捨身向死，

240

15　「自己裡有生命」（posses/Life in myself），參見《約翰福音》5 章 26 節：
　　「因爲父怎樣在自己有生命，就賜給他兒子也照樣在自己有生命」（For as
　　the Father hath life in himself, so likewise hath he given to the Son to have life in
　　himself—*Geneva Bible*）。

成為死神的酬報：因屬於肉體的我會消亡。
然則，一旦我還完了債，您一定不會棄我
於不顧，讓我待在陰森森的地獄裡，成為
死神的獵物，您也不會讓我潔白無瑕的
靈魂，永世待在那兒，與受汙染者同朽。反之，
我將勝利成功的復活過來，壓制住原先打敗
我之敵人，掠奪他所吹噓的獵物。如此，
死神將會領受死的傷痛，且被卸除螫人的
致死武器，卑屈地投降認輸。我則大大勝利，
穿過廣闊天空，也不管死神願不願意，將他
俘虜，黑暗的力量將受箝制。您會很滿意地
看到這種景象，並在天庭外舉目下望，滿臉
笑容，而我藉您之力，起死回生，毀了我的
一切仇敵，最後毀掉死神，他的死屍將滿溢
出整個陰間。而我將帶領著一整群買贖回來
的罪人，進入久未再見的天庭，歸返到您——
父啊——的面前，只見您臉上，已無烏雲怒火
留存，有的是讓人放心的祥和之氣以及寬容
和解。從此，怒氣不存，在您面前一片喜悅。」

260

　　話說到此就停了，但他臉部表情謙恭祥和，
雖不作聲，卻吐露了他對世間人永世不滅的愛，
在這份愛上閃耀的是他對天父的孝順服從。
他願成為祭禮，樂於被擺上，照拂他偉大
天父的旨意。全天庭都驚詫不已地被震懾住了，
也不禁納悶，聖子所言何意？如此結果又會
如何？但，沒過一會兒，萬鈞的天父就回應道：

「噢，你啊，你是怒火下，人類在天上、
在人間唯一可以找得到的平安，噢，你啊，
你是我唯一的喜樂！只有你清楚知曉我是多麼
珍愛我所有的創造物，人類雖是最後創造的，
但我對他的珍愛卻沒少一分，爲了人類，
我讓你從我胸懷裡、從我右手邊挪讓出去，
藉著失去你一會兒，整族群的人類都獲得解救，　　　　280
不然就會死亡。所以，教那些只有你能救贖
的人跟你本性相通，而你自己也要在人世上，
成爲人中之人，（時候到時）藉由不可思議的
降生而成爲具肉身的處女胎。你雖是亞當的
後嗣，卻要代替亞當成爲人類的頭領。人類
因亞當而滅亡，但滅亡多少你就能復興多少，
他們這些人就像是從你、從第二個始祖中
再復興一樣；沒有你，誰都沒辦法復興。
亞當的犯罪禍及子孫，無一得免。你做替身
攬罪的功勞，將可赦免那些人的罪刑，他們
因棄絕了自己所有正直和不正直的作爲，
轉移植到你身上而活命[16]，並從你身上獲得
新生命。所以，你作爲人，是最正直的，
將要爲人作償，被審判而受死，死而升天，
與他一起升天，同被高舉的是，他用自己

---

16 根據喀爾文教派（Calvinist）的看法，人唯有棄絕正直的和不正直的作爲或
　　是功績，才能得到救贖，因爲人只有透過耶穌基督的幫助，才能成就一切事
　　功，所以人應將自己移植到耶穌身上去，才能得救；而耶穌更是捨身爲人，
　　肉身成道，受刑就死，也就是將人類的罪過攬在身上，將罪愆移植到自己身
　　上，而成就人類。

寶貴的生命買贖回來的弟兄們。如此一來，
天庭上的愛將超越陰府冥間的恨，捨生就死，
以死來救贖（用如此高價來救贖）陰府冥間的
恨所輕易摧殘、以及仍待摧殘的眾人，他們
在可以的時候，不接受救恩。你也不會因

委身屈就人之本質，而折損或減少你自有的
本質。你雖高居王位，就如同上帝一樣，
享有天上至福，也享有像上帝一樣的至樂，
但卻捨棄一切，來解救世人，以免全部淪亡，
你所有的功勳比你與生俱來的繼承權，更有
資格被認為是天父之子（因你的良善，最
值得尊崇，這比大功勳、高地位還要重要，
因為在你身上，愛無疆界，豐豐富富，遠遠
勝過天上滿滿榮光之四處流洩），也因此，
你肉身所受到的屈辱，反而會提升人的地位，
因為你是以肉身，飛回來到這個寶座前面。
在這兒，你將有形有體，肉身成道，坐而為王，
既是神也是人，統治一切，既是神子也是人子，
是受膏抹而被任命的宇宙永世之王。我授予
你一切的權柄：永世無疆的統治一切，以你
的功勳占高位、做君王！我要將各層級天使，
無論是有位、有地、有權，還是主治的，
都歸在你之下，尊你為超越一切的頭領：
當你被前後簇擁，風風光光的從天庭現身
在空中時，眾生無論是住在天上、人間、
或是人世之下的陰間，都要自發地向你磕頭、

跪拜，而你也將遣送天使長去傳喚、召集　　　　　　320
各方人馬到你令人恐懼的審判庭前聽判。
剎那間，四面八方還活著的人，過往每個
世代的死人，都在長眠中被轟隆聲給吵醒、
召喚起來，一齊趕來聆聽這場大審判。然後
所有被你選定的忠信天使及善人也聚集起來，
接著，你將審判惡人及邪惡天使：在你的
判決下，他們那些被告，將沉淪到下界。
地獄所能容納的人數已滿，自此而後，
將永遠關閉。在此同時，整個世界將遭火焚，
而從此灰燼中，將誕生新的天、新的地，
公義正直的人將在此新天地住居，在經年
累月受盡種種磨難後，他們將會見到高貴
舉止所帶來多產多收的黃金歲月，喜樂、
慈愛和真理將勝過一切。之後，你就可以
放下代表王權的權杖，因為不再需要它了：
上帝是一切的一切，在萬物之上，為萬物　　　340
之主。但是，眾天使們，敬拜他吧，他為
完成這一切事功，捨生就死！敬拜聖子吧，
而且也要崇敬他，就如同你們崇敬我一樣！」

　　萬鈞聖父的話剛停下，所有的天使們
都眾口同聲歡呼，歡呼之聲大如出自無以
數計天使的歌聲，甜美得像受祝福而發出
的歡樂聲，天庭上迴盪著歡呼、慶賀之聲，
和散那的讚美聲也充滿天國各處。天使們
肅穆崇敬地將綴有不凋花及黃金的頭盔，

投擲在地上，謙遜又尊敬地向兩個王座鞠躬。
不朽的不凋花曾經長在樂園裡，緊挨著
生命樹，並曾開過花，但不久就會因人犯過
而被移回天庭原生地，在那兒苗長，花開
在高處，蔭蔽著生命之泉，而幸福之水，
碧波蕩漾的穿過天庭中央，滾流過極樂世界
的叢叢花草。用這些永久不凋之花，受祝福
的天使天軍們，將他們光燦耀眼的絡絡頭髮　　　　360
綁束起來，像是將光線盤繞起來一樣。此時，
明亮的走道滿滿都是鬆脫散開的花環，
像是一整池的碧玉，閃亮發光，紫紅色的
天上玫瑰鑲綴其上，像在發笑。之後，天使們
又戴上冠冕，分別取出金色豎琴（已調好音的
豎琴像是箭袋一樣掛在身邊，閃閃發光），
以快樂交響樂式的怡神序曲開始演奏聖歌，
誰都無不感到歡天喜地。眾天使都出聲相應，
聲聲相連，旋律優美，如是和諧，充滿天上。
　　您，天父啊，他們先是唱頌您是全能
之主，是永世不變的王，是永生不死的神，
更是無所侷限、永遠不滅的君，您也是萬事
萬物的創造主，一切亮光的泉源，但您自身
卻不是凡人肉眼所得見，您坐在寶座之上，
置身於光彩熠熠、燦爛奪目的星輝之中，
凡人近身不得。不過當您將燃燒正盛的熊熊
光焰遮蔽起來，並將烏雲拉攏到您身邊時，
您就像發光的神廟穿透出烏雲，周邊雖一片

烏黑，中間卻滿是瑞氣光灼，光線耀眼得　　　　　　380
令天上眾生目眩神迷，即連最亮的撒拉夫們[17]
也無法接近您，除非用身邊雙翼遮住自己的
一雙眼睛！天父所生的子啊，他們接著頌讚你，
你是各類創造物之首[18]，與天父一樣的模樣，
你的容顏沒有烏雲遮蔽，萬鈞之王聖父的光輝
在你身上清楚可見，而天父的聖顏是無誰可
目睹的。在你身上印記、佇留著的是天父燦爛
輝煌的榮光；祂的整個聖靈都移注、停佇在
你身上。透過你，天父創造了九重天中的
最高天以及其內的眾天使們；透過你，天父
將野心勃勃的天使們，擲摜進下界地獄中。
就在那一天，你也不吝於使用天父令敵聞風
喪膽的霹靂閃電，更不阻擋你熊光烈焰般的
輪車去撼搖天庭永不朽壞的框架，同時緊跟
在那些興兵作亂但卻陣容大亂的天使後面，
將他們驅逐出去。你手下的天使天軍，追敵
回來後，單單對你高聲頌揚，稱你是萬鈞
天父的聖子，對祂的仇敵施以猛烈的報復。
但對人類則非如此，人因那些叛亂天使的
惡毒而墮落！慈悲有恩典的天父啊，所以您　　　400
沒嚴審人類，反而心轉慈悲，對人類有更多
的憐憫。您親愛的獨生子，一見您本意

17　「撒拉夫們」（seraphim），單數形式是 seraph，為天上之六翼天使。
18　密爾頓此說法明顯認為聖子是聖父所創造，之後聖子再創造宇宙萬物，此與
　　傳統「三一神」（Trinity）論的概念顯然有異。

並不是要嚴厲懲罰意志不堅的人類，而是要
更多的憐憫人類，就不管自己是坐在僅次於
您的位置，雖喜樂無比，卻捨身當祭禮，
願爲人的冒犯而死亡，希望能藉此平息您的
怒氣，並終結在您臉上所辨識出的慈悲寬恕
與公理正義的爭戰。唉呀，這眞是史無前例
的愛啊！此愛雖不及神之間的愛，卻是人間
無處尋呢！萬福啊，聖父之子，你是人類的
救世主，你的名諱，將是我所吟唱詩歌裡的
豐富題材，自今而後，我的琴弦將永不忘
讚美你，對你父的讚美也永不斷絕！

　　就這樣，天使們在天庭上、在滿天星斗
的天空上，充滿喜樂的度過每個快樂時光，
同時歡呼歌唱讚美之詩。在此同時，撒旦
降下身子走在這個圓形世界外圍，堅實、
不透明的球體上，它最外圍的殼隔開並圍繞
下面會發光的球體，讓它們不受混沌和古來
黑暗的入侵。他降下的地方，從遠處看過去
像顆球，但是現下看來卻像是無邊無際的陸地，
黑暗、荒蕪、狂野，受盡永夜的繃臉相向，
不見星光，裸露在外，而混沌則像是不斷
翻攪的狂風暴雨，一直在四面八方哮吼、
威脅著，整片天空都顯得冷漠無情，只除了
離此仍甚遠，近天庭高牆那邊，仍有些許
較不受強烈風暴搖盪影響、微微返照的朦朧
光影。那個大惡魔就在此處一片寬廣的地域

420

逍遙隨意地走著，就像一隻長在伊茂山[19]上的
禿鷹，飛越過遊牧民族韃靼人[20]馳騁的雪嶺，
遷離獵物稀少的地區，好大啖餵養在山谷中
的嫩羊或春天新生的幼獸，並直撲向印度
境內恆河或希達斯比河[21]兩條大河的水源處；
撒旦就這樣沿路飛來，還降身在絲路歧南[22]的

19　「伊茂山」（Imaus）即指喜馬拉雅山，是古時羅馬作家對此山系的稱呼，源
　　自梵文 hima。

20　「韃靼」（Tartar），可能指涉現在土耳其、蒙古和滿族人的祖先，以及他們
　　的部族成員與其後裔，在當時皆爲遊牧民族。成吉思汗西征，使韃靼的聲名
　　遠播，加以 Tartar 一字與 Tartarus（意爲地獄深處）一字同源，遂有戲謔謂韃
　　靼人乃是來自地獄的人。

21　「恆河或希達斯比河」（Ganges or Hydaspes），恆河爲印度聖河，流過印度
　　及孟加拉，再流入孟加拉灣；希達斯比河位於印度西北部旁遮普（Punjab）
　　省（在今巴基斯坦境內），源出喀什米爾，是印度河（Indus）支流，現稱捷
　　倫河（Jehlam or Jhelum River），著名的希達斯比河戰役（Battle of the
　　Hydaspes）就在此地發生，爲亞歷山大大帝對抗印度波羅斯（Porus）王的一
　　場重要戰役，得勝後就擴大了希臘的東方疆土。

22　「絲路歧南」（Sericana），此字佩克（Francis Peck,1692-1743）認爲是密爾
　　頓自創的專有名詞，指中國近印度之地（見其所著 The Stile of Milton）；但
　　也有學者認爲 Sericana 源自 Seres 及 Cana 兩字，前者可能是聖經時代西尼人
　　（Sinites）所住之地，西尼人被文藝復興及更早期的人認爲是現在中國人的
　　祖先，而 Cana 則可能是 Cina 或 China 字音的訛轉，該字又可能是 Chi 或 Qin
　　（秦）字的音轉，所以 Sericana 指的就是中國，西邊的中國。古時契丹族
　　（Khitan 或 Cathay，是「契丹」一詞的音譯，契丹在馬可波羅之前代表北中
　　國所有部族）也被稱作 Serica，因其住在繰絲織紗的地方之故，不過古希臘
　　羅馬人所以稱呼契丹（住於中國西北部之遊牧民族）爲 Serica 或 Seres，有可
　　能是源自中文「絲」（Si）之音，故稱之，但更可能的是拉丁文的絲（silk）
　　是 serica，故反向推論認爲繰絲織紗者的來源地是 Serica 或 Seres。但無論如
　　何，此字意指中國，秦統一六國前或後的中國。Cana 譯爲「歧南」是因秦國
　　的根據地在歧山以西及以南之故。參見《大英百科全書》《China & China as
　　known to the Ancients"（亨利・玉爾〔Henry Yule〕所注）條目。

不毛荒原，荒原上有秦人[23]用風和帆駕馭著
竹製輕蓬車。這大惡魔就在這個陸塊上，
冒著滔天風浪向前挺進，孤伶伶的上下
走動，一心一意要找到他的獵物。孤伶伶，
是因爲在這兒，不管是活的死的，都找
不到任何其他受造物，是的，目前還沒有，
但是自今而後，就會有許許多多各形各色、
短暫又虛空的種種事物，像水蒸氣一樣的
從人間飛上這兒來，因爲罪愆[24]已然用虛妄
填滿人要做的事功：包括一切虛妄的事物，
和所有把榮光及功名長存的愚蠢指望、把
今生還是來世幸福都寄託在虛幻事情上的
那群人。所有那些在現世中求酬報的人，
其結果無非是苦心迷戀和盲目熱心（不求
其他，只求俗世讚賞），他們會在此找到
恰當的回饋，其虛空與人之行徑無異。
大自然之手未完成的作品，無論是早天的、

440

23　「秦人」（Chineses），密爾頓所認識的中國極有限，其短文"A Brief History
　　of Moscovia"雖曾提及 China 一詞，但可能沒有中土之國（Central Kingdom
　　或 Middle Kingdom）的概念，所以此時的中國恐仍是馬可波羅等人遊記中的
　　印象，惟馬可波羅等人稱中國爲 Cathay（契丹，Khitan 的音轉），所以此處
　　之 Chineses 恐係更早對中國人的稱呼，指的是大秦帝國或之前位處西隅的秦
　　國（Chin）人；《舊約・以賽亞書》49 章 12 節有 Sinim 一詞，指的也可能
　　是秦國，故此處以秦人譯之。Alastair Fowler 則認爲這些中國地貌有如 Juan
　　Gonzales de Mendoza 在其遊記（1588）中所描述的一般，見 Fowler
　　（1998），頁 193 對本卷 438-39 行所作注釋。
24　「罪愆」（Sin），指犯罪之行爲，也指卷二中撒旦的女兒（罪神），是一寓
　　言式人物，可看成是撒旦作亂犯上這一思想的產物。

醜怪的，還是勉強結合在一起的，當消逝
在人世上時，都會飛到這兒來，他們枉然
地流浪到此，卻只能等著最後的消融；但
此處並非如某些人所想般，以為在毗鄰的
月球上[25]。蓋月球銀色大地上的住民，最有
可能是被移置到那的聖徒[26]，或是那些介於
天使跟人類間的中間神靈[27]。最先會到此
荒陸的是那些來自上古世界，不該交合
在一起的神子與人女所生的巨人[28]，他們
那時雖徒有名望卻都是虛幻的功勳。
接著來的，是在示拿[29]平原上建造巴別塔[30]
的那些人，他們要是還有資金和手段的話，
還妄想要設計、建造新的巴別塔呢。其餘

460

25　達特茅斯（Dartmouth）大學的 "milton/reading_room" 網站，對此注有謂阿里
　　奧斯托在《瘋狂奧蘭多》這部史詩的 34 章 70-73 行裡，曾提到「虛榮的靈波
　　獄」（Limbo of Vanity），以為它就在月球上，但顯然密爾頓不認為如此。

26　「被移置到那的聖徒」（Translated saints），指的是以諾（Enoch，見《創世
　　紀》5 章 25 節）跟利亞（Elijah，見《列王記下》2 章 11 節）。他們都是
　　在世時，被一陣風帶走。

27　「中間神靈」（middle spirits），密爾頓認為人在未墮落之前，會因時移日轉
　　而漸漸變成天使，而介於天使跟人類間的過渡存在，就是「中間神靈」了。

28　參見《舊約・創世紀》6 章 4 節：「那時候有偉人在地上，後來神的兒子們
　　和人的女子們交合生子，那就是上古英武有名的人」。

29　「示拿」，原作 Shinar，拉丁文聖經中稱其為 Sennaar，位在古巴比倫
　　（Babylon）城內。

30　「巴別塔」，參見《舊約・創世紀》11 章 1-9 節，挪亞的後代子孫眾多，他
　　們在示拿地遇見一片平原，就想建造一座城和一座塔，塔頂可通天，故稱通
　　天塔；但耶和華變亂他們的口音，使他們的言語彼此不通，就造不了那城
　　了，也蓋不了那塔，此後他們就從那裡分散在全地上。「巴別」之音近似希
　　伯來文的變亂（confuse），乃指人類之痴愚竟敢妄想同神比高下之意。

個別來者，有他，恩培鐸可利斯[31]：爲了被
認是神，愚蠢地投身進埃特納火山[32]的烈焰
當中。還有他，克里翁博土斯[33]，爲想嘗嘗
柏拉圖所說的極樂世界[34]，竟然投身入海。
還有許許多多不及數說者，像是剛成形的
胎兒、痴愚者、隱士、修士，不管是白修士、
黑修士還是灰修士[35]，他們都是虛有其表
的騙術師。此處也是朝聖客徘迴遊蕩的所在，
他們岔開正道，想要在各各他[36]山上找到
那位受難就死，但現住在天上的耶穌基督；
這兒也還有那些爲求確保可進天堂樂園，
在臨死前，穿上道明會或方濟會修士道袍，
想藉換裝入殮，而騙入天上樂園者。這些人
通過七重天，通過恆星天，通過水晶天的

480

31　「恩培鐸可利斯」（Empedocles，c. 490–c. 430 BC），古希臘著名哲學家，
　　傳說他爲了證明自己肉體會消蝕，但會轉而成仙，故投身入火山口中，另有
　　一說謂其爲向自己的門下證明自己是神，故投身進火山口中。
32　「埃特納火山」（Etna），爲一在義大利西西里島東海岸的活火山。
33　「克里翁博土斯」（Cleombrotus，或稱 Cleombrotus of Ambracia），是柏拉
　　圖的第四篇對話錄《斐多篇》（Phaedo）裡提到的人物，《斐多篇》主要內
　　容是蘇格拉底飲下毒藥前的對話，談的是靈魂不朽的事情；克里翁博土斯在
　　讀完《斐多篇》後便縱身於海，以便成爲不朽神靈。
34　「極樂世界」（Elysium，也稱作 Elysian Fields 或 Elysian Plain），在希臘神
　　話中是英雄人物死後歸所，在此天堂般的世界中神授予英雄們得以長生不朽。
35　「白修士、黑修士……灰修士」，指的分別是天主教迦密會（俗稱聖衣會，
　　Carmelites）、道明會（Dominicans）、方濟會（Franciscans）的修士。
36　「各各他」（Golgotha），據福音書所載，此處即爲耶穌受難就死的山頭，
　　位在耶路撒冷城外，此字意爲髑髏地（place of the skull），是舊教教徒朝聖
　　最愛去之處。

氣層[37]，該氣層需平衡行家所謂的震動歲差，
再到最外層的原動天[38]。聖彼得[39]手拿鑰匙
恰站在天門口，好像在等著他們，但就在
他們抬腿要登上天庭階梯時，您瞧，一陣陣
劇烈、橫切的風，從左右吹來，把他們吹離
十萬八千里，吹到了大老遠的空氣中。您
也許會看到許多連帽袈裟、頭巾、道袍，
連帶穿它們的人都已被風翻滾、攪亂得成為
碎片了，隨風飛舞的是他們帶的聖骨、念珠、
赦免書、除罪令、贖罪券、教皇敕書等等[40]。
一切的一切，都盤旋、迴轉向上，飛越過
這個世界的背光處，遠遠飛進寬廣巨大的

---

37 「七重天」（planets seven），即七大行星所在的太空。密爾頓雖已知伽利略
　（Galileo，1564-1642）的地動說，但在《失樂園》的天文設計中，仍採托勒
　密（西元 2 世紀左右的天文學家）的太陽繞地球旋轉的概念，也採用托氏十
　重天的設計。「恆星天」（fixed sphere，或稱 fixed stars）是第八重天，「水
　晶天」（crystalline sphere）是第九重天，最外層的則是第十重天，稱作「原
　動天」（first moved；*primum mobile*），是諸天一切運動的起點。而所謂的
　「震動歲差」（trepidation），指的是天體不尋常運行所造成的震動，靠天秤
　座（Libra，位於第九重水晶天內）的秤（balance）來量度。參見 Astair
　Fowler（1998）之注。
38 「原動天」（first moved；first mover），見前注。
39 「聖彼得」（St. Peter），耶穌所收的十二使徒之一，在耶穌復活又升天以
　後，彼得成為門徒中的領導，開始建立教會。彼得、約翰與主的兄弟雅各，
　被稱為教會的三大柱石。彼得原名西門（Simon 或 Simeon），後獲改名為彼
　得，該名之意即為磐石。天主教認為彼得（即伯多祿）得到了天國的鑰匙，
　亦是一種特別的屬靈權柄，這就是教宗和天主教會的權柄的來源。基督教則
　認為耶穌基督是教會的唯一的頭和唯一的磐石，所有信徒人人皆祭司，都有
　屬靈的權柄，需要在順服神的前提下彼此服事、彼此順服。
40 所有這些東西都是羅馬天主教神職人員的裝備，也都可以買賣，故為新教詬
　病的墮落根源。

靈波獄[41]中，此獄今後乃被稱爲「愚人天堂」[42]，
長此以往，不知其事與其地者，絕無僅有，
但目下尚無人住居於此，也無人來此踩踏過。

　　惡魔撒旦路過時，看到這顆全然黑暗
的星球，在此徘徊良久，最後看到了一線
曙光，遂急忙舉起沉重腳步，向亮處走去。
他縱目遠眺，只要拾級爬升而上，就可登上　　　　500
天庭輝煌牆垣，牆上有座高聳、比之更顯
華美的建築物，似乎像是很有國王氣派的
宮廷大門，山形門飾上襯有鑽石及黃金。
滿是閃閃發光、光亮潤澤的寶石在門口輝耀，
此景人間無法仿效，也無法用鉛筆畫出
其間的明暗差異。此階梯之貌，跟雅各[43]看見
天使們爬上爬下的一樣，他從以掃那兒逃到
路思平野旁的巴旦亞蘭[44]，時當夜晚，在

41　「靈波獄」（limbo），指「地獄的邊緣」。根據某些羅馬天主教神學家解
　　釋，此獄是用來安置耶穌基督出生前逝去的好人和耶穌基督出生後從未接觸
　　過福音之逝者。另外，靈波獄也安置了未受洗禮而夭折的嬰兒靈魂（包括剛
　　成形的胚胎，他們本身不可能犯罪，但卻有與生俱來的原罪）。密爾頓認爲
　　此區在背光陰暗的半球裡。

42　「愚人天堂」（Paradise of Fools，密爾頓也稱它爲「虛榮棲所」、「虛榮的
　　靈波獄」〔Limbo of Vanity〕），密爾頓認爲這就是傻瓜或白痴死亡後發送
　　到的地方，參見注1。

43　「雅各」（Jacob）是《聖經》中亞伯拉罕（Abraham）的孫子，以撒（Issac）
　　的兒子。曾與其兄以掃（Esau）爭奪繼承權，在母親利百加（Rebekah 或
　　Rebecca）的協助下成功博得父親以撒的祝福，但爲躲避其兄的追殺，四處躲
　　藏。後經神指示改名爲以色列（Israel），是現今以色列各族各系的祖先。

44　「路思平野」（the field of Luz），指的即是迦南地的伯特利，位於美索不達
　　米亞平原的西北部。「伯特利」就是神殿的意思。「巴旦亞蘭」（Paddan
　　Aram）意爲亞蘭平原，位於現今之敘利亞境內。

開闊的蒼穹下，睡了下來，夢中看見
一群群亮閃光耀的護衛，醒來時大叫道：
「此乃天之門也！」[45]每一階天梯，都有
其神妙意義，且也不是一直擺在那邊，
三不五時會被收進天庭裡，任誰也看不到；
天梯下則有一大片亮閃閃的碧玉水或是
珍珠液流過，其後但凡想上天庭的世間人，
乘船到此水湖之上，不是要靠天使撐擺才能
渡過，就是要搭乘紅鬃烈馬馱載的馬車，
才能飛躍過這些湖海，到達此天階之旁。

520

　　層層天梯迤邐而下，不知是要挑激此
惡魔敢不敢輕鬆爬將上去，還是要讓他更
惱遭逐出幸福家門的慘況。但就在天梯
的正對面，也恰在幸福樂園所在的正上方，
有條通道，口開向下，直達地面，此通道
又寬又大，比諸今後錫安山[46]上的通天大道
還要寬大得多，不過，通道各門儘管寬大，
且就在所許諾樂園的正上方，但因為上帝
非常珍視此樂園，遂叫天使們銜其命在此
門限內外來回頻繁進出，去訪視那些快樂

45　雅各到了巴旦亞蘭，夢見有一天梯從天庭延伸到地面，並有天使上下其間。
　　其後，雅各睡醒了，就說：「耶和華真在這地方，這地方何等可畏！這不是
　　別的，乃是神的家，也是天的門。」事見《創世紀》28 章 16-17 節。

46　「錫安山」在耶路撒冷城內，被猶太人視為聖山。《希伯來書》12 章 22 節有
　　謂：「錫安山，永生神的城邑，就是天上的耶路撒冷；那裡有千萬的天使」。

的人類族群。而祂本尊則從潘尼亞斯[47]仔細
審視約旦河的源流，眼光再掃過別是巴城[48]，
那是聖地與埃及接壤、與阿拉伯紅海岸毗聯
的都城[49]。此開口之大，似無界涯，其相連處
即爲黑暗的世界，就像大海的滔滔巨浪
被陸地圈圍、限制住一樣。撒旦就從此處，
在通往天門的層層金製天梯臺階上，站在　　　　540
底層往下看去，對突然出現在眼前的這整個
人世，内心立時驚詫不已，正像一名斥候
整夜冒險穿行在黑暗無人的荒野路上，令人
開心的破曉、黎明總算到來，危險消失了，
卻也走到了高聳山嶺的崖邊，不意間，定睛
一瞧，竟然有一大片從沒見過、陌生的土地，
或是有座頗富名望的大城，就在眼前，城樓上

47　「潘尼亞斯」（Paneas），現名爲班尼亞斯（Banias），此地之名可能與希
　　臘半人半獸的森林與山野之神潘恩（Pan）有關，位在今以色列控制的戈蘭
　　高地北方的黑門山（Mount Hermon）上。此山城有一清泉，爲約旦河支流但
　　河（Dan）與班尼亞斯河的源泉。此城在《聖經》中之古名爲該撒利亞腓立
　　比（Caesarea Philippi）。

48　「別是巴」（Beersaba，即 Beersheba），是聖經時代以色列最南方的城
　　市——因此說「從但（Dan）到別是巴」就意味著全國。希伯來文爲 Be'er
　　Sheva，是以色列南部大城。此城按《舊約・創世紀》26 章 17-32 節所述，
　　是以撒命人挖掘遭封閉的水井（Be'er）所得，取名示巴（Shibah，意爲取誓
　　或七），因此井乃以撒之父亞伯拉罕與亞比米勒（Abimelech）以七隻母羊立
　　誓作證爲其所挖掘者，故此後此地就被稱爲別是巴，即指此井是以七隻羊取
　　誓之井（well of the oath），見《創世紀》21 章 30-31 節所述。

49　「阿拉伯紅海岸」（the Abrabian shore），此處海岸所指者爲阿拉伯半島西
　　部的紅海，而非南部的阿拉伯海。Roy Flannagan 則認爲此地是指死海（The
　　Dead Sea 或 The Sea of Death，也稱 Salt Sea，《聖經》中也稱其爲 The Sea of
　　the Arabah）東部的阿拉伯海岸。

襯飾有金碧輝煌的尖頂與尖塔，此刻在漸漸
高升的太陽照耀下，金光閃閃，光彩奪目。
這樣的奇景震懾住了那位邪惡天使（雖然他早
見識過天庭的壯麗），但是忌妒才更令他揪心，
蓋眼下這個世界，從各方看來怎會那麼美好。

　　他四下打量（該這麼做的，因為他所站
位置，就在暗夜所延伸黑影而成的圓弧蒼穹
的更上方），從天秤座[50]所在的東端，看向
牡羊座[51]所在的西方，座上白羊就是那隻馱載
安卓米達[52]遠離大西洋到水平面以外仙女座
的公羊。從這端到彼端，他全面掃視，然後　　　　　　560
沒多停步，一縱身就降落在宇宙最外圈[53]，
其間他一個勁兒地往前衝，東彎西繞、歪歪斜斜，

50　「天秤座」（Libra，或稱 the Scales），代表司法與正義，是星象表中最東端
　　的星座。
51　「牡羊座」（the fleecy star，即 Aries, the Ram），此頭羊即是希臘神話裡有
　　金毛的牡羊，是傑森及其亞哥號船員（Argonauts）到東方原始國度科爾濟斯
　　（Colchis，太陽神赫利俄斯〔Helios〕所在的國度）所要尋找的目標。撒旦
　　從高空往下看時，牡羊座就是在星座表的西端。
52　「安卓米達」（Andromeda），根據希臘神話是古衣索比亞（Aethiopia，也
　　稱阿比西尼亞〔Abyssinia〕，今作 Ethiopia）公主，她的母親卡西娥辟亞
　　（Cassiopeia）曾自誇其女比所有的海中神女都美，因而觸怒海神為此她被拴
　　在海岸邊一塊岩石上準備獻給海怪刻托斯（Cetus）。碰巧柏修斯經過此地，將
　　她救出，之後兩人成為夫妻。死後被雅典娜帶上天，仙女座（the constellation
　　of Andromeda，近牡羊座）的傳說由此而來。
53　「宇宙最外圈」（first region），指的應該是前面所謂的原動天與水晶天之間
　　的區域。因為此時撒旦所處位置應該是在原動天上，所以他往下墜落的第一
　　層，就約等於人類所在宇宙的最外層了。

又不費什麼工夫地穿過水晶天[54]純淨平滑的
氣層,進入恆星天[55],其中有數不勝數的星星
在閃亮著——這些遙遠的星球,現在就近看來,
個個似乎是另一地球[56]。他們要不是看來像
另一地球,就是一座座快樂的島嶼,像是
那些古時有名、位在極西世界的金蘋果園[57],
它們就像是幸福園地[58]一樣,處處有樹林,
花開滿山陵,是令人三倍快樂的島嶼,但
到底是誰快樂地住在那裡?他倒沒停下腳步
來詢問。在這些星空的上方,輝煌程度宛如
壯麗天庭的太陽,金光閃閃、燦爛光華,
吸引了他的目光,遂朝那個方向轉過身去,
擇路前行,穿過寂靜的穹蒼(但究竟是要朝上
走,還是要望下走[59]?是要往中心靠,還是往外

---

54 「水晶天」,密爾頓此地的用語是 pure marble air,marble 可指 liquid(流體
   狀),也可指其晶亮發光的意思。

55 密爾頓此處雖沒用「恆星天」一詞,但此地滿是星星,當指前面提到過的
   「恆星天」。

56 此處所謂「另一地球」指的當是像地球般的行星,有別於其他星星(恆
   星)。

57 「位在極西世界的金蘋果園」(Hesperian gardens),指的是在古希臘人所認
   識世界最西端外圍的神祕西方,一個類似島嶼的地方,稱作 the Hesperides,
   是太陽降下的地方,所以此字也代表住在那兒的女神和朵朵霞光。女神們照
   料著島中長出的金蘋果,但此蘋果常為人所偷,以示其英勇,所以像大力士
   赫丘力斯等人就曾受命來此取回金蘋果。

58 「幸福園地」(Fortunate fields),指的即是前面提到過的「西方極樂世界」
   (Elysian Fields),也可說是用來補充說明「位在西方世界的金蘋果園島」
   何所謂也。

59 「朝上走……望下走」(up or down),指的是往北或往南。這也顯示密爾
   頓的天文概念仍有未明之處。

偏移[60]？或者是往側邊走[61]？都很難說個準），
在那兒，太陽這個大發光體遠離開密密麻麻、
成群閃耀的一般星星，好讓他們跟自己威嚴、
君王般的眼神有段適切的距離，讓它可以
從遠處發送光、分散熱。眾星星成群、分批
的轉動，好計算需要多少天、多少月、還有　　　　　　　580
多少年，才可以迅速地以各種轉速繞過它
這盞燦爛輝煌的明燈，或是受它磁性能量波
的影響而轉動，溫煦的光照暖了整個世界，
而且還柔柔地穿透進它每個部位的深處，此
雖非肉眼所能得見者，但這種看不到的太陽
光能卻深深地貫穿到底部：如此奇妙安置著
的就是太陽那光芒四射的座臺。

　　撒旦惡魔就在那兒停降了下來：像這樣的
地點，即連大天文學家用他的玻璃鏡片遠望，
可能也無法在太陽這個發亮球體上看得到的[62]。
他發現此地奇亮無比，比起地面上任何東西，

60　「往中心靠還是……偏移」（By center or eccentric），指的是太陽的位置。
　　密爾頓雖已接受哥白尼（Copernicus）的地動說以及太陽爲宇宙中心的概
　　念，也接受伽利略的宇宙概念，但他在失樂園的天文設計仍是托勒密式
　　的──太陽繞者地球轉，諸大行星繞著太陽轉，地球是宇宙中心。職是，撒
　　旦往太陽走去，究竟是向宇宙的中心而去，還是要偏離中心（eccentric）向
　　旁邊岔出去，就有待考究了。

61　「往側邊走」（Longitude），原指經線，是往水平方向、兩邊走的意思。上
　　下、中心是指降落方位，側邊則是打橫走，但無論如何，對撒旦來說都是舉
　　步艱難。

62　密爾頓之所以提到「望眼鏡」、「發亮球體」，是因爲在 1610 年伽利略曾
　　在家中以自製望遠鏡觀察太陽，有一說謂所觀察的是月亮。故前面所提到的
　　「大天文學家」，當即指伽利略。

不管是金屬製的還是寶石做的，都還要明亮。
倒不是所有地方都像，而是他們都同樣印記、
充滿著燦爛的光，就像是鐵棍火熱發紅一樣。
若是金屬製的，半像金般發亮，半像銀般純白。
若是寶石製的，多半像紅水晶或是水蒼玉，
不然就是紅寶石或者黃璧璽[63]，或可以說是
完成亞倫胸牌[64]上十二顆閃爍寶石其中的一顆；
此外，也像那顆常為人所想到但卻哪兒都
見不著的寶石。那顆寶石，或像它那樣的寶石，　　600
此間下界的煉金術士[65]搜尋再久也搜尋不到；
不可能搜尋得到的，任他們有再神奇的技術，
可把滑不溜丟的赫密士[66]綁縛起來，也能把

63　無論是「紅水晶」（carbuncle）、「水蒼玉」（chrysolite）、「紅寶石」
　　（ruby）、「黃璧璽」（topaz），都是《舊約・出埃及記》28 章 17-20 節所
　　提到的。

64　「亞倫胸牌」（Aaron's breastplate，或稱 Aaron's breastpiece），是《舊約・
　　出埃及記》28 章 17-20 節所提到的胸牌，上有四列三排共 12 顆寶石，代表
　　是以色列（即雅各）一系所出的十二支族。亞倫是摩西的哥哥，也是猶太大
　　祭司，幫助摩西帶領猶太族人離開埃及並進入迦南美地。

65　「煉金術士」（Philosophers）就是 alchemists，據說能把低賤的金屬（base
　　metal）轉成黃金或其他貴重金屬。前面剛提到的「那顆寶石」，就是所謂的
　　「哲學家之石」或「賢者之石」（the philosopher's stone），據說藉由此石煉
　　金術士可煉化黃金或其他貴重金屬。

66　「赫密士」（Hermes）是古希臘神話中奧林帕斯十二主神之一，是天神宙斯
　　與邁亞（Maia，可能意為乳母或接生婆）的兒子。他是位變化多端、圓滑機
　　靈的盜賊，也是穿梭在神界與人界之間的信使，更是接引亡靈到冥界的神。
　　他著有披風，手拿權杖，雙腳穿著有翼涼鞋，因此行走如飛，擔任宙斯和諸
　　神的傳令使者，為諸神傳送消息。赫密士在羅馬神話中對應於墨丘利
　　（Mercury），是七大行星中的水星。Mercury 一字意為水銀，是重金屬，所
　　以無孔不入，滑溜難以控制，但容易氣化，經常為煉金術士所用。

古時身形變換不定而又未遭綁縛的普洛特斯[67]
從海裡召喚出來，然後透過蒸餾器將海水瀝盡，
把他打回原形，也找不到。這麼說來，如果離
我們甚遠的太陽這個大煉金術士，只要它強力
一碰，並在暗中與地氣相結合，就必能產生出
許許多多充滿燦爛光澤與罕見效果的珍稀
物品來，那麼此地的田野、地表可以吐露出
純淨瓊漿，河水可流淌出可飲黃金，不就
沒甚稀奇了？撒旦惡魔雖在此地碰到令他
耳目一亮的新事物，卻沒因此而眼花繚亂。
他張開眼睛前後遠近四處張望，眼下沒有會
遮蔽視野的障礙物，也沒啥陰暗的地方，
一切晶亮，光輝普照（就像正午時分，太陽光
直照赤道一樣，此時的各個星球，光線朝上
直射，因此他們灰暗球體的周遭不會留下
任何的陰影），而空氣，沒比此地更清澄的，
使他的目光更尖銳，可以看清更遠的物體，　　　　620
藉此，他很快就在視力所及範圍內，看見
一位容光煥發的天使站在那兒，他跟約翰[68]

---

67 「普洛特斯」（Proteus）是希臘早期的海神，被荷馬稱爲「海中老人」（the
　　Old Man of the Sea），有謂其爲海神波賽頓（Poseidon）的後代，也傳說他有
　　預知未來的能力，但卻經常變化外形如同多變的海洋一樣，使人無法捉到他
　　來預言未來。其衍生字 protean 的意思就是變化多端、反覆無常。此概念與
　　煉金術相仿：透過轉換，下等的金屬如鉛、銅等可轉換爲上等如黃金者；反
　　之亦然。
68 「約翰」，即指《新約・啓示錄》的作者使徒約翰；他也是《約翰福音》的
　　作者。他所見異象在《啓示錄》19 章 17 節。

在太陽日頭裡所見到的天使是同一位。雖
背對著撒旦，但卻藏不住他的閃耀光華，
像是太陽那般燦爛，金色髮冠圈繞在頭上，
背後頭髮散落在肩頭上（肩上長有羽毛翅膀），
波動圓拱，且其光澤之亮不輸那頂頭冠。
他似乎身負重任，又像在低頭沉思。這位
心懷不軌的精靈不由歡喜，因為有望找到
可以指引他方向者，讓他不用再四下飛來
飛去，就可找到樂園，那個人類快樂居住
的所在，好結束他的冒險旅程，但卻開啓了
我們的禍難。不過首先他要設法改變自己
成為合適的樣子，不這樣的話，可能會招來
危險或遲延他的計畫：於是乎，他以年輕
基路伯的樣子現身出來[69]，不是青春正盛的
樣子，而是在臉上洋溢著青春，舉手投足之間
都優雅合宜，他裝得可真是好啊。在冠冕下　　　　640
是他飄逸的秀髮，捲曲的在兩頰旁擺盪著。
配著成對的翅膀，羽毛色彩繽紛，上面還
帶有金斑。所穿衣服收攏貼身，適合快步
行走，步履則莊重恭謹，隨手持有一根銀杖。
他走近前來，但並非無聲無息：那位閃亮
的天使，在他靠近過來時，就轉過他燦爛
輝煌的臉（因耳朵早受警告），立刻被認出是

---

69 「基路伯」（cherub），是天使三階九級中最高階天使之一，或稱普智天
　　使。

大天使烏列，七大天使之一[70]，是在上帝
面前最近寶座的大天使，隨侍在側，隨時聽命
行事，也是上帝的耳目，在整個天庭遊走，
也走入人間，不論颱風下雨，不論是上高山
還是下大海，都要出差辦事，行事迅速俐落。
就是這位巍然大天使，撒旦與之如是搭訕起來：

「烏列，您是那些光采煥發、燦然明亮，
侍立在上帝寶座前的七大天使之一，是信使，
也是最先把上帝權威意旨傳達到最高天者，
眾天使都等著您宣讀使命，現在想必也是
最高敕令要您到此，以達成類似榮耀使命，
同時也作為祂的耳目，不時到此往訪這個
新而圓的受造物。我有股不可言喻的欲望，　　　　660
想看看、了解上帝這些種種不可思議的作品
（但主要是最得祂心、深得其愛的人類，為了
人類，祂下令創造出所有這些神妙的事物），
這驅使我離開那群各層級基路兵[71]，如此這般
自個兒遊蕩到此。最亮的撒拉夫[72]啊，請
告訴我，在這些閃亮的星球當中，哪處才是
人類固定的居處，還是沒有固定居處，所有
這些閃亮的星球，都隨他選擇住居呢？這樣，

---

70 「七大天使」有烏列（Uriel）、拉斐爾（Raphael）、拉貴爾（Raguel）、米
　　迦勒（Michael）、澤拉凱爾（Zerachiel）、加百列（Gabriel）、雷米爾
　　（Remiel），惟此名單常有變化，排名也各有不同。
71 「基路兵」（cherubim）是注69「基路伯」（cherub）的複數。
72 「撒拉夫」（Seraph）是天使三階九級中最高階天使，又稱「熾天使」，因
　　最接近上帝（光源），發亮且耐熱，故稱之。

我才能找到他，然後偷偷瞧上一眼，或者
公然稱讚祂，咱們偉大的造物者，賞賜了他
各種世界，所有的恩賜也都傾注在他身上；
看到了，咱們才能在人身上、在所有創造物上，
很適切地稱頌我們的共同造物主，祂很公正、
合理地把祂的叛亂仇敵，趕出天國，趕進
最深沉的地獄中去，同時爲補闕損失，創造了
這一族新而快樂的人類，讓他們好生侍奉主：
上帝所行諸事眞是大有智慧。」　　　　　　680

　　這個做虛弄假的騙子，如此說話，竟沒
被看穿，因爲不管你是人還是天使都無法
辨識虛僞的行爲，那是倚仗著上帝的寬大
意志，橫行在天庭與人世間的唯一禍害，
而且除上帝以外，沒人能發覺。更甚者，
常常當理智清醒時，懷疑心卻在理智的
門口邊睡著了，把管理權讓給純眞，殊不知
善良在看不出邪惡的地方，就以爲沒邪惡；
烏列就這樣被虛僞騙過了，雖然他統攝太陽，
而且還被認爲是全天庭上，眼光最銳利的
天使。但正直如他者，信而不疑，就對那
心術不正、存心使詐的騙子如此這般回應道：

　　「美麗的天使啊，你想認識上帝的作品，
進而去榮耀偉大造物主的欲望，不算太過分，
也沒到該受譴責的地步，不過就算看似過分，
你的行爲反而是值得讚揚的，因爲你自個兒
遠離最高天的廣廈巨宅來到這裡，想親眼

看看，那個神靈們光在天上聽某某說說就 700
滿足的東西。上帝的一切創造物真是美妙啊！
光認識就令我等天使開心，一切都很值得
大家記在腦海裡，其樂陶陶。但是我們這些
受造物怎會有心思去了解其創造數目之龐大，
又怎會理解其無窮之智慧，將萬物創造出來，
並深深隱藏其創造緣由呢？我親眼目睹在祂
之『道』的一聲令下，不成形的團團塊塊，那些
構成這個世界的物質，就一撮一撮堆壘起來。
混沌雜亂和狂野喧囂一聽到祂的聲音，就
立時服貼受治，而原先廣無邊際的宇宙也
受到侷限控制，之後，祂再一聲吩咐，黑暗
就消退，光照大地，從混亂無序中迸發出
次序來。沉重的四行元素：地、水、風、火[73]，
就飛快地往各自的方位、崗哨趕了過去；
而造成天庭的以太元素[74]，也往上飛竄，並
由不同形體的天使統轄，成環狀滾動，進而
變成無數的星星，如你所見者，他們如何
運行也見知於汝。各星星各有其指定所在，

---

73 「四行元素」（elements），與東方的五行相對，西方的四行指的是地（或
　　稱土，earth）、水（water 或 flood）、風（air）和火（fire）；而東方的五行
　　則包涵藉著陰陽演變過程而來的五種基本動態：水、火、金、木、土。五行
　　學說認為，大自然的現象由這五種氣的變化所總括，不但影響到人的命運，
　　同時也使宇宙萬物循環不已；它描繪了事物的結構關係和運動形式。西方的
　　四行再加上以太（aether，或 ether，或 quintessence），據中古及文藝復興煉
　　金術士所言，是構成大自然、太空以及萬事萬物的基本元素。
74 「以太元素」（ethereal quintessence）指的就是上一注所講的以太，是構成恆
　　星天的物質，也稱為第五元素，是清淨之火，會像大氣般飄凌。

也各有其運行路線，其他則巡迴繞行這個　　　　　　720
地球，形成這個世界的外圍藩籬。你且
往下瞧瞧那個星球，它有這兒的太陽光線
照到那兒去，雖然只是反射光倒也燦然奕奕。
那個地方就是地球，人類的居所，你看到
的光就是它的白晝，不過，它的另一半球
就會受到暗夜的侵擾，但好在隔鄰那邊的
月球（我們是如此稱呼對面那顆美麗星球的），
會即時給出協助，它每月在中天處，會繞行
地球一次，甫一結束又會重新開始，用它
借來的光，以三種形式的面相[75]，或盈或缺
的照亮地球，朦朧的光主宰統治著，不讓
夜暗逾越界線，全面統治。我手所指的那個
地方就是樂園，亞當的住處，那些高聳用來
遮風避雨的棚架處就是他的居所。往那邊走
就絕不會錯過，我現下要趕我自個兒的路去了。」

　　他如上說畢，就轉身離開，撒旦向他低身
領首，此在天庭是對上級天使應有的慣例（在
天庭沒有哪個天使會忽略該有的尊榮和崇敬），
然後起身告別，往下邊地球的外緣走去，從
太陽繞行的黃道[76]下來，疾步前行，滿懷成功

---

75 「三種形式的面相」（countenance triform），三相指的是月亮的盈缺，有新
　　月、半月、滿月；古詩人稱月亮女神有三相，乃因其有三種特性，在天為清
　　純的月神露娜（Luna），在地為處女神黛安娜（Diana），在冥界則為陰晴不
　　定的冥后赫卡特或普洛塞庇娜（Hecate 或 Proserpina）。
76 「黃道」（ecliptic），指太陽繞行地球的軌道。

的希望，多次在天空翻滾急切地遨翔飛行著，　　　　　740
一刻不停，直飛到尼發底山頂[77]，才降下身來。

---

77 傳說站在尼發底山頂上可以鳥瞰伊甸園，其名意謂者白雪皚皚的山頂。

卷四

提綱

　　眼見伊甸園已然在望，撒旦此時已近該試試自己孤身應承要與上帝及人類爲敵的大膽行徑之地了，卻對自己疑心不已，並陷入恐懼、妒恨、絕望種種情懷，但最終硬起心腸要與人爲敵，往前走入伊甸園（園外景色及情況記述停當），便縱身一躍，跳過圍籬，像隻鸕鶿鳥般，停駐在生命樹上（其爲園中最高之樹），以便四下張望。伊甸園描述完；撒旦頭一次見到亞當與夏娃；他爲他們優美的身形和快樂的景況驚嘆不已，是故決心要讓他們墮落。他偷聽了他倆的談話，推斷他們不准吃知識樹的果實，吃了會判死刑，便決意要以此爲基礎，引誘他們逾越禁令。他暫且脫離他們一會兒，想用別的法子，多知道些他們的情況。就在此時，烏列[1]降身在一道光束上對守樂園大門的加百列[2]示警，謂有惡靈逃離深淵，在正午時分[3]，以善良天使的形貌，通過他所守的範圍，前往樂園，之後才因他在山嶺上張牙舞爪的樣子而被認出來。加百列應允在破曉前把他找出來。夜已降臨，亞當跟夏娃說起夜息之事；他們的寢居處，他們的晚禱都被一一記述下來。加百列抽派守夜的天使群巡走樂園，並指派兩名強健的天使到亞當的寢居處，以免惡靈到彼處傷害睡夢中的亞當或夏娃。就在那兒，兩位天使找到他，俯伏在夏娃的耳際，要在夢中引誘她；天使們把頗不情願的撒旦帶到

1　烏列之介紹詳見卷三注 2。此處，很顯然密爾頓是要讀者們體認到撒旦是多麼的善於僞裝與作假，乃至能迷惑人心！

2　加百列（Gabriel）在希伯來語中意謂著「上帝是我的力量」（God is my strength）。他也是七大天使之一，是上帝的使者（如告知聖母瑪利亞處女懷胎之事等），也是守護伊甸園的重要天使。

3　西洋人自希臘羅馬時代以迄中世紀均認爲正午時分是最危險時刻，人不僅飢腸轆轆更是頭腦發昏、思緒紊亂的時候，故常發生意外事故。神話故事或文藝作品都常有此等事故；夏娃被誘吃禁果即發生在接近正午時分！

加百列處，由加百列盤問，他睥睨一切的回應著，打算反抗，卻遭從天而來的一道信號所阻，因而逃出樂園。

＊

「哎呀！」那一聲警語是他那位看見
天啓者[4]，所聽到在天庭裡的大叫聲，此時
恰當撒旦那隻惡龍[5]受到第二次潰敗[6]，
怒氣沖沖地降落到人間，思量報復的時候：
因此「地上的住民有禍了！」[7]，故而現在，
趁還有時間，我們的始祖已受警告，他們
的隱敵即將到來，好教他們逃開、或幸得
逃開，那致人於死的陷阱。此時，撒旦，
頭一次滿腔怒火的來到下界，他現下是個
試探者，要把怒氣發洩在無知和軟弱的人
身上，之後則會成爲舉發過錯的控罪者[8]，

4　此處的「他」是指《啓示錄》（*Revelation*）的作者，使徒約翰，他預見了末世要來之前的異象。「天啓」（Apocalypse）是希臘文啓示錄之謂。

5　「惡龍」又叫古蛇，也叫魔鬼，指的就是撒旦（見《啓示錄》12 章 3-9 節）！

6　在《啓示錄》12 章 3-12 節，使徒約翰預言天上將有第二次爭戰，撒旦及其使者都被摔在地上。

7　此句源出於《啓示錄》12 章 12 節：「地與海有禍了」（woe to the earth and the sea）。欽定版聖經則與密爾頓所用日內瓦版聖經的引文相同：「地與海的住民有禍了！」（Woe to the inhabiters of the earth and of the sea!）。

8　「舉發過錯的控罪者」，密爾頓用的字眼是 accuser，意謂他是上帝摘奸除惡的起訴者，功能近乎《舊約·詩歌智慧書·約伯記》中的撒旦，而這也是上帝允與路西法的職責，但在耶穌受試探的四十天裡，撒旦既要當試探者（tempter）又要當指罪者，準備控訴神子的墮落。

以報復自己在第一次爭戰中的失敗，以及
竄逃到地獄的痛苦。不過，未竊喜於自己的
速度，也無由得以自豪，儘管夠大膽，也離
得夠遠、夠無所畏懼，乃火急地展開報仇，
此復仇之心一起，就翻攪、滾沸在他起伏、
騷亂不已的胸膛裡，像猛烈發射的大砲，但
其反作用力卻會打回己身。恐怖憂懼又不敢
置信，分散了他混亂的思緒，打從心底部
攪動了他內心深處的地獄，因為他把地獄帶
隨在身邊，圍繞著自己，一步都無法逃離，　　　　20
縱使身處異地，也無能逃離自己這個地獄[9]！
而今良心喚醒了沉睡中的絕望，也喚醒了他
痛苦的記憶：從前他是何等身分，但如今呢？
更糟的還跟在後頭呢！越糟的行止，就必有
越糟的災禍。他不時將沉重哀戚的眼神，
望向已在眼簾的伊甸園，眼下所見，一片優雅
宜人；也不時將眼神望向天際和光閃焰烈的
太陽，此時正當太陽高坐在經線頂端的塔樓上，
正午之際。思緒幾經輾轉反覆，撒旦，嘆息
不已，乃對著太陽如此開口說道：

　　「啊，你！通體光燦耀眼，從獨自統管

9　密爾頓在此處借用了馬婁劇作《浮士德》（*Doctor Faustus*）裡浮士德對鬼王
梅菲斯托菲勒斯（Mephistophilis）的問答："How comes it then that thou art
out of hell?"，"Why this is hell, nor am I out of it"（「你怎麼從地獄裡跑出來了
呢？」「啊，我所在的這裡就是地獄，我沒跑出去啊！」──見《浮士德》
311 至 312 行）。本卷稍後密爾頓還讓撒旦自承："Which way I fly is Hell;
myself am Hell"（無論我逃到哪兒去都是地獄，因為我就是地獄！）。

的高處下望，像這個新創世界的神一樣[10]，
在你光芒的掩映下，所有的星星都暗沉著臉，
相形失色；我是在叫你啊，用不友善的口氣！
且讓我再奉上大名，你啊，太陽！告訴你，
我有多討厭你的光芒，那讓我想起自己是從
怎樣的情況中摔落到如今的地步；昔時我之
位置比你還要顯耀，但驕尊及更糟的野心，　　　　　　40
把我擲摜到下界，因我在天上興兵對抗無誰
可敵的君王。唉，到底為什麼呢？天尊不該
從我處得到如此回報的，祂創造了昔日的我，
讓我位高醒目，而且以祂全然的善，從來
不曾責備過我。服侍祂更是不難：還有比
稱頌祂更容易的服侍、更容易得回報的嗎？
而稱頌讚美祂更是再自然不過的義務了。
但是，祂所有的善，在我看來都是惡的，
只讓我更想作奸犯歹。地位提升到越高就
越讓我不屑臣服，因為我想只要再高一點，
就會讓我達到最高位，霎時間，我就可以
還掉所有的欠債，不再背負無窮無盡的恩典，
因為欠下的恩情，還越多就欠越多，真是
還不勝還啊！卻忘了我還一直要從祂那兒接收
恩情，也不了解，只要有顆感恩的心，所欠

---

10 根據密爾頓的外甥菲利浦（Edward Phillips）所言，從此句以下至第 41 行，
　是密爾頓在構思「亞當被逐出樂園」（Adam Unparadised，但從來沒寫成）
　這齣悲劇時所寫下的臺詞，甚富戲劇性及悲劇張力，用在撒旦身上有種莫名
　的諷刺及悲涼之感。

之債就不是債，而是一直在還債，可說既是
欠債也是還債，如此，有啥可煩惱、擔心
的呢？唉，要是大能的天尊在分派、任命
天數時，讓我成爲下等天使，我就會認命
守規而自得其樂：就不會有非分之想使我
野心勃勃。可是那又如何？其他有權位的
天使像我那般顯要，也可能有此奢望而低階
的我則可能受惑加入同黨。可是其他高階
如我的天使，不管是在內圈還是外圍，都未
墮落，反而直挺挺地站守著，抗拒一切的
誘惑。難道你[11]就沒有同樣的自由意志和
權能去抵拒誘惑嗎？你有的！你有誰可怪罪？
有何可當藉口？除了天尊無盡的愛，祂那同
給眾受造物的憐？願天尊的愛受詛咒，因爲
愛與恨於我都一樣，它讓我永遠受災禍！
不不不，該受詛咒的是你自己，因爲你的
意志自由選定要違犯祂的意志，就合該如此
悔不當初！唉，可憐可悲的我啊！我往哪兒
逃去才能擺脫無邊的怨懟和無盡的絕望？
無論我往哪兒逃去，都是地獄，我就是地獄！
在地底深淵處有更深沉的深淵在等著我，
一直張開大口，威脅著要把我生吞活剝，

60

11　此處的「你」是撒旦反問自己，讓此時的撒旦顯得躊躇反復，觸景傷情又執
　　拗冥頑，既煽情又自憐，頗有悲劇英雄的況味！密爾頓用大量的假設語法
　　（If/Had...yet/but...的結構）及正反辯證，讓撒旦說詞反復又自相矛盾，以凸
　　顯其乖謬處及性格缺陷，也展現其滔滔自若的雄辯之才！

比較起來，我在地獄所受的折磨，倒像是
在天堂呢！唉，事已至此，那就悔罪吧！
難不成我連悔罪的空間、祈求赦罪的可能

80

都沒了？是都沒了，除非我卑躬屈膝，
求饒赦罪，而講到卑躬屈膝，我就不屑、
就不准，而我也怕在地底下的眾天使面前
丟臉，他們受我種種的哄諾和吹噓引誘，
說不用再卑顏屈體了，誇稱我能制伏那位
全能者。唉呀，他們根本不知道要守住那
虛妄的誇言我要付出多大的代價，我內心
深處咕噥，要受多大的折磨！他們把我擁上
地獄寶座，尊崇我，用冠冕和權杖讓我
晉位封王，而我卻隕跌得更深，悲慘痛苦
無與倫比！這就是野心換來的喜悅。但如我
願悔罪，我就能靠恩典的施捨，得回固有的
地位！但過多久，高位就會引發坐大、坐高
的想法呢[12]？又有多快，我會否定假裝臣服的
誓言呢？安逸會讓接受者悔諾，悔掉受苦時
所作的承諾，認為那是被迫的，故而無效！
因為當仇恨的傷痛深到不共戴天時，從來就
不可能有真正的和解，仇恨[13]讓我故態復萌、
讓我更嫌惡天尊，以致隕跌得更深更沉！

12　撒旦自忖自己不安於上帝安排好的次序，縱使有心改過，恐也不久！

13　不同版本的《失樂園》於此會有不同的段落安排和標點符號！所以有版本將
　　「仇恨」作為下一句的主詞，也有版本將自「因為」起的後二行到「真正的
　　和解」的部分，用括號分離出來，如此則主詞為前面的「臣服的誓言」！

所以我要用雙倍的苦痛，來換取價昂但短暫　　　　　100
的休兵時間！這點，我的懲罰者知道得
很清楚。因此祂絕不會答應，而我也絕不
求和！所有的指望都沒了，看呢，我們
被逐出天庭，貶謫在外，而祂卻有了新歡：
上帝創造的人類和爲人類創設的天地！
所以，別了，希望；也別了，跟著希望來
的恐懼！別了，悔恨！良善於我已全然
流失了。邪惡啊，你就作爲我的良善吧。
藉由你，我起碼可以跟天上的王分庭抗禮，
瓜分帝國，也可以統轄、管治過半的地盤；
這事，人類跟這個新世界不久就會知曉。」

　　如此這般，他邊說，邊讓恐懼發白的臉，
因怨懟、妒羨和絕望而三度模糊了臉容，
這讓自己竊冒其他天使的面貌失色變醜，
進而敗露了他的僞裝，明眼者一看即知。
因爲這樣醜陋的失態，對天上的眾神靈來說
是再明顯不過了。不過他也馬上察覺，
遂表面力持鎮定，以平撫内心每次的激動。　　　　　120
他眞是位狡詐善變的巧手，也是第一位在
聖徒般表象下，掩藏自己深沉的惡意，並且
包藏住復仇之心，來施行詐術者。不過，
他的詐術還未臻化境，騙不過烏列，他
警惕心一起，眼光就追著他，看他往哪兒去，

而後在尼發底山[14]上看他降下去時，形容大變，
不是快樂天使會變成的樣子。烏列注意到
他樣態猙獰、舉止狂暴，而他卻自以為
四下空無，沒誰會注意他，沒誰會監視他。
所以他信步前行，來到了伊甸園邊，眼前
就是清爽甜美的樂園，周邊盡是綠色圍籬，
儼然一座田園山丘，座落在寬廣的平原上，
像斗狀的圓錐荒原，四圍是毛茸茸的荊棘，
野趣天然又未經人工裁剪[15]，容不得誰進入。
而在最高處，長有高不可攀的樹，綠陰
廣蔽，諸如香柏、油松、樅欅和枝枒分叉的
棕櫚，好一片山林景緻，叢木疊生，階階
相連，陰上加陰，望眼看去，不啻一座
林木劇臺，莊嚴肅穆。不過高出這些樹梢
的是樂園周邊的一堵綠樹籬，騰空拔起，
提供我們共同的祖先寬廣的視野，從此高處
可眺望周遭四鄰的疆土。而比那綠籬更高的
是一圍大樹，碩大俊美，棵棵結實纍纍、
秀色甜美，花開金黃而果實也熟黃，間有
五顏六色的花朵開放其中，亮麗非凡。太陽

140

14　原文為 the Assyrian Mount（亞述山），指的就是卷三末尾撒旦降落的尼發底
　　山，位在亞述，美索不達米亞高原的西北方。

15　原文作 grotesque and wild，據 Merritt Y. Hughes、Roy Flannagan 等人的看法，
　　grotesque 一字源自義大利文 grotto，意為孔洞，所以是指荊棘圍籬留下的孔
　　洞；但另依 OED（牛津英文字典）的解釋，此字在指園林時是謂浪漫、不規
　　矩的野生狀態；而 wild 更是指未經修飾的原始形貌。

更加樂意把光線灑落到那些花果上，而不是
灑在美麗的晚霞或雨濕產生的彩虹上。這樣
的景緻真是美啊！比清新還要清新的空氣，
迎面而來，激起內心如新春來臨般的愉快和
喜悅，吹拂走一切的苦惱，但撒旦卻留有
絕望。涼風習習，它軟香輕飄的羽翼搖曳著，
發散出陣陣自然香味，竊竊私語著香氣襲人
的戰利品盜自何處？此情恰如那些航渡過
好望角，正待通過莫三比克外海的水手們
一樣[16]，東北風從受福佑的阿拉伯沙霸海岸[17]
吹來陣陣香料味，樂得他們放慢行腳、延滯
行程，綿延無數海浬的古時大海也像受到
香氣鼓舞一樣，開懷大笑。撒旦這廝也同樣
樂陶陶地享用那些香甜的美味，雖然他此來
是要毒壞了這香味，弄得只勝過魚腥味，但
縱是魚腥味，也能驅離淫魔阿斯莫德[18]，不讓

160

---

16 好望角（Cape of Hope）在南非南端，航海必經之地。莫三比克（Mozambic
　　即為現之 Mozambique）為文藝復興時之葡萄牙屬地，在非洲東岸，是香料
　　海路必經之地，由此可達產地馬達加斯加島（Madagascar）。

17 Sabean 是「沙霸」（Saba）一字的形容詞；「沙霸」即今葉門（Yemen），
　　是聖經時代的示巴（Sheba），位在中東阿拉伯半島西南部，地理位置重要，
　　扼紅海出口、亞丁灣及阿拉伯海。

18 「阿斯莫德」（Asmodeus）是聖經偽經《多比傳》（Tobit）及猶太經典《塔
　　木德》（Talmud）中的惡魔，性好漁色，曾經七次糾纏撒拉（Sarah），讓她
　　前七任丈夫在新婚圓房時暴斃，當多比的兒子多俾亞（Tobias）路過米底亞
　　（Media）要娶她時，仍要來搗亂，幸得大天使拉斐爾幫忙，指示多俾亞焚
　　燒魚的心和肝，產生的腥臭味，成功將阿斯莫德趕去埃及，並在那兒被拉斐
　　爾捆縛。

他糾纏多比的媳婦，並且火速將他從瑪代[19]
送到埃及去，在那兒牢牢綑綁住他，以爲報復。

　　撒旦乃向著陡峭、原始林木叢生的山頭
往上攀爬行進著，一路低頭苦思、步履緩慢，
每一步都不知要踏向何處，密密麻麻交疊著
的是無窮無盡的荊棘、芒刺；樹下矮木叢生、
藤蔓糾結，讓要走過那裡的人畜，尋路無處。
全山嶺只有一個入口，向東開設，且在山的
另一頭。那個大罪犯[20]一見及此，顧不得
該走正門大路，爲顯輕蔑鄙視，輕輕一躍，　　　　180
就高跳過所有的界限，不管是山嶺還是高牆，
整個身子就跳進到園內，全身倚重在雙腳上。
他就像匹到處覓食的野狼一樣，爲飢餓所驅，
出沒在新的獵場找尋獵物，眼見牧人在夜晚
時分將牛羊趕進田中用樹枝交叉做成的圍欄內，
守護嚴密時，他輕易地跳過欄柵，進入成群
的牛羊當中。也像個竊賊，一心要闖空門
盜取有錢老爺的錢財，儘管他家門戶結實
穩固，上了閂且落了鎖，無懼有人來犯，卻
從窗戶或屋頂磚瓦處偷偷爬將進去。所以
這個頭號小偷爬進了上帝的羊欄。此後，

---

19 「瑪代」（Media，米底亞），在《舊約·以斯帖紀》中稱作「瑪代」
　（Madai），在《列王紀下》仍稱「瑪代」，但卻拼作 Medes，而在《多俾亞
　傳》中雖拼作 Media，但思高本聖經仍稱其爲「瑪代」。是西亞一古城名據
　說是挪亞兒子雅弗後代所居之所。
20 「大罪犯」（arch-felon）如之前的 Grand Foe，都是撒旦（Satan）本字的原
　意，也是他適當的稱謂。

那些只顧己利的傭工[21]也以同樣手段爬進了
上帝的殿堂。撒旦接著起身飛高，像隻
大鸕鷥鳥[22]，停駐在生命樹上，該樹是園中
最高、長在最中心者，但他並沒因而真正
重得生命，反而坐在樹上構思入人於死，
讓活人死命的計謀；也不想想那棵樹活人命
的好處，好生使用它，它就是上帝許諾讓人
長生不死的信物，而他卻只用它來做眺望。
所以啊，人所能認識真的不多，獨有上帝，
能正確估量在祂面前的美善事物，人只會
曲解良善，濫用它到不堪、或作鄙賤之事！
現下的他從高處往下看，內心驚奇不已，
像在一狹室之內，大自然豐富的寶藏，通通
展現在他眼前，那些都是讓人感官所能領受
的喜，唉，說來更甚，這底下簡直就是人間
天堂！因為這個園子就是上帝所創設的幸福
樂園，是上帝在伊甸東邊所安置的快樂園地。
伊甸的外圍從哈蘭往東，一直延伸到西流基[23]
的王城邊，該城建於多位希臘王之手；或

200

---

21 「傭工」（hirelings），密爾頓認為教堂裡的神職人員，特別是羅馬教會底
　　下的神職人員都是為金錢而受僱的工人，不是正信教徒。
22 「大鸕鷥鳥」（cormorant）就該字字源而言意指「海中烏鴉」（crow of the
　　sea），傳統上認為牠永遠吃不飽，是貪婪的象徵。
23 「哈蘭」（Haran）在《失樂園》中拼作 Auran，是美索不達米亞高原上一古
　　城，相傳亞伯拉罕曾住過此處。西流基（Seleucia）是敘利亞安提阿省
　　（Antioch）附近的海港，靠近古時的巴比倫城，就在底格里斯河上，相傳使
　　徒保羅（Paul）第一次到安提阿宣教就是從此港出入。

延伸到提拉撒[24]，此地原爲伊甸[25]人長居之處。
就在這塊芬芳的土地上，上帝下命造一個
更芬芳的樂園。從這片肥沃的土地中，上帝
讓它長出各形各色的高木巨樹，耐看、耐聞、
耐品味，而個中昂然挺立的就是生命之樹，
高大、醒目，綻開的果實美味芬芳、金黃
鮮嫩、多汁清脆。就在該生命樹旁，緊鄰
而生者，即知識樹，那棵致我們於死之樹[26]，
是我們用重贖，靠認識邪惡才得知良善的樹！　　220
往南穿過伊甸園的是條滾滾大河，就算碰到
林木滿山的丘臺，流向也不變，而是穿山
伏底，掩沒林中，蓋上帝挪動那山就像挪動
園中表土一樣，高高舉起，置於那急流之上，
但土中孔隙爲解渴，自然就透過裂縫汲水上來，
水高就成爲流瀑，瀑水流進多條溪河，澆灌
園中林木，眾溪又合流，流過林中斜坡，跟
之前的地底伏流交匯，伏流通過陰森水道後，
在此重見天日；匯流後的溪水，再次分出
四股大水，各自奔流，蜿蜒曲折，流過許多
名山勝地，也流過許多國家，此處無庸多作

24　「提拉撒」（Telassar，或拼作 Tel Assar）是位於伊甸地區的一城，近幼發拉
　　底河，可能是我們所謂伊甸園的所在地。

25　「伊甸」（Eden）是古代近幼發拉底河的地區，所謂的「伊甸園」可能就在
　　此地，也見上注。

26　「知識樹」就是死亡之樹（tree of death），卻與「生命樹」（tree of life）比
　　鄰而生、或竟糾結而生，故是生是死全看人之自由意志（free will）與選擇
　　（choice）。

敘述，但卻要説説，如果口藝説得清楚者，
此碧波盪漾之溪水，如何從天藍色的清泉，
滾流在波光激灩、水藍波碧、兩岸沙黄的河上，
而河道則溯洄蜿蜒、盤旋迴轉，甘露般的河水，
流淌在枝垂葉密的樹蔭下，灌溉了其中的
每一株草、每一棵樹，以及與此樂園相配的
每一朵花，花在花床上的擺置和排列，繁複
精緻，非人工巧藝能成者，而是豐饒的
大自然[27]，大方地澆瀉在每一座山頭、每一條
溪谷和每一塊地上，澆瀉在先有溫煦晨光
灑落的開闊田野，也澆瀉在中午時分也無光
滲透的陰暗樹蔭處。此園地之長相就是如此，
是一快樂質樸、景象多變的場所；林木簇簇，
棵棵都流溢著清香的膠汁和樹液，果樹則
結實纍纍，表皮亮麗金黄，唾手可摘的
垂掛著，西方金果樹的傳説[28]是眞的，要是
眞的，就只能在這裡，而且美味甘甜。林木
叢間就是空地或平整草原，成群動物吃著
鮮嫩的草，散布在各處空地與草原上；而在
長滿棕櫚樹的山丘上，在有水流灌織錦般的

240

27　文藝復興時代最常爲文人探討的主題是「自然／天然與人爲／栽培」
　　（Nature/Culture）的對比，常以爲人工可補天工之不足，惟密爾頓顯然認爲
　　人工施作的林圃不若自然天成的原野！
28　「西方金果樹的傳説」（Hesperian fables），是指羅馬詩人奧維德所演繹的
　　西方金蘋果的故事，大力士赫丘力斯的十二事蹟（12 Labors）中，其中之一
　　就是到西極地外去取回由龍守護的金蘋果（dragon-guarded apples of the
　　Hesperides），也參見卷三注 57。

溪谷邊，滿布著五顏六色的花，甚至還有
無刺玫瑰！在另一頭，則有涼蔭的巖穴與
山洞，可作爲遮陽避暑之用，藤蔓攀覆在
洞穴之上，紫紅葡萄散布其間，而輕枝細蔓
則和緩、繁茂地鋪滿整個山坡。在此同時，　　　　260
潺潺流水成瀑，奔湧飛濺下斜斜長坡，眾水
再分流各處或匯聚成湖，湖岸邊處處綴滿
花繢，金銀花綻開其間，圍岸拱捧者一湖水，
湖中水平如鏡，澄澈透明。鳥兒不禁宛轉
鳴啼，眾聲合唱，唱出春天的氣息，吐露出
田野的芬芳，枝葉摩娑、輕輕搖曳的搭配著，
主管大自然的潘神也與美惠三女神和四季
女神[29]聯袂起舞，領著永在不息的春天之神
向前行。此地之美勝過美麗的伊娜草地，
人比花嬌的普洛塞庇娜在此採摘花卉[30]時，
卻自己被陰府冥王[31]所強摘，讓母親席瑞絲

---

29 「潘神」或稱「潘恩」（Pan），是希臘神話中半人半羊的神，主司自然、
　田野和放牧，代表多產豐饒，故常跟春天與淫慾聯想在一起。「美惠三女
　神」（the Graces），是希臘神話中主司美麗、魅力與歡欣的三位姊妹神。
　「四季女神」（the Hours），是希臘神話中主司四時變化的眾女神。

30 「伊娜草地」（Enna）在今義大利西西里島上是普洛塞庇娜與其女伴嬉玩之
　處所，也近埃特納火山。「普洛塞庇娜」（Proserpine）是希臘神話美女波瑟
　芬妮（Persephone）的羅馬名。波瑟芬妮是穀物及收成女神狄密特
　（Demeter，羅馬神話則爲「席瑞絲」〔Ceres〕）跟天神宙斯所生的女兒，
　有天在野外採摘花朵時冥王黑地斯所強劫到地府爲后，母親狄密特遍尋無
　著，以致心潰神疲，忘卻其職司之穀物成長，直等到波瑟芬妮重回地表與母
　團聚，大地方使回春。

31 「陰府冥王」，羅馬神話爲帝斯（Dis）或稱布魯托（Pluto），在希臘神話
　中名爲「黑地斯」（Hades）。

悲痛不已，走遍天涯到處要找她；即連
黛芙妮³²所藏身在奧朗帝斯河³³畔的芬芳樹林，
以及讓人起感應的加斯達噴泉³⁴，其美也都
無法和伊甸樂園相比擬。尼薩島³⁵的美也
比不上，特萊騰之水繞流過此島，這島也是
從前含³⁶——外邦人稱他爲亞捫，也叫他作
利比亞宙斯³⁷——藏匿阿瑪底雅和她紅臉兒子
少年巴克斯³⁸，以躲開繼母瑞亞目光的地方；

---

32 「黛芙妮」（Daphne）是希臘神話中的小女神，爲太陽神阿波羅所愛，卻不
   願委身於他，乃求其父河神辟紐斯（Peneus）將其藏身於樹或變成一棵樹，
   此樹被阿波羅所珍視，視爲其聖樹，就是後來的月桂樹（laurel）。

33 「奧朗帝斯河」（Orontes），是在今敘利亞境內的一條河，水自南向北流，
   故又稱逆河（rebel），也見卷9注19。

34 「加斯達噴泉」（Castalian Spring），位於希臘德爾菲溪谷處，古時要朝拜
   太陽神阿波羅神殿者，都須先在此淨身洗浴，也是太陽神殺死大蛇派森之
   處，故被視爲聖地。

35 「尼薩島」（Nyseian isle，或稱 the island of Nysa），是北非突尼西亞「特萊
   騰」（Triton）河中之島，傳說中酒神戴奧尼索斯（Dionysus，即羅馬神話中
   的巴克斯〔Bacchus〕）即是在此被養大成年的。

36 「含」（Cham，即《聖經》中的 Ham，挪亞的兒子），據傳曾移居埃及，
   因此跟北非的神祇亞捫（見下注）連結在一起，外邦人（非猶太人者）也如
   是叫他，亞捫也曾是利比亞王，他與宮女阿瑪底雅（Amalthea）有染，生出
   戴奧尼索斯，爲了躲開他善妒的妻子瑞亞，亞捫把他們母子二人送到尼薩島
   躲藏。亞捫或含在利比亞被視爲就是宙斯，因此他跟戴奧尼索斯父子關係的
   故事也大抵相同，惟宙斯的妒妻在希臘神話中是希拉（Hera），瑞亞反而是
   宙斯的母親。

37 「亞捫」（Ammon）、利比亞宙斯（Libyan Jove）見前注，Jove（宙夫）是
   羅馬天王朱比特的簡稱，就是希臘神話裡的宙斯。

38 「少年巴克斯」（young Bacchus）就是指希臘酒神戴奧尼索斯，因嗜酒故面
   常潮紅。「繼母瑞亞」（stepdame Rhea），見注1；瑞亞是亞捫正妻，故而
   也是少年巴克斯的繼母。

那被有些人認爲是眞正樂園的亞瑪拉山[39]也

比不上，此山是阿比西尼亞君王[40]圍禁子孫
的地方，在衣索比亞赤道線下，尼羅河[41]的
上游處，四周盡是金光閃爍的岩石，要一整天
的工夫才爬得上去，遙遙遠遠的離開我們目下
所說的亞述花園[42]。撒旦那惡魔眼見這園內的
各種快樂事物就快樂不起來了，因這裡有各色
各樣，他前所未見、聞所未聞的珍稀生物。

　　兩個特別尊貴，身材修長、高䠆挺拔
像神般直挺挺的生物，既質樸又坦然的不著
一絲衣履，全身莊嚴堂皇，不遮不掩，就像
王公大臣般威風凜凜，值得尊敬，因爲
他們的樣貌，神聖莊嚴，閃耀著他們造物者
的輝煌形象：誠正踏實、足智多謀、聖潔無瑕、
不苟言笑[43]、單純貞節；雖然一絲不苟，但卻

39　「亞瑪拉山」（Mount Amara），在今東非衣索比亞境內，北緯 9 度線附
　　近，景色宜人。密爾頓可能認爲此地與伊甸園所在之緯度相當，都在赤道附
　　近，山區適合人居住，堪謂人間樂園。

40　「阿比西尼亞歷代君王」（Abassin Kings），Abassin 即「阿比西尼亞」
　　（Abyssinia）形容詞的另一拼法，是今日「衣索比亞」（Ethiopia）的舊稱。

41　「赤道線下」，密爾頓的用詞是 Ethiop Line。東非衣索比亞在北緯 8 度線附
　　近，靠近赤道，在密爾頓的時代，說他是赤道也不爲過。「尼羅河」
　　（Nilus，即 Nile 的拉丁名）是埃及的生命之河，每年定期氾濫，造就沿岸的
　　沃土良田，其上游之一支在衣索比亞境內。

42　「亞述花園」（Assyrian garden）在此指的就是伊甸園，因其位在古亞述地
　　區，故名之。

43　「不苟言笑」（severe），也就是「不假辭色」，是古時父母與子女相處的
　　態度，典型父嚴子孝的情況，父子之間是不苟言笑的，此處固指神與人的關
　　係，也暗指亞當與夏娃間有似父女般的關係，蓋夏娃源出亞當，故也！

如神子般，享有眞正的自主，自是人乃擁有
上帝所賜眞正權柄。兩人看來似乎有差，不太
對等，正如他倆性別之有異：蓋他之受造，
就是要能沉思靜觀、驍勇有力；而她之受造，
就是要展現柔順服從、甜美可愛、嫵媚誘人、
優雅莊重；他是單爲上帝而創造，她則是
藉他而造[44]，以侍上帝。他額寬臉正，眉岸
高聳，模樣顯示他有絕對的支配力，滿頭蜷曲
褐亮的頭髮從前額起半分開來，攏圓成團
垂掛在厚實的肩膀上，長不過肩，很有男性
氣概[45]。而她呢，留著整頭未帶綴飾的金色
秀髮，像一縷軟絲薄紗般的溜下她的纖腰，
蓬鬆凌亂，一絡一絡的恣意起伏，就像藤蔓
捲起自己的莖鬚般，意謂著她的順從，但
順從來自好言說服，也來自她的讓步，以及
他的大度接納；靦腆順服的讓步，不驕矜
自恃，既溫柔矜持又情意綿綿、欲拒還迎。
那時他倆也不在意裸露神祕的下體部位：沒啥
好罪惡羞慚的，視大自然的作品猥褻可恥，而
視卑鄙可恥爲榮耀尊崇，這些都是因罪而生

300

---

44 原文爲 He for God only, she for God in him。上帝原只造亞當，後思不妥（有
  謂後應亞當之求），乃自亞當處，抽肋骨而成夏娃。故夏娃是由亞當體內所
  出，間接源自上帝。

45 頭髮中分，長度及肩是文藝復興時代男子的標準打扮，在法伊索恩（William
  Faithorne，約 1620-1691）替密爾頓所繪圖像中，也具現了這種容貌。按此圖
  像，也大體可以了解密爾頓是以自己的形象在描述亞當的。

的想法。唉，表面的榮耀或羞慚，你真是惑亂
人心呢！一切都只是表面工夫，都是讓外表
看來純潔善良！卻讓人疏遠了最是快樂幸福
的生活：純樸簡單和天真無邪！所以他倆
身無寸縷、無用遮蔽的行走著，毫不避諱
上帝或天使的眼光，因為心中毫無邪念：　　　　　　320
所以他們手牽手的走過去，這對美麗佳偶
是愛神所擁抱過最美麗的一對：亞當是
男人中最俊帥的，晚生之所有男人都是他
後裔；夏娃呢，她是女人中最美麗的，晚生
之所有女子都是她子嗣。而在青草綠地上，
有一小塊陰涼處，他倆站在那，輕聲細語，
身旁有座清泉噴流，遂坐下身來，做完了
辛苦工作，做完了悅人的園藝工作後，該
享受一下涼風拂面的感覺[46]，讓安逸閒散更
安逸閒散，而有益健康的飢渴，則更能讓人
感恩；所以他倆就吃起水果當晚餐：水果
香甜似瓊漿，果樹枝幹低垂，伸手採摘即得，
他們側身斜躺在鬆軟柔順的草坡上，坡上
間雜有各式各樣的花朵。他們口嚼香甜的
果實，嘴渴時就用果殼舀起盈盈滿流的
泉水來喝；兩人之間不乏呢噥軟語和濃情
蜜意的甜笑；更不乏彼此你親我抱、打情
罵俏，就像每對年輕佳偶會做的那樣，他們

46　「涼風」或清風，在地中海和中東地區指的是西風（Zephyr）。

兩人情投意合，幸福聯姻，夫妻共一體[47]，
縱無左右鄰居。而在他們周遭，地表上的
各種動物都蹦蹦跳跳的嬉戲著，因爲都野生
在外，所以無論在深林山野、在樹叢洞穴，
都見牠們在戲耍。獅子撲跳著，小獅子則在
獅掌下縱上跳下；黑熊、老虎、山貓、花豹
也在他倆面前蹦跳；不愛逞威風的大象，
爲讓他倆開心，也使勁地捲動著靈巧的長鼻；
不遠處，那條愛玩鬧的大蛇，彎彎曲曲的
扭動著牠又長又糾結在一起的身軀[48]，牠的
溜滑是天注定的狡猾，但縱有跡證，卻無人
在意；其他動物則躺臥在草叢裡，草塞滿腹，
歇息在那兒，或乾瞪著眼睛瞧、或咀嚼回嚥，
準備就寢，因爲太陽已西沉，很快就要
斜垂著奔向海中之島過夜了[49]，而引進夜晚
的星星們在天秤座升座時，已慢慢在另一端
爬升上天際來了。撒旦仍然目瞪口呆地

340

---

47 「夫妻共一體」（Alone as they），alone 固然是指除亞當與夏娃兩人之外，
伊甸園中再無別人，可是這邊密爾頓要強調的是 All one：兩人同心、夫妻一
體的概念。

48 「彎彎曲曲的」，密爾頓的用詞是 sinuating，另有道德扭曲之意，暗指蛇的
邪惡，而那條蛇是 serpent sly，sly 原指精明狡猾，但此處也指蛇的靈巧滑
溜，不過密爾頓並不認爲此時的蛇對人類是有害的。所謂「糾結在一起」，
密爾頓用了個典故 Gordian twine（即 Gordian knot），原是指 Gordius 王綁在
宙斯廟前柱上的節，有神諭謂誰能解開此節將成爲亞細亞的王，後亞歷山大
大帝路經此處（Gordium），一劍砍斷此結，故有快刀斬亂麻、斷然處置之
意，但此處只取其原義，謂糾結難解之結。

49 「海中之島」（th' ocean isles）是指位於葡萄牙西部大西洋海中的亞速群島
（the Azores），爲古時所謂太陽西沉的地方。

站著看，就像之前一樣，良久，才慢慢恢復
失去的說話能力，哀怨地如此道來：

「天殺的！我這雙眼睛看到、令人揪心
的是什麼呀？這兩個用別的模子鑄成的傢伙，　　　　　360
怎會被高舉到如此地步，居然住進來我快樂
福寵的居所[50]？他們該是土做的，不是天使，
但卻跟天上閃耀的眾神靈不相上下，我心
納悶，不停地估量著他們，都快要愛上他們了；
酷肖上帝的他們，生氣勃勃地閃爍著神的光輝，
那是創造他倆形貌的手所傾注在他們身上的
優雅。啊，你們這對尊貴的夫妻！你們可能
想都沒想過，變故會來得這麼快吧？到時這
一切快樂的東西，都會消失殆盡，都會轉而
送你們進入禍難之境，你們越是在品味喜樂，
禍難就會越多；你們現在快樂，但快樂卻
沒能保固長久；你們所在的高原處，雖是
你們的天堂，但你們的天尊卻沒好好防備，
以至於我，你們的敵人，現在已經進來了。
我本不想與爾等為敵，也有點同情你們，
孤援無助地被遺忘在這裡，雖然我本身也
無誰可憐。因此，我要與你倆結盟，彼此
互通友誼，情牽意連，親密接近；自今而後，
我要與爾等共住，你們也要與我共處。我的
住所，不像你們這個美麗樂園，可能不討

50　顯然撒旦認為此間樂園該是他們未墮落前所有的，卻因叛變騰空而被人類住
　　了進來。

你們感官的歡喜，不過就是這樣，接受爾等
造物者的作品吧！祂將它交給了我，我呢，
毫無條件的送給你們：地獄的大門會打開，
好接納兩位，大門會大大地打開，也會送出
它底下的閻王屬鬼。地獄裡空間奇多，不像
此地窄小擁擠，幅員有限，那兒可以接納
你倆恁多的子子孫孫。如果地獄不是個
好地方，要怪上帝，祂逼得我要對你們施行
報復，雖然你們沒對不起我，我也討厭報復，
但你們的上帝卻對不起我。更何況，如果我
竟然因爲你們的無辜和單純而心軟，如我
此刻這樣者，那麼，眾所計較、在意的公道、
榮譽，以及隨著報復、隨著征服這塊新天地
而擴大的疆域，該怎麼辦？我被逼著要征服
此地，縱然我會因此受貶責詛咒，但現下
要我做做別的，而非如此，我會憎惡不已。」

　　這個惡魔如此說道，還很不得已，其實
這只是暴君的托詞，好爲他的邪魔行徑開脫。
之後，他從高高占據的那棵大樹上降了下來，
來到那群正在嬉戲中的動物裡，來到四腳
動物群中，自己也一會兒變成這隻、另一會兒
變成那隻，就看哪種形貌最適合自己需要，
以便就近看看他的獵物，亞當和夏娃，同時
不被看到，好銘記他倆的情況，這比用文字
還是動作來標記，所知更多。在這些動物中，
他先用炯炯的目光，悄悄繞著獅子打轉，

380

400

然後變成老虎，而恰好就在樹林邊不遠處，
他瞥見兩隻溫馴的小鹿在嬉戲，立刻就匍匐
前進好接近牠們，之後起身，不斷變換伏身
在地的姿勢好觀察牠們，就像已經選好目標
的老虎，一起身向前衝，就一定能兩掌各
抓住一隻鹿，緊緊不放。此時亞當，人類的
始祖，對著最早的女人，夏娃，開口說話；
撒旦遂全神貫注地傾聽他們如下的新奇話語：

「獨一無二的夥伴，唯一有分參與這
一切快樂者，妳本身比什麼都尊貴！創造
我們以及這個富足世界的大力量，一定是
良善無比，而說起祂的善，祂可是慷慨大方、
不求回報、無量無限的，祂把我們從土裡
扶升起來，擺放在這個地方，享受這裡的
一切快樂，而我們在祂手底下，卻什麼勛勞
都沒有，也做不了任何祂需要的事情，祂也
沒有要求我們做別的服侍，唯獨只有這件事，
一件很簡單的責任：在樂園中有各色果樹，
棵棵都結實纍纍，香甜好吃，但絕不要吃
其中那棵種在生命樹旁，知識樹的果實。
死亡跟生命樹種得那麼靠近，雖然我不知道
死亡是什麼，但不用說，一定是件可怕的事；
而且我們也深深了解，上帝宣告吃了那樹的
果就要死；在上帝授予我們的種種權力和
統治標誌中，那棵樹是留給我們表示順服
的唯一象徵，祂還授權我們統治所有地上走、

420

天上飛，還有水中游的動物。所以不要把
上帝唯一的簡單禁令，視爲困難重重，我們
對其他所有東西都可大方享有，對各式各樣
的快樂事情也有無限的選擇權，所以我們
應當時時刻刻稱頌祂，讚美祂的慷慨施與；
在此之前要做我們喜歡做的事，就是修剪
這些不斷增長的植物，整理這些花草，雖說
可能有點累人，但跟妳在一起，一切都甜美。」

　　對他的說法，夏娃如是回應道：「呃，　　　　440
你呀，我是爲你而設、從你所出的，是你
肉中之肉，沒有你，我的存在就沒意義了，
你是我的指引，也是我的頭，你剛剛說的
都是公平正確的。因爲我們眞的應該好好
謝謝祂，每天都應獻上感謝——特別是我，
因爲眼下的我是比較快樂的一位，我還
享有你，而你比我優秀太多太多了，但你，
要找像你一樣優秀的伴侶，卻無處尋覓。
我總記得那一天，從睡夢當中剛醒起來時，
發現自己躺臥在花叢樹蔭下，滿腦子的疑惑
起來，我人在哪裡，我是誰，從哪兒，又是
怎地被帶到這裡來的？離我不遠處，有股
淙淙又嗚咽作響的流瀑聲從洞裡發送出來，
水又散落在流動卻平靜如地的湖裡，滿湖
水波不興，澄淨得像是一大片天空。我往那兒
走去，心裡一點兒想法都沒有，就躺了下來，
躺在綠草岸邊，看進去那一湖清澈無波的水，

就像看見另一片天一樣。就在我俯身要看的
時候，在水的另一端，有一個形影出現在　　　　　460
波光粼粼的水面上，也彎著身子向我看來。
我嚇了一跳，抽身回來，而它也抽身回去
──我感到高興，很快回身，它也很高興的
急忙返身回來，一副要回應、滿是同情和
愛憐的樣子。我直直地用眼睛一勁兒盯著
它瞧，內心有股痴想而喟嘆不已。要不是
有聲音傳出來警告我：『妳所看到的，妳在
那兒所看到的，美麗的人兒，是妳自己。
它會隨著妳跑來跑去。來，跟著我來，我要
帶妳去一個地方，那兒，等著妳來，等著
給妳溫柔擁抱的不是妳的身影；而是他，妳
就是他的影像，他才是妳該享有的人；你倆
要形影不離，你倆要生養眾多像妳這樣的人，
自今而後妳要被稱作『人類這族的母親』[51]。
我那時能怎麼做呢？只好趕快跟著他，什麼
都看不到的跟著他走，直到我看到你，真的
長得俊秀且身材高大，站在梧桐樹下，不過，
我想比起水中柔美的影像，要差一點，不夠
那麼溫婉迷人，也不夠那麼柔和親切。我回身
往後走。你追著我大聲喊道：『回來啊，美麗　　480

51　「人類這族的母親」（Mother of human Race），蓋夏娃之名（Eve，希伯來
　　文爲 Hawwah、Havvah 或 Hava）即爲眾生之母（mother of life）的意思，不
　　過此時的夏娃尚未有名字，仍待亞當叫名。

的夏娃,妳知道妳要逃離的是誰嗎?妳要
逃離的人,就是妳的他、妳的肉、妳的骨。
爲讓妳有生命,我把側邊的骨給了妳,在最
靠近我的胸膛處,靠近我生鮮活命的地方,
好讓妳來到我身邊,從此以後,妳我不再分離,
是彼此親愛的慰藉。妳是我心靈的一部分,
我在找妳啊!也有權聲明妳就是我的另一半。』
話說完,你溫柔的手就抓住我的手,我也沒
抗拒,從那以後才認清,女子的美貌不若男性
的優雅及智慧那般卓越,而獨有智慧才眞是美。」

　　我們的共同母親如是道來,兩眼眼神
充滿了夫妻間該有的嬌媚,充滿著天眞爛漫
以及溫柔順服,半擁抱似的偎身在我們人類
的始祖身上。她圓聳的胸部,有一半貼靠在
他的胸膛上,上面遮蓋著她飄逸的金髮,
一絡一絡鬆軟地垂落著。他心花怒放於她的
美貌及其順從依人的妖嬌嫵媚,用自上而下
的垂愛[52],笑看著她,如同朱比特[53]在讓雲
受孕時,笑盈盈地看著朱諾[54];而受孕的雲

500

---

52 「自上而下的垂愛」(superior love),superior 此處用的是古義「自上而
　　下」(from above),所以 superior love 就是「垂愛」一詞的本義,講的是亞
　　當與夏娃的上下對位關係(含躺臥姿勢)及其優越感(如同之後所提朱比特
　　與朱諾的關係),參見 Gordon Teskey 對此字之釋義。當然此詞也講亞當的
　　愛是源自上天、源自神,就是那種清純而非如撒旦般的邪淫之愛。

53 「朱比特」(Jupiter),是羅馬神話中的天神,就等於是希臘神話裡的「宙
　　斯」,簡稱「宙夫」(Jove)。

54 「朱諾」(Juno),是羅馬神話中天神「朱比特」的妻后,相當於希臘神話
　　裡的「希拉」。

則將雨灑落在五月盛開的花上[55]。他毫無
邪念的印吻在他婚婦的唇上。惡魔妒忌得
撇轉過頭，但卻惡狠狠又吃味地瞪了回去，
斜著眼偷瞧，然後對著自己大發牢騷的道：

　　「此情此景，眞是看著可恨，見到就
痛心哪！這兩個傢伙，四臂交纏，抱在一起，
圈在這比伊甸還快樂的小樂園中！他們竟然
可以福上加福、樂上加樂的盡情享受，而我
卻被摜擲在地獄中，那裡既沒歡樂也沒愛情，
只有強烈的情慾，那是在其他種種折磨當中，
最最折磨我等者，卻永無滿足的可能，只能
苦苦等著時間流逝而身形消瘦。不過，也別
忘了從他們自己口中，我所得到的訊息。
好像說，不是什麼都是他們的。那兒有棵
致命的樹，叫知識樹是吧？他們是受禁不准
吃的。不准有知識嗎？這太可疑了，也太沒
道理了。他們的主上爲何猜忌他們那件事呢？
有知識是罪過嗎？有知識會死？他們只靠
無知無識就能持守久遠？無知無識的光景
就是他們的快樂？是用此來證明他們順從
聽話，持守約定？噢，這倒是個美妙的基礎，

520

55　此事原見史詩《伊里亞德》14：346-51，天后希拉爲阻止天神宙斯幫助特洛
　　伊人，遂自愛神處借得嬌媚，以蠱惑天神與她在雲霧下交歡，自是其後乃有
　　露降雨滴，而其躺臥處則有新生之鮮花嫩草爲墊。不過密爾頓此處卻說是
　　「讓雲受孕」，並降雨花木上。另有一説謂宙斯是純火的以太（ether）而希
　　拉則爲雲霧（air and cloud），兩者交合則下雨，參見 Alastair Fowler
　　（1998）對此事之注。

奠基其上我就能讓他們覆亡！因此，我要
鼓動他們的心智讓他們更有求知的欲望，
並且抗拒那因妒而來的禁令，那是捏造
出來的，目的在讓他們維持卑微，而有知識
就有可能提升到與天使相同的地位。如果
渴望如此，他們就會去嚐那果實而死亡。
還有別的可能結果嗎？先讓我繞著這花園
走走，仔仔細細搜查一番，每個角落都要
好生看看，不能放過。雖然不確定，但
走運的話，也許我會碰到某位天使巡遊
到泉邊、或坐在濃蔭下休息，從他身上，
也許可以套出更多消息。好好活著吧，迄今
還快樂的一對——得享樂就享樂吧，在我
回來前，享受短暫的快樂吧，長久的災禍
就要接踵而至了！」話說如此，撒旦輕蔑地
轉過身，踏著桀驁不馴的步伐，狡猾又謹慎
地四下環顧，方才開始穿林過野，上高山又
下低谷，漫無目的的四處閒晃。

　　此其時，在西經最偏處，在天、地、海
交接的地方，夕陽已漸漸西沉，但其餘暉則
水平地正面照在樂園東方的大門上，此大門
是由一塊塊白石灰岩所砌成，高達雲霄之上，
遠遠就看得到；樓聳門高，且僅有一門洞，
可從地面蜿蜒曲折地爬將上來！其餘則是
崎嶇陡峭的山壁，越高就越空懸、突出地面，
根本沒法往上爬。就在這城的石門柱中間，

540

大天使加百列坐在那兒,他是看守樂園的守衛
頭領,正等著夜晚的降臨。其他未著軍裝的
小天使們,在他附近,雄赳赳氣昂昂地比劃
練習著戰陣。不過就在他們不遠處,天上的
兵器,有盾牌、頭盔及長戟,高高豎立著,
件件都是鑲金帶鑽,光燦耀眼。烏列駕著
光束,滑降過夜晚的天空,往加百列這邊
過來,快得像是秋夜中一道彗星,劃過暗夜
的天空,此時雷電迸發、水氣點燃,擠壓著
空氣,這告訴水手們,該注意羅盤針的指向,
好防備強颱暴風來襲。他乃急促地如是開言:

560

　　「加百列啊,今晚你的行程按籤分配,
是被指派去嚴密守護這個快樂地方,不要讓
任何邪靈惡魔接近或進來。今天日正當中時,
有位天使來到我轄區,看起來似乎非常熱切,
想要知道更多萬軍之王的種種作品,特別是
人類,上帝最新的作品。我遠看著他的行進
方向,他只專心全速前進,我也注意到他越空
的軌跡,但就在他停降在伊甸園北側的山上[56],
他首次落地處時,我很快發現他的樣貌異於
天上天使,其形容慚穢猥瑣,滿是汙濁情愫。
我眼睛直盯著他看,但在光線幽暗的地方,
就不見他影蹤了。我只怕他是被趕出天國的
那夥群眾,從地獄深處冒險爬上來,要惹事

56　「伊甸園北側的山上」指的就是前一卷末尾所指的尼發底山,撒旦自地獄爬
　　上來後,先巡遊於天門之外,再落腳於此處。

生非：他是你一定要費心看管並捉拿到案的。」

　　對他，加百列這位有翼戰士如此回應道：
「烏列啊，坐守在太陽明亮光圈內，無怪乎
你可以看得那麼遠、那麼多。我們派駐在此者，
都很警醒，沒誰通過我這道門，只除了那些
在天上著有聲名的天使來過。而且打從正午　　　　　　　　580
開始，就沒個影兒來過。要是有另外那群天使
蓄意要騰越過這些人世間的邊界外牆，你也
知道，要用這些有形的圍欄，將無形的天使
天軍阻擋於外，是很困難的。但如果他出現
在我們巡守範圍內，不管他是以啥形狀潛伏，
你說的那位，在明天日出前就會被我認出來。」

　　他這麼一應承，烏列就搭乘著那道光束，
要回到自己的工作崗位；光的尖端已然抬起，
把他斜斜地帶下太陽西沉的亞速島上。究竟
此為太陽這最重要的星球，以其不可思議的
速度，自行運轉到它日復一日都要沉沒的
地方；還是，我們這個較不轉動的地球，
因為向東飛行的路徑較短，就讓它停在那兒，
用返照回來成排成列的紫金雲彩，來伺候
那位坐守在西天不動的王[57]。夜已悄悄籠罩，
日沒後的薄暮，灰濛濛的將她肅穆莊嚴的
外衣蓋住萬事萬物，一切都悄然無聲息，　　　　　　　600

57　密爾頓的天文概念是太陽繞著地球轉，而諸大行星則繞著太陽運轉，所謂的
　　以地球為中心的宇宙觀，但又有些哥白尼地動說的天體概念在其中，所以此
　　處所謂「西天不動的王」，就是夕陽。

因爲各個飛禽走獸都已溜開，有的歇躺在
草地上，有的則委身在鳥巢裡，只有夜鷹
還警醒著不睡：整夜裡哼唱著情歌，令沉默
女神驚喜不已。一顆顆紅寶石則在穹蒼中
閃閃爍爍地照耀著。此時，太白金星[58]升座，
引領眾星，熠熠然向前行，最後月娘穿出
雲層，亮傲群倫，堂皇高雅，光采焱焱，
儼然女王模樣，顯露了她無與倫比的亮光，
用她銀白的面紗罩住整片黑天暗地。

　　此時亞當對夏娃說道：「賢妻啊，夜已
降臨，鳥獸蟲魚都退下去休息了，這提醒
我們也同樣該歇歇了，上帝設下了勞動與
休息的時間，就像白天接著黑夜一樣，
適時而可以提振精神的睡眠，以輕柔令人
想眠的力量，降臨我們身上，沉重得讓我們
的眼皮闔上。其他動物一整天四處晃晃，
無所事事，較不需休息；人則每天有被指定
的工作要勞心或勞力，當然這也說明了人
不同於動物的尊貴之處，以及上帝在各方面
對人類的照看，別的動物這裡晃晃、那裡
走走，全都不事生產，上帝自然不會把他們
的作爲看在眼裡。明兒個，當清爽的晨曦
在東方露出第一道曙光時，我們就必須起床

620

---

58 夜空中最亮的恆星當爲「天狼星」（Sirius, the Dog Star），但密爾頓用的字
是 Hesperus（黃昏星），那是希臘神祇掌管黃昏時最早升起的金星，在中國
稱「太白金星」。

到田裡勞動，做些開心的事：修剪修剪遠方
的花木，拔除掉那邊綠草處的雜草；我們
午間要走的路都已枝葉過多過密了，好像
在笑我們不夠勤快、工作不力，需要不只
我們兩個人手，好砍伐它們繁茂的枝葉。
那些在樹林中盛開的花，還有那些汁液
低流的樹，隨處散布，既不上相也不平整，
需要我們去伐除，才好行走。但，此其時，
黑夜按自然旨意，吩咐我們要去歇息。」

　　夏娃，襯映著完美秀麗的姿容，對著
亞當如是回應道：「你是創造我的人，我
隨你處置，你所吩咐的，我都不反對、
都順從。此爲上帝所規定者：上帝是你的
律法，而你就是我的。明白不需要多知道，
就是女人最幸福的認知，也是該受讚揚的。
跟你談天說地，讓我忘了時間的流動、
季節的輪轉、四時的更迭，一切的一切都
令人歡喜。清晨的氣息是甜美的，晨曦的
爬升也是甜美的，間雜有早起鳥兒的眾聲
喧鳴。快樂的太陽，先在這快樂的園地上，
灑下它金燦的光在草上、在樹上、在果實上、
在花朵上，讓他們因露珠而閃亮發光。肥沃
的土地，在下過綿軟的陣雨後，馥郁香甜；
同樣甜美的是柔順宜人傍晚的登場，之後是
寂靜的夜，還有隨夜而來的肅穆的鳥、美麗
的月亮，以及天上種種寶石，這些成隊排列

640

的星星等夜景。但所有這些清晨的氣息，
眾鳥隨晨曦爬升而早起的喧鳴，太陽照在
快樂的園地上，因濕露而閃亮發光的草木、
果實、花朵，綿軟陣雨後的芳香馥郁，柔順
宜人的傍晚，寂靜的夜，隨夜而來的靜肅
的鳥，夜下散步，以及星光的閃爍等等，
沒有你就不再甜美了。不過這又是為什麼，
這些星星一整夜都亮閃閃地在發光？當睡神
把所有的眼睛都闔上時，這一切光鮮燦爛、
清麗甜美的景象，是要給誰看呢？」

　　對此，我們的共同始祖回道：「是上帝
也是人生的女兒，完美又多才藝的夏娃[59]啊，
那些星星自有它們的行程，要在明天晚上
以前，完成環繞地球的任務，且要一地一地
按順序跑，也要跑過尚未成立的邦國，供應
他們備好的光。星星沉降再上升，免得夜暗
的全然漆黑再次宰制她的舊屬，而澆滅掉
自然界和所有事物的生命，這些生命體不僅
靠星星柔和的火光照亮，也靠它們溫煦的
熱度，程度不一的作用在身上而發暖發熱，
好調節體溫或滋養生息，星星們甚或將它們
見不著的部分威力散發給長在地上的各個

660

59　「完美又多才藝的夏娃」，原文作 "accomplished Eve"；據 Roy Flannagan
　　（1993）所注，accomplished 此處有 "perfectly constructed" 以及 "skillful" 的
　　意思，也暗指夏娃如神話中的潘朵拉（Pandora）一樣「稟賦多才」（all-
　　gifted），卻因好奇心重而墮落。

生物,好讓它們能更易於接受來自太陽更強、
更完美的光線。這些作用,雖然在深夜時分
不爲人眼所見,但也不是白白在發著光。
更不要認爲沒人在場,就無人觀賞著天、
無人在稱頌上帝。成千上萬沒有形體的天使
天軍行走在大地之上,不爲人所見,我們
醒著時是如此,睡著時也是如此。所有這些
生命體看著上帝的創造物,都不盡地讚美,
日日復夜夜。我們不是經常聽到從山野深處   680
及幽林密谷,傳來陣陣天上的聲音回溯在
半空之中?他們不是獨自,就是彼此回應著
對方的聲響,傳唱稱頌著他們偉大的造物者。
他們也常成群結隊,趁著守夜的時候,或者
趁著晚上巡行打更的時候,用天上的樂器
演奏著天籟之音,節奏和睦諧順,聲調起伏
得宜,他們並和著樂曲唱歌,歌聲劃分了
守更時辰,歌聲也讓人思緒提升,想望天庭。」

　　他們就這樣窸窸窣窣地交談著,手還
牽著手,兩體合一,一直走向充滿喜悅的
寢居處。那是由掌管、創設一切的上帝所
揀選的地方,就在祂打造一切事物好讓人
可以喜樂享用時。住處頂上滿是被覆,
那是用月桂與桃金孃以及長得更高帶有
芬芳樹葉的堅硬枝幹編織成的陰蔽物。
兩側長有茛苕樹以及芳香的灌木叢,圍繞
成一整堵綠色的牆。每一朵花,像各色

鳶尾、玫瑰、茉莉等等都美麗動人，彼此間
競相綻放、爭奇鬥豔，點綴鋪排得像
一幅幅鑲嵌畫。腳下站立處則有紫羅蘭、　　　　　　　700
番紅花、風信子繁複織錦般的繡在地面上，
比有錢人家徽章紋柱上鑲襯的寶石還豐富
多彩。而鳥、獸、蟲、蛇等其他動物，則
不敢進到住處裡面來，以示對人的敬畏。
在此住居處更深、更神聖也更隱蔽處，雖說
只是傳說，但潘神或羅馬人稱爲森林之神的
從沒在此就寢過[60]，連森林中的仙女及
農牧神也沒在此逗留過[61]。就在這處他們
夫婦的幽僻內室裡，要做妻子的夏娃，先在
那天用各種花及花環還有各種香氣撲鼻的
藥草，來裝飾她的合巹喜床，天上的各級
天使則唱著結婚頌曲，司婚配的和藹天使，
將她牽引至我們的始祖那兒，全身毫無遮蔽，
麗質天生，無需多做裝飾就比潘朵拉還靚[62]，
潘女曾受眾神的賞賜，獲得了種種贈禮。

---

60 潘神就是前所提及之森林、山野和農牧之神，在羅馬神話故事中被稱爲「西
　凡納斯」（Sylvanus），即所謂的「森林之神」。「從沒在此就寢過」是指
　此處是新創地，絕非異教傳說可比擬。

61 「森林中的仙女」即寧芙（nymph），「農牧神」在羅馬神話中是指「方那
　斯」（Faunus）。

62 「潘朵拉」（Pandora），在希臘神話中，是天神宙斯爲懲罰普羅米修斯
　（Promethus，其名意爲有先見之明者）所創造出來的美麗女人。眾神依次賞
　賜給她各種禮物（實爲各種災禍），並將禮物鎖在箱子裡，故稱爲「潘朵拉
　的寶箱」（Pandora's box），同時將她婚配給普羅米修斯之弟伊比米修斯
　（Epimethus，其名意爲有後見之明者），潘朵拉趁伊比米修斯不在時，掀開
　寶箱蓋子，以致禍害飛出，貽害人類。密爾頓此處將夏娃比作潘朵拉，是指
　她倆都是誘導人類，以致禍害叢生者。

啊！她倆在悲慘事件的結果上還眞是像呢！
潘女被赫密士帶到傑普塔斯那位較不靈慧的
兒子那兒[63]，用她的美麗外貌讓人類陷入圈套，
宙夫則藉此報復那位偷走他所創火種的神[64]。

　　他倆就這樣子來到了陰涼的住所處，　　　　　　　720
站定，然後轉身，在朗朗星空下，頌揚上帝，
祂創造了上天、空氣、地面與供他們仰望的
天空、皎潔又明燦如輪的月亮，還有天極上
的星星：「全能的造物主啊，您也創造了
夜晚、創造了白天，讓我們能依時工作，
在彼此相互幫忙、互敬互愛中，快樂地完成
工作，那是您所制定，我們快樂福祉的
最高點；而這個賞心悅目的地方，對我們
而言太大了，您的豐富還缺人共享，果實
不待採摘就掉落地面。但您曾許諾會有
一整族人從我倆當中所出，滿滿占有這塊地，
他們會和我們一起讚頌您的無限慈愛，不管
是在我們醒著的時候，還是像現在，我們
求您賜與睡眠的時候。」

63　「赫密士」（Hermes）是希臘神話中天神宙斯的兒子，同時也是他的信使
　　（messenger）。「傑普塔斯」（Japetus，即本卷書中的 Japheth），是前注普
　　羅米修斯與伊比米修斯兩兄弟的父親，有一說謂他與宙斯的父親克羅諾斯是
　　兄弟關係，都是泰坦族人。密爾頓此處的拼法與挪亞第三子雅弗幾乎同音，
　　後者被認爲是希臘人的祖先，與亞當是人類始祖的情況類似。
64　「那位偷走……神」指的是前述的普羅米修斯，他同情人類衣不蔽體、茹毛
　　飲血，遂自奧林帕斯山將宙斯的火帶至人間，因而獲罪，被綑縛於高加索
　　（Caucasus）山之巨石上，永受金鷹啄食其肝臟之折磨。

　　他們如此同聲禱告，再無其他禮數要
遵守，只除了純心的孺慕之情，而上帝
最悅納的也是如此。他倆攜手同心，走進
內室最深處，省卻了脫下種種裝扮的困擾，　　　740
不像穿戴整齊的我們需要惺惺作態；他們
逕直地肩併著肩，躺了下去。我可以想像，
亞當不會轉開身背對著他的美麗妻子，
而夏娃也不會拒絕夫妻相愛、親暱燕爾的
交合祕禮。偽君子們可能會厲聲要求他們
清心寡慾、舉止有節、單純老實，用淫穢
髒汙來詆毀上帝視為清純的事；夫妻交合，
有人視為上帝指令，但實則上帝隨人自主。
我們的造物主是要我們生養眾多的。誰會
要求禁慾？不是別人而是我們的毀滅者，
他是人神共憤的大敵！福哉，男女婚配的
愛啊[65]，那是自然交合的奧祕儀典，是人類
後嗣的真來源，也是亞當與夏娃在樂園裡
所共有的一切事物中私有的資產！因著妳，
人類才能將行淫貪色的慾望趕開，讓它在
走獸群中遊走。也因著妳，愛神哪，植基在

65　「男女婚配的愛啊」（wedded love），此處 love 也可作愛神解；這位愛神就
　　是希臘神話中的丘比特（Cupid），主掌情愛的女神維納斯（希臘神話中的阿
　　芙蘿黛緹）的兒子，他身背金箭與鉛箭，被前者射中會不自覺愛上所碰到的
　　任何人，而被後者射中就會變成魯鈍不近異色。不過，密爾頓在此將其角色
　　與婚姻女神天后希拉重疊，使其成為正常婚配的守護者，所以才有之後
　　「妳」的讚頌。因係正常婚配，故夫妻敦倫、交歡乃當然之事，應受尊崇而
　　非假裝清高而抵斥。

理性之上，才有父子親情與手足之愛的產生，
那是首為人所知的忠貞、正直、清純的關係。
妳是讓家庭和諧歡樂的永恆流泉，我絕不會　　　　760
將妳寫成作奸犯科的神，也絕不認為妳不配
在聖殿裡的高位，因為妳讓婚姻的床不受
玷汙並宣告它是貞潔的，不論今時或過往
皆是如此，一如諸聖徒或眾父長所曾宣告的。
在這裡，愛神[66]動用了他金色的箭，點上了他
永不熄滅的堅貞之火，揮動著他的紫色翅膀，
統管一切，同時陶醉其中；愛神是不會在
娼妓買來的笑容上的，那種笑是無愛、無歡、
無情誼、露水姻緣式的；愛神也不會在宮廷式
情愛裡，不會在男女混跳的舞會裡，也不會
在放浪形骸的假面戲裡，更不會在深夜舞會
或對愛飢渴的情郎吟唱給他高傲美人的情歌裡，
這些最好都應棄之如敝屣。亞當與夏娃被
夜鶯的歌聲哄著，彼此相擁而眠，今早
修剪過的玫瑰，從滿被花卉的屋頂撒落在
他倆赤裸的肢體上！繼續睡吧，你們這對
幸福的夫婦；唉，沒人會更幸福呢，如果
不求更幸福、知道知所當知就是好的話！
　　此時，夜晚如果用地球的圓錐陰影[67]，

66　如前注，此處 Love 可作擬人化的「愛神」即丘比特解，當然也可作「神聖
　　的愛」解，所以才有之後對真愛的描述。
67　「地球的圓錐陰影」，指的是太陽西沉後從下方返照回地球所形成的陰影，
　　此陰影為圓錐狀（cone）。

來量度月光照耀下的廣袤蒼穹，其陰影已半
爬上山了[68]，而天使基路兵也在慣常的時間
從象牙白的東門現身[69]，武裝齊全的站立著，
準備以戰鬥隊形開始夜巡，領隊加百列　　　　　　　780
乃對權力、位階僅在其下的一位天使說道：
　　「烏薛[70]啊，你帶這半的天使往南邊巡去，
務必要嚴密守護，另一半的天軍則隨我去
北邊轉轉！我們兩路兵馬在正西方會合。」
天使們像火焰般地岔分出去，有的轉身去找
盾牌，有的則去拿長戟[71]。在這群天使中
他叫住兩位站在身旁，體格強健又行事機敏
的天使，要他們管帶兵丁，並如此吩咐道：
　　「伊修列、捷芬[72]，你們以翅膀能飛的

68　「陰影已半爬上山」，指的是錐狀體的頂尖已半爬上山，此時的投射角度約
　　爲45度，晚上9點左右，見 John Lenoard（1988）之注。

69　「基路兵」（Cherubim，單數型式爲「基路伯」Cherub），是天使之謂也，
　　在《舊約》中被描述爲有翅膀、服從上帝的最高級天使之一。「象牙白的東
　　門」（ivory port）指的就是樂園東門，在荷馬史詩《奧德賽》裡有謂錯誤的
　　夢（false dreams，即不會實現的夢），其根源在象牙門（ivory gate），而眞
　　實的夢（true dreams，即會實現的夢），則源自角門（the gate of horn）。所
　　以有此說法全因在希臘文中，ivory（λέφας）一字與 deceive（欺騙，
　　ἐλεφαίρομαι）一字的拼音接近而 horn（κέρας）與 fulfill（實現，κραίνω）拼
　　音接近之故也。

70　「烏薛」（Uzziel），大天使之一，代表的是「上帝的力量」（strength of
　　God）。

71　「盾牌」、「長戟」，也指左邊與右邊，此因當時一般人都是左手拿盾、右
　　手持戟。

72　「伊修列、捷芬」（Ithuriel, Zephon），其中「伊修列」意爲上帝的發現
　　（discovery of God），而「捷芬」意爲看守（looking out），是上帝的「舉
　　發祕密者」（searcher of secrets），因此是擔任搜索任務的最佳帶隊人選。

速度，搜查這整個樂園！每一個坑洞都不能
放過，但主要是搜查那兩位俊美人類的住所，
他們當下可能已經入睡，絲毫不知有傷害
會來。傍晚時分，從太陽降落處，有位天使
來這兒，談到有個來自地獄的墮落天使，被他
發現一心一意往這兒走來（這事怎誰也想不到），
他逃脫了地獄的鐵柵欄，到此的任務，必不
良善。你們如果找到那廝，務必捉拿來此！」

　　如此說罷，加百列就帶同他光燦四閃的
成列部眾出發，亮得讓月亮目眩眼花，
伊修列、捷芬就直往亞當與夏娃的住處去，
找他們要找的惡魔。就在那兒，他們找到了
一個傢伙，像隻癩蛤蟆般蹲坐在地，匐靠
在夏娃的耳邊，試著要用牠邪惡的伎倆，
深入夏娃的心，好打動她遐想的器官組織[73]，
藉此而鍛造出種種如她所想要的幻覺、
幻象，甚至幻想；而這些如果能鼓舞激動

800

73　「遐想的器官組織」（organs of her fancy），此其中 fancy 是指能形成腦海圖
　　像的器官機能。浪漫詩人柯立芝（Coleridge）曾區分 fancy 與 imagination 的
　　不同；他認為 fancy（想像）是被動而機械式的，主要是在被動地積累資料並
　　將之貯藏於記憶當中，而 imagination（設想）則是指那種神祕力量，可將隱
　　藏的意義和想法建設性或創造性的描繪出來，而不僅僅是將心中貯藏的圖像
　　呈現出來而已。前者很顯然重在輸入過程，而後者則強調輸出、生產。所
　　以，撒旦如何呈現，就可能在夏娃的腦海中形成某種印象，進而打動她，做
　　出他要的結果。

起她的怨毒，就可以汙染她精神性靈[74]的
那部分，那是從純正的血氣發展來的，
就像柔風暖氣是從乾淨的河流來的一樣，
此怨毒一啟動，就起碼會加大她失調的[75]、
懷不滿的想法，以致虛幻的想望、虛幻的
志向、不當的欲望就膨脹起來，過度的
自以為是，進而使驕心滋長。伊修列
目不轉睛的將長戟輕輕地向他刺過去，
因為虛假的東西是禁不起天國鍛造來的
戟桿碰觸的，一經碰觸，虛假的東西就會
被強力打回原形。他嚇了一跳，爬將起來，
發現自己因驚嚇而洩漏身分。就如同火花
點著了堆放在貯藏庫裡的硝酸火藥一樣，
（這樣的貯藏庫是用來貯存彈藥，以備傳言
有戰事時用的），這些黑汙的火藥粉，突遭
點燃，就會火花四散、烈焰騰空，這個惡魔
也被突來的一刺，嚇得跳將起來，露出原形。
那兩位俊秀的天使，也因半驚嚇而往後退了　820

---

74 「精神性靈」（animal spirits），是人體中會產生的三種潮氣（vapor）之一
　：肝（liver）跟心（heart）會產生自然和活命的潮氣，這些氣流經由血管上
　升至腦部就變成靈氣（animal spirits，其中 animal 一字源自拉丁文 anima 是
　指 soul，精神、心靈也）。之後靈氣透過血流驅動身體四肢，並將感受到的
　資料回輸到腦裡做理性判斷。

75 「失調的」（distempered），古西洋人認為人有四氣（four humours），風
　（與血氣相關）、水（主黏液體質）、火（與脾性有關）、土（膽汁性，主
　憂鬱）。此觀念與傳統中國人所謂的五行，金、木、水、火、土約略相當，
　四氣或五行不順、失調就可能生病。所謂「失調的」，就是指四氣受刺激而
　波動之謂也。

好幾步，他們沒料到會突然就見到那位猙獰
可怕的魔王，但也沒因驚嚇就不敢動，遂
很快就出言搭訕他道：

「你是被判入地獄的那群造反天使中的
哪一位？竟敢逃離你的監禁處，跑到這兒來，
還改變自己的形容？你幹麼坐在這裡，像是
敵手要埋伏偷襲一樣，直睜著眼睛對這兩位
睡夢中的夫妻他們的頭部，在猛瞧呢？」

「哼，那麼説來你是不知道囉？」撒旦
不屑地説道，「你不認識我嗎？要知道過去
的我，根本不是你敢稱兄道弟的，我在天庭上
坐著時，你連起身飛都不敢。不認識我就
表明了你只是個無名小卒：你是你那群天使中
最低階的！你要是知道我是誰，幹麼還要問，
幹麼還多此一舉呢？你開頭問的那些話是
多餘的，所可能得到的結果也一樣徒然無用！」

捷芬也以不屑對不屑的口氣回應撒旦道：
「你這個叛逆天使，不要以為你還是過去
那個樣子，光輝燦爛，澄澄亮光永不熄滅，
而且還是誰見誰識的；當時的你站在天庭上，
可是正直高潔，純潔無瑕！但當你不再
良善時，你身上的光輝和榮耀，早就離你而
去了；現在的你就像你所犯的罪和你注定要
待之地一樣，昏暗汙穢、髒臭難聞。不過呢，
來來來，你必須要説説你的理由去給我們的
長官聽聽，是他派我們來的。他吩咐我們要

840

看好這個地方不受侵犯，也不要讓這對夫妻
受到任何傷害。」

　　捷芬這位基路伯如此說道，責罵的語氣
既認真又展現了他年少貌美的嚴肅風範，
帶有著無敵優雅。撒旦這個惡魔羞愧萬分地
佇立在那裡，深深覺得良善是多麼受到敬畏，
而他也看到美德的形貌是多麼可愛；看到了，
就不覺為自己的損失悲嘆不已，特別是在這兒
被看到自己光澤盡失，損傷明顯可見，但卻
要表現出一副無所畏懼的樣子：「如果我要跟
誰對打，」他說道，「就要將對將，強對強，
對發命令者而非聽命者；要不然，你們全部
一起來，這樣我贏得更光彩，輸也輸不多。」
「你所怕者，」捷芬不客氣地說道，「反而
省卻掉我們的麻煩，看看我們這些最小的如何
單槍匹馬跟你這個惡魔對打，讓你顯得拙劣。」

　　撒旦惡魔並未回話，只是狂怒不可自抑，
但就像匹高傲的馬被韁繩勒住時，緊緊咬住
馬銜皮帶，依舊桀敖不馴地走著。不論是要
打還是逃，現在都無濟於事。對上帝的敬畏
與驚嘆，讓他有心無力，如果不是徬徨失措
的話。此時他們已然接近正西方會合點，另外
一半在外繞巡的守衛天使也剛到來，他們成排
成列緊密地站著，然後圍攏在一起，等待接下
另一個命令。他們的首領，加百列，站在隊伍
前頭，對著所有部眾如此大聲喊道：

860

　　「各位，各位！我聽到輕快的踩踏聲，
疾步向這邊走來，猛一瞥，認出來是伊修列
與捷芬兩位從陰暗處走過來，並且有第三者
跟著他們，來者儀表堂堂，但全身暗淡灰濛、
光彩盡失，只消看他腳步以及兇猛的舉止，
似乎就是那位地獄之王，他不可能不爭鬧、
不打鬥一番就會離開這裡的；站穩住你們的
腳步，因爲他臉上盡是陰鬱挑釁的神情！」

　　他話剛說完，那兩位天使就走近前來了，
簡短地向他稟報所挾者爲誰、何處找到、他
所爲何事，蹲伏躲藏時，他的形容樣貌及
體態姿勢又是如何。

　　加百列臉色一沉，狠狠地看了他一眼，
對他說道：「撒旦，你因何擅自離開劃定給你
的圈圍，那是你越權犯誡後的居所呢？而且
你還擾亂了別家的監管區域，你的變節榜樣，
他們並不贊同，甚至還有能力和權利質問你　　　880
因何大膽進入這個地方；你似乎是要藉機
打擾人類的睡眠並侵犯那兩位，他們的住所，
是上帝早安排在此，要他們幸福喜樂的。」

　　對此，撒旦皺起眉頭以很輕蔑的口氣
如是回應道：「加百列啊，你在天上夙以
有智慧而爲眾所敬重，我也以此看待你，
但是你現在問的這個問題，讓我對你起疑了。
住在那邊都是苦痛，有誰會喜歡？找到機會，
有誰不會從地獄裡掙逃出來啊？雖說那是

我命定的住處！你自己大概也會這樣做，
大膽冒險地離開那兒，到哪個地方都好，
越遠離苦痛越好，這樣才可能有希望將折磨
換成閒適，並且盡快將憂戚分配出去好換回
喜樂，這些就是我到此處要找的。也許對你
而言，這不是什麼理由，因為你所知道的
只是良善而已，你還沒嘗過什麼叫邪惡！
至於為什麼要反對上帝的意旨，離開祂限定
我們所住之地？如果祂執意要我們待在那個
陰森的地獄裡，祂就該把地獄鐵門的橫閂及
柵欄關緊一點。你要問的就這些，我答的也
是這些。其他都是事實，我就在那兒被找到。
不過，那並不意謂要對人類施加暴力或傷害。」

　　他輕蔑又調侃地說道。那位戰神般的天使，
受他說的話影響，半笑卻很不屑地如是回應道：
「哎，真可惜啊！打從撒旦墮落後，天庭就
少了一位能判定有否智慧的天使了，他自己
可是被愚蠢給絆倒了！現在的他從被監禁的
牢獄裡跑出來，卻敢懷疑那些挾制他的天軍
是否夠聰明，而天軍只不過問他因何竟敢
大膽在沒得允准之下，就擅自離開劃設給
他的地獄疆土到這兒來？他自認逃離苦痛
是件聰明的事，不管是用什麼方法，能逃離
懲罰就是對的。你的判斷還是這樣吧？放肆
的傢伙，你逃離惹來的怒火將七倍於竄逃，
你的那個智慧，只會讓你被鞭笞回地獄，

900

這些都是要讓你知道，逃離沒較好，反而
激起無邊怒氣讓你的苦痛無與倫比。不過，
你怎麼孤身無伴呢？爲何沒跟你一起來，你
那一整群想逃脱地獄的同夥？還是對他們
來說，苦痛沒那麼苦痛，較不需要逃避？
還是你比他們較不耐吃苦，禁受不住折磨？
哎呀，勇敢的首領啊，你可是怕苦痛，第一   920
個逃開的落敗天使呢！要是你早這樣對那群
被你拋棄的同夥，說出你出逃的理由，你
當然就不會是唯一的逃囚，光桿溜溜孤身
獨自的脱逃到這兒來了。」

　　對這種揶揄，惡魔蹙起雙眉，肅容回道：
「並非我較不禁受苦痛，也非我遇痛退縮，
你這個出言不遜的傢伙，你明明知道在戰場上，
我是最能承受你猛烈攻擊者，若非那些成排
爆炸的雷霆閃電趕來支援你，我是不會
怕你的長戟的。你說話一如舊往，偏離靶心，
亂射一通，證明你經驗不足！作爲一個值得
信賴的領袖，合該從過去艱苦的試鍊和功成
不遂當中學得教訓，切勿自己沒試過，就將
全軍孤注一擲在各種危險的舉措上。所以我
才單一無伴的先來試試看，怎樣飛過這荒涼
空曠的深淵，到這上面來，好偵察偵查這個
新設的世界，即連在地獄當中，也不乏傳説
它名氣者。在此我希望能找到一個比較好的
住所，讓我飽受折磨的部眾可以安頓下來，

不管是在這塊地上還是在半空之中；不過要　　　　940
想擁有它，我可能被迫要再一次嘗試看看，
你跟你那群金戈鐵馬、戰服光鮮的天使部眾
敢不敢與我相對抗；他們大夥原先的工作只是
去侍奉那高高在上的天主，圍在祂寶座旁用
歌聲讚頌祂，並依距、依步法向祂磕頭行禮、
阿諛奉承，這可是要比打仗輕鬆多了。」
　　對此，這位天使戰士很快回應他道：
「撒旦，你一下子這樣說，一下子又否定
剛說的——先是佯稱逃離苦痛是聰明的作為，
然後又說是來此偵查——這些都證明你不
是個領袖，而是露了馬腳的騙子！你還敢
加上『值得信賴』的形容詞？哎呀，好端端
一個名字，一個神聖的『值得信賴』的字眼
被你玷汙了！對誰而言，你是值得信賴的？
對你那群叛逆的傢伙，那一夥惡魔嗎？有你
這樣的頭子，還真配有那麼一體的眾嘍囉！
難不成這就是你所說的規誡，你所保證的
忠誠，還有你說的戰鬥紀律，把對你我都
承認的至高無上主的忠誠解除掉？你啊，你
這個奸巧虛偽的傢伙，現在看來一副支持
自由解放的樣子，但過去有誰比你更會
奉承、更會阿諛、更會忝顏卑屈地頌讚天上
那位任誰都望而生畏的君王？你這樣做　　　　960
無非是希望剝奪祂的一切權柄，讓你自己
君臨天下，對吧？但仔細聽好我現下要給你

的忠告：立刻給我滾開！滾回你逃離的那個
地方去！要是從現在這一刻起，你再出現在
這些神聖的疆界之內，我就要把你手縛腳銬的，
一路拖回去那個地獄深坑，把你封死在那兒，
從此再也不敢嘲笑地獄大門鎖不緊容易開啓！」

　　加百列如此威脅他，但撒旦根本不在乎；
威脅反而讓他變得愈發憤怒，遂大聲咆哮道：

　　「把我捉爲俘虜時，再來說腳鐐手銬的
事情吧，你這個驕傲自負只能巡守邊界的
基路兵！在那之前，先感受一下我力拔千鈞
的臂力所給你的重負，縱然你跟你的僚屬都
已習慣負軛的苦役，習慣讓天上的君王騎坐
在你們的翅膀上，習慣拖拉著祂耀武揚威的
馬車，行走在天庭用星星鋪成的康莊大道[76]上。」

　　就在他這樣說時，整隊光采熠熠的天使，
突然變得火紅，開始把方陣變成新月般的
戰鬥隊形向他包抄過去，把他團團圍繞起來，
槍戟尖端斜斜向前，密密麻麻的就像田裡
穀物[77]成熟可採收時，帶鬚的穗實隨著風吹
的方向彎頭搖晃，擺動不停。內心焦慮的
農人站在那兒，心頭總在嘀咕，怕的是他寄予
厚望的那些成束成束的稻穀，帶回打穀場時，
變成不飽實的穀糠。撒旦在另一頭也警覺要

980

76　「用星星鋪成的康莊大道」，指的可能是銀河，但更可能指的是滿天星斗。
77　「穀物」，密爾頓的用詞是席瑞絲（Ceres），該字原指穀神之意，就是希臘神
　　話裡的狄密特，詳見前面 271 行之注解，此處是以該神代替她所經管的穀物。

應戰，遂鼓足全身的力量，張開翅膀，身形
膨脹的等待著，像那座特內里費島，也像
亞特拉斯山[78]一樣，動也不動。他身材壯碩，
高可及天，而在他的徽紋標記上，裝飾有
頭戴盔甲令人毛髮豎立的恐怖圖像[79]；也
不乏看似長槍和盾牌的東西緊緊握在手上。
眼看一陣腥風血雨就要隨之展開了。屆時
不僅僅這個樂園會搞得天翻地覆，天上滿天
星雲、地上五行四氣，都要被這場爭戰所
掀起的暴戾之氣，弄得四分五裂、攪亂
扯碎！幸得永恆的主宰者迅速出手，以防
這種令大夥害怕的爭鬥發生，祂在天上掛出
黃金天秤，那是在處女座與天蠍座中間仍可
見到的星座[80]，每個受造物，上帝都先在此
稱量一番，好定奪他們的運勢（我們這個懸垂
的圓形地球，四圍有大氣均衡對稱作用著），　　　1000
這時祂就掂量每件事情、每場戰爭以及每一

---

78 「特內里費島」（Teneriffe）、「亞特拉斯山」（Atlas），前者是非洲西北
摩洛哥南部海岸西屬加那利群島（Canary Islands）之一島，島上有一座全西
班牙最高的山泰德峰（Teide，標高 3718 公尺），後者則是位於非洲靠近摩洛
哥與茅利塔尼亞的高山，傳說中亞特拉斯被宙斯罰以雙肩舉天之處即在此。

79 「恐怖圖像」，密爾頓的用詞是 Horror，其拉丁字根是 horrere，意為令人毛
髮直立，當鐫刻在頭盔或戰袍上作為徽紋一部分時，有嚇退敵人以起到震懾
效果的作用。

80 「黃金天秤」（golden scales），指的是天上十二星座當中的天秤座
（Libra），這個星座位在處女座（Virgo）與天蠍座（Scorpio）之間。處女
座，密爾頓的用字是 Astrea，原指古希臘神話中的處女神，主司純真與貞
潔，常與正義女神「黛琪」（Dike，就是 Justice）連結在一起，因懷於人之
惡，乃飛離人世，到天上成為處女座之女神。

領界。祂在秤盤上放下兩個砝碼，分別是散開
及交戰的結果，後者很快翹高起來，都快打到
秤上的平衡桿了，加百列看了就對惡魔說道：

「撒旦，我知道你的力氣，而你也知道
我的：但我們的力氣都不是自己的，而是
上帝賜予的！宣稱力足以做啥是件多麼愚蠢
的事，因為你能做的要看上帝的意思，我能
做的也是一樣，縱然我的力量已加倍，足以
將你踩成像泥巴一樣。要證據，抬頭看看，
同時解讀一下，那邊天象所顯示你的命運吧！
你在那邊已被稱量過了，你看你的命盤多輕、
多沒力，如果你還要負隅頑抗的話。」惡魔
抬起頭看，知道自己的命盤翹得老高，不再
多掙扎就逃離了，嘴巴兀自咕噥著，黑夜
的陰影也隨他之離開而散了。

卷五

提綱

　　黎明已至，夏娃向亞當說起令她煩心的夢。他不喜那夢，但出言安慰她。他們出家門去做日間該做的事：在他們住居處的門口念起晨禱。上帝爲讓人無可辯解，遂遣拉斐爾[1]去訓誡他應有的順服、他的自由身分，還有仇敵近在咫尺、仇敵的身分、何以成爲他的仇敵，以及一切可助亞當的知識。拉斐爾下天庭到樂園來，他的形貌描述畢。亞當坐在住居處門口，遠遠就識出他的來到，遂出門迎接他，帶他進屋，用夏娃在樂園採摘的最好水果招待他。他們邊吃邊聊。拉斐爾把口信說完，提醒亞當注意他的情況、他的仇敵；之後在亞當的要求下，敘說他仇敵的身分以及因何如此，從其首度在天庭的叛亂以及叛亂的時機說起。他是如何引誘他的部眾隨他到天庭北側，並在那兒鼓動他們跟他一起作亂，只除了押比疊[2]那個小撒拉夫之外，全都被他煽惑了。押比疊出言抗爭，勸阻他並反對他，之後就棄他而去。

*

　　亞當醒來時，黎明女神透紅的蓮步
才從東方那一帶迤迤走來，把璀璨的珍珠

1　「拉斐爾」（Raphael）有上帝醫治、上帝請拯救的意思，他是七大天使之一。

2　「押比疊」（Abdiel），是聖經名字，意爲上帝的僕從（Servant of God），他是雅各（後更名爲以色列）的後人，見《歷代志上》5章15節。但此處之押比疊則是密爾頓虛構的天使（撒拉夫），用以說明其「孤絕一人，勇不可擋」（Courage in Isolation）、「雖千萬人吾往矣」的精神氣魄，頗與密爾頓所處際遇相通！

露水灑落在地面上。亞當習慣早起,因他
的睡眠像空氣般淺,是因飲食清淡再加上
氣息平穩調和所致;奧羅菈[3]的香扇,將這
氣息像枝葉摩娑以及溪流錚鏦般的輕輕
搖散,鳥兒則在每個枝頭上,清唱著晨歌。
但讓他好不驚訝的是發現夏娃頭髮蓬亂、
雙頰泛紅,仍然痴睡未醒,好像整夜都沒
睡安穩的樣子。他半起的身子,側身臥著,
眼光流露出誠摯的愛,憐惜地探過頭去,
瞧見的是位佳人,不管是醒著還是睡著
都散發出獨特的優雅。然後用輕柔的聲音,
就像西風吹拂花朵一樣[4],亞當輕觸著她的
手,低聲悄語的如此喊著:「起來了,我的
美人,我的妻婦,我新近找到的伴,天上
最後卻最好的禮物,不斷帶給我新喜悅的人,
該起來囉!晨曦輝耀,清新的田野在呼喚
我們。我們已錯過標記受我們看顧的植物
怎地蹦芽出來的最好時機[5],錯過柑橘如何
開花的最好時機,錯過沒藥低流的汁液是
啥,也錯過香茅草怎地四溢香氣的時機,

20

3　「奧羅菈」(Aurora),是拉丁文黎明(dawn)的意思,在羅馬神話中指的
　　是黎明女神。另外,她也是極光(aurora borealis),每天早上更新自己,在
　　天空飛行,宣布太陽的到來。
4　「西風」(Zephyrus)指西風神,是四風神之一,同時代表賜與新生命的春
　　神。而此處的「花朵」(Flora)也指花神。
5　「最好時機」(the prime),也指一天中白晝的第一時辰,起於晨間 6 點,
　　是第一次禱告的時間。

大自然的彩筆又是如何揮灑，蜜蜂又是
怎地坐在綻開的花叢裡吸取甜美的汁液。」

　　如此的輕聲細語叫醒了她，她眼神驚恐
地看著亞當，伸手環抱他，然後如此說道：

　　「噢，你啊，你是唯一能讓我思緒平靜
下來的人，你是我的榮耀、我完美的丈夫，
很高興看到你的臉，也很高興白晝回來了，
因為我昨晚（迄至目前我還沒經過這樣的夜晚），
夢到你，但不像我平常夢到你那樣，夢裡
都是過去一天所做的事或隔天要有的計畫，
但昨晚那個煩人的夢，卻淨是失禮冒犯和
憂慮困擾，那是我從來都不知曉的事。據我
現在看來，就在我耳邊，有人輕聲叫我出去
走走。我原以為那是你的聲音。聲音中說：
『夏娃，妳怎在睡覺？現在正是宜人的時候，
涼風習習，萬籟俱寂，只除了在寂靜中醒過
來的夜鶯，他調好為愛獻唱的甜美歌聲，　　　　　　40
婉轉啁啾著。此時圓滿的月亮主宰一切，
還有更多悅目的光源，雖有點晦暗，卻可讓
我們辨識事物的外表——但這些如無人觀賞，
豈非一切徒然！天上的眾多星星都醒來睜眼
看著妳這位大自然想要的美女，而非別人；
看到妳，天下萬物無不欣喜若狂，無不為妳
之美貌所誘，看了還想再看。』聽到你的
呼喚聲，我起來卻找不到你的人。為了找你，
我就循著可以找到你的方向走去，好像就我

一個人走著走著，穿過許多路徑，突然間
我人就站在那棵樹邊，那棵上帝禁止我們
接觸的知識樹旁邊。那樹看來眞是美啊，
而且在我想來，此時比白天所見更是美麗。
正當我看得出神、驚嘆不已時，樹旁站有
一位無論身形還是長翼的樣子，都像我們
常所見從天上來的那些天使一樣。他頭髮
沾著露水，像瓊漿般顆顆凝結著。他也
睜眼看著那棵樹，然後說道：『眞是棵漂亮
的樹啊，而且還結實纍纍，枝垂條墜，
就沒有人願意幫你卸除重負、嚐嚐你的
甜味，沒有哪位仙人，也沒哪位凡夫嗎？
知識眞受到如此鄙賤嗎？還是因爲妒忌或
禁制，遂不准人去嚐嚐？不管是誰禁止，
沒人能再阻止我去嚐嚐你提供的好處：
不然你幹麼長在這裡呢？』說完這些話，
他一刻不停就伸手冒險採摘，然後就吃將
起來。聽到他說的大膽言詞，看到他的
大膽行徑，我不由得驚恐萬分、冷汗直流。
但他竟然非常高興，『神賜的美果啊！你
本身就很甜美，不過，如此採摘才更
甜美呢！你不讓這裡的人摘來吃，好像
只有天使神靈配吃，但吃了你卻能讓人
成爲天使神靈呢！而且爲何不能讓人成爲
天使神靈呢？因爲這是好事，既可讓天人

60

之間相通[6]，天國人口更多，造物主的權威
也無損，反而是受到更多的尊敬！來來，
快樂的人兒，美麗如天使的夏娃，妳也來
嚐嚐！妳雖快樂，但可能會更快樂，儘管
地位不一定會提高。嚐嚐這個果吧，自此
而後，妳將名列仙班，成為女神，就不會
被限制在人間，偶爾也能像我們一樣飛在
天上！偶爾也可藉由妳自個兒的能力，飛升
到天庭，看看天使神靈是怎麼過活的，　　　　　　　80
妳要過的日子就要像這樣啊！』他如此說著，
走上前來，然後拿給我，甚至拿到我嘴巴前，
一塊他剛剛採摘下來的同個果實。果實芬芳
宜人的味道，令人口胃大開，似乎讓我
禁不住就吃將起來。吃完後，我就跟他一起
飛到雲端，從那兒往下看，地面往外無限延伸，
視野既寬廣又各色各樣，不禁想到我怎麼
飛升起來了，而且怎麼變成在這麼高的位置
上了？突然之間，帶領我的人不見了，而我
似乎就跟著摔了下來，又睡了過去。哎呀，
真高興呢，我醒來後發覺那只不過是場夢！」
夏娃就把她夜間所見所聞，一一說與亞當知曉，
亞當則面色凝重地如是回應她道：

　　「我自身的最佳肖影，親愛的另一半啊！

6　「相通」（communicated），既有相互分享（shared）之意，也有共領聖餐
　　（communion）、同心交流的意思，更有使徒信經中「我信聖徒相通
　　（community）」的意思。

昨夜睡夢中令妳心煩意亂的種種想法，也
一樣讓我困惑不已。我也委實不喜歡妳那
奇怪的夢，那恐怕是從邪惡蹦出來的東西。
可是邪惡又是怎麼來的呢？妳不可能存有
邪惡的念頭，因為妳被創造時是清純的呀。
可是妳要知道，在我們的靈裡面有各種不同
的小機轉[7]，奉推理為首。在此之下，幻思[8]
是這些機能當中占第二的，有其司職。想像
把我們時時警醒的五官，其所欲呈現的所有
外在事物，構成圖像、空靈的形態，理性
或加入、或分開其間，就會構成一切我們肯定
或否定的東西，就是所謂的知識或見解，
而當自然需要人休息時，理性就會退回到
它原先所在的角落去。常常當理性闕如時，
善模仿的幻思就會起來仿效理性，但卻經常
製造出接合不良、亂七八糟的東西來，特別
是在睡夢中時；它也會把過去很久跟最近的
言行混淆在一起。我想在妳的夢裡有好些
跟我們昨晚的談話相似之處，但也加添了

100

7　「機轉」（faculties），指頭腦或身體的內在能力，如推理、記憶、說話、視
　　覺、聽覺等，其中以推理為最重要。
8　「幻思」（Fancy），此字之意約等於現在的「幻想」（fantasy）或「無意識
　　的想像」（unconscious imagination），故不全等於「想像」（imagination），
　　是密爾頓「機能心理學」（faculty psychology）中諸多機能中的一個，包含前
　　注所說的推理、記憶、說話以及幻思、五官等機能。不管是醒著或睡著，幻
　　思都甚活躍。在理性睡著時，幻思會讓人作夢，故而不理性。此字譯為「幻
　　思」，音既接近，意也相符。請見 Roy Flannagan（1993）對此字的解釋。

些許離奇的事情。不過，別煩心：邪惡之於
神心或人心，都是來了又去，如不容許，
就不會留下任何汙點或過失。這也給了我
希望，就是妳在睡夢中所憎惡而夢到的，
醒來時，就絕不會同意去做。所以妳就別　　　　　　　120
氣餒了，也別讓愁雲慘霧籠罩妳的容顏，
要像往常一樣，開開心心，氣定神閒，要比
晨曦初露面，笑對世界時更明朗才對。讓
我們起身到樹林、清泉和花圃間幹新活吧，
花兒都把夜裡留下來，為妳而貯存在花苞
裡的最美香味，在這時全吐露出來了。」

　　亞當如是鼓舞著他的嬌妻，而她也受
鼓舞，但兩眼卻悄悄地各流下一滴眼淚，
從眼眶處溢出，被其秀髮給擦拭掉了。另外
兩滴如珍珠般的眼淚在水汪汪的眼閘門口
滴轉著，但沒等它們掉下來，亞當就把它們
吻乾了，當它們是她悔罪的甜果，也展示了
她的虔敬和尊畏，唯恐她作之夢多所冒犯了。

　　就這樣，雨過天晴了，他們趕著要去
田裡。但一從陰暗、多樹為簷的廊下走出
門外空地時，迎面就見到了曙光和太陽
（太陽剛升上來，日輪還徘徊在海面邊緣處，
光線則濕漉漉地平射到地面上，照見了　　　　　　140
樂園東方一大片的景緻和伊甸園那塊幸福
的平野），他們先領首低頭頌讚，開始唸起
祈禱文來，這是他們每天早上必定要以

不同形式來表達的敬意，而他們也不缺
繁複的形式和聖靈感動，讓他們可以適當
的曲調，大聲讚美造物者，或是眞情流露
不假思索地吟頌。這些從他們嘴巴自然
流露出的滔滔語詞，不管是平白的散文
還是有韻有律的詩句，其音調甜美之勝，
無需再加上簫聲琴音來相伴奏。他們就
如此開始唸將起來：

　　「萬鈞萬善的聖父啊，看看這些讓
您得以榮耀的作品吧！這整個宇宙架構，
如此奇妙，如此美麗，都是您所造成的。
您自己也很奇妙，我無以言喻，您高坐
在諸天之上，我等凡人皆見不得，只能
在這些下界作品裡，略略窺見您的樣子！
但光是這些就足以宣告您的美善是無法
想像的，而您的權柄莊嚴非凡！你們説説
看吧，你們這些能説善道的天使，你們
這些光明使者，因爲你們有日無夜地服侍
著祂，用歌聲及眾聲和鳴圍繞著祂的寶座，
歡樂無限，你們這些在天上的神靈，而
你們在地上的所有受造物也一起來稱頌
祂吧！祂是初始、是末後，也是中間，

160

更是無終無端要受讚頌的[9]！金星[10]，你
這顆最亮的星球，是夜晚星星群中最晚
消失的（雖是白晝到來的確證，卻不願
屬於早晨），你明亮的光環將笑盈盈的晨曦
圈圍住，趁白晝，在那宜人的第一時辰，
升起時，請就在你的轄區內讚美神！而你
太陽，你雖是這偉大世界的眼睛和靈魂，
但要承認，祂比你大甚多，所以在你永恆
不變的軌道上，高聲頌讚祂的名，不管你
是在爬升時，還是正午當晝時，或是在
你下山落海時。月娘啊，妳一下與東方
閃耀的太陽交接，另一下則與諸多各自
在其固定軌道上飛行的星星齊飛；還有
其他五顆各以神妙不定步伐來去運行的
天火[11]，也請出聲共鳴，讓讚美上帝的聲音
響徹雲霄，因為祂自夜暗中召喚出晝光來。
風，還有你等四行元素[12]，你們是大自然

9　「祂是初始……是無終無端」（Him first, Him last, Him midst and without
　　end），《啟示錄》22 章 13 節則有謂：「我是阿拉法，我是俄梅戛；我是首
　　先的，我是末後的；我是開始，我是終結。」（I am the Alpha and the Omega,
　　the first and the last, the beginning and the end.）

10　「金星」（Fairest of stars），即指 Venus（如作為晨星則稱 Lucifer，黃昏星
　　則是 Hesperus），是在夜晚天空中，除了月球外最明亮的天體。也是夜晚時
　　分最早出現的星星，但卻是在黎明時分才消失，就像是迎接晨曦的第一顆星
　　星一樣。

11　「其他五顆……天火」（five other wand'ring fires），指的是除太陽及月亮之
　　外的五大行星。

12　「四行元素」，指風、火、水、土，詳見卷三注 73。

子宮中所孕育出的最早物質，在她肚腹中，　　　　　180
以四種不同組合不停的迴轉運行，構成
多型多樣的物體，然後或摻混、或滋養各種
事物，請也依照你們不斷的變化，變出
各種新的頌讚詞來讚美我們偉大的造物主！
雲霧、氣靄，也請起來！你們剛從山谷和
雲氣蒸騰的湖泊升上來，不管是黑漆漆還是
灰濛濛，太陽都會用他的金彩，將你們的
周邊塗得金白，以示對偉大造物主的尊崇！
看你們是要將未上色的天空塗上雲彩，還是
要下陣雨來滋潤飢渴的大地：升天成雲彩，
或是降雨成甘霖，你們都要時時高聲頌揚
我們的主！四面八方吹來的風啊，不管是
輕送緩揚，還是要怒搖狂飆，都要讚美祂！
松樹柏木啊，你每根枝條都應搖動，搖動
作勢以示對神的崇敬！飛泉流瀑啊，你
水流嗚咽、流聲潺潺，旋律優美，請用
嗚咽潺潺，唱歌讚頌主吧！所有的生物啊，
起來一起唱和吧！鳥雀們，邊唱邊爬升
到天門口，在你們的翅翼上載著、歌聲中
帶著對祂的稱頌吧！在水中泅泳，在地面　　　　200
走動的你們，還有那昂首闊步、或匍匐
蹲行的，請見證，看看我是否默不作聲。
不管晨曦或夜晚，我的歌聲都會在山丘、
溪谷、清泉、林蔭間回響，教他們一同來
讚美我們的主！宇宙萬物的神，萬福了！

請您永遠豐豐富富的賞賜我們，賜給我們
一切都是好的！如果夜晚積攢或掩藏了
什麼罪惡的東西，請務必驅散他們，就像
現在白晝的光驅散了黑夜一樣！」

　　他們就如此純潔無瑕的祈禱著，很快地，
就心平氣和下來，也恢復了他們平日的沉著。
然後趕去田裡做農事，置身在香甜露水以及
花葉扶疏之間；果樹成行，枝葉槎枒，任生
自長的枝幹擴伸太過，需要人手去修剪那
不結果的虯蜷。他們也牽引葡萄藤蔓到榆樹
上去：一嫁接上，新婚的葡萄就將藤蔓纏繞
住榆樹，她成串的葡萄就同時作為嫁奩被
榆樹收養，讓他不生養的枝葉得到了裝飾[13]。
天庭上高坐寶座的君王，愛憐地看著如此
認真任事的他們，就叫進來拉斐爾那位
較易親近的天使，他曾委身與多比亞同行，
保守確認後者與七嫁娘的婚事[14]一切順利。

　　「拉斐爾，」上帝說道，「你有沒有聽過
人世間亂哄哄的，因為撒旦自地獄中脫逃，
穿過幽漆的深淵，已經爬進樂園了；昨兒晚，

220

13　密爾頓在此處用一連串的婚配相關字眼及意象，來描述葡萄藤蔓被牽引到榆
　　樹上的情形：如「嫁」（wed）、「婚」（spoused / marriageable）、「嫁
　　奩」（dow'r）、「收養」（adopted）、「不生養」（barren）等。
14　「拉斐爾」是七大天使之一，有上帝醫治、上帝，請拯救的意思，也見卷四
　　168-171 行，當多比的兒子多俾亞要娶前七任丈夫都暴斃的撒拉──所謂的
　　「七嫁娘」（sev'n-times-wedded maid）時，幸得大天使拉斐爾幫忙，驅走惡
　　魔，平安結婚，見卷 4 注 18。

人類那對夫婦，飽受驚擾，因爲撒旦設計要
讓他們毀滅，並一舉毀滅所有的人類。所以，
你去看看：花半天時間，以朋友對朋友的
方式跟亞當談談，你可在住處或是樹蔭處
找到他，他可能正從日間的辛勞跟午間的
熱氣中退避去用餐休息；談話中，你要
不經意地提醒他，自己有的幸福快樂：幸福
快樂全在他掌控中，他有自由意志；一切
全在他的自由意志，他的意志雖然自由但
卻是會變的。職是之故，警告他要小心，別
因爲過度自信安逸而脫離常軌。同時告訴他，
他的危險所在、誰給他危險、他的仇敵是誰，
那仇敵剛剛從天庭中墜落，正籌謀著要讓
別人也從同樣的幸福快樂中墮落：用暴力麼，
不，那會受到抵擋；他靠的是欺騙和謊言。
這些讓亞當知道，以免他自甘墮落卻要怪
事先沒受到告誡、警告，就這樣被突襲了。」

　　永恆的天父如此說著，也盡了諸般的義。
而這位帶翼天使一領受了託付，也不敢怠慢，
馬不停蹄地飛離了成千上百跟他同站在一起
的熾熱天使，絢爛的羽翼披掛在身上，輕輕
向上一竄，從天庭中穿越出去。兩旁的諸階
天使們，一一退開，讓出路來，好讓他直飛
過蒼天大路來到了天門口。天門的黃金鉸鍊
不轉自動，雙扉大開，此正是至高造物主所
設計的神妙工程。從那兒（無雲也無恁般小

240

的星星介入，阻擋他的視線），他往下看，
地球與其他發光的球體沒啥不同，還看到
上帝的樂園，山嶺上全覆蓋著香柏。他就像　　　　　260
伽利略在夜晚時分，看不甚清楚的拿著
玻璃鏡觀察月亮上想像中的陸塊跟地表一樣；
也像駕船開在錫克樂地斯群島中間[15]，分不清
哪個是提洛島[16]、哪個是薩摩斯島[17]，因為
初看起來，他們都是濛濛的小黑點。他加速，
一頭往下直衝，通過了廣袤的天空，在各個
天體之間穿行，羽翼平穩，先藉著極風翱翔，
然後振翅，鼓動著柔順的風，飛到幾與兀鷹
齊翔的高度，對所有鳥類來說，他就像隻
鳳凰[18]：那隻舉世唯一的鳥，在眾目睽睽之下，
要將自己的骨灰，安奉到太陽神的金廟，
遂往埃及底比斯飛去[19]。拉斐爾一降落到
樂園東邊的山岩上，就回復他本有的帶翼
天使形貌。他身長六翼，可遮掩住他神

15　「錫克樂地斯群島」（the Cyclades）是愛琴海南部的一個群島，群島屬於希
　　臘，位於希臘本土東南方。它包括約 220 個島嶼，其中 30 多個有人居住。
16　「提洛島」（Delos）是前注所提錫克樂地斯群島中之一小島，位於群島中
　　心。在希臘神話中，它是女神麗托（Leto，宙斯的情人）的居住地，在這裡
　　她生育了太陽神阿波羅和月亮女神阿提蜜絲。
17　「薩摩斯島」（Samos）是希臘第九大島嶼，位於愛琴海東部，在錫克樂地
　　斯群島之外圍。中隔一海峽與小亞細亞相對，自古以產酒及葡萄聞名。
18　「鳳凰」（phoenix）是一不死鳥，據傳同一時間內，全世界僅有一隻，每五
　　百年會為火所焚，但會從灰燼中再生，再生之鳥會被帶到埃及太陽城
　　（Heliopolis）的太陽神廟中。
19　「埃及底比斯」（Egyptian Thebes），底比斯是古埃及城市，瀕尼羅河，位
　　於今埃及中部，曾是皇室居地和宗教膜拜中心，離帝王谷不遠。

一般的形體：披掛在寬碩肩頭上的一對，
遮蓋住他的前胸，裝飾得很有堂皇氣象。
中間那對像是長滿星星的帶環，圍著他的腰，
裹著他的腹和股，軟毛金黃帶彩，是在天上　　　　　　280
染的色。第三對翅膀則遮住腳踵以上的部位，
像付羽毛製的鎧甲，染有天空的斑爛色澤。
就像麥雅之子般[20]，他站定梳攏羽翼，一股
超凡的香氣滿溢在他的周遭。各班各隊在
守護值勤的天使，立刻認出他來，且全都
起身站立，以示對他及他任務的尊崇，
猜想他一定是帶著上諭到此地的。他走過
光閃閃的營帳，望著那快樂的園地走去，
穿過叢叢的沒藥、香味撲鼻的肉桂、松香木
和薄荷等野生芬芳的植物，因為大自然在此
恣意展現她的原始風貌，盡情任性地釋放
未曾散放過的香味，狂暴得失去章法，充滿
無上的喜悅。亞當坐在陰涼室內門口處，
一眼識得那穿過芳香樹林而到此的他，此刻
日正當中，陽光熾熱地直射進地面深處，　　　　　　300
比亞當需要的溫度還要熱。夏娃在屋內，
正是時候準備著午餐用的讓人口味大開、
滋味芬芳的水果，配飲、解渴用的是來自
奶一般香醇的泉水、果漿或葡萄，絕不會
讓人厭惡得口乾舌燥。對她，亞當如此道：

20　「麥雅之子」（Maia's son），指的就是希臘神話中天神宙斯的信使赫密士，
　　他是宙斯與麥雅所生之子。

　　「快到這兒來，夏娃，絕對值得妳瞧瞧，
看，在東邊那些樹中，有一個光彩亮麗的
形體向我們這邊走來！看起來像是另一輪
清晨紅日，要爬上當午正中的太陽上去。
他可能從天庭上帶來給我們上帝的敕令，
才會紆尊降貴地到這兒來做客。去，快去，
拿出妳存的東西，多倒點飲料，好去禮敬
並接待天上來的賓客。當然要給賞賜我們
禮物的人他們自己的禮物，因為我們給的
越是大方，回報給我們的就越大方；所收
產物越是豐饒，大自然就供給得越豐盛；
結實纍纍的樹越是採摘，果實就會結越多，
這就告訴我們，不需儉省或屯糧積貨。」

　　對此，夏娃回應道：「亞當，你是受祝福
的土塊，受上帝吹氣而生[21]；所存不需多，
夠用就好，因為各個季節我們都有充足的
食物存掛在枝梗上，等著成熟再用，只除了
有些要小心收藏讓其變硬或讓多餘水分消耗
讓其更營養。我會趕緊去每一枝、每一叢、
每顆苗、每個瓜那兒，採摘最好吃的來招待
我們的天使賓客，讓他一見及就會承認，

320

21　「土塊」（mold）指的是亞當，而亞當之為人（man，希伯來文是 adam），
　　聽起來很像希伯來文指「地」（ground，就是 adamah）的字音；而此字也剛
　　好是亞當的命名。《創世紀》2 章 7 節：「耶和華神用地上的塵土造人，將
　　生氣吹在他鼻孔裡，他就成了有靈的活人，名叫亞當。」而「受上帝吹氣而
　　生」（Of God inspired），inspired 用的是授與生命氣息（give the breath of
　　life）之義。

在此人世間上，上帝所分配給人的，就如在
天庭上分配給天使的一樣，豐豐富富。」

　　夏娃如此說著，然後神色匆忙的轉身
快步離開，一心想著慇懃招待客人之事，
該選採哪些最好吃的，出菜順序又該如何，
以免把味道不相配的交雜混在一起，顯得
不雅緻，而是要一道一道，按時序的生長
順序調配，讓味道相得益彰。因此忙著從
每根嫩莖上，摘下大自然這個出產一切的
母親身上所結出的果實，有像是東印度或
西印度，或是地中海沿岸[22]、黑海岸[23]、
北非一帶[24]，或是阿爾習努王[25]治理下的花園，
所出的種種果實，有帶粗皮的或軟殼的、
有帶莖鬚還連皮的、也有帶硬殼的，摘了
一大堆，然後大方地擺在桌上。她還壓榨
葡萄做飲料，那是不醉人的酒，並擺上許多
混進壓碎果仁以中和甜味的梅汁酒，然後
各用適當又純白的盤子裝盛，地面則撒滿
玫瑰，沒焚香也沒點煙，只有植物散發的
自然芳香。此同時，我們的原始祖先除了

340

22　「地中海沿岸」，密爾頓的用字是 middle shore，指的就是地中海沿岸。

23　「黑海岸」，密爾頓的用字是 Pontus（意爲海），指的就是黑海南岸，在今
　　土耳其東邊的黑海地區，盛產榛果。

24　「北非一帶」，密爾頓的用字是 the Punic coast，指的就是古時迦太基
　　（Carthage）所在地，在今突尼西亞一帶，以產無花果聞名。

25　「阿爾習努王」（Alcinous）是荷馬史詩《奧德賽》中費錫安人
　　（Phaeacians）的國王，擁有一花園，長滿奇珍異草，四時不缺水果。

一身完美無瑕外，別無陪伴之人，他走了
出去，迎接神靈般的客人。亞當扮相威嚴
壯觀，比有擾人隊伍侍候著的王公貴人還
讓人敬畏，雖然那些人有長隊的隨從、馬匹，
馬伕還穿金戴銀，亮得令人眼花繚亂，看得
令人目瞪口呆[26]。走近他身邊時，亞當雖
不畏懼，但頭低低的，順服地靠過去，謙恭
地禮敬他，像是對長官的態度一般，然後
如是開口說道：「天國來的住民啊，因爲除了
天國沒別的地方可有像您這般輝煌身形的人，
既然您從天上寶座下來，讓您紆尊降貴地
離開那些快樂的地方，賞光到這裡，俯就
我們夫妻兩個；承至高無上君王之美意，祂
讓我們擁有這塊寬廣的園地，我們到那邊
陰涼住屋處歇歇，園裡長有最好的果樹，
可讓我們坐而乘涼並吃吃果實，直到正午的
熱氣消除，太陽漸下沉，天氣轉涼。」

　　對著他，這位大天使口氣和善的回應道：
「亞當啊！我所以到此是要來探望你，雖然
你是受造物，而且住在如此這般的地方，但，
雖說我們是天使，你不是不可以常邀請我們

360

26　John Leonard 認爲密爾頓此處有意要把亞當沒穿衣服、孤身寡人的莊嚴形象
　　（naked majesty），與 1660 年 5 月 29 日查理二世復辟返國進入倫敦城時前
　　呼後擁、人馬雜沓、仕紳齊聚、鑼鼓喧天、金碧輝煌的熱鬧華麗景象對比，
　　以凸顯後者的豪奢虛浮。

來你這兒的[27]！那就帶路前行吧，到你有遮蔭
的住處去，從現在到晚霞升天這中間的
所有時間，我都可自由支配。」所以他們
就往有林蔭的住屋走去，那地方燦笑得就像
鄱夢娜的樹園一樣[28]，小花綴景，香飄四處。
但是夏娃（除了光裸的身體外，別無綴飾，
卻比樹林中任一位仙女，也比傳說中在　　　　　　380
愛達山上裸身比美那三位女神中最漂亮的
一位[29]，還要可愛和美麗）站立著款待那位
自天而來的賓客。她無需斗篷遮身，美德
就是她的護身盔甲[30]，心無罣礙、無邪念，
自不會讓她臉紅耳赤。那位天使向她道聲

27　密爾頓常將好幾句話壓縮成一句，以致讓文句難懂，而這也是密爾頓難譯之
　　處。此處原文"Adam, I therefore came... /As may not oft invite, though Spirits of
　　Heav'n/To visit thee"其實意指："Although we are spirits of heaven, and you,
　　Adam, are created and dwell in such a place, nor may you not often invite us to
　　visit you. I therefore came to visit you, Adam."見 Gordon Teskey 對本句詮釋。
28　「鄱夢娜的樹園」（Pomona's arbor），鄱夢娜是羅馬神話中職掌森林的女性
　　神祇之一。她同時也負責植物的栽培與生產。傳說她有座小樹林稱作
　　Pomonal，就在古羅馬城不遠處。鄱夢娜常被比作是希臘神話中的穀物之神
　　狄密特或其女兒青春之神與冥后波瑟芬妮。
29　「三位女神中最漂亮的一位」，三位女神指的是天后希拉、智慧女神雅典
　　娜、愛神阿芙蘿黛媞，因爭奪金蘋果上刻字「給最美麗女神」（To the
　　fairest）的名銜而相爭不下，天神宙斯乃指定在愛達山上牧羊的特洛伊王子
　　帕里斯（Paris）做裁判，帕里斯令三女神脫衣裸身競美以示公允。愛達山據
　　傳位於古特洛伊城北部，是奧林帕斯諸神的夏宮。
30　「美德……盔甲」（virtue-proof），這是密爾頓在假面劇《苛士魔》
　　（Cosmus）所揭櫫的概念：「美德可自我保護」（Virtue is its own
　　defense.），但這種信念在王政復辟後已然不存在。

萬福，那是很久以後，用來祝福馬利亞[31]，
第二位夏娃的神聖問候語。

　　「人類的母親，萬福了！妳多產的子宮
將會讓這個世界添滿妳的子孫，比從上帝
所生養的各種果樹採摘下來堆滿這餐桌上的
果實還要多！」他們的餐桌是用含草帶泥的
土壘高而成，四周則是苔蘚座席；秋收所得
滿滿堆疊在方桌上，從這端到那端，雖然
此地春秋不分，四季相連。他們談了一會兒
（不怕午餐會涼掉），我們的先祖就說道：
「天上來的稀客，請多嚐嚐我們這裡豐盛的
食物，那是滋養我們的上主（祂讓那一切
無以量度的美和善，臨降到我們身上，成為
我們的飲食和歡樂）叫土地生產出來的。　　　　400
這些食物對你們天使而言可能不甚好吃，
也不合你們的性體。但我只知道：這一切
的一切都是獨一無二，天上的父所賞賜的。」

　　那位天使乃對他說：「所以呢，上帝
所賞賜的（應當受到永遠的歌頌讚美），
給與不全純淨的人類者，對我們這些純淨

31　「馬利亞」（Mary）就是聖母馬利亞，耶穌的母親，約瑟（Joseph）之妻，
　　無孕而生耶穌。這裡所謂散稱，指的是向聖母求告時所呼的聖名—Ave Maria
　　（Hail Mary!），也是天使向其宣告懷聖胎時所稱者：「萬福! 充滿恩寵者，
　　上主與妳同在!」（Hail, thou that art freely beloved, the Lord is with thee），見
　　Geneva Bible, Luke 1:28。天主教聖母經其開頭即為「萬福馬利亞，滿被聖寵
　　者 ……」（Hail Mary, full of grace...）。

的神靈而言，也沒什麼不好吃的。而那些
具有純粹智性物質的神靈，也需要吃東西，
就像肉體的你們一樣；神靈跟人一樣都有
較下等的感官機轉，藉此他們才能聽、看、
嗅、觸、嚐，吃了東西就會混合、消化、
吸收，把有形有體的轉化成無形無體。因爲
你要知道，凡是被創造出來的東西，都需要
吃食來維持生命。在四行元素中，體質較
濃濁的要給養體質較輕純的，土要給養水，
土和水要給養氣，氣要給養空靈似以太的火；
月亮是星球中最小、最低階的，從她圓圓
的臉上所看到的黑斑點以及未淨化的氣靄，
都是還未轉化成她體質的東西。而月亮也
不是不用從其濕熱的平野吐露養分給較高階
的星球。施放光熱給所有物體的太陽，接收
了其他星球吐露出的濕氣作爲營養補充品，
到夜晚時分還與海共進晚膳。在天上，雖然
生命之樹結有瓊漿般的果實，葡萄樹也可
製出玉液；雖然每天早上，我們可以從
樹枝上刷下來甜如蜜的雨露，地上也滿覆著
珍珠般的穀粒，但上帝在此樂園做了些改變，
這裡新的、令人愉快的事物，其豐富程度，
簡直可與天國相比——我想我不會因挑食
而拒絕吃的。」所以他們就坐了下去，開始
吃起東西來。那位天使，不是做做樣子，
也不是象徵性的（神學家們常見的說法），

420

而是真的在療飢解渴，把食物化合生熱，
將有形有體的東西轉化成無形無體。多餘
沒消化的則會像靈氣般輕易地從毛孔蒸散
出去。無怪乎那些僅會做實驗的煉金術士，　　　　　440
用黑炭燒火就能、或者以為可以，把粗爛
的金屬渣轉成完美的黃金，就像從金礦裡
挖採出來的一樣。此其時，夏娃無著衣裳
的在桌邊伺候，同時也把香氣迷人的飲料
斟滿盞盞溢流的酒杯。唉，她的純真無瑕
是這座樂園所配有的！如果會的話，看到
這幅景象，天使們有藉口受到迷戀[32]！但是
在他們心中，有的只是沒有淫慾的愛，他們
不解醋意是啥，那是受害戀人所造成的地獄。

　　就這樣，他們飽食了菜和酒，但沒吃撐
了自己身體。亞當心中突然閃過一個念頭，
不要讓這個天賜的大好交談機會白白浪費，
想知道些在他的世界之上的事，還有天上住
的是誰，就他現下所見，他們比他還要優秀，
全身光輝燦爛、光彩似神，高強的能力也遠
勝過人類。因此，亞當就仔細琢磨著語詞，
向這位天上來的使者如此問道：　　　　　　　460

32　「如果會……受到迷戀」，原文作 "If ever, then,/ Then had the sons of God
　　excuse t' have been/ Enamoured at that sight." 是另一個壓縮句的例子。本句原
　　應是："If the sons of God ever have been enamoured, then had the sons of God
　　excuse t' have been/ Enamoured at that sight（of Eve）." 意思是「如果天使們會
　　受迷戀的話，看到夏娃的裸體當有藉口受到迷戀。」原先的假設句省略了主
　　詞、動詞和受詞，變得艱難費解。

　　「與主同住天上的你啊，我現下甚清楚，
你與我同席是給人類莫大的恩惠及榮譽，
你不嫌棄地進入寒舍，與我共吃這些不該是
天使吃的人間食物，但你欣然接受的吃將
起來，情致之切，就連在天上吃食宴席大餐
也不見得如此。但是這兩者怎堪相提並論呢[33]？」

　　對著他，那位名列大天使級的帶翼
天使回應道：「哎呀，亞當，萬鈞全能的主
是獨一無二的，一切事物源於祂並且歸於祂，
只要仍然完好不墮落的話；因為一切在被
創造時都是臻於完美的，一切的一切都出於
一原始物質，被賦與各種形狀，構成不同
層級的體質，在活物上賦與其各種生命，而
那越是靠近祂、越是服侍祂的，就越是精細、
越具神性、越是清純；各個皆在上主所指定
之不同領域活動，一直到有血有肉的軀體
按照各物質的一定比例，轉成靈體，往上
逐步躍升。因此，綠梗較輕就從根部往上
竄生，葉片又更輕盈從梗往外擴，最後是
亮麗完美的花，花則吐蕊發香：一切按　　　　　480
等級一步一步往上升，花和其果滋養人，

33　「但你欣然接受……相提並論呢？」原文為："Food not of angels yet accepted
　　so/ As that more willingly thou couldst not seem/ At Heav'n's high feasts t' have
　　fed, yet what compare?" 但完整的句構應該是："Food not of angels yet [was]
　　accepted so/ As that [of angels] more willingly thou couldst not seem/ At Heav'n's
　　high feasts t' have fed [than food here], yet what compare?" 省略讓詞句難懂，但
　　卻更顯天上人間無所區分的情懷！

轉成人維持生命的流體，成為人的氣和血，
成為人的智性[34]，讓人能活命有感官知覺，
能幻思與理解，從而讓靈魂接受了理性，
使理性成為她的生命，不論那是反覆推理
來的，還是不經思考下意識來的[35]：反覆
推理常是你們人類的，而後者則多半是
我們的，只是程度上有差，屬類則同一。
所以無庸奇怪，我緣何不拒絕上帝為你
而設且祂認為美好的東西，反而像你一樣，
把它轉換成我身體所需的物質。人跟天使
可以互通的時間將至，那時我們不覺得你
的飲食不適切，而你也不嫌我們哪道飲食
太清淡！且從這些有形有體的營養品，可能
你的身體最終能把它們都變成靈體，隨時間
過去而進化，像我們一樣，長了翅膀，爬升
到太空清虛之境；或者，你可以選擇是要
住在這裡，還是要住在天庭樂園當中——　　　500

---

34 根據 Merritt Y. Hughes 及 John Leonard 的意見，密爾頓認為人的身心是大自
　然的縮影，不管是人還是自然都是有機體，就像棵樹一樣，從根而起，開枝
　散葉。人跟萬物相同，吃下的東西消化而成各種流體（fluids, spirits），分別
　為 natural, animal 及 vital 三種，這三種流體充斥並流遍全身主要器官，不過
　密爾頓在此處捨棄 natural spirits，而加上自己發明的 intellectual spirits（參考
　Hughes 193-94；Leonard 781）。Vital spirits 可譯為「維持生命的流體」，
　animal spirits 譯為「氣和血」，而 intellectual spirits 則簡單譯為「智性」。
35 「反覆推理……下意識來的」（Discursive or intuitive），discursive 本意即是
　「來回流轉」，說的是人在推理時的狀態，但天使則無需推理，下意識裡就
　知道，不過密爾頓又用了 oftest 及 most 兩個副詞，似乎在暗示天使有可能需
　用推理，而人也有直觀、下意識清楚的時候。參見 Merritt Y. Hughes 及 Roy
　Flannagan 對此二字的解釋。

要是你被發現是聽命順服的，而且始終不變、
堅定地保有上帝完整的愛的話——因你是
祂的後嗣。在此其時，盡情享受你在這方
幸福園地所能涵容的幸福，無須要求更多。」

　　人類的祖先乃對拉斐爾回應道：「和藹
可親的神靈，溫煦慈祥的來客，你剛剛所說
眞是讓我們長了見識，大自然設有各層級，
從中心擴到外圍，而藉著這個層梯，我們
這些受造物可藉由沉思，一步步爬將上去
到主那裡。不過，你剛剛加在末尾的警告：
『要是你被發現是聽命順服的』，是什麼
意思？難道我們會對上帝不聽話、不順服嗎？
還是我們會捨棄祂給我們的愛，捨棄那位
從塵土中創造了我們，把我們擺放在這個
樂園，滿滿地享有那些人心所渴慕、所能
理解之最大幸福之源的神嗎？」

　　對此，天使回應道：「上天與人世所出
的兒子呀，仔細聽著！你之所以幸福快樂
乃得之於上帝。而你是否能繼續如此幸福
快樂則全在於你自己，也就是說，全在於
你是否聽命順服：若然，你就會屹立不倒！
這就是我要給你的忠告。因此請聽勸！上帝
創造你時雖完美無瑕，但並非不會起變化的，
上帝創造你時一切都是美好的，但要持守
美好，祂將此能力交在你手裡。祂授命，
你的意志是天生自由的，絕不受羈絆纏身的

520

命運、或無所逃躲的必然所支配！祂所要求
於我等者，是主動服侍，不是不得已才做：
不得已，於祂而言是無法接受的，也找不到
接受的理由。蓋心若不自由，怎能試出其
侍奉是自願還是非自願的？人若被命運所逼
而決志，且無其他選擇項，這算是自由嗎？
我自己還有那群隨侍在上帝寶座旁的天使們，
只要我們持守住順服聽命的心，就能持守住
幸福快樂，就像你們能持守住你們的一樣，
無需其他保證。我們服侍祂出於自由，因為
愛祂也是出於自由，愛或不愛，一切都在我們
的意志裡。就這點，我們不是屹立不倒就是　　　　　　540
仆跌墮落，有些就墮落了，因為不願順服而
墮落，以致從天庭上摔落到地獄深層。唉呀，
從高高在上的幸福墮落到何等的災禍境地啊！」

　　對此，我們的遠祖先輩就問他道：「天上
來的教範指導啊，你的話，我都有在聽，而且
是心服耳悅的聽，比聽天使們夜間從附近山頭
吟唱天籟時，還要專心。我也不是不知道我們
的意志和行為從創生起，就是自由的。但我們
永不會忘記要愛我們的創造主，祂給我們唯一
的誡令也是合情合理的，這點是我經常向自己
確保的想法，現在也依然如此；雖然你講的
事情在天上已然過去了，但在我內心卻攪起了
些許疑惑，也更想聽聽——如你同意的話——整件
事情的來龍去脈，那一定是很不尋常，值得

靜默、專注地來聽！何況我們時間還很充裕，
因爲太陽也不過剛剛爬完它一半的旅程，並
剛開始它在廣闊天空雲狀弧帶的另一半行程。」　　　　　　560

　　亞當就如是問起拉斐爾來，而那位天使在
沉吟片刻後，同意亞當的請求，開口説起話來：

　　「你要我回應的問題是一樁沉重的事件，
人類的始祖啊！一樁嚴肅又難開口的事件，
因爲我不知要如何讓人類聽懂那些對戰天使
的無形事蹟？也不知道該如何不帶遺憾的
説明那許多原先持守正義，既輝煌又完美的
天使，竟爾墮落、敗滅？甚而，我也不知道
該如何向你揭露另一個世界的祕密，因爲那
也許是不合法的？但，爲了你好，以下所説
應是允准的；有超過人類意識所能懂的地方，
我會這樣描述，把抽象的比成具象的，這樣
才能把事情表達得清楚。雖然人間只不過是
天上的反影，但天庭上的事事物物在人世間
都有類同的，多過人世間所想像的還要更多？

　　「時當人間世界還不存在，狂野的混沌
宰制一切的時候，不過現在天際可是有
多重天體在運行，而地球位居其中，正懸
在空中歇息，但有這麼一天（時間雖是永恆，　　　　　　580
卻以現在、過去、未來來量度一切有時限

東西的行動），在天庭上的大紀元[36]肇始的
這一天，成群的天使們受御令之召集，
無以計數的從天庭各處現身在萬軍之王的
寶座前，受各大天使節制、按序列隊，各個
都光閃洩洩，成千上萬的旌旗高舉向前，
前有隊幡後有族旌飄揚在空中，作爲識別
階級、地位及稱謂之用，而在他們金光
閃閃的布料上則繡有作爲神聖紀念的紋章，
清楚明顯地標誌著他們的忠勇戰績和對主的
崇敬。就這樣，他們站定在繞行中的星球上，
一圈又一圈，眞不知該怎麼描擬，此時，
坐在父懷內心充滿[37]喜悅的聖子靠在廣大無邊的
天父旁，儼然坐在烈焰騰空的火堆上一樣，
烈焰光鮮熾亮，聖父容顏雖不爲眾天使
天軍所見，但卻開口如此訓諭道：

　　「『聽好，你們各位天使，各光明之子，　　　　　600
不管你是座天使、主天使、權天使、力天使

36　「大紀元」（Great Year），大約是 36,000 地球年，這是柏拉圖在《共和國》
　　一書裡所計算的年數，此時天上眾星皆繞行軌道完畢，要回到剛被創造時的
　　起始位置，一切重新開始。聖子在此時被聖父奉舉並被眾人尊榮，也標誌著
　　新的紀元開始。

37　「坐在父懷內心充滿」（embosomed），此英文字固可簡單作 enclosed 解
　　（如 Burton Raffel 等所認爲），但也有更深層含意，是 in his bosom, of his
　　bosom（在胸懷中）的意思（如 Roy Flannagan 等人所認爲），以示父子一體
　　的親近性。

還是能天使[38]，聽我的諭令，那是永久有效，
而且永不會被取消的。今天我要擢升[39]我所
宣稱的獨生子的地位，且在此聖山上已膏抹
塗油過他，瞧，他就在我右手邊。我任命他
為你們的頭領，且我已向自己宣誓過，所有
天上眾生都應向他領首屈膝，公認他是你們
的主。遵從他的統治，在他攝政代理下，
眾神同心合意，團結成一體，永遠幸福快樂。
誰要背叛他，就是背叛我[40]，就是破壞團結
和諧，在那一天就要被逐出上帝門前，不再
領受聖福，不得再見我面，而是墜落到全然
漆黑、被深淵吞噬的地方，那是他們注定要
去的所在，永不得救贖，苦難也無窮無盡。』

　　「全能偉大的主如此說道，而聽到祂

38　「座天使⋯⋯能天使」，此處所舉乃七大天使中之前五者，依序為 Thrones,
　　Dominations, Princedoms, Virtues, Powers，另外有天使長（archangels）以及一
　　般天使（angels）。另有一說謂天使分三級九等：上三級為熾天使
　　（Seraphim）、智天使（Cherubim）及座天使，中三級為主天使、權天使及
　　力天使，下三級有能天使、天使長及一般天使。

39　「擢升」（begot），beget 一字本有生育兒女（bring into being，produce）之
　　意，可是如此一來所謂三位一體就有先後之分，且有造物主與創造物之別。
　　此與基督教義不合，所以 John T. Shawcross、John Leonard 與 Roy Flannagan
　　等人，認為此字當作「擢升」（raise, exalt）解，以符《聖經》旨意，雖然多
　　本聖經仍解為「生」字。密爾頓本人在《基督教義》中也認為此字是
　　"making him become a king" 的意思。

40　「誰要背叛他⋯⋯背叛我」（Him who disobeys/Me disobeys），這句話在文
　　法上固可簡單解為 "Whoever disobeys him disobeys me"，但密爾頓的拉丁式
　　（Latinate）英文也讓此句話可解為 "Whoever disobeys me disobeys him"（誰
　　要背叛我，就是背叛他），這可使得「他」、「我」的關係更緊密，一種他就
　　是我、我就是他的不可分割關係，更能說明聖父、聖子之間一體兩面的關係。

所說的話，眾天使天軍似乎無不歡心喜悅：
眾天使天軍似乎，但不全然眞是。那一天就
如無數其他重大日子一樣，天使們在聖山旁
唱歌跳舞，他們跳的神祕之舞，只有遠處
滿天星空中，行星與其他在各軌道上的恆星，　　　　620
他們的運行差堪比擬，舞步、軌跡錯綜複雜
如迷陣，一下偏離中心，一下交互纏結，
看似最不規則，卻比大家都守規矩，而他們
的動作莊嚴和諧，與音程搭配得流暢迷人，
聽在上帝耳裡，眞是欣喜快樂。夜晚時分
降臨（因爲我們也有我們的晨昏，爲的是變化
有趣，不是爲需要），跳舞的興致便轉到
想吃美味的食物，全體排成一圈又一圈，
桌子擺定，瞬間上邊就疊滿成堆的天使食物，
珍珠、鑽石和厚重金箔所打造的杯盞，流滿
鮮紅的瓊漿，也盛滿可口的葡萄等天上
所生產的水果和農產品。他們在百花上歇息，
頭上遍插著鮮麗小花，又吃又喝，相互交心
懇談，在無所匱乏的君王面前，酌飲著永生
和快樂（無慮於吃喝過度，因爲杯盞裝盛有度，　　　　640
限制了暴飲暴食），祂也樂在其中，豐盛的手
如陣雨掃落般的廣施賞賜。

　　「此時正當夜晚從上帝所在高峰（光和影
也自此迸出），蒸發雲氣、吐露芬芳之時，
天空燦爛的臉色也轉成宜人的朦朧昏黃（因爲
夜晚在那兒較不以黑遮面），玫瑰香味的露氣

讓人都想睡去，只有上帝那不眠的雙眼未闔。
所有的天使群眾，一隊隊又一排排的分散、
廣布在各地，延伸之廣，比此間地球表面的
平野還廣（上帝的院落就是如此寬敞），紮營
紮到永生樹叢中的流泉處，無數蓬帳瞬間
豎起，那些是天上的帳幕，在涼風送爽下，
供他們入睡用，還有些天使整夜輪班在
至高無上寶座四周獻詩唱歌。但非如此做
而醒著的是撒旦（現今如此稱呼他：他之前
的名諱已不復在天庭中聽聞）[41]。他若不是
天使長中，就是天使群中，排名最前、　　　　　660
最有能力、最受恩寵、超群絕倫的，但卻對
聖子那日受其偉大天父之尊崇並宣稱其為
彌賽亞[42]、受膏抹者，懷有滿腔的妒意，
又由於驕傲自恃，見不得聖子所受尊崇，
乃自忖受害。遂心懷怨懟與不屑，就在午夜
暗沉，最易引人入睡及沉靜時分，撒旦決意
帶其部眾拔營而去，不向至高寶座敬拜、
不聽命於至高者，反而藐視地叫醒他身旁
的副將，暗地裡對他如是說道：

　　　「『你在睡嗎，親愛的戰友？睡神怎會

41　「之前的名諱……聽聞」（his former name/ Is heard no more in Heav'n），為
　　撒旦所受刑罰之一，此方式與當時犯重大罪刑如叛國罪者所受「除籍去名」
　　的懲處相當，於此可見密爾頓常將當時的社會制度及情狀寫入詩中。
42　「彌賽亞」（Messiah）係一希伯來字，意為受塗油膏抹者（the Anointed），
　　也是救世主、解救者（savior, liberator）的意思，通常用來指耶穌基督，肉身
　　成道的聖子。

讓你閉上眼的？假如你還記得昨兒個從天上
萬軍之王口中所發出的諭令？過去你有甚
想法，都會讓我知道，而我也會讓你知道：
醒著時，咱倆同心合意。現在你睡著，竟會
意見相左嗎？你瞧瞧，新法要施行了，來自
君臨一切的上帝的新法，可能會讓我們這些　　　680
服侍祂的人，有新的思維、新的意見，可能
要討論討論有啥疑慮之處。在這個地方多説
恐不安全。你去召集我們所部各級首長，
告訴他們，我受命要在濛濛夜霧退散之前，
率軍張旗搖旛飛馳回我們所駐節的北方營區，
在那兒準備合宜的餘興節目好接納我們的王、
偉大的救世主，及祂的新敕令，那是祂透過
各級天使，想要快速又威風地傳布以遂行的。』

　　「那位不懷好意的大天使如此説道，
要讓他的副手在心無準備情況下受到不良的
支配。他遂召集、或是一一個別找來各個
領兵天使，他們都是他手下，告訴他們撒旦——
他們的大統領[43]——告訴他，要他們在夜暗，
在濛濛夜暗退離天庭之前，要各按等級，　　　700
搴旗拔營，也説了他認爲的理由，用詞閃閃
爍爍還帶點忌羨，用以測試或敗壞他們的正直
與操守。但眾將皆聽其大統領的熟悉信號及其

43　「大統領」（the Most High Commanding），此稱謂有點含混，是指上帝嗎
　　（如 John Leonard 等人所認爲的）？還是指撒旦自吹的頭銜（如 Gordon
　　Teskey 所説的）？或竟是別西卜爲假藉上帝之名以遂撒旦之事，故模稜兩可？

高高在上的指令，因他在天上的聲名確實大，
地位也確實高。他的形貌似指引眾星的金星
引誘了他們，又用謊言，吸引了天上三分
之一的天使追隨他。就在此時，永恆上帝
的眼睛從祂的神聖寶座，也從夜夜在祂面前
點亮得金光閃閃的燈火中，辨識出隱藏在
深處的想法，就算無火無光，也看得清叛亂
將啟，祂也看見在這些叛徒中，叛亂的想法
如何傳布在天使[44]之間，也知道哪些徒眾被
組織起來反對祂的至高敕令，因此，祂不由
微微一笑，便對著祂的獨生之子如此說道：

　　「『兒呀，我可以看到我的光輝，燦爛
耀眼地完全呈現在你身上，不愧是我一切
力量的繼承人，特別是現在，我們要在意
的是確然無疑地展現我們的全能，用什麼樣
的武器來確保我們自己，就像自古以來人們
對神祇或帝國所做的要求一樣。我們就要
有一位仇敵興起，他想在邊闊的北部，建立
一足與我們分庭抗禮的王權，且不以此為
滿足，想在戰場上試試我們的力量、我們的
權限。你我應當斟酌，立刻徵調所剩兵馬，
做防禦部署，來應付這場危機，免得一個
閃失，我們丟掉了這處高地、庇護所和聖山。』

720

---

44 「天使」，原文作 the sons of morn（晨星之子），晨星就是路西法，亦即未
　　叛離上帝之前的撒旦，所以「晨星之子」指的是歸在路西法／撒旦底下的諸
　　天使。

「聖子臉色平靜開朗,雖聖光閃閃、
雷鳴電閃[45],卻以無以言喻、寧靜祥和的
神色對聖父回應道:『全能偉大的父啊,
您很有理由嘲弄您的仇敵,也安全無虞地
在此笑看他們虛有其表的盤算以及徒然無用
的騷亂,惟此事與我的榮光有關,因為他們
看到我蒙您賞賜君王一般的權利,好挫減
他們的驕氣時,就對我萌生怨懟,但這反使　　　　　　　740
我燦爛輝煌,因要真有事,倒可試試我有否
能力伏魔降叛,或竟是天庭上最不中用者。』」

「聖子如此說道。但此時,撒旦及其
黨羽[46],張翅疾飛,已推進老遠,一大群眾,
數不勝數,多如夜晚星辰或晨間曉星,
也像太陽熱氣,結露點點的在每株花、葉上。
他們穿區越境,經過熾天使、能天使、
座天使[47]等三職級所轄管區,各區之廣,非你
亞當,所可支配者能比擬,其間差異就如
此樂園之於整個地表,也比整個地球拉平

---

45 「聖光閃閃、雷鳴電閃」(Lightning divine),此處密爾頓想要呈現的是,
聖子得知撒旦的野心,雖生氣但也知道聖父之所謂應付危機之說,只是在凸
顯撒旦的無知及輕舉妄動,遂寧靜自持、淡然以對。

46 「黨羽」,密爾頓的用詞是 Powers(能天使),是七級天使之一,惟此處泛
指撒旦手下的一切天使。

47 「熾天使……座天使」(Seraphim, and Potentates, and Thrones),天使分三
級九等及其相對應稱呼,詳見本卷注 38。密爾頓此處只指出其中三級別之天
使當作例證,其本人並不嚴格認定天使有級別之分,此處之例證純粹是因音
節需要,以符無韻詩(blank verse)抑揚格五音步(iambic pentameter)之要
求,所以其排列次序也依需要而更張,無關乎階級之高低。

成長條形海洋還要廣！他們已然穿過許多
地區，最終回到了他們所駐紮的天庭北部。
撒旦及其黨羽來到他的寶座所在（高踞在
遠處山頭上，熾亮如焰，像是一座峰疊在
另一座峰上，裝飾有從鑽石場和黃金岩
砍劈來的尖錐、高塔），那是路西法老大的
宮殿（如此稱呼，是用人所懂的語言來解釋）　　　　760
，不久之後，他（想要跟上帝並駕齊驅，
遂模仿聖子在全天庭的注視下被尊爲彌賽亞
所站的山頭），乃稱該峰爲『僚眾聚會之巔』；
因爲在那兒，他集結了所有的部眾（假裝承命
來此諮詢眾人，有關接待他們君王到此的
隆重事宜），用捏造的事實及中傷的話術，
讓眾僚屬們傾耳相聽，並以此迷惑他們：

　　「『在場的座天使、主天使、權天使、
力天使還有能天使們[48]，眞希望這些神妙的
稱號，依然不僅僅是個徒有其名的頭銜而已，
因爲按照敕令，另有一使，依受膏抹的王
這個名號來看，就擁有我們大家所有的權能，
讓我們的重要性黯然失色。我們兼程趕路、
半夜行軍，匆促來此聚會的緣由就是因爲他。
無非是諮諏眾意，看如何才能設想出新的
稱呼，以最佳方式接待他，他來此是爲接受　　　　780
我們的長跪獻禮，雖然我們還沒付出此獻禮

48　「座天使……能天使」，爲七或九大天使中之五大天使的稱呼，詳見注37。

——那卑賤的俯伏在地！對一使如此做，
已是過分；對兩尊，怎堪忍受？剛剛宣布的
是要對祂以及代表祂的肖影卑躬屈膝！但是
如果你們心裡有較好的意見，可提出來，
讓我們受教，也許可以甩脫掉剛剛講的那種
羈絆呢？你們願意頸部上軛，且選擇彎下
那沒骨氣的膝頭？你們絕不會願意的，
如果我對你們所知無誤的話；再者，你們
當知道，自己是天庭上土生土長的，是
天之子，從未附屬過誰，所以就算大家不
全都一般大小，也是無拘無束的；大家都
一樣無拘無束，因爲階級、地位是不會跟
自由衝突的，他們非常一致。就理性上還有
權利上而言，有誰敢僭取王位而稱帝於我們
這些生而與其平起平坐者？就算我們不若其
有威力，也不若其光芒四射，但在不受拘束
這點上，不都一樣嗎？或者他竟要引進法條
敕令，來束縛我們這些不用法條也不會犯罪者？
如是這般，他就更不可能是我們的主上，
更不可能贏得我們的尊敬，因爲這樣的他們
只會竊占名器，毀掉我們的權益、職銜，
因爲依我們的頭銜、名號，我們的天命就是
去治理，而不是去服侍的！』

800

「他口無遮攔的大膽言語，就講到這兒，

聽者自有其眾，但在這群撒拉夫中[49]，有位
名喚押比疊[50]者（無誰比他更虔心事主，更
服膺主之神聖號令），站起身來，聲色俱厲、
激情四溢又怒不可遏地連聲如此駁斥道：

　　「『唉，你說的眞是褻瀆神靈，既錯誤
又狂妄！那些話語是沒誰在天庭上曾預想
會聽聞到的，更沒料到會出自你之口，眞是
忘恩負義啊！你竟然把自己提升到遠超過
同僚的高位！你怎麼可以不敬的謾罵來詰責
上帝公開宣告且經眾使誓從的合理敕令呢？
此敕令是要天庭上的每一分子，屈膝跪在
祂生而有權掌理王位的獨生子面前，以此
合宜的尊榮來承認他是我們正當合法的
君王。完完全全有失公道，你剛所說的話，
徹頭徹尾不公道！你說上帝用法令來束縛
我們這些不受拘束、彼此相等的天使天軍？
又說上帝讓我們的同輩來統治同他一輩者？
他君臨於眾天使之上，擁有無可取代的權利？
你這是要向上帝發號施令嗎？這是跟祂頂嘴、
爭論自由嗎？難道不是祂創造了現在的你，
也隨祂之意構造了天上諸天使並且劃設了

820

49　「撒拉夫」，原文作 seraphim，是 seraph（撒拉夫）一字的複數形態，爲六
　　翼天使，該字具有「傳熱者」、「造熱者」的意思，故有譯爲「熾天使」
　　者。
50　「押比疊」（Abdiel），六翼天使之一，希伯來文意爲上帝的僕從（servant
　　of God）；詳見注 2。

他們的存在界限？經驗告訴我們，祂是多麼
的良善，對於我們的利益及尊嚴又多麼的
有遠慮，祂想都不想就減少我們的總數，
讓我們在一個首領的管制之下專心致志地
提升自己的快樂狀態，並且彼此更加同心
合意。我要承認你說以同輩來當王統治
同輩是不公平的。雖然你很有大能也榮光
滿面，但難不成你認為自己、或合眾天使
之質，就等於他，那位受高舉之上帝之子？
藉由他，儼如藉由天父之話語，全能神創造
了萬事萬物，甚至創造了你；而天上眾天使
也被他創造得各具不同亮度，他們頭頂榮光，
依其光輝亮度而被命名為座天使、主天使、
權天使、力天使、能天使等等，這些就構成　　　　840
了所謂的種種天使，其亮度不會因他成統領
而減損，反而使我們更燦爛輝煌，因為他
限縮自己的權能，屈做我們的頭領，成為
我們其中的一員[51]，他受的法令就等於是
我們受的法令：一切給他的尊榮也都會回歸
到我們身上。所以停止你這不敬的狂怒，也
別再誘惑這些天使了，趕快去安撫被你激怒
的聖父和同被激怒的聖子，求求祂們赦免
你的罪，趁一切都還來得及的時候。』

---

51 依此而言，密爾頓顯然認為是上帝／聖父創造了聖子，而聖子則創造了宇宙
　萬物。此處押比疊認為聖子是紆尊降貴成為天使群中之一員，作為統領一切
　的彌賽亞，這讓同為天使的押比疊同霑榮光。

　　「這位火熱心腸的天使如此說道，但他
的熱誠無人贊同，儼然被認爲不合時宜，
要不然，就是其係一己之見，且衝動魯莽；
一見及此，這位叛賊氣燄更是高漲，對他
回應道：『你是說我們是被創造出來的？而且
還是第二手的作品，是聖父轉給聖子的差事？
這眞是個新奇又怪異的論點！也想知道你
這般論調是打哪兒來的：誰看過這個大創造
是何時發生的？有誰記得自己的製造過程、
記得造物者給你們生命？咱們根本不知道
什麼時候過去的咱們跟現在不同，也不知道
在咱們之前有誰。咱們是自生自養的，靠著
咱們自己賦與生命的權柄，當命定的路程
已繞了一整圈，時辰一到，就生下了咱們
所在的天庭，和天上的眾家兄弟。咱們的
權能是咱等自己的。咱們的右手也將教導
自個兒，最高尚的行爲就是去試試，證明誰
才是咱們的對手。到時你就會看到咱們是
要開口苦苦哀求，還是要兵圍萬軍之王的
寶座，不是恭維，就是圍攻。回去報告，
帶這些消息回去給那受膏抹的王知曉——
快滾吧，免得有啥不測截住你的逃路。』

　　「惡魔說罷，就像是深處的水響聲一樣，
從數不盡的天使中，傳來粗軋的咕噥贊同聲，
回應著他的話語。而那位光焰火紅的撒拉夫
無絲毫畏懼，也不退縮，雖然他孤身單個，

860

四周又包圍著仇敵，仍大膽如是回應道：

　　「『唉呀，真是與上帝相悖離啊！你這
該受詛咒的神靈，竟然棄絕了一切的良善！
我可以見到你的殞落已然注定，連帶你那群
不幸的同夥也會牽連在你奸詐的騙局裡　　　　　　　　880
感染到你的罪愆與懲戒！自今而後，你
無須為如何擺脫上帝彌賽亞給你的軛負感到
困擾：那些寬大的律法不會施降在你身上了！
另有不得召回的法令會頒布來對付你。那把
你拒絕接受的黃金權杖現在已轉為鐵製罰棍，
用來挫傷你、打裂你，因為你不願順服。
你勸我離開，我聽進去了，但我離開這些
居心不良者的帳幕不是因為你的勸告或威脅，
而是唯恐即將到來的怒火，突然變成熊熊
烈焰，不分你我的席捲而來。因為很快你就
可預期有響雷打在你頭上，有火焰要吞噬你。
到那時，你就會悲痛地知道是誰創造了你，
也將知道是誰可以抹銷你的創造！』

　　「押比疊這位撒拉夫如此說道，他是在
一群不忠誠的天使當中忠誠的，是在一大群
無以數計的虛假天使中唯一忠貞不二的。
他不被感召、不可動搖、不受引誘、毫不
畏懼，堅守著他的忠貞、他的敬愛和他的
熱忱。不因數大勢眾也不有樣學樣，而　　　　　　　　900
偏離正道、或改變他那顆不變的心，雖然
他是孤身單個在敵陣當中。從他們當中，

他走了過去，一長路上他高傲不屈地忍受
著那些天使帶有敵意的冷潮熱諷，也不
畏懼他們會暴力相向，反而是以輕蔑對輕蔑，
轉過身，背對著那些注定要毀滅的高樓傲塔[52]。」

52　密爾頓再次以押比疊孤伶伶的身影，對應著千萬心懷不軌的叛亂分子，顯現
　　出他「孤絕的勇氣」（courage in isolation），雖千萬人吾往矣！

卷六

―

提綱

　　拉斐爾持續講述何以米迦勒、加百列被送去與撒旦及其同夥作戰。第一場戰事敘說完畢。撒旦及其黨羽在夜幕下退出戰場，並召開委員會，還創製了可怕的兵器，讓米迦勒與其部眾在第二天的戰事中陣勢大亂。不過最終他們拔山摘嶺擊潰了撒旦的兵眾及其所攜機關。但騷亂仍未就此止息，因此上帝在第三天送彌賽亞祂的獨生子上戰場，因為祂已經把戰勝的榮耀歸給他了。聖子在天父的力量加持下來到戰場，叫所有的部眾站立在兩旁，他駕著戰車，雷鳴電閃地駛入敵陣當中，敵人全無以抵擋，被趕到天庭牆角下，牆面裂開，撒旦一夥眾驚惶失措地跳落下去，跳進為他們在深淵中所準備的懲罰所在。彌賽亞凱旋歸來，回到他父的右手邊。

*

　　「一整夜，這位無所懼的天使[1]雖後無
追兵，仍一勁兒趕路，穿過天庭廣闊的原野，
直到天亮，此時晨曦剛被繞行的時間女神
叫醒，用她的淡紅柔荑解開了光的大門。
在上帝所在的聖峰上，有一洞穴，就在祂
的寶座旁，光與暗持續不斷地從此出入進駐，
整個天庭充滿受歡迎的變化，就像日與夜
一樣：當光湧出時，暗就很順從地從另
一扇門進入洞中，等時候到來，再用她的

―――――――――

1　指的就是前一卷所提到的押比疊。

面紗遮住天庭，不過那兒所謂的暗，大概
就等於此間的薄暮時分。此時晨曦走了出去
已然來到天庭最高處，裝扮得金碧輝煌，
從之前消失的夜暗處，發射出燦爛醒目的光。
而最先映入他眼簾的是，一隊隊全副武裝的
戰鬥部隊，站滿整個平野，還有戰車以及
閃閃發光、如火似焰的金戈鐵馬，他們
熾亮的閃光，一層層的返照出來。眼前所見
是戰爭的景象，且戰爭已準備停當，原先
以為是他要報告的訊息，卻發現上帝已然　　　　20
知情。他就很高興地加入那些友好天使的
陣營中，他們也歡欣喝采的接納他，在無以
數計的墮落天使中，唯獨他，孤伶伶，沒
墮入迷途，回返天庭。他們簇擁、鼓舞著他，
帶他到聖山上，呈獻在至高無上者的寶座前，
祂從金光籠罩處傳出溫煦的口氣如是說道：

　　「『上帝的僕從啊[2]，做得真好，你打了場
了不起的戰爭，隻手孤身維護了真理大義，
對抗了叛亂大眾，你的言語力量大過他們的
舞刀弄槍，為替真理作見證，忍受了大眾的
詰難，那是比被暴力相向還難忍受的。而你
唯一的考量是：持守上帝眼中讚許的事，
縱然舉世都認為你是錯的！現在有恁多的
朋友可以助你，要戰勝雖是易事，但仍然

2　「上帝的僕從」（Servant of God），就是「押比疊」（Abdiel）一名的本
　　義，所以此處上帝無異於直接叫他的名字，以示稱讚。

在你：以更尊榮顯貴的身分，回去找那些
在你離開時嘲諷你的敵手，用武力鎮壓住　　　　40
那些拒絕理性作爲律法、拒絕合宜的理性
作爲律法，也拒絕彌賽亞爲王，而他依
功勳本該就是王的那些叛逆天使。米迦勒[3]，
你是眾天兵天將的領袖，還有在武勇戰技上
僅次於你的加百列[4]，你們快去領兵上陣，
帶領這些戰無不勝的天使們，帶領成千
上萬的武裝天軍，列陣作戰，在兵力上
你們跟不敬我的叛亂天使不相上下。用火
和各種噬敵的武器無情地進攻，把他們趕
離上帝和幸福，趕到天庭的高崖邊，把
他們追趕進入懲戒所，進入地獄[5]的深淵，
地獄火紅的混沌大口已然張開，就等著
他們這些叛亂天使的墜入，好生接納他們。』

　　「至高無上的聲音如此說著，烏雲開始
遮蔽了所有山頭，黑煙滾滾地席捲過來，

3　「米迦勒」（Michael），希伯來文的意思是像神者（who is like God），是
　　一位大天使，代表上帝的力量（power of God），在《啓示錄》12 章 7 卷
　　中，米迦勒率眾天使擊潰撒旦及其叛軍，率眾歸來。但在密爾頓的設計裡，
　　聖子才是戰勝撒旦及其同夥，因功勳而贏得救世主之名，坐在天父右邊者
　　（因此有一說法謂米迦勒就是聖子）。這種因功而治（meritocracy）的理念
　　是密爾頓奉行不輟的信念，也是他贊同克倫威爾（Cromwell）革命反對復辟
　　的最重要原因。
4　「加百列」（Gabriel），同米迦勒一樣是一位大天使，希伯來文的意思是上
　　帝的力量（strength of God），見卷四注 2。
5　「地獄」，密爾頓的用字是 Tartarus，據說是地獄的最深處，也是希臘神話中
　　「地獄」的代名詞，是天王宙斯囚禁泰坦族（宙斯的伯父輩）的監所，據傳
　　那兒也是邪惡的人死後的歸所。

扭動翻騰的火焰，是怒火中燒的徵候，也
再度燒旺起來。天上的戰爭號角，被大聲
地從高處吹奏出來，聲震天庭，恐怖異常。　　　　　60
在號角聲的催促下，代表天庭的戰鬥天使，
合圍成四方戰鬥隊形，同心合力，銳不可擋，
和著軍樂聲，各軍團悄然移動，軍容輝煌
壯盛，在他們莊嚴似神的長官率領下，英勇
熱切地執行冒險大膽的戰事，為的是護衛
上帝及其彌賽亞的大義。他們堅決不移地
持續前進，既不怕山丘阻隔，也不懼溪谷
束限，就連山林水道都分不開他們的完美
陣列。因為大軍前行是高走在地面上的，
承載他們的雲，默不作聲地支撐著他們的
碎步踩踏，就好像當各種鳥類，受你徵召，
依序排列飛過來伊甸園，要領受你給他們
命名時一樣。就這樣，他們行軍路過多處
天空，所經之地，廣袤寬曠，十倍於你
所在之地。最後在天界最北處，看見了
一大片火紅的區域，向兩方邊界開展出去，　　　80
一副準備好要開戰的形態；再靠近點瞧，
撒旦所聚集的天使們，各個手持硬挺的尖矛，
矛桿直挺挺地豎立著，數不勝數，盔甲盾牌
堆疊成群，盾牌上還繪有各種威嚇叫戰字眼，
撒旦集結的天使急急忙忙，慌不擇路的趕了
過來，因為他們自認當天就可用武力或奇襲
奪下上帝的寶座，並將覬覦其天國的傢伙，

那位高傲的野心家推上祂的寶座。但他們的
想望在半途中就被證明是愚蠢與虛妄的，
起初我們還覺得怪怪的，天使竟然要跟天使
廝殺，在聚合時竟然要激烈爭鬥，而我們
以前碰頭時總是在喜樂崇敬的節慶裡，彼此
同心合意，以大能聖父兒女的身分，歌頌
讚美我們的永生之父。如今，戰聲四起，
激烈的衝撞攻擊止息了任何淡化的想法。
撒旦那個逆賊坐在光芒四閃的馬車裡，被　　　　　100
高舉像神一樣，是一具神聖威嚴的偶像，
現在，他來到戰陣當中，走下他那華麗的
座駕，周邊圍繞著焰火般亮的基路兵[6]和
他們金光閃閃的盾牌，因為兩大軍團對峙，
中間所留空地甚小，且小得駭人，前線
部隊就對著前線部隊站定，所列陣勢嚇人，
其後大軍隊伍之長，見著恐怖。就在不規則
戰線的前緣，陰沉蹙眉的前鋒形將交戰之時，
撒旦全身金戈鐵甲，大踏步倨傲地向前
邁出，像座高塔般移動過來。押比疊看
不慣他站在強大天使群中，一副顧盼自雄
將立大功之貌[7]，遂如是道出心無所懼之話：

6　「基路兵」（cherubim）是 cherub（基路伯）的複數詞，是最高級的天使階
　　層之一，但在基督教傳統裡，「基路伯」與「天使」這兩個名詞已被認定為
　　同義詞。

7　「一副……之貌」（where he stood ...... bent on highest deeds），此處之主詞
　　he 究竟是指押比疊還是撒旦恐都有爭議，不過對照押比疊之仗義直言比諸
　　「聖子」之謙遜，以指撒旦之驕矜狂妄較適合。

「『噢，天啊！他居然還保有與至尊者
相同之貌，但他對祂的忠誠及摯愛卻蕩然
無存！這是因何緣由？雖然他看起來一副
不可一世的樣子，但美德不存，不就氣力與
威力也不在了嗎？最勇敢的不是就應變成
最羸弱的嗎？倚靠全能者的助力，我倒想
要試試他的力道會有多大，因爲我已試過
他的推理能力，發現既不合理又錯誤。
這應是件公允之事，既已贏得眞理的論辯則
當也贏得武藝上的較量，也就是在這兩項
爭鬥裡，理性應該都是贏家；雖然理性跟
暴力的爭戰是很野蠻、很殘酷的，但理性
終會擊潰暴力，這樣才是最合情合理的。』

「押比疊內心如此琢磨著，就從其武裝
同僚中站了出來，去面對敵軍，在半途中
就碰到了那膽大妄爲的仇敵，在他的攔阻下，
他益發怒火中燒，遂無所畏地如此激將道：

「『倨傲的傢伙，幸會了！你原指望
藉著你的武力威脅及舌粲蓮花就能讓天軍
丟盔棄甲、擅離職守、棄主不顧，然後不費
吹灰之力登上你所覬覦的高位，上帝的寶座。
蠢蛋！也不想想，你是多麼虛妄，竟敢興兵
作亂反叛全能者，祂只消用微渺的東西就
可以創造出源源不絕的兵力來挫敗你的愚蠢
行爲；甚至，只用一隻手，祂就可以無限延伸，
一拳就可以結果你，根本無需其他幫助，也

120

140

能將你的部眾一舉吞滅進黑暗中。而且，
你瞧瞧，所有在場的不盡然都想跟隨你。
這兒有忠於上帝、敬虔上帝者，雖然那時
你看不見他們，以爲我是所有天使中唯一
敢在你迷離世界中頂撞你者。你可瞧瞧，
與我同在的有多少兵馬：現在知道這些，
已然太遲了，唉，多半時候，能認清事實
而不像千萬群眾那般犯過出錯者，幾希已！』

「人類的大敵，用不屑的眼神，斜瞧
著他，如此回應道：『你要禍事上身了，
當我施行報復的時辰一到，我最先要找的
就是你！你這個造反天使，逃走了竟然還敢
再回來！來，接住你該得的賞報，先接我
受你激怒的右手給你的第一擊吧，因爲你的
那張嘴巴，受唱反調的啓發，竟敢與三分
有一的天使們作對，他們召開大會是要主張
自己有神性，因那時他們覺得軀體內神氣
正盛，絕不容許誰敢宣稱自己是全知全能者！
好呀！你竟敢身先士卒，現身在你同儕前面，

160

存心想要搶幾片我頭冠上的羽飾，那麼你的
下場正好讓其他天使看看什麼是殺戮。現下
的按兵不動（爲免你的叫囂無得回應），是要
讓你知道：起初我以爲對天上神靈而言，自自
由由跟住在天庭是同一件事，但現在可知道了，
大多數因爲懶所以寧願去做侍奉，去供主子
差遣，爲主子的飲宴和歌詠而受訓！你們所謂

的披掛上陣就是去傳膳、唱歌，做天國的樂師！
今天奉承服侍者就要跟自由自在者拚搏較量，
一定要分出高下，用彼此的舉止作爲來作證明！』

　　「對此，押比疊簡短但嚴厲地如是回應
他道：『叛賊，你一錯再錯，遠離正道，眞不知
將伊於胡底！你不公不正地用奉承這個詞，
去曲解上帝或自然要我們所做的服侍：上帝跟
自然所要求的都是一樣，大凡掌權、統治的都
應是最配得該位者[8]，且才德遠勝於所統治者。
所以這才是奉承：服侍那無智之人，或是服侍
那反叛能力比其強者，就像你的部下服侍你
一樣。你自個兒也不是自由自在，你被自己
給奴役了，竟還敢卑劣地譴責我們對上主的
服侍！所以在地獄深淵執政當王吧！讓我在
天庭侍奉我的主，永受祝福，也讓我聽其
聖諭行事，因祂是最配我聽命者！你且等著
瞧吧，終究你會鎖鏈加身，被綁縛在地獄，
而不是統治四方的。在此同時，別想逃走，
如你自己所言，我是逃而復返，那就接受我
在你盔飾上重重一擊，作爲對你不敬的招呼！』

　　「話說如此，押比疊就高高舉起他那把
宏偉的槍，不待稍停，迅如疾風般地掃落向
撒旦高高隆起的頭盔上。眼不及眨，想不及想，
（他的盾牌更無暇多動），硬生生接下這一重鎚。

180

8　「最配得該位者」（worthiest），這是密爾頓的信念也就是有功德者治天
　　下，即使在天國亦然，所以本卷處處強調功勛（merit）此一概念的重要。

他往後連退十大步，彎下膝蓋，用他粗大的
長矛撐住，才停了下來，儼然地底下的強風、
或潰決的大水般，從側邊把一整座山搬移開
它的底座，所有其上的松木都被泰半掩埋。
眾叛亂天使不由大吃一驚，但更多的是憤怒，
看到他們的大頭領遭此挫敗。我們這邊的天使　　　　　　200
則滿心喜樂、大聲叫好，因那是得勝的前兆，
所以作戰意識更堅強。一見及此，米迦勒便
吩咐吹起他的號角。號角聲響徹廣大天庭，
眾忠誠天使鳴響那和散那[9]之聲，達於至高者處。
敵方陣營，沒因驚詫而觀望不前，也沒因戰事
駭人而不接戰交鋒。因此，呼天搶地的怒火
熊熊燃起，天庭上傳來陣陣錚鏦嘈雜的廝殺聲，
聞所未聞。刀槍砍在盾甲上硈噹作響，音雜
聲噪，十分駭人，而銅製戰車的車輪則隨意
亂轉，四處輾軋。爭鬥廝殺的噪音，聞之令人
喪膽。頭上飛過的是射來射去的連環帶火
箭矢，聲音嘶響沉悶，火光燭天照亮了交戰
雙方！就在此紅亮的蒼穹下，兩軍主力部隊
糾纏衝撞，招招都想置對方於死，個個都
怒氣沖天。震天軋響的廝殺聲布滿整個天庭，
要是地球那時已然存在，恐怕整個地球
連中心都會搖晃。你覺得稀奇嗎？當成千　　　　　　220
上萬的天使捉對猛烈纏鬥時，就連最弱的

9　「和散那」（Hosanna），讚美、喜悅之聲。

也能耍弄宇宙中的各個元素，利用各個地方
的武力來強化自己。這些無以數計的交戰
軍旅，不知還要徵集多少外力、引發多恐怖
的混亂，若不是會破壞就是會攪擾他們快樂
的原居之地，幸好我們的永生之王、全能的主，
高坐在祂的天庭堡壘處，否決並限制了他們
的力量，不過他們數目之多就算分成一小股
一小股，每一小股仍是一大群部眾。每一個
戰士都力如一隊軍團；雖是被帶來參戰，卻
個個儼然將官司令，都熟知何時當進攻、何時
當堅守不動、何時脫離戰場、何時誘敵深入、
何時合攏包抄：不思逃、不思退，也不會舉止
失措，以免風吹草動而聞風喪膽。各個獨立
作戰，儼然勝利關鍵就全仗自己一身武藝。
所作所為足讓自己英名不朽，但戰事綿延、
戰場擴大，一呼兒，兩軍在地盤穩固處僵持
不下，又一呼兒，用翅飛縱上天，搞得天翻
氣旋：整個天空戰火洴射。戰爭持續多時，
不分勝負，而撒旦那天也展現超凡戰力，
在熱烈交戰的天使群中殺進殺出，所向
無敵，讓對手陣容大亂，最終，他看到了
米迦勒正兩手掄起一把大刀，一下砍倒了
一群的敵軍：可怖的刀鋒，高高舉起揮舞，
殺伐劈砍，消耗了一大群兵丁。撒旦趕忙
過去舉起用十層金鋼鐵石所製盾牌，來抵擋
這陣殺戮，盾牌寬大圓滾，像顆石球。一看

240

他過來，米迦勒中斷他的砍殺，很高興有望
結束這場天庭內戰，同時擊敗並用鍊捆縛、
拖曳這受俘的大仇敵，遂滿帶敵意，蹙著眉，　　　　　　260
整臉滿滿怒火的先是開口如此說道：

　　「『罪惡的始作俑者，在你叛亂之前，
無人知曉該事，在天庭也無以名之，可如今
如你所見，處處都是罪惡：這些可恨的爭鬥
行爲，雖爲眾嫌，但按公正比率，恰會重重
施降在你自己及你的追隨者身上！你瞧瞧，
你打亂了天庭上受祝福的祥和，給自然帶來
前所未有的苦難，這是在你犯了叛亂罪之前
所沒有的！你也看看，你是怎麼灌輸犯意給
千萬天使的，讓原本正直忠誠者變成虛僞
不實者！不過，別以爲你在此還能騷擾那些
剩下的聖潔自持的天使：上主會把你從祂
四圍捧擲出去。如此，天國，那幸福的所在，
就無須再忍受暴力及戰爭的作爲。所以帶著
你的罪惡和你的子孫，下地獄去吧，那是你
以及你的邪惡同夥的罪惡淵藪！到那邊再去
大吵大鬧吧，在這之前，先讓我這復仇之劍
開啓你的審判，不然，會有來自上帝更意想
不到的報復施降在你身上，讓你的痛苦倍增！』　　　　　　280

　　「我們的天使大君如此說道。但那位
大魔頭卻回應說：『別以爲你用行動無法嚇我，
用空洞的話語威脅就可震懾我！你不是曾把我
最不堪的部下打跑，或把他們打倒嗎？結果

他們又站起來，好像沒被打敗過一樣！你是
認為我比他們更容易打發嗎？竟然傲慢地希望
用威脅就可以趕我走？別想這樣就可以結束
你我之間的爭鬥，你叫它為邪惡，但我們卻
稱它是榮譽的爭鬥，這場爭鬥我們想贏下來，
不然就是把天庭轉為你們轟傳的地獄，如此
我們就可在此自由自在地住下來，即便不能
稱王當政的話。同時，你的最後支撐──你
稱為萬軍之王的，叫祂也來幫你──我不會
逃避，反而遠近四處的在找你，要尋你晦氣。』

「陣前喊話已畢，兩造都準備打一場難以
言喻的仗。因為縱然是天使，有誰能講述或
把它跟世間看得見的東西相比擬，好提升人類
的想像高度到跟天使一般呢？這兩位像天神
一樣，無論站立、行動，也不論身長、動作、
武裝，都夠格決斷天庭上的統治大事。現下
他們揮舞著火紅大刀，在空中劃出駭人的圓圈。
兩面盾牌像兩輪紅日般，光閃焰灼，驚險
恐怖地矗立對峙著，令人膽顫心寒。兩旁，
之前還在憨戰中的天使大軍急速撤離，唯恐
在這場動亂中被風掃到而遭不測，以致留下
偌大空間，就好比（容我用小事來説明大事）
自然界的和諧被打破了，戰事就會爆發在
星座之間；像是遙相對峙於空中的兩顆星，

300

竟然衝破了對人有害的位置[10]，劇烈衝撞
起來，打鬥讓星星們全都亂了軌道，吵嚷
不已。兩造皆立時高舉近於全能者的臂脊，
希望一舉就能決勝負，而不須重打，好像
不這樣就不夠力，但在力道和回擊方面，
卻顯不出誰能占有先機。但米迦勒的大刀　　　　320
是從上帝的軍械庫來的，曾鍛造加硬過，
在銳度和堅實上，無可攖其鋒者。此刀與
撒旦的交碰，下沉的力道直壓過去，將
撒旦的刀砍成兩半，且刀停不住，迅速翻轉、
上挑，砍進撒旦身體裡，整個右半身被割裂。
撒旦始知痛爲何物，全身抽搐蜷曲；
米迦勒刀連不停，全身切出不規則的傷口，
讓撒旦痛徹心扉。但空靈的體質會自然癒合，
裂痕不在，只從傷口處流出一股股血紅色
液體，那是天使們會流的血，把之前亮麗
光燦的甲冑全沾汙了。是時，四處湧出
許多猛壯天使，過來幫忙，他們強力介入
護衛他，另有多位，用盾牌將他拖入不在
戰線上的戰車內。他們放他在車上，他又痛、
又怒、又愧，不禁咬牙切齒，才知道自己　　　　340
不是所向無敵；受此羞辱，他一身傲氣頓消，
那股可與上帝在力量上一較長短的自信也
喪失殆盡。但，很快地，他的傷口癒合了，

10 按星象學的概念，兩星相對，則對人的感應是有害且不利的。

因爲天使永存，每一部位都能維持生命——
不像血肉之軀的人類，要靠心、腦、肝、腎
等臟器維生——所以不會死，除非被摧毀。
他們的體質是流動澄清的，所以所受的傷痛
不過就像刀砍流動的空氣一樣，無關生死：
他們可以全身是心而活者，可以全身是腦、
是眼、是耳，也可以全身是智性、是感官，
隨他們喜歡的形式而活著，他們可以形塑自己，
可以採用自己要的膚色、身形、胖瘦，也可以
收縮或擴張身軀，一切就依他們的喜好而定。

　　「在此同時，別處也有相同的事蹟值得
一記，加百列的部隊奮力作戰，驍勇的部眾
深入摩洛[11]陣營，摩洛那個暴烈的君王，站在
輪車上向他挑戰，威脅著要將他綁縛拖走，
他那不敬的嘴巴不斷褻瀆天上聖父，但卻立刻
被攔腰斬倒，其痛無比地咆哮著，留下破損
的兵器，就逃走了。烏列跟拉斐爾分在兩翼，
擊潰了愛吹噓的敵人亞得米勒和阿斯莫岱[12]
——雖然他們身高體大，配有金剛石造盾牌

360

11　「摩洛」（Moloch），爲上古近東神明的名號，是《舊約·列王紀上》11 章
　　7 節中，亞捫人可憎的神，常要求將兒童作爲祭品在其殿前活活燒死。

12　「亞得米勒」以及「阿斯莫岱」（Adramelech and Asmadai），其中「亞得米
　　勒」意爲怒火君王（king of fire），是《舊約·列王紀下》17 章 31-32 節所
　　載西法瓦音人（Sepharvaim）的神，爲撒瑪利亞人（Samaritans）所崇敬，須
　　焚燒自己兒女以獻祭該神。「阿斯莫岱」又拼作 Asmodeus（即卷四裡所提的
　　阿斯莫德），爲一波斯神，也是《聖經》僞經《多比傳》及猶太經典《塔木
　　德》中的惡魔，性好漁色，其名本意爲報應之物（creature of judgement）。
　　也請見卷 4 注 18。

——是兩位強力天使，原不屑只當個天使，
在逃離時才知不該雄心過高，因爲他們連甲
帶冑的被砍出幾個恐怖的大傷口。押比疊也
留心地站在一旁，準備去攪擾那些不敬神者，
他加倍力道，打倒了亞列、亞利阿和拉米勒[13]
等眾敵，把他們燒焦炸裂。我[14]也可以講述
千百個其他天使的事蹟，他們的聲名已在此
永爲人們所紀念，但他們這些菁英卻只求
留名於天國，而不求流芳百世在人間。另外的
那群魔頭，武藝精湛、戰技了得，求名之心
甚切，但他們注定被從天籍中除名，遂不復
在天國中爲神所記憶，那就讓他們在人間， 380
無名無姓的被漸漸遺忘吧！他們爲求壯大與
正道分途、與公義背離，根本不值一提；
他們渴求榮光，妄想名聲，用的卻是不名譽
的手段，贏得的是虛榮而無實績，因此只能
忍受譴責和恥辱：墮入永世沉寂之境，實乃
渠等注定之命運也。

　　「現在，隨著他們的頭號戰將被擊垮了，
戰事急轉直下，許多陣線被攻破，潰不成軍
又雜亂無序。滿地遺留著碎裂的兵器，戰車、

---

13 「亞列、亞利阿和拉米勒」（Ariel and Arioch and...Ramiel），其中「亞列」
　 在希伯來文中是上帝的獅子（the lion of God）的意思，「亞利阿」在希伯來
　 文中意爲兇猛可怖的獅子（a fierce and terrible lion），「拉米勒」在希伯來
　 文中是謂自詡與上帝同等者（one that exalts himself against God）的意思。參
　 見 Henry John Todd 之注解。
14 此處的「我」，就是講述撒旦叛亂一事的大天使拉斐爾。

馬伕以及口吐白沫的烈馬，全都被翻倒，
堆疊在一起。還能站立的，都因過度勞累而
撤退，走過毫無士氣、毫無防備的撒旦大軍，
各個面如死灰，唯恐再遭襲擊。先是怕再遭
襲擊，再因疼痛異常，遂含屈帶辱地逃走了，
在那之前從不知什麼是恐懼、什麼是脫逃、
什麼是疼痛，全都因為犯了不順服的罪，
才遭致如此禍難。與之完全不同的，是那群
不容被侵犯的天使聖軍，他們的方陣完好
堅固，全軍裝備得無隙可乘，遂往前進攻，
所向望風披靡，他們不作奸犯科、不悖命
犯逆，這樣的純真無邪給了他們非常大的
利基，遠遠勝過敵軍，這些正義之師
持久奮戰，不覺勞累，也不受傷痛討人厭的
折磨，雖然他們也被撒旦暴行搞得人仰馬翻。

400

　　「這時，夜暗開始了她的行程，引來
漆黑遮蔭天庭，強將難得的休戰和寧靜，
加諸於令人煩惡的戰鬥喧囂之中。就在夜幕
掩蓋下，雙方都退出戰場，不管是勝方還是
敗隊。而也就在戰場上，米迦勒和他站上風
的天使大軍就搭起營帳，四圍放哨警戒，
基路伯等天使手舉火把守衛著。在另一頭，
撒旦跟他的叛亂徒眾就遠遠消失在黑暗當中，
既被驅趕又乏休息，但他趁夜召集所有部將
召開大會，毫不驚慌沮喪的在會中如此說道：

　　「『啊，各位親愛的夥伴，方才我們
以身試險，才知道在武力上，我們不會被
擊垮；也發現我們不僅僅配得自由，但單單
自由未免索要太少了，我們要的更多：高官、　　　　　420
領地、榮光，還有名望。我們在這場勝負
未決的戰爭中已經撐過一天了（既然能撐過
一天，為什麼不能一直撐下去？），天庭上
的君王已經派祂寶座前最精銳的部隊來打擊
我們，還認定這樣就足夠讓我們投降，屈服
於祂的意志之下，但事實證明不是如此！所以，
迄至目前，我們權且相信祂是全知全能的，
但未來，祂總是會出錯的。沒錯，我們裝備
沒祂牢靠，所以承受了些許損失和傷痛，
痛是之前不識得的，但既然知道就更不屑了，
因為我們身為天使，是不受刀槍侵害的、
是永生不滅的，就算被刀劍刺傷，也很快
就會癒合，且藉我們自身的元氣就能復原。
這樣看來，我們有的弊害不大，很容易就
可想到補救。也許用更有效的武器就行了！
下次交戰時，我們用更強的武器，就能
改善自身，挫傷仇敵，或者讓勝負不分　　　　　440
——他們沒有勝過我們的必然優勢。如果
有別的不明原因讓他們勝過我們，趁我們
心智未失、理解正常時，適當地研究和
諮詢，當能有所發現。』

　　「他坐了下去，而在此大會當中，
第二個站起來的是尼斯洛[15]，他是權天使[16]
中爲首的。在逃離慘烈的戰陣時，他全身
痠痛疲累，所拿武器被砍得支離破碎，但
仍屹立不倒，他臉色暗沉的如此回應他道：
『解救我們脫離眾多新主，引導我們自由
自在享用作爲天使神靈權利的頭領啊，
這對我們這些天軍來說，太難了，也是
不公平的，因爲我們面對的是不對等的兵力，
我們傷病在身，面對的是無傷無痛、不受
傷痛所害的敵軍，這樣一來，我們的下場
必然是不幸的毀滅。因爲光有勇氣與力量
有啥用？雖然英勇無敵，但疼痛卻會擊垮
我們，讓我們力量再強，手腳卻都軟癱！
不如我們在有生之年尋點快樂，別埋怨，
而是要知足活命，這樣的生活才會無波瀾！
疼痛就眞是悲慘了，是所有禍難當中最糟的，
如果疼痛無比，會瓦解咱們耐心的。所以，
誰要能發明一個更強而有力的東西，可讓
咱們攻擊未受過傷的敵軍，或是用同樣的
東西武裝自己，他對我而言就是救世明王[17]。』

460

15　「尼斯洛」（Nisroch）是亞述人信仰的神，原沒沒無聞，但因亞述王西拿基
　　利（Sennacherib）在尼尼微（Nineveh）城敬拜他時，爲其子亞得米勒
　　（Adrammelech）和沙利色（Sharezer）用刀刺殺而有名。事見《列王記下》
　　19 章 36－37 節。
16　「權天使」（Principalities），也作 Princedoms，是所謂九大天使中第五級者。
17　「尼斯洛」所言無異於要求另一救難名主出現，頗有另尋高人取代撒旦之意。

「對其說法，撒旦臉色平靜的回應道：
『不是還沒發明創造出來，你認爲很重要、
眞的可讓我們成大事的東西，我帶來了。
看看我們所立足的這塊空靈外殼上的亮麗
表面，滿滿是草木、蔬果、香花、寶石
和黃金；只消粗淺打量這些，誰的眼睛，
不會注意到它們是從地表深處長出來的呢？
地底下不是也有深色未經加工的物質，
會產生揮發性與爆裂性的浮渣，只消被
天雷打到、或受火燒，就會迸射出美麗火花，　　　480
只要有點光在左近就會迸裂嗎？這些黑色
的東西蘊藏著地獄之火，在其地底原生處
等待我們開採，將其厚厚塞入長條圓筒形狀
的空洞中，然後在另一開口處用火一點，就
會膨脹、冒火，可從很遠的地方，以雷鳴似
的噪音，送出傷害的手段到敵陣中去，
把他們打得碎裂，壓制所有與我們爲敵者，
讓他們驚恐地以爲我們已把上帝那位雷鳴者
可怕恐怖的閃電繳械了。用不了多少時間：
天亮以前，我們的祈願就會完成。在此同時，
振作起來，拋開憂慮，讓體力跟腦力結合
起來，別淨想些爲難的事，更不要灰心喪志。』

「撒旦話聲一落，就讓他們哭喪的臉
開朗起來，希望頓生，不再垂頭喪氣。
全都佩服這項發明，原先個個都想不到誰
來發明呢？可一找到這個他，就覺好簡單，

原先就因沒找到發明者，所以多認爲不可能。　　　　　500
往後，在你[18]的後代子孫中，興許有人會
惡念叢生，執意要危害人類，或受魔鬼的
奸詐機巧啓發，發明類似的武器，存心犯罪，
要大興干戈或互相殺戮，來摧殘人類的子孫。
　　「因此，那些墮落天使就立刻飛離會場，
著手工作：無一杆在那邊再多作議論！無以
數計的天使雙手準備就緒。不消一會兒，
他們就把天國底下一大片的土挖掘起來，
看到底下大自然初初孕育時的原始物質：
他們找到了泡棉似的硫磺與硝石原料，把
它們攪混在一起，用巧藝配製調和，再
分解成黑黑的顆粒，然後送去貯存起來。
有些天軍就把隱藏的礦脈、石脈（地球體內
也有相同的臟腑）挖起來，以此建造兵器
以及可彈射出去毀滅仇敵的火球；另有些
就準備引火用的導線，只要一碰到火就會
迅速點燃爆裂。如此，在日頭蹦出以前，
一切在夜的注視下，都已暗中準備妥當，　　　　　520
而且均已就緒，他們謹愼小心、默不出聲，
防備周全，完全不讓人窺見。
　　「此時明亮清澈的晨曦在天國之境
出現了，那群勝利的天使們也爬將起來，
吹起晨號要大家準備戰鬥。他們手拿武器，

─────────────

18　此處的「你」，是拉斐爾的説話對象亞當。

列隊站立，所穿甲冑金光閃閃，全軍輝煌
壯麗，一下就集結完畢。另有些天使站上
破曉的山頭放眼四望，看看有無輕裝的斥候
出沒，也偵查遠方各處的敵軍，看看他們
下寨何處、避逃何方，如要作戰，他們的
行止、心境又如何。不久，他們就發現
撒旦大張旗鼓，全軍緩緩堅決地以大軍團
形式靠近過來了。左飛爾[19]，天使群中羽翼
最快的，趕忙展翅飛了回來，在半空中就
大聲如此嚷道：

　　「『戰士們，快快武裝，武裝起來應戰！
我們以為逃走的敵軍已然近在眼前，這也
省得我們今天長途追逐。別怕撒旦會逃走了！
他帶者一大群像烏雲密布的黨羽回來了，
依我看來，他臉上表情嚴肅、自信滿滿。　　　　　540
我們每位都要穿好金剛石製的甲冑，戴上
頭盔，抓緊圓盾，看要平舉還是高抬，
我猜想，今天可能會有帶焰箭矢，如狂風
暴雨般颼颼颼的傾盆而降，而不再是細雨
紛飛。』他如此警告他們，叫他們提防；
很快，大家卸除輜重，準備就緒，不慌不忙
地回應武裝的呼籲，大軍就立時成戰鬥序列
向前推進。此時，瞧瞧！敵軍就在不遠處
緩緩走近，兵多夥眾，圍成空心方陣狀，

19　「左飛爾」（Zophiel），希伯來文意為上帝的斥候（spy of God），也作
　　Jophiel，是猶太教與基督教中的一位基路伯天使。

拖拉著他那惡魔般的兵器，四周有一小隊
一小隊的士兵層層圍繞遮蔽，以掩護他的
欺詐行爲。在兩軍交接處，彼此對峙著
好一會兒，突然撒旦現身在隊伍前頭，威風
凜凜地如是出聲大喊道：

　　「『前鋒部隊，分別向右翼向左翼外撤，
好露出我們的正面，讓那些痛恨我們者瞧瞧，
我們是爲尋求和平及協議而來，所以敞開
胸膛準備接納他們，如果你們接受我們
的提議，不固執拒絕的話！不過，我對此
存疑。唉，我心昭昭可鑑，可鑑昭昭啊！
在上天主即可見證，我已直言無諱，放肆
出招[20]！你們啊，你們是被指派來此對敵的，
就做你們受命做的事情吧，但請簡短大聲
回應我們的提議，好讓大家都聽得到！』

　　「他用模稜兩可的話語在調侃著，但
他話一說完，前頭部隊就左右分開，退回
兩邊，呈現在我們眼前的是新奇、三排
連放的圓柱擺放在輪車上（因爲它們非常
像圓柱，也像是枝葉在山林間就被砍削掉
的橡木或冷杉做成的空柱），用銅、鐵、
石料鑄成，要不是它們的開口有嚇人的
孔穴，且咧著大嘴對著我們，我們還

560

20　「直言無諱，放肆出招」（discharge/Freely our part），如前面「敞開胸膛」
　　一樣，都是撒旦揶揄、雙關語式的説法，discharge 除了「放話出來」外，也
　　可説是「放砲過去」，預示著撒旦將要做之事。

不知道他説的休兵止戰全都是空話。每根
圓柱後頭站著一名撒拉夫，前端冒火的
引信拿在手上，顫巍巍地等著。正當我們　　　　　　　580
納悶，内心不免嘀咕，圍站著看時，少頃，
他們突然把手上的引信拿起來，輕輕點在
一小圓洞上。霎時，火光大作，接著一陣
迷濛煙霧從那些怪武器的喉嚨深處吐了出來，
遮蔽了全天庭，轟隆巨響聲震天國，撕裂了
它的五臟六腑，那些武器吐出了又腥又噁
的穢物、連環的霹靂閃電以及像冰雹般的
鐵球，平平射向原先勝利的天使群，力道
之大之猛，凡遭襲者皆站不住腳，不然，
他們可是屹立如石的，但如今，他們成千
上百的倒了下去，小天使滾倒在大天使
身上，因爲大天使武器鎧甲較重，倒得
較快。無武裝時，這些天使就像精靈一樣
靠快速收縮或移位，躲開攻擊，但目下，
砲彈連發，四下分炸，逼得他們陣腳大亂，
就連要散開群聚的部隊也沒用。這下該
怎麼辦？如果再往前進攻，會再遭擊退，　　　　　　600
挫敗得更難看，這會讓他們更受輕蔑，
淪爲敵人的笑柄，因眼看他們第二排的
撒拉夫已站好作勢要引爆另一輪的轟雷了。
失敗退卻是他們所厭惡的。撒旦看穿了他們
的困境，乃對著他的同夥如此嘲弄地叫囂道：

　　「『哎呀，朋友們！你們知道這些高傲

的勝利者，爲啥不敢攻過來嗎？之前他們
可是來勢洶洶呢！可是，當我們坦胸露腹[21]
（我們還能怎麼做？）要眞誠接待他們，提出
和解條件時，他們隨即改變心意飛走了，
邊飛邊趺，姿勢奇怪像在跳舞！說跳舞麼，
又太放肆、太瘋狂了，該不是因爲我們提議
要講和就手舞足蹈吧。不過我認爲，如果
我們的提議[22]再次爲他們聽到，應該就能
逼他們快做回應！』

　　「彼列[23]也以同樣輕佻的語氣這般回應　　　　620
撒旦道：『主帥，我們送給他們的和議條件[24]
可能過於沉重，內容難於消化、力貫千鈞、
正中要害，只見他們既忙著應戰又驚惶失措，
凡遭擊中的仇敵，就會從頭到腳徹底明瞭。
如還不明白，還有其他禮物致送：他們展示

21　「坦胸露腹」（with open front and breast），此說法固有自負之意，認爲自己
　　坦誠相待，但也意謂著毫不設防、開門敞戶，不怕敵之進攻。不過撒旦此說
　　卻是自欺之詞，因其露出部隊正面（front）乃爲發砲攻擊，並非示好之姿，
　　頗具諷刺意味。

22　「提議」（proposals）也者，是撒旦一系列將「戰爭」以「和談」的用詞來
　　陳述之一者；此處所謂「提議」其實是說「擺放在前；進攻、開砲」的意
　　思，用的是該字的古義。所以撒旦此處意爲：再開幾發砲，讓他們聽聽，嚇
　　嚇他們，以茲取勝。

23　「彼列」爲本書卷一及卷二所提到之墮落天使，其本字意爲無所用者，是一
　　能言善道、甜言蜜語者。

24　「和議條件」（terms）是撒旦他們開砲轟擊天軍、自鳴得意而忘形的調侃用
　　字，其後之字如 hard（堅硬難堪）、weight（千鈞重力）、force（力）、
　　home（要害）等，都是指砲擊之事。

給我們瞧瞧，敵軍站不直時，會怎樣²⁵走路。』

　　「如是，他們心情大好的站在那兒嘲弄
天軍們，很振奮地認爲勝利是十拿九穩的。
也以爲他們的發明足以跟永生之王的力量
及祂的霹靂相抗衡，遂嘲弄並取笑天軍，
看他們陷入困境。但天軍們並未受困太久。
最終，爲憤怒所促，他們找到武器很適合
對抗那些凶神惡煞般的胡鬧。隨即——瞧瞧
上帝的精妙之處，祂將力量加之在祂強大
的天使群中！——他們拋開武器，奔向山嶺
（地球上的山丘河谷與天上的略有不同，是　　　　640
讓人愉悅的變種），跑動的腳步輕盈得像閃光
跳動一樣，一路飛奔：來回鬆動底座之後，
他們就連山帶石、帶水、帶林的從凹凸不平
的山頂將整座山連根拔起，用手高舉。那群
叛亂天使想當然耳的又驚又恐，看見山底
朝上，很嚇人地朝他們壓過來，而他們的
三列讓天軍遭殃的機關也被壓垮，隨著山丘
的重壓，他們的信心被深深掩埋，身軀也遭

---

25 所有這些詞彙如「應戰又驚惶失措」（amused...stumbled）、「從頭到腳」
（from head to foot）、「明白」（understand）、「禮物」（gift），以及
「站不直……走路」（walk not upright）都是指休戰講和條文（實際上是開
砲轟擊），令人讀來「驚惶又失措」，而且「從頭到尾」（from beginning to
end）讀不「明白」，密爾頓是用雙關語來說明彼列的能言善道，善體撒旦之
意；「明白」英文用 understand，暗指 under-stand（下面站著），即遭砲擊
而頭上腳下站不穩，自然就「站不直走路」。而「站不直走路」，又是說講
和時不誠懇以對（upright=honest）的意思。詳見 John Teskey 對 621-627 行之
注解。

襲擊，山岬角飛在空中，像一陣黑影般被
拋擲在頭頂上，整個武裝部隊都受到壓制。
所穿甲冑因為受到擠壓而凹陷進他們擴張的
本體，讓他們瘀痕累累，傷勢沉重，令渠等
痛不欲生，卻只能在戰袍下哀叫、掙扎，
過了好久，才有辦法掙脫戰袍的桎梏，雖然
他們是輕靈的天使，不過那是原本如此，
現在已因犯罪而變濁重了。其他天使，有樣
學樣，也想試試同樣的武器，遂拔起鄰近的
山丘。於是，此山丟過來、彼山擲過去，
山山在空中交會，恐怖異常，以致雙方都在
陰森的黑影底下交戰，嘶吼咆叫之聲像
來自地獄。比諸這樣的動亂[26]，戰爭似乎成了
有秩序的內鬥。到處亂上加亂，令人害怕，
而整個天庭四分五裂，殘骸廢墟滿地。
要不是有安坐在天上聖殿裡的萬鈞全能天父，
掂念著所有事務的起因與結局，早就料到
有此混亂，但聽任其發生，為是要實現祂
的偉大意圖，就是尊榮祂那受膏封的聖子，
向祂的仇敵復仇，並宣稱要把所有的權柄
轉移給他。是以祂轉向聖子，祂寶座的
旁坐者和共有者[27]，並對他如此開言說道：

660

26　「比諸這樣的動亂」（To this uproar），此處之 To 應該是 Compared to 的縮
　　略，見 John Leonard 之注解。

27　「旁坐者和共有者」（assessor），本字之義為 he who sits beside and shares，
　　是要說明聖父、聖子一體永生的概念，而非死後繼承的意思。詳見 John
　　Teskey、John Lenoard、Roy Flannagan、Merritt Y. Hughes 等人對此字之釋義。

　　「『我摯愛的子啊，你是我榮耀發顯　　　　　680
出來的光，作為神，我的聖容是不為人
所見的，只清楚可見的顯現在你的形容上，
我下令要做的也藉你之手完成，你是
第二位全能者！兩日，已過兩日了，依
天上算法，米迦勒和他手下的天使們去
馴服那些不順從者已兩日了。看起來戰事
非常激烈，兩支這樣的敵對武裝軍隊相遇，
本就是如此。我隨他們打去，你也知道，
他們被創造時是不相上下的，只有犯過才
會減損其力，但目前來講，減損卻尚未能
感知，因為我暫時不去審判他們。所以
他們不得不持續戰鬥下去，無休無止，
而且也找不到解決方案。戰爭，使人生厭，
可是戰爭也執行了戰爭該做的事，失控的
暴怒像脫韁野馬，竟然拿山當武器，搞得
整個天庭亂成一片，危及天庭根基和建設。
兩日已然過去，第三日該是你的了。為你，
我已注定要如此做，乃容忍至今，亦即，　　　700
結束這場大戰的榮耀將歸於你，除你之外，
也別無其他能結束。我已將無限的善念和
恩慈灌注在你身上，好教在天庭及地府者
都知曉，你的權能無人可比；為展現你
最配得繼承一切事物，配得恩膏而為王、

而爲我之子，那原是你應得的權利[28]，去
遏止這場不易收拾的騷亂吧！所以你，
有了父的力量後，最有力量的神靈，去吧！
登上我的座駕，讓車輦疾馳，輾過、搖撼
天庭每一寸地基。帶上我所有的武器，
弓弩和雷電，穿上我的無敵戰甲，熊腰
懸上短劍[29]。追捕那些黑暗之子，趕他們
離開天國四境，進入無窮深淵。在那兒，
讓他們自個兒學到教訓，怎可藐視上帝
及彌賽亞，那位受恩膏油抹的萬王之王？』

　　「上帝邊說邊將其光輝直照在聖子的
身上，讓他光芒閃耀、榮光滿溢：聖容上
完完全全展現了那接收自天父、無可言喻
的榮光，是以孝順的聖子對祂如是回應道：

720

　　「『噢，父啊！噢，天使天軍中的
至高無上者，一切的始源者，最高、至聖、
至美的神啊！您總是設法榮耀你的子，我也

28　天父此說的重點是整篇《失樂園》的主題：得功勛者得天下
　　（meritocracy），而非繼承權（birthright）。就連聖子，固爲上帝「寶座的
　　旁坐者和共有者」（Assessor），是與祂共永恆（co-eternal）、共存在（co-
　　existent）的神（Godhead），具有一切的「應得的權利」（deserved right），
　　但需有功勛才能君臨天下，成爲第二位全能者（Second Omnipotence）。此
　　與撒旦誤認自己是「長子」（但僅僅是 first created being──「創造物」，而
　　非 first being 或 preexistent being──先於存在的存在，即「造物主」），故
　　當有繼承權（所謂的長子繼承權〔primogeniture〕），對比強烈。以功勛治
　　天下，是密爾頓一貫的信念，是他支持革命及克倫威爾的主因，也是《失樂
　　園》最重要的主題。

29　聖父爲聖子著裝、加持的種種，頗似荷馬史詩中阿基里斯替友人裴卓克勒斯
　　著裝赴戰一樣，事見《伊里亞德》16 章開頭。

總是榮耀您，因一切都合公義。我視您剛
所說的爲榮耀、爲擢升、爲我一切的喜悦。
也就是您，很滿意於我，宣稱您的旨意
已得實現，而實現您的旨意正是我的福祉。
權杖與權力，是您的賞賜，我且擔承下來，
但最終會更高興地奉還，因爲，您是一切
的一切，全都在您之內，我也永世在您之內，
您所愛者也在我之內。而您所恨惡者當爲
我所恨惡，在我溫煦的外表上，我會面帶
您令人畏懼的威嚴，在所有事物上放上您
的影像，很快，我將用您的大能裝備自己，
剷除天庭上的叛亂分子，趕他們到爲其
準備的凋敝宅邸，到幽漆的鎖鍊之地，
到不死之蟲[30]的地獄去，他們竟然要悖離
您所要求的正義順服，而順服您是全然　　　　740
幸福之事。如此一來，天使們便不致混雜
在一起，醜惡的會被遠遠分開，在您神聖
寶座圍坐的，將以我爲首，眞誠地對您唱著
哈利路亞[31]，那是我們高聲頌讚您的讚美詩。』
　　「聖子如此說道，從光輝上帝所坐
右手邊站起身來，手拿權杖對祂低頭頷首。

30　「不死之蟲」（undying worm），指的是《馬可福音》9 章 48 節：「在〔地
　　獄〕裡，蟲是不死的，火是不滅的」（Where [i.e., in Hell] their worm dieth
　　not, and the fire is not quenched），此蟲主要是指蛇（serpent），特指那條引
　　人犯罪的蛇，或是撒旦本身。
31　「哈利路亞」（Hallelujahs），是希伯來語的音譯，有你們要讚美耶和華
　　（Praise the Lord）的意思。

第三個聖日的晨曦已然發光，曙光亮照
全天庭。父神的戰車閃現著濃濃烈焰，在
旋風般的呼嘯聲中衝了出來，無馬拖拉，
但輪子中套有輪子，有四位基路伯形態的
天使站立其中[32]隨同運轉。四位天使每位
有四個臉面，每個臉面都令人驚奇不已。
他們全身及羽翼裝飾著眼睛，好似妝點著
星宿一般，寶綠的車輪也裝有眼睛，中間
冒著熊熊火光。他們頭頂上的穹蒼一片晶亮，
穹蒼上則有青玉寶座，寶座上襯有純然的
琥珀以及雨過後顯現在天際上的五顏六色。
　　「聖子全身披掛著天國的盔甲，上襯
有閃閃發光、作工神妙精細的烏陵[33]，登上　　760
戰車。在其右手邊，坐有金鷹展翅般的
勝利女神[34]，身旁掛著弓及箭袋，袋藏三叉
閃雷，身圍旁則有烈焰濃煙，火花四起、
嗶剝爆響，恐怖嚇人。隨侍有成千上萬的
聖使，他駕臨現場。來之前，遠處就有兩萬
（是我[35]親耳所聽）上帝的戰車，分列兩旁，
耀眼異常，聖子坐在青玉寶座內，聖駕搭在

32　「站立其中」（instinct），是採用本字的原始義 standing within（in-stinct）
　　的意思，見 John Teskey 之注解。

33　「烏陵」（Urim）是《舊約·出埃及記》28 章 30 節裡以色列人祭司亞倫胸
　　牌上的寶石，意為亮光（lights）。

34　「勝利女神」（Victory）是密爾頓將「勝利」擬人化後的形象，與古希臘勝
　　利女神（Nike）相當。

35　「我」，就是講述一切讓亞當知曉的大天使拉斐爾。

基路伯的羽翼上，高高尊貴地在晶亮的
天空中緩緩前行，遠近左右看來輝煌燦爛，
他自己的光，更是明亮搶眼，先為眾所見。
當彌賽亞的大旗，他在天上的標識，被
天使們高舉起來時，紅光閃現，這料不到
的喜悅，讓他們[36]驚異萬分。米迦勒及其麾下
眾天使即刻收兵全退回到聖子旁，分站兩翼，
在他們的大首領下，同心協力，一體共事。
在他面前，神的權柄就施展起來。他一下令，
被倒拔起來的山各個回歸原位：山嶺一得令，　　　　780
就聽命行事。天復舊貌，新開的花滿山滿谷，
笑臉迎人。他那些倒楣運的仇敵們，看見了，
卻心一橫，冥頑不靈地召集了手下的黨羽，
絕望中生出的盼望，讓他們想展開困獸猶鬥
的叛逆之戰。住在天上的那些神靈怎會有
如此扭曲的想法呢？但要說服那些桀敖不馴、
心腸剛硬的分子，要讓他們感動、懺悔，有
何奇蹟異行可用得上呢？對大眾都會心生
悔悟的，對他們這群叛亂天使而言，卻更讓
他們麻木不仁；惱於他的榮光，一看就讓
他們心生妒恨，更加覬覦他的高位，遂欲
重新投入戰鬥行列，企求以武力或詐術得勝
成功，最終並能勝過上帝及彌賽亞，不然
就大家一起墮落、一起滅亡；現下就來場

---

36 「他們」，是指正與撒旦及其黨羽作戰的天使們。

殊死決戰吧，他們既不屑於逃，更不屑於退。
一見如此，大哉聖子就對左右兩邊的所有
部眾如此開口說道：

800

　　「『你等諸位聖徒，一隊隊光閃耀眼的，
先住手，你等全副武裝的天使，也別動，
今日且先休戰吧！你們忠心爲主，滿懷信心
地爲主爭戰，是爲主所喜者；爲主的正義
理念不懼戰，自主領受來的，也頑強不屈
地頂受仇敵的進擊。但說到懲罰受詛咒的
這群叛徒，則要假手於另一神。伸冤雪恨
在於他，在於上帝所單單指定的那位神。
今日之事功，不定於數之大小，也不定於
參與者之多寡：只消定睛看著，上帝的憤怒
怎樣藉由我，澆灌在這些不敬神者的身上！
不是你們，是我，才是他們要鄙視與忌恨的。
我才是他們憤怒的對象，因爲父神，那位
擁有天上至高國度、權柄和榮耀者，依其
意志尊榮了我。因此，祂指派我爲他們
命運的審判者，如此，他們可以得遂所願
的與我在戰場上比試，看看誰較強。既然
他們是以氣力量度一切，就讓他們一起
上陣，單單我就可對付他們，用別的方法

820

勝過他們，非我所願者，我也不在乎他們
勝過誰——無其他爭鬥方式是我允准者。』

　　「聖子如此說道，然後就形容大變，
恐怖可怕，令望者生畏，他神色嚴厲、

怒氣匆匆地決意要找仇敵去。四位基路伯
立時張開布滿星眼且有可怕陰影相連的
羽翼，輪轂猛烈滾動，轟隆之聲如滔滔
洪流，如大軍過境。他直直向不敬神的
仇敵衝過去，臉上表情陰鬱像夜暗一樣。
在他火紅輪轂的碾壓下，天上堅實的基部，
除上帝的寶座之外都震動搖晃起來。很快，
他就來到敵軍陣營中，右手抓有一萬道
響雷，身未到、雷先響，像在他們靈魂
深處植入災禍一樣。他們大驚失色，
抵抗無力，勇氣全消：一個個放下用不上
的武器，呆立著。他長驅直入，馳騁在　　　840
成堆的盾甲頭盔以及頭上繫盔匍匐在地
的座天使和熾天使中間，他們還真希望
那些山陵可以再次掩蓋住他們，以避開
聖子的怒火。他的箭矢從四位四個臉面、
襯飾有眼睛的天使群中，從會活動且
一樣襯飾有諸多眼睛的輪轂中，如狂風
暴雨般地落在每一側。每個車轂中各有
一位天使在管制，每隻眼睛閃耀著雷電，
像毒火般噴向那群受咒者，以致他們氣力
萎弱，他們原有的活力流失殆盡，既困乏
灰心，又洩氣沮喪。但，聖子所發量
僅及一半便住手，雷霆也停在半途之中，
因為他意不在毀滅，而是將他們從天庭中
連根拔除。他扶起傾跌的，將他們像一群

山羊、一群驚恐的走獸般趕集在一起，
用雷劈電擊在後驅趕他們，一個個擔驚又
受怕地被追趕到四境末尾、到天國水晶牆下，　　　　860
此時牆面大開，全都滾了進去，那是個
大裂口，開向荒蕪空洞的深淵。恐怖的景象
嚇得他們想往回走，但被更可怕的追兵逼得
只能從天際邊一頭栽了下去。永不滅的怒火
在身後燒燙，直逼得他們進入無底深坑。

　　「地獄[37]聽到了它承受不了的嘈雜聲。
抬頭望天，天塌陷傾毀，嚇得它趕快逃離，
但命運硬在它身上扎下又深又沉的基樁，
還牢牢捆縛住它，讓它動彈不得。他們
連跌了九天[38]。在他們的跌落過程中，混沌[39]
被弄得昏頭轉向，不禁咆哮起來，感覺在
他轄下的廣闊無序、荒涼之地，十倍的混亂，
敗兵殘勇蜂擁而至，讓他的王國堆滿了殘骸，
成了廢墟。最終，地獄張開大嘴，將他們
全數收容後又合攏起來，地獄這個充滿災禍
和痛苦的居所，伴隨者永遠不滅的大火，
就成爲可與他們匹配的蟄居之地。除卸了
罪惡天使，喜樂充滿天國，原裂開的牆也

37　此處的「地獄」，是一擬人化的地獄。
38　「九天」之數，可以是實數，也是種虛擬概念，表示無窮盡，因九是最大之
　　數，象徵長長久久。九天之數也是神話中愛用的數目，如火神赫發斯特自奧
　　林帕斯神山摔落至山底時，共耗時九天九夜。
39　此處的「混沌」（Chaos）既是一種狀態，也是一擬人化的混沌。參見卷一
　　對「混沌」的描述。

立時修復，滾出去的部分又滾回來。彌賽亞
是這場爭戰唯一的獲勝者，逐出仇敵後，
登上戰車凱旋歸來。眾天使們，原先靜默
無聲，侍立在旁，但眼見聖子的大能作為，
遂歡欣鼓舞走向前來迎接他，邊用棕櫚盆枝
遮蔽他的光芒。每一層每一級的亮麗天使
都頌揚他的凱旋，頌揚他是得勝的王、
是聖父之子、是上帝的嗣裔、是耶和華，
全都願歸其管轄，是最配得統治權的。
他領受讚美，喜氣洋洋地穿過中天，直驅入
他高坐寶座全能父的聖殿，為父所接納，
而今，他就坐在賜人幸福的天父右手邊。
　　「如此以世間事物來量度天上事物，
是依你[40]之請，也讓你能藉我所揭露給你的
過往事例，而知所警惕，這些事原該對人類
隱而不宣的：如天庭間所生的齟齬、天上
諸天使間的爭戰，以及那些因欲求過高乃致
隨撒旦生叛而墜入深淵的天使；此時的撒旦
忌羨你目前的光景，正想方設法要誘引你
不再順服，好跟他一樣，被剝奪幸福快樂，
與其同受永生痛苦的懲罰，那將是他最大的
安慰和報復，足可作為他對至高者的傷害和
侮辱；他要的就是一舉將你擄為友朋，跟他
同受禍難。千萬別聽他的妖言惑語，也要

880

900

40　此處之「你」是指亞當，這整篇敘事的唯一聽者。

警告那位弱於你的人[41]。你剛聽到的是不順服
的下場，希望你可藉那駭人的往例而獲益！
他們原應可堅定持守的，卻墮落了。絕對要
謹記在心他們的報應啊，且要畏服，勿逾矩！」

41　「弱於你的人」（Thy weaker）指的是夏娃，此後通指女性，特別是妻子。

卷七

提綱

　　拉斐爾應亞當之請，述說了這個世界始創的緣由與方式：上帝在驅逐撒旦及其黨羽出天庭後，宣告其意在創造另一世界，讓另一群受造物住在其中；遂遣聖子在天使伴隨下，榮耀光輝的在六日之內，施行造物大能；天使們喜洋洋地頌讚其所行事功及其回升天庭。

*

　　自天下凡來吧，烏拉妮亞[1]啊！如所稱
名號無誤的話，我要追隨妳神妙的唱詩才能，
翱翔在奧林帕斯山巔[2]，飛得高過邸歌索詩[3]
所能飛者。我乞求於妳者，非爲汝名，但爲
汝名之蘊義；我所乞求者非九位繆思之名，

1　「烏拉妮亞」（Urania），是希臘神話中九繆思女神之一，主司天文（astronomy），據傳是天神宙斯跟記憶女神尼摩西妮（Mnemosyne）所生的女兒，也是古天神烏拉諾斯（宙斯之祖父）的曾孫女，在西方基督信仰裡常與聖神（Holy Spirit）連結在一起。「烏拉妮亞」本字意爲像天一樣（高）（skylike one），所以她的位階較諸奧林帕斯其他繆思高，輩分也高於因她而得名的天。在文藝復興時代，烏拉妮亞是基督教詩人的繆思，因她代表高遠的思想和想像。

2　「奧林帕斯山巔」（Olympian hill）是希臘神話中天神的居所，但此山並非希臘境內的任何實體山，是古人想像中天神活動之處，故非常人所能攀越。

3　「邸歌索詩」（Pegasus，此處用形容詞 Pegasean）是希臘神話中的有翼飛馬，據說是海神波賽頓的兒子，與九位繆思女神甚善，代表智慧與名望，也是詩文和靈感的象徵。譯成「邸歌索詩」是因「邸歌」有高歌之意，「索詩」則有乞靈之意，合則爲期能高歌詩文之意。

也非往昔住於奧林帕斯山巔那位，而是生在
天國的妳。在山嶺出現、水泉流淌之前，
妳就與永在的智慧女神，妳的姊妹，相伴
同住，並與她在全能神天父的面前同嬉遊，
天父也爲妳們的天籟之音而喜。我以人間
客旅身分在妳引領下向前推進，爬升上達
七重之天，呼吸天上已被妳調潤的空氣[4]。
請用同樣的安全手法，引我下地，回到我
之土性本質，以免我從此無韁飛馬（像從前
柏累羅風[5]一樣，雖他是從較低處）摔落在
亞來安的平野[6]上，到處浪遊、到處徘徊，
無依無靠，孤絕一人。我還有一半的詩曲   20
未唱頌，但會限制範圍，不敢神遊，僅在
日常可見的天體界限內：腳踏土地之上，
用常人的聲音吟頌，不著迷於天國之事，
我會較安全，此志不變，就算聲音沙啞或

4　「調潤的空氣」（Thy temp'ring），是指詩人（隨其描述）已飛上第七重天
　　（Heav'n of Heav'ns），那是神及天使所在之處，光輝燦爛，所以空氣火
　　熱，非經調潤則凡人呼吸不得。

5　「柏累羅風」（Bellerophon）是希臘神話中的英雄人物，以英勇著稱，曾騎
　　飛馬邠歌索詩毅死噴火怪獸開米拉，但卻因自傲以爲自己是神而想飛上奧林
　　帕斯山。此舉惹怒了天神宙斯，遂讓牛虻叮咬其飛馬，以致跌落地面，變成
　　又盲又瘸的隱士，浪遊於「亞來安的平野」，終老而死。此也有暗示密爾頓
　　縱然又老又瞎，且有鴻鵠之志，但仍希望平安終老。

6　「亞來安的平野」（Aleian field，又稱 Plain of Aleion），此地古稱基利家
　　（Cilicia），位於土耳其南部，是古時歐洲進入中東的門戶，曾經是羅馬帝
　　國一個貿易非常繁盛的地區，也是《新約》中使徒保羅的家鄉。

難以出聲亦然[7]，雖然世道大壞時[8]，人性
不免墮落；人性雖不免墮落，但在世道大壞、
眾口悠悠時，亦不失其志；縱然黑暗與險阻
圍繞身邊，孤絕無依，仍不失志。只要妳
每晚在我入夢時，在清晨東方紅霞滿布時
來造訪，我就不覺孤身一人[9]。烏拉妮亞啊！
請依舊引領我的吟頌吧，並且幫我找到適切
的讀者，儘管這種讀者寥寥無多。將酒神[10]
及其縱酒狂歡者的喧鬧雜音，趕得遠遠的，

7　「聲音沙啞或難以出聲」（hoarse or mute），這是種委婉說法
　　（understatement），意思是說，密爾頓自覺受壓迫，要他為《弒君論》等政
　　治主張認罪受死、或是受審檢制度（censorship）刁難，要讓原是口才便給的
　　他，說不出話或出不了聲。
8　「世道大壞」（on evil days），指的是英王查理二世復辟回英國的時候，革
　　命分子人人自危，整個國家氣氛肅煞，謠言亂飛。
9　「孤身一人」（alone），暗指密爾頓自身在王政復辟後的處境，此時人心惶
　　惶，所有之前的共和革命分子都陷獄或遭處決，密爾頓這位弒君論者也自覺
　　將遭此命運，但他又老又盲，避逃無處。不過即使如此，他仍一如舊往，威
　　武不屈，這種身陷險境、孤絕無助但仍堅持信念的現象，就如同押比疊在天
　　國北境中的處境，也如同鬥士參孫被停關押時的處境一樣，都秉持「雖千萬
　　人但仍勇往直前」（courage in isolation）的態度。前面的「孤絕無依」
　　（solitude），其所指涉的也是一樣。當然此字也可表示密爾頓在「史詩」這
　　個文體不流行時，仍堅持寫作「史詩」的心懷。
10　「酒神」即羅馬神話中的酒神巴克斯（Bacchus），也就是希臘神話中的酒神
　　戴奧尼索斯，傳說是天神宙斯跟人間美女賽茉莉（Semele）所生之子。酒神
　　崇拜（the cult of Dionysus）、癲狂縱酒的宴飲（bacchanals）及之後的瘋狂行
　　徑等都與之有關。

因那幫狂暴之徒曾在羅多彼[11]把色雷斯詩人[12]
分屍裂骨，該山的林木岩塊都耳聞其音樂
至痴狂之境，乃至讓殘暴、喧囂之聲淹沒了
琴聲與樂音，就連繆思女神也救子不及。但
請勿讓懇求妳的我失望，因妳來自上帝的國，
而她只不過是空思妄想[13]下的一位神祇。

　　女神啊！請說說拉斐爾那位友善的天使，　　　　40
他已經用可怕的事例來向亞當示警，要他
當心變節的後果，用天庭上變節天使的墮落
作例，免得同樣結果發生在樂園內的亞當
及其後世子孫身上；在有多種其他可飽口腹
之欲的選擇下，看其會否逾越，甚或輕忽這
唯一而且易守的誡命，碰觸那棵他們
受命不可碰觸的禁制之樹，儘管他們心性
還不定，總想變換口味[14]。他及其婚侶夏娃
全神貫注地聽著故事，內心充滿驚奇但也
不免深思，竟然會聽到如此高妙和難信之事，

11　「羅多彼」（Rhodope）為在希臘北部之山嶺，屬色雷斯（今希臘東北部及
　　保加利亞南部之區域）之一部分，此山建有酒神之神廟，是其聖地。
12　「色雷斯詩人」（Thracian bard）指的是奧菲斯，傳說其為色雷斯一王與
　　繆思女神卡來歐琵（主掌敘事史詩的女神）所生之子，善音律，能感動
　　草木禽獸，因傷其妻尤麗狄絲之逝而不近女色，卻惹怒了酒神之女信徒
　　（Bacchantes），憤而將其分屍。
13　「妳……她」，分指烏拉妮亞與卡來歐琵，密爾頓顯然認為基督詩人的繆
　　思，就是與上帝同在的聖神，而希臘人的繆思則只是神話與傳說中的人物，
　　是空無根據的。
14　「心性……變換口味」（wand'ring），此字固有身體上的漫步、閒逛
　　（meandering）之意，也有心猿意馬、尋求變化、變換口味（variety）之意。
　　參見 Gordon Teskey、Burton Raffel 及 Roy Flannagan 對此字不同之注解。

他們想都沒想到天上竟有恨惡等情事，而
戰爭跟至福上帝的和平是那麼的靠近，還
造成那麼多的騷亂，還好惡魔很快就被逐退，
像是洪水倒灌回去原先讓它噴流的地方一樣，
因他是無法與受福佑者混雜在一起的。自是
亞當很快就將內心的疑惑拋諸腦後：現下　　　　　　　　60
的他，純潔無瑕，只想知道切身有關之事，
好比說天國和眼下可見之人世是如何開始
的吧，他們是何時、因何而創造的呢？有甚
動機呢？伊甸園內、園外在他有記憶之前
有甚動靜？就像位剛解了渴的人一樣，眼
一見那川流之泉，耳一聽到那潺潺水聲，
新的渴意又被激起，所以就繼續不斷地如此
問著那位來自天國的客人：

　　「神使啊！你所揭露的種種在我耳裡
聽來，都是讓人驚訝的大事情，此與世間
所有者大大不同。你是天上派來的通譯，
是上天的賞賜，要及時點醒我們，不然就
可能造成傷亡了；那本就不是我們會知曉的，
因為人類的識見還不能及於此：是以，我們
要對那無限善者致以永遠不停的感謝，並
接受祂的訓誡，慎重其事地矢志遵守祂
至高的旨意，永不變心，那是我們存在的
目的。但既然你那麼謙遜客氣，要開示　　　　　　　　80
我們，把人世間所想不到的事情傳授我們
知曉（此即我們所在意者，也是至高之智者

認為好的）；但倘蒙你再委屈點，講述些
可以讓我們知道又有用的事情：如我們遠遠
可以看到，高掛在上的這片天空，它是如何
創始的？它上面像是裝飾著數不盡會晃動
的火嗎？包圍在我們周邊的空氣，不管是
讓出位置還是填滿所有空間，為何都充斥、
圍繞著這整個欣欣向榮的世界呢？是何等
理念讓造物主在新近，從其萬世休眠當中，
起心動念，要從混沌當中創造一新世界，
而一旦動工，需多久才能成事呢？如非
不可言者，請就我們所問，揭露上帝神國
的樣貌，不是要探祕尋奧，而是知道越多，
越能榮耀並歌頌[15]祂的事蹟。日雖已西傾，
但白晝亮光還要跑很久。日頭高掛在天空，
聽到你雄渾的聲音就被迷住了：他也想聽　　　100
你說他自己的來歷，以及如何從看不到底
的深淵處陸地冒出來各自然景象，所以他
會多待一會兒的。又或者，星星及月亮急著
想當你的聽眾，夜暗就會帶同寂靜一起來；
而睡神，他可以邊聽你說話，邊守夜。
我們也可在你吟詠完畢前，打發他離開，

---

15 「榮耀並歌頌」（magnify），在《路加福音》1 章 46 節馬利亞回應被告知
　受胎一事時，有謂：「我心尊主為大」（my soule magnifieth the Lord），其
　中 magnifieth 常被 glorifieth 一字取代，因此該字當有榮耀並歌頌之意。見和
　合本聖經及日內瓦版聖經（*Geneva Bible*），也參見 Roy Flannagan（1992）
　之注解。

直到晨曦照耀、你我散開前爲止。」

　　亞當如是懇求其貴客，而那位天神般
的使者則和靄回應道：「所請照准，而你
戒愼恐懼所問者，也好生聽清楚，雖然
我不知要用啥言語、啥天使的口舌述說，
才能讓你理解上帝的偉大事功？也不知道
人的心智是否足夠理解這些事功？但無論
你能理解多少，只要能夠去侍奉神、去榮耀
造物主，就能讓你更快樂。我從上天處應承
了這樣的使命，在可能範圍內，回應你想
知情之事。超出那個範圍之外，就別再問；　　120
也別妄想、胡猜不欲汝知之事，那些是
我們眼見不著、全知的君王藏在夜暗中的
祕密，不管是在人間，還是在天上，祂
一概不說：除此之外，其他的就夠我們去
探索和認知的了！但知識就像食物，所需
之節制，不亞於滿足口腹之欲，故要度量
心智所能承裝者。不然，就會因過多而受
壓迫，聰慧會變蠢鈍，如多吃就會多排氣。

　　「要知道，當路西法[16]（如此叫他，是因
他原是天使中比星宿中那顆晨星還要亮者）

16　「路西法」（Lucifer），此字意爲光之持守者（light-bearer），或就是指亮
　　光（light），是撒旦墮落前在天上的名字。此名字只出現於欽定版聖經《以
　　賽亞書》14 章 12 節，其他版本則僅稱其爲「明亮之星」──「明亮之星，
　　早晨之子啊，你何竟從天墜落？」（How art thou fallen from heaven, O
　　Lucifer, son of the morning!），所以路西法就是「明亮之星」，也就是黎明之
　　星，或稱「金星」。

跟他那群焰光熱燒的黨羽，從天上摔落，
途經深淵而進入其受囚地時，大無畏的聖子
則率領眾天使勝利凱歸，全能永在的父從其
寶座上，看見他們一行，便對聖子如此說道：
　　「『起碼我們那位愛忌羨的仇敵失敗了，
他以爲誰都跟他一樣，喜歡犯上作亂，藉由　　　　　　　140
那些叛亂者的幫助，他相信就可以攫奪這個
凡身接近不得的高位和力量，攫奪至高神
的寶座，讓我們失去天庭；他原以爲可吸收、
誘引許多天使共行詐騙，卻是讓他們再也
不知道自己在天庭上原本的身分地位。且
依我所見，絕大部分的天使都持守本分、
崗位。天庭上原本熙來攘往，生眾繁多，
現下仍有足夠數目的天使天軍，居住在它
廣大的領土上，並經常造訪這座高大的聖殿，
肅穆莊重地來此頂禮膜拜，持守儀節。但
爲免他以丁口減減爲由，而自詡爲造成天庭
傷害（愚蠢的以爲會傷害到我），我可以修復
這個損害（如果他們自我墮落也算是損傷的話），
立時創建另一個世界，源出一人而有無以
數計的後嗣住居其中，不住此地，但他們
可以藉由事功提升自己[17]，最終，經過長期
的順服考驗，就可展開上升到此之旅，屆時，
人世間就會轉變成天庭國，天庭國會轉成

17　「藉由事功提升自己」（by degrees of merit rais'd），對密爾頓來說，「事
　　功」是晉身之階，也是統治的根基。

人世間，天庭、人世就成單一國度，充滿　　　　　160
喜樂、大同，無終無止。此期間，你們這些
天國使徒們就分開來、住鬆散一點，而你，
我的道[18]，我的獨生子，藉由你，我將完成
此事：開口說話，讓諸事成就吧！我將派遣
蔭庇人的聖靈以及天軍隨你而行：乘車
前行吧，去叫深淵在指定的範疇內劃分成
天與地！深淵將渺茫無界，但因我是神[19]，
我會用無窮無限充滿它，天無一處會是空的
（雖然我可以無限擴張，但，我也可以歇手，
不再揮灑我的美善，要動、要靜全都在於我）：
強制和機運沒得近我之身，我所願成事的，
就是命運。』

　　「萬鈞耶和華如此說著，祂一出言，
祂的道[20]、祂的子神[21]就讓其成事。上帝的
行動迅速，快過時間、快過一切運行，快得
人耳若無言語的順序就聽不到（所以我要用

18　「道」，原用詞是 Word，指的是聖子，也就是道成肉身的耶穌基督，他是上帝的言說表現，《約翰福音》1 章 1 節有謂：「太初有道，道與神同在，道就是神。」（In the beginning was the Word, and the Word was with God, and the Word was God.）在《舊約》裡，上帝開言而造成世界，也等於是說上帝藉由聖子之口而成事。所以 Word 指的是上帝的言說、話語（Logos），也等於是聖子。在《新約》裡，約穌是活的話語，而聖經則是寫下的話語。參見 Roy Flannagan 對此字之解以及 Life in the Spirit: Study Bible 之注。也見卷 3 注 12。

19　「因我是神」（because I am），此處的 I am，就是指《舊約‧出埃及記》中稱自己為 "I am that I am" 的耶和華神。

20　「道」，同注 18。

21　「子神」（Filial Godhead），指的是三位一體神中的聖子。

人類能接受的來講）。當萬軍之王做此宣布，
眾軍都聽到時，整個天庭都充滿歡心與喜悅。　　　　180
他們歌唱，將榮耀歸給至高者、祝福給未來
人類、平安給人類居所。榮耀歸給為公義
伸冤而發怒的神，祂將不敬神者逐出眼界，
逐出公義者的住所；榮耀和讚美歸於祂，那
大有智慧者，祂下令要從罪惡處創造美善：
更好的一族人將取代那些不良天使，將他們
空缺的位置補滿，如此上帝的美善將被散播
到天地四宇，永世無極。各階各級的天使都
如此歌頌著。此時，聖子出現，全身全能神
的裝束，頭頂閃耀著神聖莊嚴的光輪，充滿
無限的智慧和慈愛，天父的一切都映照在
他身上，快速準備好以行大事功[22]。在他
坐駕兩旁，智天使、熾天使、能天使、座天使
還有力天使等有翼天使，蜂擁而至，各型　　　　200
戰車從上帝的兵器庫飛馳奔來，就近掛上
馬具等天國裝備，自動跑來伴隨他們的上主
（因為每部車內都有天使住居）。上帝的兵器庫
在兩座銅山之間，有無數的武器藏在其中，
以備重大事件發生之日。天國的耐久大門
洞開，金色絞鏈轉動，聲聲悅耳，此時現身
而出的是大有榮耀的君王，大有權能的道而
聖靈則在其內，準備要去創造新天新地。

22　「快速準備好以行大事功」（great Expedition），expedition 是快速行動
　　（prompt execution）的意思。

祂們站立在天國之境，從岸邊望下廣闊、
無邊無涯的深淵，那深淵像大海一般廣袤，
既幽暗、荒涼又狂暴，劇烈的風在底部翻攪，
湧浪排山倒海似的高高沖擊到天國，沖擊得
四地極跟天中柱都混在一起了。

　　「『靜下來，你們這些混濁大浪！還有
你，無底深淵，別吵了！』創造萬物的聖子[23]
那時就出言道，『你們之間不准再有爭鬥了！』

　　「聖子片刻不停，身披父神的榮耀，
被抬坐在基路伯天使的羽翼上，一路飛進
混沌深處和那未生之世界。混沌聽到他來
的聲音：所有隨從，光燦亮麗地跟著他，
迤邐而行，都想見證創世奇蹟及聖子大能。
之後，他停下了焰紅的輪轂，手拿上帝
庫藏的金圓規在這個宇宙上劃線定界，也
標誌所有受造物的活動範圍。他以圓規
一腳爲中心，另一腳轉圈，跨過幽暗深沉
的一大片地，然後說道：『噢，世界啊，你
就延伸到這邊，界線到那裡，這些就是你
的四圍周寬！』就這樣，上帝從未成形的
物質和一片空無[24]，創造了天，也創造了地。
又深又沉的幽暗覆蓋在深淵上面，聖靈張開

220

23　「創造萬物的聖子」（Omnific Word），Omnific 原字意爲 All-make: Omni-fic，
　　此處就是 all-making、all-creating 的意思，而 Word 指的就是依言成事的聖子。
24　「上帝從……空無」，原文僅作 Matter unformed and void，但依據語意與
　　《聖經》此處之 matter，應該是 out of matter 之省略。見 Gordon Teskey 所
　　注。

羽翼，孵坐在淵面澄靜處，灌輸生命所需的
能量和溫暖進入流動的物質，將黑色、冷冽、
混亂，那些不利於生存的積沙廢渣，排到
底部；之後，各物質，同類的就黏附在一起、
集攏在一起，其他的則分派到各個地方去，
空氣則在他們當中打轉遷延，地球則自行
穩定身子，然後懸掛在宇宙中心[25]。

240

　　「『要有光[26]，』上帝[27]說，立時，以太
般的亮光，最先的受造物，純淨的元素，
就從深淵處噴湧出來，之後離開所生地的
東方，裏身在球狀會發光的雲層裡，展開
穿越空靈、幽暗中天的旅程，此時太陽還
未被創造出來：它還要在雲製帳幕內逗留
一會兒。上帝看光是好的，就把光暗依所在
半球分開了：祂稱光為晝，稱暗為夜。這
就是頭一日，有晚上，有早晨[28]。眾天使們[29]
看見燦爛的光從暗裡被吐露出來，無不喜樂
洋洋，高聲歌唱，頌讚天與地的誕生。他們
彈奏金色豎琴，喜樂和歡呼之聲充斥整個

25　密爾頓的地球是宇宙的中心，上下有一柱支撐，左右有一軸橫貫。

26　密爾頓在重述《創世紀》章節時，是依音韻及音節需求而多所更張《聖經》
　　用字，不過內容都近似。因此在翻譯時，如無大更張，大體依「和合本聖
　　經」（NIV）所用譯文而抄錄。

27　此時的上帝（God）既是聖父（或彰顯在聖子身上的聖父）也是聖子。

28　密爾頓此處是依據《聖經》及希伯來傳統，以夜為一天之始，至翌日傍晚為
　　一天之終。

29　「眾天使們」（celestial choirs），choir 固可解為「歌隊」，但因其為複數，
　　更可能指的是三階九級的「眾天使」。

空曠的宇宙星球，歌唱讚美上帝及祂的作品：
他們在頭一個夜晚出現時，在頭一個早晨
出現時，都唱歌頌讚祂是『造物之主』。　　　　　　　260

　　「上帝又再說：『諸水之間要有蒼穹[30]，
將地上水與天上水分開。』就這樣，上帝
創造了蒼穹，一片液體狀的天，有清澄、
透明、元素般的空氣散布出去，繞行到這
宇宙最外圍的凸面，將這片天以下的水，
跟以上的水分開，確實且牢靠地切離開來。
就如同造地在水上一樣，上帝也創造宇宙，
將它建築在環流其外的靜水之上，在廣闊
的水晶海中[31]，遠離喧騰不已、失序錯調的
混沌，以免鄰近暴烈的窘困情況，弄亂
整個架構。上帝稱此蒼穹爲天，天使們
早晚都頌讚歡唱這第二天的創造。

　　「地球已成形但還在滿是水的肚腹中
——只是未成熟的胚胎，還被包覆著——
出生不得。在地球表面上，連綿一起的海洋

30　「蒼穹」（firmament），在密爾頓慣用的日內瓦版聖經《創世紀》1 章 6 節
　　上所載的是：“Let there be a firmament in the midst of the waters, and let it
　　separate the waters from the waters.”）。此與欽定版相同，但在和合版聖經
　　中，firmament 變成 expanse，且譯爲空氣，不過在《研讀版聖經—新譯本》
　　中，此字仍譯回「穹蒼」。John Leonard 認爲密爾頓所指者，當爲地球與與
　　外太空外殼間的空間，這空間讓星球浮於其上就像是地球上的陸地浮於水上
　　一樣。見其對 261-263 行之注。
31　「水晶海」（Crystalline ocean），與卷三 482 行所提之「水晶天」
　　（crystalline sphere）不同，此處指的就是同卷 518-519 行所謂的「碧玉水
　　（海）」（jasper sea），流通往天國的梯腳處。參見 John Leonard 對此詞
　　之注。

並非無所目的地循流著，它溫暖、孕育生命 280
的水流，軟化了整個球體，激發這位偉大
母親受孕，生產所需的羊水已飽滿，此時
上帝就開口：『現在，你們這些天下的水，
聚在一處，使旱地露出來！』頃刻間，
大山冒了出來，裸露寬闊的山背高插入雲，
山頂直伸到天邊。腫脹的山被高高抬起，
而底下又寬又深的空谷則被深深沉落下去，
足可作河床之用。眾水樂得急往那兒奔流，
沿路滾捲，就像乾季時雨水打在地上，滾捲
成球一樣。有些水流漲高成一堵堵水晶牆，
有些急速漲成滔滔巨浪：這些都是大誡命
加諸在急匆匆流動的激流洪濤所形成。這
就好比軍隊在各路號角催促下（軍隊的事宜
你已聽說過了），群集在軍旗底下，這些
水路幫眾，一波接著一波向前滾動，哪兒
有路，就往哪兒流去：如太陸峭，就以急流
沖刷；如經平野，就緩緩慢流。山岩巨石
也擋不住去路，因水流不是潛入地下，就是 300
環繞而過，像蛇爬行般東拐西彎的，總能
順勢而流。深深的水道侵蝕著浸滿水的沼澤，
河水淌流著，之後上帝命令地表要乾燥，眾水
就聚在堤岸內奔流，還不斷地牽引水流過來。
自此，就有了旱地、地，以及上帝稱之為海、
那收束眾水讓其聚在一起的大容器。上帝看著
是好的就說：『地要發出青草，植物要結籽，

果木要結果，而且各從其類，自身要結籽並
落在土上！』祂話聲剛落，原先荒涼、裸露，
難看又素樸的地表，就發出嫩草，整個表面
鬱鬱蔥蔥，滿眼青綠，每株枝葉上，突然，
花開滿枝頭，五顏六色，熱鬧繽紛，香氣撲鼻。
當這些草木花果蹦生時，成串的藤蔓也茂密　　　　　320
滋生，飽滿的[32]瓜果四處攀爬，結穗似麥穗的
蘆葦高高站在田野上像是列陣作戰一樣；低矮
的灌木和樹叢糾結著曲蜷的根莖。最後則有
森然巨木搖搖晃晃地聳立起來，枝幹槎枒，
有的結實纍纍、有的花葉扶疏。山嶺上巨木
參天，山谷中與水岸邊草木叢叢，沿河水濱
蜿蜒綿長，地球目前看來可比作天庭，是
天使們願歡喜長居或逗留之處，也是他們愛
尋幽訪勝之地，雖則上帝尚未布施雨露於此地，
也暫無人手在此耕田除地，但是地上有氤氳
雲霧上騰，滋潤地表和其原野上原先闕如
但上帝新造的植物，也滋潤每一長在綠枝上
的花草。上帝看著是好的。如是有晚上、
有早晨，此乃上帝第三日所行之事功。

　　「萬軍之王又再開言道：『高在天上
要有光體，可以分晝夜，作記號，定節令、　　　　　340

32　「飽滿的」（swelling），swelling 一字學者如 Richard Bentley、Grant
　　McColley、John Leonard、Merritt Y. Hughes 等人認係 smelling 一字之誤植；
　　但另一派學者如 Henry John Todd、Burton Raffel、Gordon Teskey、Roy
　　Flannagan 仍認為 swelling 較正確，因認為瓜果通常無味之故。

日子、年歲，並要依我令負責在天空發光，
普照在地上。』事就這樣成了。於是上帝
造了兩個大光，對人大爲有用，大的管晝，
小的則依輪替管夜。又造眾星，並把這些光
擺列在天空，普照在地上，依時間變化管理
白晝，也管理黑夜，藉以分別明暗。上帝
估量著自己的大工程，認爲是好的。天體
諸星中，祂先構建了太陽這個大星球，
但起初，它並不會發光，雖是用以太淨火
做的；之後，創建了圓月與亮度不一的星星，
讓全天上星星滿布，茂密勝似撒種在田中。　　　360
祂把絕大部分的光從雲霧般的帳幕移開，
擺放在太陽球體內，球體多孔，用來吸取
外邊的液態光，固化後，將收束來的光留在
球體內，讓它成爲大光源的所在。其他眾多
星星也都回到此地，回到光源處，把光吸進
他們亮閃閃的寶內，因此晨星[33]方得依其
位相圓缺[34]，發出不同光彩。諸星藉由吸收
及返照，擴張自體微弱的光，但人類從
遙遠處望過去，看到的還是不夠明亮。先是
在東邊，人類可看到那盞燦爛輝煌的燈[35]，
它是白晝的統管，將整個地球表面用亮光

33　「晨星」（morning planet）即金星，有時指路西法，未叛上帝前的撒旦。伽
　　利略發現金星也像月亮一樣有圓缺之相（phases），如弦月角（horns）者。
34　「位相圓缺」（原文爲 horns），即指前注所指之新月、半月、圓月之相。新
　　月如鉤（horn），此之謂也。
35　「燦爛輝煌的燈」（glorious lamp），指的是太陽。

圍繞，並且快樂地走在天上的高速路上，
從東走到西³⁶。微暗不明的晨曦還有昂宿
七星等，在它之前跳步而行，流灑出宜人
的熱力。較不亮的是月亮，但她卻水平對坐
在西邊，像是太陽的映鏡，借它之光而得
圓滿，在此情形下，她不需別的光；她與
太陽一直保持著那樣的距離，直到夜晚降臨，　　　380
輪她在東方照耀，她繞著天之大軸運轉，
跟成千上萬個較小光球，分照大地；萬千個
星星閃現，點綴著整片天空。首次有閃爍的
發光體升升降降，亮麗³⁷的夜晚、亮麗的早晨，
讓第四日的事功圓滿完成。

　　「上帝接著說：『水要生養產卵眾多的
爬蟲、各種活物；要有雀鳥飛在地面之上，
展翅在天上廣闊的蒼穹當中！』上帝就造了
大鯨魚、各類活物、蟲魚等從水而來的動物，
並且各依其類，生養眾多；也造出各樣飛鳥，
各從其類。上帝看見一切完好，就賜福他們
道：『要滋生繁多，充滿四海五湖和各河川
等有水之處！鳥雀在地上也要多生多養！』
不消一會兒，各峽各海、各溪各灣，充滿無以　　400
數計的魚苗，一群群鱗鰭閃爍的大魚，結隊

---

36 「從東走到西」，密爾頓的用字是 longitude，指的就是按東經度數「從東走
　　到西」。
37 「亮麗」（glad），按 OED 第一個解釋及對照前後文意，此字當譯為「亮
　　麗、閃爍」（bright, shining）。

優游在碧波之下，在海中堆疊成堤。牠們或
獨行、或結伴，啃食著水底牧場中的海草，
漫游過叢叢珊瑚，或者用快閃的動作在嬉鬧、
展示給太陽看看牠們波紋狀的鱗片，上飾有
閃閃金光；不然就躲在珍珠般的甲殼內，覓尋
水中的營養物，或在巨石下鱗甲相連的共同
看守著食物。在水流平緩處，海豹和斑紋海豚
在嬉戲，有些體型龐大，很費勁地在滾動，
步履之沉重，搞得像翻江倒海似的。在海中
還有巨靈海怪[38]，是所有活物中最大者，伸展
開來時像是海岬般，或睡或游在深海當中，
就像是座移動陸塊，有鰓可吸進一海的水，
用呼氣孔則可噴出一池的水。此時，在溫暖
適中的洞穴裡、在沼澤區、在水灘地孵化出
許許多多的雛鳥，這些羽翼未豐的小鳥，
自然地啄開蛋殼，不久羽翮已就，翎翼長齊，
遂鼓翅而高飛在天，鳴啼喧叫，俯視地面，
從下往上望宛如烏雲。另有鷹鷲築巢崖頂，
鸛鶴營窩樹上。牠們有的個別飛在天際，
有的較聰明，排形列陣，一起飛行，無知
有春夏，成群結隊在空中翱翔，高飛過海，

420

---

38 「巨靈海怪」（Leviathan），巨大的水中或海中怪獸，指的可能是龍，也可
　能是鱷魚、甚或鯨豚。在和合本聖經《約伯記》3 章 8 節、41 章 1 節、《詩
　篇》74 章 14 節，以及《以賽亞書》27 章 1 節，都把 Leviathan 譯爲「鱷魚」
　（crocodile），但也在《以賽亞書》27 章 1 節中 Leviathan 有同位語稱其爲快
　行或曲行的蛇（gliding serpent, coiling serpent），所以牠也可能是蛇（小
　龍）。參見本書卷一 201 行及注 43 對此字之注解。

遠掠過地，互依互靠，省力飛行。精明的
鶴鳥就是如此隨風起伏展開年度遷徙。他們
拍動著無數的羽翼，御風而飛。較小的鳥群
在樹枝間鳴叫著，撫慰整個林子，彩羽則
開合不已直至黃昏。接著肅穆的夜鷹徹夜
啁囀鳴啼，低吟著柔聲軟調。另有些鳥則在
銀白月光下，在湖面、在水上洗浴胸前軟毛。
有著弧形長頸的天鵝得意地雙展純白翎翮，
灰白雙腳向前划行，體態威武；但更常的是
振翅離水而起，高飛在半空之中。有的鳥雀

440

行走在硬地上，像長著翎冠、啼叫聲響遍
寂靜時刻的公雞；另有孔雀者，其尾巴
五顏六色，裝飾鮮豔，上有虹彩般的美麗
顏色，也有星星般的翎斑、鵠眼。如是，
水中充滿魚蝦，空中則飛有鳥雀，有晚上、
有早上，大家都隆重地尊崇這第五日的事功。
　　「第六日，也是最後一日的創造，始自
夜琴聲止而晨頌音起之時；是時，上帝道：
『地要生出活物來，且各從其類，牲畜、
昆蟲、野獸，各從其類。』大地聽言行事，
一時之間，肚腹大開，一胎產下數算不清的
活物，各個形象大備，肢體完整，發育齊全。
從土裡，像是從洞穴裡鑽出野獸，分布在
叢林野外，在樹叢、在矮林，也在窟穴之內。
這些動物成對的在樹林間起身、走動，牛羊
則覓食在田野綠草之間。動物們或稀疏、或

落單；牛羊牲畜就成群結隊在一起吃草，　　　　　460
有時甚或集結成一大群。青草地上一下子
生滿仔獸，一下子出現了黃褐色獅子的
前半身，前爪揮舞著要掙脫下半身，稍一
縱躍，就擺脫桎梏，直起身子，晃動著
斑爛的頭鬃。山貓、花豹、老虎像土裡的
鼴鼠一樣，爬出地面，陷落的土隆起在他們
前頭像一座座小山丘。矯健的雄鹿，也把
枝角分叉的頭鑽出地面。才剛從泥模做成的
大象，是陸地所生最大巨獸[39]，牠也推舉起
巨大身軀。全身帶毛、咩叫不已的羊群也
多如草木。還可見到在水陸兩地踟躕不前的
河馬與長鱗鱷魚。那些爬行於地的昆蟲、
蛇蠍也立時出現。昆蟲們擺動著輕敏的扇子
當羽翼，每一小節都完美地披著絢爛彩衣，
上有種種斑點，或金黃、紫紅，或淡藍、
碧綠，呈現出夏日的華麗。蛇蠍們拖著長長　　　480
如線的身軀，彎彎曲曲地爬行在地上，像是
條條斑紋。但不是所有蛇蠍都是小動物：
有些蛇類，出奇的長又大，身體蜷曲在一
捲捲的褶層裡；有些則有翅膀。先爬出來
的是，儉省藏食又有遠見的螞蟻，體型雖小

39　「巨獸」（Behemoth），是《聖經》裡提到的陸上巨獸，相對的即是前面提
　　到的「巨靈海怪」（Leviathan）。《舊約・詩歌智慧書・約伯記》40 章 15-19
　　節雖有提到此一怪物，但在翻譯時卻常常指涉不清，有謂河馬者（如和合本之
　　翻譯），有謂犀牛者，也有指大象者。從密爾頓所給描述，指的應是大象。

卻有大智，差可作爲今後公義平等的模範，
牠們一大群集合在一起，共和共治[40]。接著
一群雌蜂嗡嗡飛來，辛勤餵食雄蜂美味食物，
且築蜂巢以貯花蜜。其他林林總總的數也
數不清，你[41]也知道他們的脾性，並且幫
他們命名，無庸我在此重述。你也不是不知
那條大蛇，牠是田野中最狡猾的動物，有時
可延展得非常長，還有著黃銅色的眼睛和
很嚇人毛茸茸的頸鬃，但於你卻無害，且
順從地聽你使喚。此刻，天上閃耀著光芒，
隨者偉大原動者的手勢而移動路徑並運轉。　　　　　500
地面則裝扮華麗，笑臉迎人，異常美麗。
無論是天上、水中、地下都有鳥雀、魚蝦、
動物在行動，他們或飛、或泅、或走。
第六天剩下的時間還待完成的一件大事，
完成創世一切根源的大事，就是創造一個
不像其他動物那樣俯伏在地、不兇猛，而是
具有推理的聖能，可站直身子，顏面平和
正直的動物，來照管其他鳥獸蟲魚，他有
自我認知的能力，心胸寬大，可跟天上神靈
溝通，也能承認自己的出世，乃神恩惠賜，

---

40 「共和共治」（commonalty），螞蟻群是密爾頓所認爲「共和政體」
　　（Commonwealth）的實踐者，是民主典範，因他以爲螞蟻是群體共治、群體
　　共享的動物，遠勝過如由雌蜂一人獨治、帶領的蜂群帝后體系（monarchy）。
　　「共和共治」是密爾頓的政治信念。詳參 Merritt Y. Hughes, John Leonard,
　　Roy Flannagan 等人的注解。
41 「你」，指的是聽拉斐爾說話的人亞當。

遂全心、全口、全眼向主,讚美敬拜至高
無上神,祂創造了他,讓他成爲所有受造物
的頭領。是以全能的神、永生的父(上帝
何處不在?)乃對聖子聲可耳聞的如是説道:

「『我們來照我們的形象創造人類吧!
按我們的樣式造人,讓他們統治水中的魚蝦、 520
空中的鳥雀、地上的走獸和全地,並地上所爬
的一切昆蟲!』話這麼一説,祂就創造了你,
亞當,你這人啊,是從土裡創造來的,祂將
生氣吹進你鼻子裡。照著自己的形象,祂創造
了你,按著上帝的形象再現出來,你就有了
生命,活靈活現。上帝造你爲男、你的婚侶
爲女,以生養後代,之後,祂賜福人類,
乃開口道:『要生養眾多,瓜瓞綿綿,遍滿
地面,治理這地,也要管理海裡的魚、空中
的鳥,和地上各樣行動的活物!』不知在
何處何地,你就如此被神創造出來了,因爲
此時地仍無可辨之名,且如你所知者,祂從
那把你帶來此美味樹林處,到此樂園,種有
上帝果樹,好看又好吃,它們美味的果實,
祂大方地賞賜與你。各地所產種種果實盡在 540
此處,種類繁多,數算不盡。但有棵樹,其
果實一經吃就會起知曉善惡的作用,你絕
不能吃。一旦吃它,就會死亡:死是給你的
懲罰。務必當心!管好你的口腹之欲,以免
罪神及隨她來的死神突襲你。

　　「上帝此時已完成了祂的創造，並看了
看祂的創造物，瞧，一切都很好。所以有
晚上、有早晨，第六天的事功就完成了。
直等到造物主停止工作，祂雖不累，才起身
回到天外天祂的至高居所，從那看望這個
新造的世界，祂國度新增的版圖，從祂那
寶座往下望，展現眼前的是多美善、多漂亮
的世界，完全實現了祂的理念。祂騰空上行，
後有歡呼之聲和上萬張琴同聲演奏，唱頌著

560

天使般的和諧樂音。地上、空中回響著音樂
（你曾聽過，應該記得），天庭跟所有星座一起
鳴響，諸天各星各在其位，佇立聆聽，此時，
這一金碧輝煌的隊伍，歡呼喜悅地向上爬升。
『開門呢，你們這些永世常存的門戶！』
天使們呼叫著，『開門呢，諸天眾星們，打開
你們的活門吧！讓剛從造物事功回來的造物主，
莊嚴壯麗地進去吧，祂剛完成六天的事功，
創造了一個世界！開門吧，而且此後也要
常開門！蓋上帝願紆尊降貴常去訪視那些
令祂喜樂、行公義的人；也會常派祂的有翼
天使，帶著祂的恩典，出差到人那兒話家常。』
如是，一整隊光輝榮耀的天使邊唱頌著，邊
往上爬升。祂在前帶路，引領眾天使穿過那
紅焰閃閃、門戶大開的天國，走在又寬又廣的
大道上，地上鋪有金黃之土，滿路上飾有閃閃
金星，在你看來那像是星河中的星星，就是

所謂的銀河，每晚出現時像是條環帶上面掛滿
了一顆顆閃亮星星。此時，在地球上的伊甸
園內，第七個夜晚降臨，因白日已西沉，夜幕
從東方登場，預告著夜晚的到來。在天國聖山
高高的寶座上，在那堅穩安全的上帝御座上，
子神回來，與其偉大的父神同坐（因其似神龍般
來去無蹤，但也會遷延逗留——無所不在的神
就是有此異能——祂下令成事，因祂是一切的
源起與終結），祂現下要歇息不工作，但賜福
並祝聖這第七日，雖在該日歇息不工作，但
祝聖不斷並未禁聲；豎琴聲起，不歇息，出聲
的還有莊嚴的排笛、揚琴，各種彈奏時聲音
清爽的風琴，靠按捺琴頸上的絲弦、金線調節
出柔和聲響的樂器，與合唱或獨唱的歌聲交作；
金爐裡香煙四起，雲霧瀰漫，遮得不見聖山。
天使吟頌著開天闢地以及上帝這六日來的事功：

580

600

　「『偉哉，耶和華！您的事功還有您無邊
的權能！有誰能想像、測度您的偉大？有誰能
述說您的事功？您這次凱歸要比前次戰勝叛亂
天使更偉大！當天，您自己的響雷揚聲大讚！
但創世可是比創而毀滅更偉大。大能的君王啊，
有誰能損害您？有誰能限制您的國度？您輕易
地逐退變節天使不自量力的企圖，和徒勞無獲
的籌謀；他們目中無神，竟妄想要削弱您
的威信，妄想撤離敬拜您者。誰想要削弱您，
恰不遂其願，反而更顯現您的力量：您藉

他之惡，創造出更多的善來。看看這個新創
的世界吧，那是天門外不遠處的另一個天庭，
是奠基在清澄天上水，碧波海[42]上的新造地，
幅員廣大，漫無邊際，且滿天星斗，每一顆上　　　　　620
都是特定住民的世界。你該知道他們的四時
輪迴吧！在這些星球中有人類的居所，地球，
四圍都是地上水，是人類宜人的住居處。
非常幸福的人和他們的子子孫孫啊，上帝是
怎樣栽培他們的？他們是按上帝的形象創造的，
要在地球上住居，並要崇敬祂；還賞權給他們，
統管祂在地上、水裡、天上的受造物，並生養
世世代代崇敬祂的人，多麼神聖又多麼合乎
公義啊！人類會有三倍的幸福，如其能知所以
幸福之故，並能持守正義之道！』

　　「天使們如此唱頌著，天上響徹哈利路亞
的讚美聲，安息日就是如此守下來的。我想我
已滿足你所想問的了，你問了這個世界和地表
上種種事物的源起，問了你有記憶之前，從
太初以來，這個世界所發生的各種事情，好讓
你能轉告後代子孫，讓他們知曉。如果還想問
別的，只要不超出人類所能知道者，就說吧。」　　　　640

42　「碧波海」（the glassy sea）就是卷三 518-519 行所謂的「碧玉水（海）」，也
　　是前面 271 行所謂的「水晶海」，指的是蒼穹之上的水，宇宙中的液態空氣。

卷八¹

提綱

　　亞當問起天體運行之事，卻只得到含糊的回應，並被訓誡要詢問些更該知道的事。亞當同意了，但仍想留下拉斐爾，就講述了自己自創造以來所記得的事情，他之被安置在樂園內，他與上帝就孤單和適配伴侶所做談話，他首度跟夏娃碰面以及之後的婚禮，還有他與天使就上述事件的對談，天使在幾度忠告於亞當後，就動身離去了。

＊

　　天使言已道盡，但他的話音仍迴盪在
亞當耳裡，讓他神迷不已，以致有好一陣子，
他還以爲他還在講話，就仍站立不動的要
聽他說下去，之後，才大夢初醒般的感恩
回應道：「從天而來的說史者啊，眞不知該
怎樣感謝你才好，也不知道該怎樣回報你
才恰當，你完完全全緩解了我對知識的渴望，
且不嫌棄與我交誼，說些我怎搜尋也不知
的事情給我聽，聽了頗覺新奇，但很高興，
也當將榮耀歸於至高造物主。不過還有些
不明之處，獨有你能釋疑：看看這一大個

1　本「卷八」是由原先十卷版（1667 年）之卷七，後半部稍加長而成十二卷版
　　（1668 年）的卷八，原卷八成卷九，原卷九成卷十，而原卷十則分割爲卷十
　　一與卷十二。

結構體，這個世界，有天有地！丈量一下
她的大小，這個地球跟整個穹蒼和她數算
不盡的星星比起來，只是個小點，是顆沙粒、
或是粒微塵。穹蒼和星星似乎繞著渺茫難及
的軌道轉（如其距離之遠、每日回位之速
所顯示者），只爲給這個陰暗的地球、這個　　　　　　　　20
點狀大小之地提供亮光，讓她有日有夜，
這從穹蒼和星星整個視界看來實無甚用處；
而我也常納悶推測，何以如此聰慧、如此
儉省的大自然，創造了許許多多比地球還要
雄偉宏大多倍的球體，竟然會那麼不成
比例、那麼浪費的只用在這一個功能上
（因無其他功能顯現），而且日復一日，
不間斷地要這些星球運轉，而地球（本該
自行以較小周天運行，卻讓那些比她還
宏偉的星球環侍在側），竟坐著一動也不動[2]，
就達成目的，並像收貢禮（像這以近乎
無形體的速度完成一周又一周的運行）一樣，
接納了熱能與亮光——速度之快，想用
數字來描擬它們，是根本辦不到的。」

　　我們的父祖如此說道，且從其臉色看來，
似乎要陷入沉思納悶的地步了，夏娃見狀　　　　　　　　40
就起身，她原坐在視線所不及之後方，謙遜、

2　密爾頓的地球是托勒密式的（Ptolemaic）地球，由眾星相拱，一動也不動，
　　而其他眾星則繞太陽而轉。

莊重又優雅地坐著，凡見過者都無不希望她
留下來，她站了起來，走去到花木果實之間，
看看它們的生長情況，各種芽苞、花卉都是
她在照料。它們一見她來，就長芽開花，
一經她纖手照料，就激動不已，分外高興地
長著。不過她之離開，倒不是不喜聽他們的
談話，也不是不理解那些高奧的事。她是
要把這種快樂留著聽亞當講，因那時她才是
唯一的聽眾。她喜聽丈夫講話勝過聽天使，
也較願問丈夫問題而非天使。因為她知道，
亞當在講話時，總會不時打岔，加些風情，
而講到高深有爭議時，也會以夫妻之道，
摟抱撫弄她（他的唇嘴讓她喜悅的，不僅是
說話而已）。啊，現在何曾見過這麼一對
夫妻，彼此相愛相敬地結合在一起？她走了
出去，舉止像女神一樣，且並非無人隨侍，
因為就像位女王，她依然有萬千優雅迷人的
豐姿伴隨著她，全身豔光四射，所有看過
她者，眼神都充滿慾望，都不希望她離開
視線。而仁慈和善又溫文儒雅的拉菲爾則對
亞當提出的疑惑如此回應道：

60

　　「你想問或想查，我都不怪你，因為
天庭就像是本上帝擺在你面前的書，讓你
翻讀祂的神奇事功，得知祂的四季、時辰
以及日、月、年等。如你知道這些，是天

在動還是地在動[3]，就無關緊要了，是否
計算正確也無關緊要。其他的，我們的
偉大設計師很技巧地隱藏起來不讓人或
天使知曉，也不洩漏祂的祕密讓他們
分析，因為他們該做的是敬佩祂；要是
他們真想猜測，祂留有各重天的結構供
他們討論，可能也只是要在此後笑他們
各種古怪離譜的説法。當他們想要描述
天庭，想要預測星星的動線時，就會　　　　　　　　80
指天指地的説天庭架構多浩大，是怎樣
構築又可怎樣拆解的，想方設法要彌合、
解釋各種表象，也會塗改再三、莫衷一是
的説在地球外，有以同心圓或離心圓之
方式運行的星球，或以地球為中心、或
不以地球為中心，軌道邊上另有軌道[4]。
我看你可能已推想到如此了，你這位要
教化你後裔的人。你也會想，較亮較大
的天體不應該服侍較不亮者，而天也不該
如此運行，讓地球坐著不動，卻獨獨承受、
享有恁大恩惠。但請先想想，大和亮可
不意謂著卓越：地球跟天國相比固然較小，

3　此説法反映出密爾頓也知道哥白尼「地動説」的概念，只不過他採用的天文
　　設計是托勒密式的。

4　密爾頓的宇宙觀基本上是「地球中心論」（earth-centered, geocentric system）
　　的，準此，其他星球若不繞著地球轉，就會繞著另一以地球為中心的星球
　　（通常是太陽）運轉，而他們的軌道就會與地球軌道在周邊相交／相切。

也不會發光，但其收益更堅實，比太陽之
收益多得多，太陽只光在那兒照射，它的
能量對自身沒作用，但對多產的地球就
用處多多。地球接受太陽那本身不起作用
的光線，找到了生命活力。其他各司其職
的亮麗星球雖對地球沒作用，卻對汝等
地球居民有影響。天空之所以寬廣無涯，
是用以述說造物主的高遠莊嚴，祂造　　　　　100
天地之寬、準繩拉得之遠，人應知，此非
僅一人得住於其內者；天地大廈之廣，
也非他一人可占滿，蓋其所需住居者幾希[5]，
其餘當作何用，唯其主知之者[6]。軌道上的
星球無以數計，其運行之速無以估量，
此得歸功於全能神，將有形體的物質加上
近乎超形體天使般的速度。你可能認為
我的速度不慢，今早自上帝所住居的天庭
出發，未至晌午就到了伊甸，此距離實難
用有名目的數字來表達。但這點我得宣告，
接受諸天有在運行之假設，恁事讓你動心
致對此點生疑者，再怎麼證明都是無效的[7]，
並非我在肯定什麼，而是因你住在地上，

5　「幾希」（small partition），指的是人類居住的地球。以整個太空而論，地
　　球所占比例極微。

6　「唯其主知之者」，是指人非上帝，所識有限，且無須多問，因上帝對其受
　　造物自有其意旨。

7　「無效」（invalid），指的是邏輯推理上的 invalid proposition，invalid 的意
　　思就是無用的、不能成立的。參見 Gordon Teskey 對此句的注解。

遠看起來他們似乎都一動也不動。上帝為
不讓人類察覺其道，乃將天國放在遠離地球
之處，以致就地上的人看來，如他竟敢冒昧

120

如此看，就可能弄錯了太高遠的事物，而竟
徒勞無獲。如果太陽是世界的中心，其他
星球受其及自身引力的影響，互相牽連，
以致繞著它躍動[8]，各有軌道，一圈又一圈，
那又如何呢？行星們的路徑曲曲折折的，
一會兒高、一會兒低；一會兒隱藏不見、一會兒
直走、一會兒後退走、另一會兒又靜止不動，這你
不是可從六大行星[9]的運行看到嗎？但，如果
第七行星是地球，這六顆大行星繞著她轉，
她看起來雖是不動的，卻有三種看不見的
不同轉動形式在運行[10]，若不然，你就要將
這些運行歸諸於其他橫著與之交叉的不同
星球了。或者太陽想省卻那迴轉的辛勞，

8　「繞著他躍動」，此處的「他」是太陽，這是密爾頓所知的「太陽中心論」
　　（heliocentric system）論述，有別於「地球中心論」者，惟密爾頓仍採用
　　「地球中心論」作為敘述架構。

9　「六大行星」，在文藝復興時代指的是月亮、水星（Mercury）、金星
　　（Venus）、火星（Mars）、木星（Jupiter）及土星（Saturn），這是哥白尼
　　系統（Copernican system）中的行星系統，如此則「地球」是第七行星。而
　　在托勒密系統中，第七行星是太陽。參見 Roy Flannagan、John Leonard、
　　Gordon Teskey 的注解。

10　「三種看不見……在運行」，指的是地球的自轉、公轉和季移；自轉是每日
　　繞地軸轉動而有日夜，公轉是繞太陽轉而有年，季移是指自轉軸隨季節改變
　　而位移的現象。很顯然密爾頓也掙扎在當時代「地球中心論」和「太陽中心
　　論」的科學論辯中。參見 Roy Flannagan、John Leonard、Gordon Teskey、
　　Merrit Y. Hughes 等人對此觀念之注解。

讓那看不見卻又迅速日夜運轉的菱形天體，
在各重天之上無人得見處，轉動著日夜輪圈，
對此，你盡可不相信。設若地球本身夠勤快，
自己向東轉動就能到達白日所在之處；若與
太陽光相背而行，就會碰到夜娘，但她的
另一邊則仍然受光而明亮如日。又若假設　　　　　　　140
地球像星星一般，她的光穿過寬廣透明的
氣層，到達月球表面，如果說她上面有陸地、
田野和居民的話，地球在日間照亮她，而她
則在夜間照亮地球，彼此你來我往，這又
如何呢？月球上你所見的的斑斑點點像是
烏雲，有烏雲就可能下雨，下雨則會軟化
土質，生出果實，供給給發落在那兒者吃。
也許你能看出有別的太陽，隨侍有各自的
月亮，交互放射陰陽兩光[11]（是陰陽兩大性
讓這個世界充滿生命），那光貯存在星球裡，
那些星球可能就有生命。如果自然界有這麼
大而無活物住居的空間，闃無人聲、杳無
人跡，光只是在那兒發亮著，差堪供人一瞥其
每個星球，其光遠遠傳到這有人住的地球，
然後地球又把亮光返照回去，這樣的說法是
可供大家討論的。但究竟這些星球是這樣、
或不是這樣，究竟太陽在天上是不是主宰　　　　　　160

11　「陰陽兩光」（male and female light），陽光是指自行發射出來的光，而陰
　　光則是接受後反射出來的光，這一「發射」與一「接受」之間就有陰陽交配
　　／男女交媾的意象在，因此產生生命。

一切，是它爬升在地球上？還是地球爬升到
太陽上？是它從東方光燦奪目的道路走過來？
還是她從西方闃無聲響的路徑迎上去[12]？地球
踩著既無害又無礙的步伐，不斷旋轉，閒靜
地躺在自己的軟軸上，同時又穩健地走著，
輕輕地支撐著你和柔和的風──切勿把隱藏
不欲人知的事情攪動起來，亂了你的想法。
把那些留給在天上的耶和華神。服侍祂並
敬畏祂！至於其他受造物，就隨祂意旨而行，
讓祂擺放他們在該擺放的位置上！享受祂
賜與你的一切：這個樂園和你美麗的夏娃。
上天於你，太高遠了，別想知道發生何事。
要謙卑明理：只考量與你及你生存有關之事。
別想望著其他世界，想望有誰住在那兒？他的
情況如何？境遇怎樣？身分又是如何？你該
滿意我目前所透露給你知道的，不光是地球
上的而已，還有最高天的種種事情。」

　　亞當茅塞頓開，遂對拉斐爾如是回應道：
「你全然滿足我想知道的事情了，天上的
純智者[13]，溫煦寧靜的天使啊！你也化解了
我內心的糾結，教我過自在的生活，不讓我
的美好生活受繁雜思緒的干擾，上帝早吩咐

180

────────────

12　這裡說的「走過來」、「迎上去」都跟性事有關，同陰陽（反射／照射）兩
　　光一樣，會孕育生命。
13　「純智者」，拉斐爾是一大天使而非智天使，此所謂純智者，係指其僅具靈
　　體（spirit）而無實體（corporeality）之謂。

我等遠離一切的煩惱憂愁，不要讓它們侵襲
我等，除非我等心思不正、觀念虛誕，以致
自尋苦惱。但我們的心思意念很容易就不受
節制的浪遊起來，一旦如此就會沒完沒了，
除非受到警告或是經驗告訴她[14]，別想完全
了解毫無實用的事情，那太隱晦且太奧祕了，
最高的智慧就是知道日常生活中攤在我們
面前的事情。超過此者，那就是妄想、空想
甚或痴心聯想，如依然一想再想，這會讓
我等對該關注的事情無所演練、無所準備。
因此，我等不該讓心思飛得過高，降下來，
飛在不是那麼高的位置，好讓我們談談身邊、
有用的東西，也許在這當中，如您容許且
允准的話，就如你常許可一樣，讓我隨機

200

問問一些可能不太合宜的問題。我已聽了
你所說在我有記憶之前，所發生的種種
事情。現下就聽聽我說說我的故事，你
可能未曾聽過，反正日仍未盡，時間還早。
之前，你也知道我想方設法要留你下來，
想邀你聽我講述故事──想來還真蠢，
可這都是希望你能回應我的問題！因為
跟你坐在一起，我像是人在天上一樣，你說
的話在我聽來，其美妙既勝過椰子水之於
口渴，其令人熱望亦勝過甜美膳食之於辛勤

---

14 此處的「她」是指前面提到的「心思意念」。

勞動：但儘管它們既宜人能又能瞬間止渴
解飢，卻容易讓人飽足；不過你的話語充滿
上帝的恩典，帶來香甜美味而不讓人厭膩。」

　　對此，拉斐爾這位自天而來的溫順
天使回應道：「人類的父祖啊，你唇嘴說出
的話，不會不優雅，口舌所吐出的言語，
也不會不動人。蓋上帝給你的賞賜，是那麼
豐豐富富地澆灌在你的內在及外表，你是祂　　　　220
美好的形象。不管你是開口說話或靜默不語，
都讓人覺得合宜優雅，你的一言一語、你的
命題論述，也都條理俱在，言之有物。我們
在天庭的時候，不敢小看在地上的你，就像
我們不敢小看我們的同僚一樣，倒是很自然
地問起上帝對人之道：因我們見祂尊榮你，
也給了人同等的愛。所以說下去吧，因我那天
剛好不在，要趕赴一未曾有過、目的不明的
旅程，出差到很遠，到地獄門口，全軍列隊
（我們接獲的命令如此），以防上帝在做事時，
有奸細或敵眾竄出，致使上帝受此大膽脫序
現象惹怒，而在創世過程中摻有毀滅的種子。
倒不是他們未得上帝允准，竟敢生事，而是
祂作為至高的君王諭令我們到此展現威嚴，
也同時鍛鍊我們能能迅速回應、順從應接。
很快地，我們發現，陰森的大門關得緊緊的　　　240
且用路障強力封擋。但早在我們到達之前，
就聽到裡面折磨、唉嘆、暴怒等噪音大作，

而非跳舞、歌唱之聲。很高興在安息日晚[15]
之前，回到有光的岸上來，一切都在我們
掌控之中。現在就來聽聽你的故事吧！我樂
於傾聽你之言，就如你喜聽我之語一樣。」

　　這位像天神一樣的天使如此說道。我們
的先祖就說：「讓人來說人之生命起源眞難：
蓋誰知自己的起源呢？渴望多與你聊聊，促使
了我。剛從熟睡中醒過來，我發現自己躺在
柔軟的花草叢中，水氣氤氳，但不久就被陽光
曬乾，漫騰的蒸氣也被太陽吸收了。我眼睛
四下張望後，轉而直盯著上天，注視著廣闊
的天好一會兒，突然下意識裡我抬起身，
爬將起來，奮力往上掙扎，就直挺挺地站住了。　　260
環顧四周，有山、有谷，也有陰涼樹叢、明亮
平野和潺潺流動的山泉水澤；依傍著這些，
各物各獸生活著，或移、或行、或飛；鳥雀
則在枝頭囀鳴。萬物都笑容滿面。我內心
滿溢著芬芳花香與快樂喜悅！我仔細看看
自己，逐手逐腳的檢視，忽而走走、忽而
跑跑，筋骨柔軟，靈活有力。但我的前身
是啥？打哪兒來？緣何而來？我卻不知。我
試著出口講話，話就脫口而出：我的口舌
聽命行事，就欣然叫出我目光所及的一切。

15　「安息日晚」（Sabbath evening），指的是安息日開始之前的夜晚。密爾頓
　　此處採用的計法是希伯來人對時日的算法：從前一日落時起到下一日落止算
　　是一天。

『你是太陽』，我叫道，『美麗的亮光，而
妳呢，妳是被照亮的地球，生氣蓬勃又多彩
繽紛，你是山，你是谷，你是河川、森林
和平野，還有你等有生命、會動作的可愛
動物，可否告訴我，如你看過我是如何而來，
如何到此地，請告訴我。我非自行來此者：
定是有某位至大的造物主，其良善及權能　　　　　280
必然優秀絕倫。告訴我，該如何才能認識祂、
崇敬祂？從祂那兒，我有此身，能動又有活氣，
且覺得比我所知的還幸福快樂！』我如此
叫著，到處走動，不知身在何處，在那兒我
吸了第一口氣，第一次看到了快樂的光，但
卻無人可回應我，遂在堤岸邊的綠蔭處、
在滿地花草中躺了下來，心頭納悶不已。
在那兒，溫雅的睡神找上了我，軟軟地壓迫著
讓我陷入想睡狀態，無人來干擾，我想那時
的我像進入之前的狀態，無甚知覺，宛然要
馬上溶解掉一樣。突然之間，在我面前有
一場夢，夢裡出現的神靈，輕輕地催動我的
幻思，讓我相信我仍存留在世上。其中一位
神靈，我想，身形神武，他對我說：『你的
居所需要你，亞當。快起來，你生而爲無以
數計人類中的第一人，是始祖！我來此是
應汝之請而爲汝之嚮導，引領你去幸福的
園地，那爲你而準備的所在。』話說如此，
他就抓住我的手，拉我起身，穿過田野和　　　　　300

水域像在空中飛行一樣，平坦滑溜毫無起伏，
最後他帶我上到一座林木茂盛的山丘，其
高頂處是一平野，四圍廣大封閉，長有
各樣巨木高樹，中有步道、林蔭，我之前
所見之地都不如此間舒適！棵棵樹上都
垂掛著美麗果實，個個看來誘人，惹得我
忽然食慾大開，想摘來嚐嚐，就在此時，
我醒了過來，發現眼前所見，真如夢中所
生動展示的一般。當我正又要痴心妄想時，
幸得他，我的嚮導，從樹叢中浮現出來，
滿滿神氣靈現。我又喜又驚，遂跪倒臣服於
其腳前，尊其為天人。他扶我起身，然後
溫和地說道：『你要找者就是我，你所見的
一切，無論前後左右，都是我創造的。我賜
給你此一樂園，就算是你所有的吧！要好好
耕作、看守它，所結果實都可拿來吃。園中　　　　320
所生諸樹之果，皆可放心大吃：別怕會匱乏！
但有棵樹，其作用在產生分別善惡的知識
（那是在此園中，我用作你順服的保證，其旁
長有生命樹）！謹記我所給的警告：避開
勿食它，避開痛苦的結果！你當知，一旦你
吃了那果，違背了我的唯一誡命，就必然會
被終結，自此而後，死將臨身，此一快樂
園地也將喪失，你將被趕出此處，進入悲苦、
不幸的世界。』他表情嚴肅的宣告這項不得
更改的禁令，此令在我耳邊轟響，甚是可怕，

如我可能，決不招此懲處。但不久，他明朗
的表情回復，又親切地跟我說道：『不僅僅
是這些肥美土地，整個地球都給你以及你的
子子孫孫。作爲他們的統治者，你要占有它，
還有在它裡面生活的一切，不管是水裡游的
還是空中飛的，不管是鳥獸還是蟲魚。
你且瞧瞧，每一鳥獸都各從其類，我帶他們
到你面前，受你命名，並對你效勞、低頭
服從，以示受治。你也須了解，魚住在水鄉
澤國，不會被召到此來，因其無能改變體質，
呼吸較稀薄的空氣。』他如此說著時，然後，
看呢，有鳥雀及走獸，他們兩個兩個一起來，
走獸畏畏縮縮地趴伏著，任人指令；每隻
鳥雀則展翅飛降下來。他們走過來，我就給
他們命名，同時也了解了他們的本質：上天
賦與我能驟然理解事物的知能。但在這當中，
我仍找不到我所要的，遂對那位天降幻影
如此大膽地問道：

　　「『呃，敢問何以稱呼（因您比這一切，
人類或比人類還高貴者地位更高，超乎我
所能命名者），我該如何崇敬您，您這位
創造宇宙、以及賜與人類這一切美善者？
您爲了人類的福祉，豐豐富富、磊落大方地
供給一切。可是我卻見不到可與我分享的人。
孤寂一人，有何幸福可言？自己一人可快樂
享受？就算享有，有甚滿足？』我就如此

340

360

冒昧地説著，那位光彩耀人的幻影，亮度
更甚，像滿帶光燦笑容般的如是回應我道：

「『你説什麼孤寂一人？地上、空中
不是有各形各色的動物嗎？他們不是都得
聽你號令，進前來，在你面前嬉耍嗎？你
不是懂得他們的語言和生活習性嗎？他們
也有認知和推理能力，別小看他們。跟他們
一起找樂子吧！但要守紀律：你的統治範圍
可是寬廣的呢！』宇宙眾生的君王如此説著，
也似乎如是下令。我既請准説話，就懇求祂
並謙退自抑地如此祈求道：

「『別讓我説的話冒犯了，自天而來的
權能者，我的造物主，我講話時請多擔待。
您不是創造我在這做您的代理，而將這些
較下等動物遠遠置於我之下嗎？在不同等的
物種間彼此來往，合適嗎？和諧嗎？會眞正
快樂嗎？彼此間應能互相、恰當地授與受吧？
但如彼此不相等——一者熱切，另一者冷漠[16]，
無法互相配合，很快就會彼此厭煩的。我説
的是夥伴關係，那才是我所求的，能彼此
分享理智上的快樂，而這，動物就不可能是
人的伴侶！他們可跟同類歡喜在一起，像獅子

380

16　「熱切……冷漠」（intense...remiss），此譯法是依 Burton Raffel 之注解
　　（ardent...lacking energy）而得。但如依 John Leonard、Gordon Teskey 及
　　Merritt Y. Hughes 等人之解，係指弦線之「緊繃……鬆弛」（taut...slack），
　　用以比喻人與獸之不協調。

跟母獅，您就很合宜地把他們配對在一起。
但鳥跟獸、魚跟禽就不合宜，他們心性上沒法
好好來往，不合宜的還有牛跟猿。更不合宜、
最不該的是，人跟獸竟要被配對成雙！』

　　「對此，全能者並不生氣，祂對我回說：
『你對自己快樂的要求還真挑剔、真精明呢，
亞當！看得出來你在選擇伴侶時，對自己有所
要求，雖身處幸福樂園當中，但孤單一人，
委實嘗不得幸福。你認為我是怎樣的神，
這個我的國又是怎的？我在你看來，是不是
十足的幸福快樂？我打亙古以來，就全然
獨一無二。因為無誰可稍遜於我或像我者，
是我對手的就更少了。那我要跟誰說話來往？
除了跟我的受造物，還有那些較差以及
遠遜於我者外？他們之低下就如在你之下的
其他受造物比之於你一樣呢！』

　　「他話說到此，我則謙遜地回應道：
『要達到您永恆之道的高度與廣度，人類
思想有所不及，萬物的至高主啊！您是
自我完滿的，故在您身上無所闕如。但
人類可就不同，要一步一步來。那也是他
欲望的起因，想藉著跟同類交通，方可改善
或補償自己缺陷。您無須繁衍後代，雖是
獨一無二，卻是數大無窮，眾數完整合一。
但人在數上所顯現的是，單一而不完整，
所以要生養與他同類者，且因有缺陷而要

400

420

結合在一起，以繁衍他的形象，這就需要
雙方有情有愛，相伴相依，成爲親密友伴。
您隱蔽不群，雖是單一，卻最好自我爲伴，
不要有社群交往。更何況，只要您高興，
您可以提升您的受造物到您要的高度，
封其爲神而得以結合，或與其親密往來。
我呢，無法藉交往而把那些俯伏在地的
動物扶正，也無法在他們的所行所爲上，
尋得快樂和滿足。』我就如此行使了恩准
的自由，壯著膽地說出來，卻發現所求被
接納了，因爲慈悲神的聲音這樣回答我：

　　「『到目前爲止，我都在考驗你呀，
亞當，我甚滿意於你不僅對鳥獸蟲魚有所
認知，正確地給他們命名，還對自己有所
體認，把你內心的自由精神表達得甚好，
不愧是我的形象，我沒把它傳給獸類，

440

因此牠們不適合做你的友伴，的確是個
好理由，你很直率地說不喜歡牠們，而且
一直都在意！我，在你開口之前，就已
知道，人獨處無伴是不好的，但如你之前
所見，我並不打算把牠們給你作伴——那
只不過是用來測試你而已，爲的是看看你
能否判斷何者適合、何者可堪匹配。我
接下來要帶給你的，你就放心，定會讓你
滿意，是與你相像者、你的賢內助、你的
另一半、你的願望，是恰如你心之所欲者。』

「他的話就此打住，或是我沒再聽見，
因爲長時間暴露在祂的神格下，此刻的我，
其土性本質已完全被從天而來的祂給弄渾了，
勉力要達到能與天神深度對話的高度，就像
與一個超越感知而存在的物體對話一樣，
弄得我目眩神搖、筋疲力盡、沉落陷沒，
想要睡覺來補回精神，這念頭一生，睡意
就上身，像是受到生理呼喚的協助一樣，
眼皮閉了起來。他闔上了我的眼睛，但卻　　　　460
讓我幻思的細胞、內在的眼睛大開，迷糊中
好像看得到，雖然像是被抽離出來一樣，
我昏睡過去（睡在我躺臥之處），我的心眼
卻看見有個形體，光輝燦爛，在他面前，
我一直清醒著，他則蹲著打開我的左胸膛，
從該處拿出一根肋骨，溫溫熱熱的，還與
血氣相連，新鮮的生命之血汨汨流出。
傷口甚大，卻立時被他用血肉補滿癒合了。
他又用手將肋骨變造塑形，在他的改造
巧手下，誕生了一個受造物，像人一樣
但性別不同，可愛又美麗，世上原算漂亮者，
此刻看來普普通通──或者説，她是他們的
集大成者，一切的美盡涵蓋在其內，而她的
容貌，自那時起，就讓我內心有股甜美的
感覺，那是從未有過的。她的舉止讓人產生
對萬物的孺慕之情與愛戀喜樂。她走了開去，
讓我不知如何是好。我醒了過來，想要找她，

或是永遠悲悼她的消亡，其他一切的快樂
我都棄絕；但令人喜出望外的是，我看到她，　　　　480
就在不遠處，正如我在夢中所見一樣，全身
裝扮著天或地所能賞賜她的，十分惹人愛憐。
她施施然向我走過來，天上造物主引領著她，
雖不見其影，卻有聲音指路，而她也獲告知
結婚的神聖性和婚姻的祕禮儀式。她蓮步
優雅地挪移著，眼露幸福，姿態萬千，率皆
充滿高貴與憐愛。我大喜過望，忍不住叫道：

　　「『這個改變真是個好補救，您說話算話，
是既慷慨又仁慈的造物主，一切美好事物的
賜與者！您所有賞賜當中，就數這個最美好，
而且不是出於勉強的。我看得出來在我面前
的她，是我骨中之骨、肉中之肉，另一個我：
女人[17]是她的名字，她是從男人抽取出來的。
正因如此，人應離開父母而與妻子連合一起，
他們兩人應當成為一體，同心、同德。』

　　「她聽我如此說，雖是天神所帶來的，　　　　500
卻純真且具處女的矜持，有美德又了解自己
價值，只可被追求，而不可未被追求就委身
自許，不任性唐突也不急躁，更要貞靜
自持，才會更令人想望；總而言之，她雖

17　「女人」（Woman），其意義即為屬於男人、出於男人（of Man）。本詩開
　　頭 "Of Man's first disobedience…"，頗有暗指其為夏娃之意。見本詩卷一 1 行
　　之注，也見 Roy Flannagan 及 Gordon Teskey 之注。希伯來文中「女人」
　　（נשים）一字音近「男人」（איש），系出同源之故。

純潔無邪念，但自然本身在她身上做工，
讓她一看到我，就掉頭離開。我跟著她：
她知道淑德是什麼，見我言詞熱切誠懇，
遂柔順莊重地接受了我。我牽著她走向新房，
她滿臉通紅似晨曦初露。在那一刻，全天及
各個星座都很高興地送出最好的運勢給我們。
地上及諸山也都歡心祝福；鳥雀快樂歡騰；
無論是強流還是和風，都向林木竊語著我們的
婚訊，風兒還振翅發送玫瑰花，並讓芬芳的
矮樹飄香送味，他們一路笑鬧，直到多情
夜鶯唱起結婚曲，並囑咐黃昏金星速速出現
在山頭頂上，好點起亮光作花燭。　　　　　520

　　「如此就是我所能告訴你我整個意氣
揚揚的情形，並把我的故事帶到人世間
幸福的最高點，我享受這幸福，也必須
承認，在別的事物上也的確可以找到幸福，
但沒一個像這樣會在我內心起變化或起
色令智昏的慾望[18]，不管是否享用過。
我是説，在味覺、視覺、嗅覺、花花草草、
果實、散步、鳥兒鳴唱等等賞心悦目的
佳餚美味或事物上。但，此刻完全是另
一回事：我一看就目瞪口呆，一摸就

18　「色令智昏的慾望」（vehement desire），是指「愛」（love）的相對「情
　　慾」（passion）而言，是一種「考慮不周、糊塗的愛」，是「情慾薰心、色
　　令智昏」的情況，而非「熾烈的愛」。詳見 Roy Flannagan 及 John Leonard
　　的注解。也見卷九提綱內所説之 vehemence of love 一詞。

神魂顛倒。先是有股激情湧出，有股莫名
的激動！在其他令人愉快的事上，我鎮定
自持，不受感動，但一看到她美目盼兮、
巧笑倩兮，就有股強大的吸引力，令我
腿軟心虛。或者，我天生就有某種缺陷，
擋不住這樣的物體，還是天神從我身邊抽走
太多骨肉[19]，在她身上，加上了過多的裝飾，
外表上精緻華麗，但內在修為則略有不足。
雖然我深知，大自然生出女人的主要目的，
是要讓她在心神及心智上略遜於男人，
雖心智遠勝於其他。上帝雖創造出兩個形象，
但在外表上，她比較不像祂，也比較未能
顯現出掌管其他受造物的權威樣貌。但我
一接觸她的美貌，那麼的完美無瑕，似乎是
自我完滿，也似乎很清楚自己的美貌，乃至
其欲做欲說之事，都像是最明智、最正直、
最謹慎、最合宜的。有她在場，再會說理
明事者，都口拙理虧；跟她說話時，想要
機靈，都會支吾其詞、丟臉出醜，像個
傻子般。全身散發威嚴睿智，好像她才是
上帝先要造的人，不是之後才因緣際會
造出來的。更甚者，在她美麗外表下，存有
寬大的心胸、高貴的舉止，令人望之儼然，
似有天使護衛周身一般。」就此，拉斐爾

540

19　此說法再次驗證夏娃源出亞當之左胸。

這位天使乃雙眉緊蹙的對亞當說道：　　　　　　　　560

　　「別怪造世的大自然：她做了該做的事了，
要怪就怪你自己吧！也別對智慧疑心！若
不是你打發她走，她不會捨棄你的；你尤其
需要她在左近，當你把不甚完美的東西過度
吹捧，如你自己所見者。蓋你所稱讚的、
讓你神魂顛倒的，不就是外表嗎？夏娃是漂亮，
也值得你珍惜、敬重和喜愛，但不是沉迷於
她的美色。先掂一掂你跟她的分量，再來評斷
價值！通常沒有比自尊自重獲益更高的，那是
植基於管理得當的公義公正！你越是知道要
自尊自重，她越是會敬你為首，越是會將
華麗的表象順服於事物的本體，表象裝飾
之所以華麗，是為了取悅你，讓你忘而生畏，
讓你敬重她而愛你的伴侶，她會在別人識不得
你的智慧處見著你的智慧。但如你將繁衍人類
的肌膚之親[20]想像得如此重要、如此快樂，　　580
遠超過其他，想想看，牛羊牲畜與各種動物
不也都有同樣的稟賦，但他們不見得都要交合，
也不一定都要開枝散葉；為開枝散葉而交合，
才值得讓人壓抑靈性、甚或動之以情。你跟她
結伴作陪，要想到更高遠的事情，要珍愛她，
愛才讓她有吸引力、慈悲心和講道理。在愛人
方面，你做得很好，但在情慾方面，不好，

20　「肌膚之親」（touch），根據 OED 的解釋，touch 指的就是男女「交合」
　　（sexual contact），類似「肌膚之親」的一種委婉說法。

因為眞愛是不講情慾的。眞愛會鍛鍊你的智力，
會拓展你的心胸；眞愛以理性為家，會讓你
頭腦精明，是可以讓你登上天堂得到天父之愛
的階梯，所以別陷溺在肉體的快樂裡，也正是
如此，你才無法在牲畜、動物中找到你的伴侶。」

　　對著拉斐爾，亞當頗感難為情地回應道：
「不是因她外表被形塑得漂亮，也不是所有
族類都需要的生殖需求（雖然我認為人類的
床第之情遠勝於其他動物，且應將其視為聖禮、
祕儀），讓我喜不自勝者，是她流露在日常的
言詞行動當中的優雅舉止、萬千儀態，無不
帶有情愛和溫柔順從，那是無須掩飾的心的
結合，也是我們同心一德的表徵。在婚侶
當中見到如斯和諧，要比樂音之於耳朵更讓人
愉快，但這些並不會使我受她支配。我向你
揭露我內心的感受吧：我不會因為要應對各
不同物體，遂讓感官呈現出各種反應而受制；
我仍可自由地認可何為最佳者，並遵行我所
認可的。莫責怪我要談情說愛，因為如你
所說，情愛會引人上天堂；情愛是上天堂
之道，也是上天堂的嚮導。也請別見外，
如我所問合情在理者：天上的神靈，難道
不談情說愛嗎？他們是如何表現情愛的？
只靠臉容嗎？還是他們放射出光而交融
在一起？是虛擬式還是肉體式的直接結合？」

　　對此，拉斐爾這位天使面帶笑容，滿臉

600

綻發天上來的玫瑰紅光，那是有情有愛的
獨特光澤，回答道：「你只要知道我們快樂， 620
而且沒有愛就沒有快樂，就夠了。你們在
肉體上能夠純潔無瑕的結合（你被創造時是
純潔無瑕的），我們的結合則更勝於你們，
因我們無皮膜、無關節、無肢體的阻隔，
毫無障礙。比空氣跟空氣的結合還容易，因爲
神靈們擁抱時，全部交融在一起，是純潔
無瑕的結合，因爲心無邪念，不受限於需要
器官交合，你們是肉體跟肉體結合，我們
是心靈跟心靈結合。不過我不能再多說了：
夕陽已經落在維德角及其群島上[21]，就要
西沉於赫斯珀里得斯島[22]了，那也是我該走
的信號。要意志堅定、快樂生活且愛所
當愛，但首先要愛上帝，就是要順服祂[23]，
遵守祂的誡命！要當心，別讓激情動搖
你的判斷，做出你的自由意志不允許的事！
你和你後世子孫的福禍全在你身上：千萬

---

21 「維德角及其群島」（green cape and verdant isles）指的就是 Cape Verde 及 Cape Verde Islands，在非洲西北部的大西洋海上。Verde 一字是葡萄牙語，意爲 green（綠色）。

22 「赫斯珀里得斯島」（Hesperides，此處是用 Hesperian 一字），Hesperides 是希臘神話中看守極西方金蘋果聖園的三位仙女，即本詩卷二 357 行所提到的「西方三仙女」（ladies of the Hesperides），其所在之地被認爲是世界西方之盡頭。Hesperian 是形容詞，即爲在西方的意思。

23 「愛上帝……順服祂」（Him whom to love is to obey），反之亦然：「順服上帝就是愛上帝」（To obey Him is to love Him），因爲拉丁化的英文容許有此二解，且易發顯得此二者的密切關聯。

當心!我跟所有其他天使都會為你的堅毅而
開心不已。要牢牢站穩!要站立還是仆跌,
都在你的自由抉擇。你本身是完美的,無需　　　　640
外在的協助,就能擯退一切逾越的誘惑[24]!」

　　他如此說著,就起身,亞當也隨之而起,
跟他道別並祝福他說:「既然要別離,你就
好走,天上來的貴客,上帝的使者,你是從
我所敬仰的至高至善者處派來的。你很客氣,
又紆尊降貴地友善待我,我將永銘感激的
敬重你。希望你能一仍舊往善待人類、友愛
人類,並常回來!」

　　他們就如此別過,天使從濃蔭處飛上天庭,
亞當則轉身回到自己的寢居處去。

24　「你本身是完美的,無需外在的協助」(Perfect within, no outward aid
　　require),這是密爾頓自《苛魔士》(*Comus*)以來所具有對人性的信念:
　　「美德是其自身的防護」(Virtue is its own defense.)。

卷九

提綱

　　撒旦剛環繞了地球一周，現下像夜霧般的溜回了樂園，以籌謀過的詐術鑽進了好夢正酣的蛇身內。亞當與夏娃晨起出門工作，夏娃提議他們分在不同之地，各做各的工作：亞當不允准，提起危險之事，唯恐那位他們受警告的敵人見她一人而侵犯她。夏娃不願被認為思慮欠周或不能把持自己，遂執意要單獨行動，想試試自己的能耐。亞當最終讓步。蛇發現她獨自一人，狡猾地走上前去，先是瞧瞧，進而開口，以諂媚之詞吹捧夏娃，說她勝過所有的受造物。夏娃聽到蛇開口說話，驚訝不已，就問牠何以之前不能，現竟能為人之言，且能解人之語。那蛇就回道，因其嘗了園中一棵樹之果，就能言善語，之前可是不能言語、不辨是非。夏娃乃要牠帶她去看那棵樹，發現竟是那棵知識樹、那棵禁樹。那蛇，越發大膽，就用各種巧言乖語誘她好歹嘗嘗。她，嘗後甚滿意，考量了好一會兒，不知該不該讓亞當分享，最終將果子帶回給他，並跟他說所以吃的原因。亞當先是大吃一驚，但眼見她已墮落，遂在愛令智昏[1]的情況下，決心與她同毀滅，就在不以為逾越罪重後，吃了那果。效應發作在他倆身上。他們設法要遮住裸身，卻各說各話，互指對方的不是。

＊

　　不再談論上帝或天使作客人家，與人

1　「愛令智昏」（vehemence of love），vehemence 不作「熾烈」解，該字當譯為 mindlessness，是指本詩卷八 526 行「情慾薰心、色令智昏」（vehement desire）的情況。參看 John Leonard、Roy Flannagan 的相關注解。

如故友[2]般親切相待，並像家人般同席共吃
一頓田園餐，同時跟人天南地北閒聊，而
不受責難之事了。此刻我要將樂章轉成悲調：
在人則有糾纏衝撞、猜疑背信、毀約失睦、
不忠不義、悖逆叛亂以及違令抗命之情事。
在天方面，對已恩斷義絕者，將予疏遠隔閡、
厭棄嫌惡、憤怒譴責並給予審判；帶給人世
一片哀戚，滿是罪愆和死亡陰影以及悲慘
痛苦，死期將致之兆。這眞是件教人傷悲的
事啊！但所詠者卻更英武神勇，不比面目霜寒
的阿基里斯[3]一怒而猛追其敗逃的仇敵[4]爲差，
爲追擊他，繞特洛伊城三匝而不歇。也不比
特拿思[5]因拉薇妮亞棄他別嫁而發的怒火差；

2　「故友」（friend familiar），此字 familiar（相熟的）也帶有 familial（家人般的）意思。惟 Burton Raffel 認爲此字應與其後之動詞 used 同解，視其爲副詞，意思是「被招待得像很熟的朋友，親切熱誠」（familiar used）。

3　「阿基里斯」是荷馬史詩《伊里亞德》裡希臘聯軍中最勇猛的將領。他本身是古希臘帖撒利地區默米頓人（the Myrmidons）的王子，傳說是小海神特緹絲（Thetis）與默米頓王皮流士（Peleus）所生之子，全身刀槍不入，勇猛無比。因摯友裴卓克勒斯（Patroclus）爲特洛伊王子赫克托所殺，怒而追殺他，並將其屍祭獻於其友墓前。

4　「敗逃的仇敵」（his foe）指的是赫克托，鎭守特洛伊城的大將，他是特洛伊王普賴阿姆（Priam）與其后赫克芭（Hecuba）所生之長子，也是王位繼承人。特洛伊城位於今土耳其西北部，爲考古學家證實眞有其地，並眞實爆發過荷馬史詩所描述戰爭而遭燬的大城。

5　「特拿思」（Turnus），是羅馬詩人維吉爾所寫史詩《伊尼得》裡，主角伊尼爾斯的頭號敵人。他是守衛「拉丁城」（Latium）的主將，其已訂親而未過門的妻子拉薇妮亞（Lavinia）是該城城主拉丁諾斯（Latinus）的女兒。爲守城及守護其未婚夫名義而與伊尼亞斯決戰，但爲後者所殺。

更別說涅普頓[6]的怒氣或是朱諾[7]的怨火了，
他們讓希臘之子和辛西雅之子[8]折騰了好久　　　　　20
一段時間。希望我可從天上守護女神[9]處，
得到與所擬寫主題相應的文體，這位女神
不待我求，就夜夜屈尊來探訪我，趁我
熟睡時口述於我、引發我從容詠唱我之前
想都沒想過的詩篇；先則此英雄詩歌的
題材是我所喜者，更是我篩選多時但動筆
較晚者[10]，惟我天性不勤，懶於吟頌戰爭，
那是迄今為止，唯一被認為英勇的主題，
主要之務在於剖析傳奇英雄在想像之戰役中，
冗長煩人的毀滅掠奪故事。但更高明的詩歌，
吟頌忍辱負重、剛毅不屈以及犧牲殉難的
英雄行徑，卻未曾有人創作過。又或者英雄

---

6 「涅普頓」（Neptune）是羅馬神話中的海神，相等於希臘神話中的波賽頓。
　　此所謂怒火是指荷馬史詩《奧德賽》中所述，其獨眼兒子普利菲默思
　　（Polyphemus）為該書主角奧德修斯（Odysseus）於特洛伊戰事結束凱歸
　　時，在洞穴中所刺瞎而暴怒之事。

7 「朱諾」（Juno）是羅馬神話中的天后，為天王朱比特之妻。朱比特即為希
　　臘神話中的宙斯，朱諾就等於天后希拉。朱諾的怨氣指的是朱諾因不願見其
　　所恨惡之特洛伊人，在城毀國滅後，仍有後人在別處建國延續國祚，遂遷怒
　　於外逃的伊尼亞斯，不欲其達成復國建邦之舉，遂怒而鼓動特拿思等人與伊
　　尼亞斯為敵。

8 「希臘⋯⋯辛西雅⋯⋯」（the Greek and Cytherea's son），分別指的是希臘
　　王子奧德修斯及特洛伊王子伊尼亞斯，因後者為愛神維納斯之子，維納斯就
　　是辛西雅（Cytherea），因據傳其地 Cythera 為其誕生處之故，而為其代稱。

9 「天上守護女神」（celestial patroness），指的就是本詩卷一所稱的「在天的
　　繆思女神」，也是卷七所提到的烏拉妮亞，是天體的守護女神。

10 密爾頓可能早就有寫史詩打算，但都不得閒，等他真正開始寫作《失樂園》
　　時他已四、五十歲（約在 1658 年左右）了。

詩歌該描述那些競賽、競技，描述持槍比武
之事，或是描述盾牌配飾之華麗、圖樣之
繁複，描述戰駒及其挽具，描述盾牌底部
閃爍發亮的裝飾物，描述騎士裝束華麗在
持槍對決、比武競技，再寫寫僕從侍宴，
隨從、管家上菜傳酒等等：寫這些需要技巧
或曾當差服侍過，但不是有這些技巧經驗，
人或詩就配得英雄之名。我本就不擅此道，
亦不勤於此道，但仍有高雅的題材供我吟哦，
那就足以引發我寫作英雄詩歌，除非生時已晚、
氣候冷冽、年歲過大[11]，以致我有心振翅高飛，
卻羽翼盡濕而受制。儘管阻礙多，但全因我，
而非在於她，她夜夜都將寫詩念頭送進我耳中。

　　日已西沉，在他之後黃昏星[12]也沉落了，
該星的職責在帶出薄暮到地球上，當作日
與夜短暫交接的中介。此刻夜暗從彼端到
這端，已將地平面所在的半球圍罩起來；
撒旦在加百列當面威脅他之後，剛逃離開
伊甸園，現在，他更加邪惡，遂處心積慮、
暗懷欺詐和歹毒之心，執意要讓人類滅絕，

40

11　「生時已晚、氣候冷冽、年歲過大」，「生時已晚」指的是此時（文藝復興
　　末期）寫作史詩已不流行；「氣候冷冽」指的是英國的氣候不像荷馬、維吉
　　爾等詩人所在的地中海那般溫和，不適於寫史詩，且根據亞里斯多德的說
　　法，天冷令人頭腦昏沉；「年歲過大」指的是密爾頓自己的年歲老大，等全
　　詩寫竣（可能是在 1663 年），他已 55 歲高齡。

12　「黃昏星」（Hesperus）就是位在西方的 Evening Star，也是夜間出現的金星
　　（Venus），之後就是夜暗的世界了。

也不管會有更大災禍臨身，就悍然無懼地
回來了。他在臨暗時分逃開，在夜半繞行完
整個地球後潛回來，避開白日，是因主管
太陽的烏列[13]已偵測到他的來到，且已命　　　　　　60
眾基路伯[14]要小心把守。之前，撒旦滿懷痛苦
被逐出，摸黑連趕了七個不間斷的夜晚[15]，
三度繞經赤道線，四次從北極橫越到南極時，
與夜晚之神東西巡行的馬車相遇，到第八個
夜晚才從樂園大門對邊偷偷地回來，避開
基路伯的眼線，走一條不讓人起疑的路徑。
那兒有個地方，現已不存在（是罪愆而非時間
造成這種改變），就在樂園腳下，底格里斯河
灌入地下深淵，而後部分水變成生命樹旁
的噴泉。撒旦置身在上騰的霧靄當中，
隨水沉入淵中，又隨水上升，找尋可以藏身
之處。他水也找過，陸也找過，從伊甸園
找到黑海[16]再找到亞速海[17]，往上找到鄂畢河[18]，　　　　80

13　「烏列」是大天使之一，其名之意為上帝是我的光，也見卷 3 注 70。

14　詳見卷六注 6。

15　此處是說撒旦為躲開烏列等天使的目光，繞著地球在暗處飛行。

16　「黑海」，古希臘稱此地為「本都海」（Pontus），約當今黑海及其南部地
　　區，為土耳其東部黑海地區。參見卷五之注。

17　「亞速海」（the pool Maeotis）又稱 Maeotian Lake 或 Maeotian Swamp，是一
　　個陸間海，西面有克里米亞半島，北面為烏克蘭，而東面為俄羅斯。古時此
　　地為歐亞大陸的分界點，位於但河河口處，原是一片沼澤，為高加索原住民
　　Maeotians 出沒之處，可能因此得名 Maeotes。現稱此地為 The Sea of Azov
　　（「亞速海」）。

18　「鄂畢河」（the river Ob）也稱 Obi River，位於西伯利亞西部，是俄羅斯第
　　四長河，注入北極海（the Arctic Sea）。

往下找到南冰洋，以廣度而言，西從
奧朗帝斯河[19]找到被巴拿馬地峽[20]擋住的大海，
東則找到恆河與印度河交流的大地。如是
繞著地球走，仔細搜尋；他還對各種生物
再三檢視、考量：哪個最適合他奸計需要，
發現蛇是園中最奸巧的動物。他內心掙扎，
對最終決定躊躇苦思良久，最後選了牠，
很恰當的載體，是施行詐術最好的小惡魔；
鑽進牠可掩藏他的陰謀以避人耳目，不管
他耳目有多靈。因在狡猾的蛇肚內，無論
多奸巧都無人能察覺、懷疑，一切儼然出自
蛇之機敏、本然之奸滑，那要在別的畜牲上
被看到，就會令人起疑心，想必是有種魔鬼
力量從中作祟，超乎一般畜牲的能力。因此，
他心已決，但不由內心一陣酸楚，滿腔激憤
轉爲抱怨，滔滔出口道：

　　「唉，地球啊，你眞是像天庭呢！要
不是天庭更公義而較爲我等所喜，你這地方
更適合天使居住，因你像是經過再次思慮，
將舊天庭改造而成者！總不會有哪個神在

100

19　「奧朗帝斯河」（Orontes）又稱爲阿西河（Asi River），是中東地區一條跨
　　國河流。發源於黎巴嫩的貝卡谷地，向北流經敍利亞、土耳其，在土耳其的
　　北部注入地中海，是此區眾多河流中唯一往北流入海者，故名「阿西河」
　　（阿拉伯語 Asi 就是 rebel，「背叛」之意），也見卷 4 注 33。
20　「巴拿馬地峽」（Isthmus of Panama），密爾頓此處用的是 Darien 一字，因
　　古時稱該地爲 Isthmus of Darien，是美洲中部的一個地峽，從哥斯大黎加邊界
　　延伸至哥倫比亞邊界，連接南、北美洲。

造過較好地方後，再建個較差的吧？地上的
天庭啊，你有其他重天會發光的星星跳動圍繞，
這些星星克盡職責的帶著燈在發光，層層
光照，而且只爲你而發光，所有的珍貴光線
同心圓式的圍繞著你，都參與了創造的神聖
儀式！如果上帝在天上是中心，澤被一切，
那麼地球也是居中，受所有其他星球的朝貢。
在你身上，而不在他們本身，他們爲人所知
的力量得以顯現出來，讓草木、植物生長，
讓更高貴的生物有不同層級的發育、感官
知覺及推理能力，而能集其大成者是人類。
我原可以很快樂地繞者你而走（如果我還能
對啥事感興趣的話），看看一連串宜人的山嶺、
溪谷、湖河、森林和平野，一下是陸地，
一下是湖海跟攤地，上有森林，林內有山岩、
獸穴和洞窟！但在這些地方，我都找不到
可以容身或藏身之處，而且，越是看到周遭
的種種樂事，越是讓我心頭痛苦，彷彿遭受　　120
仇家圍攻一般：眼下所見一切美好事物對我
都是災禍毒害，此要是在天上，我的處境
想必更糟。但我既不想在此地，也不想在
天國（除非能制住天上的至尊者）搜尋可
住居之處，也不指望讓我自己少受點折磨，
我要的是讓其他受造物也落得如我般的處境，
縱然因此我的報應會更沉重。只有毀滅一切
方可舒緩我心狠手辣的念頭。毀滅人類，或

耍手段看有何法可讓他徹底敗亡，那才算
是我的勝利。這裡的一切都是為人類而
創造的，也將跟著毀滅，因它們跟人類是
禍福與共，牽連在一起的：既同享災禍，
就讓毀滅株連廣泛吧！那將是我唯一可光耀
我在地獄那些同儕的大事，在一日之內，
毀了祂，那位被稱為『萬軍之主』，連續
六天六夜所造就的一切。更何況有誰知道，
祂此前構思了多久？也許不比我一夜之間
解放了近半數受可恥奴役的天使時間長，
但我讓那些敬拜祂者少了些。祂要報復、
要修復因此受損的丁口數，但不知是否
祂原先的創造力在舊時已用罄，現在無法
創造出更多的天使（如果天使確實是祂所
創造的話），又或者祂要對我等更加蔑視，
決意要讓泥土做的受造物進化而占有我們
的位置，讓出生卑賤的擢升，並賜與他
天上的種種職位——那可是我們的職位啊！
凡祂所諭令的，祂都會讓其生效：祂造了人，
為人類創造了這個世界，讓地球成為人的
居所，宣稱人是『萬物之主』還要帶翼天使
供他使喚（唉，真是丟臉！），並且叫光灼
煜煜的天軍照看這些土生之人。這些看守的
天軍，才是我怕的，遂隱身在半夜霧靄迷茫
之中以躲避他們，並且偷偷地滑行，只露臉
在有樹叢荊棘之處，在那兒或能找到正睡著

140

的蛇，在牠蜷曲多折處躲著，好用上我陰險
的計謀。唉，眞是難堪的墮落！之前的我
坐在最高處，足堪與天軍們抗衡，而今竟然
得縮身擠在動物體內，將我一身靈體混在
野獸濕黏的身上，轉化成有血有肉的動物，
這就是之前渴望與神爭高的我嗎？但爲野心
與報復之故，有啥不能屈就的？誰要胸懷
大志，就必須能蹲低，就像要飛高一樣，
遲早必須置身於卑賤之處。報復在開始時
是甜美的，但不久，後座力回降到身上可就
痛苦了。管他呢！我不在乎這些了，就讓
報復好好瞄準，降在那激我妒怨的人身上
（既然我爬越高就越失敗）吧：他就是這個
天庭的新寵兒，這個土做的人，這個讓我們
受藐視、這個造物者從土裡扶起來，讓我們
更覺受藐視者。以怨報怨才是最好的回報！」

　　話說如此，撒旦就像一陣黑霧在低處
爬著，穿過每個荊棘叢，不管乾或濕，持續
在半夜中搜尋，期能盡快找到那蛇。未幾，
他就找著了正沉睡中的蛇，身體蜷曲成許多
圈圈，像迷陣一樣，頭在正中間，像藏著
許多難以想像的詭計：牠還不住在可怕的
陰暗處，也不在黑暗的洞穴裡，更還無害人
之心，而是在草木林間，不畏人也不爲人
所畏的睡著。就從牠嘴巴，撒旦惡魔鑽了進去，
然後就附身於內，在心和腦處支配了牠的

180

動物性，從而受感發，做起有智性的動作來，
但睡眠仍不受干擾，靜靜地等著黎明的到來。

　　此時帶有神性的曙光開始照射在伊甸園中
濕漉漉的花草上，花草正吐露芬芳；正當
萬物都從大地的祭壇吸取香氣，然後默默
獻上他們的頌讚給造物主，讓祂滿鼻子都是
宜人香氣時，那對人類夫婦走了過來，出聲
加入那群無能開口說話的受造物，一同頌揚
敬拜。敬拜完，就分享著花味最香、空氣
最新的這一時辰，接著討論當天該怎麼繼續
進行那怎麼做都做不完的事。因為手上的事
多得兩人四手都處理不完，實無力照顧
這麼大的地方，夏娃乃對其夫先如是開言道：

200

　　「亞當啊，我們再辛苦整理這個園地，
再怎麼照顧植物、草木和花卉，這些設定
給我們的有趣工作，仍然需要更多人手來
幫忙、管控，不然我們手下的工作會越變
越多，做不勝做。日裡時，我們把滋長
過盛的或修剪、或砍伐、或架枝、或綁縛，
但一兩個晚上後，他們又長得亂七八糟，
一團亂的在嘲弄我們。因此，你給個意見吧，
不然索性聽我說說剛襲上心頭的想法：我們
應該分頭工作，你呢，做你想做的事，或者
做最需照料的事，看是要把忍冬繞到這棵
樹上，還是把愛攀附的常春藤引到可攀爬的
地方去，而我呢，就到那邊玫瑰茂生、雜有

桃金孃的地方去，看看有啥要整理的，一直
到中午時分。因爲我們整天膩在一起，選做
同想做之事，無怪乎常會被彼此的一望一瞥、
一顰一笑打斷工作，又或無意間扯到些鮮事　　　　　220
而打斷了該日的工作，以致開工雖早、收穫
卻少，導致該用餐了，卻有沒啥成就的感覺。」

　　亞當用溫和的語氣如此回應著夏娃道：
「獨一無二的夏娃，靈魂的夥伴[21]，對我來說，
妳是無可比擬，遠勝過所有生物，我親愛的人，
妳所提議者甚好，心思也用得很恰當，我們
該怎樣最能完成上帝交付給我們的工作呢？
妳的提議我也不能不稱讚，因爲再也沒有比
認眞家務的女人更美麗的了，而且家務做好，
更能促使丈夫做好事功。不過我們的上帝
並沒嚴格要求我們做事，以致禁止我們在這
中間用些提神事物，像是吃吃東西、談談話，
這些心靈食糧，甚或甜蜜的眼神交流、彼此
笑臉相對，這是牲畜所沒有的，因爲笑從
智生，也是愛情的糧食，所以愛也者，絕非　　　　　240
人類活在世上的最低目標。更何況，上帝創造
我們人類不是爲了沉悶的勞作，而是去歡樂，
但歡樂須與理智相連結。這些步道和樹蔭，

21　「獨一無二的夏娃，靈魂的夥伴」（Sole Eve, associate soul），在英文中 sole
　　跟 soul 同音，故此處之 sole 既指「獨一無二」又指「靈魂伴侶」（soul
　　mate），反之亦然，那是密爾頓頌揚的夫妻之情。Sole 的概念也是
　　Oneness，夫妻一體之謂。

不用懷疑，只要我們聯手合作就能輕易不讓
它們雜草叢生，要多寬的路走就可有多寬，
而且不久後，就會有孩子們來幫忙我們！
若是過多交流、談話，讓妳飽膩，我可以
接受短暫的分離，蓋孤獨有時是最好的伴侶，
而且，小小別離總有催人歸來的甜蜜。不過
我心別有顧慮，深怕與我分離，就會有傷害
加諸於妳；且妳也有所知，我們已受警告，
有歹毒的敵人見我等如此快活而渠等卻那般
絕望，便要尋我等晦氣，用奸詐的攻擊手段，
讓我們痛苦和丟臉，而且敵人就在左近觀望著，
不用說，熱切地盼望能如他所願，且於他
最有利：我們彼此分開。原本他不抱希望能
勝過在一起的我們，因必要時可彼此快速　　260
互相支援，遂索性用計讓我們不再效忠上帝
或攪擾我們的夫妻感情，而我倆的夫妻情愛
可能比任何我們所享有的幸福，更令他嫉妒。
若非如此，就用更歹毒的計謀，因此別離開
給妳生命、與妳相連一起[22]的胸脅，他會永遠
遮蔭妳、庇護妳。做人妻子的，在危機四伏、
名節交關的時候，最安全、最恰當的做法是
待在丈夫身邊，他會守護她或與她同受大難。」
　　對此，聖潔高貴的夏娃像是情真意切的人，

22　「相連一起」（faithful），指的是血肉相連（binding）的意思，因夏娃源出
　　亞當左側，彼此是相連一起的，見 OED 對此字之注解。Alstair Fowler
　　（1998）則認為此字應指夏娃之出於近亞當之心臟處，故忠心、忠誠。

卻受到不近情理的對待般，用溫柔但嚴峻
的鎮靜口氣，如此對亞當回應道：
　　「天地的子民，世間萬物的主人啊，
我們有這麼個敵人，想找我們晦氣，我早
從你那兒知道了，也從離去的天使那兒
偷聽到了，那時我人正站在陰暗的角落，
剛因夜晚花朵閉合而回來。但是你竟然會　　　　　　280
懷疑我對上主和你的不變之心，就只因為
有個敵人要試探我們？那可不是我想聽的。
你別怕他會施暴於我們，因如我們者，
既不會死、也不覺痛，所以不會受到傷害，
甚至也可把他打退。他會耍詐，那是你的
顧慮，但卻也明白顯示，你同樣顧慮我
不變的信實和真愛，好像會被他的詐術動搖
或者引誘那般！──這種想法怎會在你胸臆
有棲身之處呢，亞當？你怎麼可以誤解她，
那位你如此深愛的另一半呢？」
　　亞當急用療傷補過的話語回答夏娃道：
「神跟人的女兒，永生的夏娃啊！因為妳
生就該如此，純潔清白、無瑕無垢：我勸妳
別離開我的視線，不是對妳沒信心，而是
避開我們的敵人所要試探於我們者。大凡想
誘惑人者，雖徒勞無用，卻能詆毀受試者，
讓他名節喪失，因他總認為無人的信實是
不會墮落的，無人可抵擋誘惑。此惡行雖　　　　　300
對妳起不了作用，只會讓妳對欲加之於妳

的邪行以嫌惡和不屑打發回去。別誤以爲
我只避免這樣的冒犯落在妳一人身上而已，
敵人雖夠膽，但就算再強橫，也不敢同時
冒犯我倆；他敢的話，一定是先來攻擊我。
妳也別輕視他的惡毒和虛假騙術：他一定
非常狡詐，才能誘引天使。也別認爲別人
的幫助是多餘的：我從妳的表情和感應，
就能得到各種助益；若我需外在力量幫襯，
妳的照看，會讓我更有智慧、更加警覺、
更有力量。有妳看著，會讓恥辱（當覺得
被壓制或被超越是恥辱）奮起更大的力量，
力量一旦興起，就能聯手擋住敵人。妳怎
不會有相同的感受在身，當我在妳身邊時，
妳可與我同受試探，讓我成爲妳德性受測
的最佳見證人呢？」戀家的亞當出於關心
和夫妻之愛，如是説道。但是，夏娃沒想
太多，仍認爲亞當把這些都歸於她的信念
不虔，乃以甜美音調再出聲回應他道：

320

　　「如果情況眞如此，我們就只能住在這
狹窄的方圓之內，爲敵人所困，不管他是
用計還是用力，無論在何處遭遇，我們單人
都難以跟他對敵；如果總是生活在怕受害
之下，我們怎會快樂？但受害不表示我們會
犯過：只有我們的仇敵敢不尊重我們的正直，
用引誘來侵犯我們。他不尊重我們不會在
我們臉上貼上汙名，反而會讓他自己汙穢

骯髒。那麼，我們幹麼要躲著他、怕著他呢？
我們應該去證明他的猜測是錯的，從而獲得
雙重榮譽，內心也可得到平安，上帝見證了
這件事，當賜福與我們。更何況，何為信、
何為愛、何為德？如果沒受過測試，無外力
支助，孤單一人時，能否依然挺過？我們
不要想像大智的造物主留給我們的快樂情境
是不完美的、不安全的，不論我們是一人
獨處，還是兩人在一起。要真是如此，我們
的幸福是脆弱的，而伊甸暴露在此危境之中　　340
也就不再是幸福伊甸了。」

　　對此，亞當熱切地如是回答她道：「唉，
女人啊！一切都如上帝之意旨所制定般美好。
祂創造萬物時，造物的手沒留下什麼不完美
或不完全的，但人或什麼的不太可能確保
自己的快樂狀態，確保自己免受外在力量的
控制。危險就藏在自身，就藏在自己能力
之內。而人憑藉意志就不會受侵害。但上帝
讓意志自由，意志遵循理智者就得自由，
祂讓理智行得正，但吩咐她要當心，要時時
警醒，以免她所下指令，受某些表面看來
好的善所突擊，而出錯，誤傳給意志去做
上帝明白禁止之事。不是什麼不信任，而是
溫柔的愛，指示我要多關照妳——妳也要
多關照我！我們固然堅定不移，但也可能會
見風轉舵，因為理智不是不可能受敵收買，　　360

導致受騙而不自知，全因看管不夠嚴實，
儘管理智已受警告。別自找引誘，避開為上，
而不與我分離最能避開引誘。試煉會不尋
自來的。如要顯示妳的忠貞不渝，不如先
顯示妳的順服吧！順服沒被試過，誰知妳
是忠貞不渝的，誰能作證？不過如妳認為
不求而來的試煉可讓我們更有信心，勝過
妳以為的警告，那就去吧，因留下來而
不覺自由，會讓妳更心不在焉。去吧，
倚賴妳所有的美德和天賦的清純來自衛[23]，
有什麼就靠什麼吧！因為上帝已對妳做了
祂能做的一切了，妳就做妳的吧！」

　　人類的父長如此說了，夏娃雖柔順如昔，
卻依舊堅持，攛掇再三，回應了他的話道：

　　「好吧，有了你的准許，也聽了你的
警告，特別是你最後稍稍提及的推理之言，
你說我們的試煉，雖不刻意求它，卻很可能
在我們沒防備時出現，這讓我更想去試試看，
我真不敢相信一個自視甚高的仇敵，竟會先
找一個較弱的人下手。如他執意如此，被
拒斥時，將會讓他大大地丟臉。」話說如此，
她乃將溫暖柔荑自其丈夫手中抽出，輕快得

380

23　「倚賴妳所有的美德和天賦的清純來自衛」（Go in thy native innocence, rely/
　　On what thou hast of virtue），密爾頓再次重申「美德是自身的保護」（Virtue
　　is its own defense.）這個概念，但也知其不足。

像林中仙子、像山精[24]、像樹靈[25]，也像月神
手下仙女[26]，飄飄然到了樹林處，腳步輕盈飛快
勝過月神，舉止有神氣，雖不像月神般裝備著
弓和箭，卻帶有些許原始、不用火鑄造，或是
天使所用的園藝工具。如此裝束可比作裴莉絲[27]
或鄱夢娜[28]（那位準備逃離維圖那斯[29]的鄱夢娜），
也可比作青春正盛的席瑞絲[30]，在她還沒當跟
宙夫[31]所生女兒普洛塞庇娜娘親的時候[32]。
他的眼光帶著熱切神情一直追著她看，
雖高興，卻更希望她能留下來。不時再三
吩咐她要早點回來，她也不時接話，答應　　　　400
在午時前回來寢居處，等一切整理妥當後，
再邀他出來吃午飯，或邀他午後一起歇息。
唉，倒楣的夏娃，滿心以爲妳可按預定的
時間回來，卻全然受騙，全然落空了。事情

24　「山精」（Oread），是希臘神話中住在山野、溪谷的「山中少女」。

25　「樹靈」（Dryad），是希臘神話中住在樹林中的「森林仙女」。

26　「月神手下仙女」（Delia's train），Delia 就是月亮女神黛安娜（希臘神話稱
　　爲阿提蜜絲，聖經和合本譯作「亞底米」），因出生在 Delios（或 Delos）
　　島，故又以 Delia 稱之。

27　「裴莉絲」（Pales），是希臘神話中的農牧女神。

28　「鄱夢娜」（Pomona）是羅馬神話中的果實女神，嫁給維圖那斯。

29　「維圖那斯」（Vertumnus）是前注「鄱夢娜」的丈夫，爲求鄱夢娜嫁給他而
　　變形以引誘她，是羅馬神話中的四季及果實之神。

30　「席瑞絲」（Ceres）是羅馬神話中的四季及再生女神，相當於希臘神話中的
　　狄密特，其與天神朱生女兒即爲普洛塞庇娜，相當於希臘神話中的波瑟芬
　　妮，爲冥王黑地斯所拐而成冥后。

31　「宙夫」（Jove）即天神朱比特，是羅馬神話中與宙斯相當的神。

32　無論是「鄱夢娜」的故事或「普洛塞庇娜」的故事，都跟誘拐有關，將夏娃
　　比作這些仙女，有預示其即將被誘拐的氛圍。

全變了樣！自那之後，妳在樂園再也找不到
甜美的餐食，睡也不再安寢了。有這麼個
傢伙躲在香花樹影處要偷襲妳，他等著就要
用兇惡歹毒的手段截住妳的去路，或是把妳
打發回來，卻剝奪了妳的純眞、忠誠和幸福！

　　因爲此時撒旦惡魔，打從破曉時分開始，
其外表就只是條大蛇，正向前走來，到處
探索，怎樣才能找到那僅有的兩個人（但在
他們身上可是一整族的人類呢！），兩個他
要找的獵物。在樹蔭處、在田野，他搜尋著，
看看在哪一簇草叢裡、哪一塊花園地，他們
會快樂幸福地在蒔花種草、照料蔬果。
在清泉處、在小水岸，他尋找著他倆，但，　　　420
更盼有幸能找到無人伴的夏娃。他這樣盼著，
但不抱希望這麼不可能的事會發生；當如他
所願、超乎預期的竟看到夏娃分開一人，
籠罩在芬芳雲霧中，半可窺見其站立處，
周遭玫瑰茂密叢生，嬌豔閃爍，她每每蹲下，
扶起嫩枝上的花蕊，有的蕊頭斑爛淡紅、
紫紅暗褐、淡藍青綠，有的帶有黃金斑點，
卻都低垂傾斜，無所依勢。她輕輕地用
香桃木桿撐起這些花，全不在乎此刻的自己，
是那朵最漂亮卻毫無支撐的花，因她離最佳
之支柱是那麼的遠，而，暴風雨又是那麼
的近。他向前移近點，爬行穿越過許許多多
秀麗挺拔、枝葉開散的大樹，像是香柏、

青松或是棕櫚，滑溜大膽，時隱時現，藏身
在枝葉交錯的樹叢和堤岸上美如織錦、經過
夏娃整理過的花海中，這地點較諸傳說中的
那些花園，更是芳香宜人，不管是阿多尼斯[33]
復活後的花園，還是名王阿爾習努斯[34]的
御花園，他是那位招待雷俄提斯之子[35]的主人，
或是那座不是傳說，而是智慧之王[36]跟他美豔
埃及妻子玩樂嬉耍的花園。他對此地讚賞不已，
更加讚賞此間的人[37]。像久困於房舍櫛比鱗次、
水溝臭氣薰天的擁擠城市者，夏日清晨時分，
呼吸在宜人村落以及附近農田時一樣，所見
諸事諸物都能產生樂趣，像是穀物的味道、
晾曬的草秸、牛羊牲畜、乳品製廠等等
農村裡的每一景緻和每一聲響。如果湊巧，
有步履輕盈似神仙的美麗少女走過，原先
顯得宜人者，將因她之故而更顯宜人，此中
之最者當數夏娃，萬千快樂盡顯在她容顏上。

440

---

33 「阿多尼斯」（Adonis）是希臘神話中愛神阿芙蘿黛媞（即羅馬神話中的維
　納斯）所愛之美少男，後為野豬所殺，愛神將其入葬，其所流之血變成美麗
　的海葵花（anemone，又稱銀蓮花或秋牡丹）。傳說宙斯讓他每年復活 6 個
　月，並與愛神同居。

34 「阿爾習努斯」（Alcinous）是希臘史詩《奧德賽》中主角奧德修斯在歸國
　前所碰到並助他歸國的國王，統有一島「斯開利亞」（Scheria），住民為費
　錫安人，其宮中有一花園，長有奇花異草，甚為漂亮。

35 「雷俄提斯之子」（Laertes' son）指的即為奧德修斯，希臘史詩《奧德賽》
　中的主角人物。

36 「智慧之王」（the sapient king），即指以色列王所羅門，其人智慧過人，稱
　為「智慧的化身」，曾娶埃及法老之女「拿瑪」（Naamah）為妻。

37 「此間的人」（the person），指的就是夏娃。

那條大蛇盡情恣意的看著這塊花圃，夏娃
美麗身影的隱藏處，她竟會如此的早到，
竟會如此的孤單！她體態似天界下凡仙子，
迷人可愛但更顯溫婉柔弱，優雅純真；
她一舉一動、甚或不動都震懾住他的惡毒，
溫溫柔柔地劫走他兇狠企圖下的兇狠。　　　　　　460
就在那時，那個邪惡的傢伙呆呆地站著，
忘卻了自己的邪惡，有好一會，傻不愣登的，
不知有惡，他的敵意、狡計、恨惡、妒怨、
復仇都消失在九霄雲外了。不過滾熱的地獄
永遠在他內心燃燒著，很快就澆熄了他的快樂，
雖然此時的他身處在半天之間，越是看到
得不著的快樂，就越發讓他受折磨。因此，
他立時回想起強烈的忌恨，並攪動起滿腦的
詭詐，務要以作惡為樂：
　　「我的心思啊，你要帶我去哪兒？你
怎會用這般甜美的壓迫，讓我出神到忘卻
來此的初衷呢？要恨惡，不是去喜愛！更
別想以樂園取代地獄！想在此嘗嘗快樂的
味道？但快樂是要被摧毀的，除了摧毀
別無快樂！其他的快樂於我徒勞無益。
所以絕不要放過這大好機會：瞧瞧，她就　　　　　480
一個人欸，那個女人，剛好可讓我試試各種
攻擊步數，她丈夫不在附近，因我遠眺過，
他的智性較高、力氣較大、勇氣較足，他的
肢體天生雄健，雖是泥造身軀，卻是不可

小覷的敵人，我最好避開！他無傷無痛，
我則非也，比起我之前在天庭時，地獄讓我
身手大不如前，痛苦讓我體力盡失。她是
漂亮，仙子般漂亮，值得天神所愛；她不會
教人悚懼，雖然愛與美常引起不亞於強烈
恨惡的悚懼；而強烈的恨惡則當包藏在仔細
偽裝的愛意下，那是我當轉向、毀滅她的計謀。」

　　人類的大敵包覆在蛇身裡，如此自忖著，
以蛇身的同居者而言，他還真是壞呢[38]！向著
夏娃，牠一路走去；不是波浪盤捲般匍匐
爬行於地，就像牠此後的走法一樣，而是
在牠身後托著個圓形皺褶，一圈圈往上堆疊，
一個高過一個，形成一個湧浪似的迷陣。　　　　500
頭被頸脊推高，眼球火紅，矗起的身幹，
油亮泛綠還帶金光，直挺挺的，但下半截
盤旋蜿蜒，在草地上緩緩拖迤而行。牠的
樣態討喜可愛，從沒有過比牠還漂亮的蛇，
不管是在伊利里亞[39]由荷麥爾妮[40]和卡得姆斯[41]

38　撒旦附身於蛇，既是墮落天使又是蛇，因此在代名詞 He、him 的翻譯上，有
　　時用「他」、有時則用「牠」。

39　「伊利里亞」（Illyria），古希臘地名，約位於今巴爾幹半島西部，亞得里亞
　　海東岸。大約為今克羅埃西亞、塞爾維亞和阿爾巴尼亞地區。

40　「荷麥爾妮」（Hermione）又稱哈摩妮雅（Harmonia），是希臘神話中底比
　　斯王卡得姆斯的妻子，在其夫被變成蛇時，求神也讓她變成蛇，同受苦難。

41　「卡得姆斯」（Cadmus），希臘神話人物。在尋找被宙斯拐跑的妹妹「歐蘿
　　芭」（Europa）的途中來到希臘，建立了底比斯（Thebes）城，娶妻哈摩妮
　　雅，即荷麥爾妮。曾遭天神所譴而變為蛇，其妻不忍，乃化身為蛇相伴。

變成的蛇，或是伊比達魯斯[42]神廟裡的醫神
蛇杖，或阿蒙宙夫[43]所變成的蛇，還是在
卡比多宙夫[44]身上看到的蛇；前者在追求
奧林匹雅絲，後者則熱戀替他生下羅馬之光
西庇阿的那位女士。起初行徑歪斜，像是
在找入口但又怕被擋路一樣，只好斜斜地
往前走。又像是一艘船，船上技藝精湛的
舵手，在靠近河口或海岸時，因風向常變，
多須順勢轉舵、或調整風帆；牠也是如此
多所變化，蜷曲的身體，就在夏娃眼前，
捲了好幾個大圈，要引她注意。她，正忙著，
卻聽到枝葉摩娑的聲音，不過並未在意，
因早已習慣她周遭各種牲畜的行徑，牠們一
聽到她的口令就會順從地從田野裡跑過來，

520

42　「伊比達魯斯」（Epidaurus）位於希臘半島東南端，曾是古希臘的一個小城
　　邦。相傳是太陽神阿波羅之子醫神俄斯克勒庇俄斯（Aesculapius，或作
　　Asclepius）的出生地，有神廟祀奉他。他本身是醫神，希臘人在描繪他時，
　　總在他杖上繪有附著於其上的蛇，自此，蛇的圖騰成爲行醫的代表，而他本
　　人也常在傳神諭旨時以蛇示相。
43　「阿蒙宙夫」（Ammonian Jove）也稱 Jupiter Ammon，爲利比亞人之主神，
　　變成蛇去追求「奧林匹雅絲」（Olympias，馬其頓王亞歷山大 Alexander 的母
　　親）。與埃及人的阿蒙神（Amun）相當，也等於是古希臘人的宙斯神一樣。
44　「卡比多宙夫」（Capitoline Jove）也稱 Jupiter Capitolinus，如此稱呼是因其
　　神廟在羅馬城，該城爲羅馬人首邑（Capitol）之故。此神以蛇形之身生下
　　「西庇阿」（Scipio Africanus，將羅馬勢力推致頂峰的大將），其地位如同
　　羅馬人的宙夫天神一樣。

比魔女瑟西[45]那群變成牲畜的人還順從。牠
現在大膽多了，不待夏娃叫，就站立在她
面前，裝著要讚美人般的盯著她看。不時
彎下牠塔樓似的頸脊和光滑斑爛的脖子，
向夏娃鞠躬，巴結著她，還吸舔她所踏過
的地板。牠溫順無聲的表情終究讓夏娃轉眼
看牠在做啥。牠，樂於贏得她的注意，就用
蛇的口吻，像風琴般發出聲音，也像是推拉
著聲道內的空氣般，開始了他那騙人的勾當：

　　「別驚訝，尊貴的女主人，您是唯一
讓人驚豔者，如您可以，別用不屑的眼光
看著我，您的神情應是溫和像來自天堂的，
也別不高興，我這樣的靠近您、貪婪無饜地
盯著您看，我孤身一人來，不怕您蹙眉生氣，
您孤單的一人在這僻靜的地方才教人生氣呢！
您真神肖那光明公正的造物主，是以，天下
活物都盯著您瞧（他們都是天賜與您的禮物），　　　　540
無不讚嘆您的國色天香，任何人看了，無不
心頭狂喜：最被人盯矚的地方，就該是被眾人
異口同聲誇讚的地方。可是在這個荒涼、
封閉的園子裡，終日與牲畜為伍（牠們都是

45　「瑟西」（Circe，此處用的是形容詞 Circean），是希臘神話中住在以義亞
　　（Aeaea）島上的一位令人畏懼的女妖。在史詩《奧德賽》中，她善於運用
　　魔藥，以此使奧德修斯的跟隨者因反抗她而被變成動物。她是古太陽神赫利
　　俄斯的女兒，也是科爾濟斯國王伊以底斯（Aeetes）的妹妹，金羊毛故事主
　　角人物傑森之妻米蒂亞（Medea）的姑姑。

粗魯的觀眾，膚淺得只識您綽約風姿的一半），
除了一人之外，還有誰會來看？（只有一人，
又算什麼？）您本該被視爲仙界中的仙子，
被無數天使，您的日常隨從，崇敬、服侍的！」

　　這個試探者用諂媚又像眞誠的口吻，
滔滔不絕地開場作序。但他的話一字一句
的說進她心坎裡，雖不免驚訝牠竟會出聲
說話。終於，她驚訝稍逝，如是回應牠道：

　　「這是怎麼回事？人的話語出自動物
的口舌，而且說起道理來，還頗有人樣的？
前者麼，我當然認爲在牠們被造的那一天，
上帝是不讓牠們發出意思分明的聲音的；
後者麼，我就有點遲疑了，因他們外表看來
頗富理性，表現在動作行爲上也頗在理。你
這條大蛇，我知道你是田野中最難以捉摸的
動物，但你並沒有說人話的稟賦啊！你再
重複[46]這件不可思議的事，然後解釋一下，
原本出不了聲的你怎會說話了？你又爲什麼
比其他我天天得見的動物對我還友善，快說，
因爲你這不尋常的事值得好好注意。」

560

　　對著夏娃，這位狡猾的試探者如此答道：
「這個美麗世界的女王，光彩亮麗的夏娃啊！
要講您叫我說之事並不難，而我也當聽您命
行事。起初我跟其他吃食被踩踏過之草木的

---

46 「重複」（redouble），此字 Roy Flannagan（1993）解釋爲 repeat（重複）之
　　義。

動物一樣：心思鄙賤又低劣，就像我所吃的
食物一樣，不識其他，只知要吃食，也不知
要交配生仔，更不解高深之事。直到有天，
我在田野四處遊走，恰巧看到遠處有棵漂亮
的樹，結實纍纍，有紅有黃，五顏六色，
甚是好看。我爬近細瞧，枝葉間飄來一股　　　　580
香氣，引人食慾大振，五臟六腑無不歡喜，
較諸茴香[47]之甜味、或因羊羔只顧嬉耍
不喝奶以致母羊或山羊夜時乳汁滴流之
香味更甚。為滿足我一嚐那些甜美蘋果[48]
的強烈欲望，我決意不稍延遲。止飢解渴
的欲望強大，受那迷人果實香味的誘引，
更強烈地催逼著我；遂立時繞著長滿青苔
的樹幹盤旋而上，枝幹高離地面，就是您
或亞當都得使勁攀爬。其他動物環樹而站，
雖有相同欲望卻都只能盼著、羨著，眼睜睜
看我爬。爬進樹枝間，滿是低垂果實，既
誘人又近在手邊，我不惜伸手採摘吃它個飽，
直到那時，我才發現那快感不是我吃食或
飲水能有的。總算飽嚐一頓了，不久，就
發現，雖然身形依舊，但感覺我體內起了些
變化，內心漸漸有了推理能力，也漸不乏　　　　600

---

47 「茴香」（fennel），Burton Raffel 及 Roy Flannagan 注此時，說密爾頓認為
　　蛇喜靠磨擦眼睛於茴香木上以改善視力，故有此一提；Roy Flannagan 另外認
　　為蛇常被茴香味吸引，所以有此描述。但其他學者如 John Leonard 則多半認
　　為茴香及之後提到的羊奶等都是蛇愛吃的食物，故有此插述。
48 「蘋果」，這是全詩中第一次提到禁樹的果實是蘋果。

說話之念，是以，我的心思就轉向高深的
推想，理智大開之後，我就細細思量起天上、
地下甚或空中的種種可見事物、種種美麗
又善良的事物。但天下所有美麗善良事物，
都集於您一身，依我看，您不但貌似神仙
還艷光天賜，美貌無人可比或幾近於您者，
這讓我不顧唐突來此瞻仰崇拜，您眞配
稱爲萬物之主、萬邦之后呢！」

　　體內有神靈附身、狡猾的蛇如此說分明，
夏娃驚詫更甚，就輕率隨意地如此回應道：

　　「大蛇啊！你的過獎讓我懷疑那水果
之於你的功用，雖然你是第一個證明它有
功效者。但話說回來，那棵樹長在哪裡？
離這兒有多遠？因爲長在樂園內的上帝
果樹又多又雜，有的還未經我等命名呢：
可供我們選摘的果實多不勝數，乃至還留
有一大堆碰都沒碰過，仍掛在樹上，不會
爛熟，直等到人之數增加到它們之多，
才有更多人手可幫大自然卸下產育的重負。」

620

　　那條狡點的毒蛇既愉快又高興地對她
說道：「女王陛下，去的路已備便，而且就在
不遠處：在一排排的香桃木外，緊靠水泉處
的平地上，只消穿過一小叢飄著沒藥與香油味
的草地。如您願讓我領路，我馬上就可以帶您
過去那邊。」

　　「那就帶路吧。」夏娃說道。牠立刻

捲動糾結的身軀向前領路，雖糾結，卻能
直路而行，且詭計橫生。成功的指望讓牠
飄飄然，喜悅則讓牠的頸項都發光了。就像
由油氣所生的閃閃磷焰，夜晚時會收束凝結，
四周被冷空氣包圍，但一晃動就會點燃成火，
據說，這些火經常是由惡靈所看顧，火光會
迷惑人，因它盤旋、燃燒在水窪上，讓夜晚
在此徘徊的人困惑、迷路，以致涉水過湖　　　　　　640
來到這沼澤泥淖處，卻因救援不及而慘遭
吞噬、滅亡。這條可怕的蛇就是閃著這樣的光，
領著夏娃，輕信牠話的母親，走進騙局，
走向那棵禁制之樹，一切災禍的根源。一見
那樹，夏娃乃對其引導如此說道：

　　「大蛇啊，我們其實不該到此來的，
對我來說，這是徒勞無益的，雖然此處
結果多到過剩；這果的好處對你有用，
而且不可思議的好，如果它是導致你如此
的緣由。但出於這樹的果，我們不能吃也
不准碰：上帝的誡命如此，其所留下的
此禁制之樹，就是祂出聲發令的憑證與產物。
在別方面，想怎麼做就怎麼做，我們依自身
所定的律法而行：理性就是我們依循的律法。」

　　對此，這位試探者狡詐地回應夏娃道：
「真的嗎？上帝曾說過樂園裡所有樹的果實，
您都不能吃嗎？您們不是被宣稱是地上、
空中等一切生物的主宰嗎？」對此還是純潔

無瑕的夏娃回稱：「樂園裡每樹之果，我們　　　　　　660
都可以吃，但在園中，這棵美麗樹木的果實，
上帝說過：『汝等絕不可吃它、也不可碰它，
以免受死。』」

　　她剛簡短地說完話，試探者就更加大膽，
表面卻裝作對人很熱切、很愛憐，更憤慨
人之受誤解，一副焦躁不安、情緒激動、
心緒起伏不定的樣子，但卻動作很得體的
抬起身來，像是開始要講些重大事情的樣子。
儼然盛行（現已沉寂）於古時滔滔雄辯的雅典、
羅馬雄辯士一樣，為大義而站起身來，鎮定
自若，還未開口，每一肢體、每一姿態、
每一動作都引人注目；有時直入重點，像是
義憤填膺，未及細思前言般。是以此試探者
也一樣熱切激昂，時站時動，甚至立起身來，
對著她面前的樹如此開言道：

　　「噢，神聖、賢明、賜人智慧的樹，
知識之母啊！我現在清楚感覺您在我身體裡　　　680
的作用，不僅能辨識事情的根源，還能追溯
最高行動者的思路，不管祂們是多有智慧！
這個世界的女王啊，不要相信那些會死的
嚴峻威脅！您絕不致於死，怎麼可能呢？因
吃這果嗎？這果賜給您生命去理解事物。是那
出言威脅您者嗎？您瞧瞧我！我碰過也吃過[49]，

49　這句話最能展現撒旦的狡詐，因為祂從樂園外跳進來時，是降落在生命樹
　　上，未曾嚐過知識樹的果實，於此可見其無中生有、蓄意誘人犯罪的企圖。

但不僅還活著，還活得比我命定的更完整，
靠的就是敢於冒險、爬得比命運所許的還要
高。這樣的功效，會封鎖不給人類，卻對
牲畜開放嗎？還是上帝會爲這小小的逾越
而大興怒火呢？上帝怎會不讚賞您大無畏
的美德，不受死亡（不管死亡是什麼）所
威脅之痛所阻，執意要能過更快樂的生活，
就是要有能分辨善惡的知識呢？善，是公道
正義的嗎？惡（如果眞有惡其事，惡就該
眞實存在），爲何不能知道，好更易避開？　　　　700
因此上帝不可能又要害您又要求公義：
不公不義，不是上帝！既無畏於上帝之怒，
就無須順從祂。您對死亡這件事的恐懼，其
本身就能去除恐懼[50]！爲何獨要禁止此事？
爲何，只爲讓人敬畏嗎？爲何，只爲讓您們，
祂的敬拜者，低賤又無知呢？祂知道哪一天
您們吃了那果，您們的眼睛，雖似看得清楚，
卻是模糊的，就此將大開，看得清清楚楚，
之後您們就會像是天神般，知道他們知道的
善與惡。如果我變成人，内心是人，您們
按相同比例就會是天神：我原是獸類而成人；
您們就該是人成神。所以您們會死可能是指
脫下人胎而成神靈：那死亡就是爾等所願者，

---

50 John Teskey（2005）認爲這是撒旦的重復循環論法（circular inference，或稱
　tautological inference）：上帝之下，無何可懼之事得存；若懼死，則死不
　存；故恐懼者，恰證明無何可恐懼者也，參見其對此推論之注。

雖是受威脅，但死亡不會比現下的遭遇差！
什麼樣的神靈是人無能變得跟他們一樣的，
既然都吃食跟神靈一般的食物了？神靈先於
一切，他們也利用這想法讓我們相信一切源
出於他們。我對此存疑，因為眼見這個地球，　　　720
是靠太陽發熱而生產萬物的，完全不靠神靈。
要是一切都是他們所生產的，他們怎會把
分辨善惡的知識封在這棵樹裡，誰吃了誰就
得著智慧，不需要他們的允准？何況人若
因此而得著智慧，他冒犯了什麼？如果天下
萬物都是祂的，那麼您們的知識能傷害到祂
什麼？這棵樹違犯祂的意志又能傳授什麼？
還是一切都出於嫉妒？但嫉妒會存在上帝的
胸臆之中嗎？這一切的一切，還有更多的，
都意謂著您需要吃這個果實。所以，善良的
人中女神，伸出手來，隨意吃去！」

　　祂話說完，每一字每一句都滿是狡詐，
卻很容易打動她芳心。她眼直盯著果實瞧，
光是看就夠誘人，更何況她耳朵裡還回響著
祂很具說服力的話，話中充滿理智（對她而言
似乎是這樣）和事實。而此刻又近正午時分，　　740
飢腸轆轆、胃口大開，更兼該果香味撲鼻，
想要碰跟嚐的欲望，刺激著她渴望的眼神。
但還是先暫停了下來，內心如此思索了一陣：

　　「毫無疑問，你有很大功效，果實中的
果實啊！雖不欲為人所知，但卻值得讚賞；

隱蔽不爲人吃已很久，第一次被吃，就讓
不能說話的說起話來，教了不發人語的口舌
讚揚起你來。禁止吃你的神可沒隱藏你不受
我們讚揚，賜你名爲知識之樹，可分辨善惡；
祂禁止我們吃食你，但禁止卻更引薦了你，
因那意味著，你一定有甚好的可分享，而那
也正是我們所闕如的。好東西而無人得識，
就像沒好處一樣；有好處，卻無人得識，
也像根本無此東西一樣！簡言之，祂禁止的
不就是我們可有知識、我們可以爲善、我們
可以有智慧嗎？這樣的禁止是沒有約束力的！　　　　760
而如果死亡是隨附的契約用來約束我們，
那我們內在的自由有何用處？哪天我們吃了
這個漂亮果實，注定的報應是我們要受死。
但這條蛇怎麼沒死？牠吃下了果實還活得
好好的，而且能明事理、可以說話、可以
推理，也可以辨別差異，在這之前牠可是
沒理性的。難道死亡是單爲我們而設的嗎？
還是說這啓智的食物是保留給牲畜，而不給
我們的？似乎像是給牲畜用的：但那隻牲畜
先吃了卻不猜忌，反而很高興地告訴我們，
發生在牠身上的好處，牠有不容懷疑的威性[51]，
對人友善，完全沒騙人，也沒用計害我們[52]。

51　此句話說明夏娃的輕信，她認定蛇是不會騙她的，卻沒料到此蛇已非尋常之
　　蛇，而是撒旦附身的蛇。

52　此句話對照夏娃受騙的實情，非常諷刺（ironic），但也預示了夏娃的墮落。

我有何好怕的呢？更甚者，我既不知有善惡、
不知有神有死、不知有律法跟懲處，那我怕
什麼？這裡長的就是一切的解答：這個聖果，
亮麗好看、引人品嚐，且有使人聰慧的效用。
還遲延啥？伸手過去，將身和心一起餵飽吧！」

　　話這麼一說，她就在這不幸的時辰，貿然　　　　　780
將手伸過果子那邊，採了下來，吃了進去：
地都感到痛，自然在她座上藉由種種機轉
發出禍患將至、一切將失的嘆氣聲。該當有罪
的蛇則溜回了草叢處；剛好夏娃正全心貫注在
品嚐這件事上，沒注意到其他。不知是真的
還是出於想像，加上熱切盼望得到知識，腦子
裡全無神的存在，這種美味是她之前吃水果時
從沒有過的。她貪婪地大吃起來，毫無節制，
完全不知道吃的是死亡。終於飽足了，像
喝了酒那般亢奮、愉悅和快活，如此這般，
她便很高興地自言自語開言道：

　　「唉，樂園中極尊榮、極有效力又極
珍貴的樹啊，你天賜能產生知識的效用，
在這之前是不為人知、飽受詆毀的；以致
你漂亮的果實恁掛在樹上，毫無目的的被
創造出來！但從今而後，我每日清晨會來　　　　　800
看顧你，且會出聲歌詠、好好讚美你；我會
梳理你、減輕你枝條的纍纍重負；你的果實
任人摘食，我也是吃了你，才覺得知識飽滿，
像是知曉天文地理的神靈。別的物種會妒忌，

這個不是他們可給出的東西，因爲這個賞賜
若出於他們，就必不會如此地長在此處。
此外，經驗，這個好嚮導，是我該感謝的。
要不是跟隨你，我將依然蒙昧無知。你開啓
了智慧之路，引我入門，雖說她又退卻、
躲了起來，而我也要躲起來了：天高高在上，
又高又遠，從那兒看，地上的一舉一動都
清晰可見；不過有其他該關照的事，可能
讓我們偉大的禁制者分心，此刻無須擔心
祂周遭的斥候偵查[53]。倒是對亞當，我該以
何方式出現？我是要告訴他我的改變，讓他
跟我一起分享幸福嗎？還是不要，把知識的
好處留存爲我的能力，不與人共享，以增添
女性所缺者，如此更能吸引他垂愛，而使我
更與他平等，或者有時高他一等，這可不是
什麼不受歡迎之事：因若不平等，孰能自由？
就這麼辦吧！不過要是上帝眞看見了，而
死亡也隨之而來呢？那，我可能就消亡，而
亞當將另娶其他夏娃[54]，並與其快樂享受地

820

53　夏娃此刻顯然在自我安慰或自我欺騙，以爲神不知鬼不覺她的叛逆舉止。

54　「其他夏娃」（another Eve），就夏娃而言，這是很奇怪的推論，因她知道
在此世界上除她倆之外再無別人，說亞當會另娶他人，眞是莫須有的罪名，
也是沒必要的妒心。不過，密爾頓飽讀詩書，他知道在猶太人的傳說裡，亞
當與其首任妻室「厲莉絲」（Lilith）是上帝同時用兩塊土所做之人，因不服
亞當之領導而出走於荒漠中，是以亞當在本詩卷八 491 行才會說：「這個改
變眞是個好補救。」（This turn hath made amends.），因爲相對之下，夏娃
是個溫柔婉約的女子。

一起生活，但我卻已不復存在：一想到此
就像是死亡一樣！好吧，我心已決：亞當
應與我同享禍福。我愛他至深，與其一起，
百死可忍；有我而無他，苟存如無命。」

　　話說如此，她轉身，提起腳步要離開
那棵樹，但在那之前，深深向它一鞠躬，
像對著住在裡面的神靈致謝般，是它賦予
這株樹含有知識的汁液，那是從神仙飲食、
瓊漿玉液轉化來的。此時的亞當，正
渴望地等著她回來，還從最上等的花卉中
選編個花環，要裝飾在她的披肩秀髮上，
好嘉勉她對農事的操勞，就像收割的農夫
習慣上常會用麥秸來裝扮秋收神后[55]那樣。
他向自己的內心應承，等夏娃回來要大大
歡慶一番，當作是全新的慰藉，可她怎
遲遲不回？他心中有種不祥的預感，讓他
憂慮不已：心頭七上八下的，遂走去早上

840

55　「秋收神后」（harvest queen），根據傅雷哲（Sir James George Frazer）《金
枝》（Golden Bough）一書所載，在東北歐及英國，農夫均有個習慣或傳
統，對收割的「最後把麥或穀」（last sheaf）做番特別裝束，稱之為 harvest
queen（harvest 有秋天收成之意），也稱 corn queen 或 corn mother，甚至有
遊行隊伍將之裝扮成 Queen of the Corn-ears 坐在小馬車裡由年輕人拖行。此
習俗或跟古希臘重要的祕密宗教儀式「伊流習斯密儀」（Eleusinian
Mysteries）有關，該儀式是指波瑟芬妮被冥王黑地斯，從她母親四季之神或
穀物之神狄密特（即羅馬穀物女神席瑞絲）處，綁架至冥府及之後回歸的
「再生神話」故事。在同書中傅雷哲還引 William Hutchinson（1732-1814）
的 History of Northumberland 所述，有裝扮華麗之偶像，頭戴花環，手挾一束
麥，被置於田中竿上，收割完畢就帶回家，人稱之為 Harvest Queen，以代表
羅馬穀物女神席瑞絲。參見 Golden Bough, 3rd Ed. Vol. 7, pp. 144-47。

兩人分手的地方，想與她會合。知識樹
是他必會經過的。就在那兒，他碰上了
剛從樹那邊回過身來的夏娃，手上還拿著
一株有甜美果實的樹枝，那果子笑豔豔的
還帶有軟毛，是剛採摘的，芬芳的味道
飄逸四散。她疾步向他走去。臉上寫滿
歉意作開場，卻忙不迭地想辯解，話聲
柔和，口齒流利，遂如此對著他開口說道：

　　「你有沒有想過，亞當啊，我怎麼待
這麼久呢？我好想你哦，沒你在身邊真是
度日如年呢。愛情的苦惱之前不覺得，
現在才知道；不會有第二次了，我不想再
魯莽地去試些沒試過的東西了：沒你在我
視線的痛苦。但久待的原因很怪，聽起來
也很精彩！這棵樹，非如人家告訴我們的
一般，吃來並無害，也不會引我們走上
未知的罪惡之途，而是有神般的效果，
會使人眼界大開；誰嚐了它，誰就變成靈；
而吃下去的結果，果然如此！那條靈蛇，
若不是像我們那般受限制，就是不聽命，
牠吃了那果，卻沒死，如我們所受恫嚇的
那般，自此而後牠反而被授與人的聲音和
人的見識，還不可思議的會推理；牠很有
說服力的說動了我，所以我也嚐了那果，
發現效果跟牠說的一樣；我之前朦朧的
眼睛，更明亮了，心神舒展、心胸更寬大

860

勇敢，長成具有神格那樣，這些效果主要
都是爲你而找，沒你那些都可鄙視。因爲
喜樂，與你有份，才是我的喜樂；如與你
無份，不久就會乏味而令人憎厭。所以，
你也吃吃，如此，我們就同命、同樂也同愛；
免得如你沒吃，我們地位不同，就不能不
分開；那時我連想拋棄神的地位來遷就你
也都來不及，命運也一定不會允准的。」

880

　　夏娃面帶愉悅的如此說著她所遭遇之事，
但兩頰泛紅像是酒醉般。在另一邊，
亞當一聽到夏娃要命的逾矩後，驚詫不已，
呆若木雞的站在那裡，腦袋空空，一股冷冽
的恐懼流過全身血脈，四肢癱軟無力。爲
夏娃而編的花圈從他鬆軟無力的手上掉了下去，
已凋謝的玫瑰全散落在地上。他一語不發直直
地站著，臉色蒼白，直到最後才打破內心的
沉寂，先如此這般的自行忖度著：

　　「唉，最美麗的創造物啊，妳是上帝
作品中，最後卻也是最好的一個，是遠優於
所有依眼光和想法打造出來的創造物的，
聖潔、莊嚴、良善、親切、甜美！妳怎會
迷失了？怎會一下子就迷失了，既失臉面
又遭玷汙，現在怎還一心向死呢？我該
問的是，妳怎會屈從去逾越那嚴峻的禁令呢？
怎會去褻瀆那神聖的禁果呢？敵人某種存心
不良、不爲人知的騙術蒙蔽了妳，而我也

900

跟著妳一起墮落了，因爲確然無疑，我決心
跟妳同死！沒有妳，我怎能獨活？沒有妳
跟我甜美對話，沒有人心心相愛，我怎能
孤獨寂寞的再活在這些荒涼的林子中呢？
就算上帝再創造出另一個夏娃，而我也願
提供另一根肋骨，我衷心仍不願失去妳。不！
不！我覺得有個自然連結抽動著我，妳是
我肉中之肉，骨中之骨；不管福禍、不管
妳處境如何，我的心思是，絕不與妳分離。」

　　他如此對自己説了，像個悲傷沮喪的人
再次受到安慰，也像是經過紛亂的思緒後，
轉而對無可挽回的事，順其自然，因此就
心境平和的轉而對夏娃開口説了這些話：　　920

　　「這眞是放肆大膽的舉動，輕率冒險
的夏娃啊，要是因貪婪而大膽去看那聖果，
那被奉爲神物而被禁絕者，是會引起極大
危機的，更危險的是，妳在摸都禁止之下
還去嚐它。但做都做了，誰還能挽回呢？
誰還能恢復已做的呢？全能神以及命運都
做不到。雖如此，妳也不必然會死。也許
妳所做的現下已不是罪大惡極了：那果
已被先吃過，已被蛇先玷汙了，在我們
吃之前，它已先讓蛇弄得普通而非神聖了。
且死也未見及於牠身上——蛇還活著，
如妳所言，活得好好的，甚至還活得有收益，
成爲像人般的更高等生物，這對我們可是

很強的誘因；若同樣吃了，可能也會達致
等比例的提升，不就成爲神靈、天使或
半神半人了？我也無法想像上帝，那麼聰明
的造物主，會眞的毀滅我們，祂最重要的
受造物，雖祂是如此威脅著；人被造得如此
高貴，高於祂所有其他受造物，如我們墮落了，
因我們而受造者也必然墮落，我們是唇齒
相依的：如此上帝就得收回祂的創造而接受
挫敗：做而毀掉不做，一切努力就都成空。
這於上帝而言就太欠思慮了，雖然以祂之
能力可再次創造，但一定不願見到我們被
消滅，以免其魔鬼大敵得勝，還說：『凡主
賜愛最多的，其命運必定多舛！誰能永遠
討祂歡心呢？先是我被摧毀了，現下則是
人類！再來會是誰呢？』這令人輕蔑之事
絕不能成爲敵人譏笑的口實。不過，妳我
命運相連，我心意已決，要與妳同甘共苦。
如死亡找妳作伴，死就是我的活命；我内心
強烈覺得自然的鎖鏈將我跟我的妳、我中
的妳，連在一起，妳命如何，我命就如何。
我倆的處境無法分開。妳我是二合一、
一體的：失去妳就是失去我自己。」

　　亞當如此這般的表白，夏娃乃如是回應
他道：「哎喲，這眞是超凡之愛的絕妙試驗、
值得稱頌的例證、了不起的榜樣，連我都想
仿效呢！但就因爲不像你那般完美，我該

940

960

怎樣才能達到這地步呢？亞當啊，我以從你
身側迸出而自豪，也很高興聽你說起我們的
結合，我倆同心、同德，在這一點上，今天
提供了很好的考驗；你宣稱決心不讓死或比死
更可怕者將我倆分開，因為我倆相愛、相連、
相珍惜，因此要跟我同受過，同受吃這美麗
果實之罪（如果真有什麼罪的話）；此果之好處
（如有好處，還要更多的好）直接導致或提供了
高明機會來試驗你之愛，要不然你愛我之深，
將無從為人所知曉。我要是想過死亡的威脅
會隨我這嘗試而來，寧可一人承擔最壞的結果，
也不會勸你同罪；寧可死而為人所棄，也不願　　　980
逼你做出攪亂你平靜之事；特別是我剛已確信
你對我的愛真實、忠誠，而且是無人可比的。
不過，我覺得事情的結果，恐怕完全不是這樣：
不是死亡，而是生命擴增、眼界開闊、新希望、
新快樂；那果的味道非凡，之前我感官上覺得
甜美的，與此相比顯得平淡無味、粗糙澀口。
借鏡我的經驗吧，亞當，大大方方地吃起來，
把你對死亡的恐懼，隨風拋諸於腦後吧！」

　　她話這麼一說，就抱住他，高興得輕輕
地掉下淚來，大大地受到感動，沒想到他把
對她的愛看得那麼尊貴，以致為她之故，願
同遭神之不滿，甚至同死。為了回報（如此糟
的順從，就值得這種回報），她從枝頭上隨手
摘給他那漂亮誘人的果子。虧他識見較佳，

竟毫不猶豫地吃將起來，不是受騙，而是被
她的女性魅力迷得糊塗了。大地的五臟六腑　　　　　1000
再次陣痛、翻攪；大自然第二次發出呻吟聲[56]。
一見及致人無命的原罪就要犯下去了，天
暗沉了下來，隱隱雷鳴轟轟，幾滴悲哀的
雨點落了下來。亞當想都沒細想，就吃個飽；
夏娃也沒再提之前令她畏懼的逾越，只要
有她相陪作伴，就讓他倍覺安慰，以致兩人
像被新酒灌醉般，沉浸在歡樂裡，感覺體內
有股神力並且長出翅膀來，乃不想待在地上，
只要振翅高飛。但那顆誤導人的果子根本沒
其他什麼功效，只點燃起他倆的肉慾。他遂
向夏娃投以淫蕩的眼神，她的眼神也同樣放浪：
兩人慾火焚身，亞當遂步向夏娃並調起情來：

　　「夏娃啊，既然我們把趣味[57]一字賦與
各種意義，所以用在品味與嚐味就都恰如　　　　　1020
其份；我現在知道妳品味獨特挑剔，需要
的學問還眞不少。我要稱讚妳，妳今天給的
東西，嚐來口味眞是好啊！一直以來我們都
避而不吃此果，以致錯失了好多快樂；直到
現在吃了才知道眞正的享受。如果這種快樂
只在受禁的東西裡，還眞希望爲了這棵樹，

56　第一次呻吟（嘆息），發生於之前夏娃採摘知識樹之果時，見本卷783行。
57　「趣味」（savor），此字依密爾頓之意可有多種意義，但根據Thomas
　　Newton（1757）對此字在此句之解釋及密爾頓之後的闡述，它具有「品味」
　　跟「嚐味」兩種意思，且都跟夏娃與亞當吃禁果相關。Alastair Fowler
　　（1998）解釋爲「好吃」（tastiness）與「領會」（understanding），

有十棵被禁呢！來吧，吃飽了，就來玩樂吧，
用過這麼豐盛的餐，這是再恰當不過的了；
打從那天我第一次看到妳，妳全身裝扮完美
與我圓房，我都沒發現妳的美貌會讓我官能
如此興奮，熱切地想與妳享受魚水之歡；
如今的妳，貌美更勝以往，這都是這棵具有
神能之樹的恩賜！」

　　他這麼說著，充滿淫慾的亂飄眼神、
恣意撫吻，全身亂摸，夏娃的眼神也射出
會融人的慾火。他抓住她的手，毫不怠慢
的領著夏娃到隱蔽的土堤邊，土堤外突，
綠草遮頂。花海成床，有三色菫、紫羅蘭、　　　　1040
常春花和風信子等，地坳裡最新鮮、最柔軟
的花。在此他們盡情相愛，肆無忌憚地在
嬉戲調情，那是他們同罪的印記，也是他們
罪愆的慰藉；一直嬉玩到筋疲力盡，才停下
情戲，讓濃重的睡意襲上他倆。不久，那騙人
果實用興奮和取悅官能的力量，錯亂他們的
心神，讓內部的力量走岔，吐露出了惡氣息；
不自然的氣味所導致的沉重睡眠，為清晰的夢
所苦，但隨著睡意消散，他們飽受困擾般的
爬將起來，彼此看著對方，馬上發現，他們
眼雖是開的但心卻暗淡了。原先像面紗般
遮蓋著他們，使他們不知有罪惡的天真純潔
已然消失，公理正義的信心、天生的對錯感
及榮譽自尊都消失了，留下的是赤裸裸的

罪惡與羞恥。他想遮掩自己，卻愈遮愈露。

就像但族勇士、力士參孫[58]，從非利士大利拉

的膝頭上爬醒起來一樣，頭髮被剃、力量全失；　　　　　1060

此時他們身上既失純眞又空無美德，遂一語

不發、滿臉惶惑的枯坐良久，像是嚇傻了般；

最後，亞當，跟夏娃一樣羞愧，糾結痛苦地

發出了以下這些悔恨不已的話：

　　「唉，夏娃啊！在不幸的時刻，妳聽信

了那騙人之蛇的話，不知誰教牠僞作人聲，

這下我們眞的墮落了，假的是妳說我們地位

會提升；因我們能看清事物，我們是眞的能

分辨善與惡：善全失而惡卻得了！這眞是

知識的惡果啊，假如把我們弄得光禿赤裸，

就是所謂知識。弄得全無廉恥、純眞、信實、

清白，那些我們原有的裝扮，一切都遭玷汙、

弄髒了！臉上明顯有猥褻淫亂的標記，那兒

有許多的罪惡，就連羞恥那最後的罪惡也在

---

58 「力士參孫」（Herculean Samson），赫丘力斯，原是指希臘神話中的大力士，係天神宙斯與民間美女阿爾克美娜（Alcmena 或 Alcmene）所生兒子。參孫則是《聖經》中以色列人建立邦國之前的士師（judge），孔武有力，原是以色列人建國的希望，源出自但支派（Danites，住居於當時以色列西南面之地區，與最北面都城 Dan 無關），卻因娶非利士人（猶太人所謂的外邦人gentiles）大利拉（Dalilah）爲妻，爲其美色所迷，將其力量根源在頭髮的祕密告訴她，而遭其剃光毛髮，以致淪爲非利士人的俘虜，雙眼還遭刺瞎，但他忍辱負重、不動聲色，最終推倒非利士人大衰的神廟而與在場人等，同埋瓦礫中而得復仇。參孫之瞎眼受囚，頗與密爾頓寫此詩時眼盲且迭爲敵人所迫之窘境相仿，但他如參孫般一仍舊往，最終寫完《失樂園》全詩。密爾頓另寫有一悲劇《鬥士參孫》（Samson Agonistes），其受重視可見一斑。

那裡——羞恥心當然也是造成羞恥的最原始
罪惡！此後，我怎會有臉再見上帝和天使呢？
之前，都是歡心高興常被看到的？那些自天 1080
而來者，將會用難以忍受的亮光讓我這土性
之人目眩神搖。唉，但願我一個人住在這裡
像個野蠻人一樣，躲在林間陰暗處，那兒有
參天巨木，枝葉濃密外擴，星月的光輝難以
穿透，黑褐得像是夜晚一樣！遮掩住我啊，
你們這些松樹！你啊，香柏樹，你枝幹繁生，
密密麻麻，擋住我啊，讓我不要再見到他們！
不過，在此窘境下，我們該想想目下該怎麼做
最能遮住我們的私處，不讓彼此看到，那是
令人反感的丟臉，被看到了就十分不宜。
找棵樹，把它又寬又滑的葉子縫在一起，穿在
腰腹間，就能遮住中間私處。而羞恥，這新生
的罪惡，就不會坐在那兒，譴責我們的不貞潔了。」
　　他如此勸慰著她，一起走進林中最深處，
在那兒，他們選中了無花果樹[59]：不是那種 1100
有名且可吃的果樹，而是現在在馬拉巴[60]或

59 「無花果樹」（fig-tree），種類繁多，在中東地區主要是 common figs，可在
　　乾旱、貧瘠處生長，葉大而相連，可成大蔭。惟對大部分的印度人來說 Ficus
　　或 Figs 指的是「細葉榕」（curtain figs，學名：*Ficus microcarpa*），葉小而
　　細，無甚作用，該樹常與「榕樹」（Banyan，如臺灣榕）、「菩提樹」
　　（Peepul）、Anjeer 等樹連結在一起，所以密爾頓此處所述顯然有誤。
60 「馬拉巴」（Malabar）是南印度的一個地區，位於西高止山（the Western
　　Ghats）與阿拉伯海（the Arabian Sea）之間。

德干[61]印度人那裡很知名的樹，其枝幹伸展得
又寬又長，樹底下則盤根錯節，母幹之外，
分枝眾多，像根柱子般高聳，上頭圓拱成蔭，
走在其中，回音環繞。那裡多有陽光透進
林中深蔭處，常是印度牧人遮陽蔽暑，放牧
牛羊的所在。他倆收集的葉片大如亞馬遜
女戰士的盾牌[62]，然後用細工將它編織好，
圍在腰際，但如想掩蓋他們的罪愆和可怕的
恥辱，那將是無用的遮蓋。唉，這多不像
他們原先赤裸坦蕩的榮光啊！這就像不久前
哥倫布發現美洲新大陸的野人時一樣，他們
只腰圍有羽毛繫帶，其他地方都裸露自然，
出沒在島上樹林間或河灘林地。他倆就這樣
圍住身體，想說多少可遮住羞恥，但內心
忐忑不安，只好坐下來哭泣。不僅兩眼淚如
雨下，內心風暴也漸起，激昂的情緒——
暴怒、激憤、嫌惡、懷疑、爭吵——高升，
震盪了內心深處，那原是風雨不及、平靜

1120

---

61 「德干」（Deccan）指的即是德干高原（Deccan Plateau），位於印度中部和
　　南部，是有名的熔岩高原，海拔平均為 500 至 600 公尺。東邊與東高止山脈
　　相連，西邊與西高止山脈相接。

62 從密爾頓此處所描述，此樹葉片之大非無花果樹可比，有可能如 S.
　　Viswanathan（1968）所說，此葉片應是「香蕉」（banana）葉片之誤，該字
　　與同產自印度的 banyan（孟加拉榕或菩提榕）音非常近似，可能因此搞錯。
　　見 Roy Flannagan（1998）對該段落之注解。「亞馬遜女戰士」（Amazonian）
　　是希臘神話裡的女部族（the Amazons），常與希臘各部族交戰，最著名的人
　　物有女王希波呂黛（Hyppolita），希臘英雄鐵修斯（Theseus）的妻子，是位
　　典型驍勇善戰的女戰士。

安詳的所在，此刻卻激烈搖擺、洶湧澎湃：
因為理性已失控，意志不聽理智之言，不管
是理智或意志都受制於感官的欲望，欲望
攫奪了理性的至高地位，進而喧賓奪主。
就從這樣的動亂胸懷中，亞當臉帶不豫之色，
語調大變，幾度語塞後，就重新對夏娃説道：

　　「妳要早聽我的話，留在我身邊就好了！
今兒個早，妳不知著什麼魔，突生個怪念頭，
竟要離我去外面逛逛！要不是那樣，我們就
依然會幸福快樂，不像現在，我們的善被
洗劫一空，既丟臉、赤身又悲哀悽慘！此後，
千萬不要沒來由想去證明自己的忠誠。越是　　　　1140
想證明這一點的人，結果，他們就開始陷落了。」

　　夏娃被責怪的語氣所怒，隨即回應道：
「你説的是什麼話啊？亞當，口氣這麼壞！
你把事情歸咎到我不跟你一起（説什麼想去
逛逛的意願），誰知道你在我身邊或你一人，
同樣糟的事情會不會也發生？你要是在那兒
或是在這裡，恐怕也分辨不出蛇的狡詐、
牠的企圖；牠如人説話，之前牠和我之間也
沒啥嫌隙，牠幹麼要對我不利或害我？我難道
永遠都不能離開你身邊？不如我還是根沒生命
的肋骨，長在你那邊好了！既然我是這樣之人，
你，作為頭，你為什麼不強命我不准走，如你
所云，而讓我走入險境呢？你太容易被説服了，
你根本沒怎麼反對；不，你允准、你贊成，

你還大方送我走。如果你堅決、堅持，不同意　　　　　1160
我去，我也不會逾矩，而你更不會受我牽連。」

　　亞當頭一次被惹火了，遂對其回應道：
「妳這是愛嗎，這是妳對我的愛的回報嗎？
刻薄寡恩的夏娃啊，妳墮落了還表現得一副
若無其事的樣子？我可跟妳不同，我原可
活得好好的，享受不盡的幸福快樂，可是我
自願選擇與妳同死。現在居然被譴責是妳
墮落逾矩的原因？嫌我限制得不夠嚴嗎？
我還能怎麼做？我警告妳、勸戒妳，告訴妳
危險，有敵人潛藏著，伺機要害妳。超出這
以外的，就是逼迫了。把逼迫強加在妳的
自由意志上，不是此處該有的行為。但膽大
妄為驅使著妳，自信不會碰到危險；就算
碰上了，也是一件光榮的試煉。或許我
也有錯，錯在過度讚美妳外在的完美，以致
以為無邪惡敢試探妳。但我很後悔會有這種　　　　　1180
錯誤，沒想到它竟然變成是我的罪，而妳還
指責我。罪都該怪在男人身上，活該他過度
相信女人，讓她的意志去主宰一切！她不會
考慮有否限制，只會一意孤行，如有惡果出現，
就先怪罪男人，說他不夠堅強竟放縱她。」

　　就這樣，他們所有的時間都在互相推諉
指責，以致毫無結果，但卻不譴責自己，
而他們那無謂的爭執似乎見不到結束的時候。

卷十[1]

提綱

　　人犯逾矩之事爲守護天使所知，遂棄樂園而回至天庭，確信已盡警守之責；上帝也確認此事，宣稱撒旦入侵之事非渠等所能防範者。祂派聖子去裁罰那兩位逾矩者，聖子下到地上依令判決；但，可憐他們，遂爲渠等著衣而後升天庭。罪神跟死神原一直坐在地獄門口處，藉由奇妙的感應，得知撒旦在新世界已然得手，人已犯罪，遂決心不再坐困於地獄當中，而想追隨撒旦他們的父祖上到人類居住的地方去。爲更方便能來往於地獄與人世之間，他們根據撒旦走過的足跡，鋪設了一條康莊大道和一座橫越混沌的大橋。然後，正準備上去人世間時，他們碰上了撒旦，很以他之成功爲傲，遂一同轉回地獄並互相恭賀。撒旦回到泛地魔殿，向滿堂的大會報告，以勝過人之事大誇；滿以爲有哄堂喝采，不料聽眾群中傳來一陣陣嘶嘶之聲，連同自己突然全變成一條條之蛇，這是依在樂園中所下判決而來的。之後，爲禁樹突然出現在他們面前之幻影所騙，貪婪地想取食那果實，卻只嚼到塵土和苦澀的泥灰。罪神與死神接下來會採行的動作。上帝預告了聖子最終會勝過他們，並恢復天下諸事諸物。但目前其敕令爲，天使們必須在天體間和自然界中做些調整。亞當愈來愈清楚自己的墮落情況，非常悲傷，拒絕了夏娃的安慰；她不放棄，最終，總算釋懷；爲躲過可能降在他們子孫身上的詛咒，夏娃向亞當提議走絕路但爲他所拒；後者想到了較可期待之事，提醒她，聖子剛許諾他們，她的後嗣會找蛇替她報仇，遂勸她以悔罪之心及懇求，跟他一起，向被他們冒犯的神求情。

*

1　「卷十」是原十卷版（第一版）的卷九。

此其時，撒旦在樂園中所做的可鄙殘暴之事，
他以蛇之身誘引夏娃離開正道，她又誘引
她丈夫，去嚐禁果之事，已爲天庭神靈所知。
蓋有甚能逃過上帝全察的眼光、能瞞過祂
全知的心呢？祂既睿智又公正，並不阻撓
撒旦去試探人心，人有完整的力量和自由
意志，裝備完善，應能發現並擊退任何敵人
以及虛假朋友的狡詐手段。他們一向就清楚，
也應該還記得來自上天的誡命，別去吃那
禁果；誰被引誘，不守誡令，誰就該受懲罰
（他們怎能少於此罰呢？），且一過引千罪[2]，
就該墜亡。守護樂園的天使趕忙升上天，
不發一語的進入天庭，爲人類難過，因他們
知道人類犯禁之後的結果，只是納悶，那個
狡猾的惡魔是怎樣偷進去而沒被發現的。
很快地，這個不受歡迎的訊息就從地上傳到了
天門口，任誰聽到都不高興：那時天上眾神
臉上都略有不豫之色，雖無礙於他們的喜樂，
卻都帶點憐惜。知道有剛回來的夥友，所有
天使都跑過去，想聽聽了解一切怎麼發生的。
當責的那群天使奔向至高者的王座，急忙
說清楚他們已盡看守重責，著實無辜；他們
的抗辯很快就被接納，因爲至高無上、永世
常存的天父，從祂所在的神奧雲霧中，發出

20

2　「一過引千罪」（manifold in sin），是指不順服的過會導致墜落，以致有許
　　許多多的罪因此而生。

祂的聖言，還夾著轟隆轟隆的雷鳴聲，說道：

「聚在這裡的天使們，還有你等任務失敗、
剛回來的天軍們，不要驚惶，更不要受來自
地面的訊息困擾，這不是你們再怎麼關懷所能
避免的；不久前當這個施誘者從地獄出來，
越過大鴻溝時，我就告訴你們會發生什麼事了。
我說過，他會達到目的，辦成他的壞勾當的；　　　　　40
人會受誘騙，特別是受到誇讚，就會信了謊言
而違逆他的造物主。我的敕令與逼使他墮落的
原因並不相關，該敕令也不讓促發命運的天平
失衡，連一丁點的加重都沒有，他的自由意志
可自行傾斜。但他墮落了，剩下的就是宣判他
逾越的死罪；死罪當天就宣布了，但因未如他
所懼般的執行，沒被天雷立刻打死，就被他
認定死罪是無用且無效的；但他很快，日落前，
就會發現寬容不等於恕罪。公義不應受到鄙視
像可退回去的仁惠般。但該派誰去審判他們呢？
除你，我的副手、我的子之外，還有誰呢？
我已把我要做的審判全轉給你了，不管是在
天上、人間還是在地獄。大家應該看得很
清楚，我要的是公義結合恩慈：派你去做人
的朋友、他的中保、為他設定的買贖、自願的　　　　　60
救世者，注定要自身成為人，來審判墮落的人。」
　　天父如此說了，將祂的榮耀展向右手邊、
聖子的身上，他燦然明亮，是無烏雲遮蓋的神。
聖子通體絢爛，十足是他父親光輝的展現，

並以神一般的莊嚴，溫和地如此回應道：

「永生的父啊，您的任務是發令，而我，
不管在天上還是地下，是要執行您的最高
旨意者；如此，您在我，在您摯愛的兒子
身上，可永遠找到喜悅。我去人間審判那
兩位逾禁違法者，但您也知道，不管誰
受審判，時間到時，最壞的結果會落在我
身上，因爲我在您面前應承了您；但我並不
後悔，因從您那兒，我有這樣的權柄，藉將
罪轉嫁到我身上，我才能減輕他們的罪刑。
我將調和公義和恩慈，看如何最能展現它們，
讓公義和恩慈都能滿足，而您也能平息怒火。
我無須陪伴、不須服侍；除了受審判者，　　　　80
除了那兩個人之外，無誰該在審判的現場。
那第三者[3]最好也缺席審判，他將因潛逃且
違犯了所有律法而被定罪。但蛇本身則因
無可確認之罪，所以不判罪。」

　　話如此一說，聖子就從與至高聖父
同享榮光的輝煌寶座上站起身來。座天使、
能天使、權天使和主天使等隨行，陪著他
走到天門邊，往下望去，伊甸園及相連各區
都展開在眼前。他急往下降去。天神的速度，
時間無法計量，只知飛行甚快，分秒難算。
此時正當太陽從正午要西斜下落的時刻，

3　「第三者」（the third）指的就是撒旦（隱身在蛇體裡的撒旦），有別於蛇本
　　身。

清涼的風剛吹過來，吹醒了地球，引進了
涼爽的夜晚；祂[4]，怒火漸歇，成了溫煦的
審判長兼仲裁官，要來審判人。亞當和夏娃
正走在花園中，突然聽得上帝的聲音，藉著
暖風吹進他倆的耳朵，此時日正西沉。他們
聽見了，連忙避開祂面，遂躲進樹林最深處，　　　　100
夫妻兩人都一樣。一直到上帝走近前來，
對著亞當，如此大聲叫道：

　　「你在哪裡啊，亞當！以前看我老遠
走來不是很高興嗎？怎不見你在此了，
很不開心你沒出來招呼，讓我孤身在此；
之前沒叫你，你都會在半途迎接我。是因
我來得不夠顯眼，還是什麼變故讓你不能
出面？是恰好有事受羈絆嗎？你出來吧！」
他走了出來，跟著更慢走出來的是夏娃，
雖她是最先犯了罪者。兩人神色慌張，內心
惴惴不安。對上帝或對彼此的敬愛，已不在
他們的臉上，看得到的是歉疚、羞愧、狼狽、
絕望，是憤怒、固執、恨惡和狡詐。亞當從這
當中，遲疑了好一會兒，才簡短地如此回應道：

　　「我聽到您在花園裡，也聽到您的聲音，
但很害怕，因爲光溜溜沒穿衣服，所以就躲
起來了。」對此，慈悲的審判者並沒要斥責他，
反而回應他說：

4　此處的「祂」指的是代行視事的聖子，所以有聖父的威儀，也有聖子的憐
　　恤。以下的「上帝」指的就是這二者合一的神。

「你常聽到我的聲音，從沒聽你說怕過，
總是很高興。如今怎會讓你聽來恐怖呢？　　　　　120
你說你赤身露體，誰告訴你的？你是不是
吃了那樹的果，吃了我囑咐你不可吃的了？」

　　亞當被說到痛處，就對上帝如此回答道：
「噢，天哪！我今天居然間不容閃的，站在
審判者的前面，看是要一應承擔所有罪行，
還是要指控我的另一半，我生命中的伴侶呢？
她雖失足，卻對我仍信實，我應隱瞞，不要
因抱怨而揭露她，讓她受責！可是，不容
閃避的究責讓我屈服，災難又相壓逼，我怕
罪與罰──非我承受得起者──都會落在我頭上。
而且縱然我閉嘴不說，您還是會輕易地偵知
我所隱瞞之事。這個女人，您創造出來作我
幫手的女人，您賞賜的最完美禮物，美善、
合宜、中人意又仙子般，以至於她手拿那樹
的果實給我時，我不疑有詐就真的吃進去了；　　　140
她所做的種種事情，就本身言，我也不懷疑，
她去做就足可說明做的正當性；她拿來那樹果
給我，我也就吃了。」

　　至高無上的存在對亞當的回應如此答道：
「她是你的神嗎，居然聽信她的話，而不顧
真神之語？又或者，她是你的嚮導，能力勝
過你或幾近於你，以至於你放棄男性尊嚴、
放棄上帝讓你高於她的地位？她是出於你、
為你所造者，在各方真正的價值上，你之

完美遠勝於她！裝扮起來，她是美麗妖嬌、
舉止綽約，那是要引你去愛她，而不是
屈從於她；她的稟賦如此，就是很能屈身
受教，卻不適合去統領事物，那是你的角色
和身分，如你對自己認識得清清楚楚的話。」

　　如是說完話後，祂面對夏娃簡短地問道：
「說說看，女人，妳這是做了什麼事來了？」

　　夏娃哀戚、慚愧，近乎不能自己地面對
著祂，很快就招認了，但在她的審判者前，
她不敢妄說也不敢多說，只羞赧地回道：
「那蛇欺哄了我，而我也真的吃了那禁果。」

　　上主耶和華一聽，就毫不遲疑地對被告
的那蛇做出判決，蛇雖是畜類，無法將罪
轉回到將牠作為搗亂工具的那廝身上，牠
敗壞了自己受造的目的；但按公義，仍當
受詛咒，因其本性被汙染了。想知道更多，
就不是人所當關心的事了（因他不會知道更多[5]），
且這也不會改變他犯罪的事實。上帝最終
對撒旦，第一個犯過者，做了審判，雖然
判詞隱晦，所判之刑當數公正，在此同時，
也對那條蛇下了如此的詛咒：

　　「因你做了這等事，雖同為田野中動物，
你是牲畜中最受詛咒的。你將用肚腹匍匐
在地行走，一生都吃泥土。我要使你和女人

160

5　「不會知道更多」，是指人（此處當為亞當）並不知道蛇身裡住有撒旦。

彼此爲仇；你和女人的後裔也彼此爲仇： 180
她的後裔要傷你的頭，你的要傷她的腳跟。」

　　此即上帝的諭示，其後乃證爲眞，因爲
當第二個夏娃、馬利亞之子耶穌，看見撒旦、
空中的大君，像閃電一樣從天墜落時；他就
從墳塋裡復活出來，俘獲了墜落的權天使和
能天使們[6]，並在凱旋行列中，將他們公開
示眾，而後光榮升天，領著俘獲的囚虜走過
長久被撒旦所竊據的空中，最後，他會將他
踐踏在我們腳下。此時，剛剛預言那蛇命中
將遭踩踏的聖子，將他的審判轉向那婦人道：

　　「妳的痛苦，我要用懷胎，多多增加：
妳生兒育女時必受苦楚；對妳丈夫的意志，
妳要言聽計從：他必要管轄、支配妳。」

　　最後祂對亞當如是宣告了他應得的審判：
「你既聽從妻子的話，吃了那棵樹，對其我
囑託你：『不可吃那樹的果』，地必爲你的 200
緣故受咒詛，而你必終身勞苦，方得吃食。
地必自長出荊棘和粗薊來，而你卻需吃地裡
的菜蔬。你必汗流滿面才得餬口，直到你
歸了土，因爲你是從土裡而出的：要知道
自己的出生，你本出自塵土，當歸於塵土。」

　　就如此，祂審判了人；受差遣既爲判官
又是救主，故祂在死亡的打擊一宣告的那天，

6　此處的天使稱號只是代稱，泛指一切隨撒旦叛亂而墜落在地獄中的天使。

就把對死的焦慮去除掉了。祂同情他們赤身
露體的站在祂面前，曝身於風雨，還得忍受
四時節氣的輪替，乃不鄙視此後會採行的
幫祂僕人洗腳的[7]僕從樣式，所以就以家中
父長的身分，替他們用獸皮做衣服穿上，
不再赤身露體；衣服要不是殺生做成的，
就是如蛇生新皮、蛻舊皮而做成。替他們
穿衣時，祂並沒多想他們曾是祂的敵人。
祂不僅用獸皮來遮蔽他們的外表，更用公義　　　　　220
的袍遮住他們內心的赤裸，在父眼前得蔭，
因爲內心的赤裸，更令人可恥多了。

　　聖子很快地回升到聖父那兒，回到祂幸福
的胸懷，重拾他舊有的榮光。並向祂一一
道來他跟人間之事，雖然上帝是無所不知的；
兼用好話替人求情，望聖父息怒。此其時，
在地面上，犯罪的被懲罰、判刑，但在此
之前，罪神跟死神就坐在地獄門口內，互相
對望，地獄大門洞開，吐出猛烈的火焰，
遠達混沌所在之地；此門打從那惡魔走過後，
就被罪神打得開開的；此刻她乃對死神如此
開口說道：

7　此處是指耶穌基督以僕人的身分替門徒洗腳，用以說明：「僕人不能大於主
　　人，差人也不能大於差他的人」（The servant is not greater then his master,
　　neither the ambassador greater then he that sent him—*Geneva Bible.*）—《約翰福
　　音》13 章 16 節。密爾頓強調的是，聖子是以天父僕人的身分以及上帝子民
　　救主的身分來到亞當、夏娃面前，就像父子或主僕間的關係，不會在乎他們
　　曾因犯罪而成爲祂的敵人。

「唉呀，兒啊！我們幹麼乾坐在這裡，
無聊地盯著對方瞧？而撒旦，我們偉大的
創造者，已然在別個世界成功得手，要給
我們，他親愛的子孫，提供更快樂的住所！
不可能是別的，一定是是勝利成功讓他有事
要處理。要有啥差池，他早就該被其復仇者
追得滿腔怒火回來了；因除此之外，沒其他
地方可與其懲罰相稱，沒地方可算報應。　　　　　　240
我覺得有股新生的力量在我體內作祟，像長
了翅膀一樣，要將我的轄區擴大，超過這個
地獄深淵；不管是什麼驅使我，是同親血緣
關係、還是天生力量，縱然距離甚遠，感應
的力量卻很大，有股祕密的親和關係把我們
連在一起，像是同類間以最神祕的方式相連
在一起。你啊，你是我分不開的影子，要與我
同進同出；因為沒有力量可以把死亡跟罪愆
分開。但為免他因穿越回來的困難而耽延了
回程，也許我們該在非你我能力所不及之處，
冒險做些事：在這個過不了、穿不透的深淵上，
在這汪大水之上，造條大道從地獄通向那
新世界，在那兒撒旦成功了，這可作為他偉大
功績的紀念碑，展示給地獄中的萬千群眾看；
也可作為他們隨命之所向，來來去去、甚或
移居到那新世界的通衢大道。這股新感應到　　　　　　260
的拉力和衝動，力量非常強大，我絕不可能
認錯這股力量的。」

　　那瘦削的黑影很快地就對她做出回應道：
「走吧，隨命運或妳心強烈之欲望走吧！
妳來帶路，我不會落妳於後，也不會走錯路；
我可以聞到殺戮的氣息，有無數的獵物在那兒，
也想嚐嚐那邊各色活物死亡的味道。更不想
缺席妳要嘗試的事，我會提供妳相應的幫助。」
　　話說如此，他很高興地用力聞聞地球變成
死亡的味道。就像一群餓極的鷙鳥一般，縱然
遠在幾十哩外，預期有戰事要發生，就會飛到
軍隊屯紮的地方，牠們是被第二天慘烈廝殺時，
命定要死亡的活屍體氣味吸引過來的。那面目
猙獰的傢伙就這樣聞著氣味，鼻孔上翻、張得
大大的吸著濃煙，很遠就能聞知有獵物。他們　　　　280
兩個就飛出地獄門外，飛進了混沌那荒涼、
廣闊的混亂之中，又濕又暗；他們分頭飛，
用力（他們力道十足）盤旋在深淵水上。不管
他們碰到的是硬的還是黏的，都像是在波濤
洶湧的海水裡，被沖上沖下的，他們從兩邊
把這些趕集在一起，朝地獄口構築沙壩；
又像是兩道極風，在北冰洋[8]上互相對吹，

8　「北冰洋」，密爾頓的用字是 the Cronian Sea，指的就是「北極海」，因希
　臘神話中第二代天神克羅諾斯被其子宙斯所趕，而逃到此地，故又名之。但
　神話中多指克羅諾斯是向西逃，到現今義大利，那兒有 the Sea of Cronus，即
　為亞得里亞海，故密爾頓所引可能有誤。又或者如 Roy Flannagan（1993）所
　言，他是受 Tacitus Pliny（約生於西元 56 或 57 年的羅馬地理學家）所提的
　Cronium Mare（即所謂的 Thule，極北之地，通常指冰島以北之地）影響而有
　此英文稱謂。

吹起了一座座的冰山，擋住了伯朝拉河[9]外
那條想像的通道[10]，沿通道往東走，就會到達
富庶的契丹海岸[11]。死神將積累的沙土用
又冰又乾的石鎚，像用三叉戟[12]一樣，用力
夯實扎硬，那堤壩就好像是一度漂浮的提洛島[13]
一樣被堅實地固定住。其餘部分，他用勾貢般[14]
的石硬眼神和柏油般的黏液將它們困住不得
亂動。寬如地獄之門，深達地獄底層，他們
堆疊的堤壩被縛繫住，在滾滾洪流之上建構了
一個巨大的牆體，高高拱起，是一座長得出奇
的大橋，直接連通到宇宙原動圈外[15]、這個
人類所在的世界，一切全都沒收在死神手上。

300

---

9 「伯朝拉河」（Petsora）就是西伯利亞（Siberia）上的白紹拉河（Pechora River），源出烏拉山（the Urals），經西伯利亞流入北極海。

10 「想像的通路」（the imagined way），17世紀時，有人試圖穿越極地東北的冰雪，尋找到中國（應是清帝國）或契丹（中國北方古稱）的通路，但為冰雪所阻，沒能成功。

11 「契丹海岸」（Cathayan Coast，有版本作 Cathaian Coast），Cathay 原指「契丹」（Khitan），12世紀前住在宋朝長城北邊的遊牧民族，建有遼國；其後此名稱又指中國，特別是馬可波羅把元帝國稱為 Cathay。

12 「三叉戟」（trident）是羅馬神話中海神涅普頓（希臘人稱「波賽頓」）揮舞的神器，也是他的權杖。

13 「提洛島」（Delos）是希臘愛琴海上的島嶼。在希臘神話中，它是女神麗托的居住地，原是飄浮不定的島，天王宙斯將其固定並牢牢綁縛，在這裡麗托為宙斯生育了月亮女神阿提蜜絲和太陽神阿波羅，也見卷5注16。

14 「勾貢般」（Gorgonian），Gorgons 是希臘神話中的蛇髮女妖，共三姊妹，是一夥長有尖牙、頭生毒蛇的妖怪。其中最有名的是美杜莎，傳說中她可將任何看到她或被她看到的人變成石頭。

15 「宇宙原動圈」（immovable）指的是宇宙七（或九）重天裡的「原動天」（primum mobile），就是己身不動而驅使其他星球圍繞它而動的光體，如太陽等。

從此以後，就有條通衢大道，平滑、不費力、
毫無障礙的直通到地獄。如果，要將大事
以小事來比論的話，這就像波斯王澤希斯[16]
爲要約束希臘人的自由，從蘇薩[17]他緬農式的
高大宮廷，來到海邊準備架橋橫渡希臘之湖[18]，
想把歐洲跟亞洲連結起來時一樣，無盡的
使命捶打反抗不從令的浪濤。

　　現在他們用巧藝將架橋[19]的工作完成，
那是個懸吊著的高壘聳岩，越過騷動不已的
深淵，循著撒旦的足跡，來到他飛離混沌、
首度安全降落的同樣所在，那是在我們這個
圓形世界光裸的外殼上。然後他用堅硬無比
的鐵栓和鏈條牢牢綁緊；其綁之緊，眞是
經久不壞啊！此橋之邊緣緊緊挨著淨火組成
的天國和這個世界，而其左手邊則一直延伸

320

16　「澤希斯」（Xerxes），是波斯帝國的國王（西元前 485 至前 465 年在
　　位），他曾率大軍入侵希臘，洗劫了雅典，但在薩拉米（Salamis）海戰中被
　　打敗。傳説中，他因船橋被浪沖毀，怒而命人要鞭撻海浪。

17　「蘇薩」（Susa）是波斯君王的夏宮，又稱 Memnonian Palace，是仿其建造
　　者「緬農」（Memnon，古衣索比亞國王，特洛伊戰爭時爲阿基里斯所殺）
　　之名而命名。

18　「希臘之湖」（Hellespont，又稱「赫勒斯滂」，意爲希臘之海（湖））即達
　　達尼爾海峽，是連接馬爾馬拉海和愛琴海（Aegean Sea）的海峽，屬土耳其
　　內海，也是亞洲和歐洲的分界線之一。

19　「架橋」，密爾頓的用字是 Pontifical，該字固有 Pont-fical（bridge–making，
　　「建橋」）之義，但該字字源 Pontifex 原義爲 Bishop（主教）或 Prelate（高
　　級教士），意指這些人是這個世界跟來世間的「橋接者」，也指他們有術能
　　讓下地獄者「安然」通過；此處顯然有諷刺意味，也顯現出密爾頓對當時基
　　督教神職人員的不滿。參見 Alstair Folwer（1998）之注。

到地獄；可以看到有三條不同的路通到這
三個地方。此時他們已偵測到去地球人世的
路了，正當他們頭一次要轉進樂園時，瞧瞧！
撒旦以明亮天使的樣子，出現在人馬座[20]與
天蠍座中間，穿過中天最高點，而太陽則在
牡羊座上往上爬升。

　　他雖扮裝而來但做父母的很快就認出
自己心愛的孩子來，雖然他們也有喬妝。
他在夏娃受誘後，趁沒人注意，就溜回附近
的樹林去，然後變化外形，等著看結果；
看到夏娃也做了他會做的詐欺行為，要她
全然無所知的丈夫，附和她的作為，也看到
他們羞愧得要找東西遮醜卻無效用。但當
他看到聖子降臨要審判他們時，惶恐萬分，
就逃走了，並不指望能逃避，但目前得躲開；
既害怕又自覺有罪，唯恐祂的怒火會突然
臨到他身上。那件事過後，撒旦在夜暗前
又溜回來，聽到那對不幸夫妻坐在那邊憂愁
的對話，彼此多所埋怨。從那，他也得知
自己的判決，但不會立即執行，要等到未來。
他非常高興，也得到所要的消息，就準備
要打道回地獄；但就在混沌的深淵旁，就在
這座新建的驚奇大橋底，不預期地碰到來

340

20　「人馬座」（Centaur），可能是指「射手座」（Sagittarius）、或是「半人馬
　　座」（Centaurus）；如是前者，則撒旦是通過「蛇座」（Anguis）；如是後
　　者，則他是通過「狼座」（Lupus）。無論蛇或狼都代表撒旦的噬人心腸。

接他的心愛子孫。非常高興彼此碰頭，更
高興的是看到那座了不起的大橋。他駐足
良久，觀賞讚嘆，一直到罪神，他那美麗
魅惑的女兒，打破沉默對他如此說道：

　　「爹親啊，這些都是您的偉大作品，
您以爲非你自有之戰利品：您是他們的
創作者、首席工程師；因我心中一起感應
（我的心一直跟您的心暗裡相應、甜蜜相連），
就知道您在人世間成功得手（您的神色也
證明這點）；我立時覺得，要帶著這位您的
兒子一起去找您，雖然我們相隔有好幾個
世界那麼遠，但是命定的相連關係把我們
三個結合在一起。地獄不再能夠拘限我們
在她的疆界裡；這個無法渡過的幽冥深淵
也無能阻擋我們，去追隨您的輝煌腳步。
您讓我們得到自由，之前一直受拘於地獄
大門之內，您讓我們得以強化自己能力，
將這座非凡的大橋架在幽暗的深淵上。
這個世界全都是您的了；您的內在能力
已贏得雙手所無法建立的：您的智慧已
贏回比戰爭失去的更多，並且已完全報了
我們在天庭上失敗的仇恨。在此地，您將
做王治國，在那兒，您並沒有。就讓祂如
戰爭所裁決的在那兒搖旗得勝吧，但祂卻
要與此新世界疏遠了，是祂自己判決要
離棄它；此後，祂要與您分天下而治了，

360

一切都以重重天際爲界，祂的是四方天界　　　　　　　380
與您的圓形世界分庭抗禮；不然，就叫祂再
來試試，您此際對祂王位的威脅更勝以往。」

　　黑暗之王[21]很高興地回應罪神的說法，
對她如此道：「美麗的女兒，還有你，兒子，
也可說是孫子吧，你們倆已強力證明，你們
是與我撒旦同族類的（因我很以這個稱號
『天上萬軍之王的敵手』[22]自豪），值得我
大力獎賞，我們整個地獄國度都應慶祝勝利，
就在天門邊，凱旋之舉接著凱旋之舉而來，
我的凱歸和你們這壯觀的工程；此通衢大道，
來往便利，讓地獄跟這個世界合爲一整個
國土、一整個王國、一整個大陸。因此，
我呢，藉由你們造的路，可以很輕易地在
黑暗中，下去找我的天使夥伴們，讓他們
知曉這些成功之事，跟他們分享快樂；而
你們兩個呢，往這邊走，走在這些星球當中，
它們都是你們的，然後直接下去找那樂園。
到那邊去住，快樂地君臨統治！自此，在
地上、在空中，掌權統治，特別是掌控人類　　　　400
那自稱是萬物之主者：切記先叫他們做臣虜，

21　「黑暗之王」（Prince of Darkness）就是撒旦，因其爲罪惡的化身，且被貶
　　居在黑暗的地獄深淵故名之。

22　「天上萬軍之王的敵手」（Antagonist of Heav'n's Almighty King），這是撒旦
　　對自己的稱呼，反映了 Satan 這一名字的本意：敵手、對抗者（Adversary、
　　Antagonist）。所以撒旦在前一句才會說 Sin（罪神、罪愆）與 Death（死
　　神、死亡）不愧是他本族（Race），因他們都以反叛上帝爲職志。

再將他們殺戮。我派你們去當我的代理者，
是我在人世的全權代表，從我所出而且權力
無比大。我對這個新世界的掌握全在你們的
合力上，因為我的作為已讓他們全暴露在
罪惡和死亡當中。如你們聯手得勝，地獄事
就無懼遭損了。去吧，務必要剛強膽壯！」

　　如此說完之後，他就打發他們離去。
為要擴散破壞力，他們快速走上星球最多的
路徑。遭害的星球，光度變暗，各個行星
也受他們影響，以致亮度衰蝕嚴重。撒旦
則走另一條路，沿著堤道走達地獄門口。
混沌被堤岸分開兩邊，咆哮著這多出來的
建築，遂用滾滾洪流反復沖刷著不屑於他
怒濤的橋柱。撒旦從門戶洞開、無兵守衛
的大門進了去，發現四下空無，因為奉命
守衛者[23]已棄職飛到上界去了。其他的都
退避在內陸遠處，在泛地魔殿[24]邊，那是
路西法[25]（如此稱呼那顆亮星，是因典故上
把撒旦比作晨星）的都城和他自豪的座席。
在那兒，他的黨羽守衛著，眾頭領坐而議之，
很擔心他們送出去的大王，行程被攔阻：

420

23　「奉命守衛者」，指的是罪神與死神。
24　「泛地魔殿」字面意義就是眾惡魔的聚集處，是撒旦在地獄所建宮殿，見本
　　詩卷一 756 行及其注解。
25　「路西法」（Lucifer），字面意義是光之傳遞者（light-carrier），據傳為撒
　　旦未墮落前在天上的名稱。又稱為「明亮之星，早晨之子」（morning star、
　　son of the dawn），見本詩卷五 760 行及其注解，也見卷 7 注 16。

此撤守是他臨行前下的令，而他們也照做。
這一退就像韃靼人[26]經由阿斯特拉罕[27]從
俄羅斯[28]敵人處退走，越過白雪皚皚的高原
一樣；也像波斯王索非[29]從突厥人[30]的戰鬥
前線[31]撤退到大不里士[32]或加茲溫[33]時一樣，
讓阿拉杜勒[34]所統治以外地區全荒廢無人。

26　「韃靼人」（the Tartar），也音譯爲「達怛」、「達旦」、「達達」、「達靼」等，是多個族群共享的名稱，包括以蒙古族爲族源之一的遊牧民族、在歐洲曾經被金帳汗國（Golden Horde，即欽察汗國〔Altin Urda〕）統治的部分突厥民族（Turkic people）及其後裔。

27　「阿斯特拉罕」（Astracan）即今之 Astrakhan，位於俄羅斯南部伏爾加河（the Volga）匯入裏海處。

28　「俄羅斯」（Russia），按照俄語發音此字應翻譯爲「羅西亞」，到清朝初年許多文獻中曾稱爲「羅刹」或「俄羅斯」。清乾隆年間官修《四庫全書》時將其正式統一爲「俄羅斯」，或簡稱「俄國」，自此沿用至今。

29　「波斯王索非」（Bactrian Sophy），即伊斯瑪儀一世（Shah Ismail Safavi），伊朗薩非王朝（Safavid dynasty）的創立者，在查爾迪蘭戰役（Battle of Chaldiran）中，伊斯瑪儀一世被鄂圖曼帝國（Ottoman Empire）蘇丹塞利姆一世（Selim I）擊敗，但在撤退中仍奮勇作戰，殺敵無數。Bactria（或作 Bactriana，巴克特里亞）是中亞古地名，中國史籍稱之爲「大夏」，主要爲今日中亞阿富汗北部、塔吉克（Tajikistan）南部和烏茲別克（Uzbekistan）西南部所組成，爲古波斯之骨幹。Sophy（又作 Sophi）可能意味著智者或是波斯王（Shah），此詞也是西方人對伊斯瑪儀一世的稱呼。

30　「突厥人」（Turkish）即 Turks 或鄂圖曼人（the Ottomans），爲今之土耳其人。

31　「戰鬥前線」（the horns of Turkish Crescent），Crescent（新月或半月）是土耳其自鄂圖曼帝國以來的標誌，所以 the horns of Turkish Crescent 就代表其軍事力量，特別是兩側（horns）的軍事部署。

32　「大不里士」（Tauris）即 Tabriz，爲今伊朗（Iran）西北部之一都城，曾爲薩非王朝的首都。

33　「加茲溫」（Casbeen）即 Kazvin 或 Qazvin，爲今伊朗北部之一都城，位於首都德黑蘭（Teheran）之北，曾被立爲波斯帝國首都。

34　「阿拉杜勒」（Aladule），是波斯帝國被鄂圖曼突厥人滅亡前的最後一位統治者；阿拉杜勒統治地區就是現今之亞美尼亞（Armenia）地區。

同樣的，這群剛被從天庭趕出來的夥眾，
放棄了地獄最外圍好幾十哩處，退聚至其
大都轄區，嚴密守護，正等著他們的偉大
探險家隨時從所搜尋的異域回來。他以外表　　　　　　　440
不起眼的最低階的低級天軍身分，從他們中
穿過，然後趁沒誰在意時，從地獄大殿外門
登上其至高寶座，寶座上覆華麗織錦的蓬蓋，
最上端則堂皇亮麗、閃閃發光。他坐了一會兒，
四下張望卻無誰查覺。最後，像是撥雲散霧
一樣，他光亮的頭和光輝燦爛的身體顯現
出來了，亮勝諸星，那是他墮落後，所允許、
殘留在他身上的餘光，是種虛假的光彩。
全體大驚，不意間竟然熊光燦耀，他們這群
地獄黨羽遂轉頭一看，他們所期待者就在那裡：
大統領回來了。歡呼之聲大起。那一大群在
開議中的僚屬，連忙從暗黑議席上起身衝了
過來，他們同樣歡呼、恭賀走向他，他用手
示意大家安靜，並用如下言語讓他們聽得入神：

　　「諸位座天使、主天使、權天使、能天使、　　　　460
力天使們[35]！你們不僅擁有這些權力，也是
實質上占有此名號和治權者，我召集各位是
要向大家宣告，出乎意料之外，我成功回來，
要帶各位勝利的離開這可憎可咒的地獄深淵，

---

35 這些是所謂三階九級天使的代表，意味著所有天使們。惟此名號只應用在天
　國，撒旦如此稱呼他們，固在喚起他們過往的榮光，也表示他對他們虛偽的
　「尊敬」。

這個充滿悲戚的家園、我們那個暴君的地塹
水牢。現在，我們要占有一廣大之世界，
在那當家作主，比起我們在天上的原鄉，
毫不遜色，那是我冒險犯難、努力達成的
偉大成就。要說我做了哪些事？吃過哪些苦？
受過什麼難？說來就話長！我橫渡過粗糙
無形、寬廣浩瀚、無涯無際的深淵，底下是
恐怖可怕的混沌；不過現在死神與罪神已在
上面鋪有康莊大道，可讓我們雄壯威武的大軍
迅速通過。可我之前呢，我在無誰行經的路上，
奮力掙扎，被迫行走過桀敖不馴的深淵黑洞，
一頭栽進天生自有、荒蕪未馴的夜暗和混沌
之中；它們為要緊守不欲誰知的祕辛，遂大聲
咆哮、吼聲震天，奮力抗拒我那從沒有過的
行旅，以向至高無上的命運抗議。從那兒，
我費盡辛苦才找到那個新創的世界，其名聲
久傳於天國眾神靈之口，那是個奇妙的構造，
絕對的完善，人因我們的流放而被置於該
樂園內。我用詐術把他騙離其造物主，更讓
你們想不到的是用一顆蘋果！因而，他忤逆
了上帝，更好笑的是，祂竟然捨棄了祂所愛
的人類和人類所在的世界，讓他們成為罪神
與死神的獵物，那就等於無需我們冒險、費勁、
或操心就得到他們；可以自由進出和住在人
那裡，統治人就像人統治萬物一樣。沒錯，
祂也審判了我，但其實不是我，是大蛇那條

480

畜牲，我在牠身體裡騙了人。眞正屬於我的
判決是祂要讓我跟人之間敵意長存：我要傷
他的腳跟；他的子孫要傷我的頭（何時則未定）。
只消弄點傷瘀或更嚴重點的痛，就能進入這麼
個世界，有誰不要呢？你們現下聽到的就是
我的成就；剩下要做的，各位神靈們，就是
起來，讓我們大大地歡樂一番！」

　　一切如此說畢，他停了一下，站立著，
希望得到他們全體一起如雷貫耳般的歡呼和
高聲喝采；但相反，他聽到四面八方傳來
無數舌信嘶嘶作響的恐怖聲音，那是對他的
公然侮辱。他納悶，但無暇多問，就自我
驚詫起來：他覺得面容被拉扯得裂膚刺骨、
削瘦枯癯，兩手內縮進肋骨，雙腳扭曲盤旋
在一起，最後仆跌在地，成爲一條妖怪般
的蛇，用肚腹爬行在地，想奮力掙扎，卻
毫無作用：有更大的力量在主宰他，懲罰他
以他犯罪時的形狀存在，那就是他的判刑。
他眞希望能說話啊，但是他的嘶嘶聲只有
嘶嘶聲回應；分叉的舌信與分叉的舌信相對，
蓋現下他們全都變成蛇那樣了，全都是他
大膽作亂的幫兇。全殿裡都是嘶嘶喧鬧的
恐怖聲音，因爲裡面擠滿了頭尾捲在一起
的怪物，有毒尾蠍、蝮蛇和可怕的兩頭蛇、
非洲角虺、水蛇、陰森的海蛇，還有鎖喉蛇

500

520

等等。（就連從前蛇髮女妖勾貢[36]鮮血滴下的
土地和蛇攀島[37]上都沒那麼多蛇。）不過，他
依然是其中最大的，現在是條蛇龍，比太陽
在派森谷[38]沼澤所孕育的巨蟒還大，而且他
似乎還留存比其他蛇更多的氣力。他們追隨
著他，動身前往一塊空地，那兒有群叛亂
暴徒，是自天而墮的殘存天使部眾，在此
列隊而站以待檢閱，萬頭鑽動的等著他們
光芒萬丈的頭領勝利現身。但是他們看到的
卻是很不同的景象：一大群猙獰的大蛇。
恐怖降臨全身，心有同感的恐怖，因所見
讓他們感覺身體跟著起了變化：他們雙臂
下垂、矛與盾掉在地上，身體也趴了下去，
而後又再可怕地嘶叫起來，受到感染，也
變成那可怕的樣子，儼然犯了什麼罪就受
什麼罰。如此，從他們自己的嘴巴，原定
的讚美聲就變成滿堂斯聲，凱旋就變成羞辱，
全落在他們身上。附近有一叢樹隨著他們

540

---

36 「勾貢」（Gorgon），希臘神話故事中的蛇髮女妖三姊妹之一，此處尤指美
　　杜莎，傳說中她可將任何看到她或被她看到的人變成石頭，但卻爲希臘英雄
　　柏修斯所殺，其後英雄提著她的頭飛越利比亞沙漠時，血滴於地，而長出蛇
　　來。

37 「蛇攀島」（Ophiusa），也拼寫作 Ophiussa，是古希臘人給現在的塔霍河
　　（Tagus，亦譯太加斯河）河口附近葡萄牙領土的古稱。此名本身意味著蛇攀
　　爬之土地，因此成爲人所棄居之地。

38 「派森谷」（Pythian vale）指的就是太陽神阿波羅聖殿所在的德爾菲，在希
　　臘現在都城「匹席亞」（Pythia）附近。此地有沼澤（slime），相傳爲希臘
　　人始祖「鳩凱倫」（Deucalion）時期之洪水積存而來。

的變化而突地聳立起來（這是高高在上統治者
的意志，爲要加重他們的苦刑），上面纍纍
結著美麗果實，就像長在樂園那株樹上的
一樣，是試探者用在夏娃的釣餌。他們渴望
的眼神全望向那不尋常的景象，不由想到
爲了一棵禁樹，卻有眾多的樹長出來，要讓
他們禍上加禍、辱上加辱。儘管如此，受不了
舌乾口燥、飢腸轆轆，明知是來騙他們的，
卻阻擋不了他們成群盤繞而上，爬進樹叢中，
數量之多勝過盤捲在墨蓋拉[39]頭上的髮型長蛇。　　　　　　560
他們貪婪地抓下非常好看的果子，很像在
烏濃湖[40]邊、被燬的所多瑪[41]附近長的果樹
一樣，而且更有引誘力，但不是觸碰，而是
嚐起來，就受騙。他們誤以爲可解飢止渴，
遂嚐咬起來，結果吞嚼的不是水果而是苦澀
的泥灰，味道難吃且令誰都作噁，遂皆淬吐
出口，呸聲連連。惟因受飢渴所迫，他們屢次

39　「墨蓋拉」（Megaera），是希臘神話中的復仇三女神「厄里倪斯」
　　（Erinyes）之一。她是第一代天之王烏拉諾斯遭其子克羅諾斯閹割，血液浸
　　染大地後生出來的女神；也有說她是黑夜女神「尼克絲」（Nix）的女兒。
　　她面目猙獰、背長雙翅、蛇髮盤頭、長舌外露，手持火把和用蝮蛇扭成的鞭
　　子，常被看作是憤怒和復仇的化身。

40　「烏濃湖」（bituminous lake），指的是 the Dead Sea（死海，希伯來語意爲
　　「鹽海」〔Sea of Salt〕，或稱 The Sea of Death），位於以色列、約旦和巴
　　勒斯坦交界，水源爲約旦河，是世界上最低的湖泊，也是世界上最深和最鹹
　　的鹹水湖，水質濃稠不見底。

41　「所多瑪」（Sodom）是《聖經》中所謂的「罪惡之城」，爲上帝火焚而
　　毀；今確認其位置在死海附近。其岸上長有一棵樹，每一碰觸就成灰。

嘗試，卻屢次苦澀欲噁，難吃得令渠等深惡
痛絕、口頰痙攣，滿嘴都是灰和渣：屢次都
陷入同樣的幻覺，不像被他們騙過的人類，
人只犯過一次。他們受罰長久不得食，且要
嘶聲不斷，又疲又累，直到獲准回復原形；
據說，一年總有幾天，他們被迫經歷這種
屈辱，好挫挫他們的傲氣及騙人而來的快樂。
不過，他們在異教徒中散布另一種說法，
爲何他們得此結果呢？蓋有一人稱歐梵翁[42]
之始祖蛇，他跟廣遊慢蝕的悠里娜蜜，可能
就像多產的夏娃般，是最先統治奧林帕斯高峰的
一對夫妻，被撒騰和奧普絲[43]趕走，事在長於
狄克提[44]的宙夫出生之前。

580

　　在此同時，那對地獄來的搭檔很快就
到了樂園，罪神曾一度在此掌權展威，她曾

42　「歐梵翁」（Ophion）是希臘神話中一個蛇形的神祇，由悠里娜蜜
　　（Eurynome）所創造，並和她一起統治世界。後來這兩個神被瑞亞（就是密
　　爾頓後面所提的「奧普絲」）和克羅諾斯（密爾頓後面所提的撒騰）所取
　　代，遭打入深深的大海（一說韃靼羅斯〔Tartarus〕）。他和克羅諾斯一樣是
　　代表天空的神。另有一說，謂歐梵翁是被悠里娜蜜踢出奧林帕斯山的。撒旦
　　及其同夥散布謠言謂歐梵翁是他們蛇族的遠祖，早在撒騰和奧普絲統治奧林
　　帕斯山之前，世界是由他們治理的；所以他們是蛇族，也是最古老的統治者。
43　「撒騰與奧普絲」（Saturn and Ops），「撒騰」是羅馬天神，也就是希臘神
　　話中的克羅諾斯，他是宙斯（羅馬神話稱爲宙夫）的父親，後被其趕至西方
　　而成羅馬神「撒騰」。「奧普絲」是羅馬神話中職司生育的女性神祇之一。
　　由古希臘神話所衍生並成爲繁榮與財富的重要象徵。因此她就是希臘神話中
　　的瑞亞，第三代天王宙斯的母親。
44　「狄克提」（Dicte，此處用的是形容詞 Dictaean），傳說中，爲避開其父克
　　羅諾斯的吞食，第三代天王宙斯一出生，就被送到狄克提山或是愛達山的狄
　　克提洞穴中養大。

引人在實際作爲上犯罪,現在則親身到此[45],
要做長久住民。緊跟在她身後、亦步亦趨的
是死神,他還沒登坐上那匹灰色的馬[46]。對他,
罪神如此開口説道:

　「從撒旦所蹦生出的第二位孩子,戰無
不勝的死神啊,你覺得咱們這個艱苦犯難、
得來不易的帝國如何?會不會比坐守在地獄
黑暗門檻,無誰得識、無誰得懼,而且自身
還半飢不飽的,要好得太多太多了啊?」

　對她,罪神所生的怪物很快地如此回道:
「對我這個永遠吃不飽而憔悴的惡神來説,
地獄、人間樂園還是天堂都一樣;哪兒能
找到最多的獵物,哪兒就是最好的地方。　　　　　600
這兒獵物雖多,但要填飽我的胃,這個巨大
又不受皮囊拘限的軀體,卻似乎仍太少了。」

　那位亂倫的母親聽到了,就對他如此
回應道:「那麼就暫且先吃這些草木、果子、
花卉好了;再來吃些牲畜、蟲魚和禽鳥,
牠們可不是不起眼的一小口;再大口吃些
時間鐮刀[47]收割來的東西,無須多所吝惜。

45　「罪」或「罪神」都是 Sin 的轉譯,前者是抽象概念,後者是實體存在。人
　　先犯罪,而後才爲罪神所控制,而後死。《雅各書》1 章 15 節有謂:「罪既
　　長成,就生出死來。」此處的「人」是指亞當、夏娃。

46　「灰色的馬」(pale horse),在《啓示錄》6 章 8 節中,灰馬是死神的坐
　　騎。

47　「時間鐮刀」(The scythe of Time),時間在此被擬人化,並被比喻成一把
　　鐮刀在收割生命。

我則住到人一整族的心裡面去，好汙染他們
的思想、容貌、言語、行爲，待熟成有
風味後，讓他們成爲你最後、最甜美的獵物。」

　　話這樣説完，他們就分道揚鑣；一者去
摧毀或弄死各族類的草木蟲魚，一者去催熟
早晚要受毀滅者。這一切都看在萬鈞耶和華
的眼裡，祂坐在燦爛輝煌的寶座上，天使
天軍圍繞著；對那些金光耀眼的各階天使，
祂如此開言道：

　　「你們看看，這兩隻地獄來的畜牲，
一頭熱地向前邁進，想要讓那邊我所創立
美麗良善的世界，變成一片荒漠，而大肆
破壞它；那個世界，要不是人類愚蠢地讓
這兩個糟蹋人的復仇者進來，會一直都是
美麗良善的；而這兩個惡魔竟將愚蠢之名
歸加在我身上！地獄王公[48]和他的夥眾也
一樣。我容忍他們輕易地進來並占有像天堂
一樣美的地方；好像我不在乎我仇敵的嘲笑，
眼睜睜讓他們順心遂意；他們竊笑我，勃然
一怒以致失神，將一切轉歸給他們，讓他們
隨意搞得一團亂。殊不知是我把他們叫來
這裡的，他們是我的地獄犬，來舐舐渣滓和
汙垢的，那些髒汙因爲人犯罪而流溢到清白
乾淨之處；他們吃得飽飽的、滿肚髒汙，

620

48　「地獄王公」（the Prince of Hell），或稱「黑暗王子」（the Prince of
　　Darkness），指的都是地獄之王撒旦。

都快要脹破了，還猛吞、猛吃垃圾。很能
體貼我心意的聖子啊，你只消用你的勝利手臂
一丟擲，就可以把罪神跟死神扔過混沌，扔進
張開大口的墳塋裏，然後永遠堵住地獄的
大門，並且封住死神狼吞虎嚥的大嘴巴。之後
天和新恢復的地將被洗淨，變成聖潔而無瑕疵。
在那之前，對他們兩位人類的詛咒將優先執行。」　　　640

　　上帝説完話，天上的天使天軍聽了之後，
就大聲唱起哈利路亞，其聲似海濤、似浪潮，
他們一波接一波，一隊又一隊的唱頌起來：
「您之道是公義的，您對所有受造物所下判決
也是公正的！有誰能蔑視您的判決呢？」接著，
他們頌讚起聖子，人類命定的復興者，藉由他，
新天新地將興起，直到永遠，不然，就由天
降下新天地。他們就這樣唱頌著，造物主則
依名，喚出其中幾位大天使，吩咐他們各視
目下相關情形做最妥善處理。首先領命的是
太陽，其運行發光方式要能影響地球的冷熱，
且能令人差堪忍受，所以要從北方叫來衰耄
的冬天，從南方要引進夏至的暑氣。對皎潔
的月亮也給了她職務；另五個行星則各有其
運行軌道和方位，如 60 度、90 度、120 度和
相對的 180 度角[49]等，其有害效應則各角不同；　　　660

49　此處所謂的方位，是指兩顆行星之間的相對位置，分別稱爲 sextile（60°）、
　　square（90°）、trine（120°）與 opposite（180°，互相對峙），其對地球之有
　　害作用不一。

何時星星該相聯、交會而有不良影響，進而
讓恆星天受影響而下雨；哪幾個跟太陽一起
升降就會起暴風雨等等。他們把風分置在
天地四角，依時颳風起雲攪亂海、天和陸岸；
也吩咐雷電何時在漆黑的空中恐怖地翻滾。

　　有謂上帝吩咐天使將地軸傾斜，以偏離
太陽的運行軸二十幾度[50]，他們遂吃力地把
位在中心點的地球推斜。也有謂太陽馬車受
指示要從赤道那條路，斜轉到同樣偏垂的
金牛座，連同七姊妹星團和雙子星座那邊去，
再往上走到巨蟹座，然後全速降到獅子座、
處女座、天秤座並深入魔羯座[51]，讓各地都有
季節變化。不然的話，春天就會永遠笑對著
地球，百花盛開、日夜等長，除了極圈以北
之地。在那兒，太陽之不夜晝光一直照亮著。
而為彌補這段距離，處在低位的太陽遂一直
繞著赤道水平線移動，這在那些星座看來，

680

50　哥白尼等人認為地軸傾斜 23.5° 而繞黃道運行。也就是說由於地球的自轉軸
　　沒有垂直於軌道平面，所以赤道（the equator 或 the celestial equator）平面不
　　與黃道平面平行，而有 23°26'（23.44°）的夾角。

51　從「金牛座」到「魔羯座」，是指太陽繞地球轉時的不同方位。在春夏之時，
　　太陽會繞經金牛座（Taurus，該座還包括「七姊妹星團」〔the Seven Atlantic
　　Sisters〕，就是「昴宿星團」〔the Pleiades〕）、雙子星座（the Spartan
　　Twins，也就是 Gemini）、巨蟹座（the Tropic Crab，就是 Cancer，此時進入
　　夏至〔summer solstice〕）；到夏末及秋天，太陽就進入獅子座（Leo）、處
　　女座（the Virgin，Virgo）、天秤座（the Scales，Libra），最後在冬天時進入
　　魔羯座（Capricorn），而有冬至（winter solstice）之日。這是因在西方文明
　　中，太陽的軌跡把黃道（從前認為太陽繞行地球的軌跡）分作十二段，每月
　　一段，每段一個星座組成黃道十二宮，就是星象學中的十二星座。

就無分往東還是往西了，而這也讓愛梭地藍[52]
的嚴寒，以及麥哲倫海峽[53]往南以下的冰雪，
像被禁止一樣到達不了赤道。但就在那禁樹
的果實被吃之後，太陽就避開其原定路徑，
就像從賽艾斯提斯[54]的人肉美饌那兒躲開一樣；
若不然，我們這個人居的世界，如住此者比
現在多得多，縱然無犯過，怎去躲過刺人的
寒風和炙人的熱氣呢？這些在天上的變化，
雖緩慢，卻對河海和陸地產生同樣的變化，
像星際間所產生的怪氣、蒸氣、霧氣和熾熱
的雲氣，既會敗壞東西又會傳染疾病。而從
諾倫北加[55]和薩摩耶[56]以北，北風、西北風和

---

52 「愛梭地藍」（Estotiland）是出現在贊諾（Nicolo Zeno，1558）地圖上的想
　像島嶼，位在大西洋「拉布拉多」（Labrador）的東北岸上。「拉布拉多」
　是加拿大大西洋沿岸，與一海之隔的紐芬蘭島（Newfoundland）組成加拿大
　的紐芬蘭與拉布拉多省。

53 「麥哲倫海峽」（Magellan）是位於南美洲智利南部的一道海峽，爲太平洋
　與大西洋之間最重要的天然航道，在 1914 年巴拿馬運河落成之前，麥哲倫
　海峽是兩個海洋之間唯一的安全通道。惟 Roy Flannagan（1998）引 Alstair
　Fowler（1998），後者又引 17 世紀 Peter Heylyn 之地圖認爲 Magellan 非指麥
　哲倫海峽，而是現在的阿根廷，當時被稱作 Magellonica。

54 「賽艾斯提斯」（Thyestes）是希臘神話故事中邁錫尼（Mycenae）王艾垂斯
　（Atreus）的弟弟，後因與其嫂艾宜洛毘（Aerope）通姦，而致其所生兒子
　被艾垂斯殺死，做成肉醬而爲賽艾斯提斯所食。此駭人行爲驚天動地，以致
　太陽改變路徑，避見此淫穢可鄙之事！

55 「諾倫北加」（Norumbega，或 Nurembega）是北美洲東北地方一個傳說中
　的定居處，曾出現在許多早期的地圖上，從 16 世紀到北美殖民時期都可
　見，此地在北緯 45° 處，整個海都被冰封住。

56 「薩摩耶」（Samoed），是指居住在西伯利亞，使用烏拉爾語系薩莫耶語族
　的一些民族的總稱。密爾頓認爲這些人習於在深雪當中生活。

東北風[57]，從黃銅冰窖中呼呼吹將出來，帶著

冰、雪、雹、強風和暴雨一道來，而北西北風

則將林木劈裂、海水翻轉向上。從瑟拉陵那[58]

則有南風、西南風[59]等相反方向的風，帶有　　　　　　　　700

雷雲從南方吹過來，掀翻一切。橫吹過來，

一樣強烈的有向東吹和向西吹的風[60]：有東南

東風、西風，以及朝側邊吹的東南風和西南風[61]。

因此無生命之物開始亂成一團，先是起衝突[62]，

衝突是罪神的女兒[63]，然後在無思考能力的

動物中，藉由對彼此的強烈憎惡而引進死神。

牲畜與牲畜開戰，禽鳥對上禽鳥，蟲魚對上

蟲魚。全都不去吃草，反而互相咬噬，更

不尊重人，且避開人，人經過時還面目猙獰、

對其張牙舞爪。這些都是外部漸增的苦難，

---

57 北風、西北風和東北風，分別名為 Boreas、Caecias、Argetes；北西北風則是 Thrascias。

58 「瑟拉陵那」（Serraliona 或 Sierra Leone）即今之獅子山共和國（Republic of Sierra Leone），位於西非大西洋岸。

59 南風、西南風分別是 Notus、Afer。

60 「向東吹和向西吹的風」（the Levant and the Ponent winds），字面意義是上升跟下降的風；但 Levant 一字就如 Orient 一樣，意謂東方，而 Ponent 就如 Occident 一樣，意謂西方。在地中海一帶，levant（或 levanter）是指從 Levant 地區（指的是中東、埃及、土耳其一帶地方）吹來的強烈東風。參見 Merritt Y. Hughes 及 John Leonard 之注。

61 東南東風、西風、東南風和西南風，分別是 Eurus、Zephyr、Sirocco、Libecchio。惟後兩者為義大利對東南風和西南風的稱謂。

62 「衝突」（Discord），衝突及不和諧是希臘女神「厄里斯」（Eris）之名的本義，拉丁名字是 Discordia。

63 在希臘神話中，「衝突」（Discord）跟死神（Death）是姊妹關係，此處因死神為罪神（Sin）之子，「衝突」遂為其女兒。

部分已為亞當所見，儘管他藏身在樹陰
最深處，悲痛不能自已，但內心更是煩亂，
宛如置身在情緒翻騰的大海裡，因此他想
尋求解脫，遂哀戚痛苦地自怨自艾起來：

　　「唉，真是悲哀、不快樂啊[64]！這是這個　　　　　　720
新而燦爛世界的末日嗎？而我，不久前還是
燦爛中最燦爛者，如今卻要受詛咒而不是
祝福嗎？不要讓神再見到我，之前，見到祂
是我莫大的喜悅！罷了，如果現在就要結束
這些痛苦：我罪有應得，就讓我承受應得的
處罰吧。但這可行不通：我所吃的、喝的、
我所出的，都會受一代一代傳下去的詛咒
影響。唉呀，之前很高興聽到的：『要生養
眾多』，現在聽來宛如死訊！因為除了詛咒
臨頭外，我能生養眾多什麼呢？無數世紀
的來者，知道是我將禍害帶給他們，定會
詛咒我：『真差勁啊，我們不潔淨的祖先
做得可真濫，真該感謝亞當帶給我們這一切！』
他的感謝無異是種詛咒。所以，除了我自己
的落在我身上外，從我所出者的詛咒也會像
激流迴轉般的回流向我，我儼然詛咒回落的
重心，一個一個，依次重重地落在我身上。
唉，樂園裡的快樂真是短暫，而那可是我用　　　　　　740
永恆悲苦的重價買來的啊！造物主啊，我有

64　「不快樂啊」（of happy），Burton Raffel（1999）認為此處的 of 是 instead of
　　的省略，故譯之。

要求您從土裡造我爲人嗎？我有懇求您把我
從黑暗當中拉拔出來，或把我擺放在這宜人
的花園裡嗎？既然我的意志沒法配合我的
存在，讓我回歸土裡是合公義、符正義的；
既然無法達成您艱難的條件，我願放棄並
歸還我所領受的；我原是要藉由該等條件
來擇善固執的，雖然該善並非我所要的。
喪失了良善，我已受夠懲罰，爲何還要
加上無窮無盡的災禍呢？您的公義，我
無法解釋！但說實話，這時才爭取，太遲了。
當時那些條件被提出來時，就應該拒絕的。
你接受了那些條款，那你怎能只享受好的
部分，卻對條款吹毛求疵呢？雖然上帝
創造你時，並未得你允准，但如你子孫也　　　760
被認爲不順服，受到譴責，卻反駁道：『您
爲什麼要生下我們？我們並沒做此要求啊？』
他們輕賤你，你能接受那樣的傲慢托詞嗎？
可是生下他們，也不是你能選擇的，而是
天生必然的。上帝創造你可是祂自己的意思，
而要你服侍祂，也是祂的意思。你的酬報
就是祂給的恩慈：懲罰自然也是祂之意志。
既如此，我該認罪，祂的審判是公正的：
我來自土，當回歸於土。唉，來吧，什麼
時候來都可以！今兒個，祂爲何住手不執行
判決呢？我怎還活著？爲何我要被死亡嘲弄，
要死死不了，拖久成爲永世的痛苦呢？

我心甘情願要依判決赴死，成爲無意識的
塵土，心甘情願躺下去，像躺在大地母親
的懷裡一樣！在那兒，我可以歇息，安穩
地睡著。上帝令人肅敬的聲音，不再在我
耳際轟響。不再怕更糟的會發生在我以及　　　　　780
我子孫的身上，不預期會有酷刑來折磨我。
可是讓我魂縈夢繫的是：萬一我死不全，
還有一絲氣息、一縷上帝吹進人體的靈氣，
無法跟我的土質肉身同時消亡，那怎麼辦？
而在墳塋裡、或是在其他陰森地方，誰知道
我沒死透，成了活死人？唉，要眞這樣，想想，
豈不可怖？然則，爲何如此？人有氣在才能
犯過：那麼有氣在又犯過，是誰死了？軀體
本質上兩者皆無，所以，我會全死。就這樣吧，
別多所懷疑了，人之智力所能及者到此爲止。
萬邦之王的上帝是無邊無際的，祂的怒氣
也是如此嗎？算了吧，人不是無際無涯的，
人是注定要死的。人既然是要被死亡終結的，
上帝又怎能對人無止盡的生氣？祂能讓死亡
死而不死嗎？那就會自相矛盾，非常奇怪了。
在這一點對上帝來說是不可能的，這只證明　　　　　800
祂無能爲力，而非神力無邊。祂會因爲生氣
而把受懲者有限的生命延長成無限，好滿足
祂永難滿足的嚴酷要求嗎？那就要延長祂的
判決到塵世之外、超越自然法則了；依自然
法則，一切事發之因所以能起作用，全在於

其承受材質之能耐，而不在其承受範圍之大小[65]。
但如死不是如我所想者，一擊就奪走意識，
反而是從此開始，無止盡的痛苦，直到永遠，
且這痛苦我好像在體內及體外已開始感覺
到了。唉呀呀，那種恐懼像雷鳴般回到我
身上，在我毫無防範的頭上可怕地迴旋！
死跟我會永遠在一起，我們倆已合成一體，
我已不是自己一人了：我所出之子孫都要
受到詛咒。真是份好遺產啊，孩子們，我所
留下來給你們的！真希望能把它花光光，　　　　　820
不留一點給你們！如此而失去繼承權，你們
都會讚美我，可現在我是你們的詛咒！唉，
為何一人之過會讓全體無辜的人類受罪，
如果他們是無辜的？但既從我出，除墮落外，
接下來還能怎樣？心理和意志都墮落了，
要做及能做的不都跟我一樣嗎？他們在上帝
面前，要怎麼才能無罪開釋？被迫斟酌
再三後，我要排除上帝的責任了：一切規避
既然無用，轉來轉去的推論，還是回歸到我
要認罪。實質上，身為一切墮落的根源，
就讓所有的責備都恰如其分的加在我一個人
身上吧；所有的怒氣也一樣。痴人夢話！

---

65 亞當在此採用了經院哲學論辯（scholastic argument）的法則，認為行為者的
　動作受限於接受者的能耐；因此，如人是必死的（生命有限），則上帝的怒
　氣雖無限（infinite），其作用於人則必有限（finite）。參見 John Leonard
　（1998）、Merritt Y. Hughes（1957）的注解。

你能擔起比這地球要承擔的還要重嗎，就算
跟那個壞女人平分，你能擔得起比世上一切
還重的東西嗎？因此，你所要的跟你所怕的
都一樣，都會摧毀你逃避的希望，結果是，　　　　　840
你的悲苦將是前無先例、後無來者；你的罪
和罰只堪與撒旦不相上下。噢，我的良知
良能啊，你把我趕進害怕與恐懼的無底深淵，
找不到出口，反而讓我越陷越深了！」

　　亞當就如此對著自己大聲徹夜悲嘆；夜深
寂靜，卻不像人墮落前那般有益健康、涼爽、
和善，而是黑氣沉沉，潮濕、幽暗得令人害怕；
這對良心有愧的他來說，代表一切都有雙重的
恐怖。他躺了下去，四肢攤平在地上、在冰冷
的地上，時不時的咒怨自己的受造，也咒怨
死神為何遲不執刑，因他在逾軌之時就已被
告發了：「死神為何還不來，」他問道，「為何
不拿他三倍於可容受的權杖一棒結果我呢？
難道真理可不守信用，聖潔的公義也不急著
施行公義嗎？但死不是隨召隨來的，聖潔的
公義也不因禱告或呼求，而改變她緩慢的步伐。
唉，山林、水泉、土丘、溪谷、樹蔭啊，不久　　　860
之前我還曾教過你們的身影要用別的呼應聲，
來附和、回應不同於此的呼叫呢！」

　　亞當就如此承受著折磨，夏娃看著，又
傷心又不安地坐著，身子靠向他，試著用
好言好語來平撫他的劇烈情緒。他則用嚴厲

的眼神瞪著她，如是回拒她道：

「滾離開我的視線，妳這條蛇！蛇這
名字跟妳很配，因妳跟牠結盟，妳自己也
一樣虛假、可恨！什麼都不缺，身形尤其像，
妳蛇一樣的彩紋顯示出內心的狡詐，讓所有
受造物得警告而離開妳，以免妳那天國般的
莊重形容掩飾了陰森森的虛偽，讓他們上當
而進入陷阱！要不是妳，我仍會幸福快樂；
要不是妳過於自負，及想閒逛的虛榮，而不慕
虛榮才是安全的，但妳拒絕了我的警告，
以不受信任為恥，想要展現能耐給人看，
其實只有惡魔在看妳，妳大膽自負能贏過他，
但一遇那蛇，妳就受騙、被迷：妳被他騙，
我被妳騙；我相信，妳是從我身邊所出者，   880
應該是聰明、堅定、成熟，可防備一切
攻擊的；但我沒想到的是，一切只是表象，
不是堅實的力量；妳只不過是我一根肋骨，
天生歪斜、彎曲，如現在所顯現者一樣；
更像從我身上左邊邪惡處抽出來的零件，
是多餘不要的，丟掉正好；如此我一人就
剛好成數。唉，為何上帝，睿智的造物主，
讓高高的天上住滿陽性的神靈，卻在地上，
最後造出這麼個新奇的受造物，這個天生不全
的美麗事物？為何不讓地上立時充滿天使般
的男性，不要女的，或者找別的辦法繁衍
人類呢？這個蛇使的詭計就不會得逞，也不會

有更多其他詭計，不會有其他無以數計，因
女人陷阱、因與女性有染而引起的騷亂。
男人要麼找不到適切的伴侶，不然就是不幸　　　　　　　　　　900
或陰錯陽差找錯伴；他越想得到的，越是
得不到。女人越固執，就越會找到比她要者
更差的人；也有女的愛男的，卻爲父母所阻；
有的是恨不相逢未嫁時，而其所嫁者竟是他
可惡的對手，讓他可惱又可恨。女人就是會
對人生造成無止境的災難，會摧毀家庭和諧。」

　　他話不再多說，轉身背對著她，但夏娃
並沒因此就被趕走，她眼淚止不住地流，
頭髮散亂，低聲下氣地在他腳下跪了下去，
抱著他的雙腿，極力求他別再動怒，遂如此
持續地哀求著他道：

　　「別這樣丟下我，亞當！蒼天爲證，
我心愛你甚切、敬你甚深；無意間犯了過，
觸怒了你，但我也是不幸被騙的啊！我在
這裡跪著，懇求你，雙手扣著你的膝蓋；
別剝奪走我賴以活命者：你溫柔的臉容、
你的幫助、你的勸導，在這至爲悲痛的時候，　　　　　　920
是我唯一的力量和支柱。被你遺棄，我要
往哪兒去？何處可活下去？趁還活著，可能
不到一小時，我倆之間應該和睦相處，兩人
合力，受傷相扶持，憎恨共同的敵人：那條
殘酷的蛇，這是嚴正的命運指派給我們的事。
別把你的恨加諸在我身上，因爲我的迷失，

已然悲痛臨頭，我比你還要可憐！我倆都
犯過，你只違犯上帝，我則違犯上帝和你，
我會回到宣判的地方，哭求上蒼把判在你身上
的罪移到我身上，因我是造成你這般悲痛的
緣由，我、我一人才該是祂發怒的目標！」

　　她話說完就大哭起來，苦境堪憐且低聲
下氣，除非接受她認錯且譴責她，否則其心
難安、其苦難除，這讓亞當不由心生憐憫。
很快，他的心腸就軟下來，腳下順服、悲苦的，　　　　940
可是他這一向命之所繫、唯一的快樂，一位
可人兒，她在求他和好，求他給忠告、求他
幫忙，因她惹怒了他。就像被卸下武裝一樣，
他怒氣全消，立時扶她起來，語氣平和地說道：

　　「妳之前太粗心、太急切了；現在呢，
都不知道結果會怎樣，就要把所有懲罰都攬在
身上；唉呀呀，妳就先承擔妳自己的吧，妳
感受到的只是祂盛怒的一小部分，很難承受
全部的，也很難承受我的不悅。如果祈求
可以改變上帝的敕令，我早就在妳之前跑去
那地方，大聲呼求將一切落在我頭上，原諒
妳是弱者、是意志不堅的女性，交託給我
卻被我置於危險之下。起來吧，毋須再鬥氣了，
也不要怪罪彼此，要被怪罪的可多著，我們
要努力，在愛的幫助下，怎樣以分擔罪過來　　　　960
減輕彼此的負擔；照我看來，從今天被宣告
死罪後，死不會是突然的了結而是緩步的災禍，

是漫漫長日的凋萎，好讓我們痛極，還轉嫁
到子孫身上（唉，不幸的子孫！）。」

　　夏娃心情漸漸平復後，遂對亞當如此回應：
「亞當啊，失敗的嘗試讓我知道，我人微言輕，
不足與你論道，且易走入歧途，自然的結果
就是遭遇不幸。還好，卑鄙如我者，因著你，
讓我重新得力，能回到重新接納我之地，有望
重得你之愛，那是我，無論死活，唯一的滿足；
我不再隱瞞你我不安心裡所蘊藏的想法，意欲
解脫或終結咱們的困境，此法雖猛烈、可悲，
但還可忍受，這在咱倆目前的災禍中，或竟
是個較好選擇呢。如果擔心後代是最困擾我們
的事，趁你有能力，在受孕、懷胎之前，阻止
這不受祝福的族群出生；因他們一出生就帶
禍難，最終又要被死神吞噬（成為別人痛苦的　　　980
根源，可真是悲哀啊），他們是我們所生，是
因我們結合而帶來這個可咒世界的悲慘族群，
過完不幸的一生，最終還要成為那惡臭怪獸
的糧食。所以，既然你生而無兒女，就永無
兒女吧！這樣，死神就會受騙，以為沒得吃了；
他那貪婪的肚囊就會被迫滿足於吞吃我倆。但
若你判斷咱們彼此聊著、眼神交會、情意綿綿，
要禁絕敦倫晏好、情愛擁抱[66]太難太煩了；
且如果有慾望，卻只能飢渴無望、苦惱地看著

66　依 Roy Flannagan（1998）之見，此處亞當與夏娃的意念頗似但丁《神曲》地
　　獄篇中的想法，既已解脫無望，不如就活於情慾之下吧！

面前的目標，而後者也苦惱著有相同的慾望，
這種痛苦、折磨實不亞於我們所恐懼者。
那麼就同時解放我們自己跟子子孫孫，不再
爲自己及子孫擔憂吧，不要多浪費時間了，
讓我們一起去找死神，如找不著，就用我們
的雙手，做死神當對我們做的事吧。爲何要
因恐懼而一直忍著卻不停打顫？那是唯有死
才能終結的，在許多死法裡，找個最便捷的，
就用毀滅來破壞毀滅吧？」

1000

　　她話講到這裡，就因絕望攻心而至昏頭，
突然說不下去了。滿腦子裡都是死意乃至雙頰
都染上蒼白。但是亞當並不爲其忠告而動搖
心意，他便更加用心、更努力想著有無更好的
法子，因而乃如此對夏娃回道：

　　「夏娃啊，妳鄙視生命和情慾，正說明了
妳本身比妳心裡所憎惡的，還要高貴優秀。
但因此而尋求自我毀滅，妳可能認爲很超群，
卻是該受駁斥的；因這不意謂著鄙賤，而是
痛苦及後悔生命的喪失和耽溺於一時之快。
縱然妳想求死來作爲終結悲苦的最終手段，
自以爲可以躲開已宣判的處罰，但不要懷疑，
上帝早就機警地裝備好祂的復仇怒火，不是
妳能聰明防止的。更甚者，我怕死亡被我們
強行攫走後，恐仍不免要付出命運要我們付
的苦痛。說實在的，這種故意違命的舉止，
只會刺激我們的至高主讓我們死而不死。

1020

所以讓我們尋找較安全的解決辦法；我想我
已有個譜了，我注意到我們的判決裡有提到，
妳的後世子孫將要弄傷蛇的頭，這眞是
天可憐見的補償啊！我猜，除非我錯了，這
意謂著我們的大仇敵撒旦是在蛇身裡，想辦法
來騙我們的。壓傷他的頭，確是報復，但死了
就一切都沒了，不管死是我們自己帶來的，
還是如妳所提絕子絕孫所造成的。若死了我們
的仇敵就可逃過注定的懲罰，而我們頭上卻會　　　　　　　1040
受到雙倍的懲處。不要再提激烈自絕及自願
不育之事，那只會斷絕我們的希望，嘗到的
只是仇恨、自大、焦躁、蔑視、不服上帝以及
祂架在我們脖子上的正義之軛。要謹記祂是
多溫和慈悲的聽審和判罪，毫無動怒及斥責。
當天，原以爲死就是立即消散，但是，妳聽，
祂只預言妳在生產時會劇痛，但子宮生出孩子
所帶來的喜悅足爲補償。對我的詛咒則是斜斜
地滑落在地：我需勞苦方得糧食。這有何傷害？
懶散才更要命呢。我勞苦可養家，且爲免冷熱
傷身，祂還不待求，就即時送上關懷，親手替
不配的我們穿上衣服，既審判又同情我們。
若求祂，必耳目大開，慈悲心起，會告訴我們
如何避開酷寒季節、雨、冰、雹、雪等；在這　　　　　　　1060
山裡，天此刻已開始變臉，風吹冷冽濕寒，
颳得這些槎枒大樹的枝葉破碎散裂，這催促
我們在太陽離去、夜晚風寒時，要找較好

遮蔽處，用取暖來顧好手腳以免麻木；如何
以集束光線的反射來使物品乾燥，或者，用
兩個物件相撞擊，藉研磨、揉擦空氣來起火；
就像不久前，烏雲衝撞或受風推擠，震盪猛烈
以致雷鳴電閃，電光石火橫空而降，點燃了松、
棕的膠質樹皮，從遠處送來了溫暖的熱氣，這
可作爲太陽光的替代。除有這樣的火可用之外，
如我們求祂，很感恩地懇求祂，祂必會教我們　　　　　　　1080
如何彌補或挽救我們罪行所造成的禍患，如此，
我們就無須恐懼此生猥猥瑣瑣的過了，因有
上帝所賜諸多慰藉支持，直到歸於塵土，那是
我們最後的安息處和出生地。還有能比這更好
的嗎？讓我們往祂審判我們的地方去，虔心
俯伏在祂面前，謙遜地認罪並求赦免，不時
淚濕地板，再三愧嘆，所爲但出於悔罪之心，
顯示毫無矯飾的後悔和謙恭的羞愧。無庸置疑的，
上帝會憐憫我們，不再惱怒我們，在祂臉上
所顯現的，不是盛怒、不是嚴厲，而是一臉平靜，
充滿寵愛、恩慈和憐恤。」

　　我們的遠祖以懺悔的心如此說著，夏娃
也同感後悔。遂急忙往上帝審判他們的地方
走去，俯伏在地，虔心地跪在祂面前，兩人
謙遜地認罪並求赦免，淚水濺濕地板，不時
還仰天愧嘆，所爲但出於悔罪之心，顯示毫　　　　　　　1100
無矯飾的後悔和謙恭的羞愧。

卷十一[1]

提綱

聖子將我等始祖的祈求呈給天父，並代渠等說情，他們現正悔恨不已。上帝接受了他們的懇求，但聲明人不得再居於樂園內，遂遣米迦勒[2]帶同一群基路伯去逐走他們[3]，但要先啟示給亞當未來會發生之事。米迦勒遂下天庭。亞當指給夏娃看到些惡兆；他認出了米迦勒的到來，出去迎接他。這位天使宣告他們得離開。夏娃悲嘆不已。亞當抗辯，但順服聽命了。米迦勒領著亞當上一高山，在異象中，安排他看到在大洪水氾濫前種種會發生的事情。

*

如此，他們就苦楚哀憐地站著懺悔，
祈求上帝從祂天上的施恩座垂降原先要
賞賜的恩典，好教他們去除掉石心，讓新
的肉心再長出來，也讓他們受祈禱聖靈的
感發，用說不出來的嘆息，飛傳禱文上天庭，
再華麗的辯詞、套語，也快不過它。更何況，

1　卷十一在十卷版《失樂園》中是卷十之前大半部，故本卷與下一卷都是原卷十，但略有改變。

2　「米迦勒」（Michael）是《聖經》所提到的一個大天使的名字，伊甸園的指定守護者。米迦勒這個名字的意思是「神的力量」（the might of God）。

3　「逐走」（dispossess）一字亦有剝奪繼承權之意，蓋天地萬物皆爲上帝所有，人在地上只是上帝的代管人，只有「使用權」（usufruct）以及暫時的所有權（proprietorship），隨時可能被剝奪。

他們的舉止也不似下等請願人，所求之事
在分量上，也不比傳說中那對古代夫妻
鳩凱倫與皮拉[4]差，他們爲恢復被水淹沒的
人類，虔誠地站在席密斯[5]的神廟前，而他們
都沒亞當這對夫妻古老呢。他們的禱告直飛
天庭，沒被嫉羨的風吹岔而找不到路，或
到不了目的地。這些禱告無形無體穿過天門，
進了天國，包覆在裊裊馨香之中，那香是在
人類中保聖子耶穌旁的金色祭壇所焚燒者，
禱告進入天父寶座所見及處。聖子歡欣喜樂
地將禱詞呈獻給天父，並爲人類說項道：

20

　「看哪，我父，您嫁接給人類的恩慈，
已在地上結出第一批果實；這些悲嘆和禱告
已跟金香爐內的馨香合在一起，我作爲祭司
帶來給您，這些是您灑在他心頭所出之悔罪
果實，味道宜人，比那些他墮落前，以純潔
無瑕之身，在樂園內親手栽植養護的樹都要
美味。請您側耳傾聽他的哀求，聽聽他
說不出口的悲嘆，因他不熟練該用何種話語
禱告。讓我替他詮釋，我，是他的中保與

4　「鳩凱倫與皮拉」（Deucalion and Pyrrha），在希臘神話中，天神宙斯因不
　　滿人類而降大雨淹歿了所有人類，只除了坐在木箱中的「鳩凱倫與皮拉」夫
　　妻；爲讓人間再有人類，在大洪水後，他們遂往後身後投擲石頭，「鳩凱倫」
　　所丟者成爲男人而「皮拉」所丟者成爲女人。

5　「席密斯」（Themis）係正義女神，是古希臘神話中法律和正義的象徵。她
　　是第一代天之神烏拉諾斯及其妻蓋亞的女兒，十二泰坦巨神之一。在大洪水
　　過後，她對跪拜在她神廟前的「鳩凱倫與皮拉」夫妻預言人類復興之道。

祭禮，他的一切好壞事功都轉嫁到我頭上：
請讓我的勛勞完善他的事功；讓我爲人而死，
以買贖他所行的惡事。也請您收納人類這些
獻祭，收納藉由我給人類的和平香味！在您
面前，留他活命，重修舊好，起碼讓他度完　　　　40
悲苦的有生之年，直到他年壽該終（我只求
減輕他罪刑若此，不是要翻轉它），讓他活得
舒坦些，讓他與我以及所有我所救贖者都能
幸福快樂地住居著，並與我合而爲一，就如
我與您合而爲一一樣。」

　　聖父無雲遮暗的對聖子平靜祥和地說道：
「值得嘉許的兒啊，你爲人所求的，我都答應：
你所請求者就是我要下的判決。但繼續住在
那座樂園，是我之前下給自然的律法所不容的：
那些清純不朽的四行元素，不識粗糙、騷亂、
汙穢的混合物，排斥已然髒汙的他，要將他
排除、滌淨，就像是排除掉失調之症一樣，
他之粗鄙有如沉重混濁之氣，吃食必死之糧，
死亡可能是最適於那犯過而遭致毀滅的他，
他犯的首過讓一切都失調害病了，也讓不敗壞
的敗壞了。我起初，在創造他時賞賜給他兩件
美好禮物：幸福快樂與永生不死。前者他已
愚蠢地丟失了，後者只會讓禍害持續不止，　　　　60
直到我提供死亡才能解脫。因此，死亡是最後
的救濟措施，此生在受嚴酷的苦難試煉後，
要再受信心和信仰事功的淬煉，方有第二生命，

並在公義者復活的叫喚下，脫離死亡，恢復
生命，等候新天與新地。但讓我們召集廣天
之上、各處所有的天使天軍來此開會。我要
向他們揭露我的審判以及如何處置人類，就
如同他們最近所見，我如何處置那些犯過的
天使一樣；這可讓他們在自己的職位上，
固然堅定不屈，卻能更堅信不移地持守著。」

　　上帝說完話，聖子就示意給高高在上守護
的執事天使，這位亮閃閃的天使吹響號角，
這號聲恐怕是日後上帝自天降臨何烈山[6]，也
恐怕是大審判日時所再次吹響者。天使的
號角聲響徹天地四方。光的子民[7]紛從不凋花
蔭下的快樂住處、從山泉水澗、從他們喜樂
閒坐並交誼的生命水岸，急忙趕赴至高者的
召喚處；都坐定後，萬軍之王從祂至高無上
的寶座上宣布祂至尊的旨意：

　　「噢，我的子民啊！像我們一樣，人就要
能分辨善與惡了，因為他吃了那禁樹的果實。
但他只能宣稱是分辨善的能力消失了，而惡卻
上身了；真希望他曉得只知善而不識惡要
快樂得多了！現下他可悲痛、後悔了，以悔罪
之心祈求，是我讓他起心動念悔過向善的，
但這一切，為時不會太久；且我深知其心，
如任其自處，將變換不定，又自以為是。為免

80

─────────────

6　「何烈山」就是西奈山，是上帝授與十誡給摩西的山頭，也見卷 1 注 126。
7　「光的子民」（the sons of light）指的就是「上帝的子民」，因「上帝就是光」。

他大膽伸出手去吃那生命樹之果，以致長生
不死，他夢想這樣會長生不死；所以我要下令
將他移出樂園，打發他到被帶去的地方耕田
種地，那才是他更該待的地方。

　　「米迦勒，我要你領命帶兵去執行任務：
從這群基路兵中，挑選幾位烈焰閃閃的戰士，
帶他們同去，以免惡魔藉為人之故或侵占之實，　　　　100
據有無主之領土，徒然惹出新是非。你們快去，
把那對犯過的夫妻趕出上帝的樂園，把不信神
的人趕離開神聖的地方，莫憐惜，向他們
和他們的子孫宣布，自此而後，永遠驅逐出境；
依法之嚴求，他們當受悽慘之刑，但為免他們
聞此判決而憂心喪志（因我已見其軟化，滿眼
淚水的在悲痛自己的越權），隱藏住你們的兇相；
要是他們很有耐心地遵從你的吩咐，打發他們
走時，不要弄得太寡情了。照我的指點，顯示
給亞當，讓其知道未來會發生何事。中間加入
我跟那女人之後裔新起的誓約。就這樣，送
他們走吧──雖傷感，但要平和──然後在
樂園東邊派基路兵把守，因那是從伊甸最容易
爬上樂園之處，並叫他們揮舞火焰之劍，遠遠　　　120
嚇走那些想接近者，同時看顧所有通向生命樹
的路，以免樂園成為歡迎邪惡神靈的地方，
也不要讓我的樹成為他們的獵物，以免其果實
再次被他們偷來騙人。」

　　上帝話剛說完，這位大天使就準備要迅速

下降到人世，同行的還有一群要去做監督、
光彩洩洩的基路伯。每位基路伯有四臉，像是
兩位雙面門神[8]一樣，外形上有翎斑似眼，
炯炯發光，而且是警醒著的，數量之多，
勝過阿果斯[9]所有的眼睛，阿果斯還著了
希臘神笛[10]，就是赫密士[11]牧笛的道，或是
被他的催眠杖[12]所迷，以致眼花而昏睡。
此其時，盧克緹亞[13]已醒來，準備用她的
神光再向大地致敬，並用新生的露水塗抹
在地上；而亞當與夏娃，那位人類的首位
女族長，剛剛結束晨禱，就發現有股力量
從天加添到他們身上，有新的希望自絕望
中油然而生，他們很喜悅但仍帶著敬畏；
見此光景，亞當乃對夏娃再致歡迎之詞道：　　　　140

8　「雙面門神」（Janus）是羅馬神話中的門神，有兩個面向，一看前、一看
　　後，是以西洋的一月分（January）就源自此字，意謂元月當回顧去年之事，
　　而展望來年也。

9　「阿果斯」（Argus，或拼作 Argos）是希臘神話中具有百眼之巨人，被天后
　　希拉用來看守情敵「艾娥」（Io），防其與天王宙斯私通。但最終爲赫密士
　　用笛音迷住而被殺，希拉不捨遂將其保存於其聖鳥孔雀的尾巴上。

10　「希臘神笛」（Arcadian pipe），Arcadia 是希臘南部具田園景象之處，常爲
　　古詩人吟頌，喻爲天堂美景。此處是以 Arcadia 代稱希臘，不過也取意其古
　　樸自然如伊甸園般。

11　「赫密士」（Hermes），是希臘神話中天王宙斯的兒子及其信使。據說擅音
　　律，曾製作牧笛 Syrinx（或稱 Panpipe）及古希臘豎琴（Lyre）等。

12　「催眠杖」（opiate rod），是希臘神話中「赫密士」手中常拿的權杖
　　（caduceus），是他當天王宙斯傳令使臣的信物。

13　「盧克緹亞」（Leucothea），其名本意爲「白色仙女」（White Goddess），
　　是希臘神話中一個仙女、海神，其後演變爲羅馬神話中的曙光（Dawn）女
　　神，或爲引出黎明女神「奧羅菈」的曙光女神。

「夏娃，有信念就能輕易地認識到，
我們所享有的善都是從天而來的，但要從
我們處送給上天任何東西，還能有效地打動
至福的天父之心，或讓祂的意志對我們
寬容些，這似乎是難以令人相信之事。不過，
這份祈禱文將能做到這點，甚或我們短促的
悲嘆聲也能上飄到上帝的寶座處。因為就在
我想用祈禱來平息受冒犯的上帝，雙膝落地，
全心羞愧懺悔在祂面前時，我好像看到祂
側耳傾聽，神情平和寬容。我內心的信念漸生，
上帝喜聽我禱告。胸中平靜恢復後，突然記起
祂的應許，就是妳的後代子孫要傷我們仇敵
的頭，之前因慌亂而沒在意，現在我確信，這
意味著死的苦果是過去之事了，我們會活下去。
職是之故，我要向妳歡呼，夏娃[14]，妳是
名符其實的人類之母，所有活物的母親，
因為藉由妳，人要出世而生；天下萬物則
為人而生。」

160

　　夏娃聞言，臉色凝重但溫馴地對亞當
說道：「真不配啊，我！我這個罪人竟有
這個稱號，我原該是你的幫手，不想卻變成
你的羅網。我應得的是譴責、懷疑和毀謗。
但我的審判者赦我罪，祂施恩無限，把將

---

14 「夏娃」（Eve）在希伯來文中就意味著一切活人之母，在古希伯來文中，
　　「夏娃」拼作 Hawwah 或 Havvah，其本義即為活著的人、生命的泉源，而其
　　被稱為「女人」，是源自於其原為「從人而出」（extracted from man）者。

死亡帶給大家的我，恩賜爲生命的泉源。
另一個我該感恩的人是你，你賜與我這麼
高貴的稱呼，而我該得的是另一相反的稱號。
但是到田裡勞作、出力流汗的呼喚在叫我們，
雖然昨夜睡得並不安穩。你瞧，旭日，無在乎
我們安睡與否，已滿臉透紅、笑吟吟地開始
她的行程。走吧，此後，我再也不會從你身邊
遊蕩出去，不管到哪兒做日活都一樣，現在該做
的是努力幹活，一直到日頭西垂。只要能住在
這裡，走在這些宜人的路上，有何辛苦可言？
雖已是墮落之身，讓我們心滿意足的住在這吧。」

180

　　夏娃如此説道，也低頭認罪的如此盼望著，
但命運可不同意：大自然透過禽鳥、牲畜和
風勢先給了些徵兆。突然之間，在晨曦的曉光
短暫露出紅暈後，風雲變色；就在夏娃眼前，
原在天空中盤旋之宙夫神鳥[15]，突然俯身下衝，
追逐起他前面羽翼斑爛的兩隻鳥來。從山上
衝下來的是獅子那隻統治山林的野獸，牠成了
第一隻獵食者，追捕著森林中最美麗的動物，
一對溫馴的公鹿與母鹿：他們急忙朝東邊大門
的方向逃去。亞當眼觀此一場追逐，内心頗有
感觸，於是對夏娃如此説道：

　　「唉，夏娃啊！更多變化等著在我們左近
發生，上天用自然界中不出聲的信號作爲預兆，

15　「宙夫神鳥」（the bird of Jove），指的就是天王宙斯的老鷹。

展示給我們知道祂的用意，抑或警告我們，
別因解脫死神幾天，就對免除罪刑有太大的
信心。有誰知道我們的命還有多長？在死之前
又會是如何？會比死更糟的嗎：我們來自塵土，
所以要回歸塵土，而後就不存在了嗎？而又是
為何，我們眼下有兩個飛奔的物體，就在　　　　　　200
同一時間，一路從天上追到地表？為何日光
還走不到一半的路，東方就暗了下來了？
而在那邊的西方雲霧裡，比晨光更顯燦爛、
在藍色天空中露出一道閃耀的白光[16]，是不是
有個天造的東西，跟它一起緩緩降了下來？」

　　他說的並沒錯，因就在此時，那群天使
從碧綠的天空，像燈點亮般的降下在樂園當中，
並停駐在一小丘之上，光輝燦爛地現身出來；
對此，若非心有所疑及身有所懼，亞當之眼
當不致受蒙蔽。此光之亮倒不如雅各在瑪哈念[17]
見著神的眾使者在野地裡安營紮寨、放哨警戒
時還亮；也不若顯現在多坍[18]山上滿營的火馬、

16　此白光亮過晨光，是米迦勒等天使自西方天邊降下來時所發出之光。前面所
　　謂「兩個飛奔的物體」指的就是晨光與此白光。

17　「瑪哈念」（Mahanaim）字面意義是天使的營帳（tents of angels），此名為
　　《舊約》中，雅各看見一群天使所在之地而命名者。事見《舊約‧創世紀》
　　32 章 1-2 節。

18　「多坍」（Dothan）是聖經一古城名，位於「示劍」（Shechem）北方，
　　「希伯崙」（Hebron）北方 100 公里處。

火車爲亮，那時敍利亞王像要謀殺某人[19]一樣，
未經宣戰，就突然發動戰爭。像君王般的 220
大天使就在光燦明亮的陣列當中，放手讓手下
天使們去掌控樂園，自己一人信步走去，要找
亞當的宿泊處，亞當在這位尊客走近前，已然
看出端倪，遂對夏娃說：

　　「夏娃啊，該準備可能不久就有重大訊息
要終結我們的命運，或是有新的律法要加在
我們身上。因我察覺遠方火紅雲霧遮滿整山處，
有一群天上來的使者，其中一人氣宇出眾，
想必是天上能天使還是座天使級的神靈[20]，他
走來時，全身上下尊貴莊嚴；不過他不是凶神
惡煞般令人恐懼，但也不像拉斐爾那般平易近人，
可讓我跟他吐露心事；這位來者，肅穆崇隆，
別冒犯他，我得以虔敬的態度去迎接他，
妳暫且退下。」他話剛說完，大天使米迦勒
就走近了，不是以他在天上的形容，而是
穿著像人一般來找人：在他亮麗的甲冑上 240

---

19 「敍利亞王」指的是亞蘭王；「某人」（One man）指的是以利沙，他是
　　《聖經》中的一位先知，以色列北部王國很活躍的一個施行奇蹟的人，他也
　　是先知以利亞的弟子。他們師徒兩位是《聖經》中所載，在活著時爲神接
　　走、上天堂者。此處所指者，乃亞蘭王派兵圍住以利沙所在的多坍城，滿山
　　遍野都是敍利亞人的車馬，以利沙禱告於上帝，「求你使這些人的耳目昏
　　迷」。事見《列王紀下》6 章 7-23 節。

20 「能天使……神靈」（some great potentate/ Or of the thrones above），其中
　　potentate（或稱 powers）或 thrones 是指天使的階層。potentate（或稱
　　powers）可稱之爲「能天使」，而 thrones 則可稱之爲「座天使」。前面 221
　　行處所提到的 pow'rs，指的也是能天使，或者泛指米迦勒所率領的天軍。

垂掛著一件紫色戰甲，亮勝梅利比亞[21]的紫色
染劑或是撒拉[22]地方的染布，那是古時君王
為示停戰所穿者，彩虹仙子[23]必曾染過這塊
戰甲。他滿是星斗的頭盔未上扣，展露出
他青春剛過、盛年未屆的容貌；腰間掛著寶劍，
像是一道閃亮的星河，那是撒旦最為恐懼者，
手上還拿著一柄長戟。亞當垂首禮敬；他威風
凜凜地受禮，並不欠身，但如是宣達其來意：

　　「亞當啊，上天的最高敕令無需任何前言。
你的禱告，上帝都已聽到。在你犯過逾矩時，
死亡是公允的判決；這幾日所以不讓死神扣押
你，是上帝賜恩，看你能不能悔悟，用諸多的
美行來彌補所犯之惡行。如此，你主耶和華的
怒火平息，因此才能救你脫離死神貪婪的需索。
但你卻不准再住在此樂園了。我此來是要趕你走，　　260
打發你離開樂園，出去到田地裡耕作，你原是
從那裡被帶來此地的，那是更適合你去的地方。」

　　他話沒多說，亞當一聽，一股淒涼的寒意
襲上心頭，悲痛欲絕地站立著，所有意識糾結
在一起。夏娃雖未露面，卻聽得一清二楚，悲嘆

21　「梅利比亞」（Meliboea，此處用的是形容詞形式 Meliboean），是古希臘
　　「帖撒利」（在希臘偏東、偏北之地）地區的一城鎮，以產紫色染料著名。

22　「撒拉」（Sarra），即指現在中東地中海東岸外島上之一小城，也就是黎巴
　　嫩地區的一小城，古稱推羅（Tyre），是腓尼基人的出海港，以產染料、染
　　布聞名。

23　「彩虹仙子」（Iris），但在《哥魔士》（密爾頓的「假面劇」）中指的是黎
　　明仙子（Goddess of Dawn），見 Merritt Y. Hughes（1957）對本字之注。

啜泣之音聲聲可聞，其避退處，遂即爲人所發覺：

「唉，真是想不到的打擊啊，這比死亡還糟！
我就要這樣離你而去嗎，樂園？就這樣離開你，
生而所住之地，這些快樂的步道、樹蔭，適合
神仙出沒的地方嗎？我原期待自那天犯事而必遭
毀滅後，我倆能在此寧靜、悲痛地苟且偷生
一陣子。噢，那些別處不會長的花啊，從你初
開苞到幫你命名，我早也看顧、晚也看顧，用
溫柔的手養護；從今起有誰來扶你面向太陽、
誰來幫你插花剪枝、誰來汲碧泉之水澆灌你？
還有妳，我結婚的新房，我用看來美麗、聞來
香甜的花裝飾妳，我怎捨得離開妳，怎捨得
就此率爾流連在那低矮之界，那比之此地，是
既幽暗又荒涼的地方？我們習於吃永生之果，
又怎有辦法呼吸別地不那麼清純的空氣呢？」

　　對此，這位天使溫和地打斷她的話，回道：
「別哀嘆，夏娃，要心平氣和地放棄妳按公義
該丟失的東西，也別愚蠢地置心力於非歸屬於
妳的東西。妳此去並非孤單一人：與妳同行的，
還有妳的丈夫。他，妳必須服從並跟隨。無論
他在哪處落腳，就要把該處視爲妳的家鄉故土。」

　　此時亞當正從全身冰冷濕漉當中回神過來，
失散的魂魄也回歸正位，於是他向米迦勒低聲
下氣地如此表白道：

280

　　「天上來的貴客，我看你大概位於座天使[24]
之列，或分屬其列而為最高級者，蓋你相貌
當屬君侯中的君侯；你很溫柔地傳達了訊息，
不然，就可能在說時傷了我們，在執行時結束
了我們。蓋我們虛弱之軀，除了悲戚、憂傷、　　　　　　　300
絕望之外，怎堪消受你帶來的訊息：離開這個
快樂園地、這個甜美的幽居處，那是我們眼前
所留下的唯一且熟悉的慰藉。其他各個地方
看來都不適人居，荒涼寂寞，既不識我們，也
不為我們所識。如果不斷的禱告，有望改變
那改變一切者的意志，我會用不停的、持續的
呼求來攪擾祂。但靠禱告改變祂的無上敕令，
其無用就如對風吹氣一樣，回吹的風反而會
令那吹氣之人窒息。是故，我全遵從祂的發落。
最讓我痛苦揪心的是：此去，我就得如避開
祂的臉一樣，被剝奪不能見祂的聖顏。在此，
我可以虔敬之心不時探訪各地祂賜見我之處，
而我也可以向我的子孫說，『在這座山上，　　　　　　320
上帝現身過；在這棵樹下，上帝與我會面；
在這些松樹叢中，我得聞上帝之聲；在這
水泉處，我與我主相談。』過去我會用草泥
起造多座祭壇以示感恩，堆疊溪裡顆顆發亮

24　「座天使」（thrones）是天使三階九級當中最高階之最低級天使，其最高級
　　者為「撒拉夫」（seraph，或稱「熾天使」）。但實際上，米迦勒是「大天
　　使」（archangel）之長，屬最低階中之次高級者，只大於我們所通稱的「天
　　使」（angels）。

石頭，在其上擺放香氣撲鼻的樹膠、水果、
花卉等，以示永世紀念或標記。但在遠方低處
的世界裡，我在何處可見著上帝的榮光露臉，
或者追尋祂的蹤跡呢？雖然我得逃離怒氣騰騰
的祂，但想到祂要延長我們的壽限，且應許
我們有後代子孫，我就不由高興，雖然現在
只能看到祂最外圍的光輝，遠遠孺慕祂的行蹤。」

　　米迦勒用溫和的眼神看著亞當說道：「亞當，
你知道，無論天或地都是祂的，不僅僅這塊
岩丘而已：祂無所不在，充滿整個陸、海、空，
和全部有生命的物種裡，萬物都受其滋養而
溫潤、成長。全地之物，祂都歸你所有並
治理，這是不可小覷的賞賜。別以為上帝只
存在於樂園或伊甸這些狹小地域而已。此地
原可能是你主要的居所，從此開枝散葉、子孫
遍布；他們會從地上各地角落回來，慶賀你
並尊崇你為他們的祖先。但這樣的崇隆地位
已然喪失了，你及你的後世子孫都將受到貶謫，
要住在平野裡。但無庸置疑，你依然可在溪谷、
平地裡找到上帝的蹤跡，就如在此地一樣；
而且有許多祂存在的徵兆在你身邊，依然用
祂的美善和父愛包圍著你，祂的臉容就展現在
其中，而祂的腳蹤則在祂走過的莊嚴步道上。
這些你應相信，也已被證實；在你從此離開前，
該知道，我是被差來告訴你及你的子孫，未來
的日子裡會發生何事。好事和壞事，你都應

340

聽聽，就如上天的恩慈必與世人的過犯相爭持
一樣；因此，要學會動心忍性，並要以敬畏及　　　　　　360
虔誠哀戚來調和喜樂，不管是順境還是逆境，
藉持守中道，就能順應、習慣這兩種狀態：
如此定能安穩過活，時候到了，就能準備好
撐過死亡門檻。跟我爬上這座山去；讓夏娃在
此下邊睡著（因我已讓她雙眼不勝睡意），
你則要醒著去看未來異象，此正如當年你睡著，
而她被創造成形、賦予生命時一樣。」

　　亞當很感恩地對著米迦勒如此回應道：
「上去吧，安全引領我者，我會跟著你；你
帶我去哪兒我就去哪兒，我將自己全然交託在
上帝手中，不管懲戒為何；我將敞開胸懷
面對邪惡，準備好以忍相克，用勞動來換取
安眠，如果可行的話。」因此，他倆就在
上帝的異象中[25]，往山上爬：那座山是樂園中
最高者，從山頂上往下望，整整半個地球的
範圍，不管如何延伸都一覽無餘。此山，　　　　　　380
不若彼山高，視域也未必較廣，那山是試探者
為不同理由，將第二個亞當[26]安置在荒郊野外，

25　「在上帝的異象中」（In the visions of God），依和合本聖經《以西結書》40
　　章 1-2 節，該段聖經譯為「在神的異象中帶我到以色列地，安置在至高的山
　　上」（In the visions of God brought he me into the land of Israel, and set me upon
　　a very high mountain.）。
26　「第二個亞當」（Second Adam）指的即是耶穌基督（Jesus Christ），由聖子
　　降生而為人子，替人類贖罪。前面所謂的「彼山」，即是指耶穌在曠野 40
　　天時，魔鬼帶耶穌所登之山。

要展示給他看人世所有的國度與榮耀。從那兒，
亞當也許可以看到古往今來巍然矗立的名城
大邑、帝國首府：像是定然要蓋的汗八里[27]城，
那是契丹汗[28]的大都；奧可思河[29]畔的撒馬爾罕[30]，
那是帖木兒汗的國都；漢王[31]所在的北京[32]城；

27　「汗八里」（Cambalu）即 Khanbaliq，意爲「可汗之城」，約在今北京城
　　郊），元大都、或稱大都，自元世祖忽必烈至元惠宗時之元朝京師。

28　「契丹汗」（Cathaian Can），文藝復興及其前之西方人士受馬可波羅
　　（Marco Polo）等人的影響，通稱北方中國爲「契丹」（Khitan，訛轉作
　　Cathay），其統治者稱爲「可汗」或「汗」（Khan，訛轉作 Can）。

29　「奧可思河」（Oxus），是古希臘人對現名爲烏茲別克（Uzbekistan）境內
　　阿姆河（the Amu Daria River）的稱呼。

30　「撒馬爾罕」（Samarchand，烏茲別克語作 Samarqand，意爲石頭之城），
　　是中亞地區的歷史名城，現在是烏茲別克的舊都兼第二大城市。撒馬爾罕曾
　　經是中古時期「花剌子模」（Khwarezmia 或 Chorasmia）的首都。當年成吉
　　思汗攻打撒馬爾罕時，在城破之後，曾下令屠城。14 世紀時爲帖木兒
　　（Timur，或稱 Timur the Lame，也即是密爾頓所謂的 Temir）帝國國都，這
　　裡也是帖木兒陵墓的遺址所在地。

31　「漢王」（Sinaean Kings），古時托勒密稱當時的中國爲 Sinae（此爲波斯語
　　將「秦朝」轉成拉丁語 Sina 者）；而也有學者認爲 China 一詞較可能是從
　　「秦朝」（Chin Dynasty，也作 Qing Dynasty）演變而來。惟清朝英文譯名爲
　　Ching Dynasty，也作 Qing Dynasty，兩者可能混而爲一。但清朝入關統一中
　　國是在 1644 年後，密爾頓此詩發行於 1667 年，博學如他者，也很不可能得
　　知此中轉變。況且就在中國之內，秦漢以後，「中國」一名主要作爲統一的
　　中央王朝的通稱，如司馬遷所稱之者，但是並沒有任何一個王朝將「中國」
　　作爲正式的國名。此處譯爲「漢王」，是指大漠以南的統治者而言，非專指
　　漢人王朝。

32　「北京」（Paquin）即 Pekin（或 Peking，也作 Peiping），今作 Beijing（共
　　產中國國都），是中國名城，歷史上有金、元、明、清、中華民國（北洋政
　　府時期）等五個朝代在此定都，以及數個政權建政於此。惟密爾頓所知者當
　　爲金、元、明時之國都，特別是忽必烈時之中國，不過當時稱爲「汗八里」，
　　此處兩城並列，顯然密爾頓並不知道「汗八里」即是後來的「北京」。

然後有蒙兀兒[33]人所建的阿格拉、拉合爾[34]城；
往下走則有金色半島[35]；另有波斯人的首邑
伊巴單[36]及之後的伊斯法罕[37]；俄羅斯[38]王的
首府莫斯科[39]；突厥族出生的蘇丹，立都於

---

33 「蒙兀兒」（Mogul）即蒙兀兒帝國（Mughal Empire，1526 年－1858 年），是成吉思汗和帖木兒的後裔，自阿富汗南下入侵印度建立的帝國。「蒙兀兒」意即蒙古。在帝國的全盛時期，領土幾乎囊括整個印度次大陸，以及中亞的阿富汗等地。帝國的官方語言是波斯語，但統治者是信奉伊斯蘭教、有察合臺汗國（the Chagatai Khanate）貴族血統的蒙古人。蒙兀兒帝國統治者屬於前面提到的帖木兒王朝。

34 「阿格拉、拉合爾」（Agra、Lahor），「阿格拉」是位於印度北方邦亞穆納河（Yamuna）畔的一座古老城市，在 1526 年至 1658 年期間一直是蒙兀兒帝國的首都，著名的泰姬瑪哈（Taj Mahal）陵和阿格拉古堡就位於該市。「拉合爾」（亦作 Lahore）現爲巴基斯坦（Pakistan）的第二大城市，旁遮普省的省會，人口約 1000 萬人，位於印度河上游平原。城中仍保留大量蒙兀兒王朝時代留下來的建築。

35 「金色半島」（the golden Chersonese），Chersonese（字面義是乾燥的島）是一拉丁字，用以說明希臘的「半島」（peninsula）概念；在此指的是馬來半島（Malay Peninsula），在中古時期以產金聞名。

36 「伊巴單」（Ecbatan，也作 Ecbatana）爲一座古老城市，位於現今的伊朗境内西北部哈馬丹省（Hamedan），被認定爲古米底王國（Medes empire）的首都，後來也成爲波斯的首都。

37 「伊斯法罕」（Hispahan），也拼作 Ispahan、Sepahan、Esfahan 等，現則爲 Isfahan，是伊朗第三大城市，伊斯法罕省的省會。位於伊朗首都德黑蘭（Tehran）南方 340 公里處。伊斯法罕早在舊石器時代就已存在，並曾在 1051 年至 1118 年爲塞爾柱帝國（the Seljuq dynasty）的都城。其後在 1453 年，伊斯法罕重新被建立，其光輝在 17 世紀的薩非王朝達至高峰，第二次成爲國都。

38 「俄羅斯」（Russia）是清乾隆以後對古稱「羅刹」、「露西亞」的中國北方帝國的稱呼，與現稱之「俄羅斯」不盡相同。

39 「莫斯科」（Mosco）即現今之 Moscow，在文藝復興時代被稱爲 Moscovia，後又被稱爲 Muscovy。從 1147 年的莫斯科大公（Grand Duchy）時代開始，到沙皇俄國至蘇聯及俄羅斯聯邦都一直擔任著國家首都的角色。

拜占庭[40]。眼下也不能不望見了尼格斯[41]帝國
最外邊的出海口厄可可[42]，以及較不靠海岸的
蒙巴查、基洛亞、美蘭德[43]等城池，還有一度
被認爲是俄斐的索法拉[44]城；再看到剛果以及
更南的安哥拉[45]；在那兒之後從尼日河灘地到
亞特拉斯山[46]，是阿爾曼撒[47]、費茲、穌斯、

400

---

40 「拜占庭」（Bizance）即 Byzantium，是一個古希臘城市，也爲現今土耳其
　　伊斯坦堡（Istanbul）的舊名。羅馬帝國皇帝君士坦丁一世（Constantine
　　I），於西元 330 年在這裡建立了「新羅馬」（Nova Roma），在他死後此地
　　就逐漸被稱爲「君士坦丁堡」（Constantinople），自此成爲東羅馬帝國的首
　　都。西元 1453 年，此城陷入鄂圖曼土耳其人（Ottoman Turks）手中，遭更
　　名爲「伊斯坦堡」。
41 「尼格斯」（Negus），是古時對阿比西尼亞（Abyssinia，今之衣索比亞）
　　統治者的稱呼。
42 「厄可可」（Ercoco）即現今之 Arkiko，是衣索比亞（古稱阿比西尼亞）位
　　於「紅海」（the Red Sea）的出海港。
43 「蒙巴查、基洛亞、美蘭德」（Mombaza、Quiloa、Melind），Mombaza
　　（即 Mombassa）及 Melind（即 Malindi）是非洲肯亞（Kenya）的港岸，
　　Quiloa（即 Kilwa）則是坦尚尼亞（Tanzania）的出海港。
44 「索法拉」（Sofala）是非洲莫三比克的港都，曾被認爲是《聖經》中提到
　　的「俄斐」（Ophir），那是所羅門王爲建耶和華神殿取得 420 他連得
　　（talents）金子的地方。參見《列王紀上》10 章 28 節。
45 「剛果、安哥拉」（Congo、Angola），「剛果」爲非洲國家之名，依剛果
　　河得名，現分爲「剛果共和國」，簡稱「剛果」，以及另一「剛果民主共和
　　國」，簡稱「民主剛果」。「安哥拉」則爲位於非洲西南部的國家，首都盧
　　安達（Luanda），西濱大西洋，北及東北鄰剛果民主共和國，南鄰納米比亞
　　（Namibia），東南鄰尚比亞（Zambia）。
46 「尼日河灘地到亞特拉斯山」（Niger Flood to Atlas Mount），「尼日」是指
　　尼日河，而尼日本身是個非洲內陸國；「亞特拉斯山」是地中海與撒哈拉
　　（Sahara）沙漠之間的山脈，位於非洲西北部，長 2400 公里，橫跨摩洛哥、
　　阿爾及利亞、突尼西亞三國（並包括直布羅陀半島），把地中海西南岸與撒
　　哈拉沙漠分開。
47 「阿爾曼撒」（Almansor，或作 al-Mansur）是回教稱號，意爲勝利者（the
　　victorious），此稱號是用來尊稱 Amir Mohammed of Cordova（938-1002）

摩洛哥、阿爾及爾以及帝釐米森等王國；
之後在歐洲大陸，羅馬統治、操縱著世界。
在亞當的心眼裡似也依稀可辨有蒙提祖馬[48]
轄下富庶的墨西哥、阿塔巴理巴[49]統治下的
秘魯庫斯科[50]，以及那還未被劫掠的蓋亞那[51]，
其最大城被戈洋的子孫[52]稱爲黃金之城[53]。
但要看清楚更宏偉的景象，米迦勒得先除去
亞當眼睛裡的薄膜，該膜是由那虛假的果實
保證可讓人看更清楚而生出來的；次用小米草

的，他是西班牙「安達魯西亞王」（King of Andalusia）。「費茲」（Fez）
是摩洛哥第二大城；「蘇斯」（Sus）是今日的突尼斯（Tunis），突尼西亞
首都；「帝釐米森」（Tremisen）即今日的特雷森（Tlemcen），在阿爾及利
亞境內。

48　「蒙提祖馬」（Montezume，也作 Moctezuma）指的是中美洲墨西哥
　　（Mexico）之蒙提祖馬二世（Moctezuma II, c. 1460–1520），第 9 任的阿茲
　　提克王（Aztec emperor），後被西班牙人征服而殺。

49　「阿塔巴理巴」（Atabalipa 或 Atahuallpa）曾爲西班牙人皮薩羅（Pizarro）
　　於 1533 年征服。

50　「庫斯科」（Cusco），曾爲秘魯（Peru）王「阿塔巴理巴」的國都。

51　「蓋亞那」（Guiana）是南美洲北部、西北部的一個地區。

52　「戈洋的子孫」（Geryon's Sons），「戈洋」（Geryon）原是神話中的三頭
　　怪獸，14 世紀羅馬詩人但丁（Dante）《神曲》「地獄篇」（Inferno）17 章
　　99 節裡提到這個狡詐妖怪；英國詩人史賓賽（Spenser）則在其史詩《仙后》
　　（The Faerie Queene）第 5 卷第 10 章第 8 節裡用以比作西班牙人壓榨人的行
　　爲；準此「戈洋的子孫」即指西班牙人。

53　「黃金之城」（El Dorado），原是指印加帝國首都庫斯科。因爲過去印加帝
　　國擁有豐厚的黃金和白銀，而當時在庫斯科及各省分的太陽神殿也以金銀裝
　　飾大肆鋪張，因此盛傳著「黃金城」的傳說。惟密爾頓此處的「最大城」指
　　的可能是「曼諾亞」（Manoa），是傳說中「黃金國王」（El Dorado，意爲
　　「鍍金之人」）的駐城，故也有「黃金之城」的稱號。

和芸香[54]來洗濯視神經，因爲要看的還很多；
之後再用生命之泉的水滴三滴在眼上。這些藥
其效強大，直透進心眼深處，逼得亞當必須
閉起眼睛、垂下身子，所有魂魄也迷離恍惚：
但那位溫和的天使很快地用手扶他起身，並且
用下面的話來喚起他的注意力：

420

　　「亞當，睜開你的眼睛，先看看你的原罪
所產生的效應，有部分會作用在那些從你所出
者之身上，他們沒碰觸過禁樹，也沒跟那條蛇
共謀，更沒犯你犯的罪，但從你罪那處造成了
他們的墮落，由此而產生出更乖張的行徑。」

　　他睜開眼睛，見有一塊地，半可耕而植者，
田中稻麥新刈，而另一半則有牛羊散布其間；
中間矗立一神壇，作爲兩地界標，該壇由草泥
所建，質樸無飾。不久但見一汗流浹背之農者，
從耕地中隨手帶回初收成、未分綠穗和黃梗的
稻實；又見有一牧者，神情溫和，也帶著他
牛羊群中初產而且經過精挑細選的幼獸走過來，
燔獻給神；他把內臟和肥脂擺在劈開的材上，
灑上馨香，依禮行拜。他的貢物，很快地就被
從天而來的火一燒而盡，化爲煙塵，那是
好兆頭，表示上帝悅納其物。另一人的則

440

54　「小米草和芸香」（Euphrasy and Rue），Euphrasy 又稱作 Eyebright（明目
　　草），據傳是一有明目、增光功效的藥草。Rue 也是種能增強視力的草藥。
　　不過此二字可能有暗指希臘字 euphrasia（意爲 cheerfulness、joy，快樂）和
　　rue（意爲 sorrow，悲哀），意味著亞當對現況是一則以喜、一則以憂。

不一樣，因他不夠虔誠。他內心非常憤怒，
遂在談話中用石頭擊中他的胸腹部，讓他
一命嗚呼：人倒了下去，血流如注，哼一聲，
一縷幽魂就脫身而去。亞當見此情景內心驚惶
不已，遂連忙對天使如是叫道：

　　「唉呀，師尊，怎會有如此惡害降臨到
那位溫馴的人身上呢？他不是依禮行燔祭麼，
虔誠敬獻的結果怎會是這樣呢？」

　　米迦勒也不禁動容，遂對他如此回應道：
「他倆是兄弟[55]，亞當，是從你所出者；不義
之人殺了公義者，是因妒忌其弟之燔獻為神
所悅納；惟此血腥暴行將受報應，另一人之
忠信將受表揚，不會沒回報的，雖然你現在
看他滾在地上，血流不止且凝結成塊，最後
死去。」對這樣的情形，我們的遠祖說話了：

　　　　　　　　　　　　　　　　　　　　460

　　「天哪，我真為這個行為及行為的起因
喟嘆啊！我現在所看的就是死亡嗎？這就是
我回歸故土的樣子嗎？唉呀呀，真是恐怖的
景象，既卑鄙又可惡，令人不忍卒睹，光想到
就覺得令人害怕，感受到則更覺毛骨悚然呢！」

　　米迦勒對他如此回應道：「死神作用在人
身上的第一個樣子，你剛看過；但死有許多
樣式，有許許多多的路可通向死神所在的陰森
洞穴，全都很恐怖；但在洞穴門外感受要比

55　「他倆是兄弟」，指的就是亞當與夏娃的兒子「該隱」（Cain）和「亞伯」
　　（Abel），前者為兄、後者為弟，一種地，一牧羊。

門內還要可怕。有些人，如你所見，因猛烈
一擊就死，有些因火、因水、因餓而亡；更
多人因飲食無節制而死；人世間的飲食會
帶來可怕的疾病，有一群患病而像怪物般者，
將會出現在你眼前，好讓你知道，夏娃的
不知節制會帶給人類怎樣的禍害。」頃刻間，
他眼前有個地方出現，看起來像是座痲瘋病院，
悲哀、嘈雜、陰暗，患有各種病症的人都　　　　　　480
躺在那兒，有各種可怕症灶引起的抽搐、頭痛
欲裂的折磨、痛徹心扉的暈眩、各式各樣的
發燒、痙攣、癲癇、重黏膜炎、腸胃結石、
潰瘍、急性絞痛、著魔發狂、鬱悶憂慮、見月
發狂、憔悴消瘦、肺癆虛弱、橫行奪命的瘟疫、
水腫、哮喘、讓關節發痛的風濕等等，每個
都悲慘地在打滾、大聲呻吟，從此床到彼床，
只有絕望在忙碌地照顧著病患；死神得勝的
射著標箭，但卻遷延而不中靶，病患只能誓求
他降臨，並以此為他們的最大福祉和最後希望。
景象如此慘不忍睹，有誰能鐵石心腸，看到
仍能一直乾著眼而不流淚的？亞當雖非女人
所生，卻再也忍受不住哭了出來；憐憫之心
擊垮了他的男性氣概，不由淚流滿面，直到
理性強力地抑制住他，不讓他過度感情用事，
但一回復說話能力，卻又重新抱怨起來：
　　「唉，可憐的人類，要墮落到什麼程度，　　　　　500
要淪落到怎樣悲慘的境界呢？乾脆就此了結，

別讓我出生算了。既然給了我們生命，為何
要如此奪走它呢？或者，為何要將生命如此
塞給我們呢？要是知道所承受的是什麼，可能
就會不接受所賜的生命？甚或，企求放下生命，
樂於在平靜安穩中如此地被打發走？人生而
有的上帝形象，在被創造時一度完美正直，
雖然此後犯了錯，但需要被降格到受如此不堪
的苦難、如此不人道的刑罰嗎？人既然還多少
保有神性，就以他是上帝形象之故，難道就
不能免除他不要有如此的醜陋型態、如此的
災禍株連嗎？」

　　「他們的造物主形象，」米迦勒回應道，
「已捨棄他們了，當他們貶損自己去侍奉沒
節制的欲望時，就會讓受侍奉者的形象上身，
這是禽獸般的惡行，此乃肇因於夏娃的犯過。
形貌如此鄙賤就是他們該得的懲罰；他們

520

毀損的不是上帝的形象，而是他們自己的；
就算他們是祂的形象，也被自己毀容了，因
他們背叛了大自然純淨、健康的法則，而得到
這些令人討厭的疾病──這是他們應得的報應，
因為他們都不尊崇自身所擁有的上帝形象。」

　　「我承認這都是合公義的，」亞當說道，
「也接受你的教誨。但除了這條痛苦路徑，
難道就沒別的路可讓我們走向死亡，讓我等
與本性相同的塵土混合在一起嗎？」

　　「有的，」米迦勒說道，「如你在飲食

方面，好好遵守不過度的律法，接受節制的
訓誨，只尋求適當的滋養而不是飽口腹之慾，
如此周而復始經過許多年──願你如此活著，
直到年老壽終，就會像瓜熟蒂落般掉落進大地
之母的懷裡，或只要輕輕一摘，不須用力便能
拔除：這就是壽終正寢；但如此，你就要因
長命而失去青春、活力、美貌，變成枯萎、
軟弱及蒼老；意識會變遲鈍，生活的樂趣全失。
對比年富力強時會對所擁有的懷抱希望、快活
地過著日子，此時年老的你，血氣凝滯、又冷
又乾，鬱鬱寡歡、悶悶不樂，最終會消蝕掉
生命的汁液。」對此，我們的祖先回答道：

　　「自此以後，我不會逃避死亡，也不會想
延長壽命；我現在要的是，如何能優雅、輕鬆
地解除我的重負，那是我有生之年的負擔，
直到注定的時辰，脫除臭皮囊，耐心看著自己
死亡。」米迦勒聞言，就回應他的答話道：

　　「你無須珍愛生命，也無須恨惡生命；
而是活著的時候，好好地活著，命長命短，
上天注定：現在準備看看另一景象吧。」

　　他抬頭一看，偌大的平野就在眼前，
上有各色帳幕；有些帳幕旁，牛羊成群在
吃草：有些帳幕傳來樂器演奏的優雅聲音，
有豎琴聲、有風琴聲；誰在按鍵、撥弦，

540

清楚可見[56]：彈琴之手飛快跳動，琴鍵高低　　　　　560
按壓，各有頻率組合，曲式反復來回、追逐
逃離，是重複反響的賦格曲[57]。在另一邊
站有一人[58]，在鐵爐旁工作著，兩大塊的鐵
和銅已然熔化（它們的發現，可能是野火
燒起山中或溪谷林木，火勢延燒到地表礦脈，
滾燙的礦液流到洞穴口而被找到，或是被
地底來的溪水沖刷出來）；熔掉的液態礦漿
被排掉水後，倒進準備好的模具，從而造出
第一批的工具；之後，可能被做成鑄鐵或
鍛鐵。看完這些後，到這邊看看與隔壁高山
不同的景象，這是另一族人的居所[59]，他們
從山上下到平地：樣子看來是些正直的人，
全都心向著上主，也懂上帝不隱藏的天文
地理等事，更不忽略那些能讓人保有自由和
平安的事物[60]：他們在平野上走沒多久，就　　　580

56　此處所指之人是該隱的子孫「猶八」（Jubal），《聖經》中說他是「彈琴吹
　　簫之人的祖師」，參見《創世紀》4 章 21 節。

57　「賦格曲」（fugue），此詞之來源有多種説法，一般認爲是來自於拉丁語，
　　原意是追逐和飛離（就是詩中提到的 pursued 和 fled）。「賦格」是複音音樂
　　按照對位法組織在一起的一種創作形式，而不是一種曲式。主要特點是不同
　　的聲部在不同的音高和時間相繼進入，並模仿或重複同一主題或短旋律。而
　　猶八則是該隱那位弒弟而爲「逃離者」（fugitive，此字即源自 fugue，有
　　flight、fleeing 之意）的後代。參見 John Leonard 之注。

58　此人即是「土八該隱」（Tubal-Cain），也是該隱的子孫，「是銅匠、鐵匠
　　的祖師」，參見《創世紀》4 章 22 節。

59　所謂「另一族人」，指的是「塞特」（Seth，亞當與夏娃的第三子，用以代
　　替被殺的亞伯）的後人。參見《創世紀》4 章 25 節。

60　原 579 行之行文爲 " ..., nor those things last...preserve"，Alastair Fowler
　　（1998）認爲 last 係 lost 之誤，如此則較易解釋。

看見營帳中有群漂亮的婦女，全身珠光寶氣，
衣著豔麗多彩；她們就著豎琴唱起情歌軟調，
邊走過來邊跳舞：這些男人雖然道貌岸然，
一看到她們，眼珠子不由得亂轉，直到被
情網牢牢套住，他們心花怒放，各個挑了
自己喜歡的；談起情來，直到愛情的先驅者、
黃昏星[61]出現；之後各個像動物發情一樣，
迫不及待地點起新婚喜燭，祈求婚姻之神
降臨，好早日舉行婚禮，所有營帳都回響著
喜慶與音樂之聲。當然其中不乏年輕男女尋歡
作樂、談情說愛、青春放浪、唱歌跳舞、獻花
送冠和種種惑人心弦、你情我願等等甜蜜事，
亞當也不禁心繫神往，巴不得接納這些樂事，
這是天性使然，遂如此說出他的看法道：

　　「這景象真是讓我眼界大開啊，有福的
大天使！比起前面看過的兩個異象，這個
景象好多了，預示著有望過平靜生活；之前　　　　600
的是有關恨惡和死亡，或是更糟的疾病疫癘，
這個似乎成就了大自然的種種存在目的。」

　　米迦勒對他如此說道：「不要用肉體快樂
與否來判斷哪個最好，雖然此於自然似乎是
正當不過；但你之受造，當嚮往更高尚的目標，
要更神聖、更純潔，要向神看齊。你所見的
那些快樂營帳，是邪惡的營帳，在那裡住的

61　「黃昏星」（evening star）即晨星、金星（Venus，亦指古希臘羅馬掌情愛之
　　女神），是以稱其為「愛情的先驅者」（Love's harbinger）。

是殺自己兄弟者的族裔；他們精於讓生活安逸
的技藝，是難得的匠師，卻不顧自己的造物主，
雖然祂用聖靈教化過他們，他們卻不承認祂所
賞賜者。但他們仍會生出一族美麗的子孫；
你所見的那群漂亮女性，個個看來像女神，
快樂、婉約、亮麗，卻毫無善德，善德才是
居家婦女的榮耀和讚頌；那些女人生來就是要
滿足男人的情慾：會唱歌、跳舞、打扮、
擅動舌、拋媚眼。另一族冷靜的男人，他們　　　　620
原過著虔敬的生活，堪稱爲上帝之子，卻爲
這些女人無恥地拋棄一切美德、名望，爲這些
不信神的美麗女子而墜入圈套、迷戀她們的
笑顏；他們現在是倘佯在喜樂當中（不久就會
蕩漾在無邊大水中[62]），開懷大笑；因爲這樣，
這個世界不久就會變成哭不勝哭的一汪淚海。」

　　亞當的短暫快樂被剝奪了，乃對米迦勒
如此説道：「唉，眞是可憐又可惜啊！他們
只不過是想好好過活，起初一切美好，不想
竟走偏了，踏上了歧途；或竟在半途中失了魂、
離了魄！不過，我好像還是看到男人災禍之途，
乃植基於同樣的糾纏，都始自於女人[63]。」

　　「一切都始自於男人失去自己的男人氣概、
怠惰造成的，」天使説道，「他應知道要用智慧

62　「無邊大水」（at large），指的就是上帝毀滅惡人的「大洪水」。
63　「始自於女人」（woman），因 woman 一字隱含有 woe of man 之意，指的
　　就是前面的「男人（的）災禍」（man's woe）。

和上天賜予的才幹，去維持住自己的地位。不過
此時此刻，我要準備讓你好好看看另一景況。」

　　他定晴一瞧，但見一片廣土闊野展現在其
眼前，間有城鎮、農莊散布其中；人居之城池
無不高牆巨垣，卻彼此心懷敵意、干戈相對，　　　640
張張臉兇惡凝重，作勢要動武，個個身材魁梧
像巨人，卻都胸懷野心。有的揮動金鉤、有的
勒住吐涎戰馬，不管是單兵還是戰陣，不管是
騎兵還是步足，都非列隊空站，而是集合操演。
有一精選小隊，趕著一群吃草的牛，一路走來；
牛隻公的健美、母的肥碩，被趕離開肥美草場；
他們也趕著一群皮毛蓬鬆的母羊和咩咩叫的
小羊走過平野，這些都是他們這隊的戰利品。
牧羊人並沒立即逃命，反而叫來幫手，雙方
遂陷入流血激戰。騎兵營隊也加入這場殘酷
的較量。剛剛還是牛羊吃草的地方，現在
屍體橫陳，血染整個平野，殘肢破甲四散，
無人照管。又看見，另有人紮營圍攻堅固的
城池，又是鎚牆、又是爬梯、又是鑽壁的
不斷進攻。守城者從城牆上丟擲短箭、標槍、
巨石、硫磺滾水等，堅守不退。每次交手，
都是死傷慘重，場景恐怖驚人。另一邊，　　　660
持節掌權的先鋒官們召集大家在牆門邊開會。
不旋踵，只見頭髮花白、表情肅穆的人跟
戰士們混在一起開議。辯論冗長，不久就
壁壘分明，彼此相持不下，最後有個中年人

站起來，他以舉止聰慧著稱，言必論及誰對
誰錯、公理正義、宗教信仰、眞道和平與
上帝審判等等。可是無論老少都對他叫囂、
辱罵，還動手強行拉他，幸得有道雲，從天
將他[64]接走，消失在群眾當中。是以，暴力
行徑持續蔓延，整個平野上充斥著鎮壓，
一切唯刀劍是問。亞當淚流滿面，轉過身
面對著他的嚮導哀戚地悲嘆道：「唉，這些人
是怎麼了？他們不是人而是死亡使者，竟然
非人道的以死來處置人，其所犯之過豈非
千百倍於那殺戮自己弟弟之罪呢？他們知否
所屠戮的對象是自己的弟兄，是人在殺人？
但那位公義之人是誰？幸得上天出手相救，
不然，他豈不就會因行正義之事而喪生了？」

680

　　米迦勒乃對他如此說道：「你所看到的
這些，都是匹配不良的婚姻種下的惡果，
因爲善跟惡結合在一起了；只因嫌惡跟
自己人通婚，卻思慮不周的跟惡人結合，生出
身量心智非常之人。這就是巨人族的由來，
他們都是神武有名的人物，因爲在那個時代，
唯一受崇敬的就是武力，武力就被認爲『勇猛』
和『英武神勇』。用無盡的殺戮，在戰場上

64　此人即爲「以諾」，是一正義有道之士，挪亞方舟（Noah's Ark）故事中挪
　　亞的高祖父，活年 365，最後爲上帝直接從人世間接走。《新約・希伯來
　　書》11 章 5 節說：「以諾因著信被接去，不至於見死。人也找不著他，因爲
　　神已經把他接去了。」

擊敗並征服他國，帶回戰利品，才會被視爲
人類的最高榮耀；勝利會帶來榮耀，並被稱爲
偉大的征服者、人類的守護神、神一樣的人
或神的子女：他們應更正確地被稱爲人類的
破壞者、瘟神！其名聲因此而得，在人世間
赫赫有名；但最配得名聲的卻隱在暗處無人
提及。只有他，你的第七代子孫，就是你剛
看到的，在一個倒行逆施的世界裡，唯一的 700
義人，自然爲人所憎惡，因此四處都是仇家，
因爲他竟敢單單一個人行公義[65]，並且講述
上帝及其使者將到來審判他們，那種聽來討厭
的眞話。至高無上的耶和華以一陣馨香的雲霧，
將他裹覆，坐上有翼飛馬，接他而去，如你
所見者，他在天上與主同行，高高在上享福，
永居於喜樂之境，免於死亡。這只是展示給
你看，善人會得到的回報是什麼、惡人將受到
何種懲罰，那正是我要指給你看，馬上就會
出現的情景。」

　　他望眼過去，看到事情的表象大大地
轉變了：戰鬥用的銅製喉管已停止轟隆巨響。
一切轉向尋歡作樂，轉向奢華狂鬧、飲宴
跳舞、隨機合寢或苟合，只要姿色還過得去，
就能勾引人去強暴或姦淫：以致從杯觥交錯

---

65 密爾頓一再強調那種「雖千萬人吾往矣」（one in isolation）的精神，這種精
　神見諸以諾，也見諸於押比疊、參孫身上，而耶穌在《復樂園》中的形象更
　是此種精神的極致代表。

到口角生波。終於，有位長執輩的人[66]站出來
說話，宣稱不喜歡他們的作為，也作證表明
反對他們。他經常走訪他們凱歸或飲宴聚會　　　　　　　　720
的場地，勸告他們要悔改、懺悔，免得在
即將到來的審判上，靈魂被監禁起來。但一切
都枉然，他一見情況如此，便也不再爭論，
就把營帳搬離遠去。然後開始從山裡砍伐巨木，
建造一艘艙體巨大的船，長寬高都以肘長來量，
四圍用松香擦抹，旁開有一門，艙裡存滿人與
牲畜所需物資，此時，你瞧，簡直就是奇蹟！
各種牲畜、禽鳥和蟲魚，七個一數，有公有母，
像被告知順序一樣，一對一對進去，最後是
那位家主以及其三子和妻子、兒婦，上帝關緊了
船門。此時，風起南方，烏雲罩頂，天庭以下，
全籠罩在烏雲的黑翅膀下。各山各嶺都替烏雲
送出了大量水氣和霧氣，又黑又濕。濃雲密霧　　　　　　740
的天空像是片黑頂篷。大雨傾盆而下，連續
不斷，直到整個世界都淹沒不見了。船浮行於
水上，船首的尖角隨波傾斜，船身托高，安全
無虞。其他所有的居所都淹沒在洪濤之中，
所有人及他們驕奢淫慾的東西都在水裡打滾。
海連結成大海，無邊無際；他們奢華的宮殿，
如今成為海怪產子育嬰之所在。原先人多到

---

66 此人即「挪亞」，他在舉世滔滔中，是上帝眼中行善且為「義人」（just
　　man）者，所以「唯有挪亞在耶和華眼前蒙恩」（But Noah found grace in the
　　eyes of the LORD）。事見《創世紀》6 章 9 節至 9 章 18 節。

數不勝數，所存留者困在一小船艙內，浮游
在水上。」亞當啊[67]，這是多麼令人悲傷的
事啊！看見自己的子孫全毀滅了，毀滅得如此
淒慘，人蹤全滅！你一定涕泗縱橫、淚如洪濤，
像淹溺你子孫的洪水般淹溺了你。好在有天使
在旁輕輕扶你起身，才得站穩，但卻絲毫不覺
安慰，就像作父親的親眼看到自己所有兒女
一舉全毀一樣，哀痛逾恆，勉強地如此抱怨道：

　　「唉呀，這樣的異象先見不如不見！我
還是活著不知未來比較好，如此，我就只要
承擔自己的惡果就夠了，每日的分量已夠我
承擔了！現在，那些剛被殺的人，是多年後
要承擔的惡果，就一股腦兒全落在我身上吧；
我已預知惡果會出生但不完整，只是一想到
惡果就要發生，雖然他們還不存在[68]，卻已在
折磨我了！千萬別讓人預知自己及孩子未來會
發生何事，就算確知是惡兆，他的先知也無能
防阻，而他對未來惡訊所感受的恐懼也不下於
實際受罪者，同樣是痛苦難受。不過那種憂慮
也已然過去了：蓋無人留下可給忠告了。而
那些捱過饑饉煎熬的少數人，也終將淪為波臣，
被水吞沒、漂流在汪洋巨浪中！過去我總以為，

67　此為詩人或「史詩說話者」（epic voice）的喟嘆，頗有感同身受亞當遭遇之
　　意。
68　因為這是「預示」給亞當知道的「異象」（vision），故實際尚未發生，還不
　　存在。

隨著暴力消失、戰爭止息，人間諸事都會好轉：　　　780
安寧終歸會加在人類頭上，可以過好一段的
幸福日子。但我顯然錯了，如今方知安寧會
使人墮落，其力不下於戰爭帶來的毀壞。事情
怎會變得如此呢？揭曉吧，天上來的指引者，
人類是否在此就要被終結了？」

　　米迦勒聞訊，對他如此回應道：「你剛剛
看到那些沐浴在勝利與豪奢富足中者，是第一批
在軍事武藝上出眾、擄獲無數戰利品之人，但
他們卻無好德行；他們浴血奮戰，掃蕩、征服
各國，贏得世間功名、勛位、利祿，轉而變爲
貪歡享樂、偷安好逸、苟且怠惰、腦滿腸肥、
貪婪好色，乃至驕奢淫慾、狂妄自大，在承平
友善之時生出敵對行爲。而那些戰敗者則被擄
成俘，既喪失自由，也喪失所有美德和對神的
敬畏，在其與敵廝殺的殘酷對壘中，神也不爲　　800
其助陣，因他們假裝虔誠；是以，熱望冷卻，
只求在其主子允准下，苟且偷生，不管是要
多世故俗氣，還是多放浪形骸；人世間已承載
過多罪惡了，一定要能中道節制。不然，全
都要墮落腐敗，忘卻了公義與節制、眞道
與信實；只有一人例外，他是在舉世滔滔、
汙濁一片中唯一的亮光，他以善抗惡，反抗
引誘、流行及一整個無行世界；他無懼譴責、
嘲諷或是暴力相向，勸阻他們不要行淫施暴，
並且爲他們鋪上正義之路，那才是更安全、

充滿和平之路，宣稱上帝之怒將屆，如他們
執迷不改，定遭天譴。他們對他回絕並嘲笑他；
但這一切上帝都看在眼裡，這位義人將獨活；
祂命他造一不可思議之方舟，如你所見者，
救自己及一家大小，免遭舉世毀滅之禍。他　　　　　　820
跟家人、各種精選牲畜一安頓好，躲在方舟
之內時，天上豪雨如瀑，降落在地上，日夜
傾盆大雨，山洪暴發，海水滿漲，席捲了各領
各域，水高漲而淹沒崇山峻嶺：那時就連這個
樂園所在的山頭，也會被水波沖走、被洪濤
巨浪推移，其上之青蔥山林全毀，樹木漂浮在
大河[69]之上，直到灣峽開口處，落腳生根而成
一光禿無物、鹽鹹之島嶼，海豹、鯨魚以及
軋軋聲叫的海鷗等聚居於此。這是要告訴你，
人若不帶聖潔之心去見神，或是住或行走之處
無聖潔，上帝將不會把神性賜給該地的[70]。現在，
再來看看接下來會發生什麼事吧。」

　　他一瞧就看見浮於水上的那艘方舟，此時　　　　　840
洪水稍退，雲開見天，冷冽的北風已然將雲
吹散、將地吹乾，洪水水面大浪退卻，只剩
淺淺波紋；晴朗的太陽熱曬在一大片的水面
鏡上，像是口渴已極，猛力地吸水，這一吸，

69　此「大河」應係幼發拉底河，而其後之「灣峽開口處」指的應是波斯灣（the
　　Persian Gulf），該河之入海處。
70　此處密爾頓要強調的是，人必須「敬天畏神」才能與神同在，而非某地就必
　　然有神。

就將水流沉滯的大湖縮成潮退水弱的小池，
緩緩地向深處流去，就連深水處也無水再流出，
因為上天已關上了雨窗。方舟也不再漂浮，
而像是著陸般的被固定在某座高山[71]頂上。
山頂上岩石裸露，急流狂奔怒吼，轟隆聲響，
朝著逐漸退去的海直奔而去。不旋踵，有隻
烏鴉自方舟處飛出，之後又送出更值信賴的
使者——鴿子——去探查是否有綠樹或乾地，
好讓牠可降落。鴿子第二次回來時，口銜一
葉橄欖，那表示一切都平靜下來了。不久，　　　　860
乾地出現，那位年高德劭的長者率同他的隨從，
走下方舟，雙手高舉，眼露虔誠，感謝上天，
抬頭上望有一濕露般的雲朵，雲中有一彩虹，
有三條帶狀彩色斑爛的虹，清晰可見，顯示
上帝與人和善的訊息、新的誓約。一見及此，
原先哀痛莫名的亞當，大大地高興起來，樂不
可支的蹦出話來道：

　　「哇，你啊，天上來的導師，你將未來
事呈現在眼前，看到最後一幕，得知人終將
活下來，所有受造物及其子孫也將存留，我心
雀躍不已。我現在不太為一整個世界的不肖
子孫悲痛，反而為一人如此完美、如此正直
而歡欣；因為上帝誓言要從他再興造一個世界，

71　「某座高山」（some high mountain），指的即為《創世紀》8 章 4 節所載的
　　「亞拉臘山脈」（the mountains of Ararat）中之某座山。亞拉臘山脈在今土耳
　　其東部、俄國南部及伊朗西北部。

並忘卻祂的怒火。不過，嘿，天上那些向外
擴展的彩帶是什麼意思？是上帝緊蹙的眉頭　　　　　　880
得到舒展嗎？還是用他們這些花邊彩帶來縫綴
那邊水氣飽滿的烏雲水裙，免得它再散開，
以致大雨淹沒大地嗎？」

　　就此，大天使回應他道：「你擲射得巧啊！
上帝欣然減滅祂的怒火，雖說祂不久前才後悔
造出人來卻都朽壞了，因祂望下看時，整個
塵世充滿暴戾之氣，所有血肉之軀都各自敗壞。
但是，那些被遷移走的，將因一義人[72]而在其
眼中蒙恩典，上帝為此心軟，不消滅人類了，
並且立一新約，不再用水來毀滅這個地球，也
不再讓海超出界線，更不讓大雨淹沒有人、
有牲畜在內的世界。但當祂帶給地球雲雨時，
也會帶來祂的三色彩虹[73]，人只要看到，心中
就會想到那誓約。如此，日日夜夜，春日撒種，
秋天收成，從暑氣蒸散到秋霜白露，都會持守

72　「一義人」（one just man），指的即是挪亞。

73　「三色彩虹」（triple-coloured bow）就是指 866 行的「三色帶」（three listed
　　colours），此三色為「紅、黃、藍」三原色，是七彩霓虹中最明顯且肉眼可
　　見者。Alastair Fowler（1998）在本注中引 K.Svendsen（1956）之看法，認為
　　彩虹的藍色代表已逝之水，紅色代表未來之火。

該行之道，直等天火[74]燒盡一切，烈焰淨化翻新
萬事萬物，屆時天地合一，只剩公義之人能住　　　　　　　　900
在此新天新地之內，與主同在。」

---

74 有關「天火」及「新天地」之描述，請見《彼得後書》3 章 5-7 節及 11-14
節。特別是 3 章 7 節：「但現在的天地，還是因著同樣的話可以存留，直到
不敬虔的人受審判和遭滅亡的日子，用火焚燒。」（But the heavens and earth,
which are now, are kept by the same word in store, and reserved unto fire against
the day of condemnation, and of the destruction of ungodly men.—*Geneva Bible*）
以及 3 章 11-13 節：「這一切既然都要這樣融化，你們應當怎樣為人，過著
聖潔和敬虔的生活，等候並催促神的日子降臨呢？因為在那日，天要被火焚
燒就融化了，所有元素都因烈火而融解！但是我們按照他所應許的，等候新
天新地，有公義在那裡居住。」（Seeing therefore that all these things shall be
dissolved, what manner persons ought ye to be in holy conversation and godliness?
Looking for, and hasting unto the coming of the day of God, by the which the
heavens being on fire, shall be dissolved, and the elements shall melt with heat?
But we look for new heavens, and a new earth, according to his promise, wherein
dwelleth righteousness.—*Geneva Bible*）

卷十二[1]

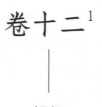

提綱

　　天使米迦勒從大洪水繼續講到隨後會發生之事；然後在提到亞伯拉罕[2]時，逐步解說女人所出之子裔爲誰，那是亞當與夏娃墮落後的應許，該子之降世爲人、受死、復活及升天；基督教會在他第二次降臨前的情況。亞當甚感滿意，也甚受這些講述和應許之鼓舞，遂同米迦勒一起下山；叫起夏娃，她這一陣子都睡酣夢沉，但所夢甜美，遂神情鎮定、心平氣和、柔順服從。米迦勒雙手各牽一人，引領他們離開樂園，火紅的寶劍在他們身後揮舞，基路兵[3]站好崗，護衛著那地方。

＊

　　如同人在正午時中斷行程一樣，雖有心

1　「卷十二」是由原十卷版之「卷十」後半部所構成。

2　「亞伯拉罕」（Abraham，意爲群國之父〔father of a multitude〕），原名「亞伯蘭」（Abram，意爲尊貴之父〔noble father〕），是以色列在聖經時代的大家長，也是最重要的族長，《創世紀》17 章 5 節：「你的名必不再叫亞伯蘭；你的名要改作亞伯拉罕，因爲我已立了你做群國之父。」（Neither shall thy name any more be called Abram, but thy name shall be Abraham: for a father of many nations have I made thee—*Geneva Bible.*）。所謂的以色列十二部族從他而出，稱爲「亞伯拉罕的後裔」（the seed of Abraham）；《聖經》中出現的神，通常稱爲「亞伯拉罕的神」（the God of Abraham），因他是神眼中「順服、信實」（submissive and faithful）的人。耶穌基督也是亞伯拉罕的後世子孫。

3　「基路兵」（Cherubim）是「基路伯」（Cherub）的複數詞；是天使 3 階 9 級中的高級天使，也稱作「智天使」，是僅次於「撒拉夫」（Seraph）--「熾天使」--的上帝近身天使。

加快步伐，步履卻慢了下來，所以這位大天使
也在講述已然毀滅的世界及復原的世界間停頓
了一下，看看亞當是否要插話提問；接著順勢
將話題轉開，語氣平和柔順的重新説起話來：

　　「如此，如此，你已見過一個世界的興起
和隕落，而人則衍出自第二苗裔，繼續存活
下去。你還有很多要看的，不過我察覺你凡人
的視力就要不行了；天上事物想必既傷心神
又損眼力：是以，我就只說說未來的事，你
且好生聽聽，留神注意了。人類的這第二個
源頭，雖來人無多，但過往的可怕裁決，卻
餘悸猶存的留在他們心中，敬天畏神，並注意
何爲公義、何爲正直，依此而營生活命，且
繁衍迅速，勤耕苦勞，遂收穫豐碩，有穀、
有酒也有油；從所產牛羊牲畜中，經常燔獻
牛犢、羊羔、山羊，並灑上大量的酒以奠祭，　　　　　20
作爲給神的貢禮；如此，在家父族長的統領下，
將無災無禍樂永享天年，家戶族裔也永保和平。
直等到有一人[4]，驕矜自滿、野心勃勃，不以
公正公平、兄友弟恭的國度爲滿足，僭權越位，
竊占、轄治了自己弟兄的權位，讓人世間差點
就失去平和以及自然律法。凡不從其暴虐

4　此人即「寧錄」（Nimrod）。躲過大洪水的挪亞生有雅弗，雅弗生古實
　　（Cush），古實生寧錄，所以寧錄是挪亞的曾孫。《聖經》説他「是個英勇
　　的獵人」（a mighty hunter），事見《創世紀》10 章 9 節。他可能也是「巴
　　別塔」的督造者。

統治者，就以兵刀羅網相向，像狩獵一樣（但
其獵物是人，而非動物）：在上帝面前自詡爲
英勇的獵人，睥睨上蒼，稱自己爲奉天承運
的天子，是神之外的第二號人物。以作亂起家
而得名，卻指控別人叛亂。他帶著一群加入他、
歸附他，與他同具狼子野心之人，一起欺壓
別人；從伊甸出發，往西馳騁，來到示拿的　　　　40
平野，那兒有一潭焦黑湖水，從下往上燒滾，
儼如地獄入口；用那些焦黑物質，他們燒磚
鑄瓦來蓋城池和塔樓，高欲達天；意欲讓自己
因該城而傳名，以免散布在異地遠處時，大家
不復記憶，卻不管該名是好還是壞。上帝常
隱身下來探視人類，行走在人類居處，標記
下他們的所作所爲，不久，就發現了那城樓，
遂下來看他們的新城，眼看那塔樓就要擋住
天上的塔樓了，爲示嘲弄，就在他們的口舌上，
興起了言語各異的精靈，以除掉他們的本生
語言，讓他們口出鏗鏘雜亂之聲，卻彼此
不通曉：是以，在築城者間，不忍卒聽的
聒噪聲大起，彼此互不理解，直到聲嘶力竭、
怒火噴發，各個像被嘲弄般，氣憤填膺。
天上眾神靈低頭下看，但見怪異吶喊行狀，　　　　60
只聽得喧囂叫聲，乃大笑不止；是故，該工程

建不成，徒留笑柄，該城樓遂被稱爲『變亂』[5]。」

　　對該事故，作爲長執輩的亞當很不悅地
說起話來：「唉呀，該受詛咒的傢伙，竟然
僭取竊奪來的權柄，進而挾制其弟兄，此權威
非得自於上帝之賜與：上帝只賜與我們對牲畜、
蟲魚與鳥獸的絕對統治；並沒讓我們稱王作帝，
凌駕於其他人之上；這樣的尊榮，祂只留給
自己，人不當受人之轄治。但這位僭竊國器的人，
自大侵犯的不只是人，他還想圍攻、挑釁上帝
的塔樓：眞是可悲的傢伙啊！他能輸送什麼
糧食上天以供養自己及魯莽的大軍呢？高高在
雲層之上，空氣稀薄，豈不使所有的五臟六腑
受折磨，不僅缺氧氣短，更是會缺食腸飢啊！」

　　米迦勒對他如此回應道：「你很有公義，
竟然憎惡那位子孫，他想剝奪人的理性自由，　　　　80
讓平靜無事的狀態起了波瀾。殊不知，打從你
犯了那原罪，眞正的自由已然喪失，自由與
公正理性兩者總是連在一起的，一旦跟理性
分離就無獨自存在的可能：理性一遭蒙蔽、

5　「變亂」（Confusion），是「巴別塔」一詞的指涉義。「巴別塔」之創建及
　　停工見《創世紀》11 章 1-9 節。所以「巴別塔」又稱「變亂」，見該經 11
　　章 9 節：「因爲耶和華在那裡變亂天下人的言語，使眾人分散在全地上，所
　　以那城名叫巴別〔就是變亂的意思〕。」（Therefore the name of it was called
　　Babel; because the LORD did there confound the language of all the earth: from
　　thence then did the LORD scatter them upon all the earth—*Geneva Bible.*）。「巴
　　別」原指巴比倫（Babylon）城，其名意爲眾神之門（gate of the gods），此
　　字與另一希伯來字 balal（意爲混亂〔confound〕）音相近，而成雙關用詞，
　　見 John Leonard（1998）之注。

或不被遵從，無節制的欲望與突然冒出的情慾，
就會從理性處奪走主宰權，讓原本自由的人
淪爲奴僕。因此，若人允許他内心那不配的
力量控制了自由的理性，上帝在做公正審判
的時候，就會從外部引進兇暴的君主來箝制他；
這些君主對人身外在自由常常施予不相稱
的奴役[6]：此即爲暴政的由來，但卻非暴君
可有的藉口。有時，萬邦列國其内在自由已喪，
雖無犯錯，卻墮落到無美德可言，而美德
即理性，再加上遭受天譴，以致公義剝奪了　　　　100
其外在自由：看看那位人子[7]，不尊重其造
方舟之父，羞辱了自己的父親，乃遭重重
咒詛，他一整個惡毒的世系，都要做『奴僕
中的奴僕』。如此這新造的世界，跟舊世界
一樣，有每況愈下的趨勢，上帝終於厭煩了
他們的不當行爲，不再出現在他們當中，
自此也撇開眼，一任渠等走向墮落之境；

6　這是密爾頓的政治理念：人生而有理性、自由，但若無法自治（或自制），
　　則將有外部機制來管控你，這就是政府或暴君的由來。理性與自由相輔相
　　成，但自由受理性節制，如不然則人將受制於無邊欲望與情慾。一旦受制於
　　欲望與情慾，人就會犯下跟亞當與夏娃同樣的禁制、逾越之罪，而失去「樂
　　園」；惟若人能重拾「良心」（conscience），重新讓理智管控情慾，則可找
　　回「内心的樂園」（paradise within），失去的樂園再復人間，此爲本卷詩尾
　　段之意旨，也是密爾頓寫《復樂園》的緣由。
7　指的是挪亞兒子「含」（Ham）。「含」因其父在葡萄園中工作喝酒，以致
　　酒醉裸身，爲其撞見，出而說與其弟兄知道，挪亞酒醒，知其事後，就詛咒
　　「含」的兒子「迦南」（Canaan）及其子孫世代爲奴。事見《創世紀》9 章
　　20-27 節。

而從萬邦諸國中挑選、呼召一信實之人[8]，
新的邦國從其而生：他是長在偶像崇拜、
住在幼發拉底河這邊者；唉，（你能想像嗎？）
人竟變得如此愚昧，在率他們逃離大洪水的
大家長還活著時，捨棄那永生活神，反而去
崇拜自己用木石做成的偶像，奉爲眞神！
上帝至高主眷顧他，用異象把他從其父家中、
從親族中、從假神堆中叫到一地，展示給他看，
他的子孫將興起之強大邦國，並祝福他，且其　　　　120
子孫所建萬邦列國也都受祝福；他隨即順服，
雖不知道要去何處，仍衷心相信祂：我見過他，
（你不可能[9]），你看他有多大信心，棄離偶像假神、
親朋好友、故鄉祖地，也就是迦勒底[10]的吾珥城，
穿過峽谷到哈蘭[11]去，跟隨他的是累贅的牛羊
牲畜、無數家小奴僕；他們四處流浪，但並非
窮途末路，而是將自己的財富交託與神，是

8　「信實之人」（one faithful man）指的即爲亞伯拉罕，見「提綱」之注及本
　　卷後述。
9　因此時米迦勒只口述，而不再以「異象」示亞當。
10　「迦勒底」（Chaldaea）爲《聖經》所載古地名，約在現今伊拉克（Iraq）南
　　部及科威特（Kuwait）境內。該區部落住民就被稱爲迦勒底人（Chaldeans）
　　或新巴比倫人（Babylonians）。「吾珥」（Ur），位於幼發拉底河口之古
　　城，在今伊拉克境內。也參見《創世紀》15 章 7 節。
11　「哈蘭」（Haran），古城名，即今之 Harran，一般認爲在今之土耳其境內，
　　也就在巴旦亞蘭地，意爲位在美索不達米亞（即西亞兩河流域）西北部之地
　　者，參見《創世紀》12 章 5 節及 25 章 20 節。

上帝呼召他去一未明之地。他已到迦南[12]，我
看到他在示劍[13]和附近的摩利[14]紮營安寨；那些
是上帝依許諾賞賜給他後人的：從哈馬[15]以北
到南邊沙漠（此等地雖尚未命名，我且如此稱呼
稱呼它們），從黑門[16]往東到大海西邊[17]。黑門山、
遠處的海，我所指的每個地方，都可一覽無餘；
海邊有山叫迦密[18]；而這裡是有雙源頭的約旦河
東流盡處；但他的子孫將住到示尼珥[19]那列長長
的山脊上去。你且想想，世上所有邦國，凡與

140

12　「迦南」（Canaan），古代地區名稱，大致相當於今日以色列、約旦河西岸
　　和迦薩走廊地區，加上臨近的黎巴嫩和敘利亞的臨海部分。它也相當於古
　　「腓尼基」（Phoenicia）之所在。參見《創世紀》12 章 4-5 節及《以賽亞
　　書》23 章 11 節。

13　「示劍」（Shechem），或拼作 Sichem，為一座迦南地區之城市，是以色列
　　王國第一代首都，位於古耶路撒冷前往北部地區的大路上。參見《創世紀》
　　12 章 5 節。

14　「摩利」（Moreh）尤指「摩利山」（hill of Moreh），是《聖經》中多次提
　　到的地名，大概在「加利利平原」（the plains of the Lower Galilee）之南，在
　　現今之以色列北部。參見《創世紀》12 章 5-6 節。

15　「哈馬」（Hamath），也拼作 Hama，是敘利亞境內的古城，位於奧朗帝斯
　　河（見卷九注 19 介紹）之河谷。參見《創世紀》10 章 18 節。

16　「黑門」（Hermon）指的即「黑門山」（Mount Hermon），位在今日敘利亞
　　及黎巴嫩交界處。

17　「大海西邊」，指的是「地中海」（the Mediterranean Sea）西邊。

18　「迦密」（Carmel）或「迦密山」（Mount Carmel），又譯「加爾慕羅
　　山」，是以色列西北部山脈，瀕臨地中海。希伯來語其名意思是上帝的葡萄
　　園。古代這裡是一片葡萄園，而且始終以肥沃著稱。

19　「示尼珥」（Senir，又作 Shenir），即本卷注 16 提到的黑門山；《聖經·申
　　命記》3 章 9 節：「這黑門山，西頓人稱為西連，亞摩利人稱為示尼珥」
　　（Which Hermon the Sidonians call Shirion, but the Amorites call it Shenir—
　　Geneva Bible）。

其子裔有份者，都會受到祝福。（所謂子裔指的
就是你的偉大解救者[20]，他將踏傷巨蛇惡魔的頭；
這馬上就會更清楚地顯露給你知道）。這位受
祝福的大家長，在時候到時會被稱呼為『信實的
亞伯拉罕』；他生有一子[21]，子生一孫[22]，在忠信、
聰慧、名望上，都像他一樣；其孫生子有十二
之多，他們離開迦南地，搬到此後稱為埃及的
地方，有一水尼羅[23]，與迦南隔開；瞧瞧該水
流向何處？它分七流注入河口後，流入大海：
該族長受其較年幼之子邀請，在饑荒時期，　　　　160
該子[24]行事得宜，為法老王擢升為該國第二號
人物：該族長逝於羈旅之地，其所遺族人，
增長成一國之眾，為其後接任之法老所猜疑，
遂設法阻止他們的擴張，因作為客旅之人，
他們的人眾太多了；遂很不客氣地把他們從
客卿轉為奴隸，並殺戮他們新生的男丁：直到

20　「偉大解救者」（great Deliverer），指的即為耶穌基督。

21　亞伯拉罕之子為以撒，生子以掃和雅各，以掃為大，但其長子權為雅各所
　　奪，事見《創世紀》27 章 1-40 節。

22　「亞伯拉罕」之孫為雅各，後改名為「以色列」，意為與神較力（he
　　struggles with God）。雅各生子十二，即為《聖經》中的以色列十二族裔。

23　「尼羅」（Nile），為從中東進入埃及必經之河，該河由南向北流經非洲 11
　　國，最後在埃及首都開羅附近注入地中海，為非洲及世界第一大河。

24　該子即雅各之子「約瑟」（Joseph），為其兄弟出賣，輾轉流落於埃及，後
　　成輔佐法老王治理埃及之重臣，事見《創世紀》37 章 12-36 節、39 至 50 節
　　各節。

上帝派兩兄弟（他倆是摩西與亞倫[25]）去領其
族人脫離奴役，他們遂帶著榮耀和戰利品回到
上帝應許之地。不過，初始時，不守法紀的
埃及暴君，非待神蹟出現及重責相逼，拒絕
承認以色列人的神，也對神的意旨不屑一顧：
眾河之流水遂都變作不動血瀦，青蛙、蝨蚤、
蒼蠅滿宮廷，也滿布全國四境，既擾人又討厭；
王之牲畜，口蹄生疫潰爛而死；其本人及百姓
則全身生瘡長膿；埃及上空，打雷又下雹，
冰雹攙挾著雷火，劈天裂雲，橫掃過地面，
吞噬沿途一切；凡沒被吞噬的，一陣陣像烏雲
般的蝗蟲鋪天蓋地而來，吃掉所有草木、果實
和穀物，地上寸綠不留：蝗蟲蔽日遮天，三日
三夜，法老所統之境，皆暗無天光，黑得觸手
可及；最後，在半夜時分，閃電一擊，埃及
所有人畜的頭胎都死了。如此，棲伏於自己河中
的惡龍[26]受此十傷之後，不得不屈服，終於應
他們所求，讓這些羈旅之人離去；惟其頑固
之心，雖常軟化，卻像雪融後再結之冰般堅硬，

180

25　「摩西與亞倫」，「摩西」是《舊約・出埃及記》等書中所記載的猶太人民
　　族領袖。他帶領在埃及過著奴隸生活的以色列人，到達神所預備的流著奶和
　　蜜之地──「迦南」，神藉著摩西寫下《十誡》給祂的子民遵守，並建造會
　　幕，教導他的子民敬拜祂。「亞倫」是摩西的兄長，屬利未支派。他是古以
　　色列人的第一位大祭司，以色列人出了埃及地後四十年，有天祭司亞倫遵著
　　耶和華的吩咐上「何烈山─西奈山」，就死在那裡。參見《出埃及記》3 章
　　1 至 4 節、20 節及 4 章 14 節，以及《利未記》1 章 5 節。
26　「棲伏於自己河中的惡龍」（River-Dragon），指的即爲「法老王」。參見
　　《以西結書》29 章 3 節。

又怒而追擊剛剛放過之人，大海吞噬了他及其
夥眾，卻讓以色列人如在兩面水牆下的中間
乾地般通過；震懾於摩西的手杖威力，海水如
水晶牆般直挺挺地分立兩旁，直到受救者安然
上岸：上帝會將這樣的神奇力量，藉由天使的
出面，賜與祂的聖徒。天使會在雲中，像火柱
一樣走在他們前面，日間是雲、晚上是火，
引領他們的旅程，也會在執迷不悟的法老追擊時，
爲他們斷後卻敵：法老會整晚追擊，逼近時，
有夜暗可做防衛直待天明換更；之後，上帝從
烏雲火柱中探出頭，迷亂法老的軍隊，碎裂
他們的車馬輪轂：此時，摩西再次以手杖遙指
大海，大海得令，波濤回捲，打在成戰鬥序列
的行伍上，淹沒了所有軍隊：受揀選的族裔
安全上岸後往迦南方向前進，途經廣袤荒野，
並不走捷徑，以免直進入迦南人之地而引發
戰事，戰事非他們所習慣者，會被嚇到，且會
因害怕而想回去埃及，寧願卑屈厚顏地做人
奴僕；蓋既然未受過戰事訓練，就不要魯莽
行事，活著對貴族或是賤民而言，都會更好。
這樣遷延滯留在廣大荒野也有收穫，他們可
建立自己的政府，在十二族裔當中選出長老院
代表，承天受命，依法治國。上帝從西奈山上
下來，灰白的山頂顫動不已，之後祂將親自以
轟雷、閃電和大大的號角聲，授予他們律法；
其中一部分與民事司法有關，一部分與宗教

200

220

牲禮有關，並用範式和影像告訴他們，那位
注定要來壓傷惡蛇的子嗣，以及他要如何解救
人類。可是上帝的聲音凡人聽來可怕；他們遂
要求摩西來說神的旨意，免受害怕；他答應了
他們的請求，並指示他們，無中保就不能
接近神；摩西且權坐該中保高位，好引進那　　　　　　240
更高位者，他將預示他到來的時日，所有先知
在他們有生之年都將唱頌偉大彌賽亞時代之臨。
律法與儀禮既備，上帝悅於人之順服其意志，
乃允許人設立其會幕，讓人與其同住：依神
之規定，用香柏建成聖所，上覆金箔，並做
約櫃，中置法版，就是祂的誓約紀錄，在這
之上，做一金的施恩座[27]，兩旁各立一發亮的
基路伯，翅膀高張遮住施恩座，前頭點七盞燈，
代表天上星座中的七星；除非遷移，白天要有
雲彩遮住帳幕，晚上要有火柱照明。最後在
天使的引導下，他們進到了上帝賜與亞伯拉罕　　　260
及其子孫的應許地：其他事情說來冗長，像打
了幾場戰爭、擊敗多少君王、贏得多少國度等，
還有太陽一整天站在中天不動，月亮夜晚要走
的行程也延宕，有人[28]出聲告求：『日頭啊，

27　「施恩座」（Mercy Seat），原是上帝的寶座，在此指其在人間的代表座。

28　此人為「約書亞」（Joshua），是摩西助理、得意幫手「嫩」（Nun）的兒
　　子，他在摩西死後，獲上帝揀選成為以色列人的新領袖，帶領以色列人征戰
　　建國。參見《約書亞記》6-13 章；而約書亞禱告上帝讓日月停住之事則見
　　《約書亞記》10 章 12-13 節。

你要停在基遍[29]；月亮啊，妳要止在亞雅崙谷[30]，
直等我們以色列人[31]戰勝為止！』叫以色列的
是亞伯拉罕的孫子，以撒的兒子，以及從他
所出的世世代代子孫，他們將得有迦南之地。」

　　話說至此，亞當出言插嘴道：「噢，從天
而來，開導我不明之處者，你透露了許多滿有
恩慈的事情，多是在講義人亞伯拉罕及其苗裔
之事：我現在才真的眼界大開，滿心寬舒，
之前還茫然尋思我及人類未來會發生何事；
可如今我見他意氣風發，萬邦列國都因他
受祝福，那是我沒法給的恩惠，因為我用了
禁制之法去取得遭禁制的知識。不過我還是
不解，上帝既要委身屈住於人世間處，為何　　　　280
又要給他們各式各樣的條例及法令呢？條例、
法令越多就表示他們會犯的過失越多：如此，
上帝還怎能跟他們住居在一起呢？」

　　米迦勒對他如此回應：「無庸置疑，過犯
還是會宰制他們，因其為你所出者；是以，

29　「基遍」（Gibeon）是古迦南地區一城鎮，在今耶路撒冷以北，當時為亞摩
　　利人（Amorites）的居所。

30　「亞雅崙谷」（the vale of Aialon，或拼作 Ajalon 或 Aijalon），古以色列地區
　　名，在今以色列西南部的低地區。

31　「以色列」（Israel，也是 Israelites〔以色列人〕）係雅各與上帝（所派天
　　使）扭打、摔跤後新得的名，他原是以撒（Isaac）的兒子，亞伯拉罕的孫
　　子；上帝所應許給亞伯拉罕的，都由雅各的子孫一一實現，雅各生有 12
　　子，是所謂的「以色列」十二支派，因此他所有的子孫都被稱為「以色列的
　　子民」（the children of Israel），就是以色列人。

才有律法給他們，以彰顯其爲天生墮落[32]者，
會攪動起罪惡來與律法對壘；他們若看到
律法能摘奸伏罪，卻不能赦罪，山羊牛犢
之血只是薄弱無實用的贖價，就會歸結，
人要能得救，就要流更珍貴的血[33]，要以
公義的血換不義的，在此義行之下，靠著
堅信，此義就能嫁接給他們，這樣就能得到
上帝的認可、良心也得安，這不是靠守禮
遵法就能讓上帝息怒，也不是靠行善施義；
但不行善施義，人根本無永生機會。因此，
徒法不足以成事，立法的目的是要在時機
成熟時，讓律法退出以換得更美之約，
且已受教從朦朧預示的圖像中看到眞理，
從肉體看到靈體，從嚴刑峻罰的施行學會
大肚接納無邊恩慈，從奴僕般的卑屈畏懼
到子女樣的孝順敬畏，從依法行事變成
依信行事。是以，摩西雖爲神所鍾愛，
卻只是律法的執行者，所以無能引領他的
子民進入迦南地；但耶書亞，異邦人稱他
作『耶穌』[34]，具有耶穌的名號和職能，像

300

32　「天生墮落」（natural pravity），指的是亞當與夏娃的犯過——「原罪」
　　（original sin）之謂，其罪自然傳給後代，而其後代也自然有叛逆的基因。
33　指的是流耶穌基督的血。
34　「耶穌」（Jesus），本是指「約瑟之子」（Joseph's son），就是通稱的「耶
　　穌基督」（Jesus Christ）；但「耶穌」一字的本意是指解救（rescue）、解放
　　（deliver），且其字根源自「耶書亞」（Joshua）之名，所以「耶穌」在此
　　是指「耶書亞」是個救世者、解放者，頗有預示「耶穌基督」之來的意味。

耶穌一樣能壓制住那魔鬼惡蛇，把歷經荒野
和長時流浪之人，安全帶回永恆的樂園歇息。
此其時，這些被安置在迦南人間天堂的人，
將要在此長住繁榮興盛，卻因舉國上下同
犯罪，擾亂了大家的安寧，逼得上帝興起
敵人來攻伐他們，但祂也經常因人悔改而　　　　　　320
先遣有士師、再有列王來救他們，列王中
之第二人[35]，既負虔敬之盛名又武勇善戰，
將得到永遠有效的應許：他的江山王位將
歷久常在。所有預言也將提到相同之事：
出自大衛（我要如此稱呼他這位王）的皇室
血統，將有一子，其為之前預告你知的女人
子裔，也預告於亞伯拉罕者，舉世萬國都要
託付給他，此事也預告之於列王列主——
他是列王中最後那位，因為他會在位做王
直到永世。但在那之前，有一長串的繼承人，
大衛身後有一子[36]，以財富及智慧聞名，
上帝以雲遮蓋的約櫃，之前在會帳中到處
遷移，將被他安置在富麗堂皇的神殿中。
隨後之君王，從紀錄上看來，有好有壞，
壞的占多數，他們卑鄙地奉祀偶像，還犯
其他過錯，總數堆累起來，滿到像全國人
一樣多，這讓上帝非常惱怒乃棄他們而去，

35　「第二人」（The second）指的是大衛王（King David），他是繼掃羅
　　（Saul）之後成為以色列王者，故稱「第二人」。
36　大衛身後之子，指的就是所羅門王，「以財富及智慧聞名」。

致使他們的國土、他們的城鎮、上帝的神殿、

上帝的約櫃以及其他聖物都遭暴露遺棄，成爲　　　　　340

那座睥睨一切的高城之笑柄及獵物，而那城

的高牆巨塔你之前見過被變亂、破壞過，

那座城當時叫巴比倫[37]。上帝讓他們成爲囚虜，

長達七十年[38]之久，之後想到祂與大衛的誓約[39]，

其約之效期有若天日之長，遂憐恤他們，

帶他們回來。上帝驅使巴比倫的諸君王、領主

准許他們回到迦南地，首要之事乃重建上帝的

殿堂，經過一段拮据簡樸的日子後，他們

37　「巴比倫」（Babylon），就是之前提到的建「巴別塔」的那座城池。「尼布
　　甲尼撒二世」（Nebuchadnezzar II）爲巴比倫「迦勒底帝國」（Chaldean
　　Dynasty）最偉大的君主，在位時間，在首都巴比倫建有著名的空中花園
　　（the Hanging Gardens of Babylon），同時也毀掉了所羅門聖殿。他曾征服猶
　　大王國和耶路撒冷，並流放猶太人。

38　這就是所謂的「巴比倫之囚」（Babylonian Captivity），時間長短算法各
　　異。「巴比倫之囚」是指古猶太人被擄往巴比倫的歷史事件。西元前 597 年
　　和前 586 年，猶大王國兩度被新巴比倫王「尼布甲尼撒二世征服，大批猶太
　　富人、工匠、祭司、王室成員和平民被擄往巴比倫，並囚禁於巴比倫城。西
　　元前 538 年，波斯國王「居魯士」（Cyrus）滅巴比倫後，被囚擄的猶太人才
　　獲准返回家園。依此而算則「巴比倫之囚」有六十年之久，未及密爾頓所謂
　　的「七十年」之長，不過，猶太先知「耶利米」（Jeremiah）曾傳說耶和華
　　要猶太人「服侍巴比倫王七十年」，Burton Raffel 的算法則是自西元前 606
　　年起到前 536 年止，剛好 70 年。參見《歷代志下》36 章、《耶利米書》25
　　章 1-14 節和 50 章，以及《但以理書》。

39　先知「拿單」（Nathan）曾將上帝的默示告訴大衛王：「凡你心裡想要做什
　　麼，你只管去做什麼好啦，因爲永恆主與你同在。」（Go, and do all that is in
　　thine heart: for the LORD is with thee.—Geneva Bible），以及「你的家、你的
　　國在你面前必堅固牢靠到永遠；你的王位必堅立到永遠。」（And thine house
　　shall be stablished and thy kingdom for ever before thee, even thy throne shall be
　　stablished for ever.—Geneva Bible）。參見《撒母耳記下》7 章 3 節和 16 節；
　　此皆說明上帝不會忘卻與大衛的誓約及其子孫。

又富庶起來，人丁也興旺，卻又黨派林立、
分崩離析。先是祭司[40]之間起爭執，他們原應
照管好祭壇，致力於和平的；他們的爭執汙穢
了殿堂本身，最終他們[41]奪得權杖，卻不顧
大衛的子孫們，結果權杖落入外人[42]之手，
以致眞正受膏抹的王，彌賽亞，卻生而無
應得之權；不過在他出生時，有顆從沒人
見過的天上之星宣告了他的降臨，那星指引
了東方三賢者[43]去問他的出生地，帶來了乳香、
沒藥和黃金；有位天使鄭重地向守夜看羊的
卑微牧人說出彌賽亞的降生處；他們歡天喜地
地趕去探望，還聽到那位天使在一整隊天使
的伴同下，唱出頌歌：『處女是其母親；其父
卻是至高之全能者；他將承其父而坐寶座，
人世間無論是天涯地角還是五湖四海皆爲他

360

40　指的是西元前 2 世紀時，「奧尼亞斯」（Onias）和「耶書亞」叔姪之間互爭
　　大祭司之位。

41　「他們」指的是「哈希芒家族」（Asmonean，或 Hasmonean family）、亦即
　　「馬加比家族」（Maccabees，也作 Machabees），是猶太世襲大祭司的家
　　族，也是分裂的以色列之南部「猶大地」（Judea）的領袖及實際統治者。西
　　元前 167 年，猶太祭司「瑪他提亞」（Mattathias）領導猶太人對抗「塞琉古
　　王朝」（the Seleucid Empire）。瑪他提亞於西元前 166 年卒，其後馬加比家
　　族成員繼續進行抗爭，最後建立了「哈希芒王朝」（Hasmonean Dynasty，
　　160-130 BCE）。

42　「外人」（a stranger）指的是「安提佩特」（Antipater the Idumean），他是
　　羅馬派駐在耶路撒冷的總督也是「猶大地」太守，其子即爲惡名昭彰的「希
　　律」王（Herod the Great，tetrarch of Judea），耶穌誕生及受死均在其治下。

43　「東方三賢者」（the Eastern Sages），又稱「東方三博士」（the three Magi
　　from the east）或「東方三智者」（three Wise Men from the east）；渠等見耶
　　穌基督之事，見《馬太福音》第 2 章等。

所管，其榮耀則與天齊。』」

　　他停話不講，因他察覺亞當滿心喜不自勝，
就像之前憂愁滿面淚連連的樣子，話說不出口，
只能吐露出這些字來：

　　「唉呀，你真是帶來好消息的先知，是將
最佳願望成終的使者！我現在清楚明瞭以前
怎麼想都想不透卻又縈繞我心之事了；那就是，
爲什麼我們的最大期望在女人的子裔：『萬福啊，
童貞母，妳是上天所鍾愛、卻是從我所出者，　　　　380
而從妳的肚腹將要生出至高上帝之子；如此
一來，人跟神又結合在一起了。』那條惡蛇也
必然要頭部受傷，等著致命的痛擊。不過請
說說看，何處及何時他們要爭戰，是什麼讓
打贏的人卻腳跟受傷呢？」

　　米迦勒就對他如此回應：「不要想像他們
的爭戰像兩人比武決鬥一樣，也不是頭部或
腳踵的局部傷痛。但也別因爲這樣，就認爲
聖子之所以結合人身與神體，是要有更大的
力量去打敗你的敵人，撒旦之被征服並非因爲
如此；他從天上墜落下來，所受之傷比這更
致命，差點就動彈不得，卻仍能給你致死之
傷痛，這個傷痛，耶穌既來做你的救世主，
必會幫你醫治，不是將撒旦摧毀，而是毀掉
他在你及你子孫身上的所作所爲：但要做到
如此，你必須真心彌補你所缺憾的，就是
順服上帝的律法，該法加諸死刑於你，你要

受死，那是你逾矩犯過當有之處罰，也是　　　　　　400
他們那些出於你身者當有之處罰：只有至高者
的公義才能完全償還罪愆。上帝的律法唯有他
能實現，靠的是順服和慈愛，也唯有慈愛才能
完成律法的要求；你之受懲，他將應承，乃
降世成爲肉身之人，一生受羞辱還遭殃受死，
只爲宣告，凡信他者生命將得救贖；因著信，
他的順服就歸於他們，成爲他們的順服，
是他的勛勞救贖了他們，不是他們自己，雖所
做事功皆合於法。正因如此，他生而爲人恨惡、
遭人謾罵、被暴力逮獲，還受審、遭判可恥
又可咒的死刑、被自己國人釘在十字架上，
爲給人永生而遭殺害！但是，他將會把你的
敵人、你所違逆的律法、人類的一切罪愆，
全都隨他一起釘在十字架上，那些秉公義而
信他之所行者，將因他之贖罪而不再受傷害；
他因而受死，未幾即復活，死神無能長久篡取　　420
他的權柄；在第三日黎明天光時，晨時未退的
星星將見他自墳塋中爬升上來，像晨光那般
清新有朝氣；你已受買贖，就能將人類從死裡
復活回來，而他則爲人類而死：凡獻上生命者，
有多少祂就救多少，不要輕忽，有信念且不乏
事功者就能擁有這項恩典。就是這項神妙之舉，
使你的審判失效，你該受死的死刑失效，因
犯過而失永生的判決失效；這項舉措就會壓傷
撒旦的頭，壓制他的力量，擊潰他的兩大支柱，

罪與死，把他們的毒刺深深叮在他頭上，比
暫時死亡給得勝者的傷痛還深，也比他所救贖
的他們所受之苦還深，因爲死亡如安眠，就像
小艇輕搖，慢慢地就漂進了永生的國度內。
復活後，祂也不會在人世間待太久，只會偶爾
出現在祂門徒前，他們在祂生前就追隨祂；祂
要叫他們到萬邦去傳講他們所認識的主以及　　　　　　440
祂的救贖；那些相信且在流水中行洗禮者，
那是把罪愆洗淨以獲純淨之標示，他們在
心靈上已準備好一死，如死來臨的話，就像
救世主所經歷過的一樣。他們要去萬邦傳講，
因爲自那日後，他們不僅要傳布救贖給
亞伯拉罕親身所出的子孫，還要給相信
亞伯拉罕事蹟者的子孫[44]，不管他們在世界
哪個角落；如此，在他這位子裔[45]身上，萬邦
列國都要受到祝福。之後，祂就要帶著勝利
回升到天庭上，整個天國都在慶祝祂打敗祂
及你的敵人；也讓那條惡蛇，那位空中的
統治者，措手不及，被手鐐腳銬拖拉著走過

---

44 密爾頓認爲亞伯拉罕親生所出者——所謂的「以色列人」或「猶太人」固當
　受救贖，那些轉信基督的異邦人（gentiles）也應同受救贖！參見《加拉太
　書》3 章 8 節：「聖經既然預先看見，神要使外族人因信稱義，就預先把好
　信息傳給亞伯拉罕：『萬國都必因你得福。』」（For the Scripture foreseeing,
　that God would justify the Gentiles through faith, preached before the Gospel unto
　Abraham, saying, In thee shall all the Gentiles be blessed.—*Geneva Bible*），以
　及 3 章 26 節：「你們因著信，在基督耶穌裡都作了神的兒子。」（For ye
　are all the sons of God by faith, in Christ Jesus.—*Geneva Bible*）。
45 即指亞伯拉罕的子裔，耶穌基督。

他的國度，之後被徹底打垮，留置在地獄裡；
然後祂將走進光耀之內，重新坐在上帝右手邊
的寶座上，在天上受有名位的眾天使高聲歡呼；
當世界末日到時，祂將滿帶榮光與權柄來審判
生者死者，不信者將判死，信而公義者將受賞，　　　　460
並獲無上幸福，不管是在天上還是人間，因為
那時地上是一片樂園，比伊甸的這個樂園快樂
得多[46]，日子也幸福得多。」

　　大天使米迦勒如是道來，之後就住口
不說了，儼然已講到世界末日的大階段了；
而我們的遠祖則滿心喜悅與驚嘆地回應道：

　　「啊，這真是善無止境、善無極限呢！
惡竟然會產生這一切的善，惡竟然變成善；
這比創世時最先讓亮光從黑暗中造出來還要
不可思議！我站在此地茫然無措，不知該為
我所犯之過而引發之錯悔恨，還是更該高興
於有更多的善會由此而生，對上帝來說，
這會更加榮耀，會給人類更多善意，恩慈
會遠遠多過憤怒。不過，欸，如果我們的
救世主要重升上天，那遺留在一大群不信主、　　　　480
一大群與真道為敵者之中的信實徒眾該

---

46 這就是引起爭論的所謂「幸運的墮落」（fortunate fall）、「快樂的失足」
　（happy fall）的由來。這個概念源自拉丁文 Culpa Felix，但密爾頓只說經
　過種種磨難後，到耶穌再臨人世，將會更快樂（far happier），並非指會住居
　在更好的（far better）樂園內；這個概念也與之後會提到的「內在樂園」
　（paradise within）相對應，都是精神層面的，這個概念也呼應亞當喜不自勝
　而說的「善無止境，善無極限」之意。

怎麼辦？有誰會引領這群人？誰會護持他們？
他們會否對這些跟隨祂者，比對祂還更殘忍？」

　　「他們的確會這樣，」這位天使說道，
「但祂會從天差派一位保惠師[47]到祂信徒那兒去，
這是聖父的許諾，祂會讓聖靈住居在他們當中，
透過慈愛的作用，信實的律法會謄寫在他們
心中，用真道引導他們，讓他們穿戴上屬靈
的軍裝，就能抵擋撒旦的攻擊，並且澆熄他
的火紅短箭。與箭矢相抗時，人能做什麼？
不要懼怕，縱然會死亡，與殘暴對壘時，要以
內在的信心作慰藉，並常如此堅持下去，就能
讓那狂妄自大的迫害者驚訝：聖靈會先降臨到
使徒身上，因祂差派他們去萬邦傳福音，再
臨到所有受洗者身上，賞賜他們各種奇妙的
稟賦，會說各地方言，施行各奇蹟，猶如上主　　　　500
在他們之前所行諸端一樣。如此，他們在各邦
各國就會有許多追隨者要接納從天而來的喜樂
訊息。最後他們完成服事，跑完該跑的路[48]，
將教義及事蹟寫下來留存，之後再受死；但在
他們所遺留的空位裡，如所預警的，豺狼繼而

47　「保惠師」（Comforter），此字英文版本還有用 Counselor、Helper（護慰
　　者）等字翻譯原版者，指的就是「聖靈」或稱「聖神」。參見《約翰福音》
　　15 章 26 節：「我從父那裡要差來給你們的保惠師，……」（But when the
　　Comforter shall come, ...—*Geneva Bible*）。
48　這是保羅書信裡愛用的比喻，就是教人要做好基督徒的事功，以待救贖。參
　　見《哥林多前書》9 章 24 節等。

成爲師長，兇暴的豺狼，他們會把上帝的聖儀
轉成有利他們行惡的財利與名祿[49]，用迷信與
古傳慣例來玷汙眞道，只留下那些載錄在
書簡上的事蹟是眞純的，但除了聖靈無人
能識讀。他們還企求用名號、封地、權位
與世俗當權者合謀，卻仍假裝行事符合
屬靈的要求，將聖靈竊爲己用，照常應諾
許願給所有的信道者[50]；既這樣假託，就藉　　　　520
外在之力把宗教律法加諸在每人的良知上，
但那些宗教律法卻是經書卷裡找不到，也
不是聖靈銘刻在人心版裡的。那些宗教律法
能做什麼呢？除了欺壓恩慈的聖靈，捆縛
自由那位聖靈同伴外，還會做什麼？除了
拆毀以信念支撐的活神殿[51]，那座人們以
自己而非別人信念構建的神殿外，他們
還會做什麼？蓋違背信念與良心，世間上
可聽聞有誰不犯錯的[52]？但總有許多人會
這樣以爲：嚴酷的迫害怎會發生在那些

49　參見《彼得前書》5 章 2 節。

50　這是密爾頓所以不滿舊教（天主教）、甚至斯圖亞特王朝（Stuart Dynasty）
　　下的英國國教派的主要原因，他也譴責那些人王以世俗的權威加諸宗教事
　　務，猶如在聖靈身上套上枷鎖一樣。

51　所謂的「活神殿」（living temples）就是人的「良知良能」，亦即「良心」
　　（conscience）。《哥林多前書》3 章 16 節有謂：「豈不知你們是神的殿，
　　神的靈住在你們裡頭嗎？」（Know yee not that yee are the Temple of God, and
　　that the Spirit of God dwelleth in you?—*Geneva Bible*）

52　密爾頓鄙夷所謂的「教皇無錯論」（papal infallibility），認爲教皇及其下的
　　神職人員（prelates）都是「爲錢而受僱者」（hirelings）。

堅持以心靈和誠實[53]敬拜者身上呢？其他
絕大多數的人也都會認為，外表的儀節和
虛假的形式就是宗教的完滿。如此，真道
就會退縮，且被毀謗的箭釘住，而信實的
事功就會很罕見。世道就這樣繼續著，對
好人心懷惡意，對壞人則仁心慈善，整個
世界都在她自身的重壓下喘氣呻吟，直到
那位女人的子嗣回來，公義的人才得喘息，
邪佞者才得到報應；雖然之前預告得隱晦
不清，他就是不久前應許給你的救援者，   540
現在可清楚知道他就是你的救主、他就是
耶和華，你的神，總算從天上雲端現身在
天父的榮光裡，要來瓦解撒旦同被他扭曲
的世界，然後要從大火燒焚，經過淨化、
鎚鍊後的物質中，創造出新天新地，植基
在公義、和平和慈愛上，好帶出喜悅的果實
和無盡的幸福，世世代代直到永永遠遠。」

　　他話說完；亞當就總結一切，如此回應
說道：「受祝福的先知啊，以這個無常世界
的時間來看，你所說的預示倏忽就會過去，
光陰飛逝，除非時間停住不動啊。在此之外
的一切就是深淵黑洞，是永恆，凡人之眼

53　參見《約翰福音》4 章 24 節：「神是靈，所以拜他的，必須用心靈和誠實拜
　　他。」（God is a Spirit, and they that worship him, must worship him in Spirit
　　and Truth.—*Geneva Bible*）

無以見其底。感蒙賜教，就此告別後，我
心頭將非常平靜，我這個腦袋所能盛裝的，
也已裝得滿滿；想企求再多就是愚蠢了。　　　　560
自今而後，我也學會，順服是最好的，且要
以敬畏的心崇愛唯一的真神，行走路上有如
祂在眼前，永遠要遵守祂的旨意，祂是唯一
可倚靠的神，祂憐恤祂的創造物，以善勝惡，
以小事成就大事，以弱敗強，以謙和打倒
智巧；我也學會，為真道受苦才是剛毅不屈，
才能邁向最高的勝利；對信者而言，死亡是
通往永生的閘門；祂的榜樣教導我該怎麼做，
我要承認祂就是我永受祝福的救贖者。」
　　那位天使也總結一切，對他如此回應道：
「既已學到這些，你已達到智慧的高點了；
別企求更高遠者，何況天上星球之名你都識得，
也識得天庭上的天使、地表深處的奧祕、
大自然的作品，以及上帝在天上、空中、地表、
海洋的種種受造物；你可享用這個塵世上的
一切財貨，統治一切，成為萬邦之主；只不過　　580
相應於你的知識，你要付諸行動，還要加上
信心，加上德行、忍耐、節制，加上愛心，
未來要叫作悲憫，那是其他一切的基始：這樣
你就不會不願意離開這座樂園了；而且你將

在内心裡擁有另一座樂園[54]，會更快樂。是故，
我們就從此眺望的高處往下走吧；因為要
我們離開的確切時刻已到；看看那些守衛，
他們是我屯駐在那邊山頭者，正準備要
有所行動了，在他們身前有一把把的火紅
刀劍，猛力地在周遭揮舞著，示意我們該
動身，不能再待在這兒了。去，把夏娃叫醒；
我之前已用預示一切美好的夢，讓她靜下來，
故而她現下心境平和、溫順服從。你在適當
時候分享給她你所聽來的一切，主要是讓她
知道堅守信念：她未來的子裔（因為他是從
女人子裔所出者）將解救全人類；還有你等
將活著，活的時日還多，你倆雖因過往罪犯　　　　　　600
而痛苦，但仍要同心一德、同信念，思想著
快樂的結局，就當會更受鼓舞。」

　　他說完話就偕亞當同下那座山。下得
山來，亞當就向前跑到夏娃躺臥的寢居處，
卻發現她已醒來，並且用不帶悲傷的字眼
如此迎向他說道：

---

54 「内心裡擁有另一座樂園」（A paradise within thee），這座「内在樂園」
　（paradise within）是以前面提到的「心靈和誠實」（Spirit and Truth）構建
　的，是秉諸「良知良能」──「良心」所構建的，以主耶穌為導引，是以無
　能摧毀，永世長存。也因為這樣，亞當與夏娃失去的樂園，才能再復
　（restored），「復樂園」（paradise regained）也才可能，密爾頓在他的作品
　裡起碼提到三人，是人類重得「樂園」的典範：本詩中的押比疊、《鬥士參
　孫》中的參孫，《復樂園》裡的耶穌基督，他們都秉諸「良心」，謙遜、順
　服、義無反顧，為真道而有「雖千萬人吾往矣」的勇氣（courage in
　isolation），能如此則自然「樂園復得」。

「我知道你打哪兒回來，也知道你上
哪兒去；因爲就算是在熟睡中，上帝也在那兒，
且用夢徵兆——夢境祥和平順——有大好之事
要發生的前兆，雖然我是因悲哀和內心憂淒
而困倦睡去的。好了，現下領我前行吧，
我不想再耽擱了；與你同去，就如相偕在此；
無你同在，勉強留下，無異離去；你之於我，
是天底下的一切，是所有能待的地方，你是
因我的任性妄爲而遭遣逐的。好在我還有項
未來必有的安慰：儘管一切因我而失，從我身　　　620
所出的應許子裔，將會通通恢復，我雖不配，
卻有這樣的恩賜。」

　　我們的夏娃母親如此說著，亞當聽聞不由
大喜，卻不作聲。因此時大天使站得很靠近，
且裝備光閃耀眼的基路兵正從另一座山下來，
燦亮如流星般的滑降到地面，就像夜晚霧氣
隨在工人回家之後，立即從河中上騰、滑行過
沼澤濕地，搶奪地盤一樣。在他們面前，上帝
的寶劍被揮舞著，光閃亮燦得像是流星在無情
熔燒；熱氣熾烈，水汽騰燒，就像利比亞沙漠
裡滾燙的空氣一樣，已然燒烤起樂園那個溫煦
的地方。一見及此，大天使火速地用兩手各
抓起我們遷延遲疑的遠祖，領著他們直向東門
行去，然後走下山崖直到底下的平野；之後他
就不見了。他們回首一瞧，只見在此之前還是　　　640
他們快樂居所的整個樂園東部，通紅的火炬

揮舞其間，門柵邊擠滿了面目恐怖、武器火紅
的天軍：他們不由流下幾滴眼淚，但很快就
揩乾了；眼前但見一整個世界，何處去尋歇息
之處，唯有上帝可指引。他們手牽手，舉步
徘徊遲疑、緩慢沉重，穿過伊甸[55]，孤寂合一[56]
的往外邁開步去。

---

55 「伊甸」（Eden），非指「樂園」，而是包含「樂園」的整座林木山頭。出
   了「樂園」，穿過整座山頭，才能下到平地，亞當與夏娃該待的地方。
56 「孤寂合一」（solitary），此英文字固有無人陪伴、孤寂（unaccompanied、
   alone）之意，卻也隱含密爾頓的另一概念：「夫妻一體」（one flesh），那
   種「同心合一」（single、sole）的意義；而手牽手，兩體合一的意象更是明
   確的指攝。

《失樂園》評介

《失樂園》的政治教育與教育政治[1]

> 以上種種,或許我早該說,但我確信要說就只能對樹木和石頭說,沒
> 人可哭訴,只能與先知同籲求,「大地啊!大地啊!大地啊!」如此
> 說與大地自己聽,因她倔強的居民對此充耳不聞。
>
> ——〈建立自由共和政體之簡便易行辦法〉

打開《失樂園》,從一開始,讀者就面對威脅性十足的決定性字眼:
「不順服」、「嚐了會死」、「死亡」和「喪失伊甸園」等等,之後才讓人
鬆口氣的談到:「直到有比人為大者/恢復我們,始重拾幸福的園地。」
那麼,從被詛咒到恢復,就是密爾頓的故事軸線,也是他用文字操弄像
《失樂園》這樣的墮落故事成為一勵志詩文的表現。如果是這樣,《失
樂園》應該是一個正面樂觀的故事,展現靈魂從墮落走向永恆幸福。然
而,標題上的字眼「失」樂園,聽來總讓人神經緊繃,跟勵志故事的調性
不合,也與受啟發而恢復天上恩典的主旨不相稱。《失樂園》這樣的標題
聽起來就該是個墮落故事,就是「失去」、減損了某些東西,而不是「恢
復」了什麼。要知道,此時正當查理王「恢復」他國王的名號,「恢復」
他「真命天子」的權位,揮舞、耍弄著上天給他的權力,要他的臣民順服
他的統治;而其臣民自願順服,自願從外國迎回他,結果卻像「受詛咒」
般的招致了大瘟疫和大火焚城的災難。此同時也正是密爾頓準備著手寫作

---

1 本文為個人 2003 年出版於國立中山大學專書之英文舊作改譯成之中文,原
文出處為 Chiou, Yuan-guey, 2003, "Milton's Paideutic Politics and Political
Paideutics in *Paradise Lost*," *The Renaissance Fantasy: Arts, Politics, and Travel*.
Ed. Francis K. H. So, Wang I-chun, and Tee Kim Tong. Kaohsiung, Taiwan:
National Sun Yat-sen University. pp. 163-77。

《失樂園》的時候。「恢復／復辟」恰逢「詛咒／毀損」，似乎密爾頓在暗示什麼，或者說密爾頓替自己做了政治平反，因為他的上帝在詛咒倫敦城那些拋棄自由共和政體的人，拋棄了「有德者治天下」、共和體制等政治路線的人，他們讓自己陷入為獨夫所治的奴役狀態和隨之而來的暴虐統治，如果英格蘭曾是共和政體的樂園，現在可全失去了。

所以，《失樂園》不僅僅是一文學作品含蘊著滿滿的基督教神話意旨，企圖要讓人「得悟上帝之諸般作為乃為正當」（卷一 26 行），它也是部充滿政治寓言的史詩，企圖要恢復已然失去的自由，並且哀悼命運多舛的共和體制。就以加附在第二版《失樂園》的「詩序」（The Verse）為例，M. H. Abrams 認為密爾頓將「討人厭且是近期才有的押韻限制」與復辟王朝和壓制不滿分子連結在一起，而使用不押韻的「無韻詩體」就是恢復「舊有的自由」（見 1816 頁）。亦即《失樂園》是一反壓迫體治的標竿。再者，亞當、夏娃之墮落也明顯與政治憂戚相關，是因在 17 世紀時期，政治就是宗教（當然宗教也是政治），而且那時還是政教合一。蓋因墮落以致所犯之罪延遞至子孫的想法本身就要求有一外在的管理機制，來讓人改動遷善，這就給了君王世襲的權力來統治萬民，而這恰恰就是密爾頓的共和政體概念所深惡痛絕的。

既然《失樂園》的墮落主題，是 17 世紀的讀者所瞭然於胸者，密爾頓之再論述，就不能不謂有政治曖昧的企圖在，尤其他又倡言有一「內在樂園」（paradise within），就是把救贖的可能深鎖在「良心」（conscience）上。這種內在的救贖與密爾頓堅持拋棄神職人員作為中介者、調解人的角色，若合符節，因他相信「任何教徒的良心裡都有一位牧師」（each believer had a priest in his conscience.），如此則「外在的懺悔和赦罪儀式就由內在的悔罪所取代」（outward penance and absolution were replaced by inward penitence──見 Christopher Hill 的 *World* 一書 152 頁）。當然，這麼一來，「罪愆」和「救贖」就都要內化了。「如果人可以挺起良心對抗神職人員及教會，同理，他也就可以挺身而出對抗政府，因為教會總是跟政府扯不清」（見 Hill 的 *World* 一書 155 頁）。這種「良心自在」的概念，可以解救人類脫離「罪愆」的恐怖，也可以擺脫政府的

桎梏。由此看來，在這部表象上看來充滿宗教辯證的史詩裡，政治的意圖是很「明顯」的。

此外，讀者也須知道，史詩雖是文藝復興全盛時期文人書寫的指標，但在密爾頓所處的 17 世紀已經不是流行的文類，選擇一不再盛行的文類寫詩，其本身就是一政治作為——是對得勢的新體制的一記回馬槍。要知道，史詩這一文類總是充滿傳統慣例和政治意識的。而密爾頓竟然選擇《舊約聖經》裡前六章的軼事以及墮落的故事作為敘述主軸，又用《日內瓦聖經》裡的旁注解釋《聖經》章節，而不是用更為流通的「欽定版聖經」（此「欽」為詹姆士王，復辟回朝的「查理二世」的祖父），這就顯示了他的政治好惡與抗命不從。所以，亞當與夏娃的墮落隱含了一件具政治意義的舉動：以外在的治理／約束強加諸於自由的子民之內。這種強調自由意志以及人當有統治權的意圖，讓密爾頓隱含的政治欲望隱隱然高懸著，彰而不顯，就像《失樂園》這三字的象徵意符（signifiers）一樣！

實際上，把《失樂園》當作政治寓言來解讀，不算什麼新鮮事。Roy Flannagan 雖曾認為政治解讀是不甚相關的，卻也不得不承認一向就有把「撒旦比作查理一世，或者把泛地魔殿比作英國國會的籠統說法」（見 Flannagan《失樂園》，〈前言〉，頁 13）。然則，墮落本身的政治意涵及其餘波則鮮少被討論。David Quint 相對之下就認為「密爾頓把墮落描述成斯圖亞特王朝復辟」，而墮落指涉的就是「英國的自由共和政體受奴役」於查理二世的統治（見頁 278，271）。密爾頓描繪的墮落故事之所以與政治共鳴、同聲一氣，是因為他在復辟之前向來就是政治辯士、向來就是共和政體的辯護者。因此，如以教會治理以及自由的共和政體來看待此時的密爾頓，他無疑是個政治流民、亡命之徒，以寫史詩的姿態來掩飾他的政治意圖也是不得不然的。但是他所寫就的史詩，仍然是部褒揚人類從外在管制的奴隸枷鎖解放出來，重新奪得治理自己的主權，除神之外無須屈尊自己於任何人之下者[2]。

2　就密爾頓而言，屈尊自己或聽命於天然的長輩（如神等），不是卑屈奉承，　而是真正的自由（見 Himy，121 頁）。

　　也可以說,密爾頓冒生命之險去挑戰斯圖亞特政權的審檢制度(譬如說要繞過國王的發證審檢官 Roger L'Estrange 和 Thomas Tompkyns 等人),就足以昭告世人他所宣告的政治堅信。作為一在文學及學問素養上極高的人,密爾頓深以「用他的天賦跟才情幫助那些老實純良的人」為己任,這些如他老師 Thomas Young 等人,來對抗「那些老練高明的對手(譬如密爾頓的敵手,艾希特城與諾維奇城的主教,約瑟·霍爾〔Joseph Hall〕,以及阿馬郡的大主教詹姆士·烏社〔James Ussher〕,〔密爾頓認為〕前者絕非這些人的對手」(見 Hanford,108 頁)[3]。密爾頓在回應薩爾馬修斯的《為查理一世聲辯》(*Defensio Regia Pro Carlo I*)一書時,就接受對手挑戰,「要將處決〔查理一世〕之事合理化,並且要建立共和政體〔之後則為克倫威爾的攝政體制〕作為一真正符合自由政體精神的政府」。對密爾頓來說,「處決查理一世可看作是一上帝促成的英雄行徑,如此方能成立自由的共和政體。」因此就政治思想史而言,「密爾頓的短論無疑是 16 世紀反帝制改革論述的最高潮,也推展了 17 世紀自然法的概念,讓人們有自我保護的主權,而國王作為人民的公僕,必要時得依其適任與否接受審判並處置」(見 Brown,126-127 頁)。同樣的,在革命失敗、革命風潮漸熄、舊體制再現,而他自己也須亡命於外以躲避窮追不捨的敵人時,高舉共和思想和公民主權的大纛,更是他無可迴避的責任和權力。這展現了他「雖千萬人吾往矣」(courage in isolation)的同樣氣概(見 Hill,*Milton*,124 頁),而此時的他就在復辟前夕寫下政治文稿《建立自由共和政體之簡便易行辦法》;無怪乎,我們可以在《失樂園》的押比疊身上、在《鬥士參孫》的參孫身上,也在《復樂園》的耶穌身上,找到同樣的秉公義一往直前的英勇身影(參見 Flannagan,*Riverside*,1134 頁)。

　　就是這種「秉公義而踽踽獨行」的精神讓《失樂園》成為一部教育

3　根據 James Holly Hanford 的說法,密爾頓一直以來都擁護既是他恩師又是他朋友的 Thomas Young,此刻更是寫下《改革論》、《教會政府的理由》等短論在 1641 到 1642 年間公然與其師站在一起向敵人宣戰。

史詩。密爾頓模擬了撒旦的狡詐善辯，展示了亞當與夏娃的老實純良根本不是撒旦麗詞狡辯的對手，因此他讓亞當與夏娃墮落，並藉由他們的墮落教導後世子孫以及我們這些讀者自我救贖之道。史坦利・費許（Stanley Fish）對此有很精闢的見解，他認為密爾頓的方法是「在讀者心中重塑……墮落這齣戲碼，好教人像亞當一樣再次陷落但卻有亞當弄不清的明瞭，知道自己『不會受騙』」（見頁 1）。這樣的目的在於：「教導讀者作為一個墮落的人，要了解自己的身分與責任，也要了解現在的他跟原先天真單純的他之間的距離」（見頁 1）。不僅在寫作意圖上充滿政治味道，在使用誇誇大言上，密爾頓也有政治意涵。就以卷四撒旦一段悲恨自責的獨白為例：

> O Sun, to tell thee how I hate thy beams
>
> That bring to my remembrance from what state
>
> I fell, how glorious once above thy sphere;
>
> Till pride and worse ambition threw me down
>
> Warring in Heav'n against Heav'n's matchless King；
>
> *Ah wherefore!* He deserved no such return
>
> From me, whom he created what I was
>
> In that bright eminence, and with his good
>
> Upbraided none; *nor* was his service hard.
>
> What could be less then to afford him praise,
>
> The easiest recompense, and pay him thanks,
>
> *How due! Yet* all his good proved ill in me,
>
> And wrought but malice; lifted up so high
>
> I 'sdeind subjection, and thought one step higher
>
> Would set me highest, and in a moment quit
>
> The debt immense of endless gratitude,

So burdensome, still paying, still to owe;
Forgetful what from him I still received,
And understood not that a grateful mind
By owing owes not, but still pays, at once
Indebted and discharged; what burden then?
O had his powerful Destiny ordained
Me some inferior Angel, I had stood
Then happy; no unbounded hope had raised
Ambition. *Yet why not?* Some other Power
As great might have aspired, and me though mean
Drawn to his part; *but* other Powers as great
Fell not, but stand unshaken, from within
Or from without, to all temptations armed.
Hadst thou the same free will and power to stand?
Thou hadst: whom hast thou then or what to accuse,
But Heav'ns free Love dealt equally to all?
Be then his Love accurst, since love or hate,
To me alike, it deals eternal woe.
Nay cursed be thou; since against his thy will
Chose freely what it now so justly rues.
Me miserable!（4:37-73：斜體字是爲強調而加）

你啊，太陽！告訴你，
我有多討厭你的光芒，那讓我想起自己是從
怎樣的情況中摔落到如今的地步；昔時我之
位置比你還要顯耀，但驕尊及更糟的野心，

把我擲摜到下界，因我在天上興兵對抗無誰
可敵的君王。唉，到底為什麼呢？天尊不該
從我處得到如此回報的，祂創造了昔日的我，
讓我位高醒目，而且以祂全然的善，從來
不曾責備過我。服侍祂更是不難：還有比
稱頌祂更容易的服侍，更容易得回報的嗎？
而稱頌讚美祂更是再自然不過的義務了。
但是，祂所有的善，在我看來都是惡的，
只讓我更想作奸犯歹。地位提升到越高就
越讓我不屑臣服，因為我想只要再高一點，
就會讓我達到最高位，霎時間，我就可以
還掉所有的欠債，不再背負無窮無盡的恩典，
因為欠下的恩情，還越多就欠越多，真是
還不勝還啊！卻忘了我還一直要從祂那兒接收
恩情，也不了解，只要有顆感恩的心，所欠
之債就不是債，而是一直在還債，可說既是
欠債也是還債，如此，有啥可煩惱、擔心
的呢？唉，要是大能的天尊在分派、任命
天數時，讓我成為下等天使，我就會認命
守規而自得其樂：就不會有非分之想使我
野心勃勃。可是那又如何？其他有權位的
天使像我那般顯要，也可能有此奢望而低階
的我則可能受惑加入同黨。可是其他高階
如我的天使，不管是在內圈還是外圍，都未
墮落，反而直挺挺地站守著，抗拒一切的
誘惑。難道你就沒有同樣的自由意志和

> 權能去抵拒誘惑嗎？你有的！你有誰可怪罪？
> 有何可當藉口？除了天尊無盡的愛，祂那同
> 給眾受造物的憐？願天尊的愛受詛咒，因爲
> 愛與恨於我都一樣，它讓我永遠受災禍！
> 不不不，該受詛咒的是你自己，因爲你的
> 意志自由選定要違犯祂的意志，就合該如此
> 悔不當初！唉，可憐可悲的我啊！（卷四 37-73 行）

撒旦滔滔不絕、跨句連接卻又自我矛盾的詩行，驅使讀者前進，一方面要贏得我們的同情，一方面又抗拒我們的認同。他每說一句話就隨後否定、修正它，如前面英文版斜體字所示者。這一自言自語看似是段辯證，卻是諧擬的自我論辯，是撒旦內心的掙扎，正反相斥，顯然無法綜合作結。密爾頓大量運用上述這種反覆循環的修辭手法在寫作上，不啻在表明撒旦內心的糾結以及牠的能言善辯。這樣的寫法也阻斷了句子自然流動的韻律，更阻斷了讀者的思路讓他警覺到問題之所在；也就是說，這種寫法讓讀者與所說之事疏離了，也讓讀者無法投射感情到說這獨白的人身上，免得受到牠狡辯之詞的煽惑。

　　這種螺旋形構句，先肯定再否定、說一套卻又意指別套，也意謂著撒旦盤捲似蛇的本性，更意謂著密爾頓的政治教育。首先，密爾頓之所以呈現這麼一個內心受折磨的撒旦，是依多年來文本上所看到的撒旦而來——這位在宗教上花言巧語、口若懸河的誘惑者，從來就不是易感傷的順從者。所以牠竟然會後悔並記起上帝是牠過往榮光時的領袖簡直匪夷所思。同樣的，查理一世竟然會在《聖王芻像》中把自己描繪成敬天畏神、受人誤解的基督明王，為百姓的利益犧牲自己，不求世俗之名望，但求天國之榮耀，但這根本就與眾人的期待相悖。這樣的不符預期，在夏娃反駁亞當斥責她太易受狡猾的蛇欺騙時，可作為例證：

Hadst thou been there,

Or here th' attempt, thou couldst not have discerned

Fraud in the Serpent, speaking as he spake;

No ground of enmity between us known,

Why he should mean me ill, or seek to harm. （9: 1148-52）

你要是在那兒

或是在這裡，恐怕也分辨不出蛇的狡詐、

牠的企圖；牠如人說話，之前牠和我之間也

沒啥嫌隙，牠幹麼要對我不利或害我？（卷九 1148-1152

行）

所以，要真正了解撒旦，需要我們去體驗這種讓亞當與夏娃理智沉淪的迂
迴閃爍氛圍。也就是說，唯有將讀者置身於易遭強辭奪理的危險境地，才
能讓我們理解，要亞當與夏娃抗拒撒旦那讓人迷惑的語言魅力及政治說詞
是多麼困難的事情！

　　易言之，因為密爾頓很高明地把他的政治意圖掩飾在堂而皇之的「為
上帝辯證」上，所以很容易讓不經意的讀者掉入撒旦的語言陷阱當中，就
像亞當與夏娃一樣。一旦如此就會以為密爾頓是同情撒旦的，會以為撒
旦在推翻上帝的高壓統治下不幸成為革命失敗的英雄，浪漫詩人布雷克
（William Blake）就是這麼認為的，在他看來：

The reason Milton wrote in fetters when he wrote of angels
and God, and at liberty when of devils and Hell, is because he
was a true poet and of the Devil's party without knowing
it. （*The Marriage of Heaven and Hell*, 10）

> 密爾頓之所以在寫到天使及上帝時綁手綁腳,而在寫到
> 群魔及地獄時意興遄飛,是因他是位真性詩人且與惡魔
> 同夥而不自知。

「布雷克把這部史詩的意識形態擺在撒旦與上帝的爭鬥上,而這爭鬥已內化為詩人的一部分且無從排解」(見 Radzinowicz 121-22 頁)。這當然是源於布雷克自己的神祕主義思維,目的在攻擊老套又自認為正統的基督教信仰,也要讓讀者受嚇而認同傳統的道德範疇跟舊式的回應有其不足之處。Jackie DiSalvo 也被 Radzinowicz 引用,說她追隨布雷克的故意誤讀模式,宣稱「密爾頓將自己在復辟之前的共和思想,投注在撒旦的『民主、反父權統治、反宗教看法上』」(見前者 122 頁)。

　　不過要注意的是,密爾頓在《失樂園》裡只說他的目的在於「辯證上帝之作為乃為正當」而不是去「控訴上帝之作為不正當」。也就是說,密爾頓的上帝是好上帝,縱然祂要求效忠和順服。以密爾頓的一貫的人道關懷和政治關注而言,《失樂園》是深具教育意義的,它回應了「雖寥寥無多卻合適讀者」(fit audience though few)的期望,希望能「將道德以及為人當有之禮的種子深植於偉大民族之中,並獲珍惜」(見 *Reason of Church Government*,Flannagan 923B)。對密爾頓甚或他那群適合的讀者來說,教育的目的即在於「正確的認識上帝,好修補我們的遠祖所造成的殘缺,並藉由認識而敬愛上帝,就近學習上帝,學習跟祂一樣,好教我們擁有真道的靈魂,而得與天上來的恩慈與信實結合,以至完美無缺」(見 *Of Education*,Flannagan 980B)。

　　就是在這種信念之下,密爾頓在《失樂園》卷五處描述了拉斐爾如何開啟了對亞當的教育,讓他知道上帝所以有「有為者治天下」(meritocracy)的意圖。聖子之被擢升至攝政王(vicegerent)的高位,不在於他是上帝的獨生子,而在於他的「功勳」,正如他自願「〔捨棄〕一切去解救／世界免於完全沉淪」時,聖父所宣告的:

[Thou] hast been found

By merit more than birthright Son of God,

Found worthiest to be so by being good,

Far more than great or high.（3.307-11）

你所有的功勛比你與生俱來的繼承權，更有

資格被認為是天父之子（因你的良善，最

值得尊崇，這比大功勛、高地位還要重要（卷三 307-311

行）

從上述引文中，可清楚看到雖然天國的治理是以天父「坐於最高處，天使
們按階依序排列整齊，但整個階級制度是植基於功勛的」。如此則上帝與
聖子代表的是「無可匹敵的美德，他們之君臨治下，是為天上其他成員的
代表，就如在一共和國內之一斑」（見 Schulman 63 頁）。是故上帝頒令
道：

Hear all ye angels,...

...your head I him [the Son] appoint;

And by myself have sworn to him shall bow

All knees in Heav'n, and shall confess him Lord:

Under his great vicegerent reign abide

United as one individual soul

For ever happy: him who disobeys

Me disobeys, breaks union,...（5.600-12；斜體字係作強調用）

聽好，你們各位天使，……

> 我任命他〔聖子〕
> 爲你們的頭領，且我已向自己宣誓過，所有
> 天上眾生都應向他領首屈膝，公認他是你們
> 的主。遵從他的統治，在他攝政代理下，
> 眾神同心合意，團結成一體，永遠幸福快樂。
> 誰要背叛他，就是背叛我……（卷五 600-612 行）

這樣的天上共和國已不存在人世上，因為人類在墮落之後，已不再能自我管束；因此才有外來的政權或權威興起。不過，「藉由教育與組織變革」，根據 Schulman 所宣稱的，「人類還是能回復到公道理性、自我治理的狀態」（63）。

　　暫且不管基督教育如何，在《失樂園》中處處暗示了當時的政治事件，譬如暗指查理一世是位「寵妻之君」（卷一 444 行），「僭位而治」（卷一 514 行）還不顧其臣民之反對出兵「攻打蘇格蘭」，卻失利於北邊戰場，導致「全民都想噓他及表現不佳的官員們下臺」（Flannagan 1082A）。後者正對應了撒旦在詩中第十卷回到地獄時，被牠的同夥墮落天使們，「眾聲一致喪氣地發出嘶嘶噓聲，／那是大家對牠的嘲笑」（見 509-10 行）。這些意象連結了撒旦與查理一世。而詩裡不斷提到寧錄是第一位僭主也有政治意涵，因為查理一世在密爾頓的《國王任期制》和《偶像破除者》的政治論文裡就是被稱為僭主。查理王在《聖王芻像》扉頁中的那幅「志得意滿畫像」（conceited portraiture）就在密爾頓的《偶像破除者》文中被特別提到，說他「想用它來表述他是位殉難者，是位成聖之人，好愚弄他的子民」，同時「用美麗和貌似真誠的話來打動民心」（Hughes 784A）──而這幾乎就是撒旦的虛誇策略。

　　如此看來，《失樂園》就是「一門政治教育課，而政治教育達成了密爾頓寫史詩的目的，就如同政治活動可能在別種寫作裡有用一樣」（見 Radzinowicz 122-23 頁）。所以諾頓版《英國文學選集》的編輯們才會說「《失樂園》的種種偉大主題都與英國革命與復辟的政治議題緊密連結在

一起」（1816）。也就是說，《失樂園》是一部入門書，意在教導亞當與夏娃他們在碰到撒旦──一切邪行的化身──時的不足之處。而密爾頓同時代的人也像亞當與夏娃一樣，不夠警覺，不足以識破查理一世在《聖王芻像》中的虛偽以及他偽裝出來的虔誠。

　　所以《失樂園》對後世的讀者而言也是教育政治。因為就密爾頓而言，墮落就意味著人被上枷鎖的開始，也是道德自由的終結。依此類推，成為復辟王朝霸權下的受害者，成為自外而來強加在身上的暴政下的犧牲者，密爾頓同時代的人就成了政治上的俘虜。要遏阻叛亂造反者、要反制可能的反抗，法律和秩序就要加諸在自由的臣民上。根據 Henry Parker 的講法，「人受亞當墮落的影響而變邪惡，成為難以駕馭、粗野無理之動物，上帝寫在人心中的律法已不足以約束他不去作奸犯科或讓他成為友善之人」（見 Hill 所著 World 157），所以才需要外在的管制力量：

> Since [man's] original lapse, true liberty
>
> Is lost, which always with right reason dwells
>
> Twinned, and from her hath not dividual being:
>
> Reason in man obscured, or not obeyed,
>
> Immediately inordinate desires
>
> And upstart passions catch the government
>
> From reason, and to servitude reduce
>
> Man till then free. Therefore since he permits
>
> Within himself unworthy powers to reign
>
> Over free reason, God in judgement just
>
> Subjects him from without to violent lords.（12.83-93）

打從你
犯了那原罪，真正的自由已然喪失，自由與

> 公正理性兩者總是連在一起的，一旦跟理性
> 分離就無獨自存在的可能：理性一遭蒙蔽、
> 或不被遵從，無節制的欲望與突然冒出的情慾，
> 就會從理性處奪走主宰權，讓原本自由的人
> 淪為奴僕。因此，若人允許他內心那不配的
> 力量控制了自由的理性，上帝在做公正審判
> 的時候，就會從外部引進兇暴的君主來箝制他；（卷十
> 二 83-93 行）

因此，外在的管制或律法是墮落的結果；而植基於律法才有政治力量的產生。

　　不過，密爾頓很清楚地宣示，人是生而自由的，「亞當『幸運的墮落』是在於他得到了人該有的知識，長了知識就有政治智慧。這種智慧是得自於原罪和隨之而來的情慾」（Geisst 46）。政治智慧不僅是源自於亞當在墮落的過程中所得到的教育，更在於人類能體認撒旦式偽裝的膚淺價值。「教育、宗教與良心自由間的緊密關係顯示了密爾頓各種社會提案的急迫性質，也讓人更明瞭這些個別概念的嚴肅性，這些在以後為家國的存在提供了實體的基礎」（Geisst 41）。這樣的說法讓人想起密爾頓根深柢固的想法，那就是政治權力乃人所固有者，政治人物乃是人之僕從，如他在《國王及統治者之任期》和其他政治論文所寫的那樣。這也是為什麼密爾頓採用墮落的故事作為人類命運的極重要轉捩點。「亞當悖逆上帝，但卻提供人類新的準則；不是做信仰的代理人，而是補滿最初悖逆行為所產生的殘缺」（Geisst 46）。所以我們應該可以說亞當與夏娃的墮落非始自吃禁果（雖然吃禁果總讓人想到他們難免會犯錯），而是始自人類與上帝立約不吃禁果。當他接受這個不吃禁果的誓約，他就與上帝疏離了！如果說人類因主動接受造物主的誡命而墮落——實際上那只表示人類會墮落但不是真墮落，那麼，接受其他受造物如撒旦及其同類加諸在自己身上的限制才真是要命的墮落，那是「政治上的奴役之罪」，David Quint 就是

這麼說的，因為英格蘭人竟然迎回查理二世來統治他們、來制服他們（見281頁），這就像是聽撒旦的話並與之同夥一起墮落一樣，愚不可及。亞當與夏娃的墮落，這是非常尋常的《聖經》故事，卻讓密爾頓用來譬喻英格蘭當時的政治情況。

但，墮落的機轉，根據密爾頓的上帝所說，是人類自找的；因為「我〔上帝〕創造他〔人〕時，讓他識公義、知對錯／有足夠的條件可以持守自己，當然也可以自行陷落」而且「他們可以充分選擇要持守正義，還是要背棄墮落」（見卷三 98-99, 102 行）。悖逆上帝的誡命是一回事，但找來外在的權威來統治他們又是另一回事！對人類來說捨棄自我管理，臣服於世俗的人王──外在的統治，才真是墮落。所以，禁果，雖然挑逗人心，卻是象徵亞當與夏娃自我克制的自由意志。禁果置於樂園中間，難免令人心癢，卻是用來教育人類順服這基要美德。順服不是屈從，它是「救贖的條件」（見 Himy 121 頁）。不願順服上帝，亞當展現了人類易受制於撒旦誇誇之言的誘惑情景，如卷九所形容者。撒旦空洞華麗的語言令人想起查理一世在《聖王芻像》中的誘人謊言，目的在「誘引群眾」（見 Eikonoklastes，Hughes 頁 803B），拉攏那些容易上當的臣民來達成他的政治利益：一在僭取上帝之位，一在爬上專制獨裁的地位。

所以，亞當與夏娃的墮落，以政治解讀來看，可以啟發讀者，知道我們無須因是亞當的後嗣，而為他的原罪和宿命受苦受難，但卻須知道亞當之罪代表人類易受罪愆的引誘。重述亞當墮落的故事是在提醒我們、教導我們，設立非宗教的政府雖是不可避免的，為要約束人性的自然墮落傾向，以免人作奸犯科為害彼此，但這並不意謂人類得捨棄自我管制，完全臣服於世俗的公民機構，那是外在的管理機制，總在侵犯人類的自由。因為對密爾頓而言：

> 無論是誰，人都是生而平等的，都是上帝的形象，與上帝相仿，都是……生而治人，非為人所治者；一直都這樣而過活著，直待亞當逾矩犯戒，乃成墮落之根源，人也

　　　　跟著犯錯、行暴，既已見這樣的行徑會讓人類滅絕，遂
　　　　同意彼此相對等的互相約束以免大家都受傷害，並捍衛
　　　　此項協議不受干擾或反對。這就是城鎮、鄉里及國家的
　　　　由來。（見《國王及統治者之任期》，Hughes 754B 頁）

依此可見，國王及各階層的統治者「不是要做〔人民的〕君主、老爺……
而是依所委託之授權，做他們的代理人和代辦人，執行他們本應依天
性和約定為自己或為彼此而執行的司法公義」（見 Hughes 754B 頁）。
更甚者，據羅馬帝國時代的君士坦丁堡牧首聖「金口」若望（John
Chrysostom）所說，外在的（高壓）政府（或帝王權威）只對異教徒有必
要，對虔信的公民則是多而無用的；而帝王權威則根本不需要，除非要用
它來概說犯原罪對社會的影響（見 Chiou 論文，頁 29）。也就是在這樣
的意義下，密爾頓的史詩是用來榮耀失去樂園之收復，在此樂園中唯一的
誡令是別吃善惡知識樹的果實。《失樂園》之寫就，就某種意義來說，是
鄭重其事地書寫人類從內部自由，到受強加的暴政詛咒，再到自我解放的
一部歷史。如此，我們不得不同意史坦利・費許的說法：「作為基督徒，
我們不時被教導，要剛強力壯好對付惡魔的毒計，因此我們都已準備好要
接受史詩敘述者對〔亞當與夏娃以及〕撒旦的審判，並視之為公道正義」
（見 Fish，頁 10）。

　　這樣看來，密爾頓再現墮落的故事，不僅僅是他對所處世界的回應，
那個世界讓他受嚴密監視，更是讓故事充滿意識形態的力作。本身原是現
已不存在的民主共和政體的熱切宣傳者，密爾頓比任何人都理解敘事說
文的政治力道。儘管在《失樂園》中他主要展現的是宗教熱誠，並很低調
地寫就這一史詩，但卻不時引用時興的政治話題；就某種意義來說，失足
墮落的亞當與夏娃不啻就影射了政治上落敗的密爾頓和英格蘭民眾。但這
個墮落也可能是個幸運的墮落，因為被趕出伊甸園後，亞當與夏娃（衍伸
過來，就包括作者密爾頓）就擺脫了外在政府的手鐐腳銬，重獲自我治理
之權。樂園失去就再復得，因為正如大天使米迦勒所指出的，自此而後，

亞當與夏娃「將在內心裡擁有另一座樂園,〔較之前者〕會更快樂」而且「整個世界都展現在他們眼前」(卷十二 586-587 行)。人類(當然包括密爾頓)在這種墮落機轉的運作下,又是自由自在、自我為主的人了。

　　也許就是在這種追求內心自由的驅使下,密爾頓在查理二世歸國前夕,對氣燄日見囂張的保皇派以及威脅著要加諸外在霸權於英格蘭子民的長老教派,做出了最後但卻無效的打擊。Cedric Brown 說得對,他說密爾頓

> 在護國攝政體制遭人嫌惡,當護國共和體制推動無力,當克倫威爾之子顯然只是個臨時且不受人歡迎的權宜人選,在英格蘭群眾大多渴望找回舊時的確信時,去展示誇耀一個完整的共和政體,無異於提醒大家那是幾近固執以及自我打氣的行為。(132)

但不管好壞,這份固執在密爾頓把《聖經》前六章的故事重新寫成史詩時,扮演了極重要的角色。不過受制於審檢制度的逼迫,密爾頓只能像拉斐爾講述在天庭上天使爭戰所看不到的事蹟給亞當知道時一樣,「藉由把靈性的比作有形體的事物/才能把事情表達得清清楚楚」(卷五 564-575 行)。也就是說,密爾頓必須把他的政治意圖深埋在表象上看不出有政治性且無害的《聖經》注釋上。但無政治立場就是一種充滿政治意涵的立場。進一步言之,如先前所說的,墮落的故事本身是與喪失自由息息相關的,不管是宗教自由還是政治自由。密爾頓熟讀《聖經》,可以很順當地把墮落故事與政治連結在一起,這讓他有機會耍弄一下不經意的讀者,尤其是那些保皇黨人,搞個想像中的顛覆行為,如果搞不出真正顛覆行為的話。

　　由此看來,「沒有一位偉大的史詩作者」,如 Cedric Brown 所斷言的那樣:

> 像密爾頓在《失樂園》中所做的一樣，藉由敘述者的聲
> 音傳達給他的讀者，那麼多一看就知道是有教訓意義的
> 事情。他的介入形式多樣，有些直接，像那些非難的、
> 嘲諷的、甚或忘情的旁白，堂而皇之用敘述者和讀者的
> 關係直接說教；有些教人的方式雖沒那麼直接，像是一
> 些有挑逗意謂的明喻，卻經常開展到整個批評指攝都包
> 含進去，或是讓讀者跟亞當一起分享天使的指教和解
> 說，藉此感知人文教養難以言說的力量。（156）

密爾頓這位作者對讀者的干預是要提醒讀者，一切不只是如眼睛所見那樣。A. J. A. Waldock 對密爾頓的不停教導感覺不耐是有道理的：

> 撒旦的每一偉大演說，沒有不受密爾頓的費心糾正、挫
> 其銳氣及中和抵銷的。他先把一些華麗的詞藻塞在撒旦
> 的嘴裡，然後又怕它們有效果，會拉拉我們的衣袖說……
> 「別被這個傢伙的話給弄得神迷了：他說的話聽來堂
> 皇，但別上當，相信我所說的。」（引用在 Fish 5）。

　　邇近評論家 Robert McMahon 認為《失樂園》裡有兩位詩人：作者密爾頓，和敘述者密爾頓（或者詩人密爾頓）。作為作者，密爾頓「計劃並寫下整首詩，一節一節隨他高興的寫將下去」，如此則撒旦看似英雄的作為和牠的沮喪挫折，應該一起看且應注意因果關係。但另一方面，密爾頓這位敘述者隨他思緒之飛揚說停步就停步，「這位說書人確實在許多點上表明了他對撒旦的同情，而且常常警示牠，讓牠住口不說並且破壞牠前面說過的話」（61）。Waldock 跟 McMahon 兩人都指向同一件事情，就是《失樂園》不僅僅是一部基督教史詩，還是部教育手冊，用來闡明其中的政治牽絆。

　　無怪乎這其中的敘述者和讀者間的關係「時而盛氣凌人、時而一問一答、時而畏縮氣餒、時而快樂迷人」，這都是因為跟政治承諾的忠誠與疏離有關。但讀者應不會看不出來：

> 他們是在一位多才多藝對事情非常投入的老師指導之下。那位老師從不見其有隱退不作論辯的跡象，他經常對身邊的政治、社會和宗教組織評頭論足。儘管《失樂園》所關懷的是宗教精神上的智慧和主題的普世性，但它可不是與我們這個墮落世界脫離的作品，實際上，作者似乎在尋求與讀者共同理解這個墮落的世界。（Brown 156）

這樣的投入使最後的語言實踐，《失樂園》這個文本，充滿意識形態的暗示，當然也包含政治意識。查理一世被類化成像撒旦那般的奸王，誘拐民眾相信他是可取代上帝的合法君主。只有替換掉一切的中間說項人（包括君王、各層級統治者及宗教官員），我們才能領受基督替我們頂罪的公義救贖。是以，密爾頓就教育政治而言，是一位有強烈意識形態的教育家，要我們完成宗教改革，去除掉獨裁與君主意識的遺跡（參見 Brown 123）。雖然此時政治風向偏君王制與保皇意識，以致他「聽眾寥寥無多」，但《失樂園》的寫就與出版，卻也記錄著他堅持不懈與堅毅不拔的精神（那種「舉世滔滔，踽踽獨行」的勇氣），近乎耶穌基督那位偉大寓言導師的風範，歷經飢餓考驗的種種困苦，無人相陪、無人伴護。我們所可見者為一訴說他時代以及代言他時代的人，在他的作品裡體現了他的抗爭、他的熱情，足以讓他們成為一無出其類的政治文件和教育論文。

參考著作

(1) Abrams, M. H. and Stephen Greenblatt, eds. *The Norton Anthology of English Literature.* 7th Ed. Vol. 1. New York: Norton, 2000.

(2) Blake, William. *William Blake.* Ed. Michael Mason. Oxford: Oxford UP, 1988.

(3) Brown, Cedric C. *John Milton: A Literary Life.* New York: St. Martin's, 1995.

(4) Chiou, Yuan-guey. "Ideology and Re(-)presentation in *Paradise Lost*". UMI Dissertation Services. Ann Arbor, MI: Bell and Howell, 1996.

(5) "Milton's Paideutic Politics and Political Paideutics in *Paradise Lost,*" *The Renaissance Fantasy: Arts, Politics, and Travel.* Ed. Francis K. H. So, Wang I-chun, and Tee Kim Tong. Kaohsiung, Taiwan: National Sun Yat-sen University, 2003. 163-77.

(6) Davies, Stevie. *Images of Kingship in* Paradise Lost: *Milton's Politics and Christian Liberty.* Columbia: U of Missouri P, 1983.

(7) Fish, Stanley E. *Surprised by Sin: The Reader in* Paradise Lost. Berkeley: U of California P, 1971.

(8) Flannagan, Roy, ed. *The Riverside Milton.* New York: Houghton, 1998.

(9) Geisst, Charles R. *The Political Thought of John Milton.* London: Macmillan, 1984.

(10) Hanford, James Holly. *John Milton, Englishman.* New York: Crown, 1949.

(11) Hill, Christopher. *The World Turned Upside Down: Radical Ideas During the English Revolution.* London: Penguin, 1972.

(12) *Milton and the English Revolution.* New York: Viking, 1977.

(13) Himy, Armand. "*Paradise Lost* as a republican 'tractatus theologico-politicus.'" *Milton and Republicanism.* Ed. David Armitage, Armand Himy, and Quentin Skinner. Cambridge: Cambridge UP, 1995. 118-34.

(14) Hughes, Merritt Y., ed. *John Milton: Complete Poems and Major Prose.* New York: Macmillan, 1957.

(15) McMahon, Robert. *The Two Poets of* Paradise Lost. Baton Rouge: Louisiana State UP, 1998.

(16) Milton, John. *John Milton: The Complete Poems*. Ed. John Leonard. London: Penguin, 1998.

(17) Quint, David. *Epic and Empire: Politics and Generic Form from Virgil to Milton*. Princeton: Princeton UP, 1993.

(18) Radzinowicz, Mary Ann. "The Politics of *Paradise Lost*." *John Milton*. Ed. and introd. Annabel Patterson. London: Longman, 1992. 120-41.

(19) Schulman, Lydia Dittler. Paradise Lost *and the Rise of the American Republic*. Boston: Northeastern UP, 1992.

撒旦之「惡土行」與「故鄉憶」：密爾頓《失樂園》之另類讀法[1]

（Satan's Badland of Hell and His Memory of Heaven: An Alternative Reading of Milton's *Paradise Lost*）

摘要

　　《失樂園》是密爾頓完成於 1667 年的曠世史詩，那是一部「要終結一切史詩的史詩」，是他 1652 年全然失明前所有閱讀的「語意記憶」（semantic memory），也是他旅行見聞、博學強記與生活經驗下的產物。雖然對「天庭與地獄」（Heaven and Hell）的描述不會是他生活經驗的「自傳式記憶」（autobiographical memory），更不會是他的「情節式記憶」（episodic memory），但他熟讀《聖經》及時人的旅遊札記，再加上他對倫敦大火（London Fire）與「新門監獄」（New Gate Goal）的親身體驗，「監獄」無疑是他描摩「地獄」的範本，也是他想像中的「惡土」（badland），是流放犯人的地方、是禁制之地（banlieue）。藉由撒旦在恍如惡土、禁制之地的地獄內種種作為，密爾頓再現、具象化了他心目中的地獄形象，使它成為撒旦無可抹滅的「閃光燈記憶」（flashbulb memory）。撒旦的自天墜落及其在地獄中的火燒熱炙，就仿如文藝復興時代犯人被帶上惡臭髒亂、摩肩擦踵、擁擠不堪的「罪犯船」（convict ships）而遞解出港（deportation）到「充軍地」（penal colony）一般。而地獄中到處的「硫磺火」，就像大火燒掩過地牢（dungeon）一樣。是故，撒旦對源出之地的「天庭」自有一番想像，「故鄉憶」成為他的心理解脫，成為他連結過往，與所有墮落天使團結在一起的政治手段，也是他

1　本論文原刊於國立中山大學人文研究中心 2013 年所出版之專書《遷徙與記憶》，頁 189-208。其部分內容引述個人博士論文 Ideology and Re(-) presentation in *Paradise Lost*（署名 Yuan-guey Chiou）若干節次。惟因係翻譯故不錄原著頁碼。

誇大政治鬥爭、敵我矛盾的言說，而這一切，包含撒旦的「惡土行」，也不脫密爾頓「活過的經歷」（lived experience）、他的「超常記憶」（hypermnesia）。

關鍵字：《失樂園》、語意記憶、情節式記憶、惡土、禁制之地、罪犯船、遞解出港。

Keywords: *Paradise Lost*, semantic memory, episodic memory, badland, *banlieue*, convict ships, deportation.

一、地理大發現與離散經驗

地理大發現的時代（也被稱為大航海時代或大探險時代）是開始於 15 世紀初，並持續到 17 世紀的航海探險時代，探險家們穿越全球，帶著生動的故事回國，而所說的故事都關乎遙遠的國度和異國人民，頗能吸引聽眾的注意。同時借助於歐洲印刷術的發明，這些探險家所寫就的遊記或札記，比以往任何時候都更能夠散播給讀者或聽眾知道。哥倫布（Columbus）、雷利（Walter Raleigh）、德雷克（Francis Drake）等人的冒險航海故事，更是震懾人心。伴隨著故事的轟動，是航海技術的進步。以及多層甲板大帆船（galleon）的用於海上貿易；橫越大西洋兩岸，漸漸成為冒險、致富的活動。這個時期也正是所謂的「英國文藝復興」時期，是都鐸王朝與斯圖亞特王朝建立與興盛的年代，「伊莉莎白女王〔甚至〕認為，大西洋主權是她擱在皇冠內的固有特權。菲利普和瑪麗也早在「1555 年英王制誥」中宣告，授予英國「俄羅斯公司」有權力去「制服、擁有和占據」並「管轄」所有「不忠」者的土地。英國國會也在「1566 年法案」證實了這些特權。理查•哈克里特（Richard Hakluyt）出版了兩種版本的《首次出航》（*Principal Navigations* 1589）。同時代的人認為，在狄（John Dee）寫書更早之前，王權和成文法的權威就已控制了海外的貿易和新發現的土地」（Parry 27）。除了海上新航路的發現以及霸權的爭奪外，都鐸王朝與斯圖亞特王朝的子民就如同歐洲大陸的人民一樣，因為政

治、經濟和宗教等原因,開始到海外尋找樂土。隨著 1620 年清教徒登上「五月花號」(Mayflower)成功抵達新大陸後,新英格蘭的第一次大遷徙發軔於 1630 年,並一直持續到 1642 年,此時約當查理一世親政時期。亞倫・泰勒(Alan Taylor)曾指出,在這時期約有 1 萬 4 千人,帶著他們自己的信仰、他們的虔誠和他們的財產,從祖國遷移到新英格蘭來。還有學者指出這個數字可能更高。泰勒的數字代表的是所有遷移到大西洋世界英格蘭人總數的 30%。因此,美洲對清教徒而言,是真正的樂土,是敬虔的人遠離宗教迫害和暴政壓迫,可以建立新家園的地方(參見 Walker 49)。換言之,殖民居地的成立不純粹是為了經濟利益,而是為那些「在國內受宗教、經濟和政治困境所迫的英格蘭人」創造的庇護所。在 1630 年溫斯洛普(John Winthrop)率眾橫越大西洋前(有一說在抵達麻薩諸塞地區後),寫了篇題為「基督徒慈愛的典範」(A Model of Christian Charity)的講道詞,具體描述保持清教徒誠信的想法和計畫,並將他們在新世界不得不進行的奮鬥與《出埃及記》的故事比擬在一起。《出埃及記》與《創世紀》對比,是一民族離散遷居的故事,同時它不只是一個故事,它是歷史,也是歷史(集體)的記憶。在這樣的記憶裡「雖然摩西起著至關重要的作用,但人民才是重心。摩西的重要性不是他個人的,而是政治上的──作為人民的領袖以及人與神之間的調停人,這是一個政治性的歷史:是關於蓄奴和自由,以及守法和叛亂的歷史」(Walzer 1985: 12;引用於 Howe 76)。共同的歷史與創傷性的記憶,給參與其中的民眾有共同之目的和身分的感覺。而正是這個感覺讓離散遷居到新世界的住民能榮辱一體、相互依賴,而與非我族類者對壘。這些早期的自願移民者,他們孤立在大西洋彼岸,「故鄉家園的記憶被連根剷除,在新的東道國嘗辛忍苦、決定定居的必要、決定是否抵制被全然同化、努力建立和運行社區組織──這一切種種作為都能促進群體成員之間的團結;換言之,遷移戶們的團結不純是基於與故鄉家園的連結,而是只能在東道國充分發展,才能反映遷移戶們的情況和需要」(Sheffer 80)。溫斯洛普甚至將移民到美洲殖民地視為神意志的作為,而非純然人力所能完成者。

　　根據葛林・裴瑞(Glyn Parry)的說法,「點算在 1620 年代之前,離

散到北美的英格蘭人頭數，將不得不得出如下的結論：離散到北美的不是新教徒，不是為航海、不是為商業和自由，他們是天主教徒，住在陸地上、篤信宗教和受迫害的」（Parry 19）。因為受迫害而逃離，他們只求能安身立命，不在乎所處之地究竟是「樂土」還是「惡地」，他們的信念就是生存。而在更早之前，流放海外（transportation）去墾殖拓荒就已經是歐陸國家和英格蘭長期以來處理非殺頭重罪犯人的手段之一。根據調查，英格蘭依賴流放來解決犯人過多而獄所過少的問題，在美國獨立之前已達 150 年之久，而有組織的流放犯人到海外，也遠早過改革者對全國監禁措施的改革要求約 60 年之久（英格蘭於 1717 年至 1718 年才完成流放海外的法令）。這種懲罰背後的主要動機在其阻嚇作用，是一種簡單地消除社會慣犯的信念和願望。簡言之，罪犯初始被流放而蟄居海外殖民地的原因，是紓解監獄壓力的一種方式。

二、懲罰與「罪犯船」

在「五月花號」抵岸之前，美洲大陸還是蠻荒未闢之地，參天巨木橫亙在山野，到處都是瘴癘沼澤、野人出沒，因此是流放犯人，讓其自生自滅，除掉社會壞分子的好方法。而這個人跡罕至的新世界，則是貧瘠落後的地方，比起英格蘭家園而言，新世界根本就是一塊「惡土」。

Jackie DiSalvo 曾論證，儘管有令人半信半疑之處，密爾頓的《失樂園》可能衍生自理查‧哈克里特（Richard Hakluyt）、塞繆爾‧珀切斯（Samuel Purchas）或雷利等人的旅行報告，尤其是那些關於美洲殖民地墾殖的故事（見 DiSalvo 19-33）。據 DiSalvo 之言，這類旅行報告，提供了密爾頓豐富的圖像和軼事，讓他在構思《失樂園》時將其轉化為他所要用的章節。其結果是，撒旦的宇宙之旅類似於橫渡大西洋，而荒涼的新英格蘭海岸（新世界）就預示了「伊甸園」的形象。若將 DiSalvo 的說法加以延伸，可把撒旦與被驅逐到慘澹新土地的罪犯相比：撒旦就像服滿刑期的罪犯一樣，一勁兒想再踏上家園／宇宙之旅，以恢復他「往昔所該

繼承」（卷二 38 行）的天庭地位。[2]因此，在這樣的閱讀策略下，亞當與夏娃居住的樂園，便成了實質上的監獄，不斷被至高無上的權力監視著，亞當與夏娃無異於犯囚。由此看來，《失樂園》就變成 17 世紀法律與政治的實踐作為，而父神就像君主或行使紀律主權的掌權者懲罰、糾正、教育、改革和督訓叛徒（rebels）。

作為一個典型的倫敦人，而且差一點在「復辟時期」就被列入叛徒名單中，密爾頓必然熟悉泰伯恩（Tyburn）、布萊德韋爾（Bridewell），新門（Newgate）、倫敦塔（London Tower）等這些惡名昭著的監所。這些地方的傳說和謠言，特別是有關「新門監獄」地牢的故事，必然令密爾頓著迷以致激發了他在描述地獄時的想像。是故像「金鋼鐐銬上身、烈火交刑」、「可怕的地牢」、「指定給他們那群叛徒的牢籠」（卷一48，61，71 行）這樣的明喻或暗喻可能提醒 17 世紀的讀者，「地獄」不啻就是新門監獄的圖像。「新門監獄」，根據安東尼・巴賓頓（Anthony Babington）的研究，主要用於收容叛亂分子、賣國賊、異端分子、間諜、欠帳者，以及一些最危險或難以矯治的囚犯。新門與在泰伯恩的絞刑架相隔不遠，對倫敦人而言，自然有種無法形容的恐怖。此外，巴賓頓說，「『新門監獄』的形象一直令人籠罩在病態的迷戀氣氛中。其巨大的灰色城牆支配了連續好幾代倫敦人的生活，無論身體、心理和情緒都受影響」（Babington 1）。

當然，想到新門監獄的牢房及地牢，在公眾心目中自然會引起殘暴、虐待、疾病、絕望和死亡的可怕畫面——這些圖像不啻就是地獄的景象。有個叫約翰・特納（John Turner）的囚犯在 1662 年被處決，他把「新門」地牢描述為「最可怕的、悲慘的、淒涼的地方。」據他所言，監獄裡「……既沒有條凳、板凳可坐，也沒有靠桿可供任何人使用。他們〔指被判刑者〕像豬一樣躺在地上，一前一後，嚎叫、咆哮著——情況比死還可怕……」（引用於 Babington 56）。這悲慘的情形讓人想起了「罪犯船」

2　本論文所稱《失樂園》者，其中譯為作者依 Gordon Teskey 所編版本譯成。謹附書卷及行數於引文之後，不另錄頁碼。

上奄奄一息的犯人，也讓人聯想到密爾頓形容墮落天使們「神志昏迷的堆疊著／多如秋天的落葉／滿布在瓦倫布羅薩修道院旁的溪谷內」（卷一301-302行）。

　　1666年9月，倫敦大火燒毀了新門監獄。當大火吞滅整個監獄時，就連完全失明的密爾頓也不難想像，地牢會是什麼樣子。密爾頓對撒旦在地獄中的描述，相呼應了獄中囚犯的嚴峻形勢：「四面八方／宛似一座大洪爐，烈火炎炎」，或者像「烈火橫流如洪水／硫磺不斷加入，一勁焚燒毫不止歇」和「那火有焰無光，只可辨黑茫茫一片／被往後驅趕，形成尖頂斜坡狀，火浪回滾／中間處則形成一道可怕的鴻溝」（卷一 61-62，68-69，222-224行）。墮落天使們「輾轉翻滾在烈火焚燃的深淵之中，縱有不朽之軀，卻也狼狽至極」（卷一52-53行）。

　　然而，撒旦這位墮落天使及其黨羽的命運並沒有就此結束，不像地牢中的囚犯在大火中被焚滅一樣。英王詹姆士一世在1615年就引入了「流放整批刑事罪犯」（wholesale penal banishment of criminals）的手段，「被判刑的人可能會被免罪，條件是他們同意被運送到海外」，諸如到「馬里蘭或維吉尼亞地區的莊園」（Babington 49）。流放國外（transportation）的措施已被採用為懲罰嚴重罪行的手段。然而，

> 不像大多數免殺頭的懲罰，在那段時間，「〔流放到充軍地〕之後，犯人還是不能回歸到主流社會。流放的首要目的既不在復權，也不在威嚇，而是讓英格蘭擺脫危險的罪犯。（Ekirch 2-3）

此即為撒旦的真實處境。撒旦反叛「上帝之寶座與王國」（卷一41行），雖然接近大逆，卻只被處罰流亡。撒旦和他的叛黨既「是不受刀槍侵害的，是永生不滅的，」（卷六434行），只好被驅逐到一個新創建的疆土——地獄——裡去，那是「永恆的正義神所預備的所在／指定給他們那群叛徒的牢籠」（卷一70-71行）。除罪或復權於他們無份：「本該降臨所

有受造物身上的希望也不來／痛苦相連無絕期」（卷一66-67行），蓋因渠等「決定墮落、覆滅……自己誘惑自己，是自甘墮落」（卷三 128-129行），是自作孽不可活。因此，他們會發現沒有來自上帝的恩典，沒有全然大能者的寬恕。撒旦不僅是被驅逐出境，而且，作為一個被定罪的叛徒及主事者，他在天庭上的全部身家財產——因他之名而與之相稱的種種特權——都被沒收（參見 Babington 29）。

也被沒收的是他的名號：

> 如今他們的名號都因
> 叛亂而被削籍除名，不復占天使之位，（卷一358-360
> 行）

職是，「撒旦」是稱號（「頭號敵人」之義）而不是個名字。大天使拉斐爾（Raphael）對亞當說的話體現了「沒收」的精義：「撒旦（現今如此稱呼他：他之前的名諱已不復在天庭中聽聞）」（卷五 658-659 行）。同樣，撒旦黨羽的名號，也「注定被從天籍中除名，遂不復在天國中為神所記憶／無名無姓的被漸漸遺忘」（卷六 379-380 行）。在文藝復興時期的英國，「沒收名號」與宗法社會控制桀驁不馴之子，讓其「喪失繼承權」的措施，是沒有什麼不同的。沒有名號，那就是沒有身分，「他們成為公民社會〔在撒旦及其黨羽的情況下，天國〕的一分子的權利」，也被沒收了（Ekirch 19）。

撒旦的流放和身家財產、名號的沒收，只是意味著讓天庭擺脫像撒旦這種邪惡分子，並不能終結撒旦的生命。讓撒旦繼續活下去的最終目的是為天堂「帶來無窮的善美、恩慈和憐恤」（卷一 217-218 行）。天庭上的所有這些作為——驅逐犯罪分子、沒收、不赦罪，剛好對應著 17 世紀英格蘭刑事司法的一般做法。在撒旦的情況下，被放逐不僅僅是宣誓永久流亡國外的一個儀式而已。單拿一件事來說，被定罪而流放到新荒地的本身就已經是一種懲罰，因為只有身強體壯者才能捱過羈旅中的困頓，並在荒

廢不毛之地生存。喬治・艾夫斯（George Ives）在他研究流放罪犯的文章中，引用了一位約翰遜牧師（Chaplain Johnson）的話來驗證流放途中的悲慘情況：

> 我下樓到囚犯之間，在那裡，眼前的景象真是令人震驚——他們一大堆人躺在那邊，有些半裸露、有些完全赤裸，沒有床也沒有床上用品，完全無法翻身，也無法自由搔刮。我走過去跟他們說話，但氣味是如此強烈，我幾乎無法忍受。（132）

流放外地的旅程，絕不是浪漫的海上之旅，

> 有些可憐的〔被定罪的流亡者〕，在船隻到港未及上岸前就去世了。……上岸時才真正地教人痛心和震撼；大多數的囚犯無法走路，也不能移動手或腳；這些人原先是被掛在船舷吊索上就像吊掛木桶、箱子或任何這種東西一樣。當他們被帶上來露身在外時，暈的暈、死的死，有在甲板上的，也有在船艙內的，根本無法上岸。當他們上岸後，許多人無法走路、站立、甚或起身，因此，有些被別人拉著走，有些用手和膝蓋爬……（Ives 133；所有刪節都是 Ives 的）

「罪犯船」上犯人的處境，讓人想起地獄裡墮落天使那種驚惶失措、精神恍惚和動彈不得的景象。就像被放逐的罪犯，這些墮落的天使，「滿坑滿谷的叛眾／悽慘落敗的躺臥著，占滿整個火湖，」，而且「匍匐倒臥在那邊整個火湖中」（卷一311-312，280 行），在他們領袖撒旦的召呼下，奮

力掙扎，起身上岸（參見卷一331 行及其他）。事實上，墮落天使在地獄受的苦難是非常像那些「流刑犯」（transports）所受的折騰一樣：「〔輾轉翻騰〕在深不可測、暗不見光的空間，張著大口，比死人所在的地方還寬大」（Ives 131）。

　　「罪犯船」的起因可能是因為當時監獄過於擁擠，破舊的船乃被徵入服務，以作為浮動的監牢，停泊在各口岸。之後演變成載運犯人到海外。因此，「流放」（transportation）或「流放處罰」（penal transportation）是指將認罪之受刑人（通常是罪不至死的犯人），送到流放殖民地（penal colony）——「充軍地」——以為刑役的措施。英格蘭從 1610 年起，一直到 1770 年代的美國革命為止，曾把大批的罪犯送往在美洲的殖民地。運到北美的罪犯數量雖然未經證實，但約翰・鄧莫爾・藍（John Dunmore Lang）估計有近 5 萬人，而托馬斯・肯尼利（Thomas Keneally）則估有 12 萬人被送到新英格蘭去。「流放」運輸所需花費用由罪犯或船商負擔。船商則有權將運送到美洲大陸的罪犯拍賣給在殖民地的莊園主人，以服勞役。但因船之破舊，沉沒在大西洋上者有之，罪犯不堪旅途困頓、髒亂擁擠，而死在船上者也多有之。[3]即使像「五月花號」這樣有組織、自願性的移民船，其中的擁擠與煎熬也比「罪犯船」好不了多少：「五月花號」橫跨大西洋的航程本身花了 66 天，從 1620 年 9 月 6 日出發，直到 11 月 9 日才到達今日麻州所在的鱈魚角（Cape Cod）。所有的移民（共 102 人）都擠在槍砲甲板（Gun Deck）上，起居空間只有約 58 英尺長、24 英尺寬（約為 18 公尺 X 7.5 公尺，每人約只有 50 公分的船席位，大概只能並排而臥），其天花板的高度約僅五英尺半，所以身材高大的人可能都不能站直起來。[4]相較之下，待在「罪犯船」上的痛苦，就更令人難以想像了。

三、遭強制遷移的撒旦

　　撒旦因忌恨聖子地位在他之上而起心動念，意欲劫奪天庭寶座，超越

3　詳細資料參見 http://en.wikipedia.org/wiki/Penal_transportation。

4　相關資料整理自 http://mayflowerhistory.com/voyage。

聖父而為「萬王之王」、「萬鈞全能者」。殊不知,他只是個「創造物」而非「造物者」,他那行近叛逆的作為,遭致了極大的處罰,並被強制遷移到一塊新設的地域,作為其「充軍地」。依現代學者的分類,「強制遷移」(Forced Migration)的類型有:

　　(一)衝突引起的轉離:人們因一個或多個如下的原因,被迫逃離他們的家園,而國家當局也不能或不願保護他們:武裝衝突(包括內戰)、大規模的暴力和遭受迫害(種因於國族、種族、宗教上的理由或政治見解以及社群團體)。

　　(二)開發導致的轉移:這些人是因政策和計畫的實施而被迫遷移,希望藉此提升「開發」的結果。這方面的例子包括大型基礎建設項目如水壩、公路、港口、機場、城市清理舉措、採礦和森林砍伐,以及引進保育公園/保留地和生物圈等計畫項目。

　　(三)災害導致的遷移:此類別包括因自然災害(洪水、火山爆發、山體崩滑、地震等)、環境改變(毀林、荒漠化、土地退化、全球暖化)和人為災害(工業事故、放射性)而流離失所的人。顯然,這些不同類型災害引起的遷移,他們之間有不少的重疊。例如,森林砍伐和農業活動會大大加劇洪水和山體崩滑產生的影響。[5]

　　無論遷移的種類、原因為何,他們都因此而流離失所,成為難民(refugees)、或尋求庇護(asylum seekers)、或在本國內成為異鄉人(internally displaced persons)、或因開發而被迫遷移(development displacees)、或因環境和災害而遷移(environmental and disaster displacees)、或成為偷渡客(smuggled people),又或者成為被販賣的人口(trafficked people)。

　　但是不管怎麼看,撒旦等人的流徙,都不在上述被強制遷移的範疇內,也很難說他們是難民、尋求庇護者、「本國異鄉人」、災遷戶、偷渡客或被販賣的人口。他們是真正的犯人,是意圖敗亂天庭的野心分子,雖

5　相關資料整理自 http://onlinelibrary.wiley.com/doi/10.1111/j.0023-9216.2005.00080.x/full。

然「對掌權者而言，期待有不同文化，表明的就是一個字——『叛逆』」
（Parry 15）。[6] 但撒旦是因驕橫，

> 自忖可與天上至尊相抗衡，若其敢
> 舉兵相向！遂野心勃勃，興不義之師，
> 作亂弄兵、橫行無忌，妄想推翻上帝之
> 寶座與王國。（卷一 40-44 行）

以致被流放異地，他們是咎由自取、罪有應得。所以，他們之被迫遷移，
不僅是政治因素，更是人格缺憾。在 17 世紀的英國，「流放」的判處是終
身的，但也有可能是有限期的。如果是有限期的，罪犯在服刑期滿後被允
許回英國，但得自己想辦法回來。因此，許多罪犯就以自由人的身分留在
殖民地，並可能獲任命為監獄看守人或流放地的雇員等，而成為定居該處
的殖民者。但是對撒旦而言，他是不可能得到赦免的，因為他宣示：

> 但切記
> ——行善絕不是咱們要做的事；不斷作惡，
> 才是咱們的快樂，（卷一 158-160 行）

可以說，他是十惡不赦、頑固狡猾的邪惡分子；職是，「眾人皆有〔赦
罪〕的希望／而他的卻永不來」（卷一 65-66 行）。既然歸鄉夢碎，撒旦
及其黨羽就只能順應時勢，想辦法在異地、在他鄉落腳生根！

6　密爾頓的《失樂園》當然有其政治意圖，但不應是將撒旦比爲反對君主專制
　的克倫威爾，而將上帝比爲查理一世。欲知此間爭議，見 Christopher Hill's
　The World Turned Upside Down, Yuan-guey Chiou's *Ideology and Re(-)*
　presentation in Paradise Lost。

四、地獄之為惡地

撒旦及其黨羽被擲攔到地獄中，就像被流徙的罪犯或主動遷移到新大陸的移民一樣，一踏上美洲土地，打算定居在新土地上的人，不禁要問自己，就像領導在普利茅斯（Plymouth）建立莊園、農場的威廉‧布萊德福（William Bradford）所記錄對新世界的印象一樣：

> 他們沒有朋友歡迎，沒有旅館可供他們飽經風霜的身體歇息和吃食；除了隨時要拿箭射入他們身軀的野蠻人外，四處找不到酒館，也找不到可供大夥玩樂、求助的城鎮……此時正當冬季時分……寒風刺骨、雨雪猛屬，不時還有酷冷的風暴，就連前往已知的地方都危險，更別說去搜尋未知的海岸。此外，望眼所見，就是一個可怕、荒涼的曠野……（61-62）。

這段話，不禁讓人聯想到撒旦對同在地獄中的別西卜[7]所說的第一句話：

> 「你可不就是──那個他嘛！（這是何等
> 的沉淪！何等的改變啊！想當日他在那
> 快樂光明之境，通體光輝亮傲群倫，
> 怎如今變得這般光景！）（卷一 84-87 行）

而流放罪犯所面臨的困境，可能也同樣讓墮落天使感到驚訝。魔王撒旦先是漂流在「液狀般的火湖」中，然後登上「乾地」（卷一 227, 229 行），當其時，他對別西卜的嘲諷言詞正對應上流徙的罪犯，第一眼看到新世界

7　別西卜是巴勒斯坦地一神祠之名，即所謂的蒼蠅王，詳見本譯本卷 1 注 28。

時的情形：

> 「難不成此一區塊、此一泥陸、此一
> 風土、」那位墮落大天使如是說道，「此
> 一所在，即咱等用以交換天庭席位者？此
> 悲悽幽暗之地，就是咱等交換天國光明
> 之境者？（卷一 242-245 行）

不過，被流徙的罪犯，上岸後經過拍賣，被轉為契約勞工或奴隸。他們或
多或少都得融入「定居在當地團結一起的社群」裡（Ives 134）。同樣的，
落戶到地獄的撒旦，建議他那夥墮落天使，透過他的領導，

> 仍請分散到各處去吧！（此際這兒
> 既然將是咱們的家）就當這就是家，看看有啥
> 最能去除現下悲苦者，有否解藥或符咒可暫緩、
> 掩蓋、減輕在此淒慘住地之痛苦，使地獄這
> 凶險大宅更適我等居住。（卷二 457-462 行）

因為，對撒旦及其黨羽而言，地獄像：

> 一重重黑漆陰鬱的山谷，一處處哀悽的
> 地盤，越過了無盡的冰封高山和火焚峰嶺。
> 無論岩、洞、湖、沼、澤、窟還是死亡陰谷，
> 都是一片沉寂，這是受上帝詛咒而生的惡地，
> 只適合惡靈居住，一切生者死於此而一切
> 死者生於斯；（卷二 618-624 行）

「惡地」或「惡土」一詞源自英文 badland，說的不僅僅是窮鄉僻壤而已。「惡地」或「惡土」雖是新近為人所知之地理名詞，但在中文卻早有「瘴鄉惡土」的說法，瘴是指瘴氣。「瘴鄉惡土」即指瘴氣、瘴癘流行的貧瘠落後地方。而地質學上的 badland，是指飽受風雨侵蝕的泥岩，其顆粒細小，而且顆粒間膠結性疏鬆，透水性又低，遇濕則變得軟滑、黏稠狀，遇雨就順坡流下，形成雨溝和蝕溝，故雨水及逕流侵蝕不斷，不僅帶走表面的泥質，也會刻劃出明顯細密的溝紋，沿著雨溝流動造成線性侵蝕，形成惡地景觀。它也像是法文 malpaís 般的火山岩地形，崎嶇難行。而這樣的地方也常是「禁制之區」（banlieue），該詞的字面意思原是指都市郊區，但它與英國或北美郊區所承載的內涵不同。「禁制之區」本來是一個管理的概念，在地理位置上，它所表示的大體是指城市的周邊地區。這種地理指稱不一定是負面的（如指它是「暴力街區」）。然而，此詞總能喚起化外之地的形象，如與其同詞源之字所指者：

> 「禁止、禁制」（ban）一詞源自中世紀的最早期，既意味著指揮、管轄的權力，又指此權力衍生而來的命令和排斥（command and exclusion）等。禁止、放逐（banishment）、暴力街區（*banlieue*）──所有這些術語都具有相同的起源，他們指的就是排斥。（Paul-Levy，引用在 Dikec 7）

此詞「禁制之區」即「禁令所及之區」，可溯自中世紀時代，是由「禁令」（ban，官方宣布的東西，特別是訓令或禁止令）和「里格」（lieue，league，一里格約四公里）二詞所組合而成。它被用來指「禁令所及之區」──禁制之區（Dikec 178, 注 2）。在這樣的地方，

> 他四下環顧，只見一整大片的悽楚和哀愁；
> 竭盡天使的目力，霎時四眺，但見處處

> 愁雲慘霧荒涼無際涯：四面八方圍攏著的
> 的是可怕的地牢，宛似一座大洪爐，烈火
> 炎炎。然則那火有焰無光，只可辨黑茫茫
> 一片，僅可見悲慘景象、哀苦境地、
> 憂戚暗影；和平不存、安逸不在，本該
> 降臨所有受造物身上的希望也不來。（卷一 56-67 行）

因此，撒旦只能強作鎮定，暗夜吹哨，為自己也為他的黨羽打氣：

> 歡呼擁戴吧，恐怖之境！歡呼吧，
> 悲慘可憎的地域！你，深不可測的陰曹，
> 領受你的新主子吧！——他有顆心絕不
> 因時因地之改變而改變！心是它自個兒
> 的居所，可以自行決定要化陰曹地府為
> 光明仙境，還是要化仙境為地府？（卷一 250-255 行）

對被宣告終身禁錮，永遠不得歸返故鄉的犯人而言，除了自我調侃、苦中作樂外，還能如何？更何況，撒旦被拘禁的「充軍地」是個大荒地、大火湖，杳無生機，要在這樣的「惡地」求生，必須有極堅強的意志力和自我欺騙的能耐：

> 戰場失利，
> 又待如何？並非全盤盡輸——我仍有不撓
> 意志、仇心深植，且恨意不消，更有不屈
> 不降之勇氣：準此則強健自雄，有何無以
> 克服者？祂縱然震怒展威能，終不能強奪

我不屈榮光。（卷一 105-109 行）

如是這般，才能支撐過綿綿無盡期的刑期，以及隨之而來的苦痛、煎熬，如此則：

> 咱們所受
> 之苦，時移勢轉，反可能成為咱們之組成
> 元素，而刺痛心扉的火苗，現下雖然猛烈，
> 卻有可能變柔順，咱們的脾性也可能轉化成
> 它們的脾性，這樣就一定會除去痛苦的感覺。（卷二
> 274-278 行）

對這新創（新開發）世界的闖入者而言，這恐怕是他們唯一聊以自慰的手段了，雖然自欺欺人，在精神上卻能鼓舞自己和同夥！

五、撒旦的故鄉憶

在一定程度上，撒旦對地獄荒涼貧瘠的失望和憤慨，反映了那些被定罪流徙的犯人（以及到普利茅斯的清教徒），希望在新土地上重新開啟他們人生的挫折。在歸鄉無望、挫折失意、苦熬待變的時刻，唯一能讓大家同心協力團結在一起的，就是共同的敵人和對故鄉共同的記憶，因此，不滿意於地獄像「黑暗、不體面、令人羞恥的獸穴」（卷二 58 行），撒旦和他的同夥，打算通過公開的戰爭或侵略一個新創建的世界，來設法奪回在天庭上他們「固有之席位」（卷一 634 行），「將一切／歸為自己所擁有」（卷二 365-366 行）。正是在這一點上，DiSalvo 認為，撒旦去搜索一個「新創世界」（卷四 33 行），其航程之危險正等於「橫渡悲慘的大西洋，這些悲慘故事都已在約翰・溫思羅普等人的日記中講述了」（DiSalvo 22）。而這些透過口述的記憶通常如 Hall（頁 349）所說般，都是誇大想

像的，試圖恢復一個比事實還豐厚美滿的過去。也因此，撒旦藉由與過去的記憶連結，企圖喚起他那群黨羽的戰鬥意志與仇恨心理。

> 坐寶座者、帝王般具權能者、上天的
> 子姪們，以及空靈般的力天使們！這些稱呼，
> 看來都要捨棄了，也許改個說法，叫地獄
> 大公王如何？因爲大家想要表達的意見就是要
> 留在這兒，在這兒建設一個日漸茁壯的帝國！
> 毫無疑問，就在咱們作夢時，根本不知道天上
> 君王已然宣告這個地方就是咱們的地牢，
> 這可不是祂力未能及的安全避難所，而咱們
> 卻夢想著能免除上蒼的轄制，得以重新結盟、
> 集結來反對祂的權位；卻不想，此地離祂
> 雖甚遠，仍受祂最嚴厲的束縛；在掙脫不了
> 的勒繩控制下，成爲一群祂的俘虜。　（卷二 310-323 行）

撒旦以他們被剝奪、沒收的名號稱呼他的黨羽，讓他們既懷念過去又痛恨令他們流離遷徙的上帝，更感受了被擲摜到地獄的那份切膚之痛！換言之，撒旦以他們生命中的親身經歷，所形成的「情節式記憶」[8]爲基礎，構築了令他們難以忘懷的「閃光燈記憶」或稱「鎂光燈記憶」來強化已經淡失的痛楚與記憶。

　　Roger Brown 與 James Kulik 注意到人們在聽聞到重大事件時，在對引人感到震撼的事件、或當一件特別重要的事情發生之時，那一時刻的

8　「情節式記憶」係與「語意記憶」對比的記憶型態，前者是指在特定時空，
　　個人所親身經歷到的事件記憶，是「自傳式記憶」的一部分；而後者是指與
　　事件經歷無關，藉由文字敘述所得來的總體、一般性的記憶，因此與「集體
　　意識」較有關係。

場景包括其中的許多細節，會被永遠地記憶，就像被閃光燈拍攝下來了一樣，牢固而清晰地印刻在人們的腦海中。通常，記憶的內容會隨著時間的延長變得難以回憶，可是閃光燈式記憶不同，它不會因為時間的流逝而消逝和淡化，這種記憶會在人的頭腦中清晰地保存一輩子，不論時光多麼久遠，自己對於當時的情景依然能夠回憶得一清二楚，就像眼前有一張照片似的。人們往往會對此重大事件在記憶中以「事件資訊／接收到事件時的觀察情境」將事件記錄下來，這可稱之為「閃光燈記憶」。Brown 與 Kulik 以「閃光燈」隱喻來說明「接收到事件時的觀察情境」一併被包含到事件視域的聚焦處附近，因此讓原本可能迅速就被遺忘的偶然性細節，像是相片一樣，能夠比原來在記憶中可能的存在時間來得更久（Brown and Kulik 74）。Martin Conway 區分了「自傳式記憶」與「閃光燈記憶」，對他來說，自傳式記憶是在歷史進程中不斷變化的；而閃光燈記憶是相片式完整的。就一般人而言，記憶對經驗的回顧總是半精確的，但對生活中發生在自己身上的重大事件，則可能有兩種反應：遺忘或誇大。選擇遺忘或「不言」（mutism），只是把事件的記憶壓抑下來，它還是潛藏在記憶深處，因此常會形成心理上的障礙。而對事件周邊細節誇大或加油添醋，則又是「閃光燈記憶」經常會見到的情況（參見 Larsen 32-63）。撒旦對其徒眾的勸勉與鼓舞，就是採用這種手段。如果「某個人的回憶（一）包含更多的細節（質量），（二）說得信心滿滿，以及（三）隨著時間的推移說法仍一致，則我們對他的記憶就更加看重」（Bohannon and Symons 67）。撒旦恰是一個能言善道、臨場反應很快的偽君子，所以跟隨他被打落地獄深淵的徒眾，非但沒怪罪於他的莽行與奸詐，反倒認為自己怨聲載道，太丟人現眼了！而他個人的回憶就變成眾人的共同記憶，他的意志就是眾人的意志。他的記憶補充、個人化敘述，豐富了那群已然昏頭轉向、不知此處為何處的徒眾記憶。

　　〔撒旦〕身倚著這根長矛，步履蹣跚的走在火熱
的泥岩上，不像踏在碧空如洗卻又堅穩的

> 天國表面般，下有焦熱風土，上則有熾熱
> 火舌，圍拱般的侵襲著他，讓他燒痛不已，
> 不過，他忍受下來了，直走到火海的岸邊，
> 才停下腳步，站直身，對其部眾，天使
> 形容般的群體，呼喊著；但其部眾卻神志
> 昏迷的堆疊著，多如秋天的落葉……（卷一 295-302 行）

這樣一號人物很難不讓人稱他為「英雄好漢」，這也是為什麼密爾頓常讓不經意的讀者，以為「他是與撒旦同夥而不自知者」。[9]再加上密爾頓在卷四又讓撒旦成為一為感性熱情的巡行者（wanderer），令人不由得與他同哀戚：

> 啊，你！通體光燦耀眼，從獨自統管
> 的高處下望，像這個新創世界的神一樣，
> 在你光芒的掩映下，所有的星星都暗沉著臉，
> 相形失色；我是在叫你啊，用不友善的口氣！
> 且讓我再奉上大名，你啊，太陽！告訴你，
> 我有多討厭你的光芒，那讓我想起自己是從
> 怎樣的情況中摔落到如今的地步；昔時我之
> 位置比你還要顯耀，但驕尊及更糟的野心，
> 把我擲摜到下界，因我在天上興兵對抗無誰
> 可敵的君王。（卷四 32-41 行）

但這些只是密爾頓賦予撒旦壯觀形象的藝術要求而已。撒旦就是個壞蛋，

9　William Blake 嘗言："In writing *Paradise Lost*, Milton was of the Devil's party without knowing it."

不管他是被描繪成多麼強大的壞蛋。正因為他之強大，又能言善辯，卒能興風作浪、鼓動叛變、引誘調戲人類，最終造成樂園之失與人類的墮落。

如果撒旦能把不起眼的「自傳式記憶」發而為「閃光燈記憶」，靠的是學習而來的「語意記憶」，那密爾頓的「語意記憶」不也構成了他或者讀者所親身經歷的「情節式記憶」、甚或「閃光燈記憶」？而撒旦的遷徙流放，某種程度上來說，不也是我們的遷徙流放？撒旦的「惡土行」是他墮落的必然終點，但他的「故鄉憶」卻讓人無限唏噓，真個是「一失足而千古恨」哪！

參考書目

(1) Babington, Anthony. *The English Bastille: A History of Newgate Gaol and Prison Conditions in Britain 1188-1902*. New York: St. Martin's, 1971.

(2) Bohannon, J. N., and Symons, Larsen. V. "Flashbulb Memories: Confidence, Consistency, and Quantity." In Winograd and Neisser. *Affect and Accuracy in Recall*. 65–91.

(3) Brown, Roger and James Kulik. "Flashbulb Memories." *Cognition* 5.1 （1977）: 73–99.

(4) Chiou, Yuan-guey. *Ideology and Re (-)presentation* in *Paradise Lost*. UMI Dissertation Services. Ann Arbor, MI: Bell and Howell, 1996.

(5) Dikec, Mustafa. *Badlands of the Republic: Space, Politics, and Urban Policy*. Oxford: Blackwell, 2007.

(6) DiSalvo, Jackie. "'In narrow circuit strait'n'd by a Foe: Puritans and Indians in Milton's *Paradise Lost*." In *Ringing the Bell Backward: The Proceedings of the First International Milton Symposium*. Ed. Ronald G. Shafer. 19-33.

(7) Ekirch, A. Roger. *Bound for America: The Transportation of British Convicts to the Colonies 1718-1755*. Oxford: Clarendon, 1987.

(8) Howe, Nicholas. *Migration and Mythmaking in Anglo-Saxon England*. New Haven: Yale UP, 1989.

(9) Ives, George. *A History of Penal Methods: Criminals, Witches, Lunatics.* Rpt. Ed. Montclair, NJ: Patterson Smith, 1970.

(10) Larsen, S. F. "Potential flashbulbs: Memories of ordinary news as the baseline." In Winograd and Neisser, eds. *Affect and Accuracy in Recall.* 32–63.

(11) Milton, John. *Paradise Lost.* Ed. Gordon Teskey. New York: Norton, 2005.

(12) Parry, Glyn. "Mythologies of Empire and the Earliest English Diasporas." *Locating the English Diaspora, 1500-2010.* Ed. Tanja Bueltmaqnn, David T. Gleeson and Donald M. MacRaild. Liverpool: Liverpool UP, 2012. 15-33.

(13) Sheffer, Gabriel. *Diaspora Politics: At Home Abroad.* Cambridge: Cambridge UP, 2003.

(14) Walker, David. "The English Seventeenth Century in Colonial America: The Cultural Diaspora of English Republican Ideas." *Locating the English Diaspora, 1500-2010.* Ed. Tanja Bueltmaqnn, David T. Gleeson and Donald M. MacRaild. Liverpool: Liverpool UP, 2012. 34-51.

(15) Winograd, Eugene and Ulric Neisser, eds. *Affect and Accuracy in Recall: Studies of "Flashbulb" Memories.* Cambridge: Cambridge UP, 1992.

譯後記

　　本書之譯成，譯者首先要感謝逢甲大學在民國 104 學年度（2015-2016 年）所給予之休假，使我有完整的時間，整理思緒以及完成譯文。也感謝國立中山大學人文研究中心，准予將原刊於《遷徙與記憶》一書中之敝作〈撒旦之「惡土行」與「故鄉憶」：密爾頓《失樂園》之另類讀法〉轉載於本書中。更感謝國立中山大學 2003 年專書 *The Renaissance Fantasy: Arts, Politics, and Travel* 准予將個人其中論文 Milton's Paideutic Politics and Political Paideutics in *Paradise Lost* 轉譯成〈《失樂園》的政治教育與教育政治〉，刊載在本書譯文之後。另外，兩位匿名審核者，其所提諸多建議，也對本書譯成之樣貌，多有影響，惟譯者雖費盡心思，務期將《失樂園》譯得最精確、最合密爾頓之構思，但總有力有未逮之處，如仍見錯誤，敬期先賢、學者不吝賜教！

　　個人在《失樂園》的研究方面，主要是博士論文 Ideology and Re(-)presentation in *Paradise Lost*，那是以新歷史主義「變體式再現」（anamorphic representation）以及「微觀精細」（myopic closeness）的閱讀模式來解讀《失樂園》的。部分內容是藉由搗蛋鬼／詭（trickster）的概念來處理密爾頓的作品，並視《失樂園》為密爾頓這位撰述／杜撰者因夏娃之罪而墮落，企圖經由語言重建而形成的個人回憶以及對過往事件的懷想，藉以彰顯密爾頓書寫的意圖。論文中的專章 Punishment and Divine Justice 是討論從二元一體神及神的懲戒部分，以新歷史主義觀點來審視《失樂園》裡的上帝以及祂的天使。祂們共同形成一似 corporate sole（獨資公司）的網絡狀態，上帝完全掌權，而祂的天使則作為祂的 micro-powers 執行各種任務。聖父為一無可名狀、無可具象的權威，強調正義、公理（justice）；聖子則為具體、甚至具有肉身的王（incorporated King），強調慈悲、寬恕／憐恤（mercy）。但聖父即聖子、聖子即聖父，藉由這兩種作為，上帝一方面以公義恫人為善，一方面慈悲為懷，為人贖

罪，兩者交替作用。而其懲罰則以沒有律法即無罪愆為核心，一旦人類與上帝以律法相約不得吃禁果，則罪愆之念已生，刑罰隨之而來。但密爾頓的刑罰卻是反映 17 世紀英國的刑罰制度，所以《失樂園》的部分內容即在論述，聖父／聖子如何在 17 世紀的英國執行祂的公義與慈悲。

延續以上立論，〈撒旦之「惡土行」與「故鄉憶」：密爾頓《失樂園》之另類讀法〉則從另一個角度來說明《失樂園》是一政治寓言，更甚者它是為亞當與夏娃（或者說，作為讀者的我們）而寫就的政治教育寓言；教育的目的，則在於提倡心靈的自由（the liberty of conscience），以期自我約束（self-government），進而達成無需外在制約（outward government）的政治自由（political freedom），藉以掙脫束縛人心的君王專治（outward autocratic tyranny），重新贏得民主共和政體（free commonwealth）；是以，對密爾頓而言，教育政治即為政治教育。

職是，就算在 21 世紀的今天，《失樂園》作為文本（text）或互文本（intertexuality），甚至超文本（hypertext），都是饒富意義的，但是密爾頓的博學多聞，恰恰使其創作遠遠超過文字的借用和轉譯，而近乎百科全書，所以讀《失樂園》不只是文本的賞析和解讀，以及對《聖經》的再詮釋，它更是引領讀者走向密爾頓所處的 17 世紀英國、他的心路歷程、他的革命志業，以及他踽踽獨行，不為勢劫、不為利誘，自反而縮，雖千萬人仍往矣的胸懷！宋代大儒張載說讀書人要「為天地立心，為生民立命，為往聖繼絕學，為萬世開太平」。此話堪稱密爾頓一生之寫照，他之寫史詩——這已不合時代流行的文類，寫人類的墮落與救贖，寫伸張公理正義，寫有德、有賢者治國的理念，就是書生報國，寧死不屈、繼往開來的體現。這也是個人讀《失樂園》後回味再三的感想，就因為如此，個人希冀在這些點上，我的譯本能忠實呈現密爾頓的思想與人生範式，如能多少提供讀者同樣的反思，就算是成功的翻譯，此實為至盼。

參考書目

英文書目

(1) Abrams, M. H. and Stephen Greenblatt, eds. *The Norton Anthology of English Literature.* 7th Ed. Vol. 1. New York: Norton, 2000.

(2) Babington, Anthony. *The English Bastille: A History of Newgate Gaol and Prison Conditions in Britain 1188-1902.* New York: St. Martin's, 1971.

(3) Baker, John. *The Oxford History of the Laws of England Volume VI: 1483-1558.* Oxford: Oxford UP, 2003.

(4) Berry, Lloyd E. Introduction. *The Geneva Bible: A Facsimile of the 1560 Edition.* Madison: U of Wisconsin P, 1969. 1-24.

(5) Blake, William. *William Blake.* Ed. Michael Mason. Oxford: Oxford UP, 1988.

(6) Bohannon, J. N., and Symons, Larsen. V. "Flashbulb Memories: Confidence, Consistency, and Quantity." In Winograd and Neisser. *Affect and Accuracy in Recall.* 65–91.

(7) Brown, Cedric C. *John Milton: A Literary Life.* New York: St. Martin's, 1995.

(8) Brown, Roger and James Kulik. "Flashbulb Memories." *Cognition* 5.1 （1977）: 73–99.

(9) Bryson, Michael E. *The Atheist Milton.* London: Routledge, 2012.

(10) Bush, Douglass. *John Milton: A Sketch of His Life and Writings.* New York: Collier, 1967.

(11) Carlton, Charles. *Charles I: The Personal Monarch.* 2nd Ed. London: Routledge, 1995.

(12) Chiou, Yuan-guey. *Ideology and Re(-)presentation in* Paradise Lost. UMI Diss. Services. Ann Arbor, MI: Bell and Howell, 1996.

(13) ---. "Milton's Paideutic Politics and Political Paideutics in *Paradise Lost*." *The Renaissance Fantasy: Arts, Politics, and Travel*. Ed. Francis K. H. So, Wang I-chun, and Tee Kim Tong. Kaohsiung, Taiwan: National Sun Yat-sen University, 2003. 163-77.

(14) Collet, Jonathan H. "Milton's Use of Classical Mythology in 'Paradise Lost'." *PMLA* 85.1（Jan. 1970）: 88-96.

(15) Corns, Thomas N., ed. *A New Companion to Milton*. Oxford: Wiley, 2016.

(16) ---. "The Life and Times of John Milton: A Chronology." In His *A New Companion*. 587-601.

(17) Daniell, David. *The Bible in English: Its History and Influence*. New Haven, Conn: Yale UP, .2003.

(18) Danielson, Dennis. *Milton's Good God: A Study in Literary Theodicy*. 1ˢᵗ Ed. London: Cambridge UP, 2009.

(19) ---. "The Fall and Milton's Theodicy." In His Ed.*The Cambridge Companion to Milton*. Cambridge: Cambridge UP, 1989. 144-59.

(20) Davies, Stevie. *Images of Kingship in* Paradise Lost*: Milton's Politics and Christian Liberty*. Columbia: U of Missouri P, 1983.

(21) Dikec, Mustafa. *Badlands of the Republic: Space, Politics, and Urban Policy*. Oxford: Blackwell, 2007.

(22) DiSalvo, Jackie. "'In narrow circuit strait'n'd by a Foe: Puritans and Indians in Milton's Paradise Lost." In *Ringing the Bell Backward: The Proceedings of the First International Milton Symposium*. Ed. Ronald G. Shafer. 19-33.

(23) Dzelzainis, Martin. "Milton and Antitrinitarianism." In *Milton and Toleration*. Ed. Sharon Achinstein and Elizabeth Sauer. Oxford: Oxford UP, 2007. 171-85.

(24) *Eikon Basilike: The Porvtraictvre [sic.] of His Sacred Maiestie in His Solitudes and Svfferings*. University of Oxford TextArchive. 16 June 2016.〈http://tei.it.ox.ac.uk/tcp/Texts-HTML/free/A69/A69969.html〉

(25) Ekirch, A. Roger. *Bound for America: The Transportation of British Convicts to the Colonies 1718-1755*. Oxford: Clarendon, 1987.

(26) Empson, William. *Milton's God*. Rev. Ed. London: Chatto & Windus, 1965.

(27) Evans, J. Martin. *Milton's Imperial Epic:* Paradise Lost *and the Discourse of Colonialism*. Ithaca: Cornell UP, 1996.

(28) Ferry, Anne. *Milton's Epic Voice: The Narrator in* Paradise Lost. Rpt. Ed. Chicago: U of Chicago P, 1983.

(29) Fish, Stanley E. *Surprised by Sin: The Reader in* Paradise Lost. Berkeley: U of California P, 1967.

(30) ---. *"Paradise Lost* in Prose." Opinionator（Opinion Page） in *New York Times*. 30 November 2008. 30 October 2017. 〈https://opinionator.blogs. nytimes.com/2008/11/30/paradise-lost-in-prose/〉

(31) Flannagan, Roy, ed. *Paradise Lost*. In His *The Riverside Milton*. New York: Houghton Mifflin, 1998. 296-710.

(32) Flannagan, Roy. "Chronology." In His Ed. *The Riverside Milton*. New York: Houghton Mifflin, 1998. Front pages and back pages.

(33) ----. "The Man and the Poem."In His Ed. Paradise Lost: *John Milton*. New York: Macmillan, 1993. 39-44.

(34) Fowler, Alastair, ed. *Paradise Lost*. By John Milton. London: Longmans, Green, and Co., 1896.

(35) ---, ed. *Paradise Lost*. By John Milton. 2nd Ed. London: Longman, 1998.

(36) Frazer, James. *The Golden Bough*. 3rd Ed. Cambridge Library Collection. Vol. 7. New York: Cambridge UP, 2012.

(37) Gardiner, Samuel Rawson. *The Constitutional Documents of the Puritan Revolution 1625–1660*. 3rd Ed. Oxford: Clarendon, 1906.

(38) Geisst, Charles R. *The Political Thought of John Milton*. London: Macmillan, 1984.

(39) *Geneva Bible, The*. A facsimile of the 1599 edition with undated Sternhold & Hopkins Psalms. Ozark, MO: L. L. Brown, 1990.

(40) Halliday, M. A. K. *Language as Social Semiotic: The Social Interpretation of Language and Meaning*. London: Edward Arnold, 1978.

(41) Hanford, James Holly. *John Milton, Englishman*. New York: Crown,

1949.

(42) Hao, Tianhu. "Milton's Global Impact: China." In Corns *A New Companion*. 570-72.

(43) Herbert, A. S. *Historical Catalogue of Printed Editions of the English Bible, 1525-1961, Etc.* London: British and Foreign Bible Society, 1968.

(44) Hill, Christopher. *Milton and the English Revolution*. London: Faber, 1977.

(45) ---. "*Paradise Lost* and the English Revolution." In Paradise Lost: *Contemporary Critical Essays*. Ed. William Zunder. New York: St. Martin's, 1999. 15-27.

(46) ---. *The World Turned Upside Down: Radical Ideas During the English Revolution*. London: Penguin, 1972.

(47) Himy, Armand. "*Paradise Lost* as a republican 'tractatus theologico-politicus.'" *Milton and Republicanism*. Ed. David Armitage, Armand Himy, and Quentin Skinner. Cambridge: Cambridge UP, 1995. 118-34.

(48) Howe, Nicholas. *Migration and Mythmaking in Anglo-Saxon England*. New Haven: Yale UP, 1989.

(49) Hughes, Merritt Y., ed. *Paradise Lost*. In His *John Milton: Complete Poems and Major Prose*. New York: Macmillan, 1957. 173-469.

(50) Hunter, William B., ed. *The Milton Encyclopedia*. 9 Vols. London: Associated UP, 1978-1983.

(51) Ives, George. *A History of Penal Methods: Criminals, Witches, Lunatics*. Rpt. Ed. Montclair, NJ: Patterson Smith, 1970.

(52) *John Milton's* Paradise Lost *Simplified! 2013. 20 Oct. 2017* 〈www.bookcaps.com〉

(53) Kratochvil, Eva. "The War of Words: *Eikon Basilike* and the Martyrdom of Charles I." *EARLY MODERN ENGLAND*. 30 October 2017. 〈http://www.earlymodernengland.com/2015/01/the-war-of-words-eikon-basilike-and-the-martyrdom-of-charles-i/〉

(54) Larsen, S. F. "Potential flashbulbs: Memories of ordinary news as the baseline." In Winograd and Neisser, eds. *Affect and Accuracy in Recall*.

32–63.

(55) Leonard, John, ed. Paradise Lost. In His *John Milton: The Complete Poems*. London: Penguin, 1998. 119-406.

(56) Leonard, John. "Table of Dates." In His Ed. *John Milton: The Complete Poems*. London: Penguin, 1998. xxii-xxiv.

(57) ---. *Faithful Labourers: A Reception History of* Paradise Lost, *1667-1970*. London: Oxford, 2013.

(58) Lewalski, Barbara K. *The Life of John Milton: A Critical Biography*. Rev. Ed. Malden, MA : Blackwell, 2003.

(59) Lewalski, Barbara K., ed. *Paradise Lost*. By John Milton. Malden, MA: Blackwell, 1988.

(60) Lewis, James R. and Evelyn Dorothy Oliver. *Angels A to Z*. Canton, MI: Visible Ink, 2007.

(61) Loh, Bei-Yei. "Milton in China." *Milton Quarterly* 26.2（1992）: 42-45.

(62) Martindale, Charles. *John Milton and the Transformation of Ancient Epic*. Totowa, NJ: Barnes, 1986.

(63) McMahon, Robert. *The Two Poets of* Paradise Lost. Baton Rouge: Louisiana State UP, 1998.

(64) Metzger, Bruce. "The Geneva Bible of 1560."*Theology Today*. 17.3（1960）: 339-52.

(65) Milton, John. *Paradise Lost*. Ed. Gordon Teskey. New York: Norton, 2005.

(66) ---. *The Poetical Works of John Milton: with Notes of Various Authors, Principally from the Editions of Thomas Newton, Charles Dunster and Thomas Warton*. Ed. Edward Hawkins, M.A. Oxford: W. Baxter, 1824.

(67) ---. *The* Paradise Lost *with Notes Explanatory and Critical*. Ed. James R. Boyd. New York: Barnes, 1867.

(68) ---. *Paradise Lost: A Poem in Twelve Books*. Ed. Tomas Newton. 4th Ed. London: For C. Hitch and L. Hawes, J. Hodges, J. and R. Tonson, 1757.

(69) ---. *Paradise Lost* in Plain and Simple English（A Modern Translation and the Original Version）. BookCaps™ Study Guides. www.bookcaps.

com, 2012. 30 July 2015. 〈https://books.google.com.tw/
books?isbn=1621072126〉

(70) Newton, Thomas, ed. Paradise lost: *A poem, in twelve books.* By John Milton. London : Printed for C. Hitch, L. Hawes [and others], 1757.

(71) Nicolson, Marjorie Hope. *John Milton: A Reader's Guide to His Poetry.* New York: Syracuse UP, 1963.

(72) Nida, Eugene. *Toward a Science of Translating with Special Reference to Principles and Procedures Involved in Bible Translating.* Leiden: E. J. Brill, 1964.

(73) Oliver, Evelyn Dorothy, and James R Lewis. *Angels A to Z.* 2nd Ed. Canton, MI: Visible Inks, 2008.

(74) Parker, William Riley. *Milton: A Biography.* 2 Vols. Oxford: Clarendon, 1968.

(75) Parry, Glyn. "Mythologies of Empire and the Earliest English Diasporas." *Locating the English Diaspora, 1500-2010.* Ed. Tanja Bueltmaqnn, David T. Gleeson and Donald M. MacRaild. Liverpool: Liverpool UP, 2012. 15-33.

(76) Pattison, Mark. *Milton.* London: Macmillan, 1880. Web. 19 Feb. 2016. 〈http://www.fullbooks.com/Milton.html〉

(77) Prendeville, James, ed. *Milton's* Paradise Lost: *With Copious Notes, Explanatory and Critical, Partly Selected from Various Commentators, and Partly Original, Also A Memoir of His Life.* London: Samuel Holdsworth, 1840.

(78) Quint, David. *Epic and Empire: Politics and Generic Form from Virgil to Milton.* Princeton: Princeton UP, 1993.

(79) Radzinowicz, Mary Ann. "The Politics of Paradise Lost." John Milton. Ed. and introd. Annabel Patterson. London: Longman, 1992. 120-41.

(80) Raffel, Burton, ed. Paradise Lost. In *The Annotated Milton: Complete English Poems.* New York: Bantam, 1999. 131-536.

(81) Raffel, Burton. "Chronology." In His *The Annotated Milton: Complete English Poems.* New York: Bantam Books, 1999. ix-xi.

(82) Schulman, Lydia Dittler. Paradise Lost *and the Rise of the American Republic*. Boston: Northeastern UP, 1992.

(83) Sheffer, Gabriel. *Diaspora Politics: At Home Abroad.* Cambridge: Cambridge UP, 2003.

(84) *Spirit-filled Life Bible: New King James Version.* Ed. Jack W. Jayford. Nashville: Thomas Nelson, 1991.

(85) Teskey, Gordon, ed. *Paradise Lost.* By John Milton. New York: Norton, 2005.

(86) Teskey, Gordon. "The Life of John Milton." In *Paradise Lost* By John Milton. New York: Norton, 2005. xv-xxvii.

(87) ---. *The Poetry of John Milton.* London: Harvard UP, 2015.

(88) Verity, Arthur Wilson, ed. *Paradise Lost.* By John Milton. New York: University, 1907.

(89) Walker, David. "The English Seventeenth Century in Colonial America: The Cultural Diaspora of English Republican Ideas." *Locating the English Diaspora, 1500-2010.* Ed. Tanja Bueltmaqnn, David T. Gleeson and Donald M. MacRaild. Liverpool: Liverpool UP, 2012. 34-51.

(90) Walker, J. "The Censorship of the Press during the Reign of Charles II." *History* 35.125（October 1950）: 219–38.

(91) Webber, Joan Malory. *Milton and His Epic Tradition.* Seattle: U of Washington P, 1979.

(92) Winograd, Eugene and Ulric Neisser, eds. *Affect and Accuracy in Recall: Studies of "Flashbulb" Memories.* Cambridge: Cambridge UP, 1992.

(93) Wolfe, Don M. *Milton in the Puritan Revolution.* New York: Humanities, 1963.

(94) ---. *Milton and His England.* Princeton: Princeton UP, 1971.

中文書目

(1) 白立平，〈梁實秋翻譯思想研究〉，《淡江人文社會學刊》，2007：32，1-31頁。

(2) 朱維之（全譯），《失樂園》，原著：密爾頓，臺北：桂冠圖書，2007。

(3) 朱維之（節譯），《〈失樂園〉圖集》，原著：彌爾頓，繪圖：陀萊，鄭州，河南：大象，2001。

(4) 邱源貴，〈撒旦之「惡土行」與「故鄉憶」：密爾頓《失樂園》之另類讀法〉，《遷徙與記憶》，主編：劉石吉、孫小玉、王儀君、楊雅惠、劉文強，高雄：國立中山大學人文研究中心，2013。

(5) 高天恩，〈導讀〉，《失樂園（NA0015）— 一本以英國・米爾頓的史詩《失樂園》為藍本再創作的小說》，「時報文化閱讀網」。

(6) 陳祖文，《英詩中譯—何以要忠實於原作的結構？》（引自舒靈部落格：詩畫歌樂舞春風）96/03/17。〈http://blog.udn.com/Soula0816/822538〉。

(7) 梁實秋，（譯注），《英國文學選第二卷》，臺北：協志工業叢書，1985。

(8) 梁實秋，〈傅東華譯的《失樂園》〉，《圖書評論》1933: 2（2），35-42頁。

(9) 傅東華，〈關於《失樂園》的翻譯—答梁實秋的批評〉，《文學》1933: 1（5），684-693頁。

(10) 黃嘉音，〈把「異域」的明見告「鄉親」：彌爾頓與《失樂園》在二十世紀初中國的翻譯／重寫〉（"See and Tell of Things 'Foreign' to 'Native' Sights: Chinese Translations/Rewritings of Milton and *Paradise Lost* in the Early Twentieth Century"）。臺大博士論文，2006。

(11) 楊耐冬（全譯），《失樂園》，新潮世界名著 18，原著：密爾頓，臺北：志文，1984。

(12) 《聖經》／Holy Bible（中英對照，Chinese/English），（和合本 New International Version），第 4 刷，香港：和與聖經協會，2004。

(13) ---. 思高繁體《聖經》，〈http://www.ccreadbible.org/Chinese%20 Bible/sigao.〉。

(14) 劉怡君（改編），《失樂園》，原著：密爾頓，臺中：好讀，2002。

(15) 張思婷，〈左右為難：遭人曲解的傅東華研究〉。《編譯論叢》第七卷、第二期（2014 年 9 月），頁 73-106。

(16) 張隆溪（編譯），《靈魂的史詩：失樂園》，原著：約翰・密爾頓，臺北：大塊文化，2010，81-119。

(17) 陸佩弦，見前述 Loh, Bei-Yei 條文。

(18) 顏元叔，〈失樂園中的夏娃〉，聯合報副刊，1976 年 7 月 30 日，第 12 頁版。

(19) Adiyat（哈爾茨山的禿鷲），〈傅東華譯《失樂園》片斷（附各譯本簡評）〉，〈https://www.douban.com/note/56288718/〉，2015/03/21，也見百度 2013-03-20 22:32:30。

(20) ---. 〈《失樂園》中譯本的問題〉，豆瓣〈https://www.douban.com/note/53305797/〉，2015/03/08。

網路注釋版《失樂園》（ Annotated *Paradise Lost*）

(1) https://milton.host.dartmouth.edu/reading_room/contents/text.shtml

(2) http://www.gutenberg.org/files/1745/1745-h/1745-h.htm

(3) http://www.abebooks.co.uk/book-search/title/the-poetical-works-of-john-milton/author/henry-john-todd/

(4) http://rpo.library.utoronto.ca/poems/paradise-lost-book-x#797

(5) https://www.cliffsnotes.com/literature/p/paradise-lost/study-help/full-glossary-for-paradise-lost

(6) https://books.google.com.tw/books?id=e7EWAAAAQAAJ

(7) http://english.fju.edu.tw/lctd/List/authorWork_Etext.asp?A_ID=89&W_ID=459

英漢／漢英詞語對照表[*]

---

[*] 本書各詞譯名，凡《聖經》上有者，從和合本聖經（兼參考司高本聖經）；凡古已有之者，從古；凡俗已成習者，從俗；如無，則從音、從義而譯；惟God 一詞因時、因地及行文需要可能譯為「上帝」、「神」、「上主」甚或「耶和華神」。

Almansor（al-Mansur）	阿爾曼撒（勝利者）
Amalthea	阿瑪底雅
Amara, Mt.	亞瑪拉山
Amazonian	亞馬遜女戰士
Ammon	亞捫
Ammonite	亞捫人
Amram	暗蘭
Andromeda	安卓米達
Aonian, Mt.	愛奧尼山
Angola	安哥拉
Argetes	東北風
Argo	亞哥（船）
Argob	亞珥歌伯
Argus（Argos）	阿果斯
Ariel	亞列
Arioch	亞利阿
Arnon	亞嫩河
Aroer	亞羅珥
Ascalon	亞斯克隆
Ashtoreth（Ashtaroth）	亞斯她錄
Asmadai	阿斯莫岱
Asmodeus	阿斯莫德
Aspramont	艾斯普拉蒙
Assyrian garden	亞述花園
Assyrian Mount, the	亞述山
Astarte	亞斯姐娣
Astracan	阿斯特拉罕
Atabalipa（Atahuallpa）	阿塔巴理巴
Athene（Athena）	雅典娜
Atlas	亞特拉斯（山）
Auran（Haran）	哈蘭

Caecias	西北風
Cain	該隱
Calabria	卡拉布里亞
Cambalu（Khanbaliq）	汗八里（元代時之北京）
Canaan	迦南
Cape of Hope	好望角
Carmel	迦密（山）
Carmelites	迦密會（聖衣會）修士
Casbeen（Kazvin, Qazvin）	加茲溫
Caspian, the	裏海
Castalian Spring	加斯達噴泉
Cathayan Coast	契丹海岸（中國海岸）
Ceres	席瑞絲
Chaldaea	迦勒底
Cham（Ham）	含
Chaos	混沌
Charlemain（Charlemagne）	查理曼
Charon	卡戎
Chemosh	基抹（神）
Cherub（複數為 Cherubim）	基路伯（基路兵）（智天使）
Chineses	秦人
Circe（Circean）	瑟西
Cleombrotus	克里翁博土斯
Cocytus	苛賽托斯（嗚咽之河）
Congo	剛果
Copernicus	哥白尼
Cush	古實
	（衣索比亞古稱，又名埃提阿伯）
Cusco	庫斯科
Cyclades, the	錫克樂地斯群島
Cyrene	西陵

Empedocles	恩培鐸可利斯
Enna	伊娜草地
Epidaurus	伊比達魯斯
Ercoco（Arkiko）	厄可可
Estotiland	愛梭地藍
Ethiopia	衣索比亞
	（古稱埃提阿伯，又稱古實）
Etruria（Etruscan）	伊圖里亞
Euboic Sea, the	優比亞海
Euphrates	幼發拉底河
Eurus	東南東風
Eve	夏娃
Ezekiel	以西結

F

Fesole	費索雷山
Fez	費茲
Fontarabbia（Fuenterrabia）	豐塔哈比亞
Franciscans	方濟會修士

G

Gabriel	加百列
Galilei（Galileo）	伽利略
Ganges	恆河
Gath	迦特
Gaza	迦薩
Gehenna	格痕拿
Gibeah	基比亞城
Gibeon	基遍
Gibraltar	直布羅陀島
God	上帝、神、上主、耶和華（神）

Golgotha	各各他
Gorgons	勾貢女妖
Goshen	歌珊
Graces, the	美惠三女神
Guiana	蓋亞那

H

Hades	黑地斯
Ham（Cham）	含
Hamath（Hama）	哈馬
Haran（Harran）	哈蘭
Hellespont	希臘之湖
Hermes	赫密士
Hermione（Harmonia）	荷麥爾妮
Hermon	黑門（山）
Heronaim（Horonaim）	何羅念
Heshbon	希實本
Hesperian gardens	西方金果樹園
Hesperus	黃昏星（太白金星）
Hispahan	伊斯法罕
（Ispahan, Esfahan, Isfahan）	
Hours, the	四季女神
Hydaspes	希達斯比河

I

Ilium（Troy）	特洛伊
Illyria	伊利里亞
Imaus（Himalayas）	伊茂（山）；喜馬拉雅山
Iris	彩虹仙子
Isis	愛希斯
Isthmus of Darien（Panama）	巴拿馬地峽

| Ithuriel | 伊修列 |

J

Jacob	雅各
Janus	雙面門神
Jeroboam	耶羅波安
Jesus	耶穌
Joshua	耶書亞
Josiah	約西亞
Juno	朱諾
Jupiter	朱比特
Jove	宙夫

L

Laertes	雷俄提斯
Lahor	拉合爾
Lapland	拉伯蘭
Lavinia	拉薇妮亞
Lebanon	黎巴嫩
Lemnos	藍諾斯島
Lethe	離世河（忘川）
Leucothea	盧克緹亞
Levant winds, the	向東吹的風
Leviathan	巨靈
Libecchio	西南風
Lichas	賴克斯
Limbo of Vanity	虛榮棲所（靈波獄、靈薄獄）
Lucifer	路西法

M

| Maia | 麥雅 |

N

Neptune	涅普頓
Nimrod	寧錄
Niphates, Mt.	尼發底山
Nisroch	尼斯洛
Noah	挪亞
Norumbega（Nurembega）	諾倫北加
Notus	南風
Nyseian isle（island of Nysa）	尼薩島

O

Ob（Obi River）	鄂畢河
Odysseus	奧狄秀斯
Oechalia	伊卡利亞
Oeta	伊塔山
Ophion	歐梵翁
Ophiucus（Ophiuchus）	蛇夫座
Ophiusa（Ophiussa）	蛇攀島
Ops	奧普絲
Oread	山精
Oreb（Horeb）, Mt.	何烈山
Ormus	奧馬士
Orontes	奧朗帝斯河
Orphean lyre	奧菲斯琴弦
Orus	荷魯斯
Osiris	歐西里斯
Oxus	奧可思河

P

Paddan Aram	巴旦亞蘭
Pales	裴莉絲
Palestine	巴力斯坦

Pan	潘恩
Pandemonium（Pandaemonium）	泛地魔殿
Pandora	潘朵拉
Paquin（Pekin）	北京
Paradise of Fools	愚人天堂
Pegasus	邳歌索詩
Peor	毘珥
Petsora	伯朝拉河
Pharaoh	法老（王）
Pharphar	法珥法
Phineus	菲尼爾斯
Phlegethon	弗累格深（火流）
Phlegra	弗雷格勒
Phoenicians	腓尼基人
Pomona	鄱夢娜
Pomona's arbor	鄱夢娜的樹園
Ponent winds, the	向西吹的風
Pontus	本都海（黑海）
Pool Maeotis, the	亞速海
Powers	能天使
Princedoms（Principalities）	權天使
Proserpina（Proserpine）	普洛塞庇娜
Proteus	普洛特斯
Ptolemy	托勒密
Pyrrha	皮拉
Pythagoras	畢達哥拉斯
Pythian games	派森競技
Pythian vale	派森谷

Q

Quiloa（Kilwa）	基洛亞

R

Rabba	拉巴
Ramiel	拉米勒
Raphael	拉斐爾
Rehoboam	羅波安
Rhea	瑞亞
Rhodope	羅多彼
Rimmon	臨門
Russia	俄羅斯（羅剎）

S

Sabean（Saba）	沙霸
Samarchand（Samarqand）	撒馬爾罕
Samoed	薩摩耶
Samos	薩摩斯島
Samson	參孫
Sarra	撒拉
Satan	撒旦
Saturn	撒騰
Saul	掃羅
Scylla	希拉
Seleucia	西流基
Senir（Shenir）	示尼珥
Seon（Sihon）	西宏
Seraph（Seraphim）	撒拉夫（熾天使）
Sericana	絲路歧南
Serraliona（Sierra Leone）	瑟拉陵那（獅子山共和國）
Shechem（Sichem）	示劍
Sibma	西比瑪
Siloa（Siloam）	西羅亞（溪）
Sion Hill（Zion Hill）	錫安山

Tophet	陀斐特
Tower of Babel	巴別塔
Trebisond（Trebizond, Trabzon）	特雷比頌
Tremisen（Tlemcen）	帝鼇米森（特雷森）
Triton	特萊騰（河）
Turkish（Turks）	突厥人
Tuscany	托斯卡尼
Turnus	特拿思
Typhon（Typhaon, Typhoeus）	泰豐
Tyre	推羅

U

Ulysses	尤里西斯
Una	烏娜
Urania	烏拉妮亞
Uriel	烏列（烏列爾）
Urim	烏陵
Uzziel	烏薛

V

Vale of Aialon（Ajalon, Aijalon）, the	亞雅崙谷
Valdarno	亞諾河谷
Valley of Hinnom	欣嫩河谷
Vallombrosa	瓦倫布羅薩
Venus	維納斯
Vertumnus	維圖那斯
Virtues	力天使

X

Xerxes	澤希斯

Z

Zephon	捷芬
Zephyr（Zephyrus）	西風
Zophiel	左飛爾

漢英對照

二畫

力天使	Virtues

三畫

上帝、神、上主、耶和華（神）	God
大袞	Dagon
大馬色（大馬士革）	Damasco（Damascus）
大不里士	Tauris（Tabriz）
山精	Oread

四畫

巴力	Baalim（單數為 Baal）
巴卡	Barca（Barce）
巴珊	Basan（Bashan）
巴力神	Belus（Baal）
巴比倫	Babylon
巴克斯	Bacchus
巴別塔	Babel（Tower of Babel）
巴力斯坦	Palestine
巴旦亞蘭	Paddan Aram
巴拿馬地峽	Isthmus of Darien（Panama）
尤里西斯	Ulysses
厄可可	Ercoco（Arkiko）
比叟	Besor

比色大	Biserta（Bizerta, Bizerte）
什亭	Sittim（Shittim）
勾貢女妖	Gorgons
方濟會修士	Franciscans

五畫

主天使	Dominations
尼波	Nebo
尼斯洛	Nisroch
尼薩島	Nyseian isle（island of Nysa）
尼發底山	Niphates, Mt.
尼布甲尼撒	Nebuchadnezzar
示劍	Shechem（Sichem）
示尼珥	Senir（Shenir）
卡戎	Charon
卡得姆斯	Cadmus
卡拉布里亞	Calabria
北京	Paquin（Pekin）
北風	Boreas
北西北風	Thrascias
加百列	Gabriel
加茲溫	Casbeen（Kazvin, Qazvin）
加斯達噴泉	Castalian Spring
以西結	Ezekiel
以利沙	Elisha
以利亞	Elijah
以利亞利	Eleale
皮拉	Pyrrha
四季女神	Hours, the
司底克斯河（誓願河）	Styx
左飛爾	Zophiel

六畫

西宏	Seon（Sihon）
西風	Zephyr（Zephyrus）
西陵	Cyrene
西比瑪	Sibma
西北風	Caecias
西奈山	Sinai
西南風	Afer
西南風	Libecchio
西流基	Seleucia
西羅亞（溪）	Siloa（Siloam）
西方金果樹園	Hesperian gardens
各各他	Golgotha
向西吹的風	Ponent winds, the
向東吹的風	Levant winds, the
艾克隆	Accaron
艾斯普拉蒙	Aspramont
米迦勒	Michael
米底亞（瑪代）	Media（Madai, Medes）
米昂尼亞之子	Maeonides
安哥拉	Angola
安卓米達	Andromeda
衣索比亞（舊稱阿比西尼亞）	Ethiopia（Abassinia；Cush）
好望角	Cape of Hope
托勒密	Ptolemy
托斯卡尼	Tuscany
色雷斯詩人	Thracian bard
地魔葛根	Demogorgon

七畫

含	Ham（Cham）
別西卜	Beelzebub

別是巴　　　　　　　　　　　　Beersaba（Beersheba）
辛西雅　　　　　　　　　　　　Cytherea
克里翁博士斯　　　　　　　　　Cleombrotus
希拉　　　　　　　　　　　　　Scylla
希實本　　　　　　　　　　　　Heshbon
希臘之湖　　　　　　　　　　　Hellespont
希達斯比河　　　　　　　　　　Hydaspes
但城　　　　　　　　　　　　　Dan
伯特利　　　　　　　　　　　　Bethel
伯朝拉河　　　　　　　　　　　Petsora
何烈山　　　　　　　　　　　　Oreb（Horeb），Mt.
何羅念　　　　　　　　　　　　Heronaim（Horonaim）
沙霸　　　　　　　　　　　　　Sabean（Saba）
伽利略　　　　　　　　　　　　Galilei（Galileo）

八畫

宙夫　　　　　　　　　　　　　Jove
拉巴　　　　　　　　　　　　　Rabba
拉米勒　　　　　　　　　　　　Ramiel
拉合爾　　　　　　　　　　　　Lahor
拉伯蘭　　　　　　　　　　　　Lapland
拉斐爾　　　　　　　　　　　　Raphael
拉薇妮亞　　　　　　　　　　　Lavinia
阿果斯　　　　　　　　　　　　Argus（Argos）
阿格拉　　　　　　　　　　　　Agra
阿拉杜勒　　　　　　　　　　　Aladule
阿基里斯　　　　　　　　　　　Achilles
阿斯莫岱　　　　　　　　　　　Asmadai
阿斯莫德　　　　　　　　　　　Asmodeus
阿瑪底雅　　　　　　　　　　　Amalthea
阿爾曼撒（勝利者）　　　　　　Almansor（al-Mansur）

阿撒瀉勒	Azazel（Azazael）
阿多尼斯（河）	Adonis
阿比西尼亞（衣索比亞舊稱）	Abassin（Abassinia）
阿斯特拉罕	Astracan
阿塔巴理巴	Atabalipa（Atahuallpa）
阿爾西迪斯	Alcides
阿爾習努王	Alcinous
亞倫	Aaron
亞捫	Ammon
亞當	Adam
亞列	Ariel
亞伯	Abel
亞哥（船）	Argo
亞利阿	Arioch
亞巴琳	Abarim
亞述山	Assyrian Mount, the
亞哈斯	Ahaz
亞捫人	Ammonite
亞速海	Pool Maeotis, the
亞嫩河	Arnon
亞罷拿	Abbana
亞鎖都	Azotus
亞羅珥	Aroer
亞伯拉罕	Abraham
亞述花園	Assyrian garden
亞珥歌伯	Argob
亞得米勒	Adramelech
亞斯妲娣	Astarte
亞斯她錄	Ashtoreth（Ashtaroth）
亞斯克隆	Ascalon
亞雅崙谷	Vale of Aialon（Ajalon, Aijalon）, the

九畫

恆河	Ganges
南風	Notus
迦南	Canaan
迦特	Gath
迦薩	Gaza
迦密（山）	Carmel
迦勒底	Chaldaea
迦密會（聖衣會）修士	Carmelites
哈馬	Hamath（Hama）
哈蘭	Auran（Haran）
哈蘭	Haran（Harran）
毘珥	Peor
帝釐米森（特雷森）	Tremisen（Tlemcen）
耶穌	Jesus
耶書亞	Joshua
耶羅波安	Jeroboam
查理曼	Charlemain（Charlemagne）
柏累羅風	Bellerophon
突厥人	Turkish（Turks）
美杜莎	Medusa
美蘭德	Melind（Malindi）
美惠三女神	Graces, the
派森谷	Pythian vale
派森競技	Pythian games
苛賽托斯（嗚咽之河）	Cocytus
俄羅斯（羅剎）	Russia

十畫

秦人	Chineses
能天使	Powers
座天使	Thrones

十一畫

基遍	Gibeon
基抹（神）	Chemosh
基洛亞	Quiloa（Kilwa）
基路伯（基路兵）（智天使）	Cherub（複數為 Cherubim）
基比亞城	Gibeah
混沌	Chaos
梅利比亞	Meliboea
捷芬	Zephon
瑞亞	Rhea
陰府冥王	Dis（Pluto）
彩虹仙子	Iris
參孫	Samson
麥雅	Maia
麥息伯	Mulciber
麥哲倫（海峽）	Magellan
荷麥爾妮（哈摩妮雅）	Hermione（Harmonia）
莫斯科	Mosco（Moscow）
畢達哥拉斯	Pythagoras
掃羅	Saul
推羅	Tyre
蛇攀島	Ophiusa（Ophiussa）
蛇夫座	Ophiucus（Ophiuchus）

十二畫

德干高原	Deccan（Deccan Plateau）
腓尼基人	Phoenicians
菲尼爾斯	Phineus
雅各	Jacob
雅典娜	Athene（Athena）
黑門（山）	Hermon

十三畫

愛梭地藍	Estotiland
愛奧尼山	Aonian, Mt.
罪；罪愆；罪神	Sin
極樂世界	Elysium（Elysian Fields）
塔模斯	Thammuz（Tammuz）
該隱	Cain
暗蘭	Amram

十四畫

蒙兀兒	Mogul
蒙大朋	Montalban（Montauban）
蒙巴查	Mombaza（Mombassa）
蒙提祖馬	Montezume（Moctezuma）
維納斯	Venus
維圖那斯	Vertumnus
瑪門	Mammon
瑪哈念	Mahanaim
蓋亞那	Guiana
歌珊	Goshen
赫密士	Hermes
裴莉絲	Pales
裴隆娜	Bellona
寧錄	Nimrod

十五畫

黎巴嫩	Lebanon
撒旦	Satan
撒拉	Sarra
撒騰	Saturn
撒拉夫（熾天使）	Seraph（Seraphim）
撒米立斯	Thamyris

十六畫

十七畫

臨門	Rimmon
繆思女神	Muse
戴奧尼索斯	Dionysus
彌賽亞	Messiah

十八畫

雙面門神	Janus
豐塔哈比亞	Fontarabbia（Fuenterrabia）
薩摩耶	Samoed
薩摩斯島	Samos
藍諾斯島	Lemnos

十九畫

離世河（忘川）	Lethe
羅多彼	Rhodope
羅波安	Rehoboam

二十畫

蘇薩	Susa

二十二畫

權天使	Princedoms（Principalities）
韃靼人	Tartar, the
韃靼地獄	Tartarus

《聖經》名詞／篇名對譯表[*]

名詞對譯（依字母順序排列）

英文名	基督教名	天主教名
Aaron	亞倫	亞郎
Abdiel	押比疊	阿貝狄耳
Abel	亞伯	亞伯爾
Abraham（Abram）	亞伯拉罕（亞伯蘭）	亞巴辣罕（亞巴郎）
Ammonites	亞捫人	阿孟人
Ariel	亞列	阿黎耳
Ashtoreth	亞斯她錄	阿舍辣
Baal	巴力	巴耳
Babel（Babylon）	巴別（巴比倫）	「巴貝耳」（巴比倫）
Beelzebub	別西卜	貝爾則步
Beersaba（Beersheba）	別是巴	貝爾舍巴
Belial	彼列	貝里雅耳
Benjamin	便雅憫	本雅明
Bethlehem	伯利恆	白冷
Cain	該隱	加音
Canaan	迦南	客納罕
Capernaum（Capharnaum）	迦百農	葛法翁
Chaldaea	迦勒底	加色丁
Chemosh	基抹	革摩士
Cherub（im）	基路伯	革魯賓
Cush	古實	雇士
Dagon	大袞	達貢
Dalila	大利拉	德里拉

---

[*] 　所依中文譯名分別爲基督教之「和合本聖經」以及天主教之「思高本聖經」。

Dan	但	丹
David	大衛	達味
Elijah	以利亞	厄里亞
Ephraim	以法蓮	厄弗辣因
Esau	以掃	厄撒烏
Euphrates	幼發拉底	幼發拉
Eve（Eva）	夏娃	厄娃
Gabriel	加百列	加俾厄爾
Galilee	加利利	加黎利
Gethsemane	客西馬尼	革責馬尼
Gihon	基訓	基紅
Golgotha	各各他	哥耳哥達
Gomorrah	蛾摩拉	哈摩辣
Hermon	黑門	赫爾孟
Herod	希律	黑落德
Holy Spirit	聖靈	聖神
Horonaim	何羅念	曷洛納因
Hosanna	和散那（和撒那）	賀撒納
Isaac	以撒	依撒格
Jacob	雅各	雅各伯
Japheth	雅弗	耶斐特
John	耶翰	若望
Joseph	約瑟	若瑟
Joshua	約書亞	若蘇厄
Josiah	約西亞	約史雅
Judas	猶大	猶達斯
Lazarus	拉撒路	拉匝祿
Limbo	靈波獄	靈薄獄
Lot	羅得	羅特
Lucifer（Lucifiel）	路西法	路濟弗爾
Mary（Maria）	馬利亞	瑪利亞

Messiah	彌賽亞	默西亞
Michael	米迦勒	彌額爾
Moabites	摩押人	摩阿布人
Molech（Moloch）	摩洛	摩肋客
Moreh	摩利	摩勒
Moses	摩西	梅瑟
Naaman	乃縵	納阿曼
Naza reth	拿撒勒	納匝肋
Nimrod	寧錄	尼默洛得
Noah	挪亞	諾厄
Paul	保羅	保祿
Peter	彼得	伯多祿
Pilate	彼拉多	比拉多
Pishon	比遜	丕雄
Rachel	拉結	辣黑耳
Raphael	拉斐爾	辣法耳
Rebecca（Rebekah）	利百加	黎貝加
Reuben	流便／呂便	勒烏本
Rimmon	臨門	黎孟
Samaritan	撒瑪利亞人	撒瑪黎亞人
Samson	參孫	三松
Sarah	撒拉	撒辣
Sarai	撒萊	撒辣依
Satan	撒旦	撒殫
Shechem	示劍	舍根
Scribe	文士	經師
Seraph（im）	撒拉夫	賽拉芬（撒拉弗）
Simeon	西緬	西默盎
Sinai	西奈	西乃
Sodom	所多瑪	索多瑪
Solomon	所羅門	撒羅滿

Thomas	多馬	多默
Tyre	推羅	提洛
Uriel	烏列	烏利爾
Valley of Hinnom	欣嫩河谷	希農山谷
Zion	錫安	熙雍

篇名對譯（依篇名順序排列）

《舊約》

Exodus	出埃及記	出谷紀
Leviticus	利未記	肋未紀
Numbers	民數記	戶籍紀
Judges	士師記	民長紀
Ruth	路得記	盧德傳
Samuel	撒母耳記	撒慕爾紀
Chronicles	歷代志	編年紀
Job	耶伯記	約伯傳
Psalms	詩篇	聖詠集
Isaiah	以賽亞書	依撒依亞
Ezekiel	以西結書	厄則克耳

《新約》

Matthew	馬太福音	瑪竇福音
Mark	馬可福音	馬爾谷福音
Luke	路加福音	路加福音
John	約翰福音	若望福音
Acts	使徒行傳	宗徒大事錄
Corinthians	哥林多書	格林多書
Ephesians	以弗所書	厄弗所書
Philippians	腓立比書	斐理伯書
Colossians	歌羅西書	哥羅森書

Thessalonians	帖撒羅尼迦書	得撒洛尼書
Timothy	提摩太書	弟茂德書
Titus	提多書	弟鐸書
Philemon	腓利門書	費肋孟書
James	雅各書	雅各伯書
Peter	彼得書	伯多祿書
John	約翰書	若望書
Revelation	啟示錄	默示錄

不朽

失樂園

2023年9月初版　　　　　　　　　　　定價：平裝新臺幣580元
有著作權・翻印必究　　　　　　　　　　　　精裝新臺幣900元
Printed in Taiwan.

著　　　者	John Milton
譯　　　者	邱　源　貴
叢書編輯	杜　芳　琪
特約編輯	林　碧　瑩
國科會經典譯註計畫	
封面設計	許　晉　維

出　版　者	聯經出版事業股份有限公司	副總編輯	陳　逸　華
地　　　址	新北市汐止區大同路一段369號1樓	總　編　輯	涂　豐　恩
叢書編輯電話	(02)86925588轉5394	總　經　理	陳　芝　宇
台北聯經書房	台北市新生南路三段94號	社　　　長	羅　國　俊
電　　　話	(02)23620308	發　行　人	林　載　爵
郵政劃撥帳戶	第0100559-3號		
郵撥電話	(02)23620308		
印　刷　者	文聯彩色製版印刷有限公司		
總　經　銷	聯合發行股份有限公司		
發　行　所	新北市新店區寶橋路235巷6弄6號2樓		
電　　　話	(02)29178022		

行政院新聞局出版事業登記證局版臺業字第0130號

本書如有缺頁，破損，倒裝請寄回台北聯經書房更換。　　ISBN　978-957-08-7022-0 (平裝)
聯經網址：www.linkingbooks.com.tw　　　　　　　　　ISBN　978-957-08-7112-8 (精裝)
電子信箱：linking@udngroup.com

國家圖書館出版品預行編目資料

失樂園/ John Milton著．邱源貴譯．初版．新北市．聯經．
2023年9月．648面．14.8×21公分（不朽）
譯自：Paradise Lost
ISBN　978-957-08-7022-0（平裝）
ISBN　978-957-08-7112-8（精裝）

873.51　　　　　　　　　　　　　　　112010699